新　潮　文　庫

# 神よ憐れみたまえ

小池真理子著

新　潮　社　版

*11818*

どんな人生にも、とりわけ人生のあけぼのには、
のちのすべてを決定するような、ある瞬間が存在する。
ジャン・グルニエ / 井上究一郎訳『孤島』

Il existe dans toute vie et particulièrement à son aurore un instant qui décide de tout.
Jean Grenier

# 神よ憐れみたまえ

# 序章

一九六三年十一月九日

アメリカのグランドキャニオンとその周辺には、恐竜の足跡が数多く残されている。ジュラ紀のものだという。

恐竜が特に好きだった、というわけではない。地質学に興味があったのでもない。たまたま退屈しのぎに立ち寄った古書店で目についた、『地球のはじまり　生命の誕生』という写真入りの本をぱらぱらめくってみただけだったのに、男は気がつくと中の文章を読みふけっていた。

一億数千万年前、まだ地球に人類が誕生していなかったころ、大地を我が物顔で闊歩《かっぽ》していたのは恐竜たちだった。彼らの骨や足跡がグランドキャニオン付近で多数発掘されており、中には崖《がけ》から転落して死んだと思われる恐竜の化石もあるのだという。本にはそうしたことが書かれてあった。男は我知らず深い感動につつまれた。

恐竜の足跡や転落の痕跡《こんせき》の中に、何億年という時間がそのままとどまっている様子を想像してみた。男は気が遠くなっていくような、甘美な気分に包まれた。時間軸が烈《はげ》しく逆回転し、自分自身が夥《おびただ》しい時間の波を遡《さかのぼ》って、太古の昔に連れ戻されていくような、そんな想《おも》いにかられた。

何人かの米国の専門家が、独自の持論を展開している翻訳書だった。さほど汚れも目立たない。写真が贅沢《ぜいたく》に使われていて、本のサイズも一般の単行本よりひとまわり大きい。そのせいなのか、あるいは珍しい本だからなのか、高額の値段がつけられていた。

財布の中は相変わらずとぼしかった。無駄づかいができるような状態ではなかったのだが、迷わず男はその本を買い求めた。

以来、暇さえあればページを開き、物思いにふけるのが日課になった。地質学にも古代生物学にも、何ひとつ詳しくなかったが、訳文が優れていてわかりやすく、あらかたの内容はすぐに理解できた。

そのうち男は、こう考えるようになった。

人の苦しみも、悲しみも、怒りも苛立《いらだ》ちも、壮大な時間の流れの中で俯瞰《ふかん》してみれば、どうということのない小さなもの……恐竜に喰われた小動物が流す、ひとしずくの涙程度のものかもしれない、と。人の一生というものは、生まれてから死ぬまでの間のことを指すのではなく、もっと別の、もっと多元的なものとして捉《とら》えられるのではないか。

そしてそれは、途方もなく遠い、遥《はる》か彼方《かなた》から流れてきて、この先も永遠に滞ることのない膨大な時間の途上にある、一束《つか》の間《ま》の光のようなものだと思ったほうがいいのかもしれない……と。

一頭の恐竜が、轟音《ごうおん》と共に崖から脚をすべらせて転落死した光景に、男は時折、想いをめぐらせてみた。恐竜は頭を強打して即死したのか。脚を折って動けなくなり、もがきながら、叫びながら、そのまま息絶えたのか。

その恐竜には子がいたのかもしれない。残された子は親を失って、どうなったのか。飢えてひからびて死んでいったのか。他の恐竜に喰われたのか。

いつの世にも、生き物には生と死がある。何億年も前の恐竜の死と、現在を生きる人間の死は、時空を超えてつながっている。その二つが、まったく別の次元のものであると、男にはどうしても思えない。

子供のころ、男は仲間と共に、林の奥の叢《くさむら》に隠れひそんでいた大きなマムシを殺したことがあった。それは当時、子供たちの間ではやっていた、危険で残酷な遊びのひとつだった。誰も怖いとは言い出さなかった。誰が最後に思いきり強く蛇を踏みつけられるか、という、肝試しのようなゲームでもあったから、みんな真剣だった。

だが、ある時、いつものように仲間と共に石で叩《たた》いてマムシを弱らせ、男がとどめをさすように蛇を何度も強く踏みつけた瞬間、その腹から、生まれる直前だったらしい蛇の子がわらわらと、あふれ出てきた。細い蕎麦《そば》のように見える蛇の子だった。

あまりの光景に、男は声を失った。まわりの子供たちも全員、息をのんだ。蛇の子は、オレンジがかった鎖模様の母蛇とよく似た色をしていた。

蛇が鳴くことなど、あり得ない。だが、男はその時、無残なやり方でこの世に生を受けた直後の蛇の子たちの、絶望のうめき声を聞いたように思った。きぃきぃ、というのではない、くぅくぅ、というのでもない。音にならない音。声にならない声。それは、小さく無力な生き物が発する、絶望の吐息にも似ていた。

……なぜ、こんな時になって、そんな昔のことを思い出しているのか、男にはわからない。

男は今、震えている。小刻みに、烈しく、永遠に鎮《しず》まることのない震えの病にかかったかのように、震え続けている。呼吸は荒く、胸が苦しく、今にも心臓が止まってしまうのではないかと思われる。

夜八時十分過ぎ。軒先をたたく雨の音がしている。ビクターの最新型ステレオのプレーヤーの上では、さっきからずっと、黒いＬＰレコードが回り続けている。

ムラヴィンスキー指揮、レニングラード・フィルハーモニック・オーケストラ演奏、チャイコフスキー作曲『弦楽セレナード』。

女は結婚してから、急にクラシック音楽を好むようになった。音楽好きの夫からクラシック音楽のすばらしさを教えられ、素直な少女のように従っているうちに、もともと素養があったのか、開眼したようだった。

モーツアルトもいいけど、一番好きなのはチャイコフスキーよ、と女が言うのを男は何度か耳にしたことがある。男には、女のその種の気取りが不快でならなかった。女は、自分が大好きなチャイコフスキーを聴きながら死ぬことになるとは、夢にも思っていなかっただろう。

男は足元に転がっている女の亡骸《なきがら》を見おろした。不思議なほど何も感じなかった。何も考えられなかった。

足がすくんでいる。女の首をあまりに強く長く絞めつけていたせいで、両手が岩のように硬くこわばり、しびれ、動かなくなっている。

男の中に渦巻《うずま》いていた烈しい怒りと憎しみは、嘘《うそ》のように消えていた。代わりに男を苛《さいな》み始めたのは、不安、恐怖、怯《おび》えだった。これからどうすべきなのか、わからなかった。

この大きな家の、玄関を入ってすぐの廊下を進んだ正面に、小さな洋間とも縁側とも、はたまたサンルームとも言えそうな、ガラス窓に囲まれた板敷きのコーナーがある。そこに置かれた瀟洒《しょうしゃ》な猫脚つきの台の上には、レースのカバーがかかった黒い電話機が載せられている。脇《わき》には、電話する際に座ることのできる、クッションつきの籐椅子《とういす》もある。

今からすぐに部屋を出てそこに行き、受話器をとって警察に電話をすれば、あとは流れに任せてしまえる。警察の人間がここにやって来るまで、逃げも隠れもせずにいれば、自分の犯した犯罪はベルトコンベアに乗って流されていく鞄《かばん》か何かのように、黙っていても辿《たど》り着くべき場所まで運ばれていく。

近くの交番まで出向いて自首するという方法もあった。交番がどこにあったか、よく覚えていないが、駅のほうに向かって行けば、どこかに必ずあるはずだった。

怖いものはもう何もない。貧しさにはとっくの昔から慣れているから平気だった。孤独であることにも、人から外見の印象だけで決めつけられたりすることにも慣れている。嘘をつくこと、つかれること、軽蔑《けいべつ》、無理解、なんでもあり、だった。誰も自分のことなど理解しない。あらかじめ失われていたものを今さら、無念がってみたいとも思わない。

そんなことは全部、どうだっていいことだった。牢獄《ろうごく》にぶちこまれようが、世間から罵《のの》しられようが、首括《くく》りの刑を受けようが、かまやしないのだ。

だが、男には決して失いたくないものがあった。それさえあれば何もいらなかった。もし、失わずにすむのであれば、何でもするつもりだった。

それは神のように……まさしく厳粛で荘厳《そうごん》で清らかな宗教のように、未来永劫《えいごう》、男の魂を支えてくれるものでもあった。いま自首などしたら、たちまちそれが失われてしまうことは火を見るよりも明らかだった。

物盗《ものと》りの犯行に見せかけようと思いついた時、男は自分がどこまでも逃げるつもりでいることを知って愕然《がくぜん》とした。何があっても生き延びたいと思っている自分の浅ましさ、欲望の強さが疎《うと》ましかった。

だが、何よりも大切なものを失うことを考えれば、どんなに浅ましくてもかまわないのではないかとも思った。どうせ、いずれ失うことになるのはわかっている。それならば万にひとつの可能性に賭《か》けたっていい。そうすることにより、神を失う瞬間を先延ばしにできるかもしれないのだ。一日でもいい。いや、たった半日でもかまわない。神が自分にとっての神のままでいてくれるのなら、どんなことでもできそうな気がした。

迷っている暇はなかった。次の瞬間、考えるよりも早く、男は行動に移っていた。台所に走り、あたりを見回し、勝手口の壁にぶら下げられていた古い黒革の手袋をもぎ取った。手袋は男の手に、隙間《すきま》なくぴたりと嵌《は》まった。目についた雑巾《ぞうきん》と布巾《ふきん》を手にし、男は再び応接間に駆け戻った。

ひとつだけ幸いしたのは、女があてつけのようにして、男に飲み物も何も出さずにいてくれたことだった。指紋を消す手間が少し省ける。

女の亡骸を勢いよくまたいで、キャビネットのガラス戸を開け放った。中に入っていた食器類をわしづかみにし、全部、床にぶちまけた。繊細なグラス類が粉々になり、コーヒーカップや陶器のポットが床に散乱した。次いでキャビネットの抽斗《ひきだし》を開け、手あたり次第、中のものをあたりにばらまいた。

物盗りが金目のものを探した形跡を作ってから、思い出す限り、自分が手を触れたおそれのあるもの……センターテーブルのへりや、革張りの椅子の肘掛《ひじか》け部分などを布巾でごしごし拭《ふ》いた。

次に、廊下をはさんで正面にある和室に駆け込み、茶簞笥《ちゃだんす》に取りかかった。小抽斗から、女がふだん使っていた財布が出てきた。赤紫色の大きな、太った子豚を思わせるがま口で、猫が首につけるような丸い鈴がついている。ちりちりと小うるさく鳴るその鈴が不吉だった。男は即座に現金を取り出し、ズボンのポケットに押し込むと、がま口を畳に向かって投げつけた。

中にいくら入っていたのかはわからなかった。小銭が手袋をはめた掌からこぼれ落ちた。畳の上に転がった十円玉を拾い上げようとしたのだが、手が震えているせいか、うまくいかなかった。

こぼれた小銭は無視し、茶の間についている押し入れの扉を開け放った。半間の、上下二段になっている物入れだった。

　中には、女の夫が各所からもらい受けた贈答品がぎっしりと積み込まれていた。タオル、石鹸《せっけん》、毛布などが目についたが、いずれも箱入りのままだった。中には包装紙すらはがしていないものもあった。男はそれらを座卓や畳の上にばらまいた。奥のほうに黒い小型の鉄製の箱があった。金庫だ。だが、金庫の役割は果しておらず、鍵《かぎ》もかけられていなかった。中には百貨店の商品券やワイシャツの仕立て券が束になって入っていた。男は可能な限り、それらを上着のポケットに押し込もうとしたが、慌《あわ》てていたので半分以上が手からすべり落ち、あたりに散乱した。

　物盗りは、盗んだ商品券を持って百貨店に買い物に行くものなのだろうか、とふと考えた。考えたそばから、それらは砕けたビスケットのかけらのようになって、ちりぢりに消えていった。

　押し入れの一番奥に、蓋《ふた》が半開きになったままになっている四角い箱があった。中には見たこともないほど重厚な、クリスタルの巨大な丸い灰皿が入っていた。使用された形跡はなかった。箱の汚れ方から察するに、ずいぶん前に贈られて、忘れ去られたままになっている品物のようだった。

　男はそれを手元に引き寄せ、しばし眺めた。重たくて、どっしりしていて威厳があり、いかにもこの家にふさわしい灰皿だった。だが男にはそれが、成り上がりの成り金趣味の、安手の小道具のようにしか見えなかった。

灰皿の入っていた箱の隣には、赤いビロードの貼《は》られた小さな宝石箱があった。蓋を開けてみると、小粒のダイヤや真珠の指輪、ネックレスなどが何点か、恭《うやうや》しく並べられていた。

欲しくもなんともなかった。そもそも、こういったものに男は何の興味もなかった。だが、貴金属類を盗らずに出ていく物盗りはいない。男はそれらを片端からポケットに詰め込んだ。

ふくらみ放題ふくらんだズボンのポケットから、真珠の指輪がこぼれ落ちた。男がそれを拾い上げようとして、腰をかがめたその時だった。家の外で車の停まる音がした。男はぎょっとして岩のように身を固くした。

外からかすかに人の声が聞こえた。聞き慣れた声だった。小さな笑い声。車のドアがバタンと閉じられる気配。エンジンが噴かされる音。走り去って行く車のタイヤの音……。

次の瞬間、家中に玄関ブザーの音が鳴り響いた。男は心臓が止まったような想いにかられた。

慌てて茶の間の壁際《かべぎわ》に身を寄せた。そんなことをしても、何の意味もないことはわかっていた。ここに来た時、自分を出迎えた後、女は玄関に鍵をかけただろうか。

男は頭から冷水を浴びたようになった。殺したばかりの女は、今日は夫が出張で留守にすると話していた。日帰り出張だったのかもしれない。

ここに来た時、ガレージには女の夫がいつも乗りまわしている車が停まっていた。だから今、玄関の引き戸の外でブザーを鳴らした人物が夫なのだとしたら、彼はタクシーか、他の人間が運転する車を使って戻って来たのだろう、そうに違いない、と男は思った。

心臓が口から飛び出しそうになっていた。男はクリスタルの重い灰皿を手にしたまま、茶の間を飛び出し、女の亡骸が転がっている応接間に駆け戻った。

音楽は終わっていた。砂嵐《すなあらし》のような音をたて続けているレコードの針が不吉だった。音楽が流れているほうが自然だ。

男は咄嗟《とっさ》にトーンアームを持ち上げ、震える手でレコードの針を落とした。震えるあまり、スピーカーからは大きな夾雑音《きょうざつおん》が聞こえてきた。次いで、途中から始まったチャイコフスキーの『弦楽セレナード』が流れてきた。

ブザーがたて続けに鳴らされた。男は応接間の明かりを消し、部屋側に開くようになっているドアを大きく開け放って、その内側に身をひそめた。

玄関の引き戸ががらがらと音をたてて開けられ、「ただいま!」という大きな明るい声が響きわたった。「いやぁ、コンサートの会場みたいだな。これじゃ、ブザーの音も聞こえないな」

男は身構えた。玄関で靴を脱いだ人物が、すたすたと軽快な、楽しげな、うきうきするような足どりで廊下をこちらに向かって歩いて来る気配があった。

「ん？　どうしたんだ、真っ暗にしたりして……」

一枚のドアを隔て、男の目と鼻の先に相手が立った。部屋の明かりのスイッチを押す音がした。あたりが瞬時にして明るくなった。

背広姿の、背の高い、いかにも育ちのよさそうな、ふさふさとした黒髪の、その人物……女の夫……が、目の前の床に倒れている妻を目にしたと思われた瞬間、間髪を容《い》れずに男はドアの蔭《かげ》から躍り出た。物音がしたはずだが、室内に流れているチャイコフスキーの旋律がかき消してくれた。

女の夫は、何か叫びながら妻のもとに駆け寄り、妻を見おろす姿勢をとった。男は一瞬のためらいもなく、相手の後頭部めがけてクリスタルの大型灰皿を打ちつけた。

相手が手にしていた革製の茶色い鞄が、床にどさりと音をたてて落ちた。男は何度も何度も、やみくもに灰皿を打ちつけた。後頭部のみならず、頸椎《けいつい》のあたりにも、頭頂部にも、情け容赦なく重厚なクリスタルの一撃を喰らわせた。

憎しみはなかった。恨みもなかった。それどころか、申し訳ない、という想いすらあった。だが、どうしようもなかった。どうしようもない、とだけ呪文《じゅもん》のように心の中で唱えながら、男は鉄の塊《かたまり》さながらに重たいクリスタルの灰皿をその場に投げ捨てた。灰皿にはべっとりと血がついていた。

手袋をはめたまま廊下に飛び出した。死んだかどうか、確かめる余裕はなかった。何もかもがもう、どうでもよかった。崇《あが》める神のことすら、どうでもいいような気がした。涙がにじんだ。呼吸が苦しく、息が詰まり、気管支の奥に血の味のするものがこみ上げてくるのを覚えた。

男の背を追いかけるように、チャイコフスキーの哀愁を帯びた旋律が流れてきた。忌《い》ま忌《い》ましいほど美しい曲だった。男の耳に、それは葬送の序曲にも聞こえた。

玄関先に丸めておいた、自分の白い雨合羽《あまがっぱ》をわしづかみにした。はいてきたゴム底の靴に足を入れた。玄関に足跡を残してしまったのだから、この靴はどこかに捨てなければ、と思った。

自分が真に冷静なのか、それとも何もかもがどうでもいいと思うからこそ、かえって理性的にものごとが考えられるようになっているのか、わからなかった。

玄関の引き戸を開けて外に出た。後ろ手に引き戸を閉めようとした。冷たい雨が降っていた。玄関灯の放つ黄色い光の中、十一月の雨は細く斜めに、夜の闇《やみ》を裂いていた。

女を訪ねて来た時に、ブザーを鳴らしたことを思い出した。布巾も雑巾もどこかに落としてきてしまった。男は咄嗟に家の中に引き返し、玄関脇の靴箱を開けて靴磨き用の布を取り出した。少し黒い靴墨がついていたが、かまうことはなかった。

その布を使って、ブザーについたであろう自分の指紋を消しにかかった。力を入れ過ぎたせいで、家の中にブザーが大きく鳴り響いた。男はぎょっとし、恐怖のあまり声をあげそうになった。

玄関の引き戸の把手《とって》も忘れてはならなかった。把手の外側も内側も、丹念に布で拭いた。かすかに靴墨のにおいが漂った。死臭のような気がした。

作業を終えると、男は震えながら雨合羽に袖《そで》を通し、目深《まぶか》にフードをかぶった。はめていた手袋を脱ぎ、布と一緒に雨合羽のポケットに押しこんだ。ズボンのポケットの中で、盗んだ貴金属類がガチャガチャと音をたてた。

腕時計を覗《のぞ》いた。八時四十分だった。女の首を絞めてから、三十分ほどしかたっていない。信じられなかった。

あらかじめ自転車を停めておいた近所の空き地に向かって走った。あたりはうすぐらく、雨の音しか聞こえなかった。歩いている人影は見えなかったし、通りかかる車もなかった。少し離れた家々の窓には明かりが灯っていたが、どこもひっそりとしていた。

男はまたしても、かつて少年だったころ、自分が踏み殺したマムシのことを思い出した。蛇の腹からあふれてきた蛇の子たち。その後、蛇の子たちはどうなったのか。不器用に地面を這《は》って叢の奥に逃げ込むのを、みんなで黙って見送ったのか。それとも面白がって誰かが棒の先で強く突ついたものだから、なぶり殺しにされたも同然になったのか。

崖から転落して死んだ恐竜のことも考えた。死んだ恐竜が残していったであろう、子のことを想った。母親に死なれたその子は、どうしただろう。あたり一帯に響きわたるような、哀《かな》しい鳴き声を張りあげたのか。

蛇は鳴かない。だが、恐竜の子は鳴いただろう。天を衝《つ》くような、うらさびしい声で鳴き続けただろう。

男はその時、唐突に、殺した夫婦の子供のことを思い出した。今夜、自分は、その子が家を留守にすることを知っていた。だからこそ、ここに来た。もし今夜、子供が在宅していたのだったら、決して来ることはなかった。

だが男は、それらを今初めて知った真実であるかのように感じた。奇妙にねじれた感覚が男の中に拡《ひろ》がった。蛇の子と恐竜の子と、夫婦の子供が重なった。

なんてこった、と男は思った。嗚咽《おえつ》がこみあげた。息がいっそう苦しくなった。一縷《いちる》の希望にすがるために、自分は地獄におちる絶望を選んだのだ、と思った。

自らの信じがたい愚かさに慟哭《どうこく》しながら、男は雨の中、やみくもに自転車を漕《こ》いだ。どうしようもなかったんだ、本当にどうしようもなかったんだ、と胸の内で繰り返した。そう繰り返す以外、前に進む方法はなかった。

雨が雨合羽のフードにあたり、ぱらぱらといやな音をたてた。男は顔を歪《ゆが》め、くちびるを嚙《か》みしめながら大きく目を見開いて、全速力で自転車を漕ぎ続けた。

# I

石川たづが、通いの家政婦として大田区久ヶ《くが》原《はら》町にある黒沢家に出入りすることに決まったのは、六年前だった。

もとより家政婦の経験はなく、家政婦紹介所に登録していたわけでもない。たづ自身、自分が家政婦として働くことになろうとは夢にも思っていなかった。それなのにこうなったのだから、つくづく黒沢の家と自分たちとは深い縁があったのだろう、とたづは後々、繰り返し考えることになる。

きっかけは、一九五七年（昭和三十二年）九月、東京タワーが完成する前の年だった。たづの夫で大工の多吉《たきち》が、台風で壊れたという黒沢家の門扉の修繕を頼まれたことに端を発する。

多吉は大工になりたてのころ、梯子《はしご》から落ちて右足に大怪我《おおけが》を負った。貧しさゆえまともな治療を受けられなかったため、少しではあるが、右足が左足よりも短くなってしまった。歩行にも仕事にも支障はないが、仕事中は無愛想で口数も少ない。そんな彼が大工道具を手にバランスの悪い身体《からだ》を揺すって歩く姿は、彼をよく知らない人間を怖がらせることもあった。

　だが、実際の多吉は情にもろい、心優しくてまじめな男だった。大工としての腕もよく、親方からの信頼も篤《あつ》かった。どんな時でも誠心誠意、丁寧に仕事をこなしたので、久ヶ原町界隈《かいわい》では重宝がられ、工務店を通さずに名指しで仕事を請け負うことも多かった。

　そんな噂《うわさ》を聞きつけた黒沢夫妻が、台風で壊れた門扉の修繕をじきじきに多吉に頼み、多吉が出向いて熱心に仕事をしたことがきっかけとなって、急速に石川家と黒沢家は近づくことになったのである。

　一通り、門扉の修繕を終え、手間賃の他にもったいないほどの謝礼を受け取った多吉が、かぶっていた帽子をとり、膝《ひざ》に額がつくほど深く頭を下げて礼を述べていた時、家の主《あるじ》である黒沢太《た》一郎《いちろう》は、ざっくばらんな調子で切り出した。

　見ての通り、家も庭も広いため、なかなかこまめに掃除の手がまわらない、一人娘もまだ小さいので、妻がくたびれ果てて困っている、妻を手伝って料理を作ったり、買い物に行ったり、掃除をしてくれたりする、信頼できる若い家政婦を知らないだろうか、と。

　家政婦紹介所に頼むのが手っとり早いのだが、見ず知らずの女を自宅にあげて、家のすみずみまで見せたあげく、鍵《かぎ》を預けるということに、太一郎は一抹《いちまつ》の警戒心を抱いていた。その気持ちは多吉にもよく理解できた。もはや戦後ではないと言われ、日本は猛烈な速さで豊かになってきてはいたが、その分、凶悪な犯罪も増えていた。油断は禁物だった。

その時、反射的に多吉の頭に浮かんだのが、当時、三十四歳の妻のたづだった。

たづは結婚以来、長男長女をたて続けに出産したが、いずれも案じる必要のない、犬にも勝る安産だった。おとなしく産院の床についていたのは二日ほど。寝ているのは退屈だ、と言って四日目には早々に退院し、何事もなかったように働き始めた。赤ん坊をおぶい紐《ひも》で胸に固く括《くく》りつけ、尻《しり》を高くあげて廊下の拭《ふ》き掃除をしているたづを見て、多吉はいつも「猿じゃあんめえし」と苦笑いしたものだった。

朝から晩まで育児と家事に走り回り、それでも足りずに、頼まれもしないのに近所の年寄りや幼い子供のいる家にあがりこんでは、洗い物をしたり、掃除洗濯を手伝ったりする。終われば茶菓子をふるまわれ、世間話に花を咲かせてから機嫌よさそうに戻って来る。

よく動く分だけ食欲も旺盛《おうせい》で、三度の食事でたづが口にする飯の量は多吉のそれと変わらない。男まさりによく食べ、よく眠り、賑《にぎ》やかでよく働く陽気で丈夫な妻だった。

ちょうど、食べ盛りの子供たちがいて、家計が少し苦しくなっていた。どこかに適当な働き口がないかしら、ないなら内職でも探してこなくちゃいけないねえ、などとたづがぼやいていた矢先でもある。多吉はさして深い考えもなしに、妻のことを口にした。

「手前の女房でしたら、けして若くはないですけども、丈夫で長持ち、働き者だと近所じゃ有名です。子供が二人おりますが、なぁに、もう二人とも小学校にあがってますし、昼間、二人きりにしといたところで、どうってこたぁ、ありゃしません。一日中、休みなく動きまわってもびくともしない、馬みてえなやつでして。試しに使ってみてくだせえまし」

調子にのって言いすぎた、と思ったが、あとの祭りだった。黒沢夫妻はそれを聞き、にわかに興味を示してきた。

未知の人物を紹介されるよりも、こうやって親しくなった大工の女房なら、誰よりも信頼できる、と思ったのだろう。それはいいことを聞いた、ぜひ会わせてもらえないだろうか、いやなに、面接などという堅苦しいことではなく、少し雑談をさせてもらえば、それでいいのだから、とまで言われてしまい、多吉は内心、これはとんでもないことになった、と慌《あわ》てた。

とはいえ、いったん口をついて出てしまった言葉を撤回することはできない。このような上流階級の家で家政婦の仕事をするなど、あのがさつな妻に務まるだろうか、と案じつつも、多吉は家に帰ってから、いつものぶっきらぼうな口調でたづに向かい、ことの次第を簡単に説明してから、ひと言、「行け」と言った。

「行け、ったって、お父さんたら、何をやぶから棒に。この私が、そんなお金持ちの家で働けるわけないでしょう」とたづは目をむき、口を尖《とが》らせた。「舶来の食器や壺《つぼ》なんかを割っちまったら、どうするんですか。弁償しなきゃなんないし、私なら絶対、手をすべらせるに決まってるし。こんな粗忽《そこつ》もんはね、蠅《はえ》のたかったちゃぶ台とか、縁の欠けたご飯茶碗《ぢゃわん》なんかを相手にしてるのがちょうどいいんですよ。お父さんがそれを一番よく知ってるでしょうが」

「先方さんはおまえに会いたがってるんだ。おれの顔をつぶす気か」

「そんな、お父さん。私は何も……」

「つべこべ言わずに、ともかく行って会ってくるんだ。わかったな」

多吉がいったんこうと言いだしたら、決してあとには退《ひ》かない。理屈で言い含めようが、泣き落としにかかろうが、余計に頑固になって、岩のように押し黙るか、腹をたててちゃぶ台をひっくり返すか、二つに一つである。

結婚以来、そのことを知りつくしていたたづは、しぶしぶ承知したのだが、それは単に多吉に調子を合わせただけではなかった。どうせ会いに行っても、家政婦として雇うのは難しいという結論が出て、その場で菓子折りのひとつも持たされ、帰されるに決まっているからだった。

黒沢の家といえば、裕福な住人の多い久ヶ原の住宅地でも、五本の指に入ろうかという豪壮な屋敷である。主はたづとさほど年が変わらない、まだ三十代の若さだというが、函館に本店のある有名な黒沢製菓の社主の長男であり、数年前から東京支店の支店長を務めていた。末は社長の座が約束されている御曹司《おんぞうし》である。

北海道では知らない者はいない、とまで言われる有名な製菓会社の跡取り息子の家に、丈夫だけが取り柄の、正式な行儀作法も何も知らない女が家政婦として雇われたらどんな顚末《てんまつ》が待っているか、いくら世間知らずのたづにも予測がついた。

そりゃあ、料理や掃除は得意だし自信はあるし、愛嬌《あいきょう》だって人並みはずれてあるつもりだけど、山出しの猿のように思われるのが関の山。間違って雇われることになったとしても、一週間とたたないうちに、熨斗《のし》つけて帰されるのは目に見えている、とたづは内心、舌を出しながら考えた。向こう様から断られるのは望むところだし、そうなったらさすがの多吉も文句は言うまい。金持ちの家に自分の女房を家政婦として紹介するなど、いかに出すぎたことをしでかしたか、多吉も思い知ることになるだろう、と思った。

そのため不安は何も生まれなかった。数日後、たづはめったに着ない一張羅の、白い絹のブラウスに紺色のスカートといういでたちで、しおらしく目をふせながら、小股《こまた》歩きで多吉の後に従った。

よく晴れた九月の日曜の午後のことだった。めっきり秋めいてきた空にトンボが飛びかい、通された応接間の窓ごしには手入れのいい庭が見えた。庭にコスモスの花が咲き乱れ、涼やかな風に揺れていたことをたづは、その後、何年たっても忘れたことがない。

初めて会った黒沢夫妻は驚くほど都会的で気品があり、おっとりと華やいで見えた。主人の黒沢太一郎の知的でもの静かな物腰、妻の須恵《すえ》の透き通るような美しさ、そしてなにより、夫妻の一粒種である百々子《ももこ》の愛らしさ。それらにたづは見とれ、口もきけなくなるほどだった。

百々子は当時六歳で、たづの子供たちよりも少し年下だったが、こんなに可愛《かわい》い女の子は見たことがない、と子供好きのたづは、うっとりと目を細めた。

庭に面した応接間は天井が高く、広々としていて、たづの家の小さな茶の間の、軽く四倍はありそうだった。すっかり恐縮して大きな身体を縮めている多吉の向こうには、ヤマハの黒いアップライト型のピアノがあった。

ピアノの脇《わき》には、ひと目で高価なものとわかるグラスや陶器の皿が入っている焦《こ》げ茶色の、どっしりとしたキャビネット。壁には、後にたづが太一郎から教えられることになる、大きなルノアールの複製画が架けられており、その絵に描かれている少女の桃色に火照《ほて》った顔が、百々子のそれによく似ていることを発見して、たづはさらに胸をときめかせた。

黒沢太一郎は整った顔だちをし、静かな微笑を絶やさない、穏やかな話し方をする男だった。そんな夫に寄り添うように腰をおろしている妻の須恵は、それが習い性になっているのか、夫を信頼しきっている表情で時折、大きな瞳《ひとみ》を輝かせながら彼のほうを見つめ、微笑を浮かべた。

たづの目に、須恵は銀幕の女優さながらの美貌《びぼう》に映った。身のこなしも表情も何もかもが洗練されていて、たづと同じ年だと聞いてはいたが、とてもそうは思えない。輝くばかりに若く、同時に落ち着いた大人の雰囲気を湛《たた》えている。そのわりには、話し方はざっくばらんで親しみやすく、お高くとまっている奥様を想像していたたづを深く安堵《あんど》させた。

たづが発する、いくつかの素朴な質問に夫妻はひとつひとつ、面倒がらずに快く答えてくれた。たづもまた、夫妻から受ける質問に正直に答えた。

たづが百々子の愛らしさをほめちぎると、多吉は「余計なことを」と低い声でたしなめてきた。だが、たづはかまわずに百々子に向かって、「あのピアノは、もしかして、お嬢ちゃまが弾かれるんですか」と問いかけた。

百々子はこくりとうなずき、大人びた笑顔を作った。

「さぞかし、お上手なんでしょうねえ」

百々子は微笑《ほほえ》み、困ったように母の須恵の顔を見た。

「まだ習い始めたばっかりなもんだから」と須恵が笑顔を作りながら言った。「海のものとも山のものともつかなくって。どれだけ上達してくれるかしらね、ね、百々子ちゃん」

たづは須恵に向かって微笑みかけた。「百々子お嬢ちゃまは、来年、小学校におあがりなさると主人から聞きました。このあたりでしたら、久ヶ原小学校に入学されるんでしょうか。それでしたら、うちの坊主《ぼうず》たちとおんなじになります。うちには百々子お嬢ちゃまとそんなにお年が違わない息子と娘がおりまして」

「ちっ」と多吉が舌を鳴らし、横にいるたづを小声で叱《しか》りつけた。これ以上、余計なことをしゃべったら、ただじゃおかない、という合図だった。

だが、たづはひるまなかった。すでにその時、たづはこの広々とした屋敷で、自分と年の変わらぬ、品のいい美しい女主人の指示のもと、掃除をしたり、洗濯をしたり、料理を作ったりしている自分を想像していた。そしてそばにはいつも、この人形のように可愛い子がいて、時々、ピアノの音色が聴こえてくるのだ。まるで外国の映画みたいではないか、とたづはうっとりした。

「あら、そうでしたの」と須恵が微笑し、興味深そうに身を乗り出した。「百々子と同じくらいのお子さんというと、おいくつ？」

「上の男の子が十になりまして、下の娘が今年で七つでございます」

「おふたりとも久ヶ原小学校に？」

「はい、そうでございます」

ございます、などという言葉づかいはこれまでしたことがなかったが、たづの口からはいともなめらかに滑り出してきて、たづはにわかに自信をもった。

「じゃあ、本当に百々子とそんなに変わらないのねえ。まあ、そうだったの。よかったわ、お子さんの年が近くて。娘のことも理解していただけるし。で、お住まいは、ええっと確か、千鳥町《ちどりちょう》でしたわね」

「はい、おっしゃる通りでございます。ここからほんの近くですんで、お呼びがあれば、ひとっ走りで駆けつけられます」

須恵は笑顔でうなずいた。「うちと同じ区域だったら、そうね、久ヶ原小学校よね。うちもね、百々子を久ヶ原小学校にいれるつもりでいたんですよ。でもね、音楽の道に進ませたらどうか、って、主人が言うものですから。ね？　あなた」

「聖蘭《せいらん》の付属小学校に行かせる予定でね」と太一郎が妻の視線を受けながら、うちとけた口調で言った。「あそこなら、大学に音楽部があるからね。ここからもそう遠くないし」

セイラン、という学校の名前はたづもよく知っていた。自分たちとは無縁の、金持ちの子女が通うことで有名な、エスカレーター式の私立校だった。同じ池上《いけがみ》線沿線の洗足《せんぞく》池《いけ》にあり、著名なピアニストやヴァイオリニストを輩出する学校、ということでも近年、話題になっていた。

「まあ、素敵ですこと」とたづは気取った口調で言った。「じゃあ、百々子嬢ちゃまは、将来はピアニストになられるんですね。それはそれは楽しみなことでございますね。百々子嬢ちゃま、嬢ちゃまがそうなったら、このたづは、真っ先にピアノを聴きにまいりますからね。今からお約束しますよ」

百々子が照れたように微笑んだ。すでにすっかり黒沢の家になじんだような物言いをするたづのことを気にいったのだろう、須恵が口に軽く手をあてがい、澄んだ笑い声をあげた。太一郎も目を細めた。

百々子とたづの目が合った。百々子は恥ずかしそうにしながら、先に目をそらした。たづはそんな百々子の水蜜桃《すいみつとう》のような薔薇《ばら》色《いろ》の頬に見とれてしまい、またしても横にいる多吉からたしなめられた。

「おい。そんなにじろじろ見たら失礼だろうが」

「あら、じろじろ、だなんて、ちっとも見ちゃいませんよ。こちらのお嬢ちゃまが本当にお可愛いから、ついつい、目がいっちまうだけですわよ」

たづが小声で多吉に応戦すると、多吉は「ふん」と鼻をならした。「そんな言葉づかい、ふだん、しやしないくせに。ばか。小っ恥ずかしいから無理すんな」

「まあ、失礼な。お父さんこそ、そんな言葉づかい、こちらさまに失礼ですよ」

「うるさい、黙ってろ」

夫婦のひそひそとしたやりとりに、黒沢夫妻は示し合わせたように顔を見あわせ、ぷっと吹き出した。百々子も両親につられるようにして、くすくすと笑い出した。

たっぷりとした白いレースのカーテンが束ねられている窓の向こうに、秋の午後の光がはねていた。自分も自分のまわりにいる人々も、共に思い煩《わずら》うことの何もない、笑い声の絶えない、それは幸福な一枚の絵のような風景だった。

後々、どれだけ時を経ても、初めて黒沢の家を訪れた、あの日の午後の幸福な情景は、たづの胸の内に消えない映像として残された。

純白のレースのトップカバーがかけられていたピアノ。カバーの裾《すそ》にはフリンジがついており、丸いふっくらとしたピアノ専用椅子を被《おお》うカバーと揃《そろ》いになっていた。

天井中央の、小さくて上品なシャンデリア。生まれて初めて座った、全面革張りの茶色のソファー。緊張しているたづの尻の下で、絶えず革がぎしぎしと鳴っていたこと。

庭に向かって開け放された窓から、初秋の涼しい風が吹いてきて、その風の奥深くに、日に照らされた草花の香りを嗅《か》ぎとれたこと。須恵がいれてくれた紅茶のおいしさ。どうぞ、と勧められても、なかなか手が伸びなかったビスケットやチョコレート。美しい部屋、美しい家、そして美しい家族……。

百々子と初めて出会ったあの応接間で、それから六年と二か月後、太一郎と須恵が殺害されることになろうとは、たづは夢にも思わなかった。そもそも、そうしたことを連想させるような不吉さは、黒沢家にはかけらも見られなかった。

黒沢製菓の東京支店を率いる太一郎は、仕事に忙殺されてはいたが、常に家庭生活を一番に考える男だった。どんなに忙しくても、週に一度は必ず休みをとって、家族で遊園地に行ったり、デパートで買い物をしたりしていた。百々子の学校が長い休みに入れば、一家はそろって那須高原や伊豆の高級ホテルや旅館に出かけ、休日を楽しんだ。

妻の須恵は、たづが手伝いに通うようになってからも変わらずに、家事を他人《ひと》まかせにしようとしない家庭的な女だった。たづが洗濯をすれば須恵が洗い上がったものを物干しに干し、たづが買い物に行ってくれば、一緒に台所で食事の下ごしらえをした。

百々子は素直で明るく、その図抜けた可憐《かれん》さゆえ、クラスの人気者だったが、負けん気が強いことでも有名だった。やんちゃな男子生徒が気を惹《ひ》こうとしていたずらをしたり、からかったりしても、軽くいなし、それでもやめない時には猛然と仕返しをした。めったに泣くこともなく、百々子が人に見せる涙の大半は悔し涙だった。大きな目いっぱいに涙をため、相手をにらみつける百々子を見た両親は、「百々子の負けん気の強さはライオン並みだ」と感心しながらうなずき合った。

百々子の学校の成績は常に学年でトップクラスだった。ピアノも日に日に上達し、難易度の高い曲を弾きこなせるようになるのも早かった。

須恵の身体に何か問題があったのか、夫妻の間でそのように取り決めがなされていたのか、二番目の子ができる気配はなかったが、その分だけ、両親の百々子に注ぐ深い愛情は傍目にも微笑ましかった。黒沢太一郎と須恵夫妻は仲むつまじく、たづの知る限り、小さな諍《いさか》いすら二人の間には起こらなかった。常に相手を敬い、尊重し合っている姿は、理想の夫婦を見るようでもあった。

黒沢の家はたづにとって、終始、憧《あこが》れの家であり続けた。黒沢夫妻は憧れの夫婦、百々子は憧れの子供であり、そこに悲劇がしのび寄ることなど、微塵《みじん》も想像できなかった。

しかし、一方で冷静に考えれば、黒沢の家ほど、人の妬《ねた》みをかうような家はなかったかもしれない。たづは後に、そう考えるようになる。瑕《きず》のなさすぎる完璧《かんぺき》な家庭を羨《うらや》むあまり、中には尖ったピンの先で突ついてみたくなる衝動を覚えた者もいたはずである。実行に移す移さないは別にして、心の奥深くでそんなふうに意地悪く思った人間が、この広い世間にいなかったとは言いきれない。

だが、たづが夫妻に妬みや羨望《せんぼう》を感じたことはなかった。それどころか、黒沢家の一員であるかのように自由に出入りさせてもらい、家事全般をあずかり、百々子の送り迎えのみならず、話し相手にもなっている自分は、なんという幸せものか、と思っていた。

そんなたづの唯一《ゆいいつ》にして絶対的な不幸は、それほど純粋に憧れてやまなかった黒沢の家で、むごたらしく息絶えていた黒沢夫妻の第一発見者となったのが、他ならぬ自分であった、ということに尽きた。

その日は日曜で、家政婦の仕事は休みだった。出向く必要がなかったにもかかわらず、たづが黒沢の家に行こうと思い立ったのには、二つの理由がある。

一つは、前日の土曜日から根気よく煮込んでいた小豆《あずき》が、ちょうどいい具合に煮え上がったことである。太一郎は下戸ではなかったが、生来の甘党でもあり、夫妻は、たづが煮込んだ小豆で作るぜんざいを心待ちにしていた。

うちで煮ておいきなさいよ、と須恵からは言われていたのだが、黒沢家の美しい台所に陣取り、一日中、豆を煮るのは畏《おそ》れ多いような気がした。第一、夜になってたづが帰宅した後の豆の煮え具合を、須恵に見てもらうのは気後れがする。たづが豆を煮るのはいつも自宅だった。

もう一つは、黒沢の家を訪ね、夫妻の無事を確認したかったのと、こんな時に百々子嬢ちゃまが合宿に行かれていて、ご心配でしょう、とひと言、声をかけたくなったからである。そして、どちらかと言えば、その日、たづが黒沢家を訪れたのは、後者の理由のほうが勝っていた。というよりも、そのひと言を言うための口実として、小豆を利用したと言ったほうが正しい。

前の晩、十一月九日の夜九時五十分ころ、横須賀線鶴見駅の近くで、電車の二重衝突事故が起きた。凄惨《せいさん》な地獄絵図を見るような大事故だった。

まず、東海道線の下り貨物列車が脱線し、後方三両が隣接する上り横須賀線の線路上に横転した。そこに、上りの横須賀線が進入してきて激突。その一両目が、まさに今、すれ違おうとしていた下り電車の四両目と五両目に乗り上げて押しつぶしたあげく、さらに勢いあまって土手に突っ込んだ。そのため、二、三両目も脱線してしまったのである。

死亡者は百六十一名。重軽傷者百二十名。鶴見事故が起きた日には、福岡県の三井三池炭鉱でガス爆発があり、炭鉱に閉じ込められた四百五十八名が死亡する、という大惨事が起こって、その日は後に「魔の土曜日」と呼ばれることになる。

鶴見事故は速報で報道されたが、大田区千鳥町の石川家では、多吉が八時を過ぎたらテレビを観《み》るな、と子供たちにきつく言い渡していたため、たづも夜のテレビは観なかった。そのため、たづが大惨事を知ったのは、翌朝になってからのことになる。

寝起きにつけたラジオで事故のニュースを知るなり、たづはまず、聖蘭学園の合宿に出かけている百々子のことを考えて総毛立った。

「お父さん」とたづは震える声で、起き出したばかりの多吉に向かって言った。「まさか、百々子嬢ちゃまが巻きこまれたんじゃないだろうね」

多吉は「ばか」とたづをたしなめた。「嬢ちゃんが箱根に行ったのは、昨日の朝だろうが。そんな時間に電車に乗ってるわけがないだろう。だいたい、嬢ちゃんは学校のバスで行ったんだぞ」

多吉にそう言われて、たづは「そうだった」と安堵したが、それでも不安は拭《ぬぐ》えなかった。

たづは寝床から飛び出して茶の間に走り、壁に架けてあるカレンダーをにらみつけた。月めくりになっているカレンダーは生命保険会社からもらったもので、上半分には富士山の写真が印刷されていた。

何度見ても、十一月九日の土曜日には大きく赤鉛筆で丸印がついており、「百々子嬢ちゃま、箱根泊。朝八時半、学校正門前出発」とメモ書きされている。そして帰りは、翌十一月十日日曜日。午後四時ころに、学校正門前にバス到着、と書かれてある。自分でメモしたものなのに、なぜか信用できないような気がして、たづは不安を追い払うように大きく深呼吸した。

「百々子嬢ちゃま、きっと箱根のお宿でニュースを知って、クラスのみんなと大騒ぎしてるだろうね。いやだね、こんな事故があるなんて。誰か知り合いが巻き込まれてなきゃいいけど」

言いながらたづは、太一郎が九日に日帰り出張すると言っていたことを思い出した。

行き先は宇都宮で、帰宅は少し遅くなるとの話だった。

一瞬、ぞっとしたが、鶴見と宇都宮では、方角がまったく異なる。それに太一郎はふだん電車をめったに使わず、よほど遠方でない限り、仕事で出かける時は専属の運転手に運転を任せていた。太一郎が昨夜、横須賀線に乗っていた確率はゼロだろうし、須恵がどこかへ出かけるという話も聞いていなかった。

だいたい、太一郎に何かあれば、須恵はたづの家に電話をかけてくるはずだった。昨日の晩、須恵から何も連絡がなかったということは、太一郎のみならず、黒沢家と関係者に鉄道事故に遭遇した者はいなかった、ということになる。

短期間だったが、黒沢家に居候《いそうろう》していた須恵の弟が、去年の春だったか、横浜方面に引っ越した。そのことを思い出し、引っ越し先はどこだっただろう、とたづは記憶の糸をたぐり寄せようと試みた。

弟がね、横浜にある会社に就職が決まったのよ、と須恵から報告を受けた時、須恵がとても嬉《うれ》しそうにしていたことまでは思い出せたが、どこに引っ越したのかは忘れてしまった。

須恵の旧姓である沼田姓の、左千夫《さちお》という名の弟だった。あの左千夫さんは無事だったろうか、とたづはふと不安に思った。

横浜方面に住んでいるのなら、横須賀線を使うことがあっても不思議ではない。居候していた時は外出していることが多かったため、あまり話したことはなかったが、須恵の弟にふさわしい、端整な顔だちをした美男だった。

須恵から何も連絡がないのだから、左千夫さんも無事だったのだろう、とたづは考え直した。もし、左千夫に何かあれば、須恵はやはりたづのところに電話をかけてくるに違いなかった。

家族で日曜の朝の食事をとっていた時、つけたテレビからは、凄惨な事故の模様を伝えるニュースが流れてきた。遺体は事故現場付近の總持《そうじ》寺《じ》という寺に安置されているが、損傷が烈《はげ》しく、遺体確認は難航している、という話だった。たづは胸が悪くなり、いつもはお代わりするごはんを一膳《ぜん》にとどめた。

国鉄は前の年の五月にも、東京荒川区の三河島で大勢の死者と重軽傷者を出す鉄道事故を起こしている。多吉は顔を真っ赤にして、テレビに向かって国鉄を罵《ののし》り続けた。その声があまりにも騒々しいので、たづが「はいはい、わかりましたよ」と言うと、多吉の怒りはたづに向けられた。

「何だ、その言い方は。だいたいおまえは世の中のことに関心がなさすぎる」

「関心くらい、ありますよ。でも、お父さん、今、こんな大変な時に、三河島事故のことまで持ち出さなくたっていいじゃありませんか」

「国鉄がたるんでるから、こういうことになる、と言ってるんだ。事故の教訓もへったくれもない。いったい国鉄は何をやってるんだ」

「それはそうですけど、何も今、ここでお父さんがそんなに怒らなくても……」

高校生になった十六の息子と十三歳の中学生の娘は、何も言わずに冷めた視線を父親に向けた。多吉は不機嫌そうに黙りこみ、ぞんざいな手つきで箸《はし》を置くと、立ち上がって仕事に出かけて行った。日曜だったが、多吉は個人で請け負った仕事があり、その日は夕方まで戻らないことになっていた。

朝食後、たづが後片付けをしていると、近所の主婦が、醬油《しょうゆ》が足りなくなったから、少し貸してちょうだい、と言って石川家を訪ねて来た。晩のおかずに筑前煮を煮込み始めようとしたら、醬油がきれていることに気づいたのだという。多吉が留守なのをいいことに、玄関先でたづはその主婦と、早速、鶴見事故の話を始めた。

遺体確認ができない、という事故の凄《すさ》まじさは、想像するだけで気分が悪くなった。誰かと事故について話したいと思っていた時だったから、近所の主婦は話し相手に打ってつけだった。上がり框《がまち》に座りこんだ主婦もまた、たづを前にして眉間《みけん》に皺《しわ》を寄せ、ひそひそ声で話し続けた。

互いの親類や知り合いが事故に巻き込まれたわけでもなかったので、テレビや新聞で見聞きした情報を口にし合っていただけだったが、それでも充分、興奮と不安を共有することができた。

やがて話題は事故のことから、近所の住人の噂話に移っていき、ふだんの主婦同士の会話に変わったが、一方、そうやっていればいるほど、たづは落ち着きを失っていった。鶴見事故が起こったことで、自分の身のまわりのことに漠然とした不安を覚えているからなのだろう、と思ってもみたが、単にそれだけではないような気もした。

醤油を借りに来た主婦が帰るとすぐ、たづはぜんざいにした小豆を持っていくことを口実に、昼前に黒沢の家までひとっ走り行ってこよう、と決めた。なぜ、そんなに急いで黒沢の家に行きたがっているのか、自分でもよくわからなかった。

ぜんざいを詰めた容器を携え、たづは家の前で近所の子供たちを相手にキャッチボールをしていた息子と、そばで縄跳び用のビニール紐を束ねていた娘に声をかけた。

「お母さんは今からちょっと、これを届けに黒沢さんのお宅まで、ひとっ走り行ってくるからね。すぐ戻るけど、その間、留守番を頼んだよ。いいね？　日曜だからって遊んでばっかりいないで、さっさと宿題を片づけとくんだよ」

「はーい」と面倒くさそうに応える息子たちの見ている前で、自転車に飛び乗ったたづは、不安を追い払うようにして背筋を伸ばし、勢いよくペダルを漕《こ》ぎ出した。

黒沢の家にたづが到着したのは、十時を少しまわった時刻である。

たづは、ふだん通り、自転車を裏の勝手口付近に停めた。勝手口の合い鍵はいつも大切に、がま口の中に入れてある。

黒沢夫妻は勝手口のみならず、玄関の合い鍵も持っていてほしい、と言ってくれたが、たづのほうでそれを断っていた。家に出入りするには、勝手口の鍵が一本あれば充分だったし、自分のような立場の者が邸宅の正面玄関から出入りするのは、分不相応だと思うからだった。

家政婦の仕事が休みの時でも、用があれば自由に鍵を使ってくれてかまわない、とも言われている。だが、仕事以外で勝手に出入りすることは控えたかった。ぜんざいを入れた容器を手にしながら、たづは勝手口専用の丸いブザーを押した。御用聞きやガスの検針員のために設置されているブザーだった。

しばらく待ってみたが、応答がなかった。中で人の気配もしない。出かけているのだろうか、と思ったたづは、表にまわってみた。門扉の脇にあるガレージにはシャッターはついておらず、黒沢家の自家用車が停められているのが見えた。

紺色のダットサン・ブルーバード。たづは車にはまるで詳しくなかったが、その車の名前が「幸福を運ぶ青い鳥」という意味であることは、百々子から教えられて知っていた。黒沢の家にふさわしい車名だ、と感動した覚えがある。

太一郎は昨日は宇都宮に出張だったが、日帰りで戻ると言っていたから、車がそこにあっても不思議ではなかった。車があるのに留守となれば、夫妻はどこかに出かけているに違いなかった。

夫婦そろって散歩に出たのか。何か急ぎの買い物でもあったのか。一泊二日の合宿に行った百々子が、今日の夕方、戻ってくる。それなのに、一緒に外出してしまうとは、いったい何の用があったのだろう。

ふと、夫妻の留守と国鉄の大惨事とがつながった。黒沢製菓の社員や知人が、あの事故の犠牲者になったのかもしれない。たづはたちまち不吉な気分にかられた。知らせを受けて、取り急ぎ夫妻が現場に急行した、ということも考えられた。

いやだよ、まったく、とたづはひとりごちた。もしそうだとしたら、百々子嬢ちゃまが帰って来るまでに、奥様も旦那《だんな》様も戻って来られない可能性もあるじゃないか。それならそれで、私が百々子嬢ちゃまをお迎えに行くからいいけれど、いったい全体、どうなっているんだろう。何かあったのなら、うちに電話くらいかけてきてくれてもよかったのに。

ともあれ、ぜんざいを台所に置いてこよう、とたづは思った。夫妻が戻った時にすぐにそれとわかるよう、置き手紙を残しておけばいい。

たづは鍵を使って勝手口を開けた。「旦那様、奥様、ごめんくださいまし」と大きな声を張り上げた。「たづでございます。おぜんざいを作りましたのでね、お届けにあがりましたんですが、いらっしゃいますかぁ？」

台所は一見したところ、きれいに片づけられていた。流しの脇の籠《かご》には、伏せたどんぶり鉢がひとつと小皿が一枚、箸が一膳、入っていた。箸はふだん、須恵が使っているものだった。

家の奥に人の気配は感じられなかった。台所の向こうの茶の間で、柱時計が時を刻んでいる音がかすかに聞こえた。

やはり誰もいない、おふたりは出かけているのだ、と思い、たづは持ってきた容器から、作りたてのぜんざいを手早く鍋《なべ》に移した。蓋《ふた》をし、調理台の中央に置いてから、置き手紙を書くための筆記用具と紙がないかとあたりを見回した。

先の丸まった黒鉛筆はすぐに見つかったが、紙が見当たらなかった。須恵がいつも、不要になった広告チラシを束にして、裏をメモ代わりに使っているものが茶の間にあったはずだった。たづは台所を出て茶の間に入ろうとし、玉のれんが下げられた戸口のところで棒立ちになった。

茶の間はひどく荒らされていた。雨戸は開けられていなかった。つけっ放しにされた電燈の下、茶簞笥《ちゃだんす》の抽斗《ひきだし》が裏返しになり、物入れに使っていた襖戸《ふすまど》が開け放しにされ、あちこちにものが乱雑に投げ捨てられていた。

たづはがたがたと震え始めた足をなんとか押さえつけながら、喉《のど》の奥が詰まりそうになるほどの恐怖に襲われた。強盗か空き巣が入ったのだ、と直感した。だとしたら、犯人は、まだ家の中にひそんでいるのかもしれない。

　思わず叫び出しそうになったが、たづはこらえた。何よりも先に、黒沢夫妻の無事を確認しなければ、という強い使命感がたづを動かしていた。

　茶の間を出たところに伸びている廊下の明かりもついたままだった。玄関の引き戸は閉じられていた。静寂に包まれた家の中で、たづの耳は奇妙な音をとらえた。シャーシャーという音だった。その乾いた音は、砂嵐《すなあらし》のそれのように聞こえた。音は応接間のほうから聞こえてくる。

　たづは震えながら、おそるおそる応接間に向かった。天井のシャンデリアの明かりは灯されたままだ。ドアが半分開いている。砂嵐の音が大きくなった。ビクターのステレオが目に入った。砂嵐のように聞こえていたのが、空《むな》しく回転し続けるレコードの針のたてる音であったことを理解した瞬間、たづの目が、床に臥《ふ》している黒沢太一郎と須恵夫妻の禍々《まがまが》しい姿をとらえた。太一郎の後頭部のあたりに出血のあとがあった。どす黒くなった血の塊が太一郎の黒い髪の毛にこびりついていた。

　須恵は夫の身体《からだ》の下でうつぶせに横たわっていた。横向きになった顔の半分がはっきり見えた。くちびるが紫色に変色し、黒ずんだ舌が覗《のぞ》いていた。目は開いたままだった。声にならない悲鳴をあげ、腰を抜かし、床に後ろ向きに両手をついたまま、たづはしばし動けなくなった。奥様、旦那様、と念仏のように繰り返し口にしながら、たづは失禁した。

温かな尿が下着をぬらしていく、その場違いな感触がたづを我に返らせた。思わず子供のように顔を大きく歪《ゆが》めて泣きじゃくったが、長くは続かなかった。

たづは渾身《こんしん》の思いで身体を起こすと、電話機のあるコーナーに向かって、這《は》いつくばりながら移動した。電話のコードが鋭利なナイフか何かで切断されている、という、とんでもなく恐ろしい光景、そしてまた、この家のどこかに未《いま》だに潜んでいる誰かが、自分目がけて包丁をふりかざしてくる、というイメージが頭の中に浮かんだが、必死になってそれを打ち消した。

息も絶え絶えになりながら電話コーナーまで行き、雨戸が閉ざされたままのうすぐらい室内で、たづは手をのばし、電話の受話器を取った。自分と外界とをつないでくれる通話音が聞こえてきた時は、安堵のあまり、再び腰が抜けそうになった。

一一〇番にダイヤルし、「死んでます」と言ったとたん、腹の奥底から金切り声がこみあげてきた。それを必死の想《おも》いでおさえこみながら、黒沢の家の所番地を相手に教え、自分の名前を伝えた。

警察にひと通りの情報を話し終えると、たづは「ひっ」と声にならない叫び声をあげながら、走り出し、玄関の引き戸を開けるなり、裸足《はだし》のまま外に飛び出した。

## 2

私立聖蘭学園が東京の四谷に設立されたのは明治四十年。カトリック系の高等女学校として開校された。

初代校長はフランス人の神父だった。界隈《かいわい》に居住する令嬢たちが入学してくるうちに、いつのまにか富裕な家庭の生徒が数多く集まることで有名な学校になった。

昭和十年に洗足池に新校舎が完成し、移転。戦後は、初等部から四年制大学までそろえた男女共学の学校として再スタートを切り、歴史ある私立の名門として、その名が知れ渡るのに時間はかからなかった。

自由な校風と少数精鋭の教育方針を掲げ、とりわけ大学の音楽部には、エスカレーター式に上がってきた生徒のみならず、幼少のころからプロの演奏家をめざす富裕な家庭の子女が、狭き門を突破して集まった。教授陣も優れており、非常勤講師の中には、著名な海外の演奏家や音楽家も名を連ねている。

一九六三年の聖蘭学園初等部の生徒数は一学年九十名ほどで、一クラス三十名だった。

戦後のベビーブームに誕生した子供たちが通う公立小学校では、一クラス五十名以上、一学年六組ないし七組、というのがふつうだったので、いかにゆとりのある教育環境であったかがわかる。

その聖蘭学園の初等部では、卒業を控える秋になると、恒例行事として六年生の親睦《しんぼく》旅行が開かれることになっていた。十一月第一週もしくは第二週の週末、古くから箱根にある聖蘭学園の寮で、六年生の生徒たちが全員、一泊二日の合宿を行うのである。「箱根学校」と呼ばれ、表向きの名目は、六年間の初等部時代を語り合い、中等部でのさらなる親睦を深めるための合宿、ということになっていたが、実際にはそれほど堅苦しいものではなかった。

芦ノ湖畔の山の中腹にある寮は、ちょうどその時期、紅葉に彩《いろど》られ、まだ朝晩の冷え込みもさほどではなく、美しい季節をむかえる。そんな中、東京を離れてクラスメートと共に風呂に入ったり、夜遅くまで騒いだり、ススキ野原で遊んだりすることができる。秋に行なわれる卒業旅行のようなものであり、帰京した翌日は特別に学校が休みになるため、生徒たちの間では、代々、人気の高い学校行事であった。

寮はかつて、大手鉄鋼会社が所有していた保養所を改築したもので、二階建て木造の、和洋折衷の建物だった。生徒約九十名と、引率の教師ら併せて百名を超える人数が各部屋に分散して宿泊しても、充分、余裕がある。管理人夫妻がふだんから別棟に常駐しており、他に非常勤の使用人が何人かいた。風呂は近所から引いてきた温泉、という豪華さで、生徒たちの食事は、聖蘭学園が指定した信頼できる地元の業者が一手に担《にな》った。浴場はさほど広くはなかったが、岩風呂仕立てになっていて、保養所とは思えない風《ふ》情《ぜい》があった。初等部のみならず、中等部、高等部、大学にいたるまで、各種の合宿に使われ、教職員とその家族が温泉を利用するために、休日に足を運んで来ることも少なくなかった。

しかし、箱根寮の最大の魅力であるその温泉は、とりわけ初等部中等部の児童生徒が大勢でやって来るたびに、常に問題の火種になった。男子が女子の入浴を覗《のぞ》いた、覗かない、といった他愛のない騒ぎが、判で押したように起こるのである。

黒沢百々子のクラスの担任、美村博史《みむらひろし》は、教職について初めて経験する箱根学校で、その覗き見騒ぎの洗礼を受けた。

学年でもっとも可愛《かわい》いとされ、男子に何かとちょっかいを出されるB組の黒沢百々子が、怒りもあらわに真っ赤な顔をし、一人の男子の手首をむんずと掴《つか》んだまま、廊下の窓辺で煙草《たばこ》を吸っていた美村のもとにやって来るなり、「先生！　痴漢です！」と言ったのである。

百々子はふだんは、やわらかな髪の毛を両耳のわきできちんと結び、肩のあたりに垂らしていたが、その時は、ほどいた毛にブラシをあてた様子もなかった。合宿時には生徒全員が着用を義務づけられている、白いトレパンに白いブラウス、紺色の毛糸のカーディガン姿だったものの、急いで着たのか、カーディガンの前ボタンは派手にかけ違えられており、中のブラウスの襟も内側に折れ曲がったままだった。

汗ばんだ首すじに、濡《ぬ》れた髪の毛をへばりつかせ、興奮しているせいか、奥二重の大きな目は爛々《らんらん》と輝いていた。ふっくらとした桜色のくちびるは、美村に向かって何かを訴えようと焦《あせ》るあまり、小刻みに閉じたり開いたりを繰り返していた。

百々子の話によると、百々子が仲のいい女子たちと一緒に入浴した際、湯あたりをしたか何かで気分が悪くなった生徒が出た。すぐに介抱してやりたくても、裸では誰も教師を呼びに行くこともできない。

みんながおろおろしている中、百々子が浴場を飛び出した。脱衣所で大急ぎで身体《からだ》を拭《ふ》いていたところ、隣のA組の男子生徒が、他の男子と一緒に脱衣所の天井付近にある換気用の小窓を開け、自分の裸を盗み見ていたことに気づいたのだという。

「本当か」と美村が、百々子の連れてきた男子生徒に問い質《ただ》すと、市原という名の、頭を坊ちゃん刈りにした児童はふてくされた表情で「嘘《うそ》です」と答えた。「黒沢が勝手にそんな作り話をしてるだけです」

「何言ってんのよ。目と目が合ったじゃないの。覗いてたじゃないの」

「覗いてたんじゃない、ってば。あの窓が女湯に通じてる、ってこと、知らなかったたんだよ。さっきからそう言ってるだろ」

「じゃあ、なんであんな高い場所にわざわざ登ったのよ。変じゃない」

「登れるってわかったから、上に何があるんだろうと思って、登ってみただけだってば」

「初めっから知ってたんでしょ。あそこから女湯の脱衣所が見えるって。だからずっとあそこに登って待ち伏せしてたのよ」

「違うって」

「嘘なんか、いくらでもつけるわよね。証拠がないんだから。さあ、潔《いさぎよ》く、先生の前で正直に認めたらどう?」

市原は、ちっ、と忌《い》ま忌《い》ましげに舌を鳴らした。「なんだよ、女のくせに。えらそうに」

「女のくせに、って何よ。どういうこと?」

「黒沢はちょっと可愛い顔をしてるからって、自惚《うぬぼ》れてんだよ。生意気なんだよ。みんな、そう言ってるぜ」

百々子の顔が耳まで真っ赤になった。「自惚れてなんかないわよ。それとこれと、どういう関係があるのよ。自惚れてる女の子なら、覗き見してもいい、って言いたいわけ?」

「まあまあ、待て待て」と美村は二人の間に割って入った。

厄介だ、と内心、思った。たとえ相手が小学六年生とはいえ、性的なことがかかわってくる問題は苦手だった。

美村は、産休に入ったB組の担任教師の代理で、つい二か月ほど前から担任を引き継いだばかりだった。大学の教育学部を卒業したのが、前年の三月。彼はまだ、二十三歳だった。

百々子が「覗き見された」と言って連れてきた市原は、前の担任から素行が悪く要注意と聞いていた生徒だった。両親は日本橋で歴史の旧《ふる》い高級呉服店を経営している。

「いいから、黒沢はあっちに行ってなさい」と美村は言った。

女湯の脱衣所を覗いた男子児童に説教をするにしても、覗かれた本人が目の前にいたら教師として言いづらいこともある。だが、百々子は美村に食ってかかった。

「先生、どうして私があっちに行かなくちゃいけないんですか。なんで、ここにいたらいけないんですか」

「いや、市原とは先生が話をするから、きみは何も心配しなくてもいい、という意味だよ」

「市原君に先生が何をおっしゃるのか、聞いてちゃ、いけないんですか」

「いや、いけないわけではないけど、ただ、こういうことは別々に話を聞くほうが

「……」

美村が内心、冷や汗をかき始めた時、廊下の向こうから、Ａ組の担任が鼻唄まじりに歩いて来るのが見えた。勝山という名の、大柄で熊のように全身が毛深く、生徒たちから「ヒグマ」とあだ名されている教師だった。

美村より一回り以上も年が上のベテランで、聞き分けのない男子生徒を怒鳴りつけたり、廊下に立たせたり、頭にげんこつを喰らわせたりするが、気性がさっぱりしていて情愛深いため、児童や父兄からの信頼は篤《あつ》い。

勝山は湯上がりのようだった。皺《しわ》の寄ったワイシャツの肩に手ぬぐいを引っ掛けており、児童を引率してきた教師、というよりは、温泉宿でくつろいでいる、どこにでもいそうな中年男に見えた。

ほっとする思いで美村が勝山を呼び止め、ことの次第を説明すると、勝山は呆《あき》れ顔を作った。そして、市原に向かって「何やってんだ、おまえ」とくだけた口調で言った。

「ほんとにそんな恥ずかしいことしたのか。え？」

市原は勝気そうに両方の眉《まゆ》をあげただけで、何も言わなかった。勝山は美村に「任せてください」とでも言いたげな、茶目っけのある視線を送ると、市原の腕を引き、「さあ、先生と一緒にあっちに行くんだ。男同士、取り調べをするぞ」と言った。

残された百々子は、悔しそうに目をつり上げ、去って行く勝山と市原を見送っていた。

美村は何か言葉をかけてやりたいと思いながら、何を言えばいいのか、わからなかった。あたりさわりのない言葉を口にしたら最後、百々子から軽蔑《けいべつ》されそうな気がした。やがて百々子は美村に向かってぎこちなく一礼し、無言のまま去って行った。わずかな風が起こり、百々子の身体から立ち上っていた湯の香りだけがあとに残された。あの時刻、すでに百々子の両親は殺害されていたのだ、と美村は後になって幾度も思い返した。箱根の夜の、そのちょっとした騒ぎは、黒沢百々子の悲劇の始まりと同じ日の出来事として、美村の脳裏に色濃く刻まれた。

寮にはテレビは置かれていなかった。同じ敷地内にある管理人夫妻の住居には備えられていたが、百名近い生徒と職員を預かることになった夫妻は、夕食を出し終えると疲れ果て、テレビもつけずに寝てしまった。美村をはじめとした職員が鶴見事故のニュースを知ったのは、翌朝になってからだった。

身内が事故に巻き込まれた生徒がいるかもしれないため、職員の間には勢い、張りつめた緊張感が走った。管理室にある電話を使い、東京の学園本部と連絡を取り、生徒たちへの対応と、父兄から寮に連絡があったらどうするか、協議し合った。結果、せっかくの合宿を楽しんでいる生徒たちをいたずらに不安がらせまい、として、事故については昼食後の席で伝えることで話がまとまった。

午前中は自由時間で、銘々、寮の周辺を散歩したり、ススキ野原でキャッチボールをしたりし、正午からの昼食の少し前に、一同は寮の正面玄関に集合して記念撮影となった。

生徒の父兄や親類が事故にあい、亡《な》くなった、という連絡が寮の電話にかかってくることがないよう、誰もが祈る思いで神経をぴりぴりさせていたが、むろん、顔には出さなかった。

秋の乾いた木の葉の香りが漂う、日当たりのいい寮の正面玄関で、クラスごとの記念撮影をすませ、児童たちが三々五々、食堂に集まるころになっても、どこからも不幸な知らせは届かなかった。数名の父兄が、鶴見事故のニュースを知ってわが子が気になったのか、寮に電話をかけてきたが、それ以外、案じていたような連絡はひとつもこなかった。美村をはじめとした教師たちは全員、深く安堵《あんど》しながら昼食の席についた。

記念撮影が少し手間取ったため、昼食は予定よりも三十分ほど遅れて始まった。ハムと卵のサンドイッチ、瓢箪《ひょうたん》型に握られたおにぎり、なめこの味噌汁《みそしる》、といった献立で、食後のデザートとして梨が供された。まるごと出されたため、各クラスの女子が皮むきを担当することになった。器用にするすると皮をむく女子生徒たちが切り分けた梨に、それぞれが賑《にぎ》やかに手を伸ばし始めた時だった。

Ａ組担任教師の勝山が、美村のそばにやって来るなり、耳元で低く声をかけた。

「美村先生、ちょっといいですか」

「はい。何でしょうか」

「いえ、ここではちょっとあれですので、外に……」

勝山の顔がこわばって見えたので、美村は奇妙に思った。勝山はふだん、校内でそんな表情をみせる男ではなかった。昨夜の騒ぎに関して、またぞろ厄介な問題が噴出したのか、とも思ってみたが、勝山は深刻そうで、女湯の覗き見の一件どころではないようでもあった。

勝山の後に続いて食堂大広間の外に出た美村は、手招きされて、さらに廊下の端のほうまで進んだ。何事か、と思いながら美村が近づいていくと、近くに人がいないことを確かめるようにしてから、勝山は彼に視線を移した。

「大変なことが起こりました。美村先生、落ち着いて聞いてください」

美村は勝山を見上げた。身長が百六十センチに満たない美村は、長身の勝山の前に立つといつも、自分はまるで子供のように小さい、と感じる。だが、その時はそんな劣等感も吹き飛んでいた。

「いったい何があったんですか」

「いや、実は……」と言い、勝山は重々しく瞬《まばた》きをした。「美村先生のクラスの黒沢百々子のご両親がですね、ゆうべ、その……亡くなったそうなんですよ」

何を言われたのか、美村には瞬時に理解できなかった。「亡くなった」と聞けば、その時点で美村の頭の中には鶴見事故しか浮かばなかった。黒沢百々子の両親が、鶴見事故で死亡したのだ、と思いこんだ美村は、喉《のど》が詰まるような感覚に襲われた。

「本当ですか。両親ともに、ですか」

「そのようです。さっき寮に学園長から緊急連絡が入って。美村先生を呼びに行こうと思ったんですが、学園長も慌《あわ》てふためいていたもので、その余裕もなく……。ひとまず僕がひと通り、話を聞いたのですが……。それとは別に、ここの管理人のほうにも警察から連絡があったみたいで」

「いや、しかし、そんなひどいことが……」

「いいですか、美村先生、すぐに黒沢を連れて東京に帰ってください。荷が重いことでしょうが、担任として付き添ってやってください。先生のクラスは僕が引き受けますから」

美村はこわごわうなずきながら、「信じられません」と言って嘆息した。「今朝、事故のニュースを知ってから、ずっとびくびくしてたんです。うちの生徒の身内で、事故に巻き込まれた人がいるんじゃないか、って。……その通りになってしまったわけですね」

「いや、違う。違うんですよ、美村先生」と勝山が慌てたように言った。「誤解です。黒沢の両親はゆうべの鶴見事故で亡くなったんじゃないんです」

「は？」

「まだはっきりしたことはわからないんですが、その……何者かにね、自宅で殺されたらしいんですよ」

近くにあった窓は半分ほど開けられていた。秋の冷たい風が感じられた。木の梢《こずえ》でヒヨドリが烈《はげ》しく鳴きたてた。遠くで生徒たちの笑い声がはじけた。

「殺された？」と美村は小声で繰り返した。自分が何か途方もなく馬鹿げたことを鸚鵡《おうむ》返しで応《こた》えているだけのように感じられた。

勝山は、いっそうあたりを気にしつつも、重々しくうなずいた。「第一発見者は通いの家政婦だったそうです。今日の午前中に黒沢の家に行って、死亡しているのを発見したみたいで。学園長のほうには、すぐに警察から連絡があったそうでして。警察もいずれは黒沢百々子に事情を聞きに来るだろうし、いやはや、とんでもないことになりました」

頭が混乱していたが、美村は必死で冷静さを保とうと努力した。質問攻めにしたかったものの、勝山が何も詳しいことを知らずにいるのはよく理解できた。

この先、自分が果たすべきことの重さは、新米教師として計り知れない。そう思って美村は身構えた。

「黒沢百々子は確か一人っ子でした」と美村はせかせかとした口調で言った。「父親は黒沢製菓の東京支店長で、祖父母は本店のある函館に住んでいます。しかし、東京にどんな身寄りがいるのかということは、僕には……すみません」

勝山はうなずいた。「仕方ないですよ。まさか箱根学校の最中に、こんなことが起こるなんて、誰も想像できなかったんですから」

「あの……強盗か何かにやられたんですか」

「いやそれはまだ、なんとも。ともかく今は何も、わからないんです」

美村は目を瞬《またた》き、忙《せわ》しく考えた。「テレビとか新聞社も押しかけてくるでしょうし、いったん黒沢を親戚《しんせき》の家かどこかに落ち着かせたほうがいいですね」

「まずは黒沢本人に訊《き》いてみて、そのうえでどうするか考えたほうがいいような気がしますが」

美村は深くうなずいた。「そうですね。しかし、黒沢には何と言えばいいのか……」

「東京から連絡があって、急いで帰るようにと言われた、とかなんとか。両親が殺されたことは、今はまだ本人に伝えないほうがいい、と学園長からも言われました」

美村が思案に暮れて黙っていると、勝山は肩のあたりで深く息を吸った。「そのあたりのことは担任の美村先生にお任せしますよ。いずれは伝えなくちゃならないことですし、先生は黒沢のこと、よくご存じだと思うので」

そんなことはない、担任になってまだ二か月で、ほとんど何も知らないに等しい、と訴えて、ベテランの勝山に代ってもらいたかったが、かろうじて美村の中にあった自尊心がそれを抑えこんだ。美村は沈黙を続けた。

食堂になっている広間のほうが静まりかえった。教師の一人が、昨夜の鶴見事故について話しているようだった。

美村は、早くも黒雲のようにわきあがってくる不安に押しつぶされそうになった。両親が殺害されたばかりの女子生徒にあたりさわりのない話をし、東京まで連れて行く自分が想像できなかった。道中の会話、東京に戻ってからのこと、そのすべてに自信がもてなかった。

だが、自分は担任教師なのだ、と言い聞かせた。美村は肩に力をこめて勝山に告げた。

「なんとか……やってみます」

「頼みます。本当に大変なこととは思いますが、ここは美村先生にお願いするしかありません。もう一人、女性教諭に頼んで二人で、ということも学園長と検討したんですよ。やっぱりこういう時には同性の先生の役割は大きいですからね。しかしですね、二人も付き添うとなったら、黒沢は何事かと思って本当は何があったのか訊いてくるでしょう。ですので、やっぱり美村先生ひとりのほうがいいと」

「わかりました」

「管理人に言って、車を出してくれるように頼んでおきます。黒沢を連れて、箱根湯本の駅まで送ってもらってください。電車の時間も調べてもらいますから」

勝山が暗い顔をしたまま去って行くのを見送って、美村は職員の宿泊用に使っていた部屋に駆け戻った。受け持ちクラスの生徒名簿は、手荷物の中にしのばせてあった。

名簿をめくって、黒沢百々子の自宅住所を確認した。大田区久ヶ原町。寮にあった東京の地図を見て、駅から徒歩で十二、三分の距離だろうとあたりをつけた。

しかし、両親が殺されたという自宅では、終日、警察による現場検証が行われているに違いなかった。どんな殺され方をしたのかはわからないが、百々子を今夜、自宅に帰すわけにはいかない。

今夜以降の百々子の居場所をどうすればいいのか。黒沢の父親は、函館に本店のある大手菓子会社の東京支店長だが、親戚か会社関係者がどうにかしてくれるのか。その手《て》筈《はず》は整えられているのか。

美村の思考力と想像力はそれ以上、一歩も前に進まなかった。両親が殺害された、という事実を伏せたまま、どうやってあの、いかにも勘のよさそうな少女を連れて東京に帰ればいいのか。うまくいったとしても、自宅以外の場所を目指したりなどすれば、不審に思われ、質問攻めにされるに違いない。

山形市で生まれ育った美村は、子供のころから内気な性格だった。身長の伸び具合が悪かったせいか、気持ちまで萎縮《いしゅく》していた。大勢の前で堂々と意見を述べることができなかった。周囲の顔色を窺《うかが》い、いつも気をつかっていた。特に嫌われたり、いじめられたりすることはなかったものの、愛されることもなかった。

父親は公務員で、経済的な余裕はなかったはずだが、彼が東京の大学の教育学部に合格すると、黙って送り出してくれた。

都会暮らしが性に合わなかった分だけ、独りの時間はたっぷりとあった。在学中、彼は本を読み、思索し、街を歩き、また本を読んだ。

教師の職を得ようとは思っていたが、どの学校を選べばいいのか、わからなかった。そんな時、指導教授を通して、聖蘭学園が産休に入る女性教師の代理を探している、優秀な卒業生を推薦して欲しいと言ってきた、やってみないか、と声をかけられた。聖蘭のように金持ちの子女が集まる私立校には、問題を抱えている家庭の子供が少ないので、仕事も楽だ、と教えられ、それならばと心が動いた。

初等部の担任は、女性教師が復職するまで、という話だったので、なおさら気楽だった。それなのに、これほど早く手に余るような難問が降りかかってこようとは想像もしていなかった。

美村の中に、その時、場違いなほど唐突に、昔の記憶がよみがえってきた。高校二年生の時の記憶だった。

同じクラスの学級委員に、野球部所属の成績優秀な男子生徒がいた。美村は憧《あこが》れと羨《せん》望《ぼう》と嫉妬《しっと》を足して三で割ったような感情を抱きながら遠巻きに見ていたが、どういうわけか、ある時、その生徒は彼に親しげに話しかけてきた。

通学途中で知り合って、時々、挨拶《あいさつ》を交わすようになった私立の女子高校生がいる、こういうことを同じクラスのやつに頼みたくないんだけど、美村なら信用できそうだし、いいかな、と思ってさ……照れくさそうにそう前置きをし、生徒はその女子高校生を神社の境内に呼び出してもらえないだろうか、と頼んできた。

それは恋心をつづった手紙を手渡し、告白をするためだった。ほかに何ひとつ不純な動機はなさそうだった。

ふだん、さほど親しくしていたわけでもないのに信頼されて、そんなふうに折入って頼みごとをされるのは悪い気はしなかった。しかも相手は学年で一、二を争うほどの人気者だった。美村は快く承知した。

学校帰りに、その女子高校生が必ず通るという橋のたもとに立ち、その男子生徒と共に彼女と挨拶を交わした。同じことを何度か繰り返して相手を安心させた後、いよいよ美村ひとりで彼女を待ち伏せする日がやってきた。

いつものように姿をみせた彼女が一人であることを確かめてから、彼は「神社の境内まで行ってみたほうがいいと思います」と声をかけた。

彼女には、しょっちゅう連れ歩いている妹がいた。身体を斜めに傾けて歩く、痩《や》せた妹だった。

妹さんがさっき、神社でお姉さんを待っている、と言っていたのを耳にした、ちょっと気になったもんだから、教えておいたほうがいいと思って……美村は平然と、そんな嘘をついた。

彼女はふと怪訝《けげん》な表情を作ったが、すぐに笑みを浮かべ、「教えてくれてありがとう」と礼を言うなり、踵《きびす》を返した。妹のことを案じている様子がよく伝わってきた。

彼女の三つ編みに編んだおさげ髪が、色あせたセーラー服の背で左右に揺れているのをぼんやり見送っていた時だった。美村は唐突に、深い自己嫌悪《けんお》にかられた。自分は他人におもねって人を騙《だま》したのだ、と思った。

とるに足りない嘘ではあっても、嘘は嘘だった。いずれ嘘だとはっきりわかる嘘……しかも障害をもつ妹を嘘に利用することに、何のためらいも抱かなかった。そんな醜い自分の気持ちの奥底には、あの野球部の、成績のいい、未来が約束されているような同級生に対する複雑な劣等感があった。そのことを知っていながら、気づかぬふりをし、嘘までついた自分が情けなく、烈しい自己嫌悪にかられた。

その時のことが、今ふたたび苦々しく思い出されてきた。両親を失ったばかりの黒沢百々子を東京まで連れ戻すために、もっともらしい嘘をつくのはいやだった。百々子の中にわきあがる疑念と不安を受け止め、支えてやれなくて、なぜ教師と言えるだろう。

それは美村にとって、人生で初めて迎えた正念場と言えた。

　美村は自分の荷物を手早くまとめ、部屋から飛び出した。黒沢百々子を探してあたりを見回したが、その時刻、ほとんどの生徒はばらばらに自由行動をとっていて、百々子の姿は見えなかった。

　白い割烹着《かっぽうぎ》姿の管理人の妻が、案じ顔で美村に近寄って来た。「ほんとにまあ、先生、大変なことばかりが起こって……。鶴見事故だけだと思っていたら、こんなおそろしいことが……」

　美村の母親といってもいいような年齢の女だった。彼女は眉をひそめながら、うまく聞き取れないほど小さな声で、「かわいそうに。まだ小学生だっていうのに……」とつぶやくなり、今にも泣き出しそうな顔を美村に向けた。

「その本人を探しているんです。今、どこにいるか、ご存じないですか」

「さっき、みんなと一緒に外に出て行きました。ススキ野原のほうだと思います。あ、それから、お車のほうは大丈夫です。主人がいつでも湯本の駅までお送りすると言ってます。準備が整ったら、いつでもお声をかけてくださいましね」

　美村はうなずき、礼を言い、小走りに玄関に向かった。自分の靴を探している余裕はなかった。備えつけの、古びた茶色のゴムサンダルが目に入ったので、彼は迷わずそれを履き、外に出た。燦々《さんさん》と射《さ》す光が彼の両眼を射抜き、わずかだが目の奥に鈍い痛みを覚えた。

寮の敷地は広く、建物の裏側になだらかに隆起している一角が、いちめん広大なススキ野原になっている。ほとんど人の手が入っていない、自然のままのススキ野原である。だが、その中央部分だけは整備され、幅広の楕円形《だえんけい》に芝が敷きつめられていた。箱根寮を利用する子供たちはたいてい、遊び場としてその芝の上を利用する。

十一月の午後の光が世界を領していた。縦に横に斜めに乱反射する光は、枯れかけた無数のススキの穂先で弾《はじ》け飛び、小さな球のようになって地面に転がっていった。空も大地も、木々も草も、すべてが鬱金色《うこんいろ》に輝いていた。

冬に向かって枯れていこうとしている木立ちの間隙《かんげき》をぬうようにして、ひんやりとした風が吹いてくる。梢が、ススキの穂が、遠くの木々が、一斉に乾いた音をたてて揺れた。

大勢の児童たちが、冬枯れた芝の上で走り回ったり、でんぐり返しをしたり、笑ったり、大声を出したりしていた。騒々しいはずなのに、彼らの声は風に運ばれ、発せられたとたん、すぐに空の彼方《かなた》に遠のいてしまう。あとには氾濫《はんらん》する光だけが残されて、美村は、古い無声映画を観《み》ているような心持ちになった。

群れ集っている女子児童の中に、黒沢百々子を見つけるのは比較的容易だった。顔の両わきで髪の毛を結び、うさぎの耳にようにたらした百々子のヘアスタイルのまねをして、何人かの女子が同じような髪形をしていたが、百々子のそれだけが際立《きわだ》って目立ったのは、髪の毛の結び目に細いピンク色のりぼんを巻いていたからではない。百々子という女子児童が漂わせてやまない、子供らしからぬ魅力のためだった。

　職員室でも、黒沢百々子はそのうち芸能界にスカウトされるだろうと話題にのぼることが多く、女性教師の中には「あの子は目立ちすぎて異性を近づけやすいから注意しておいたほうがいい」と真顔で心配する者もいた。そうした発言を耳にするたびに美村は不思議に思った。

　美村は百々子の魅力を特別に妖《あや》しいものであるとは微塵《みじん》も感じることがなかった。教師が教え子をそのような目で見てはいけない、と自分を戒めていたからではなく、美村の目に百々子はあくまでも、小学六年生の女子にしか見えなかった。むしろ彼は、たかだか十二歳の子供が、目鼻だちが整い、少し発育がいいからといって眉をひそめ、「注意したほうがいい」などと言い切る人間を内心、軽蔑していた。

　美村は意を決して、芝生に足を踏み出した。百々子をはじめとした数人の女子児童は、芝生の端のほうで円陣を組んで腰をおろし、楽しげにしゃべりながら、そばに咲き乱れている花を愛《め》でていた。赤紫色をした自生の萩《はぎ》の花だった。

　美村が近づいていくと、百々子ではない、別の女子児童が美村に気づいて振り向き、まぶしそうに瞬きをした。その児童に軽い微笑を返し、視線を百々子に移すと、美村は

「黒沢」といつもと変わりのない口調を努めながら呼びかけた。

　百々子は右手に、近くで摘んできたとおぼしきコスモスの花を数本、握りしめていた。美村を振り返った百々子に、彼は「ちょっとこっちに」と言って軽く手招きをした。

　百々子は居合わせた女子児童たちと顔を見合わせてから、美村に向かって「はい」とうなずいた。

　女子たちが、ひそひそと何か話し始めた。百々子は摘んだコスモスの花をそばにいた女子児童に手渡し、トレパンの腰の部分を両手で軽くはらいながら立ち上がった。不服げな、こましゃくれた少女そのものの表情だったが、肉付きのいい胸のあたりに大人の女の成熟が仄見《ほのみ》えた。今、起こっていることと、その発育のいい豊かな胸や臀《しり》、なめらかで整った顔は、あまりに場違いな感じがした。

「先生、私、何か叱《しか》られなくちゃいけないんですか？　ゆうべのことですか？」美村のそばまでやって来た百々子は、そう言ってくちびるを尖《とが》らせ、上目づかいに彼を見た。

「違う。そのことじゃないよ。ともかく、ここじゃなんだから、あっちに行こう」

　警戒と猜疑《さいぎ》がないまぜになった百々子の視線を浴びているのがつらくなり、美村は足早に歩き出した。百々子が背後から、急ぎ足でついてくる気配があった。ふたりが踏みしめる枯れ芝が乾いた音をたてた。いっそう強まった感のある風が、美村の耳元でびゅうびゅうと唸《うな》った。

ススキ野原を抜け、丘を下り、寮に向かう小《こ》径《みち》にさしかかった時、美村はあたりに誰もいないことを確かめてから、おもむろに足を止めた。百々子も同時に立ち止まった。二人の間には二メートルほどの距離があった。

本当にいいのだろうか、と美村は何度も自問した。勝山が言っていたように、余計なことは言わず、適当にごまかして東京まで連れて帰ればいいだけなのではないか。何も今ここで、本当のことを言う必要はないのではないか、と。

しかし、美村は嘘をつくことができなかった。まだ子供である百々子に向かって、自宅で起きた事件を伏せたままでいることはできそうになかった。

彼は光を浴びながら立ち尽くしている百々子を正面に見ながら、「いいか、黒沢」と言った。「落ち着いて聞いてほしい」

百々子は束《つか》の間《ま》、無表情に彼を見つめた。その目の奥に、かすかな苛立《いらだ》ちのようなものが走った。

「実はさっき、寮に連絡があった。その……きみの家のご両親が大変なことになったそうなんだ。だから、きみはこれから荷物をまとめて、すぐに東京に戻らなくちゃいけない。もちろん、先生も一緒に行く。寮の管理人さんが、箱根湯本の駅まで車で送ってくれることになってる」

不思議なことに、百々子は黙ったままでいた。顔色ひとつ変えず、質問も発せず、ただ、射るようなまなざしを美村に向けているだけだった。

美村はふと百々子が哀れで仕方なくなった。できることなら、強く抱きしめて頭を撫《な》でてやりたいほどだった。

「先生はずっと一緒にいるから。これからいろいろ、大変になるだろうと思うけど、先生も他のみんなも、全力できみを守るから」

それ以上、何も言うな、と美村は内心、自分を厳しく戒めた。今、この場で余計なことを口にするのは相手を混乱させるだけだった。

「……パパとママが大変、って、どういうことですか？」

百々子から、そう問いかけられることは覚悟の上だったが、美村は百々子の冷静さに半ばたじろいだ。

「何がどうなったのか、先生にも詳しいことはわからない。ともかく、大変なことになったそうなんだ」

「……パパたち、もしかして、ゆうべの電車の事故で怪我《けが》をしたんですか」

美村は百々子を凝視した。百々子はひとつも動揺を見せなかった。泣き出すとか、その場にしゃがみこむとか、くちびるを噛《か》んで全身を震わせるとか、そういった兆候も見られなかった。その、子供らしからぬ冷静さが、かえって美村を怯《おび》えさせた。

美村は少し時間をおいて、首を横に振った。「ゆうべの事故は関係ない。ご両親は、その……つまり……きみの家で、と聞いている」

百々子はほんのわずか、眉間《みけん》に皺を寄せた。肩のあたりで浅い呼吸を繰り返しているのが見てとれた。だが、それだけだった。

風が吹きつけてきて、百々子の両耳の脇《わき》で結んだ髪の毛を舞いあがらせた。弾ける秋の光が、あちこちで小さな虹《にじ》を作っていた。少し先にある聖蘭学園箱根寮の建物には、色づき始めた木立の影が落ちていた。すべてはこれまでと何ひとつ変わらない、美しい光景だった。

美村はできるだけ静かに「さあ」と促した。「急がなくちゃいけない。行こうか」

百々子は烈しく瞬きを繰り返したが、それもほんの束の間のことに過ぎなかった。やがていつもと変わらぬ様子のまま、いくらか固い調子で「はい」と答えた百々子は、沈黙したまま美村のあとに従った。

## 3

十一月の日暮れは早い。

昼の間は明るく晴れわたっていた空も、みるみるうちに小暗くなった。澄んだ空気は冷え冷えとしており、近くを通る焼き芋屋の声も心なし寂しげに聞こえた。

大田区千鳥町の石川家では、そのころ、すでに部屋の明かりが灯《とも》されていた。たづと多吉は茶の間で互いに先を争うようにしながら、沈痛なため息を繰り返した。

その日何杯目かの、とっくに出がらしになってしまったほうじ茶をいれ、なまぬるいまま飲みほしてから、たづはこわごわ茶の間の掛け時計を見上げた。

「いやだよ、じきに百々子嬢ちゃまが着いちまう。まだ夕飯の支度もしてないってのに」

「こんな時に夕飯なんざ、どうだっていい」と多吉が低く呻《うめ》くように言った。「それよか、嬢ちゃんが泊まる部屋をちゃんとしとけ」

「しましたよ、とっくに。紘一《こういち》と美佐《みさ》に、二階の掃除もさせましたよ。一人で寝るのは怖いだろうから、今夜は嬢ちゃまと一緒に寝てあげるんだよ、って美佐にもきつく言っといたし」

「おまえが寝てやれ。美佐なんかに……あんな子供に、嬢ちゃんを任せられっか」

「ええ、まあ、そうですね。美佐だって、どんな言葉をかけたらいいか、わかんないですよね。でも、それにしても」とたづは深く嘆息しながら、首を横に振った。「さっきから、頭ん中で、旦那《だんな》様と奥様のあのおそろしい姿がぐるぐるまわってる。……ああ、気が変になりそうだ。お父さん、お父さんだってあれを見ていたら……」

「うるさい。何度も何度も同じこと言うな。考えたくもない。いったい全体、なんてことになっちまったんだ」

たづはまたしても、その日、自分が目にした黒沢の家の様子を頭の中にありありと思い描いた。惨劇の現場を何度思い出したところで、気が滅入るだけだとわかっていても、脳裏に焼きついてしまったその光景は薄らぐどころか、時間がたつにつれて、余計に鮮明になっていった。それに加えて、警察で受けた質問や、署内を行き来している荒々しい男たちの様子、何をどう答えていいのか、わからないまま、訊《き》かれたことにあたふたしながら答え、ほとんど上の空だった自分が甦《よみがえ》り、すべてがますます現実のものとは思えなくなってくるのだった。

茶の間には長方形の掘炬《ほりご》燵《たつ》と火鉢がある。赤くおこした炭を入れさえすれば、すぐにでも使える状態になっている。朝晩、気温が下がってきて、たづが炬燵に薄手の炬燵布《ぶ》団《とん》をかけたのは、ほんの二日前のことだった。

百々子がやって来るのだから、炭をおこして炬燵を温めておいてやろうと思うのに、身体《からだ》が重く、立ち上がるのが億劫《おっくう》だった。たづは、使い古しの炬燵布団についた醤油《しょうゆ》のしみをぼんやり見つめた。

「どうせ」と多吉があぐらをかいたまま、煙草《たばこ》をくわえ、煙と共に吐き捨てるように言った。「学校では嬢ちゃんをここに連れてくるのに、嘘《うそ》八百並べたんだろう。ったく、くそいまいましいこった」

たづは夫をねめるような目で見つめた。「嘘八百、って何です」

うう、と多吉は苛立《いらだ》たしげに呻いた。「そんなこともわかんねえのか。そら、つまり、……親が……親がころ……殺されたから、すぐに帰れだなんてえことは、本人を目の前にして、学校側では口が裂けても言えないだろうよ」

「じゃあ、学校は、百々子嬢ちゃまを箱根からどうやって連れ出したのさ」

「知ったことか。親戚《しんせき》に不幸があったとかなんとか、適当なこと言って強引に連れ出したに決まってら」

たづは苛立ちを覚えた。「百々子嬢ちゃまほど頭のいい子はいないんですよ。嬢ちゃまがそんな子供だましみたいな話に、まんまと引っかかるもんですか。そんな……そんな手に乗せられるわけがない」

多吉は片方の眉《まゆ》をつり上げた。あぐらをかいて座っている両膝《りょうひざ》の上に両手のこぶしを置き、彼はぶるっ、と身体を震わせた。

太い声がその肉付きのいい喉《のど》からほとばしり出た。「じゃあ、何かい、おまえは誰かが嬢ちゃんに本当のことを言ったってえのか。え？　両親が殺されたから早く東京に帰れ、って？　そんな……そんなむごいことを、いったい誰が言える！　言ったやつがいたとしたら、血も涙もない野郎だ。ただじゃおかねえ」

たづは深いため息をついて片手を額にあてがった。「やめてくださいよ、お父さん。私だってね、神経がぴりぴりしてんですよ。第一発見者なんかになっちまったもんだから、警察の取り調べも生易しいもんじゃなかったし。そのうち犯人扱いされちまうかもしれない。お願いだから、そんなに怒鳴らないでくださいよ」

こめかみのあたりで、どくどくと血が脈うっているのが感じられた。めったに頭痛などしない体質だったのに、頭の芯《しん》がこわばって鈍く痛む。たづは眉をひそめたまま、指で額を揉《も》みしだいた。

たづには、朝起きてから今の今まで、三日も四日も時が流れたような気がしていた。黒沢夫妻のおぞましい姿を発見したのが、わずか七時間ほど前のことだったとは、とても思えない。

その日、警察に通報してから玄関の外に飛び出したたづは、玄関の、ガラスのはまった引き戸につかまり、そのまま、ずるずると地べたに腰を落とした。呼吸を整え、くちびるを嚙《か》み、しっかりしなくては、と自分に言い聞かせているうちに、遠くからパトカーのサイレンの音が聞こえてきた。その音があまりに不吉だったため、再び全身に震えが走った。

警官が数人、わらわらと車から降りて来た。玄関先でへたりこんでいたたづは、すがるように彼らに向かって手をのばした。警官に抱き起こされ、その後、いったい何を訊《き》かれ、何をどう話したのか、具体的なことはほとんど、たづの記憶から抜け落ちてしまっている。

できる限り正確なことを伝えたはずだが、どこまで正しかったかは、たづにもはっきりしない。何時ころ、遺体を発見したのかと訊かれても、十時過ぎだったのか十時前だったのか、思い出せなかったし、黒沢の家を訪ねた理由を訊かれ、「ぜんざいを届けに来た」と答えた自分が、果たして正しいのかどうかもわからなかった。

自分は本当にぜんざいを届けに来ただけなのだろうか。もしかしたら、この家で何かがあった、という不吉な想像が頭をよぎったから来てみたのではないか。それならそうと、正直に警察に伝えなくてはいけない。……そう思うのだが、すべてのことがらをうまく言葉にすることができないまま、次の質問が投げつけられた。懸命になってそれに答えているうちに、いっそう恐怖心がふくれあがり、そのうち自分が何を言っているのか、わからなくなってくるのだった。

それでもたづは、この家の一人娘で、小学六年生の黒沢百々子が、昨日、聖蘭学園の行事で箱根の寮に出かけ、たまたま不在だったこと、もし在宅していたら両親と同様、殺されていたかもしれないから、それだけは不幸中の幸いだが、その百々子が今夜までには帰って来る予定であることを警官に教えた。そして、そのことを口にしたとたん、百々子が不憫《ふびん》になるあまり、こらえきれなくなって、腰に巻いていた大きなエプロンで顔を被《おお》った。

もう少し詳しく話を聞かせてもらいたいと言われ、たづが池上警察署まで行くことに簡単に同意したのは他でもない、失禁して濡《ぬ》れてしまった下着を早くなんとかしたい、という思いがあったからだった。こんな時に何を気にしているんだろう、ばかばかしい、と思ったが、濡れた下着さえ処理できたら、もっと落ち着いて警察に協力できる気がしたのは確かだった。

そんなふうにして、たづは池上警察署まで行き、婦人警官にこっそり事情を話して新聞紙を一枚もらうと、署の便所で濡れた下着を脱いだ。替わりのものがないのは致し方なかった。脱いだ下着は、水道の水を使って手早く洗い、新聞紙にくるんでエプロンのポケットに押し込んだ。恐ろしい事件があったというのに、自分は失禁して濡らした下着にばかり気をとられている、と思うと、たづは泣きだしたくなった。

警察署と名のつく場所に入るのは生まれて初めてだった。たくさんの男たちがいたが、ふだん見慣れている巡査の格好をした者は少なく、ほとんどが白いシャツにズボン姿だった。

たづは訊かれもしないのに、殺害された黒沢太一郎が、あの有名な黒沢製菓の御曹司《おんぞうし》であること、函館には黒沢製菓の創業者にして代表の、太一郎の父親と母親が健在であること、その名が黒沢作太郎と縫《ぬい》であることなどを刑事たちに教えた。

何かしゃべっていないと、叫びだしてしまいそうだった。どうして自分が、あのきれいな奥様と優しい旦那様が殺された現場の第一発見者にならなくてはいけなかったのか。ぜんざいなんか、届けに行かなければよかった、と思ったが、そう思うそばから、いや、届けに行かなかったら、あの恐ろしいものを発見するのは百々子嬢ちゃまになっていたのだ、一生、忘れることのできない光景を嬢ちゃまに見せなくてよかった、と考え直し、見つけたのが自分でまだしもだった、とわずかながら安堵《あんど》するのだった。

百々子の祖父母には、警察からただちに連絡がとられた。電話に出たのは祖母の縫だった。事件を知らされた縫は、電話口で細い悲鳴をあげ、日曜で在宅していた作太郎が、縫に替わって応対した。

その場にたづがいることを知った作太郎は、たづを電話口に呼び出し、すぐに飛行機で東京に向かうが、太一郎の弟、孝二郎は事件の対応に追われ、弟の家にはマスコミが押し寄せるだろうから、百々子はひとまずそっちの家で預かってほしい、と頼んだ。それを聞いたたづは涙を流し、一も二もなく、承知した。

次にたづは、警察署の電話を借りて自宅に電話をかけた。出てきたのは紘一だった。事のあらましを話しただけで、胸が悪くなったが、ただちに多吉にこのことを伝えるよう指示した。多吉の行き先はわかっていたので、紘一が自転車で父親を呼びに走った。

署をあとにし、たづが生きた心地のしないまま、漸《ようよ》う自転車を漕《こ》いで家に戻ると、多吉はすでに家にいた。玄関先に走り出て来た多吉は、「おい、いったい全体、どういうことなんだ」とたづをなじるかのような大声をあげた。

多吉の声を耳にしたとたん、たづの心の糸がぷつりと切れた。たづは顔をゆがめ、声をあげて泣き出した。

多くを語らないまま、奥の部屋まで走り、箪笥《たんす》の抽斗《ひきだし》から下着を取り出して、大急ぎで身につけた。エプロンをはずし、ポケットの中のものを風呂場に持って行き、洗濯石《せっ》鹸《けん》を使ってごしごし洗った。そうしている間中、多吉は、彼にしては珍しくおろおろとした顔つきで、たづを遠巻きに見ていた。

事件を知らされた黒沢夫妻の親族から、相次いで石川家に電話がかかってき始めたのはその直後のことだった。

当時、黒沢製菓東京支店の副支店長だった黒沢孝二郎、須恵の弟の沼田左千夫。他に、函館の本店で作太郎の秘書を務めているという若い男からも電話があった。秘書は石川たづの家の住所を訊《たず》ねてきただけだったが、孝二郎は詰問《きつもん》口調でたづを質問攻めにした。黒沢夫妻の家を訪ねて来た彼と、たづは何度か顔を合わせたことがある。兄の太一郎と違って、人を平然と職業や地位で差別し、世の中を睥睨《へいげい》するかのような物言いをする男だった。たづは彼が苦手だったが、百々子もまた、叔父にあたる孝二郎を毛嫌いしていた。

一方、同じように警察からの一報を受けて事件を知り、たづに電話をよこした沼田左千夫は、強いショックを受けた様子で、ひどく口数が少なかった。姉夫婦をこんな形で失うなど、この人は想像もしたことがなかっただろうと思うと、たづはやりきれなくなった。

左千夫は姉である須恵を慕っていた。須恵のほうでも弟を可愛《かわい》がり、函館郊外の湯川《ゆのかわ》から上京してきた左千夫を自宅に住まわせてやっていた時期もある。須恵には、左千夫の他に兄弟姉妹はいなかった。

物静かで何を考えているのかわからない面はあったが、左千夫は端正な、美しい顔だちをしていた。ゆくゆくは俳優になりたいという夢を抱き、その方面の勉強をしている、という話だった。

たった一人の姉を失った左千夫からの電話に、たづとて何を言えばいいのかわからなかった。ただ、おいたわしいことでございます、と繰り返すしかなかった。

たづは黒沢夫妻の縁者、親しくしていた者の名を、知っている限り警察でしゃべった。いち早く黒沢家の情報を与えたことで警察からは感謝されたが、まだ忘れている人がいるのではないか、思い出せずにいる人間がいたのではないか、と思ったり、逆に、あまり余計なことを警察に話すべきではなかったのかもしれない、それによって迷惑を被《こうむ》る人も出てくるかもしれないと不安になったりして、たづは混乱した。多吉に相談したかったが、そんなことを口にしようものなら、相手が警察だからって、なんでもかんでもしゃべりゃいい、ってもんじゃない、いったいおまえは、何をべらべらしゃべったんだ、と怒鳴られるに決まっていたので口にできなかった。

　そうこうするうちに、また電話がけたたましく鳴った。相手は函館の黒沢作太郎だった。

　作太郎は、重々しく嗄《しゃが》れた声で、「家内がショックで倒れてしまってね」と言った。もともと心臓が弱いため、病院に搬送する騒ぎになった、明日には回復していると思うが、東京まで一緒に行くのはおそらく無理だろう、明日中に私ひとりでなんとか上京するつもりでいるので、今しばらく百々子の面倒をみてやってくれはしないだろうか……そんなふうに作太郎はたづに頼んできた。

大旦那様、そんなこと、もちろんですとも、今夜だけではなく、何日でも、百々子嬢ちゃまのことは大切にお預かりいたします、お約束します、と言い、たづは受話器を握りしめたまま、何度も深々と宙に向かってお辞儀をした。

　箱根の寮から東京に向かう百々子には、担任教師が同行する、と聞いている。その教師の名を教えてもらったはずなのに、どうしても思い出せない。ミウラ、と聞いたような覚えもあるが、違うような気もする。

　百々子を無事にここまで送り届けてくれればいいのだから、名前なんぞ、どうでもいいが、箱根からの道中、その教師は百々子とどんな会話を交わすのか。想像しただけで、たづはまたしても胸が締めつけられた。

　茶の間の障子のあたりで物音がした。息子の紘一と娘の美佐が、縁側の廊下に並んで立ち、不安げな面持ちで室内を覗《のぞ》きこんでいた。兄と妹は、幼い男雛《おびな》と女雛《めびな》のように、同じ表情をしていた。

「あのね、お母さん」と美佐がたづを気づかうように言った。「今ね、お兄ちゃんと私、百々子ちゃんを駅まで迎えに行ってこようか、って相談してたの。そうしたほうがいいんじゃないのかな」

　たづは弾《はじ》かれたように姿勢を正し、とばりのおりた庭を写すガラス戸を背に、所在なげに立っている子供たちを凝視した。

その年、公立中学に進学した美佐は、百々子とひとつしか年が違わないものの、母親のたづの目には百々子より数段、しっかりとして見える。顔立ちはまだまだ幼いが、多吉とたづの間にできた子供とは思えないほど、奥ゆかしく大人びた気配りのできる子に成長していた。

　我慢強いのか、真に勝気なのか、泣き言はめったに口にしない。そんなところは百々子にも似ていたが、百々子と違って美佐はなにごとにおいても控えめに過ぎる、というところがあった。よく言えば温和で協調性豊か、悪く言えば、消極的。小学校時代の通知表にも、常にそのようなことが書かれてあったものだったが、たづにとって、よくできた娘であることは確かだった。

「だいたいの場所は教えてあるから、大丈夫とは思うけど」とたづは心やさしいことを言い出した娘を誇らしく、ありがたく思いながら言った。「でも、そうだね。千鳥町の駅まで迎えに行ってあげたほうがいいかもしれないね。ねえ、どうかしら、お父さん」

　多吉はわずかに口を尖《とが》らせた。「担任の先生が連れてきてくれる、っつってんだから、任せりゃいいんじゃないのか」

「こういう時ですからね。迎えに行ってあげたほうが親切ってもんじゃないですか。嬢ちゃまだって、駅からこの家までの道をはっきり覚えてるかどうか、わかんないんだし」

美佐の三つ年上で、都立高校に通う一年生の紘一が「僕と美佐とで行ってくるよ」と言った。「百々子って子の顔は知ってるから」

「おいっ！」いきなり多吉が、縁側を振り返って大声をあげた。「紘一。おまえ、今、何つった？　かわいそうな嬢ちゃんのことをなれなれしく呼び捨てにすんな！　今、どんな想《おも》いでいるのか、少しは……少しは……考えてやれ！　いいか。嬢ちゃんはな、のらくら生きてるようなおまえらには想像もつかんことになっちまったんだぞ」

紘一は何度か瞬《まばた》きを繰り返してから、神妙な顔つきで「うん」と言い、身体を縮めて目を伏せた。「そんなことくらい、よくわかってるよ。当たり前だろ」

「この野郎、当たり前とはなんだ、当たり前とは」

「お父さんたら。いい加減にしてください、こんな時に！」

たづが負けじと声を荒らげると、多吉はじろりとたづをにらみ返し、鼻の穴を拡《ひろ》げて大きく息を吐くなり黙りこくった。

外はどんどん暗くなっていった。縁側の窓ガラスの向こうの庭は、すでに薄闇《うすやみ》の中に沈んでいる。

紘一と美佐に、たづが「じゃあ、駅まであんたたち、お願いするよ」と言いかけた時だった。茶の間に置いてある電話機が再び三たび、不吉な音をたてて鳴り出した。

たづの心臓は一瞬、喉もとまでせり上がり、口から飛び出しそうになった。多吉は今しがたの息子とのやりとりに腹を立てているのか、知らぬふりをしている。

たづが呼吸を整えている間に、紘一がやって来て手を伸ばし、受話器をとった。「もしもし、石川です」

紘一はしばらくの間、黙って相手の言うことを聞いていたが、やがて「ちょっとお待ちください」と口早に言うと、黙って受話器をたづに差し出した。

「誰よ」

「わかんない」と紘一は小声で言った。「訛《なま》りがあって聞き取れなかった」

「しっ。先様に聞こえるじゃないか」

息子から受話器をひったくるようにし、たづは気取った声を作りながら「もしもし？石川でございますが」と言った。

「石川たづさんですか」

「はい、そうでございますけど」

「いやあ、さきほどはどうも」と訛りの強い口調で、男が愛想よく言った。「池上署の間《ま》宮《みや》です。今日、署でお目にかかりましたので、ご記憶があるかと思うんですが。お疲れのところ、申し訳ない。黒沢さんのお嬢さんは、そちらに到着されましたですかね」

「いえ、あの、まだなんです。じきに着くことになっておりますんですが」

言いながら、たづは片手で紘一と美佐に「早く駅まで行きなさい」という合図を送った。息子と娘はうなずいて、踵《きびす》を返し、急ぎ足で部屋から出て行った。

間宮、という刑事のことは、たづはよく覚えていた。階級は警部補。混乱のさなかではあったが、たづが会った警察の人間の中で、ひときわ目立つ小柄で猪首《いくび》の、それが癖なのか、小股《こまた》でちょこまかと、せわしなく動きまわる刑事だった。北関東とおぼしき訛りが抜けておらず、そのせいで話し言葉が柔らかくて剽軽《ひょうきん》なものに感じられるが、反面、どこか抜け目なさそうな印象もあった。

「あのう、刑事さん、何かわかったんでしょうか」

「いやいや、そういうことではないんですわ。お嬢さんが今晩、そちらのお宅でお世話になるって聞いたもんでね。箱根から無事にそちらに着いたかどうか、確認しときたかっただけでして」

この刑事は百々子に質問したくてうずうずしているに違いない、とたづは思った。十二歳という年齢は世間から見れば幼いが、充分、大人の受け答えはできる。両親の関係、最近、気づいたことがあるかどうか、家に出入りしていた者たちのこと、百々子が箱根に出かけた当日の様子など、間宮から訊ねられれば、百々子はできるだけ正確に答えようとするはずだった。

だが、たづは、刑事を前にした百々子が、殺害された両親について必死になって話をしている姿を想像するだけで、胸が痛んだ。できることならば、警察の尋問は勘弁してほしいと思ったが、それが不可能であることは重々、承知していた。

「たぶん、百々子嬢ちゃまは何が起こったのか、まだよく理解できていないはずなんです」とたづは言った。「ですんで、刑事さん、どうかお願いします。今日のところは、嬢ちゃまを傷つけないようにしてやってくださいまし。いえ、今日だけじゃなくて、当分の間は、できる限り、そっとしといてやってやってくださいまし」

「そういうことは、ようくわかっております。ご心配なく。別にこれからお嬢さんに話を聞きに行こう、っていうんじゃなくてね。ただちょっとだけ、ほんとにひと目でいいんで、お嬢さん……百々子さんと言いましたね、百々子さんと会わせてもらえませんか。実はですね、今、私、すぐ近くまで来ておるんです」

「は？」

「千鳥町の駅の近くです。百々子さんがそちらに到着したころ、ちょっとだけ……なに、ほんの一瞬でいいんです、ご挨拶《あいさつ》させていただくわけにはいかんですかねえ」

百々子は疲れていて、悲しみにくれるどころか、事態を把握できないまま、絶望と不安の淵《ふち》をさまよっているのだから、どうか今日はそっとしておいてほしい……そう言いたかったのだが、言えなかった。正当な理由もないのに、警察の仕事に口を出したり、捜査の邪魔をしたりすれば、事件が迷宮入りになってしまう恐れもあった。

「息子たちが、さっき、駅まで嬢ちゃまを迎えに行きました」とたづは観念して言った。

「ですので刑事さん、うちにおいでになって、うちで嬢ちゃまをお待ちになったらいかがでしょう」

「ああ、それはそれは、ご親切に。そう言っていただけると助かります。いやいや、場所はわかっておりますんで。では、これから伺わせていただきます」

間宮刑事との電話を終えると、たづは一瞬、意識が遠のいてしまうほど放心したが、すぐさま気を奮い立たせ、立ち上がって炬燵の炭をおこすために台所に走った。百々子の布団に湯たんぽも用意しておこうか、などと考え、台所の床下に積んでおいた湯たんぽを取り出すなり、いくらなんでも湯たんぽはまだ必要ないだろう、などと迷っているうちに、改めて百々子の心情が迫ってきて胸ふさがれた。

あんなに幸福だった子が、いったい何故《なぜ》、とたづは思い、急展開した百々子の運命に、この世には神も仏もいないのか、と考えた。あまりに衝撃的な出来事があったため、それまですっかり忘れていたが、昨夜、鶴見駅近くで起こった国鉄の大惨事のことが思い出された。大事故と高級住宅地での殺人事件がいっぺんに起こったせいなのか、たづが連れて行かれた池上署でも、てんやわんやの騒ぎになっていた。

あの事故で親を失った子供たちも大勢いるのだろう、とたづは想像した。しかし、事故ならまだしもではないのか。百々子のような形で、ある日突然、何者かに両親とも殺害されたら、子供は地獄に突き落とされるのではないか。

もしも自分だったら、とたづは考えた。親が殺されたと知らされるよりも、鉄道事故に巻き込まれて、大勢の乗客と共に死んだと聞かされたほうがよっぽどましだったかもしれない。鉄道事故で身内を失った悲しみは、どんなにつらかろうが、自分と同じ想いをしている遺族が他にもたくさんいる、と思えば励まされるし、哀しみを分かち合うこともできる。

だが、何者かに殺害されたとなれば、話は別だった。事件の衝撃も、喪失の悲しみも、絶望に打ちひしがれる日々も、たったひとりで乗り越えなくてはならなくなる。

そんなことを思うそばから、そういう考え方は不謹慎だ、とたづは猛省した。なんだって、こんなことを考えてしまうのだろう。鉄道の事故で親を失った子供たちもかわいそうだった。共に悲しむこと以外、何もできない、という意味では、百々子の場合と同じだった。たづはもう、自分が何を考えているのか、わからなくなった。

刑事がやって来ると聞いて、多吉は露骨にいやな顔をした。嬢ちゃんが着いたとたん、刑事が顔を出すとは何事だ、警察は何を考えているんだ、親を亡《な》くしたばかりの子供の気持ちがわからんのか、などと言い出したので、たづは本当にそうですよ、とうなずきながら、多吉の顔同様に赤くなり始めた炭を容器に入れ、多吉に押しつけて、早く炬燵に入れておいてくれるよう頼んだ。

たづとて多吉と同じ想いだったが、黒沢夫妻を殺害した恐ろしい犯人を、一刻も早くつかまえてほしい、という気持ちは人一倍、強かった。百々子に挨拶したい、という刑事の言い分はわからなくもなかった。今日は質問を差し控えても、百々子が警察に協力しなくてはならなくなる時は必ずやってくる。その時のために、百々子と顔を合わせておきたいと言ってくるのは、不自然なことではなかった。

玄関の、ガラスのはまった建て付けの悪い引き戸が、派手な鈴の音と共に開かれる音がした。玄関にはふだん鍵《かぎ》をかけていないが、誰かが開け閉めすれば、鈴の音が家中に鳴り響くのですぐにわかる。ただいま、と言う、緊張をふくんだ美佐の声が聞こえた。

黒光りした古い廊下は、土台が腐食し始めているせいで、少し斜めに傾《かし》いでいる。その廊下をすべるようにして走り、たづは大急ぎで玄関に向かった。

黄色い飴《あめ》のような、どんよりとした玄関の明かりの下、百々子が美佐に腕を支えられるようにして立っているのが見えた。美佐は、手にあまるものを抱えてどうすればいいかわからなくなった、とでも言いたげに、救いを求めるような表情でたづを見上げた。

「ああ、百々子嬢ちゃま」とたづは、思わず声に出し、百々子に向かって手を伸ばした。こらえきれなくなって顔がゆがみ、涙がにじんだ。「お疲れになりましたでしょう。さあ、ここはたづの家ですからね。ご覧の通りのぼろ家ですけど、ご自分のおうちと同じように、安心して寛《くつろ》いでくださいまし。外、寒くなってきましたね。炬燵に炭をいれときましたからね。あったかくなってますからね」

百々子は無表情のまま、ふっくらしたくちびるを固く結んでいた。白いブラウスに白いトレパン、紺色のカーディガン姿だった。いつものように、髪の毛を両耳の脇《わき》でゆわえ、二本のなめらかな房を肩に垂らしている。形のいい額に玄関先の電灯の黄色い明かりが落ち、卵型の顔に陰影を作っていた。

困惑と不安と怯《おび》えが漂ってはいたが、意外なほど百々子は落ち着いているように見えた。少なくとも、絶望と混乱に耐えきれず、今にも泣き出しそうになっているようには見えなかった。

「……おい、何ぼやぼやしてる。早く嬢ちゃんを中に入れてやらんか」

いつやって来たのか、背後で多吉がたづを低い声で叱《しか》りつけた。

百々子と美佐の真後ろに立っていた男が、沈痛な面持ちのまま前に進み出て来て、深く一礼した。身を縮めているせいか、驚くほど小柄な男に見えた。背丈は百々子とほぼ同じか、それよりも低いのではないか、と思われた。

「ご挨拶が遅れました。はじめまして。聖蘭学園初等部の教諭で、黒沢の……黒沢百々子さんの担任の美村と申します」

「まあ、ミウラ先生。石川たづでございます。百々子嬢ちゃまのお宅に長いこと、家政婦として通わせていただいている者です。ミウラ先生、ほんとに、今日は、遠くから嬢ちゃまを送ってくださって……」

美村は控えめな言い方で「ミムラ、です。美しい村、と書きます」と言った。

たづは恐縮し、ぺこぺことお辞儀をした。「申し訳ありません。聞き違えました。美村先生、いつも嬢ちゃまがお世話になりまして……先生もお疲れのことでしょう。ともかく、どうぞ中へ」

ふつうにしゃべっているつもりなのに、次第に声が小さくなっていく。まるで通夜《つや》の席での会話のようだった。

こんなところに、間宮という刑事が現れるのか、と思うと、たづは気が気ではなかった。一刻も早く百々子を中に入れて、炬燵で寛がせてやりたかった。

箱根学校での百々子の荷物は、美村が手にしていた。淡いピンク色の、ビニール製の洒落《しゃれ》たボストンバッグで、十二歳の子供の持ち物としてはいささか高級すぎた。

これは確か、一昨年のクリスマスに、旦那様が嬢ちゃまにプレゼントしたものだ、ということを思い出し、たづはまた胸ふさがれた。

紘一が後ろ手に玄関の引き戸を閉めた。鈴の音が、場違いなほど高らかに陽気に鳴り響いた。その音を合図にしたかのように、全員が靴を脱いで、力なくぞろぞろと家に上がり始めた。

百々子が石川家に上がったのは、それが初めてのことになる。小学校低学年のころ、何度か百々子にせがまれて、たづは自転車の荷台に百々子を乗せ、一緒に家の前まで来たことがあった。だが、黒沢家の大事な令嬢をこんな小汚い、散らかりっぱなしの家にあげたりなんぞしたら、バチがあたる、と思ったたづは、珍しそうに古い木造の家を見回している百々子を家に招き入れることはしなかった。

百々子のほうでも、中に入れてほしいとは言い出さなかった。庭先のヤツデの葉で見つけた大きなカタツムリに歓声をあげたり、たまたま家にいた美佐や紘一にぎこちなく挨拶し、居心地悪そうにしたりしている程度だったので、たづは急いで作り置きしていた餅菓子《もちがし》を紙にくるみ、百々子に与え、同じ自転車で自宅まで送って行ったのだった。

茶の間にある長方形の掘炬燵を囲み、百々子、美村、多吉が腰をおろした。紘一と美佐は遠慮してか、黙って二階に上がって行った。

たづは台所で手早くほうじ茶をいれ、少し考えて、いつも駄菓子をいれておく煎餅《せんべい》の空き缶から、ゼリービーンズとウェハースを取り出した。ウェハースは少ししけていた。こんなことになるとわかっていたら、百々子のために上等な菓子をそろえておいたのに、と口惜しかった。

誰も彼もが無言だった。身じろぎすらしなかった。多吉は腕組みをしたまま、大きな身体を縮めている。柱にかかっている掛け時計の、振り子の音だけが規則正しく部屋に響きわたった。

百々子にどんな言葉をかけてやればいいのか、まったくわからずにいる自分に気づき、たづは動揺した。だが、こんな時だからこそ、言いあぐねて黙っているわけにはいかない。

盆に載せた熱いほうじ茶を百々子の前に置いてやりながら、「明日、函館のおじいさまがいらっしゃいますよ」と静かに声をかけた。「本当はね、今日、駆けつけて来られるはずだったんですけども、おばあさまのお具合が悪くなったそうでして。いえ、でも、ご心配はいりません。その……今回の知らせを聞いてびっくりしただけ、ということでね、ご病気とかそういうのではないそうです。明日はおじいさまがお見えになりますから。ですので、今夜はたづのこの家でお過ごしください。こんなもんしかなくって、ごめんなさいね、嬢ちゃま。あとでおいしいごはん、作ってさしあげますからね。今はおやつ代わりに召し上がってくださいね」

「嬢ちゃん」

いきなり多吉が口を開いた。ごま塩頭の四角い顔が、みるみるうちに引きつったようになった。わなわなとくちびるや小鼻を震わせながら、多吉は口をへの字に曲げ、両手で自分の膝を握りしめると、百々子に向かって深く頭を下げた。

「おじさんも、何を言ってあげればいいのか、わかんなくて。ただ、ただ、悲しくて、つらくて……嬢ちゃん、この通りです」

「やだよ、そんな」とたづは低く多吉を諫《いさ》めた。「なんで、お父さんがそんなになっちまうんですか」

言いながら耐えきれなくなり、たづの視界はうるみ始めた。くちびるが今にも小刻みに震えだしそうになった。

たづが片手で口をおさえようとした直後だった。百々子がふいに「あの……」と言った。

居合わせた大人たちの六つの目が、おそるおそる百々子に注がれた。百々子は自分を見つめる人々の顔を遠慮会釈《えしゃく》なく、ぐるりと見回すようにしながら、静かに問うた。

「……パパとママはどこにいるの？」

なんてこと、とたづは思わず声をあげそうになった。ここにいる美村とかいう若造の担任教師は、百々子に何と言ったのか。百々子の両親は無事でいる、などと言い、道中、ごまかし続けてきたのか。

「あ、あの……」とたづは口ごもり、美村のほうを見た。多吉は顔を赤くして口をへの字に結び、たづと同じように美村を睨《にら》みつけた。

「……パパとママが死んだことは知ってるけど」百々子は視線を束《つか》の間、宙にさまよわせてから、次いで、炬燵の上に置かれた湯飲みを凝視した。「……でも、死んでても、どこかにいるはずでしょ？　どこにいるの？　会えないの？　会わせてもらえないの？」

振り子が勢いよく揺り戻されたように、情況が元通りになった。たづは言った。「あの、嬢ちゃま。たぶん……それは……まだ無理だと思います」

くちびるを紫色にし、黒く見える舌を覗かせていた須恵、その身体に被いかぶさる形で、後頭部に血糊《ちのり》をこびりつかせていた太一郎。二人の姿が鮮やかに甦った。幸福で恵まれた、一枚の家族の肖像画。その絵の中に、ふたりは二度と戻ることがない。

「……まだ、いろいろなことがわかっていませんのでね。警察に調べてもらわないといけないですからね。ですんで、まだ……」

「そう」と百々子はつぶやくように言った。湯飲みを両手でくるみ、ゆっくりとほうじ茶をすすった。

根っから気丈な子だからか、単に強いショックを受けたあまり、一時的にそうなっているだけなのか。乱れそうにない百々子の表情をちらちらと見つめて感情を読み取ろうとしたのだが、たづには何もわからなかった。

玄関の引き戸が、控えめな鈴の音と共に開いた。「ごめんください。お取り込み中のところ、失礼します。池上署の者ですが」

炬燵から出ようとする多吉を制し、たづが先に立ち上がって小走りに玄関に向かった。いやな人が来た、と思った。さっさとすませて、早く帰ってほしかった。

「……お戻りですね」

間宮が、ずんぐりとした身体の中に猪首をさらに押し込めようとでもするかのように、全身を小さくし、小声で訊いてきた。間宮の後ろには、痩《や》せて背の高い、間宮よりも遥《はる》かに若く見える刑事がのっそりと立っていた。若い刑事はまったくの無表情だった。

「はい、あの……ここに呼びますか？　それともおあがりになりますか？」

「いやいや、ここで充分ですわ。ご挨拶だけして、今日のところは引き上げますんで。あ、こっちは、同じ署の刑事で塩田という者です」

塩田、と呼ばれた刑事は、「どうも」とぶっきらぼうに言い、軽く頭を下げた。そこに立っているだけで人を不安にさせるような男だった。たづは余計に心配にかられた。これならまだしも、へらへらと愛想のいい間宮のほうがましだ、と思った。

茶の間に駆け戻り、池上署の刑事さんが百々子嬢ちゃまに会いたいそうで、と告げた。でも、ご挨拶だけですからね、心配いりませんよ、ほんのちょっと嬢ちゃまに会いたいだけだそうですからね、と続けたのだが、百々子は全部を聞かず、ためらう素振りもみせずに黙ったままうなずいた。

美村が「先生も一緒に」と言って炬燵から出ようとした。百々子は毅然《きぜん》として首を横に振り、それを制した。

断らなくたっていいのに、とたづは気を揉んだ。周りの大人たちに頼って、何もかも任せてしまえば、少しは気持ちが楽になるだろうに、と。

だが、百々子は必要以上に他人から世話を焼かれたり、気づかってもらったりすることを疎《うと》ましく思う性分の持ち主だった。したがって、百々子のその反応は、ある意味ではふだん通りのものと言えた。

「百々子さん、ですね。この度はどうも」

たづと連れ立って玄関先に行った百々子を見るなり、間宮は神妙な顔つきで挨拶をした。着ていたカーキ色の薄っぺらなコートを脱ぎ、丸めて小わきに抱えていた。

「お父さんとお母さんのことは、本当に何と言えばいいのか。いや、本当に無念なことです。言葉もありません。しかしね、警察は特別捜査本部を設置して、たくさんの捜査員を投入して、必ず犯人を検挙しますからね。お約束します。それと、今日は遠慮しますが、百々子さんにも聞きたいことがたくさんあるんでね。また連絡しますから、たづさんともども、ぜひとも協力してください。……それじゃあ、今日のところはこれで引き上げます。お疲れのところ、失礼しました」

百々子にひと言も言わせず、言いたいことだけを言うと、間宮は塩田と連れ立って踵を返した。たづが慌《あわ》てて三和土《たたき》に降り、建て付けの悪い引き戸を開けて、二人を見送った。

外はもうとっぷりと暮れていた。秋風が冷たかった。石川家の、苔《こけ》むした粗末な飛び石が並ぶ小径《こみち》を刑事たちが去って行く。その後ろ姿はすぐに門柱の角を曲がり、見えなくなった。

ぼんやりと外灯が照らす外の通りに、人の気配はなかった。遠くで犬が吠《ほ》えた。

刑事が歩き去っていった通りを見つめていたたづは、音もなく近づいてきた百々子が、すぐ真後ろに立っていることに気づいた。靴下のまま、何も履かずに三和土に降りてきたようだった。

ふわりとたづの背に甘えかかるようにして、百々子が身体を寄せてきた。たづの背中に押しつけられてくる百々子の頰の、熱いようなぬくもりが伝わった。たづはどきりとしたが、何も言わず、そのままにさせておいた。

幼いころから、ごくたまにではあったが、百々子は時折、たづに向かってそんなふうに甘えてくることがあった。百々子にそうされることは、かねてより、たづの密《ひそ》かな喜びでもあった。

「……パパとママ、死んじゃったのね」

かすれた声で、百々子がつぶやいた。「昨日まではふつうに生きてて、元気でいたのに。今は二人ともいないなんて……信じられない」

前を向いたまま、たづはくちびるを強くかんで、嗚咽《おえつ》しそうになるのをこらえた。正面に視線をこらし、今にも朽ちそうになっている黒い門柱の向こう、道路に拡がっている外灯の黄色い光をにらみつけて、あふれそうになる涙を抑えた。

　だが、百々子が泣いている様子はなかった。強い緊張は伝わってきたが、震えてもいなかった。百々子はたづの腰に両手をまわし、その背にぎゅうぎゅうと上半身を押しつけているだけだった。

　百々子のやわらかさ、乳房のふくらみが、はっきりと感じとれた。それは、早くも熟し始めた大人の女のふくらみだった。

「大丈夫です。たづがついてます」とたづは言った。「たづだけじゃなくて、みんなが百々子嬢ちゃまを全力で支えてさしあげます」

「……犯人は誰？　なんでそんなことをしたの？」

「たづにもわかりません。本当に、本当に悔しいです」

「強盗？」

「さあ、どうですか。警察に早く調べてもらわなくちゃいけません。恐ろしいことです。でも、嬢ちゃま、今はあんまりいろいろなことを考えないで、ご自分を大切にして……」

「孤児になった」

　たづはぎょっとしたが、身じろぎしないよう注意しながら問いかけた。「今、何とおっしゃいました？」

「孤児になった、って言ったの。両親が死んじゃったんだもの」

「嬢ちゃま。それは違います……」

「孤児よ。私は一人っ子だし」

「いいえ、嬢ちゃまには函館のおじいさまもおばあさまも、ご親戚もたくさん、いらっしゃいます」

「親戚って誰？　孝二郎おじさん一家のこと？」硬い口調で訊き返してきた百々子は、わずかに鼻をすすり上げながら、吐き捨てるように「あの人たち、嫌い」と言った。

たづが黙っていると、百々子は再び鼻をすすった。「……ねえ、たづさん、左千夫おじさんは、このこと、もう知ってるの？」

「もちろんでございますとも。今日、うちにもお電話がありました。当たり前ですけど、とてもショックを受けておられて。私も情けないことに、なんにも言葉をかけることができなくなっちまって……。そうでした、嬢ちゃまのご無事をお伝えすることも、うっかり忘れてました。ほんと、情けないことで」

たづが嘆息すると、百々子は短く、「そう」とだけ言った。

そして、ゆっくりとたづから身体を離した。温かくやわらかだったものが急速に遠のき、たづの背中は、不吉なほど冷たい秋の空気に包まれた。

振り返ると、うつむき加減に上がり框《がまち》に乗った百々子が、小暗い廊下を茶の間のほうに向かって曲がって行くのが見えた。百々子のトレパンの裾《すそ》の白が、たづのまなうらに、いつまでも消えないまぼろしのようになって残された。

# 4

大田区千鳥町の古い家で、両親を惨殺《ざんさつ》されたばかりの十二歳の娘を預かることになり、人々がそれぞれ気遣いの限りを尽くしながら不安な一夜を送っていたころ、その男は、自分の寝床の中で眠れぬまま輾転《てんてん》反側していた。

丸一昼夜というもの、男は自分がしでかした凶行を飽きるほど何度も思い返し、検証してきた。まるで自分という人間が、映画やテレビドラマの中で、同じ犯罪を犯す演技をしているのを一人の観客として眺めているかのようだった。

あれほど気が動転していたというのに、微細な一挙手一投足に至るまで、記憶を正確に甦《よみがえ》らせることができた。そのことが男には意外でもあった。

しかし、どう考えてみても、男が犯した犯罪は穴だらけだった。そもそも男は、初めから犯罪者になろうとしてあの家に行ったわけではない。あんなことをしてしまうとは、夢にも思っていなかった。

あんなことをしてしまったのは、自分の中に突如として突き上げてきた、烈《はげ》しい、どうすることもできない怒りのせいだったのだ……男はそう思った。あれほどの強い怒りさえ生まれなければ、自分は人を殺《あや》めはしなかった。あの女が、あの時、あんなことを言わなかったら、あんなに無理解な、人を人とも思わない軽蔑《けいべつ》と侮辱をこめた言葉を並べ立て、地獄の底に叩《たた》きつけるようなまねをしなかったら、彼女の首に手をかけることはなかった。彼女の夫の後頭部に、クリスタルの灰皿を打ちつけなくてすんだ。みんな、あの女のせいなのだ、と男はひどく悲しい気持ちで思った。

　計画的な犯行ではなかったので、しでかしたことの痕跡《こんせき》は数えあげればきりがないほど、多く残されたに違いなかった。おそらくは、動かぬ証拠が山のようにあるのだから、逃げようもない。早晩、自分は捕まるだろう。捕まるだけならまだしも、新聞は自分のことを、二人も人を殺した恐ろしい殺人鬼だと書きたてることだろう。そう考えると、男は我慢ならなくなった。

　確かに自分は衝動的にこみあげた怒りを抑えきれなくなって、女を殺した。それは認める。だが、その女の亭主にまで怒りが飛び火したわけではない。亭主が憎くて殺したわけでも決してなかった。

　あの時、間が悪く、亭主が家に帰って来なければ、もっと別の展開があっただろう。少なくとも亭主まで殺すことには至らなかったのだから、亭主は今も、どこかで無事に生きていただろう。

しかし、致し方のないことだった。不意をつくようにして帰宅した亭主を前に、あれ以外、どうすればよかったというのか。土下座をし、犯したばかりの恐ろしい罪を告白して、おとなしくお縄になればよかったというのか。

間が悪く……と男は何度も胸の奥でつぶやいた。世の中には、間の悪いことばかりに遭遇し、呆《あき》れるほど不幸の連鎖の中に沈みこんでいく人間がいるものだが、まさかあの亭主がそうなるとは思いもよらなかった。生まれ落ちた時から、豊かな暮らしを保証されているような人物だったというのに。

雨合羽《あまがっぱ》をまとって犯行現場を飛び出した後、あらかじめ停めておいた自分の自転車に飛び乗った。一番近い駅は、池上線の久ヶ原駅だった。ほんの一瞬、男は久ヶ原駅で自転車を乗り捨て、池上線を使って蒲田《かまた》駅まで行こう、という考えに取りつかれた。

蒲田駅で京浜東北線に乗り換えれば、一つ先が川崎駅だ。そのほうが早いかもしれないし、第一、雨に濡《ぬ》れずにすむ。だが、犯行現場近くの駅から雨合羽姿で電車に乗れば、人の目につきやすい。しかし、衣服に血痕がついているかどうか、確かめていなかったため、不用意に雨合羽を脱ぐわけにもいかなかった。

そもそも女の家に行く時、これまで男は常に自転車を使っていた。池上線を利用することはなかった。となれば、この場合、どう考えても、慣れた道を慣れた自転車で戻るほうが賢明のように思えた。

その日は土曜日だったので、通常なら、夜になってから、男は川崎にある稽古場《けいこば》に行っているはずだった。

毎週土曜の夜に限り、稽古場は役者志望の一般人に開放される。名もない役者たちが、俳優を夢みる者と共にボイストレーニングを行ったり、題目を出し合って即興の演技に挑戦したり、表現方法について指導してくれる。

弱小劇団に所属している劇団員ばかりだったが、演技経験のある先輩たちの話は、聞いているだけで参考になった。劇団員たち自身、今もアルバイトを掛け持ちしながら暮らしている者ばかりで、役者を目指す者の生活の苦しさをよく理解していた。そのため、土曜の夜の稽古場は出入り自由、年齢制限なし、しかも参加無料だった。演劇関連の話に興奮し、つい話し込んで終電に間に合わなくなった者は、稽古場の片隅で毛布にくるまって寝た。

廃屋になった工場の建物をただ同然で借り受けている、という稽古場だった。川崎市内にあるとはいえ、国鉄の川崎駅からは離れていた。近くをバスが走っていたが、本数は少なかったし、バス代を倹約しようとすれば、往復、徒歩で行き来する以外、方法はなかった。

川崎駅から稽古場までの往復に何かもっと便利な方法はないだろうか、と男が考えていた矢先、郷里の家業を継ぐことになった先輩から、中古の自転車を譲り受けた。

何の変哲もない、ありふれた自転車だったが、願ったり叶《かな》ったりであった。男はその自転車を常時、国鉄川崎駅の駅裏に停めておくことを思いついた。そうすれば、川崎駅から自転車を使って稽古場に行けるし、行き帰りのバスの時間を気にする必要もない。

　自転車というのは便利なもので、気の向くまま、どこにでも行くことができる。自動車と違い、細い道にも自在に入って行ける。そのつど、好きな場所に停められるし、停めたことで文句を言われることはめったにない。

　よく晴れた気持ちのいい或る日の午後、気の向くままに自転車を漕《こ》ぎ続けていたら、いつのまにか久ヶ原に着いてしまったことがあった。川崎駅からの所要時間はおよそ三十分ほど。地図上での距離は約八キロ。こんなに近かったのか、と驚いた男は、それ以後、久ヶ原のあの家を訪ねる際には、自転車を使うようになったのだった。

　さほどの降りではなかったが、雨合羽のフードを目深《まぶか》にかぶっていないといられなかった。晴れた晩なら、そんな装《よそお》いであたふたと自転車を漕いでいる姿は人目についたに違いない。フードを目深にかぶることができるのも、雨だったからだ。天候だけは自分の味方をしてくれた、と男は思った。

　夢中で自転車を漕いでいるうちに、第二京浜国道に出た。トラックやバイク、乗用車が水しぶきをあげながら疾走していたが、男は国道にそった歩道をわき目もふらずに前へ前へと進んでいった。

多摩川大橋が近づいてきた。男が迷わず、橋の手前を左に曲がったのは、その先に行けば河川敷に降りられることを知っていたからだった。

男は道端の目立たない場所に自転車をいったん停め、茫々《ぼうぼう》と草が生えている夜の河川敷に向かって走り降りていった。月明かりもなく、ほとんど何も見えないほど暗かったが、対岸のかすかな光を頼りに目分量で距離を計った。その上で、橋からかなり遠く離れた場所まで行き、ポケットの中の貴金属類をすべて、思いきりよく叢《くさむら》の中にばらまいた。

そんなものをいつまでも後生大事に持っているつもりはなかった。始末する場所として、河川敷が適当なのかどうか、見当もつかなかったが、ともかく男は、ズボンのポケットをふくらませている盗品を一刻も早く捨ててしまいたかった。

発見されるのは早いだろうし、警察に通報されれば、これらの品物が殺された被害者宅から盗み出されたものであることが判明するのに時間はかからない。そこから何がどうなっていくのか、想像するのも煩《わずら》わしかった。知ったことか、と男は捨て鉢な気持で思った。

所詮《しょせん》、なるようにしかならない。それならば、ポケットの中で不快な金属音をたてているものを洗いざらい処分し、身軽になっていたかった。そんなものには未練も何もなかった。

とはいえ、盗んだ現金だけは捨てずにおいた。今さらながら、自分の貧乏根性に嫌気がさしたが、すぐに思いなおした。現金はどんな場合でも役に立つ。逃げる気はなかったが、少しでも多くの金を手元に残しておきたかった。

闇《やみ》に包まれた河川敷から、元来た道を引き返し、再び自転車に乗った。そこから多摩川大橋を渡って、途中、交差点を左折し、三キロほど走れば、もう国鉄の川崎駅だった。

前年の昭和三十七年に、五階建ての川崎駅ビルと北口商店街、駅前広場とを結ぶ地下道が開通して便利になった。鉄道利用客の乗降や人の流れは以前より増え、その晩も駅周辺を行き交う人の数は多かった。

もともと川崎駅周辺には、終戦直後から飲食店が数多く立ち並んでいた。三階建てが普通だった時代に、四階建て五階建ての雑居ビルがいくつもある界隈《かいわい》は、駅ビルができてからも変わらずに人の流れがあり、賑《にぎ》わっていた。

男は駅北口の、菓子店や喫茶店がひしめきあっている通りまで行き、二階から上が食堂になっている雑居ビルの脇《わき》の、細い路地奥に自転車を停めた。そこは決められた駐輪場ではなかったが、付近のビルで働く従業員のものとおぼしき自転車が数台、停められていたから、停めておくのに気兼ねは一切不要だった。

路地に人の姿はなく、通りを行き交う酔漢たちの笑い声が、遠く聞こえてくるだけだった。男は手早く自転車に鍵《かぎ》をかけ、表通りに出た。

前年にできたばかりの地下道入り口を中心に、駅に向かって左側は自家用車の駐車場が拡《ひろ》がっていたが、右側には交番がある。木立に囲まれた交番で、「駅前交番」と呼ばれていた。男は、その交番から最も離れた場所をうつむき加減になりながら早足で歩き、駅構内に入った。構内はそれなりに賑わっていた。

まず男がしたのは、便所に直行することだった。建てられたばかりの建物だったから、便所も清潔だった。蛍光灯の明かりがひどくまぶしく感じられた。あまりにまぶしいので、めまいすら覚えた。

男子便所の個室に人が入っていないことを確かめてから、男は濡れた雨合羽を脱ぎ、おそるおそる鏡に顔を写してみた。ひどく青ざめてはいたものの、どこにも傷や血しぶきなどのあとはなかった。数時間で髪の毛が真っ白になってしまったわけでもない。首、肩、背中、胸、足……丹念に調べてみたが、どこにも血痕らしきものは付着していなかった。

男は手櫛《てぐし》で髪の毛を整え、次に、洗面台の水道の蛇口をひねって、流水でごしごしと手を洗った。手にはまだ、女の首を絞めた時の感触が残っていて、男をいやな気持ちにさせた。

急に強い尿意を覚えたので、朝顔の前に走り寄り、放尿した。驚くほど長い放尿だった。放尿している間だけ、男は何も考えずにいられた。

雨合羽は後で処分するつもりで、できるだけ小さく丸め、脇の下にさし挟んだが、犯行時に使った革手袋は駅構内のゴミ箱に捨てることにした。どうせ旧《ふる》いものだった。土いじりや汚れものを扱う時などに使ったりしていたせいで、革にはヒビが入り、あちこちに染《し》みができていた。見るからに不用品なのだから、そんなものを捨てたからといって、怪しまれることもないだろう。

ふと男は、嬰児《えいじ》の死体が、新聞紙とタオルにくるまれて駅のゴミ箱に捨てられていた、という事件があったことを思い出した。いつ、どこで起こった事件だったのか、忘れたが、山手線の駅のゴミ箱だったような覚えがあった。

男は、捨てられた新聞や雑誌、丸まった幾多のちり紙、みかんの皮、チュウインガムやキャラメル、煙草《たばこ》の包み紙などの上に、手袋を強く押し込んだ。指先に何かやわらかな感触が伝わってきた。嬰児の死体を捨てたような気がした。

横須賀線に乗るべく、男が下りホームに出た時、柱にかけられていた大きな時計は二十一時四十二分を指していた。

男が降りる保土ヶ谷駅では、改札口に続く階段がプラットホームの一番先にある。そのため、帰路の横須賀線は先頭車両に乗るのが男の習慣だった。

その日も男は習慣にしたがって、ホームの先頭に向かって歩き出した。駆け込み乗車をしなければならなくなったら、どの車両でもかまわずに乗ってしまうが、時間がある時は必ず、ホームの先まで歩いて行くことにしていた。

電車はたいてい、中央付近の車両が混雑する。ほとんどの駅では、階段がホームの中央付近に設置されているからだ。犯行の後ならなおのこと、人目の多い中央付近の車両を避けるのは当然だったが、男はそんなことは意識していなかった。ただ、無意識のうちに日頃の習慣に従って先頭車両に乗ろうとしただけだった。

そして、その習慣こそが、自分の運命を決めることになるとは、まだその時点で、男は夢にも思っていなかったのである。

下り電車の先頭車両が停車する位置まで歩き、うつむき加減に線路を見下ろしていると、折よく電車がすべりこんで来た。東京発逗子《ずし》行きの横須賀線だった。

先頭車両は、彼にとってはちょうどいい混み具合だった。空いている席はなく、立って吊《つ》り革につかまっている人が数人。それぞれが、連れとの歓談に夢中だった。明らかにほろ酔い加減でうたた寝している者、くすくす笑いを繰り返しながら、話に興じている女たち……様々で、車内は適度な喧騒《けんそう》と熱気に満ちており、川崎駅から乗車してきた一人の男に、疑い深い視線を走らせるような人間は誰もいなかった。

男はドア近くに立ち、乗客に顔を見られないよう車内に背を向け、脇の下に抱えた雨合羽がずり落ちないよう注意しながら、ガラス越しに外を眺める姿勢をとった。小雨はまだ降り続いていた。街の明かりを映すガラスに、細い髪の毛ほどの雨の筋を何本か、見分けることができた。

　川崎駅を出てから数分後のことだった。電車が急激に減速し始めた。ちょうど、鶴見駅と新子安駅の中間付近だった。電車は減速するあまり、のろのろ運転になったかと思うと、まるで力を使い果たしたかのように、やがて完全に停まってしまった。その直後、大風が吹きつけた時のように車両が一瞬、大きく揺さぶられた。ぐらりとしたいやな揺れを感じた。

　車内灯が一斉に消えた。乗客たちが、がやがやと騒ぎ始めた。あちこちから、「おいおい、いったいどうしたっていうんだよ」「早く電気をつけろよ。車掌は何してるんだ」「説明くらいしろよな。まったくもう」などと言いながら、舌打ちしている人々の気配が伝わってきた。

　だが、その時、先頭車両に乗っていた乗客たちは誰も、それが鉄道史上最悪となる重大事故が発生した瞬間であったこと……自分たちが乗っていた下り横須賀線に、上り横須賀線の電車が衝突し、中央付近の車両が大破して、さながら地獄絵図のように大勢の死者と怪我《けが》人が出ていたこと……にまだ気づいていなかった。

　それは、顔を隠すようにしてドア付近に立っていた男とて、同様だった。突風が吹きつけてきた時のように車両が不自然な揺れ方をしたのは確かだったが、それほどの事故が起こっているとは想像もしなかった。機械系統に何かちょっとした不具合が起こり、やむなく電車が急停止したのだろう、としか思わなかった。急な停電の理由もそれで説明がつく。

だが、男をふくめ、先頭車両に乗っていた人々はまもなく、それが「ちょっとした不具合によるもの」などではなかったことを知る。

隣の線路上に、別の電車の車両が停まっていた。横須賀線の上り電車のようだった。何故《なぜ》、目と鼻の先の、いわば至近距離といっていい線路上に、上り電車が停まったままでいるのか。何故、いつまでも車内灯がつけられずにいるのか。何故、何の説明もされないのか。何故、暗い夜空で架線が不気味にスパークを続けているのか。何故、遠くからざわめきが伝わってくるのか。

そのうち誰かが「大変だぞ！」と声をあげた。「事故だ！」

続いて、「脱線」「衝突」という言葉が飛び交った。どこからともなく乗客たちが窓のそばに集まってきて、閉じられていた窓を次々に開け始めた。どの顔もはっきり見えなかった。男はわけがわからなくなった。

窓が開けられると、先を争うようにして外に飛び出す者、危ないから、まだ中にいたほうがいい、と声をあげる者、泣き出す女性客などで車内はごった返した。

特段、身の危険を感じたわけではなかった。それでも男が他の乗客と一緒に窓から身をすべらせ、車両の外に下りたのは、もし事故であれば警察が来て何か訊《き》かれるかもしれない、と即座に気づいたからだった。

まったくついていない、と男は思い、舌打ちをした。まさか、たまたま乗った電車が事故にあうとは。駅と駅の、中間地点で電車が停まってしまったようだった。次の駅まで線路上を歩いて行かねばならないのか。次の停車駅は横浜駅だが、いったいどれほど歩かねばならないのか、距離がつかめなかった。

その時もまだ、男は死者が大勢出るような大惨事が起こったことに気づいていなかった。せいぜい、乗った電車の何両目かが脱線したか何かした程度だろう、と思っていた。それほどまでに先頭車両は、車内灯が消えていることと、乗客がざわついていること以外、変化はなかった。

車両の外に飛び下りた男は線路の上に佇んで、後方に目を走らせた。冷たい小雨の降る闇夜に、何かとてつもなく禍々《まがまが》しいものが見えたような気がした。やがて、パトカーなのか、救急車なのか、遠くでいくつものサイレンの音が重なり合うのが聞こえた。罵《ば》声《せい》のようにしか聞こえない人々の声、泣き声、悲鳴も聞こえた。

中央付近の車両で、何かあったのだ、と思ったが、何がどうなっているのか、見当もつかなかった。だが、大変なこと、想像もしなかったことが起こったのだ、ということだけは男にもわかった。

早くここから逃げ出さなくてはいけない、と思うのだが、足がすくんで動けなくなった。あたりが暗すぎて、どの方角にどのように逃げればいいのか、見当もつかない。すぐ近くで誰かが、「お医者さんはいませんか。あっちが大変なことになってます！すぐに行ってあげてください！」と震える声を張り上げた。女の悲鳴が轟《とどろ》いた。子供なのか、大人なのか、喧騒の中に、いくつもの泣き声が混ざった。

男が立っていたのは線路脇だった。右手には雨合羽を握りしめていた。何が起こったのか、確かめようとして首を伸ばしかけた男のほうに向かって、正面から、今にもつまずきそうになりながら、よたよた歩いて来る人影が見えた。

暗いので顔がはっきり見えなかったが、大声で名が呼ばれ、それが誰なのか瞬時にしてわかった。息が止まるほどの戦慄《せんりつ》が全身を駆け抜けた。

「無事でよかったなあ、ほんまに」と相手は目を細め、顔をくしゃくしゃにしながら言った。

笑っているようでもあったが、極度の緊張と恐怖が、たまたま笑顔のように見えるだけなのは明らかだった。

「お互い、命拾いしたな。今な、ちょっとだけ見てきたんや。あっちはめちゃめちゃやぞ。ああ、そりゃあ、ひどいもんや。血だらけや。地獄図や。前の方の車両に乗っとったら、おれたち今頃……」

そう言いながら、相手は息を荒らげた。男が勤務する会社の同僚で、同い年の清水《しみず》という男だった。

関西弁丸出しの、明るくて気のいい人間だったが、うるさくつきまとったり、いたずらに私生活に入りこもうとしたりしないところが男には都合よかった。あくまでも距離を保ちつつ、気分よくかかわることができる相手だったため、毎週のように清水が寮に連れて来る妹、千佳《ちか》にも、男は親切にしてやった。

しかし、何故、よりによって、こいつがここにいるのか、と男は怒りさえ覚えながら思った。

「恐ろしいこっちゃ。よう見れんわ」と清水はぶるぶる震えながら言った。「なんや知らん、あっちのほうでいきなり貨物列車が脱線しよって、そこに俺たちが乗ってた上り電車が突っ込んで、あげくの果てに下り電車もおんなじように突っ込んできたらしいわ。三重衝突になるんかな。どこもかしこもぺしゃんこにつぶれとって、けが人が大勢や。いや、けがだけじゃすまんだろう、あれじゃあ。死人がぎょうさん出たはずや」

「……死人？」

思わず低く聞き返した男に、清水は「そうや」と顔をしかめてうなずいた。「ぱっと見た限りでは、俺たちの乗っとった上り電車のほうが被害が大きかったんかもしれんわ。俺は一番後ろの車両やったんけど、おまえは？　おんなじ車両やったんか？」

清水が口にした「俺たち」という言葉の意味をつきとめるのに、長い時間を要した。

男は死にものぐるいで、その言葉の意味を探し、すぐに驚愕《きょうがく》の事実に思いあたった。

そうだ。こいつは俺が、自分と同じ横須賀線の上り電車に乗っていた、と思いこんでいる……。

あたりが騒々しいのと、起こった出来事の凄《すさ》まじさのせいで、清水は四方八方に気をとられていた。視線があちこちに移り、そのたびに、清水はうめき声を発し続けた。

男は忙しく頭を働かせた。自分は川崎から横須賀線の下り電車の先頭車両に乗った。そして、清水は、上り電車の最後尾車両に乗っていた。二本とも緊急停車した際、下りの先頭車両と、上りの最後尾車両が、ほぼ同じ位置にあったため、線路上に降り立った自分たちが、顔を合わせることになったのだ。

ことのあらましが理解できても、男は何をどう言えばいいのか、わからなくなった。

しかし、何か言わねばならなかった。清水と同じ、自分も横須賀線の上り電車の、一番後ろの車両に乗っていた、と今、この場で口にしなければならなかった。嘘でもいいのだ。相手が、そうだと思いこんでくれている間にこそ、その嘘は効果を発揮するのだ。少しでも遅れたら、簡単に嘘だとわかってしまうのだ。

しかし、男は口を開くことができなかった。久ヶ原で二人の人間を殺害した時以上に、男は烈しく怯《おび》え、恐れおののいていた。

それを救ったのは、すぐそばで、しきりと恐怖の声をあげている清水本人だった。

清水は衝突現場のほうに目を向けたまま、「おまえに会えてよかったよ」と言った。声が半分、裏返っていた。「こんな時、ひとりやったら、どんなに心細いか。ほんま、よかった。そうか。今日は土曜日やしな、おまえ、これから川崎の稽古場に行くとこやったんやな？」

「そ、そうなんだよ」と男は言った。大きく何度もうなずいた。嘘をつくのなら、徹底してつくべきだ、と自分に言い聞かせた。「一緒の電車だとは知らなかったな……。俺も……一番後ろの車両に乗ってたんだ。なんで一緒の車両だってことに気づかなかったのかな。おかしいね」

「おまえは保土ヶ谷から乗ったんやろ？　俺は横浜から乗ったから、そら、気づかんはずや」

「横浜から？」

「いくらなんでも、おんなじ保土ヶ谷からおんなじ車両に乗っとったら、気づいたかもしれんけど、ちがうんや。俺は横浜でな、さっきまで妹と彼女と三人で食事しとったんよ」

サイレンの音がひときわ大きくなった。人々の怒号が雨の夜の中に拡がった。あたりはさらに物々しい空気に包まれた。

清水の妹は、横浜市内の病院で事務職の仕事についていた。そして、彼女、というのは彼の婚約者だった。横浜市内にある中華料理店で働くウェイトレスだったが、会ったことはない。名前を教えられていたにもかかわらず、咄嗟《とっさ》には思い出せなかった。横浜で、その婚約者と妹と三人で会っていたということが、この場合、何を意味するのか、考えてみたがわからなかった。余計なことは訊くべきではなかった。

男は「そうか」とだけ言った。

「でな、長いこと入院してた大阪の親戚《しんせき》のおっさんが、ここんとこ容態が悪うなってな。世話になった人やし、行ってやろ思うて」

恐怖と不安と緊張のせいなのか、清水の話はあちこちに飛んだ。

男が黙っていると、清水は慌《あわ》てたように「話がとっちらかっとるな」と言い、苦痛に喘《あえ》ぐようにして歪《ゆが》んだ笑みを浮かべた。「つまりな、俺は妹たちと別れて、上りの横須賀線に乗って、東京駅に向かうとこやったんよ。東京での用事をすませてから、大阪行きの夜行に乗るつもりでな……。それがなんで、こないなことに。妹たち、心配するやろなぁ。死んだと思われるんやないかなぁ」

「ニュースで知ったら、そりゃあ、心配するだろうな」

「早う連絡してやりたいんやけど、どこに公衆電話があるのかもわからんし。でもほんま、よかったわ。おまえと同じ電車に乗ってて。さっきな、おまえの顔見つけた時、地獄で仏に会った気ぃがしたわ。おんなじ電車に乗ってくれはって、おおきに。神様に感謝やわ」

「何をまた。大げさだな」

「いや、ほんまや。一緒に励まし合ってでもおらんと、気ぃがおかしくなってしまうがな。なあ、それにしても、どうなるんやろ、これ。車掌もおらんし、なんもわからへん。横浜まで戻るのがええのか、それとも……」

　そんなふうに二人が話している間に、あたりの動きがさらに物々しくなった。二人のすぐそばを、救出に向かうための、大勢の人々が行き来し始めた。「お医者さんはいませんかぁ？　看護婦さんはいませんかぁ？」と聞いてまわっている声が聞こえた。

　しばしの間、そんな喧騒を固唾《かたず》を飲むように見つめていた清水は、やがて誰彼かまわず呼び止めて、話しかけ始めた。あたりが騒々しいので、清水の声は聞きとれなかった。ただ、口がぱくぱく動いているだけの清水の顔がしばらくの間、行き交う人々の向こうに見え隠れしていたが、ふとしたはずみで、それも見えなくなった。

　探す気はなかった。本当にはぐれたのかどうか、周囲を何度か見回して確かめた。清水の姿は視界から消えていた。

　男は急いで踵《きびす》を返し、無我夢中で歩き始めた。一刻も早く、その場から離れたかった。

　その晩の出来事が、どんな結果をもたらすのか、考えても無駄だと思った。自分がしでかしたことも、間が悪く鉄道事故の大惨事に遭遇したことも、そして、さらに間の悪いことに、その事故現場で同僚にばったり出会ってしまったことも、何もかもが、あらかじめ人生の中に組み込まれていた必然の出来事であり、すべてのツキから見放された自分には、もはやどうすることもできないのだ、と悟った。

烈しくスパークする架線の火花に背を向けて、男は線路上を歩き、さらに線路脇の道に降りられる場所を探した。けたたましいサイレンの音をたててやって来る車の群れは、事故現場ではなく、自分目がけて一斉に走って来るような気がした。

男は幾度もつまずいて転びかけた。恐怖と不安に押しつぶされそうになりながらも、ともかくここから逃げなければならない、という想《おも》いにすがるしかなかった。男は無我夢中で歩き続けた。

川崎駅に戻り、停めておいた自転車に乗り、稽古場に行ったほうがいいのではないか、とも考えた。いつものように、保土ヶ谷から横須賀線に乗り、川崎駅で降りて、自転車で稽古場に向かう時のように。

しかし、これほどの大事故に遭遇した直後だというのに、ふだん通り稽古場に行くなど、ふつうの人間の感覚ならあり得ないのではないか、と思い直した。稽古場で参加者たちから事故の様子を訊かれ、それに答えているうちに、何かの拍子でぼろが出てしまうことも考えられた。

寮に戻ろう、と男は思った。戻って、顔を洗い、手を洗い、口をゆすぎ、布団《ふとん》をかぶって寝てしまうのだ。今は、この先のことを考えてはならない。何も考えずに眠るのだ、と思った。

## 5

警察内部の隠語のひとつに「戒名」というものがある。捜査本部を置く際の事件名を意味し、警視庁の捜査一課長や所轄《しょかつ》警察署長らが検討して決めることになる。

池上署の捜査本部では、久ヶ原で発生した殺人事件の「戒名」に「夫婦」の二文字を入れていいものかどうか、ということが密《ひそ》かに取り沙汰《ざた》された。

わざわざ「夫婦」という言い方をせずともよかろう、死んだ両親が「夫婦殺人事件」という名で、世間に知れ渡り、記憶されることになる、遺《のこ》された娘の立場も考慮すべきではないか……百々子を気づかって、そう言い出した者がいたからである。

だが、娘のことはさておき、殺害されたのが夫婦であることを強調すべきであり、ただの「久ヶ原殺人事件」としてしまうと、事件の残虐《ざんぎゃく》性が伝わりにくくなる、夫婦を一度に殺害したという犯行の凶悪ぶりを市民に知らしめるためにも、「久ヶ原夫婦殺人事件」にすべきである、という意見が大勢を占めた。やがて、ものものしく「久ヶ原夫婦殺人事件捜査本部」と墨文字で書かれた、大きな縦長の札が池上署内の壁に掲げられて、その際の短い映像はテレビのニュース番組でも放送された。

通いの家政婦で遺体の第一発見者になった石川たづはもちろんのこと、百々子をはじめとした黒沢家の人々、黒沢製菓の関係者たちには、連日にわたって、聞き込みや事情聴取が行われた。被害者が函館に本店のある、全国的に名を知られた製菓会社の御曹司《おんぞうし》夫妻であったこと、聖蘭学園初等部に通う夫妻の一人娘が、箱根に合宿に行っていて難を逃れながらも、一夜にして二親とも失ったこと、加えて、遺されたその娘が、学園内でも評判の美少女だったことは、新聞をはじめとするマスコミの格好の餌食《えじき》となった。とりわけ売り上げトップを誇る人気女性週刊誌が、記事の中で、百々子を「血塗られた土曜日の令嬢」と表現したことが、世間の関心を誘った。

国鉄の鶴見事故が起きた日は土曜日で、その日、福岡県の三井三池炭鉱の事故が起き、大勢の犠牲者を出している。同じ日に二つの大惨事が起こったということで、一九六三年十一月九日は「魔の土曜日」と呼ばれた。

それをもじった「血塗られた土曜日の令嬢」という言い方は、黒沢家のような富裕層に向けた庶民の羨望《せんぼう》と嫉妬《しっと》を煽《あお》りながら、百々子を必要以上にクローズアップさせることになった。

どこで手に入れたのか、百々子の顔写真や学園生活におけるスナップ写真を掲載する雑誌も少なくなかった。遺された令嬢は学校での成績が常にトップクラスで、将来、プロのピアニストを目指しており、黒沢夫妻の自慢の娘であったこと、学園内や近所で評判の美少女であったことなどをこれみよがしに記事に仕立てた。

どの記事の中でも、殺害された黒沢太一郎が将来を約束された二代目であり、夫妻が高級住宅地で何不自由のない贅沢《ぜいたく》な暮らしをしていたことが強調されていた。彼らを蔭《かげ》で妬《ねた》んでいた人間もいたに違いない、という憶測を匂《にお》わせ、中には、太一郎は育ちはいいが世間知らずで、本人が気づかないところに敵が大勢いたのではないか、とするものや、妻の須恵には年下の愛人がいて、夫婦間のトラブルになっていた、などという、根拠のない憶測に尾ひれをつけて書きたてた記事も出てくる始末だった。また、須恵の出自についてもあることないこと書きたてられ、そもそも須恵と太一郎では釣り合いがとれた夫婦とは言い難く、父親のいない貧困家庭で育った須恵が、製菓会社の御曹司に見そめられて結婚した瞬間から、今回の悲劇は始まっていたのかもしれない、などと、思わせぶりに綴《つづ》った記事すらあった。

　太一郎と須恵の亡骸《なきがら》は、長い時間をかけた検視の後、遺族のもとに返された。

　函館から駆けつけて来て以来、太一郎の実父、作太郎は妻の縫と共に、都内のホテルに滞在していた。もとより虚弱な縫は、事件のショックによる心因性の全身症状がおさまらず、作太郎もまた、血圧が急上昇するなどして、周囲をやきもきさせた。

まだ十二歳だった百々子の代わりに喪主となり、葬儀を取り仕切ったのは、太一郎の実弟、孝二郎である。

黒沢夫妻の通夜《つや》と告別式は、大森にある、一般向けに開放された寺で執り行われた。黒沢家は真言宗である。本来なら、葬儀は真言宗の名刹《めいさつ》が選ばれるはずであったが、孝二郎は、宗派を問わずに葬儀を請け負ってくれる、歴史の浅い寺で形式的にすませるべきだ、と強く言い張った。事件が未解決のままである以上、できる限り目立たぬようにしたほうがいい、というのである。

しかし、彼の思惑とは裏腹に、通夜当日の参列者は膨大な数にのぼった。

黒沢製菓の東京支店のみならず、函館本店の社員も手伝いに駆り出され、参列する取引先の人々、北海道および都内の政財界関係者らの対応に追われた。聖蘭学園の学園長や教諭、生徒とその父兄、黒沢家の近隣の人々は、大勢の参列客にもみくちゃにされ、報道関係の記者も押しかけてきた。

折り畳み椅子《いす》が足りなくなるのでは、と案じられ、急遽《きゅうきょ》、外部から椅子を持って来させる一幕もあり、会場の内外は仰々しい供花で埋め尽くされた。

そんな中、石川たづは遺族側の席につくことを許された。通夜と告別式の間、たづに傍にいてもらいたい、と百々子が孝二郎や祖父に懇願したからである。

喪服をもっていなかったたづは、急遽、近所の主婦から借り受けてきた黒い礼服に身を包み、忠実な番犬のように百々子の傍らに寄り添った。

膝下《ひざした》までであるワンピースにジャケット、という礼服には、折り皺《じわ》と共に、ナフタリンのにおいが染《し》みついていた。筋肉質の上に小肥《こぶと》りのたづにはサイズが小さかったようで、注意していないと、ジャケットの前ボタンが今にも千切れ飛びそうな按配《あんばい》だった。

黒沢家の家政婦であるたづには裏方での手伝いや雑用は山ほどあったが、誰もたづにそうしたことは求めなかった。

誰もが、残酷な形で両親を失った百々子に、どのように接すればいいのか、どんな言葉をかけてやればいいのかわからないままでいた。ただでさえ、百々子は多感な年頃であった。腫《は》れ物にさわるような言動は慎むべきだったし、かといって、中途半端な慰めや励ましの言葉を口にすれば、かえって傷つけてしまいかねない。

そんな中、百々子のことを安心して任せておけるたづという存在に、近親者や学園関係者は内心、ほっと胸をなでおろしていたのだった。

通夜に集まって来る客は、一様に重苦しい表情を浮かべ、言葉少なだった。誰もが事件に対して複雑な想《おも》いを抱いており、憶測もふくめて話題にしたがってはいたものの、さすがに会場内で口にする者はいなかった。

会場の片隅や外廊下、受付付近には、黒っぽい背広姿の男が数人、距離をおいてまばらに佇《たたず》んでいた。それが刑事であるとは、すぐには判別できなかったが、彼らが眼光鋭く参列者をチェックしていることに気づいた人々は、この残虐な事件が怨恨《えんこん》によるものなのか、強盗目的の殺人だったのか、犯人像が明らかになっていない現状を改めて目《ま》のあたりにすることになった。

現場検証は入念に行われ、取り調べは多岐にわたり、近隣の不審者、太一郎の仕事関係者、黒沢製菓の社員たち、夫妻と交流のあった人々をはじめ、百々子をふくむ黒沢家の近親者も捜査対象にされた。とりわけ、死体の第一発見者であり、久ヶ原の黒沢家に長年通いつめていた家政婦のたづは、黒沢の家の裏事情や夫妻が巻き込まれていたトラブルの有無、不審な人物の出入り、気になる出来事などについて、執拗《しつよう》な取り調べを受けた。

ご夫妻に問題やトラブルなんて、ありゃしません、不審者なんて見かけたこともございません、とたづは唾《つば》を飛ばしながら繰り返した。何としても、黒沢夫妻の名誉を守りたい一心だったし、久ヶ原の家に隠された不祥事や汚点などあるわけもない、あんなに清らかで幸福な家族はこれまで見たこともない、と訴えたかったからだが、事実、どう懸命に思い返してみても、たづに思い当たる、殺人にまで発展するような不審なできごと、どこかひっかかる記憶など、何もないのだった。

だが、ひとつだけ、半年ほど前に起きた小さな事件の話だけは忘れずに明かした。百々子が久ヶ原の町を聖蘭の同級生と並んで歩いていた時、すれ違い様に、ズボンの前ファスナーを開け、赤黒く屹立《きつりつ》させた局部をさらした男から、「ここを握ってくれ」と言われたのである。

百々子が驚いて小さく悲鳴をあげると、男は「ほんのちょっとでいいからさ」と言い、百々子の手首を無理やりつかんで、力ずくでその部分に触れさせようとした。

瞬時にして百々子は男の手を振り払い、同級生と共に全力で走って逃げた。大通りに出て、たまたま自転車で通りかかった酒屋の御用聞きに助けを求めた時、すでに、男の姿は見えなくなっていた。

そして、似たような被害にあう少女が、百々子の他にも相次いで現れた。近隣の小中学校が、保護者に向けて注意喚起を促したこともあったが、どこにでも出没する痴漢としてしか見なされず、それ以上の騒ぎには至らなかった。

目撃証言はどれも一致していて、不審な男の推定年齢は三十代から四十代、頭髪は五分刈り、くたびれた安物の服を着ているが、浮浪者とも思えない。鞄《かばん》や傘などの持ち物は何もなく、くちびるの端から、糸を引くほどのよだれを垂らしている、ということで共通していた。

たづは「お役にたつかどうかわからないのですが」と前置きし、百々子が遭遇した痴漢の一件を池上署の間宮刑事に明かした。間宮は、その件には記憶がある、と言い、興味を示した様子ではあったが、少女を狙《ねら》った痴漢事件が、捜査に何かのヒントを与えることができたのかどうかについては、たづにもわからずじまいだった。

黒沢家の犯行現場には、犯人を特定できるような証拠は、さしあたって何も残されていなかった。犯行当日、雨が降っていたせいもあって、家周辺の足跡は判別しがたくなっていた。家中の指紋や毛髪が入念に採取されたが、犯人と思われる人間のものは特定されなかった。

玄関や勝手口はもとより、窓や戸はどこも、こじ開けられてはおらず、須恵の遺体にも太一郎の遺体にも、抵抗した形跡はなかった。須恵は絞殺され、太一郎は撲殺されたというのに、ともに争った跡はまったくないのだった。となれば、犯人は夫妻と顔見知りの人間だった可能性が高い。よく知る人物が訪ねて来たので、須恵は疑いもなく家に招き入れた。犯人は初めから須恵か太一郎、もしくは二人ともを殺害するつもりで黒沢家を訪れたのかもしれなかった。

死亡推定時刻は、須恵のほうが十数分、早かった。須恵を殺害したところに、太一郎が帰宅したため、太一郎も手にかけざるを得なくなったのか。あるいは、犯人は初めから夫妻を狙っていたのか。

怨恨、金銭トラブル、痴情のもつれ……あらゆる可能性を鑑《かんが》みて、取り調べは続けられていた。犯行当日以外にも、夫妻の家、もしくはその周辺に不審な人物の影があったかどうか、という点についても、近所への聞き込みが繰り返された。

夫妻の日常をよく知る人物として、石川たづ以外に、かつて同居していたことのある、須恵の実弟、沼田左千夫もまた、執拗な取り調べを受けた。だが、たづ同様、左千夫に何ら不審な点はなかった。トラブルや借金もなく、姉夫婦との関係はきわめて良好だったという、確かな証言も得られていた。

たづの話では、百々子は左千夫のことを慕っており、もう一人の叔父にあたる黒沢孝二郎には苦手意識を抱いていた、ということだったので、孝二郎の取り調べも入念に行われたものの、結果は始めからシロだった。孝二郎は事件のあった晩、大手広告代理店の接待を受け、銀座の高級鮨《すし》店で鮨をつまんでいたのである……。

……遺族席の百々子は通夜の間中、参列客から放たれる憐《あわ》れみのまなざしに晒《さら》されていた。周囲からいたずらに哀切の情を向けられることは、予期していたとはいえ、百々子にとって苦痛以外の何ものでもなかった。憐憫《れんびん》の情は、百々子にとって優しい装飾を施されただけの毒矢に等しかった。

どんな態度でどんな表情をしていればいいのか、わからないのだった。泣きじゃくっていたらいいのか。悲しみのあまり、倒れてしまえばいいのか。気丈にふるまい、大丈夫です、ありがとうございます、と繰り返していればいいのか。

百々子は目をうるませてはいたが、泣きはしなかった。たづが声を殺して嗚咽《おえつ》し、祖母が泣きくずれている時ですら、百々子は激した感情に襲われることもなく、ただ、全身を硬くしてうつむいていた。

そんな百々子のことを、かえって案じる者もいた。今は気丈にふるまっているが、感情を抑えすぎると、後の反動が恐ろしい、多感な少女の心はガラス細工のようなものなのだから、といったような声が、百々子自身の耳にまで届いた。

百々子ちゃん、泣いてもいいのよ、と涙ながらに言ってきたのは、孝二郎の妻だった。こういう時には我慢しないで、好きなだけ泣いたほうがいい、と言っている本人が、化粧も流れ落ちんばかりにさめざめと泣き、百々子を抱きしめてきた。さほど親しくもなかった人間から、大仰に抱きしめられることに嫌悪《けんお》を感じた。百々子はそっと身体《からだ》を離した。

自分でも、なぜ、泣かずにいられるのか、百々子にはわからなかった。泣くまいと我慢しているわけではなかった。意地を張って強がっていたのでもない。濃い霧の中、自分の立っている場所すらわからなくなり、呆然《ぼうぜん》と立ち止まってしまっている。そうした感覚だけが百々子につきまとっていた。

通夜の後の清めの席は、本堂隣にある別棟に用意された。廊下に佇んでいる刑事たちの中には、間宮警部補の姿もあった。彼らは通夜の客や葬儀社の社員を装《よそお》いながら所在なげに煙草《たばこ》を吸っていたが、目新しい発見や不審な人物の姿はなかったようで、少しずつ張り込みの人数を減らしていった。

そんな中、百々子の正面に座っていた親類筋らしき中年の男が、百々子に向かってオレンジジュースの壜《びん》を掲げてみせた。場違いなほどにやけて見える、赤ら顔で小肥りの男だった。

　連れはいないようで、男は初めから周囲の者とこれといった会話も交わさず、手酌で酒を飲んでいたが、やがて酔いがまわったものらしい。ゆらゆらと揺れる視線は、次第に露骨に、百々子にばかり注がれるようになった。

　濃紺のジャケットとプリーツスカート、白い丸襟のブラウス。ジャケットの胸ポケットには、聖蘭学園の「S」の字をかたどったエンブレムが、虹色の糸を使って品よく刺《し》繍《しゅう》されている。聖蘭学園の生徒だけに許されるそのエンブレムは、死んだ両親がいつも密かに誇りにしていたものでもあった。

「とんだことになったなぁ」と男は百々子を見ながら、眉根《まゆね》を寄せてしんみりと話しかけてきた。

　明らかな北海道訛《なま》りだった。どこかで以前、会ったことがあるような気もしたが、はっきりしなかった。父も母も函館出身なので、北海道の訛りをもつ親族は大勢いた。

　百々子は小さくうなずき返した。

「でもなぁ、じいちゃん、ばあちゃんもいることだし、まわりに大勢、百々子を大事にしてくれる大人がいる。これからは強く生きていかんとな。つらいべ。そりゃあ、つらいべさ。でも強くならんとな。なあ、百々子。ほれ、ジュース、ついでやっから、飲んだらいいさ」

よく知りもしない男から、百々子、と気安く呼び捨てにされるのは心外だった。百々子はちらりと上目づかいに男を見て、首を横に振った。「今はいりません」

「あ、ジュース、いらんか。ビールのほうがよかったか」男は冗談めかして言い、ふいに卑猥《ひわい》な目つきで百々子を見た。

百々子は黙って目をそむけた。男は、ぬるくなったバヤリースのオレンジジュースを百々子のコップにあふれるほど注ぎ入れた。

それまで男の隣の席には、背中の丸い、やせた初老の男が座っていた。妻とおぼしき、白髪の女と何かしきりとひそひそ話しているところに、ひとりの中年の男が近づいて来た。夫妻は彼に向かって深くうなずき返した。三人は何か内輪の話があるらしく、連れ立って部屋の外に出て行った。

今しがたまで、百々子の右隣の席にいたたづは、その時、別室に行っていて不在だった。通夜が始まる前から頭痛を訴えていた縫が、いよいよ、清めの席で気分が悪くなり、横になりたいと訴えた。たづは、その介抱をしてやるよう、孝二郎から命じられたのだった。たづと共に祖父、作太郎も席を立ち、まだ戻って来ていなかった。

一方、左隣には二つの空席があり、その向こうには左千夫が座っていた。左千夫はテーブルに片肘《かたひじ》をつけ、煙草を吸いながら、正面の席の、中年夫婦の話に相槌《あいづち》を打っていた。

　男は改まったように表情をやわらげ、百々子に向き直った。「それにしても、大きくなったなぁ、百々子。来年、中学だって？」

「そうです」

「昔っから、めんこい子だったけど、大人びてきて、もっとめんこくなったなぁ」

　男は遠慮会釈《えしやく》のない視線を百々子に投げた。「めんこいだけじゃないな。身体のほうはさ、もう、立派な大人だな。ん？　そうだべ」

　口調こそ物静かだが、視線が容赦なく百々子の身体をなぞっていった。「……身長、いくつあんの」

　百々子は答えなかった。しめやかで陰鬱《いんうつ》な空気が流れていたとはいえ、酒がふるまわれると、室内は賑《にぎ》やかになった。初めのうち、蜂《はち》の羽音のようにしか聞こえなかった低い話し声も次第に大きくなっていき、あたりかまわず、殺人事件の詳細を口にする者さえ出始めた。

「一六〇くらいあるんでないか？」

「いえ、そんなにないです」

「だったら、一五五くらいか？」

　身長はその年の春の健康診断で計った時、一五四センチだったが、百々子は黙っていた。

「小学生にしちゃ、発育がいいな」と男は言った。「でも、発育がいいのは、身長だけじゃないべ。どこもかしこも、もう立派な大人だな」

百々子は咄嗟《とっさ》にジャケットの前を掻《か》き合わせ、胸を隠した。そんな仕草をしてしまった自分が汚れているように感じ、烈《はげ》しい嫌悪を覚えた。

「いろけ、たっぷりだ」と男は場所柄もわきまえず、少しもたじろがない調子でそう言い、得心したようにひとりでうなずいた。「おじさんが何を言いたいか、わかるか？その年でそれだけ立派ないろけがあれば、百々子はこの先もちゃんとたくましく生きてける。そう言いたいのさ。亡《な》くなった須恵さんも、美人でいろけたっぷりだったもんなぁ。血は争えない、っちゅうか、親子は似るもんだなぁ」

百々子が怒りをこらえながら黙っていると、男は何を思ったか、やおら、テーブルの上に前のめりになり、口に片手をかざして、耳打ちするような姿勢をとった。百々子は顔をしかめ、背中をそらせて、その酒くさい息から逃れようとした。

「な、百々子、これからいろんなことがあるだろうけどもさ、何か困ったことがあったら、おじさんに相談するんだよ」

「いえ、別に私は……」

「ほれ、これがおじさんの名刺。いつでも電話かけてきていいぞ。おじさん、百々子のためならいつでも飛んでくっから」

「いりません！」

百々子は顔を真っ赤にしながら、押しつけられた名刺を押し戻した。

男は気を悪くしたようだったが、いきなり開き直ったかのように、乱暴に百々子の手をつかみ、名刺を握らせようとした。

百々子が息を荒らげて男をにらみつけたのと、二つおいた隣の席にいた左千夫が、それまで吸っていた煙草をいきなり目の前のビールが入ったコップの中に投げ入れ、大きな音をたてて椅子から立ち上がったのは、ほぼ同時だった。

清めの席でいったい何が起こったのか、瞬時にして理解できる者はひとりもいなかった。左千夫は腕を大きくのばし、百々子の正面にいた赤ら顔の男の胸ぐらをつかんだ。つかんだと思ったら、その直後、男は烈しく顔を殴られていた。

男は奇妙なうめき声をあげながら、椅子ごと背後に倒れた。テーブルの上に食べ物や飲み物が散乱した。醤油《しょうゆ》差しが倒れ、コップの中のものが白いテーブルカバーに飛沫《ひまつ》を作り、鮨桶《すしおけ》の中の残った鮨が、桶ごとひっくり返された。

近くで女性の悲鳴があがった。喪服姿の男たちが集まって来た。男たちの中には、廊下にいた刑事とおぼしき者の顔もあった。

床に倒れたまま、殴られた頬をおさえ、赤鬼のような顔をして何かわめいている男が、人々によって助け起こされた。男は鼻血を垂らしていた。

「何があったんです？　どうしたんです」

そう言って走り寄って来たのは孝二郎だった。その後ろに石川たづの顔も見えた。青い顔をして駆け寄って来ようとするたづに背を向け、百々子は席を立つなり、つかつかと部屋を出た。嬢ちゃま、嬢ちゃま、と言いながら、たづが追いかけてくる気配があった。

泣きたい気持ちはないではなかったが、百々子は泣かなかった。ひどくみじめではあったが、別に悲しくはなかった。ただ、ただ、腸《はらわた》が煮えくりかえっていた。持っていきどころのない怒りだけが、百々子を支配していた。

だが、意志とは裏腹に視界がうるんだ。くちびるが震え出した。泣くまいと百々子は思った。泣いたら余計にみじめになる、とわかっていた。

部屋を出てから、会館の廊下をわけもわからず小走りに駆け抜けた。制服の下で胸が揺れるのが感じられた。筋肉でもない、贅肉でもない、不思議な、生きた温かい果実のような乳房は、かつて母の須恵が買ってくれた白いブラジャーの中で、左右上下に力強く揺れ続けた。

同年代の女の子と比べ、自分の身体の発育が際立《きわだ》って早いことは百々子もいやというほど自覚していた。望んだわけでもないのに、乳房がどんどんふくらんでいく。子供のくせに腰つきがいやらしい、などと言われたあげく、好色な目で見られてしまう。

そんな自分自身の、意志とは裏腹に変化していく身体も、あの赤ら顔の男も、両親を殺したどこかの犯人も、自分に向けられる憐れみのまなざしも、何もかもが狂おしいほど憎く、腹立たしかった。

「嬢ちゃま、待ってくださいましな」後ろから息を切らして駆けて来るたづが、ほとんど泣きそうになりながら懇願する声が聞こえた。

連なった部屋をぐるりと囲む形で、長い廊下が伸びている。やがて目の前に、本堂に向かう短い渡り廊下が現れた。

人の気配のない本堂は、闇《やみ》にのまれていた。渡り廊下には屋根がついていたが、左右は吹きさらしだった。外の地面のそちこちで、エンマコオロギがわびしげに鳴く声が聞こえた。

そのまま渡り廊下を渡って、本堂に飛びこんでいきたかったが、明かりの見えない、閉ざされた本堂は少し怖かった。百々子は渡り廊下の手前で足を止めた。

追いかけてくるたづが、はあはあと息を切らせている気配があった。百々子はたづに背を向けたまま、渡り廊下の手前に置かれていた、古い青銅の大きな瓶《かめ》の縁に手をかけ、大きく胸を上下させながら、呼吸を鎮《しず》めた。

百々子は、追いついたたづを意識しながら、吐き捨てるように言った。「左千夫おじさんがああしてくれなかったら、私、自分であの人の顔にジュースやビールやいろんな飲み物をぶっかけてたと思う」

「ですから、嬢ちゃま。教えてくださいましな。いったい何が……」

「なんなの、あの人」と百々子は顔をゆがめ、大声でたづに問いかけた。「ずっといやらしい目で私のこと見て。いろけがあるから、生きていける、って。死んだ須恵さんとそっくりだ、って」

男が言ったことをそのまま口にしてみると、汚《けが》らわしい中年男の目に映った自分と、想いもよらぬ形であの世に行くことになった母が、本当に汚らわしかったように思われてきた。百々子は怒りと嫌悪感のせいで、危うく叫びだしそうになった。

「な、な、なんですって？」たづは声を荒らげた。「こ、こ、こんな時に、嬢ちゃまに、そ、そ、そんなことを？」

「あいつ、誰？　どこのどいつなの？　パパの親類？　ママの？　どっち？　なんで、あんなやつがここにいるの？」

「そ、そんなことを嬢ちゃまに言ったなんて、天罰が下りますよ。地獄に行きますよ。なんて不謹慎な！　殴っただけじゃ、気がすみませんよ！」

「だから、あの人、誰なのか、って訊《き》いてるのよ。たづさん、知らないの？」

「私はお見かけしたことがありません。でも、親戚《しんせき》の方なんでしょう、あの席にいたんですから。ともかく嬢ちゃま、今日のところはこれで、おいとましましょう。旦那《だんな》様も奥様も、このお寺でぐっすり安らかにお眠りになっていることですし、また、明日、ご葬儀で会えますんでね。ですから今日は……」

その時、百々子の目の端に、速足で近づいてくる左千夫の姿が映った。うす闇に沈んだ仄暗《ほのぐら》い廊下で、左千夫が着ているシャツの白い色だけが浮き上がって見えた。

百々子はふと、祝日になると必ず自宅の門柱に掲げられていた、日の丸の旗の白を思い出した。夜の闇の中で見る国旗は、そこだけがいつも冴《さ》え冴《ざ》えと白かった。

国旗を掲げるのはいつも父だった。祝日が終わると、母がそれを丁寧に丸めて物置に戻した。国旗からはいつも、かすかな埃《ほこり》のにおい、日向《ひなた》のにおいが漂った。

どうということのない日常の営みの中で繰り返されてきた習慣が、一条の遠い光のようになって百々子の中に甦《よみがえ》った。もう二度と父にも母にも会えないのだと思った。何がおこっても、父や母に助けを求めることはできない。ひとりで生きていかねばならない。果たして、そんなことができるのだろうか、という強い不安にかられ、百々子は奥歯をかみしめた。

左千夫は、あまり手入れのよくない黒のスーツを着ていた。首から垂らしている黒く細いネクタイは、結び目がゆるんでいて、だらしなく胸元に垂れていた。白いシャツには点々と醤油のしみが飛び散っていた。

切れ長の大きな目をしきりと瞬《しばたた》かせながら、すぐそばまで来ると、左千夫は案じ顔で百々子をまっすぐに見つめた。

「大丈夫だったか。怪我《けが》しなかったか」

百々子は首を横に振った。とたんに、くちびるが細かく震えだした。

「……災難だったな」

低い声。ゆっくりと話す、その話し方。どこか照れたような、それでいて人と近づくことを拒んでいるような、揺らぎがちな視線。久しぶりに見る、左千夫の表情を目にしたとたん、百々子は、自分の中でこらえにこらえていたものがいっぺんに瓦解《がかい》していく、その音が聞こえたように思った。

くちびるがわななくように大きく震えたかと思うと、抑え込んでいた涙があふれてきた。まるでダムが決壊したかのようだった。百々子は小鼻をひくひくさせながら、口をへの字に曲げ、大きくしゃくりあげた。

「ひどいこと、言われたの。ほんとにひどくて、いやらしくて、信じられないこと」

「知ってるよ」と左千夫は低く、なだめるように言った。「全部、聞こえてた。いつ殴ってやろうかと、そればかり考えてた」

たづが、泣きじゃくる百々子の肩を抱きよせて顔を歪《ゆが》めた。「私さえ、おそばについていられたら、よかったんです。本当に申し訳ございません。大奥様の具合が悪くなられたので、隣のお部屋に座布団《ざぶとん》を敷いて、横になっていただいてたんです。もう少し早く戻っていたら、と思うと……」

「たづさんのせいじゃないよ」と左千夫はいっそう低く言った。「たづさんが謝る必要はない」

「でも……よりによって、こんなお席で。人非人ですよ。まったく腹が立ちます。あの人は、どこの誰なんでしょう。ご存じでしたか」

「いや」と左千夫はわずかに首を横に振った。「でも、通夜に来て、堂々とああいう席に座ってたんだ。黒沢の親戚でしょう」

百々子は鼻をすすり、たづから手渡された白いハンカチで涙を拭《ふ》いた。興奮と怒りのために頬が赤く染まっていた。

何をわめいても、見苦しく泣きじゃくっても、今の自分なら許されるのだろうと思うと、かえって悔しさが増した。大きく深呼吸を繰り返し、鼻をかみ、百々子は両耳の後ろで結わえた二本の毛束をぶるんと揺すった。

背筋をのばした。濡《ぬ》れた目に力をこめ、左千夫を見あげた百々子は、半ば以上、いつもの誇り高い、勝気そのものの百々子に戻っていた。

「左千夫おじさん、ありがとう。いやなやつを殴ってくれて」

左千夫はうなずいた。目を細めた。微笑のようなものが、形の美しいくちびるの脇に浮かんだ。

「ほんとによかった。やっつけてもらえて、すっきりした。おじさんこそ、怪我しなかった？」

「平気だよ」

廊下の向こうから足音が響いた。孝二郎が小走りにやって来るのが見えたので、百々子は慌《あわ》てて顔をそむけた。

「ここにいたのか。あのなぁ、左千夫君、困るじゃないか。こんな時に、あそこまで派手にやるなんて。ただでさえ、うちは今、大変な状態だっていうのに。あの人はね、黒沢の遠縁にあたる人なんだよ。今は富良野に住んでて……今日も、遠くからわざわざ通夜にかけつけてくれたってのに、まったく、なんてことをしてくれたんだか」

左千夫が何か言おうとして口を開きかけた時だった。百々子はくるりと前を向き、孝二郎に向かって進み出た。

「何があったか、なんにも知らないくせに。左千夫おじさんが悪いみたいな言い方しないでよ。あの人、ひどいことを私に言ったのよ。お通夜だっていうのに。それを左千夫おじさんが助けてくれたのよ」

孝二郎は忌《い》ま忌《い》ましげなため息をついた。「あのな、百々子。黒沢の一族は今、みんな衝撃を受けてるんだよ。酔っぱらって、ちょっと口を滑らせただけなんだろうから、いちいち真に受けたりしないで、聞き流しておけばよかったんだよ」

「聞き流す？」と百々子はすごんだ。今にも歯をむき出さんばかりだった。「何なの、それ。私があの人に何を言われたか、知ってるの？　聞いたの？　知らないんだったら、今、ここで私が全部、教えてあげましょうか」

「嬢ちゃま」とたづがそっと百々子の袖《そで》を引いた。「何もそんなことまで……」

「わかるか、百々子。何度も言うよ。こういう時なんだ」と孝二郎は苦虫をかみつぶした顔をしながらも、いかにも辛抱強く諭すように言った。「僕はね、場所をわきまえてほしい、と言っただけだよ。事件の犯人もつかまらないし、こんなことになってしまって、どうにもしようのない気持ちのまんまでいるのは、みんな同じなんだから。そうだろう？　百々子の気持ちはわかるよ。そりゃあ、よくわかる。でもな、事件のせいで黒沢製菓のイメージは悪化しっ放しだし、売り上げも大打撃を受けているんだよ。酔っぱらいにちょっと気にくわないことを言われたぐらいで、そんなにいきりたたないでおくれよ。左千夫君も左千夫君だ。大人げないにもほどがある。ほっとけばよかったんだ」

　孝二郎は、死んだ太一郎によく似た、つややかな肌をもつ端正な顔だちをしていたが、太一郎と大きく異なっていたのはその表情と目つき、性格と態度だった。いついかなる時でも、孝二郎は尊大だった。人を人とも思わず、抜け目なく周囲を計算し尽くそうとしている。それは百々子がもっとも嫌うもののひとつであった。

「すみません」左千夫が目を伏せ、軽く頭を下げた。「お騒がせしてしまったことは謝ります。つい、かっとなってしまいました。ですので、百々子のことを叱《しか》らないでやってください。今、一番、つらいのは百々子なんですから」

「そんなことくらい」と孝二郎は目をそむけ、低く吐き捨てた。「いちいち言われなくたってわかってるよ」

その後に続いた「ちっ」と舌を鳴らす音は、幸い、あまりに小さかったので、たちまち夜のしじまの中にとけていった。

「たづさん、すぐにあっちに戻ってくれないか。お客を放ったらかしにしとくわけにはいかない。まだ当分、残ってる人たちもいるだろうから、ビールと酒をもう少し追加して……」

たづは、「はあ、でも」と言って、目の端で孝二郎を見た。「私はこれから、百々子嬢ちゃまのお帰りのお伴をさせていただかねばなりませんので」

「帰る？　百々子が？」

「はい。これ以上、こちらに嬢ちゃまがおいでになるのは、よくないと存じます。報道のみなさんの目もありますし。今日のところはもう、お帰りになったほうがよろしいかと……」

半ば苛立《いらだ》ちをあらわにしつつ、孝二郎は「わかったよ」と言った。「だったらいい。

帰って結構。ただし、今すぐ帰るんだったら、車は出せないよ。車は今、出払ってるから。いいんだね？」

「もちろんでございます」

「左千夫君、きみはあの部屋に戻らないように。また騒ぎを起こされると困るからな」

喪服姿の中年の男女が、あたふたした様子で孝二郎を呼びに来た。孝二郎は黙って踵《きびす》を返し、苛立たしげに廊下を立ち去って行った。

残された三人は、孝二郎の気配が完全に消えるのを待ってから、それぞれ互いに、探り合うような視線を絡《から》ませ合った。

「さあ、参りましょうか、嬢ちゃま」とたづは何事もなかったかのように、おっとりと言った。「その前に、ちょっとここで待っていてくださいまし。私のハンドバッグと荷物を、さっきのお部屋から取ってまいりますからね。嬢ちゃまのお荷物もお持ちいたしますよ」

きつそうな黒いジャケットの前ボタンを気にしながらも、大きく息を吸ったたづは、百々子に向かって励ますような微笑を向けると、急ぎ足で元来た廊下を戻って行った。

後には百々子と左千夫だけが残された。

ズボンのポケットに両手をつっこみ、渡り廊下の欄干に寄り掛かった左千夫は、所在なげに床に目を落とした。

長身で姿が美しく、ほっそりして見えるが、胸板の厚さが腕っぷしの強さを物語っていた。

常日頃は、おとなしく無口だったせいか、存在感が希薄なところがあった。いても目立たず、すうっと消えるようにその場からいなくなっても、誰も気づかない。そんな人間だったが、左千夫の美男子ぶりに目をとめていたのは、他ならぬたづだった。

「嬢ちゃま、こんなこと、たづが言ったなんて、どなたにもおっしゃってはいけませんよ。嬢ちゃまと私だけの秘密にしてくださいましね。約束ですよ」

そう言って、たづは百々子に、左千夫が日本の人気男優に似ている、と囁《ささや》いた。有名な男優だったので、百々子もよく知っていたが、あまり似ているとは思えなかった。

一方、たづは左千夫が黒沢家に居候《いそうろう》していた間中、テレビにその男優が登場すると、百々子に向かって目配せしてきた。すぐそばに、左千夫本人がいる時ですら、おかまいなしにそうする。たづとの約束は守らなくてはいけないので、百々子はひたすら黙っているが、今にも笑いがこみあげてきそうになるものだから、同席していた母の須恵に、「どうしたの？　二人とも、にやにやしちゃって」と言われたこともあった。

だが、左千夫が仕事をみつけ、黒沢の家を出ていくと、たづは何も言わなくなった。百々子はしばらくの間、テレビや新聞、雑誌などで、その男優を見かけるたびに、左千夫のことを思い出した。

男優ほどの美男ではない。だが、たしかに左千夫がもっている物静かで翳《かげ》りのある佇まいは、その男優が映画やドラマの中で演じる役とどこか似ていた。

百々子は、母の須恵に一度だけ、その話をしたことがある。母が毎月、駅前の本屋から届けさせている婦人雑誌のカラーグラビアに、男優が大きく載っていたからだ。

「ねえねえ、左千夫おじさんって、この人にちょっと似てない？」

須恵はその時、少し意外そうな顔をして聞き返した。「そうかしら。ママはあんまりそうは思わないけど」

「似てるじゃない。左千夫おじさんってハンサムだから」

「ハンサムだからって、みんながみんな、ハンサムな人に似てるとは限らないんじゃない？　でもまあ、全然似てないってこともないかもしれないわね」

「そうでしょ？」

「百々子の言う通りだわ。似てるわ。ほら、この写真見て。目がふたつ、鼻と口がひとつずつあるところなんか、そっくり」

須恵が大まじめな顔でそう言ったので、百々子は可笑《おか》しくなり、ぷっと吹き出した。

そんなふうに、親子でのどかな会話を交わしたのは、初冬の晴れた日の午後だった。茶の間に置かれた火鉢の上では、須恵がおやつ代わりに焼いてくれた餅《もち》が、やわらかくふくらんでいた。

須恵はその餅を菜箸《さいばし》でとって、小皿の中の醤油にひたした。そこにバターを一匙《さじ》のせ、海苔《のり》を巻きつける、というのは、昔から須恵が好んでいた食べ方だった。焼き上がったばかりの餅を手にしている須恵の優雅な指の動きと、伏目がちになった横顔の美しさが、百々子の中にまざまざと甦った。

……「帰るんだね」左千夫が静かに問いかけてきた。

百々子はうなずいた。「おじさんは？」

「おじさんも帰るよ」

「明日のお葬式、来るでしょ？」

「もちろん」

百々子は少し、もじもじした。左千夫はふだんから寡黙《かもく》で、会話がなかなか続かない。勤め先が決まるまでの間、久ヶ原の家に身を寄せていた時期があり、寝食を共にする身近な存在だったにもかかわらず、会話はいつも、尻切《しりき》れとんぼになった。

その寡黙ぶりが座の雰囲気を壊してしまうことはないにしても、自分からはほとんど話し出さないから、居合わせた人間が話題を探すのに苦労する。そんな彼にあたりさわりなく話しかけ、言葉を引き出し、会話を続けてやれるような大人……たとえて言えば、死んだ母のような大人に早くなりたい、と百々子は密かに思っていたものだった。

静寂の中に、コオロギの声が幾重にも溶け込んでいた。百々子はしばしの沈黙の後、

「あのね」と言った。

「ん？」

「たづさんが戻ってきたら、帰る前にね、三人で柩《ひつぎ》の中のパパとママに、挨拶《あいさつ》していかない？」

左千夫は深く息を吸い、それを吐き出しながら、「そうだね」と言った。細めた目に、わずかな微笑が浮かんだ。

たづが急ぎ足で戻って来た。両手にハンドバッグと、百々子の荷物も入れてある小さなボストンバッグを提げていた。

「さっきの無礼千万の人はね、今、お帰りになりましたからね。もう大丈夫ですよ。おばあさまとおじいさまは、これからタクシーを呼んで、お宿まで戻られるそうです。嬢ちゃまのことをたいそう心配しておられましたんで、嬢ちゃまには私が付き添って、千鳥町の私の家にお連れします、とお伝えしておきました」

てきぱきとそう言うたづの腕に手をかけ、百々子は、柩の中の両親の顔を見てから帰りたい、と言った。

たづは、はっとしたように襟を正し、「そうでした」と小声で言った。「そんな大事なことに気づいてさしあげられなくて……私ったら……」

少し湿った風が吹いてきた。夜になってから雨になるそうですよ、とたづは、誰も訊《たず》ねもしないのに口にした。父と母が死んだ日の晩も東京は雨だった、と百々子は思い返した。

たづが軽く洟《はな》をすすり上げる音を耳にしながら、百々子は左千夫と並んで、本堂に入った。翌日の告別式が、どれほど通夜以上に盛大なものになるか、容易に想像できる広い座敷だった。

白菊で囲まれた祭壇正面には、太一郎と須恵のそれぞれの遺影が飾られ、絶やさずに焚《た》き続けられている線香のにおいで、あたりはむせかえるほどだった。線香番をしていた寺の小坊主《こぼうず》は、百々子たちの姿を見ると、遠慮がちに廊下の外に出て行った。

百々子は、ふたつ並べられた柩をそっと指先で撫《な》でた。検視が必要だったため、死後、数日経過している。亡骸には、手厚い死に化粧では隠しきれない、腐食寸前の死の影が、濃厚に浮き上がっていた。

だが、柩の小窓から見える両親の死に顔は、百々子の目に、かつて一度も血が通ったことのない、一度たりとも目を開けたことのない、冷たい眠り人形のそれのようにしか映らなかった。それが父と母であることは、何度覗《のぞ》きこんでも、認めがたいのだった。

「今日は帰るけど、また明日来るね」と百々子は二つの柩に向かって、小声で話しかけた。「さっき、すごくいやなやつがいたの。でも、左千夫おじさんがやっつけてくれた。おじさん、かっこよかったんだから」

左千夫は、何も耳に入ってなどいないような無表情を全身に貼《は》り付けたまま、柩の脇で目を伏せていた。たづは百々子の背後に寄りそいながら、眉を寄せ、目を瞬かせた。経帷子《きょうかたびら》を着せられた須恵の喉《のど》の部分には、白い絹のスカーフが巻かれていた。絞殺後にできた鬱血のあとや索条痕《こん》を隠すためにそうされている、という話は孝二郎から聞いていた。

　線香のにおいの隙間《すきま》をぬうようにして、わずかな死臭が嗅《か》ぎとれた。死臭など、これまで嗅いだことがなかったというのに、それが腐敗していく肉のにおいであることを百々子は鋭く感じ取った。

「バイバイ」と柩に向かって、小さく無邪気に手を振った。自分は今、幼い子供を演じているだけなのだ、と百々子は思った。

　寺の外に出ると、ぽつぽつと小雨が降り出していた。たづも百々子も、傘を持って来ていなかった。

　左千夫は自分が着ていた上着を脱いで、百々子に差し出した。「これ、頭にかぶって」

「なんで？」

「風邪をひくといけない」

「平気よ、このくらいの雨」

「そのうち、降りが強くなる」

「じゃあ、借りとく」

わざとぞんざいにそう言って、礼も言わず、百々子は左千夫から上着を受け取った。

左千夫の気遣いは大仰にも思えたが、百々子は嬉《うれ》しく感じた。元気だったころ、父がいつも、自分にしてくれていたことにそっくり同じだったからである。

父もよく、外を歩いていて小雨がぱらつき始めると、着ていた上着やカーディガンを脱いで、百々子の頭にかぶせてくれた。脱ぐものがない時は、ひょいと百々子の前で背中を向けて腰をおろし、さあ、ここに、と言った。そして、百々子がその背におぶさると、父は軽々と背中を伸ばし、なめらかな足どりで雨に濡れずにすむ場所まで連れて行ってくれるのだった。

大森の駅まで歩く道すがら、雨足が少しずつ強くなっていった。たづと共に足を速めながら、百々子は手にしていた左千夫の上着を頭からかぶった。上着は少し埃くさかったが、しみついた煙草の移り香が、そのにおいを消していた。

父が好んで吸っていた煙草のにおいに似ている。そう気づいたとたん、百々子の歩みはさらに速まった。

両の乳房がゴムまりのように弾んだ。そこだけが、今にも活《い》き活《い》きと陽気にブラウスのボタンを引きちぎって、外に飛び出してきそうになるのが忌ま忌ましくてならなかった。

## 6

百々子の両親の葬儀が終わって間もなくの、十一月二十二日。アメリカ大統領、ジョン・F・ケネディがダラスでのパレード中、狙撃《そげき》されて死亡する、という大事件が起きた。

瞬《また》く間に世界中をかけまわったその一報は、日本のテレビや新聞でも大きく取り上げられ、騒ぎになった。多数の死傷者を出した国鉄の鶴見事故、三井三池炭鉱の爆発事故に続く、衝撃的なニュースだった。

暗殺の実行犯とされたのは、オズワルドという名の男だったが、その男もまた警察署の前でジャック・ルビーという男に至近距離で撃たれ、即死した。その年の十一月は、重大ニュースがひきも切らずに繰り返されて、人々の不安を煽《あお》った。

十一月が過ぎて師走《しわす》に入ると、季節はいっそう確実に冬の気配を濃くしていった。冷たい雨が降りしきる日などは、コートの他に襟巻きのひとつも首に巻きたくなるほど肌寒くなった。

季節が移ろっていく中、聖蘭学園の教諭、美村博史は、黒沢百々子が石川たづの家でどんな生活をしているのかを知るために家庭訪問しなければならない立場にあった。教頭はもとより、学園長からも、早く行くように、と尻《しり》を叩《たた》かれていたのに、つい逃げ腰になってしまう。そんな自分が情けなくてならなかった。

十二月に入って美村はやっと、父兄との連絡帳に家庭訪問をさせてほしい旨《むね》を記し、石川たづに電話をかけた。

たづは美村の申し出を喜び、実は早く先生においで願いたかったのです、と言った。嬢ちゃまがこんなふうに暮らしていることをお見せして、先生に安心していただきたかったので、と言われ、美村は自分の臆病《おくびょう》さを羞《は》じた。家庭訪問は十二月七日の土曜日、午後四時から一時間程度、ということに決まった。

土曜日の授業は午前中で終了し、給食はない。約束の日、美村は生徒たちが全員、帰ったのを見届けてから、職員室に戻って、おもむろに昼食の弁当を拡《ひろ》げた。彼が暮らす下宿は、池上線の雪《ゆき》が谷《や》大塚にあり、洗足池の聖蘭学園にもほど近い。初老の未亡人が営んでいる下宿で、賄《まかな》いもついていたため、弁当は毎日、作ってもらうことができた。焼いた塩鮭《しおざけ》と牛肉の佃煮《つくだに》、かぼちゃの煮つけなどをおかずにした家庭的な弁当を食べ終えると、することは何もなくなった。静かになった職員室で、彼は国語のテストの答案用紙に向かった。採点はあらかた終わっており、残りは下宿に持ち帰ってすませればいいことだったのだが、何かやっていないと落ち着かなかった。二、三の答案に目を走らせながら、赤鉛筆を握っていたものの、なかなか集中できない。美村は途中で諦《あきら》めて、用紙の束を鞄《かばん》の中に戻した。

教職員専用のトイレに行き、用をすませ、鏡に向かってネクタイを結び直した。掌を使って、軽く髪の毛を撫《な》でつけ、両手で自分の頬を軽くたたいた。鏡に映る顔は、緊張のせいで強張《こわば》っていた。

どの生徒にも行っている家庭訪問のひとつ、という名目ではあったが、百々子の場合、そんな生易しいものにならないことは、美村自身がよく承知していた。その日の石川家の訪問ほど、新米教師にとって荷の重い仕事はなかった。

百々子の祖父母は、百々子を函館の自分たちの家に引き取りたい、と言ってきた。なりゆき上、自然な申し出ではあったが、函館で暮らすとなれば、百々子は聖蘭学園から函館市内の学校に転校しなくてはならなくなる。両親の夢を忠実になぞるかのように聖蘭に入学し、優秀な成績をおさめ、高度なピアノのレッスンを受け、学校生活にすっかり馴染《なじ》んでいた百々子は、美村が思っていた通り、言下にその申し出を断った。

百々子の祖父母は、転校するのがいやだと言う孫の気持ちを理解した。それならば、と聖蘭を卒業するまでの数年間、叔父の孝二郎宅で暮らしたらどうか、と提案してきた。孝二郎夫妻には、百々子よりも少し年下の息子が二人いる。家は広く、百々子にあてがう個室もすぐに用意できる、とのことだったので、難しい年齢にさしかかる女の子が従兄弟《いとこ》たちと同じ屋根の下で暮らすことを案じる必要はない、という話だった。

　孝二郎の家は渋谷区の南平台にあり、洗足池の聖蘭には遠くなるが、決して通えない距離ではない。転校せずにすむようになるのだから、そうするのが一番だ、縁戚《えんせき》関係にあるわけでもない石川たづの家の厄介になるのは限度があろう……祖父母はそう言い、百々子を強く説得しにかかった。

　言外に、ただの家政婦の家に、大事な孫を預けておくわけにはいかない、という意味合いを含ませていたのは明らかだった。

　百々子は、祖父母の第二の提案も言下にはねつけた。孝二郎叔父の一家と暮らすなど、考えられない、絶対にいやだ、と突っぱねた。

　両親亡《な》き後、百々子は自身の内部を吹き荒れたであろう感情の数々について、多くを語ろうとはしなかった。周囲に気をつかわれることを拒絶する素振りを見せていたため、同級生たちも百々子を特別扱いはせずにいた。概して物静かで、激したところを見せなくなった百々子だったが、唯一《ゆいいつ》、感情的になるのは、今後、どこで誰と暮らしていくか、という問題が浮上した時だった。

　私はたづさんのところで暮らしたい、他の誰とも暮らしたくないし、たづさんのところ以外、どこにも行かない、と百々子は言い張った。他に選択肢はひとつもない、と断言しているも同然の言い方だった。

たづ夫妻もまた、そんな百々子の気持ちを受け入れた。互いに相手を求める気持ちは見事に溶け合っており、そこには周囲の思惑などまったく意に介さない強さがあった。百々子の祖父も、さすがに諦めたようで、それ以上は言ってこなくなった。とりあえず、百々子が石川家に身を寄せることで話が落ち着き、どうか先生、くれぐれも百々子をよろしくお願い申し上げます、と丁重に綴《つづ》られた祖父からの手紙が、美村のもとに送られてきた。

美村は事件の翌日、箱根の寮から百々子に付き添って千鳥町の石川家におもむいた際、石川夫妻の陰日向《ひなた》のない善良さ、健全さ、優しさに触れていた。両親を殺害されたばかりの十二歳の少女を預けるのに、これ以上の家族はいない、と思ったことも忘れていなかった。

教師としての経験は甚だしく欠如していたが、美村は自分のその直感は疑う余地がない、と信じた。百々子の当面の落ち着き先として、石川家以上にふさわしい場所はないはずだった。

したがって、遠い先のことは別にしても、当面、百々子が望み通りに石川家で暮らせるようになったのは喜ばしいことではあった。だが、だからといって美村は、石川夫妻に万事、任せておきさえすれば安心だ、と思っているわけではなかった。

百々子が負った心の傷が癒《い》えるまでには、この先、まだ長くかかる。勝気で気丈な子だから、表向き元気を装《よそお》って石川家での新しい暮らしになじんでいるふりをしているであろうが、そんな百々子の心の中を察し、寄り添い、公私ともに支えてやるのは、担任教師としての役割、義務である、と美村は考えていた。

その反面、美村は百々子に関することでは、内心、自分でも不可解な怯《おび》えを感じていた。犯人がまだつかまらずにいる、ということも影響していたが、それだけではない。教育者として百々子と接していくことに、美村は何ひとつ自信がもてなかったのである。

聖蘭の学校生活においては百々子は平常心を取り戻しつつあるように見えた。もともと、めったなことでは涙を見せない子だった。事件後、天真爛漫《らんまん》な表情を見せることはなくなったが、それでも子供ながらに、自分が置かれた情況をできる限り冷静に受け入れようとしているのはよく伝わってきた。

注意深く観察していても、百々子にこれまでと大きく変わった点は美村にも感じられなかった。遅刻も欠席もせずに登校していたし、宿題を忘れることもなかった。さすがに昼休みに外で遊ぶことが少なくなり、給食を残すこともあったが、少なくとも周囲を案じさせるような、心身の翳《かげ》りを見せたことはなかった。

だが、ピアノのレッスンをしばらくの間、休ませてほしい、と百々子が決然と申し出てきた時、美村ははっとした。ピアノを弾きたいという気持ちになれない、音楽も聴きたくない、と言われ、あれほどピアノを愛していた百々子に、そうまで言わせるほどの深い悲しみ、喪失感があったことに、虚を衝《つ》かれる思いがした。

居候《いそうろう》先の家での百々子が実際にどうなのかは、美村にもわからない。どれほど親切に優しく、過分な愛情をもって扱われていたとしても、石川家は百々子にとっての本当の家庭ではなかった。両親の前で見せていた素顔も、そう簡単には見せられまい。たづのことは疑似家族のように思えても、たづの子供たち、たづの夫は百々子にとって他人なのだった。

たづの側が分け隔てなく接しているつもりでも、これまでの家政婦と雇い主の娘という関係から抜け出せないのは無理からぬことである。時には腫《は》れ物にさわるように扱ってしまうこともあるのかもしれない。敏感にそれを感じ取った百々子は食事の時以外は、その場しのぎの言い訳をして、部屋にとじこもっていることも考えられた。

それに、当初は熱心に石川家での暮らしを望んでいた百々子も、実際に生活してみて、その選択が誤っていたと感じ始めている可能性もあった。もしそうであるのなら、遠慮してなかなか本音を言えずにいる百々子の気持ちを引き出してやらねばならない。そのうえで、百々子の希望を聞き、最善の方法を編み出してやらねばならず、それは少なくとも担任教師としての最低限の務めである、と美村は考えていた。

しかし、果たしてそんなことができるのかどうか、不安だった。ベテラン教師のようにふるまい、理想的な寄り添い方をしてやりたいと思うのだが、不安は日ごとに肥大化していくばかりである。美村は自分にはまだ、両親を惨殺《ざんさつ》されたばかりの少女を支えるために必要な知識と経験がないことを思い知るのだった。

約束の午後四時きっかりに、美村が千鳥町の石川家を訪ねると、石川たづと共に百々子が玄関先に迎えに出て来た。百々子は白いモヘアのセーターに、茶と橙《だいだい》が混ざった格《こう》子縞《しじま》のプリーツスカート姿だった。

たづはすぐさま上がり框《がまち》に正座し、関節のやわらかなマリオネット人形がふわりと身体《からだ》を二つに折った時のような、丁重なお辞儀をしてきた。丈の長い灰色のギャザースカートが、その勢いで空気をはらんでふくれあがり、束《つか》の間《ま》、チューリップのようになった。

美村は慌《あわ》てて「お気遣いなく」と言い、たづを制した。そして、百々子には「ちょっと失礼するよ」と声をかけた。微笑《ほほえ》んだつもりだったのだが、うまくいかなかった。

「こんなむさくるしいところですが、ようこそいらっしゃいました。先生、どうぞ、おあがりくださいまし。今日はお部屋を先生に見ていただきますよ、って嬢ちゃまに話しましたんです。だもんで、嬢ちゃまはさっき、一生懸命、ご自分のお部屋を掃除なさったんですよ。ね、嬢ちゃま」

「黒沢、ふだん通りでよかったのに」と美村が笑顔で言うと、百々子はわずかに微笑んだ。

どこかうんざりした、ふてくされたような微笑ではあったが、ほぼひと月前、この家のこの同じ玄関先で、呆然《ぼうぜん》と立っていた百々子に比べれば、明らかにその表情には、十二歳の少女らしい素直さが戻りつつあった。美村はひとまずほっとした。

「お茶の用意をしますから、その間に、嬢ちゃま、先生に嬢ちゃまのお部屋をお見せなさいませ」とたづがにこやかに言った。あらかじめ、百々子との間では、そのような取り決めがされていたようだった。

百々子に案内されて、美村は階段を上がった。家は古い木造家屋であり、どこもかしこも黒光りしていた。階段は狭くて急だった。踏みしめるたびに、ぎしぎしと板が鳴った。

階段を上がりきったところで、そこに待ち構えていた少女が顔を覗《のぞ》かせ、こんにちは、と明るく挨拶《あいさつ》してきた。百々子よりも少し小柄だが、年齢は変わらないように見えた。たづによく似た丸顔に、短く刈り込んだおかっぱ頭。前髪も短くて、額の半分ほどしかないが、生まれつきのくせ毛が細かいウェーブを作っており、その髪形を西洋風に見せていた。

ひと月前、事件のあった翌日、千鳥町の駅に自分と百々子を迎えに来てくれた、石川家の長女であることはすぐにわかった。

「こんにちは」と美村も陽気な声を作って返した。

少女は微笑してうなずき、落ち着いた口調で「石川美佐です。よろしくお願いします」と言った。

「きみは中学生かな？」

「はい。中一です。百々子ちゃんのひとつ上になります」

美佐は百々子に向かって目を細めた。百々子もそれを受けて笑みを返した。

ベニヤ板の茶色の引き戸が開けられた。ここが私の部屋です、と百々子が言った。

窓の外では傾いた太陽が早くも影を作っていたが、そこは四畳半の明るい和室だった。壁に向かって勉強机と椅子《いす》、小さな本棚、畳の上には臙脂《えんじ》色《いろ》の座布団《ざぶとん》が二枚、熱線が二本ついている小型の電気ストーブが一台。壁には聖蘭学園の制服がハンガーに掛けられ、吊《つ》るされていた。

「もともとは美佐ちゃんのお兄さんの紘一さんが使ってた部屋なんですけど」と百々子は抑揚をつけずに言った。「ここが、この家で一番いい部屋で、落ち着くから、って、たづさんやおじさんに言われて、紘一さん、私のために空けてくれたんです」

「兄貴は一階の奥の部屋に引っ越しました」と美佐が勇んで説明をつけ加えた。「この部屋を百々子ちゃんが使えばいい、って言ったのは兄貴なんです」

美村は深くうなずいた。「お兄さんは、やさしい人なんだねえ」

「だって」と美佐はからかうような視線を百々子に送った。「うちの兄貴は、百々子ちゃんのこと大好きだから」

「何言ってるの、美佐ちゃん」百々子が低く言い、少し顔を赤らめた。「そんなの嘘《うそ》よ」

「嘘じゃないわよ。兄貴、口には出さないけど、誰が見たって、百々子ちゃん大好きって、顔に書いてある」

「それは美佐ちゃんの考えすぎ」

「考えすぎなんかじゃないって。百々子ちゃんのことが大好きじゃなかったら、自分の部屋を明け渡したりしないでしょ。私には狭い部屋を押しつけてきたんだから」

「違う。そんなんじゃないってば」

「まあ、いいじゃないか」と美村は笑いながら間に入った。両親を失ったばかりの少女が、この種の会話に顔を赤らめているのを見ているのは、それだけで心地よいものだった。

　美佐がすっくと背筋をのばし、笑顔で美村をまっすぐに見つめた。「二階には、私と百々子ちゃんの部屋があるだけです。私の部屋はあっち。すぐ隣です。じゃあね、百々子ちゃん、私、先に下に行ってるね」

「うん」と百々子が幼げにうなずくと、美佐は美村に軽く会釈《えしゃく》し、足どりも軽く階下に降りて行った。

ひと呼吸おいて美村は、百々子の部屋の戸口から中を覗く姿勢をとり、「いい部屋を与えていただいたんだなあ」と言った。「窓からは庭も見下ろせるし。ここなら、勉強もはかどるだろうね」

「さあ」と百々子ははぐらかした。「まだわかりませんけど」

「隣の部屋に同年代の女の子がいる、っていうのもさびしくなくていいな」

「そうですね」

「時々、二人でおしゃべりしたりするの？」

「もちろん」

「気が合うんだね」

「はい、とっても」

「寝る時もこの部屋で？」

「そうです。あそこの押し入れにお布団が入ってます。たまに美佐ちゃんが自分のお布団を持ってきて、二人で遅くまでおしゃべりしながら起きてることもあります」

「そうか。それはよかった。楽しそうだな」と美村は言った。「少しずつだよ、黒沢。焦《あせ》らずに少しずつ……」

美村の言っていることの意味がわからないはずはなかったが、百々子は聞こえなかったかのように、あっさりと話題を変えた。

「久ヶ原の家から持ってきたいものが、まだまだたくさんあるんです。着るものや、教科書なんかの学校の道具はたづさんと石川のおじさんが、すぐにここに運んで来てくれたんですけど……この部屋に置きたいものが他にもあって」

「うん」と美村は注意深くうなずいた。「それはそうだろうなあ」

「大きなものじゃないから、私が自分で取りに行くって言ってるんですけど、たづさんが、絶対にだめだ、って。自分でさっさと行って、さっさとほしいものだけ持ってこられたらいいのに」

そうか、と美村は言った。「自分で取りに行きたい、っていう気持ちはよくわかるけど……先生もたづさんと同じ意見だよ。必要なものや持ってきたいものは、そのつど、石川さんたちに甘えて、取りに行ってもらったほうがいいと思う」

百々子は美村を見て、軽く両方の眉《まゆ》を上げたが、それだけだった。

階下からたづの呼び声が聞こえた。「百々子嬢ちゃま、お茶とお菓子のお支度ができましたよ。先生をこちらにお連れしてくださいまし」

「はぁい」と大きな声で返事をした百々子は、作ったような笑顔を美村に向けた。「先生、この部屋の引き戸、石川のおじさんが作り直してくれたんですよ」

「ほう、そうか」

「紘一さんが使ってた時の戸は古くて、うまく閉まらなくなっちゃってたんです。隙間《すきま》がでちゃうし、ここは階段のすぐ上で隙間風が入ってきて、冬は大変だから、って。今度はうまくぴったり閉まるようになりました」

「石川さんは大工さんだもんな」

「はい。あそこにある本棚も、おじさんが昔、紘一さんに作ってあげたものなんですって。紘一さんが小学校に入学した時の記念に」

「いやあ、お上手だねえ。大工さんにはなんでも作ってもらえるから、いいなあ」

できることなら、このままこの部屋で、二枚敷かれている薄い座布団の一枚に腰をおろして、暮れなずんでいく初冬の空をガラスの向こうに眺めながら、じっくり百々子と一対一で話がしたい、と美村は思った。

だが、もしそうできたとしても、百々子とどんな話をすればいいのか、自分でもよくわからなかった。今、この時点で、百々子の心の奥を探り、無理やり話をさせるのは残酷なことかもしれない、という思いのほうが強かった。

階下の茶の間にはすでに明かりが灯《とも》されており、火鉢にも火がおこされていて、部屋中が温まっていた。長方形の炬燵《こたつ》の上にはみかんと林檎《りんご》、胡麻《ごま》せんべいが盛られた小豆色の菓子器が載っていた。たづがいそいそと美村を迎えた。

「こんなものでお恥ずかしいんですが、これ、私が作った牛乳かんです。百々子嬢ちゃまも、うちの子たちも、昔からこれが大好きでして。これなら先生にも召し上がっていただけるかと」

ガラスの器に入れて差し出された白い牛乳かんは、缶詰のみかん入りで、同じく缶詰のさくらんぼが飾られていた。

美佐が不器用な手つきで、盆に載せた紅茶を運んできた。花柄のティーカップとソーサーに入れられた紅茶は人数分あって、それらを無事に炬燵の上に並べ終えると、美佐はたづの斜め後ろに腰をおろした。

ひんやりと甘い牛乳かんは、温まった部屋ではなおのこと、おいしく感じられた。美村はその味をほめ、紅茶に口をつけ、百々子の日常生活について、あたりさわりのないことをたづに訊《たず》ねた。

たづはそれらに丁寧に答え、百々子がいかに規則正しい生活を送っているか、どれほど早くこの家での暮らしになじんでくれたか、百々子の努力と冷静で前向きな姿勢をほめたたえつつ、そんな百々子が不憫《ふびん》でならない、と言わんばかりに、時折、目をうるませた。

開け放された障子の向こうの縁側は、あまりに板が老朽化しているため、ところどころ、ささくれができていた。素足で歩くと刺《とげ》が刺さりそうな縁側ではあったが、そこにも、この家特有の飾り気のないぬくもりが感じられた。縁側の窓ガラスが平面ではないせいか、すでに小暗くなり始めた庭は、水の中で見るそれのように、やわらかく揺らいで見えた。

家庭訪問とは名ばかりで、あたりさわりのない話しかできずにいる自分が恨めしかったが、美村は百々子が美佐やたづと、寛《くつろ》いだ様子で会話を交わし、むいたみかんを親しげに分け合っている様子を目にして、深い安堵《あんど》を覚えた。百々子の表情やたづの話に嘘はなさそうだった。

そうこうするうちに、玄関の引き戸が鈴の音と共に開けられて、今帰ったぞ、と言う野太い声が聞こえてきた。

「あら、やだ。お父さんが、もう帰ってきちゃった」

たづがそう言うと、首を伸ばして玄関の様子を窺《うかが》っていた美佐が、「お兄ちゃんも一緒みたい」と言って首をすくめた。

玄関の上がり框のあたりで、男ふたりがぼそぼそと低く話す声が聞こえてきた。

「主人も紘一も、今日は美村先生が百々子嬢ちゃまの家庭訪問で、うちにいらっしゃることを知ってますからね。きっと、先生とお会いしたいばっかりに、いろんなことを早く切り上げて帰って来ちまったんですよ。先生、騒々しくなってしまって、申し訳ありません」

美村がそれに応《こた》える間もなく、廊下を歩く足音がしたかと思うと、石川多吉が姿を現し、身体を縮めるようにして、縁側に正座しようとした。片方の足が少し不自由な多吉が正座するには、少々の時間を要した。

「先生、ようこそおいでくださいました」

頭髪がうすくなり始めた額に、うっすらと汗が光っていた。多吉は不器用な笑顔を作り、「大切な嬢ちゃんを預からしていただいてます」と言った。「何かお気づきのことがあれば、なんなりと」

「ほらほらお父さん、そんなとこで堅苦しいご挨拶なんかしてないで、こっちに来てご一緒したら？」

「嬢ちゃんの担任の先生なんだ。失礼のないようにしなきゃいかんじゃないか」

憮然《ぶぜん》とした顔をして妻をにらみつけた多吉をにこやかに無視し、たづは「紘一、おかえり」と声をかけた。

「ただいま」と小声で言ってから、詰め襟の黒い学生服姿の紘一は、制帽と学生鞄を手にしたまま、ぺこりと美村に向かって頭を下げた。

「紘一もこっちに来なさい。牛乳かんがあるよ。先生に味をほめていただいたから、お母さん、嬉《うれ》しくって」

「たづさん、私がおじさんと紘一さんの分、運んで来ようか」と百々子が明るい声をあげた。

「あ、嬢ちゃま、そんなことしなくていいんですよ。自分でやらせますから。ほら、紘一。お父さんの分も牛乳かん、持っといで。冷蔵庫ん中に入ってるから」

「お父さん、紅茶嫌いだから、ふつうのお茶、いれてあげる」と美佐が言い、立ち上がって台所に向かった。途中、紘一とぶつかりそうになり、ふたりはふざけ合いながら笑い声をあげた。

静かにしろ、何やってんだ、と多吉が低い声で注意した。たづは美村に牛乳かんをもうひとつ、いかがですか、と訊ね、美村がもう充分です、ごちそうさま、と言うと、次に胡麻せんべいを勧めてきた。

賑《にぎ》やかな、このうえなく温かな家庭の風景の中に、百々子は落ち着いた様子で座っていた。みかんの袋の白い筋を丁寧にむき、口に入れる。果汁が口の中であふれるたびに、ごくりと喉《のど》を鳴らしてそれを飲みこむ。禍々《まがまが》しい記憶をかろうじて封印しつつある少女のように、百々子は現在の、この瞬間だけを生きているように見えた。

「そうそう、お父さん、ほら、あのお話、せっかく早く帰って来たんだから、先生に……」

全員が炬燵を囲んだ時、たづが待ちかねていたようにそう言った。

「あの話ってなんだ」

「ですから、ほら、あのお話ですよ。今日、先生がみえたら、先生のおられる前で百々子嬢ちゃまに話したい、って、お父さん、私に言ってたじゃないですか」

「今から話そうと思ってたとこだ」と多吉は言い、背筋を伸ばして軽く咳払《せきばら》いをした。居合わせた者が全員、多吉のほうを見た。

「……嬢ちゃんが、そろそろまた、ピアノの稽古《けいこ》を始めたいって言ってた話を聞いたからね。おじさんは、この家に久ヶ原のお宅から、嬢ちゃんのピアノを運んで来ようと思ってるんだよ」

　百々子の反応は素早かった。「ピアノ？　ほんと？」

「こんなことで嘘が言えますかい。なぁに、こういうことはいつだって嬢ちゃんにしてやれるんですがね、ただ、この家がご覧の通りのあばら家なのが問題ってわけで。重たいピアノを置いたら、今も傾いてるけど、もっと家が傾いて、倒れっちまうかもしれない。だもんでね、おじさんも、ない頭でいろいろ考えたんだ。まず、おじさんが、ピアノを置いても大丈夫なように、しっかり床下の補強工事をする。それで、もう大丈夫、ってことになったら、うちの若い連中に頼んで、ピアノをここに運ばせる。幸い、縁側が広くとってあるんで、ピアノも庭から入れれば、楽に運べますしね」

「そういうのは、専門の業者に頼んだほうがいいんじゃないの？」紘一が口をはさんだ。「素人《しろうと》がピアノを運ぶと、音が悪くなるって聞いたよ」

　多吉がぎろりと目を見開いて紘一を睨《にら》みつけた。「誰から聞いたのか知らないが……おれとうちの若いやつらは専門業者になんざ、負けやしないんだ！」

そうですよ、とたづが心得ているとばかりに、夫の応援団にまわった。「お父さんにはお考えがあるんだから、あんたは黙ってなさい」

紘一は、口をへの字に曲げて天井を仰ぐジェスチャーをとった。それを見た百々子が小さく吹き出し、紘一は照れくさそうに瞬《まばた》きを繰り返した。

「ピアノを置こうと思ってるのは、ここの隣の部屋なんですがね」と多吉は気を取り直したように表情をやわらげ、百々子ではなく、美村に向かって言ってから、間仕切りになっていた襖《ふすま》を半分、開けてみせた。「もっと落ち着けるところに置いてやりたいのは山々なんですが、なにぶん、このぼろ家は、ぼろっちいだけじゃなくて手狭なもんでして。ピアノを置けるようなしゃれた場所もないときてる。こっちの部屋は、儂《わし》と家内が寝室に使ってまして、布団を敷いたりあげたりで、朝晩はとっちらかってるんですが……」

襖の向こうの和室は、床の間つきの八畳間だった。縁側に面した障子を背に、鏡台が置かれており、鏡面には井桁《いげた》模様の紺絣《こんがすり》の布が下げられていた。

「いいですね」と美村は言った。「聖蘭の生徒たちも、和室にピアノを置いている子が少なくないですよ。畳の上に板を敷いておけば、ピアノの重みで畳がへこむということもないようです」

「おっしゃる通りでさ、先生。板、ったって、ピアノの脚んとこに置いてやるだけでいいんですから、どうってこたぁないです。ですから、嬢ちゃん、あそこんところの、床の間の右側の壁にくっつけて、ピアノを置くってことで、勘弁願えませんか」

百々子は目を輝かせて大きくうなずいた。「ピアノを運んで来てこの家に置いてもらえるんなら、もう、それだけで嬉しいです。夢みたい。ご近所迷惑にならないようにしますから」

「なぁに、ここらの住民はピアノの音くらいで文句なんか言わないから平気でさ。それに、あそこんとこの壁際《かべぎわ》だと、近くに窓がないから、音はさほど、外にもれませんて」

「このへんの人で、ピアノをもってるうちはないですからね」とたづがつけ加えた。

「だもんだから、みなさん、ピアノの音に文句を言うなんて、嬢ちゃま、そんなことはありえないですよ。それどころか嬢ちゃまの演奏に聞きほれて、いい気分になりながら夕飯の支度をするようになりますよ」

「聞きほれる？　そうしてほしいところだが、それはない」と多吉が反論した。「言ったろ？　あそこんとこに置けば、そう簡単に音はもれないって。音っつうのはな、全部、窓から外にもれるもんなんだ」

「あらまあ、そうですか。それじゃあ、嬢ちゃまの演奏もご近所の人に聴いてもらえなくて残念ですね」

百々子が目を輝かせながら、右に左に、たづと多吉の顔を交互に見た。「ご近所迷惑にならなくても、この茶の間にたづさんたちが集まってる時なんか、私がピアノを弾いてたら、うるさいでしょう」

「そんなの、時間を決めて弾けばいいだけのことだから、簡単だよ」と紘一がまたしても口をはさんだ。「平日は夕方から七時まで、日曜日は午後だけ、とかね。そうすれば、全然迷惑にはならない」

「おい、紘一！」と多吉が怒鳴った。「何度言ったらわかるんだ！」

「おじさん、怒らないで」と百々子が苦笑しながら遮った。「私、紘一さんが言った通りにします。このままいったら、ピアノなんて、学校以外ではもう永遠に弾かなくなっちゃうんじゃないか、って思ってたから。ピアノがここでも弾けるなんて、ほんとに夢みたい。だから私、紘一さんが今言ったみたいに、時間を決めて弾きます」

百々子の視線と美村の視線とが、交錯した。美村が笑顔でうなずいてやると、百々子もまた、うなずき返してきた。その頬は薔薇《ばら》色《いろ》に輝いていた。

美村は自分が興奮し、我知らず幸福感に包まれているのを感じた。

すべては順調に思えた。祖父母とのやりとりの際にはぎくしゃくしたが、百々子を囲む環境が着々と整えられていっているのは明らかだったし、なにより、百々子がまたピアノを弾きたいと言い出したことは明るい兆候だった。絶望の昏《くら》い淵《ふち》から目をそらし、前を向こうと努力しているのが感じられた。それを素直に、平らかな気持ちで喜んでやりたい、と美村は思った。

だが、美村もふくめ、ここにいる人々は全員、決して口にしてはならない不安を抱えているのだった。それは、漆黒の闇《やみ》に包まれた迷路の途中で、置き去りにされた時のような不安だった。

犯人が捕まって、誰が両親を殺したのか明らかになったら、百々子の精神はよりいっそう切り裂かれていくのではないか。そうなったら、この平穏な暮らしも壊れてしまうのではないか。

そう思いながらも彼は、これが壊れることなど決してない、誰にも簡単に壊せるものではないし、壊されてたまるものか、と心に念じた。

石川家の茶の間はさらに賑やかさを増した。時折、百々子の無邪気な笑い声がはじけた。

それは、学校生活で百々子が見せる笑い声とは少し違っていた。一瞬にして無表情な沈黙に替わってしまいそうな笑い声ではあったが、笑っている百々子は特段、痛々しくもなく、無理に笑顔を作っているようにも見えなかった。そこにはふだんと変わらない百々子特有の、少女らしい、こましゃくれた強靭《きょうじん》さが窺えた。

この女生徒がどんな人生を送るのか、応援しながら見守っていきたい。そう思いながら、美村は一方で、しっかりと蓋《ふた》をしていたはずの罎《びん》の蓋がゆるみ、奥から黒々とした無数の虫が音もなく這《は》い上がってくるような怯えと不安を感じた。

# 7

百々子の祖父、黒沢作太郎は、一九一七年、大正六年の初夏、函館で菓子店の黒沢屋を創業した。まだ二十七の若さだった。

第一次世界大戦が勃発《ぼっぱつ》したのは、その三年前。食料が不足しがちだった時代に、贅沢《ぜいたく》な甘い菓子を安価で提供する店を作りたい、とする作太郎の若者らしい夢が、ただの夢に終わらず実現の運びになったのも、函館の黒沢家が代々、大地主の素封家で知られ、資金力に恵まれていたからだった。

長崎や横浜と共に早くから開港された函館の街は、衣食住、さまざまな面において、西洋文化の影響を強く受けている。函館ではすでに、明治のころから製菓や製パン技術が発達し、当時としては珍しかった牛乳やバター、小麦粉を使って作られた菓子が販売されていた。

もともと作太郎には、いたずらに突飛なことをして、世間の注目をあびようとするところがない。生真面目《きまじめ》にまっとうなやり方を貫く主義だったので、彼は菓子づくりにおいても、異国情緒を漂わせる函館の特色をそのまま活《い》かしたいと考えた。

まず初めに彼が着手したのは、カステラの製造だった。三坪ほどの小さな店舗の裏に工場を併設し、カステラ職人を雇い入れ、こしあんを間にはさんだ、小ぶりの食べやすい、和洋折衷のカステラを作らせた。

評判も売れ行きも、初めから上々だった。作太郎は気をよくして、カステラの他にもキャラメルやビスケットを独自の製法で作り、併せて店頭に並べた。一般庶民の伝統的な味覚に合わせて作られた菓子は、たちまち地元住民の人気を博した。

百々子の父である太一郎が生まれたのは、翌大正七年。第一次世界大戦が終わった年で、太一郎の弟、孝二郎が生まれたのはその三年後、大正十年である。孝二郎出産後、産後の肥立ちがことのほか悪かった妻の縫は、静養のため実家の青森に帰ることになった。幼い息子たちも一緒だった。

妻子が一時的に函館を離れたことが、かえって作太郎の事業意欲をかきたてる結果になった。黒沢屋は着々と業績を伸ばし、それに伴い、職人や従業員の数も少しずつ増やされた。よりよい材料を探し求めつつ、新しい菓子作りを学ぶため、作太郎自ら道内はもちろん、遠く東京や長崎に出かけることも少なくなかった。

そうこうするうちに、健康を回復した妻の縫が、子供たちを連れて函館に戻って来た。元気になった縫は率先して黒沢屋の仕事を手伝い、そのうち店頭に立って接客にいそしむまでになった。

生来、虚弱だった縫は、一年のほとんどを陰気な病人の顔をして過ごしたが、ひとたび体調がよくなると、楚々《そそ》として控えめながらも、魅力的な笑顔で客と接した。そのため黒沢屋の人気はますます向上した。

手狭になった店舗を改築する必要が出てきたが、敷地には余裕がなかった。それならば、と作太郎が別の場所に店舗を移すことを考え始めた矢先、思ってもみなかった大惨事に見舞われた。函館の大火である。

昭和九年三月二十一日、日暮れてからのこと。折からの低気圧がもたらした強風が、一軒の家をなぎ倒し、その家の囲炉裏にあった火がさらなる風にあおられて、たちまち四方八方をなめ尽くすように拡《ひろ》がった。結果、市街地の三分の一が焼け野原となり、二千百六十六人もの死者を出したのである。

幸い、自宅に被害はなく、従業員も全員無事だったが、黒沢屋の店舗と工場はともに全焼。建物はもとより、菓子の材料、道具のすべてが短時間のうちに失われた。

だが、作太郎は意気阻喪しなかった。中途半端に焼け残るよりも、全部燃えてしまったほうがいっそさっぱりする、ひとまわり大きな店がほしいと思っていたところだったから、ちょうどいい、などと豪語して周囲を励ました。

まじりけのない育ちのよさが、常に彼の味方をしていた。何が起こっても変わることのない、その自信に満ちた言動は無邪気で嫌味がなかった。生まれもった無邪気さは、時に、人生の難しい局面を易々《やすやす》と乗り越えるための強力な武器になる。彼は威勢よく立ち上がると周囲を励まし、飄々《ひょうひょう》と準備を整えたあげく、短期間で黒沢屋再開にこぎつけることに成功した。

　黒沢屋に向けられた幸運の女神の微笑《ほほえ》みは長く続いた。太平洋戦争や、終戦の年に受けた函館大空襲の被害も免れ、戦後は売れ行きも回復し、やがて、道内はもとより首都圏にも、その名を知られるようになっていったのである。

　有名になるあまり、黒沢屋はもともと京の都で創業された老舗《しにせ》なのだ、という、何の根拠もない噂《うわさ》すら流れた。和菓子と洋菓子を併せて販売する京都の菓子店が、暖簾《のれん》分けをして函館に移転。その後、本家本元がなくなって、函館の店だけが残されたのだ、というもので、そんな噂を耳にするたびに作太郎は、勝ち誇ったように微笑するのだった。

　終戦後の昭和二十四年、黒沢屋は黒沢製菓株式会社として新たな出発を果たす。関東圏、さらにそれ以西にも手を拡げるべく、東京支店が設立されたのも、同じ年だった。

　翌二十五年には、長男の太一郎が三十二歳の若さで東京支店の支店長に就任。父親の援助を受けて、大田区久ヶ原の地に大きな屋敷を構えた。そしてその翌年、妻、須恵との間に長女、百々子が産声をあげるのである。

　息子の太一郎にもそのまま受け継がれた作太郎の柔和な気質は、その後も消えることがなかったが、彼が眉《まゆ》をひそめ、彼らしくもなく不安を露《あら》わにしてみせたことが一度だけあった。息子が結婚したい、と言って連れてきた女の素性に対してである。女の名は沼田須恵といった。

　須恵は、白い陶器のような肌をもった、目を見張るほどの美人だった。控えめながらも屈託のない笑顔は吸い込まれるような魅力を放ち、人並みな教育も受けていて、人柄も申し分なかった。だが、その出自と育った環境は、どう考えても黒沢家の嫁にふさわしくなかった。

　そこには歴然とした違いがあった。それは、そのように生まれついた者同士、どうにもすることができないものと言えた。

　不幸な出会いだったと諦《あきら》めてもらいたい、と作太郎は説得にかかったが、太一郎は頑として引かなかった。須恵に向けた情熱と執着は並大抵のものではなく、彼女との結婚が許されないのなら、黒沢製菓を継ぐことを放棄し、家を出ます、とまで宣言してきた。

　それはやがて、親類縁者や会社をまきこんだ騒動にも発展した。縫は心労のあまり、臥《ふ》せってしまったが、作太郎は努めて冷静に須恵を観察し、息子のためにも、自分の直感を信じたいと思った。いささか素性に問題があるにせよ、須恵本人が黒沢家の嫁にふさわしければそれでいいではないか、と考えるようになったのである。

　そのうち作太郎は、須恵の清楚な美《び》貌《ぼう》が単なる外見的なものにとどまらず、素直で誠実な人柄をそのまま表していることを知るようになった。幼いころに苦労を経験したとは到底、思えない無垢《むく》な輝きは、おそらくは天性のものであろうと思われた。須恵本人を見ずに、その生まれと育ちにばかりとらわれていた自分を彼は深く羞《は》じた。そして、妻の縫にも強く言い聞かせ、須恵が黒沢家に嫁いでくれることを歓迎すると明言した。作太郎には、苦労を知らずに生きてくることができた者特有の純粋で曇りのない、確かな観察眼があったのである。

旧姓、沼田須恵は大正十二年、函館の港町に生まれた。父親は港湾労働者で、博打と酒におぼれる気性の荒い男だった。ふだんは子煩悩《ぼんのう》なところもあったが、酒が過ぎると決まって暴れ、妻のシゲノに暴力をふるって手がつけられなくなった。前歯をへし折られんばかりに殴られ、張り飛ばされた日の翌日、シゲノは着のみ着のまま、須恵を連れて家から逃げ出した。逃げるといっても、かき集めた手持ちの金は少なかったため、遠くへは行けなかった。函館の隣町、湯川まで行き、そこに身をひそめるのがやっとだった。

金はたちまち底をついた。寝る場所すら確保できず、野宿するしかなくなるまでに時間はかからなかった。

腹をすかせ、汚れた着物の前をはだけたまま、道端で泣いていた幼い子供を見るに見かねたのか、近くの旅館の番頭が須恵に声をかけた。木陰に隠れ、成り行きを見守っていたシゲノもすぐに呼び出された。番頭はシゲノから事情を聞き出し、ともかくこのままではいけない、子供が死んでしまうと言って、旅館の女将《おかみ》にかけあってくれた。

女将の温情で、親子でその旅館に住まわせてもらえることになったシゲノは、朝から晩まで休む間もなく、下働きを引き受けた。寝る場所と食べものさえいただければ、報酬はいりませんと言ったのだが、女将は、ほんのわずかではあったものの給金をくれた。

真面目に働き、もくもくと子供を育てている女が、夫の暴力から逃げてきた悲惨な境遇にあることを知ると、周囲の人々は大いに母子に同情した。怪しげな男が付近をうろついていると、あんたの亭主かもしれないから、と言って匿《かくま》ってくれさえした。

そうやって時が流れた。新しい環境にも慣れ、女将から渡してもらうわずかな給金を大切に貯《た》め続け、なんとか親子二人の暮らしが落ち着いたころのこと。シゲノは、たまたま巡業で、湯川にやって来た女相撲の興行師と出会い、見そめられた。

興行師は仙台の大学で学んでいたことがある、と自慢した。専攻していたのは文学で、卒業後は学者になりたいと思っていたのだが、学費もふくめて経済的に援助してくれていた人に恩返しをするため、興行師の仕事を引き継がざるを得なくなった、だから大学も途中でやめて、こうやって生活しているのだ、と彼は言った。
役者になっても不思議ではないほど端整な、凜々《りり》しい顔立ちの、姿勢のいい長身の男だった。

たくましい身体《からだ》つきをしているのに、酒が飲めない体質で、たまにつきあいで日本酒を猪口《ちょこ》一杯飲もうものなら、たちまち頭痛と動悸《どうき》に見舞われた。シゲノはそのたびに甲《か》斐《い》甲《が》斐《い》しく男を介抱してやった。

自分はいろいろな女と、その場限りのつきあいをしながら旅暮らしを続け、これまで一切、家庭は持たずにきたが、おまえとなら落ち着いた暮らしをしてもいいと思うようになった、と男は言った。シゲノは有頂天になった。

かつての夫と異なり、酒が飲めない体質である、という、ただその一点が、シゲノの猜疑心《さいぎしん》を消し去った。不安を覚えねばならない要素はかけらもなかった。興行師は快活で優しく、話し上手だったから、一緒にいるだけで楽しかった。子供の扱い方がうまく、須恵の遊び相手にもなってくれた。須恵もまた彼によく懐《なつ》いた。そのうち、シゲノは生理が止まっていることに気づいた。

妊娠を報告したら、この人は煩《わずら》わしくなって、黙って去って行くかもしれない、とシゲノは思った。男に去って行かれることを考えただけで、胸が張り裂けそうになった。

娘の須恵が湯川の小学校に入学した直後のことでもあった。何かと物入りの時期であり、そんな時に大きな腹を抱えてひとりでやり繰りしなければならなくなることを想像すると、目の前が暗くなった。

シゲノは妊娠の事実をひた隠しにした。悪阻《つわり》がひどい時でもふだん通りに働いて、笑顔を作り、ごまかし続けた。だが、肉体の変化は著しかった。男はまもなく、シゲノの妊娠に気づいた。

男の反応は、思ってもみないものだった。事実を知った彼は一瞬目を丸くしたが、たいそう喜び、おれの子ができたんだな、おれのために産んでくれ、と涼やかな声で言った。女の子がいい、そうすれば、須恵と一緒におれの手で、女相撲の一流人気スターにしてやるから、などと冗談めかして言い、白い八重歯をみせて笑った。

シゲノは夢のような幸福に酔った。これこそが夢でなくて何だろう。男と契《ちぎ》りを交わし、子供ふたりと共に家族四人で暮らせる日がくることを夢想した。想像の中の自分は、男から誰よりも大切にされ、割烹着《かっぽうぎ》をつけて芋を蒸《ふ》かしたり、火鉢のそばで繕い物をしたり、陽差しに目を細めつつ、いそいそと家族の洗濯物を竿《さお》に干したりしているのだった。

生まれてきたのは男の子だった。興行師は、おれとよく似ているな、と言って喜び、左千夫と命名した。「野菊の墓」という小説を書いた作家、伊藤左千夫からとった名前だと教えられた。伊藤左千夫という名の作家は知らなかったが、さぞかし有名な作家なのだろうと思い、シゲノは深い喜びに充《み》たされた。

この子は将来、小説家になるかもしれんぞ、いやいや、おれに似て美男に育つだろうから、映画スターになって稼いでくれるかな、などと言い、興行師は赤ん坊をあやしながら目を輝かせた。

しばらくの間、興行師は頻々と母子のもとに通って来て、そのつど、シゲノが手塩にかけて作った料理を食べ、寛《くつろ》ぎながら、「小説や音楽のことを話して聞かせた。こういう話をしても、おれのまわりにいる連中はちっとも学がないから、みんな目を白黒させるだけで面白くない、でも、ここにくると、須恵はまだ小さいのに、おれの話を熱心に聞いてくれて嬉《うれ》しいよ、見てろ、須恵は頭がいいから、勉強ができる子になるぞ、と言って須恵の頭を撫《な》でた。

そんな平穏な日が数か月ほど続いた後のことだった。ある日、興行師はシゲノに、東北巡業が決まったと告げた。急なことだが、なに、そんなに長くは留守にしない、すぐに戻る、ここがおれの家だし、おまえたちはおれの家族だ、巡業中は手紙を出すし、きちんと金も送るから、と約束した。

その翌々日、ねんねこで乳飲み子の左千夫をおぶったまま外に見送りに出たシゲノを、彼は人目もかまわず、左千夫ごと厚い胸の中に抱きくるんだ。次いで腰をかがめて須恵の両手を握りしめ、遊んでばかりいちゃだめだぞ、勉強はしっかりな、お母さんの言うことをよく聞いて、いい子でいるんだよ、と言って微笑みかけ、頭をごしごしと撫でた。

シゲノたちに笑顔で手を振り、姿勢のいい後ろ姿を見せて出かけていく彼を見送ったのが最後になった。以後、興行師から、金はおろか、葉書一枚、送られてくることはなかった。

シゲノは、幼い左千夫の世話を須恵に任せ、湯川の温泉旅館を転々とし、芸者として働き始めた。借り物の衣裳を身につけ、宴会などの座敷に出ては酌をしてまわって、その後、客に指名されれば閨《ねや》を共にする。

芸者とは名ばかりで、芸ごとを習うための準備期間は少しもなかった。簡単な踊りすら満足にできなかったのだが、シゲノは人気者で指名だけは途切れなかった。チップのような形で、料金以外にまとまった小遣いを手渡してくれる客も少なくなかった。将来の展望がなく、それどころか、春をひさいでいるだけの枕《まくら》芸者ではあったが、子供二人を抱えての生活がしのげるとあれば、致し方なかった。

何があっても、子供たちには人並みの教育を受けさせたい、というシゲノの切実な願いは、行方をくらました興行師の、生来のものと思われる教養趣味の影響によるものが大きい。体よく捨てられたとわかっていても、興行師が大学で文学を専攻していたということがすべて嘘《うそ》っぱちだったのだとしても、彼から教わったこと、彼が漂わせていたものは、終生、シゲノの中から消えることはなかった。

シゲノは身を削る思いで働いて、須恵と左千夫を函館市内の学校で学ばせた。母親の強い思いは子供たちにも通じ、須恵と左千夫はよくそれに応《こた》えた。

だが、絶え間なく苦労に晒《さら》され、酷使してきたシゲノの身体は、子供たちが成人し、ほっと一息ついた後、長くはもちこたえられなかった。

太一郎が、函館にある洋食店でウェイトレスとして働いていた須恵と出会い、一目で強く惹《ひ》かれた直後、シゲノは入院先の病院で息を引き取った。

死因は、手の施しようのない状態になるまで放置していた肝臓がんだった。

函館の元町にある、祖父母の家に引き取られていた太一郎と須恵の遺骨は、その年の暮れ、住吉町にある黒沢家の墓所に埋葬された。

納骨の儀は、住吉町の寺で執り行われた。クリスマスも過ぎ、年の瀬を待つばかり、という季節で、函館の街は十二月を待たずに降った雪が、根雪になっていた。納骨の当日は幸い、晴れ間が拡がったものの、津軽海峡を見おろす傾斜地に拡がった墓地には、前々日に降った雪が数センチ積もっており、海から吹きつける風が肌をさすようだった。

学校で流行《はや》り風邪をうつされた百々子は、三十九度を超える高熱が出て寝込み、函館まで行くことができなくなった。延期も検討されたが、叔父の孝二郎が忌《い》ま忌《い》ましい殺人事件を早く葬《ほうむ》ってしまいたいと主張して譲らず、百々子抜きで行われることになった。

当初から百々子に付き添って函館に行く予定でいたたづは、単身、出かけて行き、両手いっぱいの荷物を手に予定通り、戻って来た。着慣れていない一張羅の鼠色《ねずみいろ》のスーツに身を包み、頰を赤くしながら千鳥町の自宅に帰ったたづは、開口一番、百々子に言った。

「とにかく、それはそれは寒うございましたよ。海辺に建ってるお墓ですからね、そりゃあもう、海風が強くって、冷たくて、手も足もかじかんでしまいましたけども、それでも嬢ちゃま、ご安心なさいまし。旦那《だんな》様も奥様も、これでやっと、お墓の中で静かに眠ることができて、ほっとされたに違いありません。あんなにきれいな海を見渡せるお墓は、そうそうあるもんじゃございませんから。ほんとにすばらしい景色でした。風邪ひきの嬢ちゃまの替わりとはいえ、立派な納骨の儀式に行かせていただいて、たづは幸せものです」

たづが持ち帰った布製のボストンバッグからは、イカのにおいが漂ってきた。バッグを開けて、中のものを次々と取り出しながら、たづは新聞紙に無造作にくるまれた大きなスルメイカを手にして、こらえきれなくなったようにくすりと笑った。「うちのお父さんは、これが大好きでねえ。さっとあぶって齧《かじ》るとおいしい、って。だから思わず、買ってきちまいました。北海道のイカは、なんて大きいこと。まあ、初めて見ましたですよ、こんなに大きいスルメは」

百々子は両手両足を炬燵《こたつ》に入れたまま、背を丸め、眉をひそめた。「たづさん、そのにおい、今はいや。気持ちが悪くなる。あっちに持ってってくれない？」

たづははっとしてスルメイカを新聞紙で包み直し、弾《はじ》かれたように立ち上がった。

「申し訳ありません、嬢ちゃま。お熱が下がったばかりだというのに、気がつきませんで。ただいますぐ」

年の瀬で仕事の注文がひきも切らず、多吉は連日、帰りが遅かった。たづが函館に行っている間、百々子の看病を一手に引き受けたのは、冬休みで学校が休みになっていた美佐だった。

うなされるほどの高熱が下がり、平熱に戻っても、百々子はだるくて起き上がれないまま、日がな一日、寝床で寝ていなければならなかった。美佐は、何度となく百々子の部屋にやって来ては、氷枕の氷を取り替えたり、往診医からもらった薬を飲ませたりして、甲斐甲斐しく看病した。

時折、引き戸の後ろから紘一も顔を覗《のぞ》かせた。案じるような顔をみせながらも、紘一はぶっきらぼうだった。百々子がかすれた声で「迷惑かけてごめんなさい」と言っても、「気にしないで」と照れたように小声で応じて去って行くだけだった。

食欲が落ちていたので、美佐の作ってくれるくず湯はことのほか、百々子を安らいだ気持ちにさせた。

美佐ちゃん、こういうの作るの上手ねえ、と百々子が言うと、美佐は目を細めて笑った。「私やお兄ちゃんが風邪をひくとね、お母さん、昔っからいつもこれを作ってくれてたの。だから作り方、いつのまにか覚えちゃった」

「甘くっておいしい」

「甘さの加減が難しいのよ。熱がある時は、あんまり甘すぎるものは食べたくないでしょ。かといって、甘みが足りないと飽きちゃうしね。ちょうどいい甘さにしなくちゃいけなくて」

「小さい時、急いでこれを食べようとして、熱すぎて、舌をやけどしちゃって泣いたことがあったっけ」

美佐は笑った。「あるある、私も。その後もしばらく、冷たいもの食べても舌が痛いのよね」

死んだ母が、スプーンにのせたくず湯にふうふうと息を吹きかけて、冷ましてくれていたことを百々子は思い出した。ゆっくり食べるのよ、百々子はいつも慌《あわ》てて食べて、べろをやけどしちゃうんだから。そう言って母は笑ったものだった。

そんな他愛のない思い出話を美佐に聞いてもらおうとしたのだが、どんなふうに伝えればいいのか、わからなかった。死んでしまった親の記憶は、靄《もや》の向こうにかすかに見える影のように儚《はかな》い感じがした。母も父も、いまごろはもう、函館の海の見える墓の中にいるのだろう、と百々子は思った。

納骨の様子はたづが詳しく報告してくれた。黒沢家の墓所の近くにある寺で四十九日の法要が営まれたこと、その後、住職を先頭にして全員が、寒い中、徒歩で墓所に移動したこと、祖母の縫は、今回は具合が悪くなることもなく、終始、寒さの中でも毅然《きぜん》としていたこと。参列した人々の名前、その様子、誰もが百々子の体調を案じていたこと、とりわけ沼田左千夫が百々子の状態を心配し、風邪が早く治るようにと言っていたこと、墓所の前に拡がる冬の海で、ひっきりなしにウミネコが鳴いていたことなど、たづは見聞きしてきたことを余さず百々子に伝えた。

「左千夫おじさん、誰かに意地悪されたりしてなかった？」

百々子がそう訊《たず》ねると、たづは百々子の言わんとしたことを素早く察知し、深くうなずいた。「大丈夫でしたよ。でも、そりゃあ、お気をつかわれたことだろうと思います。それなのに、そんな素振りはひとつもお見せにならなくて。本当にご立派でした」

通夜《つや》の席で、黒沢家と縁戚《えんせき》関係にある男を殴り、騒ぎを起こしたことは、まだ誰の記憶にも新しい。いくら亡《な》き須恵の実弟とはいえ、遺族の前に姿を現せば、あの一悶着《ひともんちゃく》が蒸し返されないとも限らなかった。

「やっぱり、納骨式には何があってもおいでになりたかったのでしょう。お気持ち、ようくわかります。行くのは気まずいからって、そう簡単にやめてしまえることじゃありませんから」

「でも、ほら、たづさん、お通夜の時のあのいやな人、また、来てたんじゃないの？

あの人、北海道の人だったでしょ？」

「それがね、あの方はお見えにはならなかったんですよ。ほんとに、ようございました。私も実を言いますと心配でねえ。はらはらしましたが、おいでにならないとわかって、ほっといたしました」

「でも、あの人がいなくても、孝二郎おじさんが、左千夫おじさんに何か嫌味を言ってたんじゃない？」

「それもございませんでしたよ。左千夫様は納骨が終わったら、すぐにどこかに行かれたようで、お姿が見えなくなってしまいましたしね。孝二郎様とはお話もしなかったんじゃないでしょうか」

「たづさんの帰りの青函連絡船で、一緒じゃなかったの？」

「私も、もしかすると同じ船かしらと思っていましたんですけども、お見かけしませんで」

通夜以来、左千夫からは何の連絡もなかった。百々子はそのことを密《ひそ》かにさびしいと感じていた。

叔父の孝二郎と、今後、一切かかわりをもたずに生きていくことになったとしても、何ら痛痒《つうよう》はなかったが、左千夫は別だった。左千夫は百々子にとって、残された者の悲しみを共有できる、ただひとりの身内であった。

久ヶ原の家の一階の、突き当たり奥にあった和室に左千夫が居候《いそうろう》し、百々子や須恵たちと共に暮らしていたのは一年に満たない。

湯川から上京してすぐ、左千夫は須恵に言われるまま、ひとまず姉夫婦の家にやって来た。仕事が決まった段階ですぐに引っ越す、という約束だったが、そのことを左千夫が口にするたびに、そんなに急がなくたって、好きなだけ住んでればいいじゃない、と須恵は言った。

　空いている部屋はいくつもあった。その中の一室を左千夫に貸したところで、黒沢の家に不都合など起こるわけもない。まして左千夫はタネ違いとはいえ、須恵の実弟だった。太一郎も左千夫を快く受け入れ、まずは、のんびり東京見物でもして、仕事探しやオーディションを受けることは、落ち着いてからにすればいい、と勧めた。

夫の太一郎が自分の弟をそのように思いやってくれることに須恵は深く感謝し、「パパは本当に優しい人」と、うっとりしながら百々子相手につぶやいたものだった。

　母親亡き後、湯川にある古い国鉄寮で管理人兼事務の仕事についていた左千夫は当時、二十九歳。東京に出て役者を志すには、ぎりぎりの年齢と言えた。

　左千夫は、黒沢家に居候しながら、演技を学び、オーディションを受ける生活をしようとしていた。そのためには、最低限の収入を確保しなくてはならず、職探しも続けた。

　太一郎が助け船を出し、やってみる気があるのなら、黒沢製菓の工場の仕事を紹介する、と何度か口にしたが、左千夫は常にうやむやな返事しかしなかった。間借りさせてもらっている上に、義兄《にい》さんの世話にはなりたくない、ここで甘えたりしたら、自分に負けてしまうことになる、と左千夫は真顔で姉の須恵に心の中を打ち明けた。太一郎は左千夫の真剣さをくみとり、以後、余計なことは言わなくなった。

　だが、仕事探しやオーディションを受けるために朝早くから出かけて行っても、百々子が学校から帰宅するころになると、左千夫はすでに久ヶ原の家に戻っていた。本気で夢を追っているにしては、いささか悠長な日常であったことは事実だが、夫妻は見て見ぬふりを続けていた。

　学校から帰った百々子は、ひとまず茶の間で須恵と共に、おやつの時間を過ごすのを習慣にしていた。左千夫が家にいれば茶の間に呼ぶことも多く、そんな時はたづもまじえて皆で他愛のない雑談に興じた。

　左千夫は口数が少なかった。誰かが質問したり話しかけたりしない限り、めったに自分からは口を開かない。自分の意見を口にすることもほとんどなかった。ただ黙って、居合わせた者の会話に耳を傾け、時折、楽しそうに小さくうなずいたり、背中を少し丸め、あぐらをかいて座っている自分自身の足に視線を落としたまま、柔和な微笑を浮かべてみせたりするだけである。

　何を考えているのかわからない、と思われがちなところがあったが、百々子は左千夫の物静かな居ずまいが好きだった。左千夫がそばにいると、よく躾《しつ》けられ、決して吠《ほ》えたり人を嚙《か》んだりしない大きな番犬が一頭、そこに行儀よく座っているような安心感に包まれるからだった。

百々子が応接間でピアノの練習を始めると、左千夫は部屋のソファーの片隅に腰をおろし、そっと遠慮がちに百々子の演奏に聴き入った。あまりうまく弾けずに、百々子が「わあ、やだ。今日はすごく下手くそ」と照れ隠しに嘆いても、左千夫は静かに「いいや、ちっとも下手じゃないよ。上手だよ。がんばって」と励ましてくれた。

ひと通り百々子の練習が終わると、左千夫は背筋をのばし、目を瞬《しばたた》いて微笑んだ。百々子が「ねえ、おじさん。今日はひどかったでしょ。ほんとのこと言って」と絡《から》んでも、左千夫はいっそう深い笑みを浮かべたまま、「上手だったよ。本当だよ」と繰り返す。そして、「今日も、いい音楽を聴かせてくれてありがとう」と低い声で言い、静かに部屋から出て行くのだった。

左千夫は常に百々子に対し、丁寧で紳士的な話し方をした。たとえ百々子がどれほどふざけて慣れなれしい物言いをしても、決して叱《しか》ったり気分を害したり、子供扱いして小馬鹿にしたりはしなかった。それどころか、まだ小学生の百々子を一人前として扱った。そのため百々子は時に、左千夫の前にいる自分が、ふだんよりも優れた人間になったように感じた。

その左千夫から、百々子宛《あ》てに手紙が送られてきたのは、年が明けた一九六四年一月末のことになる。封筒の宛て名書きには、達筆の墨文字で「黒沢百々子殿」とあった。宛て名書きの文字は大きかったが、白い便箋《びんせん》に並べられた万年筆の文字は意外にも繊細で、女性的だった。

　前略

　百々子はその後、元気でいますか。十二月にひどい風邪をひいたと聞きましたが、よくなりましたか。百々子のことはいつも心配していたというのに、連絡もせず、申しわけなかったと思っています。

　たづさんから聞いたと思いますが、お父さんとお母さんの納骨は無事にすみました。百々子は以前、函館の墓に行ったことがあるのかもしれませんね。僕は初めて行ったのですが、広々として、海が見えて、とてもいいところでした。

　二月になったら、百々子に会いにたづさんの家まで行きます。たづさんやたづさんの家族にごあいさつをして、その後、もし、百々子がよければ、百々子が行きたいところに連れて行ってあげたいと思っています。だからそれまでに、行きたいところを考えておいてください。

　以前、渋谷のプラネタリウムに行きたい、と言っていましたね。まだ、行っていないのであれば、その時にでも行きませんか。帰りには僕が、何かおいしいものをごちそうします。何が食べたいかも教えてください。

寒い毎日が続いています。また風邪をひいたりしないように、栄養のあるものをたくさん食べて、よくやすんで、いつまでも元気な百々子でいてください。百々子の健康を誰よりも祈っています。

それではまた。

沼田左千夫

黒沢百々子様

事件に関することには、何も触れられていなかった。事件後、放置されたままになっている久ヶ原の家に関してはもちろん、家そのものを思い出させるようなことも、何ひとつ書かれておらず、そうした左千夫の気遣いは、いかにも左千夫らしいものと言えた。相手が誰であれ、事件について触れられることを百々子は恐れ、警戒していた。どれほど優しい慰めも励ましも、同情を装《よそお》った好奇心にしか感じられなかったからである。そもそも、そうした話題になった時、どんな表情を作り、何と応えればいいのか、わからない。同情してもらったことに対する礼を述べればいいのか。偽善的な励ましを黙って素直に受けたふりをしていればいいのか。

好奇心を隠しつつ、何か新しい情報を聞き出そうとしてくるような人々を百々子は烈《はげ》しく嫌悪《けんお》し、軽蔑《けいべつ》した。そうした人々はあたかも、燃えさかっている家を見物しに駆けつける、火事場の野次馬にしか見えないのだった。

プラネタリウムに行きたい、と口にした時のことはよく覚えている。左千夫の就職先が決まり、久ヶ原の家を引っ越して行った後のことだった。

引っ越してしまったら、もう会えなくなると思っていたが、休みの日を利用して、左千夫はよく久ヶ原の家を訪ねてきた。

日曜の午後、いつものようにふらりと遊びに来た左千夫と共に父と母、百々子の四人で茶の間の掘炬燵を囲んでいた。百々子はクラスメートから聞いてきたばかりの、渋谷のプラネタリウムの話を始めた。

星が本物みたいに見えるんだって。天井がドームになってて、明かりを消すと、それが大きな夜空みたいに広がって見えて、吸い込まれていきそうになるんだって。

友達から聞いたことを興奮して話し、百々子は「私も行ってみたい」と付け加えた。

日曜日だったので、たづは休みだった。母が冷蔵庫から手製のプリンを四つ運んで来た。スプーンと一緒に卓上に並べることに気をとられていたせいで、母はほとんど百々子の話を聞いていなかった。

父は、渋谷にプラネタリウムを作った会社について話し始めた。父の話に軽く相槌《あいづち》を打ってはいたが、左千夫はいつものように、感想めいたことは何も言わなかった。

プラネタリウムに行きたいとつぶやいたことなど、左千夫はとっくに忘れていると思っていた。そのため、かつての、そうした他愛のない願望を左千夫が覚えていてくれたことを知り、百々子は嬉しく思った。

プラネタリウムには、その後、父が連れて行ってくれることになったが、仕事が忙しくなったため、なかなか約束は果たされなかった。やがて父は、プラネタリウムどころか、二度とどこにも百々子を連れて行くことができないようになってしまったのだった。

左千夫と一緒にプラネタリウムに行った帰りには、デパートの食堂か、フルーツパーラーで、大きなプリンアラモードをごちそうしてもらおう。いや、プリンを食べると母を思い出すからやめたほうがいいかもしれない。母は卵と牛乳と蒸し器を使って、プリンを作るのが上手だった。左千夫と一緒にいる時にプリンを食べたら、母の思い出話が始まってしまいそうだった。プリンアラモードはやめにして、チョコレートパフェか、メイプルシロップがたっぷりかかったホットケーキにしよう、と百々子は思った。

左千夫にはなんでも話せるし、なんでも聞いてもらえるような気がした。たづの家での日常生活はもちろんのこと、ここ最近、学校で起こったことも細々と彼に報告したかった。かつて両親に向かってそうしていたように。

とめどなく続く自分のおしゃべりを、黙って嬉しそうに聞いてくれている左千夫を想像しただけで、百々子の胸は躍った。

たづの家の二階の、紘一が使っていた部屋の布《ふ》団《とん》の中で、百々子は一度だけ、声を殺して泣いたことがある。ひとたび涙があふれると、止まらなくなった。

叫び出したくなるほどの孤独に襲われ、両手で布団をわしづかみにした。声がもれないよう、白い布団カバーのふちを前歯で強く嚙んだ。

悲しみや孤独は、意識すればするほどいたずらに膨れあがり、苦しみをつのらせていくような気がした。泣くたびに喪失感が増していきそうで怖かった。

心の表面に氷の膜を張っていかねばならなかった。沈んだ気持ちに流され、そのつど涙を流していたら、生きていけなくなると感じた。

身体の発育は同年齢の子供に比べ、群を抜いていた。背丈もどんどん伸びている。乳房もまるで大人の女のそれのようだ。だが、百々子は自分が、まだほんの子供であることを知っていた。

こんな子供なのに、と思うたびに惨《みじ》めになった。大人になるためには長い時間がかかるのに、自分には両親がいない。兄弟姉妹もいない。これからどんなふうに生きていけばいいのか。日常の中の些《さ》細《さい》な迷い、ちょっとした不安を気安く打ち明けられる相手がいない。まわりはみんな優しくて、気遣われているのはよくわかるが、どんなに親しい相手でもどこかに超えられないもの、近づけないものがある。同じ体験をした者以外、誰ともこの気持ちは共有できない。これ以上の孤独はないのに、その孤独をわずか十二にして知ってしまった自分が哀れでもあった。

だが、百々子はもともと、同年代の少女のように、悲しいことがあると誰の前でも泣き、困ったことがあると誰かが手をさしのべてくれるのを待ちながら、弱々しく両手で顔を覆《おお》ってしまうような子供ではなかった。そうした処世術は、百々子の最も嫌うものだった。

その生まれもった勝気な性格は、事件後、逆効果を招いた。例えばたづに向かって心情を吐露し、たづの膝《ひざ》に顔を埋めて泣きじゃくることができれば。美佐を相手に両親が恋しい、と嘆くことができれば。石川家の人々を前に、気丈にふるまうことをやめ、悲嘆にくれている姿を見せることができたら、案外、孤独感は和らげられて、凪《な》いだ気分になることもできるのかもしれなかった。

だが、相手が左千夫なら、気負うことなく、素直になれそうな気がした。誰かに甘えてみたかった。死んだ両親の話や久ヶ原の家の思い出も、本当のことを言えば、百々子は誰かに思う存分、語りたいのだった。遠慮せずに涙を流し、嘆き、両親がどれほど恋しいか、口にしたいのだった。

左千夫なら百々子をありのままに受け入れて、大げさに同情したり、ありきたりな励ましの言葉をかけたりせず、何も言わずにただ、そっと傍にいてくれるような気がした。

# 8

千鳥町の商店街では、恒例である第二日曜日の特売が行われていた。特売の日には、決まってチンドン屋が商店街をねり歩く。遠くからも聞こえてくるチンドン太鼓の音につられて、近隣の子供たちが集まり、あたりが賑《にぎ》やかになる。

その日のチンドン屋は総勢三名。先頭の、髷《まげ》のかつらをかぶった男が派手な幟《のぼり》のついたチンドン太鼓を叩《たた》き、真ん中の小柄な日本髪の女は太鼓を叩く。一番後ろの男は、やはりかつらに和服姿でクラリネットを吹き、それぞれの背中には「第二日曜日　千鳥町商店街　大特売!!!」と大きな赤い墨文字で書かれた紙が張られている。

年老いた三人の顔の皺《しわ》には、白いドーランがめりこんでいた。脚絆《きゃはん》をつけているとはいえ、着物の裾《すそ》からむき出しにされた足が寒々しい。

それでも威勢よくチンドン太鼓の音を響かせながら、三人は曇天の下、通行人や子供たちの視線を集めて行きつ戻りつしていた。

沼田左千夫が千鳥町の駅に降りたったのは、そんな頃合いだった。午後一時半過ぎ。

百々子との約束は三時だったから、少し早すぎたが、どこかで時間をつぶしてから行くほどのことでもない。彼はチンドン屋を横目で見ながら、石川家に足を向けた。

たづの家に行くのは初めてである。詳しい道順はあらかじめたづから教えられていたし、かつて姉の須恵からも、千鳥町のたづの家がどの辺にあるか聞いたことがあった。

日曜の午後の、買い物客で賑わい始めた商店街を抜けて右に折れた。陽気なチンドン屋の音楽が次第に背後に遠ざかっていった。あたりが静かになると、二月の午後の空気が、いっそうひんやりしてくるように感じられた。

手ぶらでは具合が悪いと考え、思案したあげく、ケーキを買ってきた。たづの家族は四人。百々子と自分を加えれば六人になり、合計六つのケーキが必要だった。ケーキの箱が傾かないよう、気をつけながら、左千夫は教えられた通りに電柱の角を曲がった。

その直後だった。「わっ」と甲高い声がしたかと思うと、やわらかな湿った掌が左千夫の腕に押しつけられた。

百々子が白い息を吐きながら笑みを浮かべ、そこに立っていた。

百々子は「えへへ」といたずらっぽく笑った。「おどかしてやろうと思って待ち伏せしてたんだ」

左千夫は努めて平静を装《よそお》いながら、「心臓が止まるかと思ったよ」と言って笑った。

「ケーキの箱、落としそうになった。危ないところだった」

「ケーキ買って来てくれたの？」

「そうだよ」

「ああ、よかった。落っことしたら、ぐちゃぐちゃになってたね。ね、何のケーキ？」

「いろいろだよ。苺《いちご》ののっかったやつとかチョコレートのとか」

百々子は目を瞬《また》き、笑みを浮かべ、改まったように大きく息を吸った。「久しぶりねえ、左千夫おじさん」

「うん、本当に久しぶりだ」

「もっと早く会いに来てくれるかと思ってた。待ってたのに」

「……ああ、ごめんよ」

二人の横を、買い物籠《かご》をさげた中年の女が通り過ぎて行った。女は絣《かすり》模様の着物を着て白い割烹着《かっぽうぎ》をつけ、首に小豆色のマフラーを巻いていた。二人を見る目は微笑《ほほえ》ましげだったが、その奥には隠しても隠しきれない好奇心が浮かんでいた。

「知ってる人？」遠ざかっていく下駄の音を聞きながら、左千夫は訊《たず》ねた。

「知らない」

「こっちを見てたけど」

「近所に住んでるおばさんなんじゃない？　私が誰だかわかってるから興味津々《しんしん》なのよ」

うなずいてから、左千夫はうつむいた。地面を見つめがら、少年のように小石を軽く蹴《け》った。「……寒いだろう、襟巻きもしないでこんなところに出て来て」

「平気。たづさんのうち、すぐそこだもん」

ふだんの、両耳の脇《わき》で結わえた髪形ではなく、その日の百々子は髪を肩までおろしていた。着ているのは、白い雪の結晶模様のついた紺色のセーター。鼠色《ねずみいろ》のスカートにはプリーツはついておらず、そのせいか腰の線が目立った。

並んで歩き始めた時、左千夫は少し見ない間に、百々子の背が伸びたように感じた。だが、そのことは口にしなかった。百々子の身体的なことは口にするまい、と決めていた。

「駅んとこに、チンドン屋さんがいたでしょ」と百々子が無邪気に訊ねた。

「うん、いた」

「あの人たち、いつも特売日になると来るのよ。三人だった？　それとも四人？」

「三人だったよ」

「年取った男の人二人と女の人一人？」

「そう」

「前は男二人、女二人だったんだって。でも、女の人が一人、病気になって来れなくなったって。たづさんが言ってた」

百々子がしゃべると、百々子の温かな息が左千夫の鼻孔をくすぐった。昔と変わらない、甘ったるいキャラメルのようなにおいがした。

「……ほら、もう着いた。ここがたづさんのうち」

指し示された家の黒ずんだ門柱には、「石川」と彫られた古びた木の表札が下がっていた。冬枯れた木々のやせ細った枝が、門柱を引っかかんばかりに伸びていた。

百々子は髪の毛を背中で踊らせながら、小走りに玄関に向かった。たづさん、たづさん、左千夫おじさんが着いた、と知らせる百々子の声があたりに響きわたった。

家の中からは、「はぁい、ただいま」と言う、聞き慣れたたづの声が返ってきた。

久ヶ原の、高い塀に囲まれたあの贅沢《ぜいたく》な屋敷にいてこそ似合う百々子だった。その百々子が、いかにも庶民的な古い家の、錆《さ》びたレールのせいなのか、開きにくくなっている玄関の前で足を開いて踏ん張り、力いっぱい引き戸を開けようとしていた。髪の毛が、左右に大きく波うった。

その様子を後ろから眺めながら、左千夫は喉《のど》のあたりを何かにわしづかみにされたような想《おも》いにかられた。

厚く垂れ込めた雲の下で、鳶《とび》が甲高く鳴いた。遠くから風に乗って、かすかにチンドン屋の太鼓の音が流れてきた。

得体の知れぬ不安にかられ、左千夫はその場で危うく嘔吐《おうと》しそうになっている自分を感じた。

湯川の国鉄寮での仕事は、仕事と呼べるほどのものではなく、管理人とは名ばかりで、左千夫は雑用係に過ぎなかった。

寮の直接の運営は国鉄が請け負っていたし、賄《まかな》いは寮母が一手に引き受けていた。左千夫に与えられた仕事は、建物の清掃や簡単な修繕、食材や日用品の買い出し、庭の掃除程度だった。

それでも、生前、母のシゲノは、彼が国鉄寮で働くことを喜んでいた。函館の高校を優秀な成績で卒業した左千夫が、大学には進まず俳優になりたいと言い出したことをシゲノは快く思っていなかった。定職につこうとせず、函館の飲食店の手伝いなどをしながら、いずれ上京して演技の勉強をする、と言ってきかずにいた息子の夢は、シゲノにとっては笑止千万の、絵に描《か》いた餅《もち》だった。

湯川の国鉄寮での仕事を見つけてきたシゲノは、そこで働くよう左千夫に強く勧めた。そのころすでにシゲノは、自分の身体《からだ》が病魔に冒されつつあることに気づいていた。

当初は、湯川で働くことに抵抗していた左千夫だが、母親の勧めに従うことに決めたのは、仕事内容の気楽さのせいだった。給料は安かったものの、雑用とはいえ、さほどこき使われる心配もなく、休みもたっぷりあった。母親のシゲノのところに行けば、そのつど食費も浮かせることができる。函館は隣街なので、映画を観《み》ようと思ったらいつでも出かけて行くことができる。自己流とはいえ身体を鍛え、俳優になるための素地を作り、勉強を始めるためには、悪くない環境だった。

　左千夫が俳優を夢見るようになったのは、学生時代、函館の映画館で観た幾多の映画の影響が大きい。また、持って生まれた美貌《びぼう》は、わざわざ他人から指摘されずとも、自分でよく知っていた。

　あんたは、男前だったあんたのお父さんによく似ている、そっくりだ、とシゲノから言われて育った。彼は自分の父親が、女相撲の興行師であることを早いうちから知っていた。シゲノは子供たちに隠し事はしなかった。

　女相撲、といっても、決して下品なものではなく、もちろん裸でやっていたわけではない、肌色のシャツと股引《ももひき》のようなものをつけていたのだ、とシゲノは何度も強調した。

　男性力士同様、土俵の上できちんとした取り組みをしていたこと、相撲をとる側も観る側も真剣そのものだったことを繰り返し語って、その興行師がいかにすばらしい美男だったか、飽きることなく須恵と左千夫に話して聞かせた。

　また、興行師が大学で文学を専攻していたこと、大学に行っていたくらいだから、とても頭の回転が速く、教養と知識にあふれていて、知らないことをたくさん教えてもらえた、まるですぐそばに学校の先生がいるみたいだった、と飽かず口にし、そのたびに、懐《なつ》かしそうに笑うのだった。

左千夫は相槌《あいづち》をうちながら、それらの話に耳を傾けていたが、内心では、その「美男」で「教養のあった」父親は自分たち親子を捨てた、ただの人非人にすぎない、としか思っていなかった。

そんな男とそっくりだ、と言われても、彼の中に、美しく生まれついたことの価値や誇りが芽生えるはずもなかった。異性から熱い視線を送られることは日常茶飯だったが、彼はひどく冷めた気持ちでいた。ひとつも喜ばしく感じなかった。

そもそも、彼には異性への関心が希薄だった。身近な異性に関心を抱き、恋心をつのらせることもなかった。性的欲望は著しく欠落しているか、あるいは未発達のままだった。

女の肉体というものは、その大半が彼にとっては不潔きわまりないしろものだった。崇《あが》めたくなるようなものは何ひとつ見いだすことができなかった。

性的欲求はいくらでも自分で処理することができた。そのため、性の捌《は》け口としての女の肉体も不要だった。

彼が心底、胸をときめかせることができる相手は、スクリーンの中に登場する一部の女優に限られた。男優になりたいと強く願うようになったのも、そんな女優と並んで堂々とカメラの前に立ってみたい、と思うからこそであった。

寮での仕事をするかたわら、空いた時間は俳優になるための身体作りや発声練習に精を出した。映画のポスターやチラシを自室の壁に隙間《すきま》なく貼《は》りつけた。中でもエリア・カザン監督『エデンの東』のジェームス・ディーンに深く心酔した。彼の演技をまねてみたくなった。もしかすると、自分にはジェームス・ディーンに似た個性があるのかもしれない、と感じた。

いつまでも湯川にいないで、東京に出てきたらいいのでは？　左千坊はまだまだ若いのだし、やりたいことがあるのなら、東京のほうがいいと思います……そんな手紙を書いてきたのは姉の須恵だった。

須恵は彼のことを手紙の中でも「左千坊」と呼んだ。幼いころから変わらぬ呼び方で、そう呼ばれるたびに彼は、七つ年上の須恵が面倒をみてくれていた、湯川の夜を思い出した。シゲノが芸者の仕事で出かけている間、須恵は左千夫がさびしがらないように歌を歌ったり、絵本を読んでくれたりしていたものだった。雪の夜、しんしんと降り続く白いものを窓の向こうに眺めながら、須恵の膝《ひざ》に抱かれていた時の、須恵の身体のぬくもりを懐かしい、と思うこともあった。

半分だけ血がつながっている姉は、長い間、彼にとって、母親の代わりだった。その事実は変えようもなかった。

しかし、一方では、父親が異なる須恵は半分他人でもあった。並んでいると、よく似ている、と言われることが多かったが、自分たちは互いが似ているとは思っていなかった。

須恵は和風の、清楚《せいそ》な日本人形のような顔だちをし、朗らかで笑顔が絶えなかったが、左千夫の顔の造作はどちらかというと、西洋風だった。明朗さとは無縁の翳《かげ》りがあり、無口だった。その意味で、姉と弟は似ても似つかないとも言えた。

須恵が、函館どころか北海道を代表する素封家に嫁ぎ、盛大な華燭《かしょく》の典《てん》を挙げ、東京の高級住宅地として知られる街で優雅な暮らしを始めた時も、左千夫にはどこか他人事《ひとごと》のようにしか感じられなかった。まして、姉夫婦を頼りにし、面倒をみてもらおう、などと考えたこともなかった。

幼いころは確かに姉の世話になった。感謝もしているが、姉とは初めから距離があった。姉が人も羨《うらや》む結婚をしたからといって、計算高く距離を縮めようとする気はなかった。

そもそも須恵と左千夫の人生は、長じてからはどこにも接点がなかった。接点がない、ということが、むしろ彼を優しい気持ちにさせてもいた。接点が少しでもあったとしたら、洋画の中の物語のごとく、富豪の男から熱愛され、求婚された姉とその後の姉の人生に、少なからず嫉妬《しっと》に似た暗い感情を抱いていたかもしれない。

彼は姉にひとつも嫉妬など感じていなかった。同じ家庭で同じ苦労を味わってきたにもかかわらず、須恵だけが素直で健全な人間に育ったことについても、同様だった。須恵のその素直さが、黒沢太一郎のような男を魅了し、恵まれた暮らしを送ることができるようになったわけだが、そのことについても、別段、妬《ねた》ましいとは思わなかった。当初、左千夫はただ、自分が自分の望み通り、俳優になれればいい、それが無理なら、せめて映画の世界の片隅に置いてもらい、映画に関連する仕事ができればいい、と考えていたに過ぎない。

姉夫婦の家で厄介になりながら職探しを始めるうちに、都会の空気にも徐々に慣れていった。母親のシゲノが酒を飲む男を毛嫌いしていたせいか、酒はさほど好きではなく、飲みに行くことはめったになかった。当然、夜遊びもしなかった。

姉夫婦に遠慮していたからではなく、遊ぶだけの金の余裕がなかったためでもない。彼自身、遊ぶことに興味をもたないからであった。

近寄ってくる女たちは少なからずいたが、彼は相手にしなかった。性的欲求が高じると、処理してくれる店を利用した。射精と排泄《はいせつ》は、彼にとって似たようなものだった。排泄するかのように射精し、終わればすべてを忘れた。

銀座の百貨店でネクタイを眺めていた時、しきりと話しかけては、彼を鏡の前に引っ張って行き、あれこれ高級ネクタイをあてがってみせた女店員がいた。彼よりも少し年上に見える、化粧の濃い、大柄の女だった。親切にしてくれた御礼に、彼は勧められたものの中で一番安いネクタイを買った。

二週間ほどたってから、たまたま同じ百貨店の前を歩いていた時、その女が喜びいさんで走り寄って来た。それはまるで、尾を振りすぎるあまり、腰が抜けてしまいそうになった犬のごとき喜びようだった。

今日は勤めがお休みなので、銀座に出てきたところなんですよ、お目にかかれるとは思っていませんでした、と女は言い、よかったら一緒にお茶でもいかがですか、と声を震わせながら誘ってきた。

無愛想に断るのも大人げなかったし、断る理由をあれこれ考えるのも面倒だった。左千夫は女に連れられて近所の珈琲《コーヒー》店に入った。

それから小一時間、興奮した女の、つまらないおしゃべりが続いた。女は、先日、初めてお目にかかってから、私はずっと雲の上を歩いていたようでした、いつもそちらさまのことを思い出していました、などと言い、うっとりとした視線を送ってきた。うんざりしながらも左千夫が黙っていると、そういう表情はまるで映画スターみたい、と女は媚《こ》びた口調で言った。興味も関心もない女だったが、そのひと言に左千夫は強く反応した。

「実は僕……俳優なんですよ」と言ったのは、行きずりの他人に罪のない嘘《うそ》をついてみたくなったからに過ぎない。だが、女はそれを聞くなり、全身の動きを止めた。

その異様な興奮が左千夫にも伝わった。嘘です、冗談ですよ、とは言いにくくなった。そればかりか、嘘が次から次へと口をついて出てきた。ほんの脇役で、中にはセリフがひとつもないものもあるが、出演した映画は何本もある、と言った。

映画はよく観てきたし、タイトルはもちろん、内容も覚えていたから、具体的な映画を挙げて説明するのも簡単だった。誰もが知っている監督の名前、男優女優の名前を羅列し、そのうちの何人かとは撮影現場以外でも親しくしている、などと嘘をついた。

女は上気し、目を輝かせて、今にも卒倒しそうになりながら耳を傾けた。その顔は醜くて、愚かで、痛ましかった。左千夫は見てきたような嘘に嘘を重ねながら、自分が本当に俳優であるかのように演じ続けた。それ自体が演技だとわかっていたので、自分でも深い快感を覚えた。

だが、一方では一刻も早く、この女から逃れたいと願ってもいた。聞き手がいるからこその演技、快感でありながら、彼にとってその女は我慢がならなかった。低俗で不潔で、仕草も表情も容貌も、そのすべてが醜悪としか言いようがなかった。

嘘をつき続けることにも飽き、そのうち女の顔を目に映していること自体、耐えがたくなった。彼は腕時計を覗《のぞ》いて、申し訳ないけれどそろそろ行かなくては、と言った。伝票を手に立ち上がると、女は慌《あわ》てたように後からついて来た。

女の分のコーヒー代も支払ってやった。女は気の毒なほど恐縮しながら礼を言い、ぺこぺこと頭を下げた。

店の外に出ると、女は執拗《しつよう》に彼の名前と連絡先を聞きたがった。教えてくれるまで、テコでも動かないといった顔つきだった。

やむなく彼は、映画会社に連絡してくれればつながるようになっている、とまたしても嘘をついた。芸名を訊《き》かれたので、咄嗟《とっさ》に、クロサワサチオ、と口走った。偽名を考える際、真っ先に黒沢の姓が頭に浮かんだ自分には苦笑するしかなかった。

クロサワサチオさん……と女は恍惚《こうこつ》となりながら、口の中でもごもごと繰り返した。まるで世界一美味な飴玉《あめだま》を、口の中で転がしながらしゃべっているようだった。

握手を求められたので、仕方なく応じてやった。映画俳優なら、ファンから握手を求められて断ることはしない。女の手は生温かな汗でべとべとに湿っていた。

女と別れた後、彼は駅のトイレに駆けこみ、洗面台に飛びついた。石鹸《せっけん》がなかったので、蛇口をひねって水を出しっぱなしにし、繰り返し繰り返し、手を洗った。発情したようになった女が彼に向けてきた視線、鳩のように大きく胸を突き出し、乳房の豊かさを見せつけようとしていた姿勢を思い出し、ひどく気分が悪くなった。

それでも、俳優だと信じこませることができたのは、悪くない体験だった。気分がよかった。俳優になりきって演技を続ける自分を見て、今にも嬌声《きょうせい》をあげそうになっている女を見ていると、それなりに満足した。以後、彼は執拗に寄って来る女がいると、同じ手を使った。

　だが、食事に行きませんか、と誘われても、行かなかった。芝居のチケットが二枚あるんですが、と言われても決して首を縦に振らなかった。彼がつきあうのは、あくまでもコーヒーか紅茶だけであり、彼は会計の段になると当然のごときふるまいをして、女の分も支払ってやった。

　そして後になって必ず、そうした女たちの抑えた興奮やぎらついた視線、媚びた態度を思い出し、ああいう女どもには天罰が下ればいい、と呪詛《じゅそ》の思いをたぎらせた。無理やり押しつけられた女の連絡先のメモは、女の姿が見えなくなったとたん、丸めてゴミ箱に投げ捨てた。

　女は頭のてっぺんから爪先《つまさき》にいたるまで、清らかでなくてはならなかった。言うなれば、自分が性的な存在であることに気づいていない……そんな初々《ういうい》しさ、瑞々《みずみず》しさがなくてはならなかった。男に色目を使って寄ってくるなど、言語道断だった。

　まして、いたずらに熱狂するような女は願い下げだった。どんな場合でも、女は自分自身にうっとりしながら高らかに囀《さえず》り続ける、自己愛の強い、一羽のカナリアでなくてはならなかった。

　たとえばこうだ。無邪気で、勝気で、めったなことでは泣いたりしない。あどけない一面と俗悪な一面とが同居していて、それがめまぐるしく入れ代わる。

時に、くだらないことをずっとしゃべっていたりしてうるさいが、何を話していても、話すことの内容より、その声帯を通して流れてくる澄んだ音楽のような声に魅了される。

いつ見ても、小生意気で愛らしい。いたずらをして叱《しか》られ、きゅんきゅんと鼻を鳴らす子犬や子猫のように、どんな時でも何もかもがいとおしい。

許されるならば、日がな一日、彼女のすることだけを眺めていたい。そんな気分にさせられるような女……いつでも濡《ぬ》れているように見える、ふっくらとしたくちびる。肉づきのいい頬。野生動物のそれを思わせる、ほんの少しつりあがった澄んだ目。腕や足に生えそろった、やわらかな金色の産毛《うぶげ》。贅肉のついていない背中。日頃、衣服の奥にひっそりと隠されていても、常に彼の目の奥にだけは映し出されてくる美しい、穢《けが》れのない乳房……。

日毎《ひごと》夜毎、めまぐるしいまでに熟しつつある自身の性に、本人は気づいていない。たとえ気づいていても、おそらくは正確に把握できていない。それなのに今にもあふれ出んばかりに漲《みなぎ》ってくる性が、においたつようでもある。そばにいるだけで、気が遠くなりそうになる。

しかし、決して、触れてはならない。まして欲情などしてはならない。

だが、それは難しいことだった。そんな彼女を前にして、欲情を抑えつけるのは至難の業だったが、そうしなくてはならなかった。即《すなわ》ち、彼にとって理想の異性は、初めから絶対的で神聖な、禁忌の中にのみ存在していたのである。

左千夫は石川家で歓待された。日曜だったこともあり、多吉をはじめ、子供たちまでもが茶の間に集まって彼を迎えた。

茶の間の空気は終始、和やかだった。誰ひとりとして、事件を思い出させるようなことは口にしなかった。黒沢夫妻の通夜《つや》の後、精進落としの席で左千夫が黒沢家の親類筋にあたる男を殴ったことはもとより、久ヶ原の家に関することも話題に出なかった。犯人がまだつかまらない、といったたぐいの話は出るはずもなかった。

茶の間の、長方形の大きな炬燵《こたつ》を囲んだ石川家の人々は、彼が持参したケーキに歓声をあげた。たづと美佐が台所と茶の間を往復し、火鉢の上で湯気をあげているやかんの湯で紅茶をいれた。紘一は、たづに命じられて台所からみかんを盛った鉢を運んで来た。

その年の十月に東京で開催される、東京オリンピックが話題にのぼった。オリンピックというものがどういうものなのか、日本では観た者はまだ少なく、皆がよく知らずにいたため、その話題はしばらく続いた。あまりしゃべらない左千夫を前に、何か話題を提供しなければ、と思ったのか、左千夫に向かって最初の質問を放ったのは、他ならぬたづだった。

「お仕事のほうはいかがですか。お忙しいですか」

「いえ、別に。定時に始まって定時に終わる仕事なので」

「左千夫さんはね、医療関係の機械を作る会社にお勤めなんですよ」とたづは多吉に向かって言った。

そんなことはとっくに知ってら、と言いたげな顔つきをしてみせたのは一瞬で、多吉はすぐに取り繕い、「何という会社でしたっけね」と左千夫に訊ねた。

「横浜電機工業、といいます」

おそらくは知らない社名であったに違いないが、多吉は愛想よくうなずいた。「そっちの方面には詳しくないんですが、医療機械、ってえことになると、なんつぅのか、さぞかし精密さが求められるもんなんでしょうなあ」

「うちは単純な部品を専門に作ってるだけの小さな会社なので、それほどでも」

「あら、決して小さくなんか、ありませんでしょう」とたづが微笑しながら言った。

「独身寮がある、ってことは、それはそれはきちんとした会社ですよ」

「ええ、まあ、そうですが。大したことはありません」

「寮の住み心地はどうですか?」

「悪くはないです。おかげさまで」

「賄いがついてますんですか」

「前もって希望すれば、ちょっとしたものは作ってもらえます」

「それは便利ですねえ」

「はあ」

一問一答にしかならないことに困り果てたのか、たづは即座に別の話題を出してきた。

「お芝居のお勉強、っていうんですか。俳優さんになるためのお勉強も、その後、順調に進んでらっしゃるんでしょうね」

ちょうど紅茶をひと口、飲みくだそうとしていた時だった。紅茶が喉に詰まりそうになったため、わずかな時間、左千夫の返答が遅れた。

その隙に「俳優さんって?」と膝を乗り出してきたのは美佐だった。テレビなどで知る男優や女優、タレントや歌手の話題に、美佐は人一倍、興味を示す年頃だった。「お母さん、なぁに? それ」

たづがたしなめるように言った。「あんたたちにはまだちゃんと教えてなかったし、知らなかっただろうけどね、左千夫さんはね、いずれ俳優になるお方なんだよ。映画スターだよ。今は、そのためのお勉強をなさってるんだから」

興味深げなまなざしで、美佐と紘一が左千夫を凝視した。その後、兄妹は互いに軽く顔を見合せたが、紘一だけが小さく笑って目をそらした。

笑ったのではなく、単にお愛想として微笑を返そうとしただけだったのかもしれないのだが、左千夫は不快に思った。まだ子供のくせに、すべてを見通している、と言いたげな、その皮肉めいた笑い方はひどく鼻についた。

左千夫はこの紘一という高校生が気にくわなかった。顎《あご》のあたりにニキビをひとつふたつ作っている食べ盛りの、どこにでもいそうな高校生には違いないのだが、丸顔で小柄なたづと四角い顔の多吉、という掛け合わせから生まれた息子とは思えないほど、万事、中庸をいく整った容姿、魅力的な顔だちをしている。

両親の育て方がよかったのか、のびのびとしていて、おまけに存在感があった。その年頃の少年にありがちな、反抗的な態度は見当たらず、言動も落ち着いていて頼りがいがありそうである。何が起ころうとも動じず、凛々《りり》しく前を向いて進むことができそうな安定感と、何より輝くばかりの若さと健康にあふれている。

主にそんなところが左千夫の癇《かん》にさわったのだが、それだけではなかった。彼が紘一のことを虫が好かない、と感じた本当の理由ははっきりしていた。

百々子の、紘一に対する態度、視線の中には、明らかな好意……同居している者に向けた好意以上のもの……が感じられた。今は少女らしい淡い憧《あこが》れに過ぎなくても、いずれ遠くない将来、確実に恋心に変わっていき、さらには性的欲求を併せ持つ恋愛対象になっていくだろうと想像できた。

そして何より許しがたいのは、明らかに紘一のほうでも、百々子に好意を抱いている様子が伝わってくることだった。炬燵をはさんで、まだ十二になったばかりの百々子と、十六の少年は互いに好意以上の感情を抱いている、と左千夫は勝手に決めつけた。うしろめたいような、あってはならない光景を垣間見《かいまみ》たかのような、複雑な気持ちになりながらも、左千夫は必死で気を取り直し、たづの質問に答えた。

「演技の勉強は、頑張って続けています」

「お勤めもあるのに、そのかたわら、こつこつと演技のお勉強を続けるのは、本当に大変なことですよ」

「いや、それほどでは……」

「お稽古《けいこ》、って言うんですか？　それは月に何度くらいで？」

「週に一度です。自由参加なので、行っても行かなくてもいいんですが。休まずに通うようにしてます」

「お勤めをしながらのお稽古だなんて、ほんとにお偉い」

「いえ、稽古は夜ですから。別に何も……」

多吉が質問してきた。「その、稽古、ってのは、やっぱり専門の演技指導の人とか、映画監督とかが来てくれるんですかい」

左千夫は首を横に振り、伏目がちにうすく笑った。「ちゃんとした正規の演劇学校じゃありませんから。それどころか、小さな劇団が借りてるだけの稽古場なんです。だから、指導してくれるのも全員、無名の劇団員ばかりで」

「あの」と、興味津々といった表情で、美佐が身を乗り出してきた。「そういう、無名の役者さんたちは、ふだん、何をしてるんですか」

「弱小劇団の役者をやってるだけじゃ、とても食っていけませんからね。かけもちでアルバイトしてる人がほとんどです。そういう貧乏役者だからこそ、僕たちみたいな、役者を夢見てるだけの人間と一緒になって、お互いを高め合おうとすることができるんだと思いますね」

美佐は立て続けに質問してきた。「お稽古って、たとえば、どんなことをするんですか」

「発声練習とか、インプロとか」

「インプロ？」

「インプロビゼーションの略。即興演劇」

「わぁ、かっこいい」と美佐が言い、石川家の人々が目を輝かせるのを見て、左千夫は勢い、気をよくし始めた。

訊かれもしないのに、「その劇団員の中に一人だけ、少しは名が知られ始めた人がいるんですよ」と口走った。「五《ご》嶋田俊《とうだしゅん》、っていう男ですけど。知らないかな」

「ゴトウダ？……知らないです」と美佐は言い、百々子に「知ってる？」と訊ねた。

百々子も首を横に振った。

「年は二十二か二十三だと思います。高校を中退して雑誌モデルなんかもやって、それから劇団に入ったらしいけど、彼は今、有名な板チョコのコマーシャルに出てますよ」

「板チョコの？」と美佐は頓狂《とんきょう》な声をあげた。「あ、もしかして、あれかな。子役の女の子の、家庭教師役で出てる人？」

「そうそう、それ」と左千夫は言い、微笑した。

美佐が歓声をあげた。たづも多吉も百々子も「ああ、あの人！」と口々に言った。

紘一だけが、本当にわかっていないのか、あるいはただ、興味がないだけなのか、黙っていた。いやな小僧だ、と左千夫はまたしても思った。

小劇団に所属する役者で、ほとんど毎週、稽古場に姿を現していた五嶋田俊は、本名を後藤俊司という。決して二枚目ではなく、モデルの仕事をしていたというわりには、さして上背があるわけでもなかった。容姿の点から言えば、自分のほうがずっと上だ、と左千夫は思っていた。

だが、五嶋田は周囲への気遣いを絶やさない、若いのによくできた男だった。その上、人なつこくてほめ上手でもあり、左千夫のことをいつも二枚目だと絶賛してくれていた。

「沼田さんほどの二枚目には、そのうち絶対に大きな役がまわって来ます。オーディシヨンをたくさん受けてみてください」と勧めることも忘れなかった。

居合わせた人間を気分よくさせるところが五嶋田の人間的な魅力であり、半年前に板チョコのコマーシャルに出演が決まったという知らせを本人から聞いた時も、左千夫は祝福することができた。

しばし、板チョコのコマーシャルの話と五嶋田の話が続いた。一段落した後、たづが改まったように左千夫に視線を投げてきた。

「あのう、ところで、そのお稽古場って、どこにありましたですか。横浜駅の近くでしたかしら」

左千夫はちらとたづを見返した。なぜ、わざわざそんなことを訊く、と思った。須恵から以前、聞いていたはずではないのか。

だが、たづの口調はあくまでものんびりしたものだった。他意がないのは明らかだった。

「横浜ではなく、川崎、ですけど」

「あっ、そうでした。川崎でした。奥様から以前、教えていただいたことがありましたのに、私ったら……」

百々子を前に、須恵の話は避けるべきだ、と胆《きも》に銘じていたのだろう、たづは自分の失言に気づいて困惑した表情をみせたが、一瞬の後、見事にそれを消し去った。

「毎週毎週、会社のお仕事の傍ら、きちんとお稽古に通うなんて……夢に向かって、一生懸命に頑張っておられて、本当にお偉い。そんじょそこらの人間にはできないことですよ」

「いえ、僕はもう若くないですし、チャンスもどんどん減っていくのはわかってるので、せめてそうやって努力していくしかないと思ってるだけです」

「あんたたちも見習うんだよ」とたづは母親らしい威厳を保ちながら、紘一と美佐に向かって言った。「わかるだろ? 沼田さんがおっしゃる通りにね、ものごとは、一から努力、二にも努力、なんだよ」

「その言い方、間違ってるよ、お母さん」と紘一が言った。「それを言うなら、一に努力、二に努力、三、四がなくて、五に努力……って言わなくちゃ」

「なんだ、親に向かって」と多吉が低い声で諭した。「くだらんことで、いちいち訂正したりすんな」

「正しい言い方を教えただけだよ」

紘一はひるまずにそう言い、言ってから百々子のほうに、ちらりと視線を向けた。誇らしげに、しかし、わずかに照れた目つきで百々子を見てから、軽く微笑して目をそらした。

「そうよ、おじさん」と百々子が多吉に詰め寄った。「訂正するのがどうしていけないの？　別にいいと思うけど」

「いやまあ」と多吉は苦笑して後ろ頭をひと撫《な》でした。「おっしゃる通りで。まいったな。どうも、おじさんは、嬢ちゃんに叱られると弱くってねえ……」

たづがぷっと吹き出した。それにつられるようにして一斉に笑い声が上がった。笑いたい気分ではなかったのだが、左千夫も笑みを浮かべてみせた。

百々子と目を見合せたかったのだが、百々子は彼のほうを見ておらず、その視線は紘一に向けられていた。少年と少女は、目を見交わし合いながら、くすくす笑い続けていた。

いつまでこの、どこか芝居がかった……何を喋《しゃべ》るにしても、肝心なことには触れないままの欺瞞《ぎまん》的な家族のぬくもりの中にいなければならないのか、と左千夫は苛立ちを覚えた。誰もが久ヶ原の事件の話や、それに関連することを話すまいとするものだから、話題のほとんどが、あたりさわりのないものになってしまう。早く百々子と二人きりになりたかった。

プラネタリウムに行き、百々子と共に星を仰ぎ、夕食を共にするために、彼は今日、ここまでやって来たのだった。奥歯にものがはさまったような会話しかできない人々、気にしていることを何も話せない人々を相手に、長居するつもりはなかった。

ややあって、プラネタリウムの話を始めてくれたのは、たづだった。たづは火鉢の脇に座り、やかんに残った湯を確かめながら、左千夫に訊ねた。

「何時ころお出かけになりますか。プラネタリウムは、始まる時間が決まってますんですよね。それに合わせていらっしゃることになりましょうか」

左千夫は「いや」と言った。「始まる時刻、というのはわからないですし、もし途中からだったとしても、次が始まるまで待っていればいいので……」

「なら、大丈夫ですね。といっても、陽が陰る前に出かけられたほうがよろしいですよ。お彼岸はまだまだ先だし、日暮れも早うございますから」

「じゃ、そろそろ行かなくちゃ」と百々子が言った。「私、支度してくるから、左千夫おじさん、ちょっとここで待っててくれない？」

左千夫同様、百々子も落ち着かない気持ちにかられていたに違いなかった。百々子からの手紙には、話したいことがたくさんある、と書かれてあった。石川家の人々がいるところでは、口にしづらい話なのかもしれない。

挨拶《あいさつ》もすませた。みやげのケーキもみんなで食べた。あたりさわりのない会話も交わした。これ以上、ここにいなければならない理由はどこにもなかった。

左千夫がほっとしながら、炬燵から出た百々子を見上げた時だった。目と目が合った。

「そうだ」と百々子は言って、目を輝かせた。「おじさん、出かける前に、一曲、聴いていかない？」

一瞬、何を言われているのか、わからなかった。左千夫が怪訝《けげん》な顔をすると、百々子は「ねえ、たづさん。ピアノ、いいでしょ？」とたづに訊ねた。「おじさんに久しぶりに聴いてもらいたいの」

たづはにこにこしながら目を細めた。「もちろんですとも。弾いてくださいましな」

百々子が左千夫に向き直った。「石川のおじさんがね、私のために久ヶ原からここに、ピアノを運んで来てくれたの。ピアノを置くのに補強工事までやってくれたんだから」

「ああ、そうだったのか。それはよかった」と左千夫は内心、どぎまぎしながらも、平静を装ってうなずいた。「それにしても久しぶりだな。百々子のピアノが聴けるなんて。まさか今日、こちらのお宅で聴けるとは思っていなかったよ」

「なんせ、ご覧の通りのボロ家ですからね」と多吉が言った。「床下をしっかりさせといてやらないことにゃ、どうにもなんなかったんですが、思ってたよりずっとうまくいきましてね。ピアノも予定より早めに運んでこられた、ってわけですよ。ついでに譜面もよく見えるように、ってんで、床置きのスタンドも用意したんでさ。なんせ電灯が暗いもんですからね」

「それはどうも。本当にお世話になりました」左千夫は不器用な言い方で言い、軽く頭を下げた。

百々子は大人たちのやりとりを背に、襖《ふすま》の前に立った。「最近になってマスターした曲があるの。短い曲だから、すぐ終わるわ」

もったいぶった手つきで百々子が茶の間の襖を開けると、隣の和室に黒いアップライト型のピアノが置かれているのが見えた。久ヶ原の家で見たのと同じ、裾部分にフリンジのついた、白いレースのトップカバーがかけられており、それが専用椅子《いす》のカバーと揃《そろ》いになっているのも変わらなかった。

ピアノの脇には薔薇《ばら》色《いろ》のシェードのついた、真新しいフロアライトが置かれていた。百々子がそれを灯《とも》すと、ピアノ周辺が明るい光に包まれ、さながら小さなステージのようになった。

百々子がいそいそとピアノの蓋《ふた》を開け、椅子に腰をおろすと、紘一が口笛を吹き鳴らした。これ、紘一、とたづがたしなめた。百々子は茶の間を振り返り、優雅な、自信に満ちた笑みを浮かべてから、薄手の楽譜を譜面台に載せた。

「じゃあ、弾きます。チャイコフスキーの『四季』っていう作品集の中にある『舟歌』です。まだあんまりうまく弾けないんだけど」

いきなり煤黒《すすぐろ》いものが胸にこみあげてくるのを覚えた。左千夫は喉が詰まるような思いにかられ、あやうく咳《せ》き込みそうになった。チャイコフスキーは姉の須恵が好んで聴いていた作曲家だった。

たづと多吉は並んで神妙に正座し、襖の脇に美佐が座り、紘一は部屋の柱に背をもたせかけて立ったまま、腕組みをしながら、百々子ではない、別のどこかを見つめていた。

初めのほうのメロディは静かで美しく、さほど難易度が高いものには感じられなかったが、やがて速い指の動きが求められる箇所に入った。百々子はやや緊張した様子を見せていたが、一度もつっかえることなく、見事に弾きこなした。そしてまた、物哀しい主旋律が始まった。全身を使って情感たっぷりに演奏する百々子は、あたかもステージの上で一曲弾き終えたばかりのピアニストのように、最後の音を奏《かな》でたあとも、しばし動かず、じっとしていた。

たづと多吉が同時に拍手をし始め、美佐も紘一もそれにならった。

「なんとまあ、すばらしいこと！」とたづは言った。その目にはうっすらと涙が浮いていた。

百々子は少し照れたように椅子から降りると、深々と頭を下げた。美佐も「素敵！」と声高らかにほめ讃《たた》えた。「途中からすごく難しくなる曲なのよね」

「うん、そう。でも今日はうまく弾けたみたい」と百々子が上気しながら言った。その目はまっすぐに左千夫に注がれていた。

左千夫は動揺を隠しつつ、くちびるにひきつれが走らないよう細心の注意を払いながら微笑を浮かべた。「すばらしかったよ。ますます上達したね」

「石川のおじさんのおかげよ。ここにピアノを運んでくれたんだもの」

多吉が相好を崩し、首を横に振った。「なんの、なんの。お安い御用でさ」

薔薇色のシェードを通した光が、百々子の背後を照らしていた。百々子は大きく息を吸い、「さ、演奏会はこれで終わり」と言った。「おじさん、ちょっとここで待っててね。出かける用意してくるから」

美佐が立ち上がり、「私も二階に行く」と言って、二人の少女は楽しげにくすくす笑いながら二階に上がって行った。

紘一はたづに命じられ、炬燵の上のものを台所に下げてから、自分の部屋に引き取って行った。仕事道具の修理をする、という多吉が庭に降りていき、室内にはたづと左千夫だけが残された。

居心地の悪い想いにかられた左千夫が、そっと茶の間に戻ろうとした時だった。たづが「あのう、ちょっと」と低い声で言って、彼をその場にとどまらせた。

「……さっき、みんなの前では言えなかったことがございまして……」

左千夫はたづのほうを見たが、たづは視線を合わせようとしなかった。

「暮れの、旦那様と奥様の納骨式の時のことなんですけども」とたづは早口で言った。「お墓の近くをね、刑事さんがうろうろしてましたんです。気づかれませんでしたか。ほら、あの、池上署の……」

何を言われているのか、わからないという顔を作りながら、左千夫は「いいえ」と低く答えた。

「間宮さんという方です。いつもはお二人で現れてましたけども、その時は間宮さんしか目に入りませんでした」

二人の刑事が初めて左千夫の仕事先に訪ねて来たのは、事件の翌々日だった。型通りの質問に答えたが、それから立て続けに数回、左千夫は事情聴取を受けている。

二人の刑事のうちの一人が間宮だった。猪首《いくび》で小柄な、抜け目のなさそうな目をした男で、北関東訛《なま》りが朴訥《ぼくとつ》な印象を与えるわりには、油断ならない印象があった。

疑われているのかもしれない、と思う時もあれば、気のせいだろう、と思える時もあった。扱いはあくまでも丁重だった。黒沢夫妻との関係に関して、根掘り葉掘り訊かれたわけでもなかった。事件当夜の彼の行動についても、納得しているようだった。

だが、左千夫は間宮が現れることを恐れていた。初めから何もかも、見透かされているような気がしていたからだった。間宮にはその種の直感的なひらめきがあるように感じられた。そうやって手に入れた証拠や証言を隠しながら近づき、相手がぼろを出すのを辛抱強く待ち続けているのかもしれないと思うと、怖くなった。

せめて、犯人像についての間宮の推理を知りたいと思うのだが、捜査の過程で刑事が気軽に本音を吐露してくるはずもなかった。しばらく姿を見せないと思っていると、忘れたころに現れる。質問の意図が見えないまま、終われば雑談をするでもなく、忙しそうに帰ってしまう。いっこうにとりつく島がなかった。

左千夫のみならず、独身寮の入居者たち、管理人夫婦、横浜電機工業の社員や彼の上司にも、聞き込み捜査が行われていた。なぜ、自分だけではなく、寮の連中や社員たちにまで聞き込みが行なわれるのか、わからなかった。いずれにしろ、捜査の流れはまるで見えてこなかった。その中心にいるのが間宮刑事だったのである。

姉夫婦の納骨の儀の際、寒風吹きすさぶ海辺の霊園に、間宮の姿があったことに左千夫はむろん、早くから気づいていた。カーキ色のくたびれたコートを着て、首に色褪《いろあ》せた茶色のマフラーを巻きつけ、煙草《たばこ》を吸いながら、墓参に来た人間を装いつつ、刑事は遠くからこちらを窺《うかが》っていた。

「まさか、あんなところにまで刑事が来るなんて、全然思ってなかったですよ。それで私、ちょっといやな気持ちになりましたんです」

「いやな気持ち？」

「だって」とたづは渋面を作り、さらに声をひそめた。「絶対変ですよ。なんだか、あの日の参列者の誰かが疑われてるみたいじゃないですか」

「ああ、そういうことでね」と左千夫は無表情に応じた。「それでたづさんは、刑事と何か話をしたんですか」

「いえね、お話ししたかったのはそのことなんです」たづはそう言うと、いっそう声を低めた。「納骨が終わってからのことなんですけども、私、ご挨拶するようなふりをして、何のためにここにいらしたんですか、って訊こうと思ったんですよ。でも、あの方はすぐに左千夫さんが歩いて行かれた方角にね、向かって行ったんです。……あの日、何か、あの方から話しかけられましたでしょうか」

「いや、全然。まったく」と左千夫は内心の動揺を隠しながら言った。「それにしても、まいったな。刑事にあとをつけられてただなんて、ちっとも知らなかった」

嘘ではなかった。あの日、間宮にあとをつけられていたとは初耳だった。脇の下にいやな汗が浮いた。

「いえ、あとをつけてたように見えた、っていうだけで、本当は違って、たまたま同じ方角に歩いて行っただけなのかもしれませんけど」とたづは申し訳なさそうに言った。

二階から階段を下りて来る、百々子と美佐の甲高い笑い声が響いた。

「僕は」と左千夫は言い訳がましくならないよう、注意しながら言い添えた。「あの日はひと足先に失礼して、湯川に向かったんです。函館の隣町です。昔、姉と住んでいた町が急に懐かしくなったもので。それに……通夜の席でのこともあるし、義兄の側の人たちと、長く顔を合わせていたくなかったもんですから」

「ようくわかります」とたづは深い理解を示してうなずき、口に片手をあてがって、慌ただしく言った。「たぶん、そうだったんだろうと思っていました。すみません、こんなことをお話しして。主人からはいつも、あの事件のことで余計な話はするな、って言われてまして。今日も黙っていようとは思ったんですが、つい……」

「たづさん、たづさん」と百々子の声が響いた。「私のマフラー、どこにある？」

「はぁい、今、そちらにまいります」とたづは明るく大きな声で応《こた》え、左千夫に黙礼すると、急ぎ足で部屋から出て行った。

火の気のない部屋の畳は冷えきっていた。左千夫は靴下をはいた足の裏が冷たくなっていくのを感じながら、今しがた聞いたばかりの話を忘れるよう、自分に言い聞かせた。きつく目を閉じて、深く息を吸った。今はまだ、これから始まる、夢のような数時間に想いを馳《は》せていたかった。

百々子と歩く駅までの道、百々子と並んで乗る電車、雑踏の中、百々子とはぐれないよう、充分に注意を払いながらも、絶え間なく続く百々子のおしゃべりに耳を傾けている自分……。倒した座席の上で並んで見上げる星空、ポップコーンの袋に二人で交互に手をつっこむ楽しさ、至近距離にいる百々子の生温かな髪のにおい、星の美しさに興奮し、質問を飛ばしてくる百々子の口から、時折、はじけ飛んでくる透明な唾液《だえき》、それからそれから……と左千夫は想像を愉しんだ。プラネタリウムを出てからの散策、食事、絵に描いた紳士さながら、遅くならないうちにたづの家まで送り届ける間の、凍《い》てついた冬の夜道……。

「おじさん！　何してんのよ。早く行こうよ！」彼を呼ぶ百々子の声がした。

はっと我に返った左千夫は慌てて座敷を出て、茶の間に畳んでおいたコートをわしづかみにし、玄関に急いだ。玄関先には、紺色のコートを着て首に黄色い毛糸のマフラーを巻きつけ、準備万端、といった様子の百々子が立っていた。そのマフラーには見覚えがあった。須恵が久ヶ原の家の茶の間で、百々子のために編んでやったものだった。

「さあ、行ってらっしゃいませ」とたづがにこやかに言った。「楽しんでおいでなさいませね、嬢ちゃま」

　美佐と多吉も見送りに出て来た。そしてその後ろには、紘一も顔を覗かせた。大人たちに囲まれた少年が自意識を隠そうとしながら、かえって露呈してしまう時のように、紘一は壁にもたれて両腕を組み、少しふてくされた顔で足を交叉《こうさ》させたまま立っていた。

　気をつけて行ってらっしゃい、とか、あとで星の話、聞かせてね、とか、手袋を片方、落とさないように、とか、たづの一家がそれぞれ百々子に話しかけ、最後にたづが左千夫に向かって深々と頭を下げて「ではどうか、嬢ちゃまをよろしくお願いします」と言った。左千夫はうなずき、早めの夕食をとってから、こちらまで送り届けます、と約束した。

行ってきます、と百々子は言った。百々子の視線が、その時、誰に向けられたのか、左千夫は知りたくてたまらなくなった。百々子は壁際《かべぎわ》に立つ紘一に向かって、胸のあたりで小さく手を振っている。

たいそう少女じみた仕草だったし、たとえ誰かがそれを見ていたとしても、取るに足りない、微笑ましい風景でしかなかっただろう。だが、左千夫には紘一の反応を確かめる勇気はなかった。

門のあたりまで見送りに出て来たのはたづと美佐だった。百々子は少し歩いては振り返り、左右に大きく手を振ってみせ、また少し歩いては……といった動作を繰り返した。

角の電信柱を曲がると、やっとたづと美佐の姿が見えなくなった。とたんに、覚えのある緊張感が左千夫を襲った。それは久ヶ原の家で姉一家の家に居候《いそうろう》するようになって以来、幾度となく感じてきた緊張感と寸分も変わらなかった。

自分が知らないわずかな間に、百々子がこれほどまで成長をとげたことをどのように受け止めればいいのか、まだ不安と迷いがあった。だが、決して目をそむけてはならないことだった。それはいつか必ず受け止めねばならない試練だった。

百々子はかけがえのない存在だったが、彼女が思いを寄せる異性ができたからといって、それを阻止する術《すべ》など彼にはなかった。百々子の気持ちを尊重し、受け入れ、認めてやらねばならない。

東から太陽が上り、西に沈み、季節が移ろっていくのと同様、百々子の肉体と精神は確実に変化をとげていく。それは天の摂理とも呼ぶべきものでもあり、無理にねじ曲げたり、抑圧したりすることは不可能なのだった。

「百々子は美佐ちゃんと仲良しなんだね」

千鳥町の駅から電車に乗り、並んで座席に腰をおろして少したったころ、左千夫は話しかけた。

百々子は手にしていた小さな布製のバッグをまさぐっていたが、すぐにこくりとうなずいた。「すごく仲良しよ」

「よかったね。年頃も同じだから気が合うんだろうな」

「うん、そう」

「いい子だね」

「うん、とっても」

「紘一君、っていったっけ。紘一君とは？」

問いかけてしまってから、どう考えても奇妙な質問だ、と左千夫は慌てた。しかし、口をついて出た言葉は取り返しがつかなかった。

それを救ってくれたのは、当の百々子だった。百々子は薄茶色のバッグの奥から、不二家のミルキーの赤い箱を取り出し、何か思いついたようにキャンディの包みを開けると、それを左千夫の口の前に掲げた。「はい、おじさん、あーんして」

突然のことに考える間もなく、左千夫は反射的に口を開けた。ミルク色のキャンディがすいと口の中に放り込まれた。

百々子はにこりともせず、もうひとつのキャンディを自分の口に入れ、ぺちゃぺちゃと音をたてて味わった。「おいしい？」

「うん、おいしいよ」

「乗り物の中でお菓子を食べるのは、うちの学校では禁止されてるの。でも守ってる子なんて、あんまりいないわ。電車やバスの中で食べるお菓子って、おいしいじゃない」

「ああ、そうだね」

日曜の午後遅い時間帯、車内はほどほどに混んでいた。何人かの乗客の視線が、百々子に向けられるのを意識しながら、左千夫は口の中でミルキーを転がした。

「……で、なんだっけ」

「え？　何？」

「何、って、おじさん、さっき何か私に言いかけてたよね？」

「ああ、そうだった」と左千夫はうまくごまかした。「紘一君のことを話してたんだった」

「紘一さんがどうかしたの？」

「美佐ちゃんはいい子だし、そのお兄ちゃんの紘一君はとてもしっかりしてる感じがするね。とても高校一年とは思えない、っていう話をね、しようとしたんだよ」

「そりゃあ、しっかりしてるわよ。だって紘一さん、もうすぐ高二になるのよ」

「高一も高二も似たようなものだよ。百々子とは四つ違いか」

「そう。紘一さん、すごく優しいんだ。私、いつも思うの。あんなお兄さんがほしかったな、って」

「ああいうお兄さん、か」と左千夫はつぶやいた。大きく息を吸った。先の言葉が続かなかった。

「美佐ちゃんとは時々、派手な兄妹喧嘩《げんか》してるけどね。そりゃあそうよね。本当の兄妹なんだから、喧嘩ぐらいするよね。でも、私、紘一さんのこと、大好き」

「……どんなところが？」

「優しくって頼もしいとこ。私がたづさんの家で暮らすことになった時ね、紘一さん、それまで使ってた部屋を私のために空けてくれたのよ」

「そうらしいね」

「その部屋はね、たづさんのうちで一番陽当たりのいい部屋だったの。それなのに自分は一階の北向きの狭い部屋に移って、それでも全然、平気な顔してるんだから」

「えらいね」

「そうなの。それにね、スポーツが得意で、なんでもできちゃうんだ」

「ほう」

「近所の小さい子たちにキャッチボールもしてあげてるのよ。子供たちからも好かれてて、近所の人気者なの」

「だから……だから百々子は好きなんだね」

「うん、大好き」

百々子はそう言って、前を向いたまま両足を投げ出し、ミルキーをもぐもぐと噛《か》んだ。

ふわりと甘ったるい菓子の香りが漂った。

大好き、というのはどういうことなのか。いずれ男女としてつきあいたいと思っているのか。ただ憧れているだけなのか。そういった感情があるとして、それはいつごろから芽生えたのか。十二歳の女の子にふさわしい感情なのか。それとも違うのか。

聞きたいことがあふれてきたが、そんなことは口にするわけにはいかなかった。替わりに左千夫は大人の男にふさわしい、余裕のある質問を投げかけた。

「百々子の初恋の人になるのかな」

「え？　何それ」

「だから、紘一君が百々子の初恋の人に……」

「いやだ！　おじさんたら！　何言ってんの」

「だって大好きなんだろう？」

「そういう意味で言ったんじゃないわよ」

百々子はふくれっ面《つら》をしてみせたが、左千夫は微笑して、鷹揚《おうよう》にそれを受け止めた。

「別にいいじゃないか。初恋の人が紘一君なら」

「だから、違うんだってば。やあだ、もう」と百々子は言った。怒ったような言い方だったものの、その顔は明らかに火照《ほて》りを帯びていた。左千夫はこみ上げてくる嫉妬に慌てふためきながらも、注意深くそれを飲みくだした。

まだ夕暮れは訪れていなかったが、電車の窓の外に光はなかった。曇り空の下、灰色の街並みばかりが続いていた。

左千夫は、せめて自分の胸にだけでも灯をともそうと努力した。百々子が世界中でただ一人、自分にだけ心を開いてくれればいいのだ。それだけでいいのだ。そうなれば、この先、どんなに腹立たしい打ち明け話……耳にしたくないような話……私ね、クラスの何々君が好きなの、そしたら向こうも私のこと好きだって言ってくれたのよ、とか、手を握っただのキスしただの、あげくの果てにさらに耳を被《おお》いたくなるような打ち明け話を聞かされても、それを受け止めてやることができるようになる。つまらない感情にふりまわされて絶望し、百々子を失う恐怖と戦うよりも、そのほうがずっといい。どんな百々子でも受け入れること。百々子にとっての唯一《ゆいいつ》無二の存在であり続けること。それ以外、百々子を失わずにいられる方法はなかった。

百々子のことに意識が集中している間は、かろうじてたづから聞いたことを思い出さずにいられた。だが、思い出さないわけにはいかなかった。百々子がピアノの話を始めたからだった。

「さっきピアノで弾いた曲、素敵だったでしょ？」

「ああ、ほんとにいい曲だったよ」

「チャイコフスキーのね、『四季』っていうピアノ小品集に載ってるやつって、みんな素敵なの。私、今日弾いた『舟歌』の他には『秋の歌』っていうのも気に入ってるんだ。ほんとはね、そっちのほうが弾きやすいんだけど、今日は難しいほうに挑戦したの。いつもよりもずっと上手《うま》く弾けたからよかった。あの難しい箇所で絶対一度はつっかえちゃうんだもの。今日は奇跡的に上手く弾けたみたい」

左千夫が「へえ、そうか」と言ってうなずくと、百々子は『四季』という小品集が、一月から十二月までのそれぞれの月を象徴する曲で構成されていること、さっき弾いた『舟歌』は六月のもので、『秋の歌』は十月のものなのだ、といったことを説明し始めた。

口の中に残されたミルキーの味が苦くなったような気がした。池上線は終点の五反田駅に向かっている。五反田駅で降り、山手線に乗り換えれば渋谷はもうじきだ。

左千夫の反応がないことが面白くなかったのか、百々子は話題を変え、少女漫画のストーリーについてしゃべり始めた。月刊漫画雑誌の「りぼん」に連載されている漫画だった。継母に意地悪をされ、絶望したヒロインが家出をし、バレリーナになろうと決心。有名なバレリーナの家を訪ね、住み込みの門下生になり、そこで才能を開花させていく、という物語だった。

左千夫はほとんど聞いていなかったが、「うん」「へえ」と繰り返し、時折、うなずいたり、感心したような表情を作ってみせたりした。百々子はおかまいなしにその話を続け、あげく、興奮して左千夫の腕をぶったり、意味のわからない笑い声をあげたり、大きくのけぞったりした。その、うす桃色の愛らしい喉を視界の片隅にピンで留めながら、左千夫は幸福に酔った。

一方で、どのみち、この幸福は長くは続かないだろう、とも思った。これほど魅力的な少女と二人きりで数時間を過ごすなど、何度も味わえることではない。あるいはこれが最後かもしれない。

だが、それでよかった。初めからわかっていたことだった。いつかは終わる。自分と百々子の物語にはピリオドが打たれる。ジ・エンド。幕がおろされ、たちまち舞台は暗転する。

それなのに、今、自分は嬉々《きき》として百々子の隣に座り、これからプラネタリウムに行って夕食を共にして、再び百々子をたづの家に送り届けるまでの数時間に、文字通り生命をかけているのだった。

今日これから、わずか数時間の間に、百々子の口から語られる言葉、百々子の胸の奥底に沈んでいる悲しみや不安を受け止めて、穏やかに、ありのままの百々子を包み、安心させてやること。それが自分の使命なのだ。そう考えると、静かな歓喜と共に、全身が縮み上がるような不安と恐怖がわきあがってきた。

左千夫は我知らず、胃の腑《ふ》の奥が引き攣《つ》れたかのように震えだすのを覚えた。

# 9

凄惨《せいさん》な殺人事件があった久ヶ原の家が解体されたのは、東京オリンピックも終わり、人々が落ち着きを取り戻した一九六四年の十二月だった。

現場の徹底した鑑識活動が終了した後も、家が長い間、無人のまま放置されていたため、近隣住民の間では陰口が叩《たた》かれるようになっていた。殺人事件があった家がいつまでも残されているのは気味が悪いし、無人だから不審火などが起こらないとも限らない、早く解体するなり建て直すなり、なんとかしてほしい、というわけである。

おまけに、空き家になった家の窓に、深夜、ぼんやりとした光が揺れていたとか、須恵と思われる女が白い服を着て玄関の外に立っているのを見たとか、雨の晩、太一郎が乗っていたブルーバードがどこからともなく走って来て、黒沢の家の前に止まり、ふっと消えたなどといった、怪談めいた噂《うわさ》も拡《ひろ》がる始末だった。

事件からさほど時はたっておらず、屋敷は、外から見れば以前と何ら変わらないようでもあったが、目を凝らしてみると、薄茶色のモルタルの外壁には、そちこちに大きな罅《ひび》が走っているのが窺《うかが》えた。住まう人間がいなくなると、壁もたちまち傷《いた》むのだろう、と誰もが口にし、眉《まゆ》をひそめた。小さな変化もことごとく殺人事件と結びつけてとらえ、気味悪がるのは、現場近隣の住人に共通する傾向だった。

そうした噂話は、早いうちから百々子の耳にも入ってきた。聖蘭学園の中等部では、噂好きの女子生徒を中心にして幽霊の噂話が囁《ささや》かれ、中には百々子本人にその真相を問い質《ただ》そうとする者まで現れた。

百々子は相手に唾《つば》でも吐きかけんばかりの勢いで「幽霊なんか出てない！」と声を荒らげた。「だいたいね、私の両親の幽霊が出るんだったら、娘の私のところに来るはずでしょ？　いくら人殺しがあったからって、人の家を勝手に幽霊屋敷にしないでよ！」

人殺し、という言葉が百々子の口から放たれたとたん、相手は怯《おび》えたようにうなずき、謝った。そしてまた、百々子が平然と「人殺し」という言葉を使ったことが密《ひそ》かに噂されていくのだった。

だが百々子は、そうした馬鹿げた噂話が広まった家に、一度は戻りたい、と願うようになっていった。あの日の朝、箱根合宿に向かう時、玄関の外まで笑顔で見送りに出て来た母の須恵に、行って来ます、と言って手を振って以来、百々子は自宅の中に足を踏み入れていないのだった。

久ヶ原の家の勝手口の鍵《かぎ》を預かったままになっているたづは、百々子が家を見に行くことを頑として許さなかった。

「おうちには行かないほうが、ようございます、嬢ちゃま」とたづはいつも、たづにしては珍しく厳しい口調で百々子を諭した。「以前のまんまの、旦那《だんな》様も奥様もお元気だったころのおうちは、嬢ちゃまの心の中にいつまでも残されるんです。わざわざ、悲しい想《おも》いをするために行ってみる必要なんか、これっぽっちもありゃしません」

「言っとくけど、私は平気よ。パパとママが殺された部屋を見ても平気。そんなの、とっくに覚悟できてる。だからお願い、たづさん。壊される前に、他の人には内緒で、一緒に行ってよ。ね？　ちょっとでいいから」

「そうしてさしあげたいのは山々ですけどもね」とたづは言って、深く嘆息した。「ご覧にならないほうがよろしいんです。そっくり取り壊してもらいましょう、嬢ちゃま」

「なんで？　あの家で殺されたのは私のパパとママなのよ。他の人じゃないのよ。怖いことなんか、なんにもないじゃない」

「おっしゃる通りです。怖いことなんか、ございません。でも」とたづは頑固に譲らなかった。「……あの場所に戻るのは、新しいおうちができた時になさいまし。たづは間違ったことは言ってないつもりですよ。そうなさるのが一番なんです。見に行かないでよかった、って、きっと嬢ちゃまは後になってわかりますから」

百々子は何度か、たづに黙って行ってしまおうかと考えた。黙っていれば気づかれない。たづは勝手口の鍵をどこかに隠している様子だったが、たづや他の皆が留守の時に探しまわれば、必ず見つかるはずだった。行って帰って、鍵を元に戻しておけば、何の問題も起こらない。

一方で、鍵が見つからない場合の、もうひとつの計画も浮上した。千鳥町のたづの家から久ヶ原までは、池上線を使わずとも、自転車で行けばかえって近く、時間もかからない。となると、紘一に頼んで自転車の後ろに乗せてもらい、共に久ヶ原まで行って、ほんの少し家を眺めて戻ってくる、という方法もあった。紘一にはそのことを誰にも言わないと約束してもらい、紘一と共に家の周囲をぐるりとまわって来るのである。外壁を眺め、壁越しに見える庭の鬱蒼《うっそう》とした木々を懐《なつ》かしみ、門扉の脇《わき》の重厚な大理石の表札を目に刻みこみ、屋敷の二階の、かつて自分が使っていた部屋の窓に、何事もなく移り変わっていく季節の空が映し出されているのを確認する。そして、そこで営まれてきた生活のすべてに別れを告げた後、再び紘一の自転車の後ろに乗り、千鳥町のたづの家まで戻って来るのである。

紘一が相手であれば、他愛のない思い出話もできるはずだった。紘一は久ヶ原の家に来たことがない。だからこそ百々子は、彼にだけは家にまつわる記憶を思いつくまま、無邪気に話せる気がしたのだった。

ねえねえ、あそこに太い樫《かし》の木が見えるでしょ？　幼稚園のころ、私、木登りがうまかったんだ。でね、一度、ずんずん上に登って行ったら、降りられなくなっちゃったことがあって。ママを呼んだんだけど、運悪くママは買い物に出かけた直後だったの。まだたづさんが来てなかったころの話よ。どんどん日が暮れてきて、あたりが暗くなってきて、心細くて死にそうになってた時に、木の上から隣のうちで飼ってた犬がね、鎖をじゃらじゃら引きずって小屋から出てくるのが見えたの。ジョンっていう名前のスピッツ。私、ジョン、ジョン、お願い、助けて、って大声で呼んだの。そしたら、いつもはおとなしくって、お隣が空き巣に入られた時だって全然吠《ほ》えなかった犬なのに、ジョンがいきなり、わんわん吠えてくれて、隣のおばさんが私を見つけてくれてね、それで助けてもらえたのよ……。

……紘一は大笑いするだろうか。それとも呆《あき》れるだろうか。

紘一と一緒に、密かに久ヶ原まで行き、家の見納めをしてくる、という計画は、百々子にとってどこかしら甘美なものに変わっていった。その計画を頭の中で思い描いている時だけ、深い喪失感が和らぎ、時に幸福感さえ覚えることができた。

ピアノが石川家に運びこまれたことをきっかけに、多くの楽譜、季節ごとの衣類やぬいぐるみに至るまで、百々子の持ち物はすべて石川家に移された。その後、函館から上京して来た作太郎夫妻の指示により、太一郎と須恵の遺品、めぼしい家具は、まとめて黒沢製菓所有の倉庫に運ばれていった。

久ヶ原の黒沢の家の解体工事が始まったのは、十二月に入ってまもなくのことである。

たづはもちろんのこと、誰もが口を閉ざし、百々子にその話は伝えなかった。

したがって、自分の生まれ育った家が解体された、という事実を百々子が知るのは、敷地が更地になった後のことになる。

百々子はたづからそれを聞かされた際、一切、感情の乱れを見せなかった。ほんの少し肩をいからせ、両方の眉を上げて、そうだったの、と言っただけだった。泣きもせず、ため息もつかなかった。陰気な表情をよぎらせることもなかった。

翌一九六五年四月に、黒沢作太郎を施主とする地鎮祭が行われた。よく晴れた風の強い日だった。折しも満開の時を迎えていた桜の花びらが舞いあがり、風に乗って黒沢家の整地された敷地のそちこちに、うす桃色のやわらかな文様を作っていた。

黒沢製菓の関係者も多数参列する運びとなり、地鎮祭が盛大だったことが、かえってその土地で起こった酷《むご》い出来事を周辺の人々に思い出させる結果になった。近所の人々は遠巻きに眺め、ひそひそと何事か口にし合った。

凄惨な殺人事件の現場となった土地だというのに、二年もたたないうちに再び家を建てて住もうとする人たちの気が知れない……世間ではそんなふうに囁かれていた。しかも殺害されたのが、施主の息子夫婦だったとなれば、口さがない人々は黙ってはいなかった。

　そんな場所に豪勢な屋敷を建てようとするのは、無神経にもほどがある、独り取り残された孫娘に対するデリカシーのかけらもない、といった悪口はもちろんのこと、百々子を表現するのに、またしても「血塗られた土曜日の令嬢」という言葉が幾度となく使われた。

　黒沢製菓の創業者なら、東京に新たに土地を購入することができる資産に恵まれているはずなのに、殺人事件の現場となった場所に新たに家を建てるのだから、事件後、売上げが大幅に落ちて、台所は火の車だったのかもしれない、などという嘲笑《ちょうしょう》がらみの憶測も数知れなかった。様々な憶測と噂が近隣のみならず、マスコミのネタになった。

　作太郎と縫の耳にも入っていないはずはなかったが、少なくとも作太郎は素知らぬふりを続けていた。建設の打ち合わせ時も、事件に関することは何ひとつ口にしなかった。常識的に言っても格別な配慮が望まれるような情況だったため、周囲もまた、作太郎が建てる新居が特別の意味をもつ、ということをつゆほども匂《にお》わせないような努力をし続けた。事件のことを知らずにその様子を覗《のぞ》き見た人間がいたとしたら、裕福な資産家が普請《ふしん》道楽を楽しんでいるようにしか思わなかったかもしれない。

　百々子にとって、そこは一年と五か月ぶりに目にする場所だった。かつて両親と住んでいた家が、そっくりそのままなくなっているのを知った時、どれほどの喪失感に襲われるか、あらかじめ覚悟はできていた。以前のままの家がそこにあり、中から両親が笑顔で迎えに出てくる、そうなればどんなにいいだろう、といったような儚《はかな》い夢は抱かなかった。

むごたらしい現実をいたずらに否定し、叶《かな》わぬ夢を見続けるのは、かえって虚《むな》しいだけであることを百々子はよく知っていた。とはいえ、自分が生まれ、両親と共に暮らしてきた家が忽然《こつぜん》と消え去って、何もない空間を前にした瞬間、どんな感情が駆けめぐるのか、想像もつかなかった。

だが、実際に自宅の跡地に足を踏み入れてみて、百々子はいささか拍子抜けした。そこに、以前の面影はひとつも残されていなかった。本当に何ひとつ。わずかにそれと特定できそうなのは、庭木や花壇の一部だけで、それすら確かとは言えなかった。敷地を囲っていたブロック塀はそっくり取り払われていた。そのため、家がどのように建っていたのか、どこがどの部屋のあたりだったのか、位置関係がすぐにはつかめなかった。

かつてピアノが置かれ、壁にはルノアールの複製画が架かっていた部屋……庭を見渡せる明るい応接間……両親が何者かに殺害された場所を真っ先に百々子は目で探した。どこもかしこも平坦《へいたん》な地面が拡がっているだけの、ただの空間に変わっていて、見当をつけるのにしばらく時間がかかった。

道路からの距離から目測して、応接間はだいたい、あのあたりだったはずだ、と思われる場所は新居の基礎工事の図面にはなく、庭の一部になっていた。後日、そこに樹木でも植える計画があるのか、土が丹念に均《なら》され、竹箒《たけぼうき》で均一に掃いた跡が残されているのが見えた。

いくら血なまぐさい地獄絵を想像してみても、不思議なことに、何も浮かばなかった。それはただの地面に過ぎなかった。一陣の風が吹き、どこからか一斉に舞い落ちてきた桜の花びらが、淡い色合いの帯のごとく、そこにひと刷毛《はけ》の文様を描いては、再び舞い上がっていくのが見えるばかりだった。

新居が落成したのは、その年の九月である。ただちに、都内の倉庫に保管されていた太一郎夫妻の遺品や家具は新居に運び戻された。十月になると、いよいよ作太郎と縫が函館から新居に引っ越して来ることになり、たづと多吉はその手伝いや準備のために、何度となく久ヶ原に出向いた。

作太郎の老人趣味で、新居は数寄屋《すきや》造りの、重たげな瓦《かわら》が載った純和風の家になった。函館元町にあった彼の家は、かつてはイギリス領事館の関係者が住んでいたもので、何もかもが西洋ふうに設《しつら》えられていた。だが、年齢を重ねてすっかり西洋かぶれから脱した作太郎は、純和風の家に住みたい、とかねてより望んでいたのである。

息子夫婦が殺害されたため、東京に居を移し、計らずもその夢を実現することになってしまった彼は、かつての武家屋敷を思わせる家屋の中で常に、表情のない憮然《ぶぜん》とした顔を取り繕っていた。

新しい家の何もかもが、百々子には気にいらなかった。百々子が生まれ育った家の、洋間もあれば、庶民的で暖かな雰囲気の和室もある、適度に西洋ふうで適度に日本的な、住み心地のいい屋敷の面影など、どこを探しても見当たらなかった。

かつてブロック塀だったところには背の高い竹の生け垣が組まれ、まだ青々として真新しいそれは、遠目には舞台の書き割りのように味わいのない、人工的なものに見えた。百々子は庭先に恭《うやうや》しく設えられた手水鉢《ちょうずばち》や、鹿《しし》おどし、青々とした畳のにおいがたちこめる幾つもの和室を憎んだ。

太一郎と須恵が殺害されたと思われる場所に、大きな石灯籠《いしどうろう》を建立《こんりゅう》させたのは縫だった。いかめしい灰色の灯籠は新たに植樹された木々を背に、木立が作る影の中で禍々《まがまが》しく鎮座していた。朝な夕な、縫が痩《や》せた背を丸めながら、その石灯籠に向かって手を合わせている姿もまた、鬼気せまるものがあった。

縫は長い間、黒沢家の嫁である須恵に好ましい感情を抱いていなかった。息子の結婚相手としてはあまりに差がありすぎる、出自にも問題がある、として縫が結婚に断固反対していた、という話を百々子は、須恵から聞いたことがある。

須恵がその種の話を深刻な顔をして語ることはなかったし、祖母のシゲノが春をひさぐような仕事についていたと具体的に打ち明けることもなかった。しかし、結婚にまつわる思い出話の中でいつも使われていた「出自」という、何やら古めかしい言葉の裏に、子供ながら百々子にも想像できることは多々あった。

少なくとも、自分の母親が父方の祖母によく思われていない、ということには幼いころから勘づいていた。幼いなりに、母が縫との関係に手こずっているのを感じることも多かった。母に対する祖母の否定的な感情が、容姿や声や性格に至るまで母によく似ている自分にも向けられていることは明らかだった。

事件後、縫はやつれ果て、日々、悲嘆にくれるばかりだったが、それは息子を失ったことに対する哀しみだった。息子の名を連呼して取り乱し、人目も憚《はばか》らず泣き崩れる祖母が、須恵の名を口にして手を合わせたことは一度もなかった。

殺人現場となった土地に、これみよがしに大きな石灯籠を建て、息子を鎮魂している縫の姿を目にするたびに、百々子は祖母の、須恵に向けた呪詛《じゅそ》の念を感じ取った。祖母は内心、「あんな出自の女と結婚さえしなければ、息子は殺されずにすんだのだ」と思っていたに違いない。

そんな祖母との同居は百々子にとって苦痛だったし、それを祖母が望んでいるとも思えなかった。だが、いつまでもたづの家の厄介になっているわけにはいかないことは、重々、承知していた。百々子の食費や生活費に加え、たづには毎月、祖父の作太郎によって、充分な謝礼が支払われてはいたものの、戸籍上、あくまで他人でしかないたづの家で暮らし続けるのは、常識的に考えて限度があった。

第一、百々子は、防音装置が施されていないたづの家で、思う存分ピアノを弾くことのできない不自由さを感じていた。近所はもとより、同じ家で生活する美佐や紘一、たづ夫妻にはどうしても遠慮せざるを得ない。

いつなんどきでも、自由に弾いてくれてかまわない、と言われてはいた。だが、いくらなんでも防音設備のない部屋で好き勝手な時間に弾くことはできない。とりわけ紘一が大学受験を、美佐が高校受験を控えていた時期は、何日にもわたって練習を自粛しなければならなかった。

当時、百々子にピアノを教えていたのは、プロのピアニストでもある、聖蘭学園大学の教授だった。生駒《いこま》晴美という名で活躍し、知名度もあった。雛《ひな》人形のような顔だちをした小太りの女で、レッスンは厳しいことで有名だったが、自分の手がけた生徒や学生たちの進路や私生活にも心を配る、世話好きな一面もあった。

両親亡《な》き後、防音設備の施されていない石川たづの家で暮らしている百々子の、ピアノの練習について案じていたのも生駒だった。今後、練習場所に困ることがあれば、学園の音楽室を使いなさい、その時はいつでも遠慮しないで私に言いなさい、という。

生駒から特別に音楽室の鍵を借り受け、いつでも好きな時に、好きなだけピアノを弾くことができるのであれば、これほどありがたいことはなかった。だが、放課後や休日に、静まり返った校内の廊下を歩き、音楽室に入って独りで練習し、また独りで帰るのは、想像しただけで寂しかった。そのため百々子が、音楽室を特別に利用することはなかった。

　祖父が建てた新居には、百々子のために防音設備の整ったピアノ室があった。広い家の中で洋間はそこだけだった。ピアノの他にも、楽譜収納ができる細長い木製のチェスト、長椅子《ながいす》やセンターテーブルが置かれていて、それらはすべて、函館元町の家から祖父が運ばせた舶来家具だった。

　好きな時にピアノを弾くことができるというだけで、祖父母の家に暮らす価値はある、と百々子は自分に言い聞かせた。祖父母が函館から東京に移り住んだのも、親を失った孫娘のためを思ってのことでもあった。それ以上、わがままを言うことはさすがにできなかった。

　そんなふうに渋々、祖父母との同居を受け入れたものの、百々子は理由をつけては、正式に祖父母の家に移る日を先のばしにした。ちょうど、中等部三年に進級するのを目前に控え、学期末の試験を受けねばならない時期でもあった。何かと落ち着かないので、三月の終業式が終わるまでは従来通り、石川家に暮らし続けたいという百々子の願いは、周囲の大人たちに快く聞き入れられた。

年明けて一九六六年三月、石川紘一は都内にある公立大学に合格し、美佐は中学を卒業後、都立高校に進学が決まった。百々子は中等部三年になる前の春休み、千鳥町のたづの家を出て、祖父母の家に移ることになった。

美佐からは「いつまでも親友でいましょう」と書かれたカードと共に、手作りのフェルト製の小さなポーチが贈られた。レモン色のフェルトで作られたポーチには、譜面の三連音符やト音記号が愛らしく刺繍《ししゅう》されてあった。

翌日、久ヶ原の家に引っ越しという、春の日の暖かな土曜日の午後、紘一が百々子の部屋にやって来た。彼はその日の夕方、高校時代に親しくしていた先輩が下宿しているという、名古屋に遊びに行くことになっていた。

部屋で荷物を箱に詰めていた百々子に向かって、彼は幾分、照れくさそうに「元気でな」と言った。黒く長いまつげが健康的な瞬《まばた》きを繰り返し、口もとには世辞を言おうとする時、これまで必ず彼がそうしてきたように、いかにも彼らしい、作った微笑が浮かんでいた。「百々子ちゃんなら大丈夫だろうから、あんまり心配はしてないけど」

「大丈夫かどうか、なんて、まだわかんないじゃない」と百々子はむくれて言った。

紘一には今後のことを案じてほしかった。つらかったら、いつでも戻っておいで、と言ってほしかった。

「前にも話したと思うけど、私、函館のおじいちゃんたち、好きじゃないのよ。特におばあちゃんが。だから、あの人たちと一緒に暮らすだなんて、ほんとのこと言うと、今も信じられないの」

「わからなくもないけどね、その気持ちは」と紘一は言った。「でも、少しの辛抱じゃないか。高校を出るまで我慢して、大学に行けば今よりもずっと自由になれると思うよ。それに、久ヶ原の新しい家は大きなお屋敷なんだろう？　広い家なら、しょっちゅう顔を合わせなくてもすむし、ものは考えようだよ」

「そうかもしれないけど」

「おじいさんたちは、百々子ちゃんのために函館から東京に出て来てくれたんだよね。年をとった人が、長年、慣れ親しんだ土地から離れるって、なかなかできることじゃないと思うよ。百々子ちゃんのことを思ってくれる気持ちは、ありがたく受け取っておいたほうがいいんじゃないかな」

「わかってる。すごくわかってるのよ。でも、私、自分勝手でわがままだし、そういうことにね、素直になれないの」

「確かにそうだ。百々子ちゃんは、わがままなお嬢さんだもんな」

百々子は目の端で彼を見た。「……ほんとにそう思ってるの？」

「そう怒るなよ」

「たとえばどんなところが？　言ってみて」

紘一は苦笑した。「何もそんなに怖い顔をすることないじゃないか。自分勝手でわがままだ、って言ったのは僕じゃないよ。百々子ちゃんが自分で言ったんだよ」

「そうだけど……そんなにはっきり言われると、傷つくじゃない」

言いながら、百々子は自分の中の、わけのわからない憤《いきどお》りが消えてくれるのを待った。紘一からわがままなやつ、と言われるよりも、馬鹿な女だと思われるほうがずっといやだった。「……ごめんなさい。自分で言って怒ること、ないよね」

「ま、それが百々子ちゃんらしいところだけどね」

百々子は恥ずかしさを封じこめるようにして、大きく肩で息をした。「私、このうちにずっと住んでいたかった。でも、たづさんやおじさんに、これ以上、迷惑はかけられないし。どうしようもないよね」

「うちが迷惑だなんてことは全然ないけどさ。でも、百々子ちゃんの家の人たちが引っ越してきたり、家を建てかえたりしたのは、あくまでも百々子ちゃんのためを思ってのことだったんだし。家の人たちの好意はひとまず受け入れて、それから先のことは自分で考えて決めていけばいいよ。僕に言われなくたって、百々子ちゃんはそうすると思うけど」

高校生のころ、いつも出来ていたニキビが消えて、肌がなめらかになり、彼は時折、百々子が知らない大人の男の表情を見せるようになっていた。どんどん自分から遠い存在になっていく、と百々子は思った。

「百々子ちゃんなら、どこで誰と暮らしても、しっかり生きていけるよ。僕が保証する。絶対に大丈夫だよ」

「ありがとう。そう言ってもらえると嬉《うれ》しい。頑張らなくちゃね。あ、それと……」

百々子は手にしていた教科書を箱に詰めながら、紘一を見ずに口早に言った。「……ひとつ、聞きたかったことがあるんだ」

「何？」

「……久ヶ原の家に引っ越した後も、またここに遊びに来ていい？」

「そんなこと、もちろんじゃないか」

「泊めてくれる？」

「何言ってんだよ。あたりまえじゃん。おやじもおふくろも大歓迎だし、いくらでも泊めてくれるよ」

「よかった。それとね、私、そのうち、紘一さんの大学にも遊びに行きたいの。行ってもいいでしょ？」

「なんだよ、突然」紘一は苦笑した。「合格しただけで、まだ入学式にも出てない、っていうのに」

「落ち着いてからでいいの。とにかく行ってみたいの。美佐ちゃんも一緒に……」と言い、百々子は大きく息を吸った。嘘《うそ》だった。行く時は美佐を連れず、ひとりで行きたかった。「……一緒に遊びに行かせてね」

「いいよ、いつでも遊びにおいで」と紘一は大人が子供をあやすような言い方で言った。

「案内してあげるよ。そのころまでには僕も大学生活に慣れておくからさ」

「ありがとう」と百々子は言い、微笑《ほほえ》んだ。そうしながら、この人は、と思った。私のことなど、これっぽっちも想っていないのだ、と。異性として意識するどころか、ただの居候《いそうろう》、幼さが抜けない子供としか思っていなかったのだろう、と。しかもそこには、ふた親とも何者かに殺された、気の毒な女の子に対する憐憫《れんびん》の情があふれている。紘一の自分に向けたこれまでの、数多い親切や優しいまなざしの理由がはっきりわかったような気がした。

「ああ、やだやだ。まだやることがいっぱいある。間に合うのかな」百々子は忙しそうなふりを装《よそお》いながら、あたりに散らかっていたものを手あたり次第、手にとった。そして、ポニーテールに結った豊かな髪の毛を大きく揺すった。「じゃあ、紘一さん、さよなら。もうじき出かけちゃうんだったら、今ここで、さよならを言っておかなくちゃね。さよなら。いろいろと親切にしてくれて、本当にありがとうございました」

「なんか、そういうのって、堅苦しくていやだなあ」と紘一は言い、呆れたように苦笑した。「永久の別れじゃあるまいし。大げさ大げさ。近くに住んでるんだから、またいつだって会えるじゃないか」

「……そうよね」

「さてと、そろそろ、僕も出かける準備をしなくっちゃ」

「名古屋に行くんでしょ？　先輩の下宿に泊まるの？」

「そう。百々子ちゃん、名古屋は行ったことある？」

「ううん、ない」

　東海道新幹線は、その二年前に東京、新大阪間で開通していた。紘一は、新幹線に乗りたいがために名古屋の先輩と約束したようなもんなんだ、と言って笑った。

「いいなぁ。私も早く乗ってみたい。どんなだったか、後で聞かせてね」

「うん。写真も撮ってくるから見せてあげるよ。じゃあな、百々子ちゃん。またな」

「……あ、ちょっと待って」

　踵《きびす》を返そうとした紘一が、再び自分のほうを向いたのを確かめてから、百々子は急いで畳の上に正座し、背筋をのばした。

「紘一さん、この部屋、私のために空けてくれてありがとう。……あの時はほんとに……ほんとにすごく嬉しかった」

「そんなこと、今さら改まって言わなくてもいいって」

「でも……本当に……ありがとうございました」

そう言って深く頭を垂れた百々子は、今泣いてはいけない、絶対にいけない、と死に物狂いで自分に言い聞かせた。親が殺されたとわかった時も泣き顔を見せずにきたというのに、どうして今頃、と思うと、わけがわからなくなり、余計に胸が詰まった。

「急にどうしたんだよ？　そういうのは百々子ちゃんに似合わないよ。どんな時でも元気な子でいてくれる百々子ちゃんのほうがずっと好きだけどな。……あ、悪いけど、時間があんまりないんだ。もう行くよ。じゃあな」

百々子は顔を上げずに、こくりと小さくうなずくにとどめた。階段を足早に降りていく、紘一の気配が遠のいた。

彼が口にした「子」という部分が気にいらなかった。あまりに気にいらなかったので、別れの悲しみすら吹き飛んだ気がした。

二年以上も共に暮らした家で会うのは、これが最後だというのに、と百々子は思った。まるで子供扱いだった。馬鹿にされたような気もした。

唯一《ゆいいつ》残されていた希望に似たものが、階段の向こうにかき消えていったような思いにかられた。百々子は火照《ほて》った顔を上げ、うるんだ目を烈《はげ》しく瞬かせて、肩を落とした。

しばらくの間、箱に詰めていた教科書の背表紙を見るともなく見ていたが、やがて百々子は気を取り直した。くちびるをかみしめ、凄《すさ》まじい勢いで机の抽斗《ひきだし》にあったものを箱に押し込んだ。

## 10

久ヶ原夫婦殺人事件の捜査の進展は見られなかった。新たな証拠や目撃者が見つかった、という話も聞こえてこなかった。裏で容疑者がしぼりこまれている様子もなく、捜査が難航をきわめているのは誰の目にも明らかだった。事件後、百々子やたづに話を聞きに来ていた池上署の間宮刑事も姿を見せなくなった。

たづはもちろんのこと、祖父母も決して百々子の前で事件の話をしようとはしなかった。手紙のやりとりをするようになっていた叔父の左千夫もまた、手紙の中で一切、事件のことには触れてこなかった。手紙には必ず返事を書いていた百々子もまた、同様だった。

何事もなかったかのように、時間だけが正確に流れていった。誰の口からも語られなくなると、凄惨《せいさん》な事件が起こったという事実すら、輪郭がおぼろになっていく気がして、百々子は得体の知れない不気味さを感じた。

事件の記憶が曖昧《あいまい》になることなど、決してあり得ない。にもかかわらず、時折、自分たちが全員、現実にあったことを認めようとせずに、ただ逃げ続けているだけのような感覚に襲われるのだった。

だが、両親を酷《むご》い形で失った苦しみ、一夜にして孤児になったという実感は、永遠に砕くことのできない鉛の球と化して、百々子の中に深く沈みこんだままになっていた。起こってしまったことは決して消えず、生きていくためにはその事実を受け入れていく以外、方法がない。未成年の百々子にとって、厳しい現実がそこにあった。一方、久ヶ原の、祖父が建てた家での新しい暮らしは、百々子が想像していた通りのものになった。

かつて両親と共に暮らした土地に住んでいるというのに、家で親の思い出話を口にすることは禁忌になっていた。テレビで殺人事件のニュースが流れると、祖父母も百々子も、慌《あわ》ててチャンネルを変え、見なかったふり聞こえなかったふりを装《よそお》った。

もともと小柄で痩《や》せていた祖母の縫は、いっそう老いて、日毎《ひごと》夜毎、縮んでいくようでもあった。古希を迎える年齢だったが、明らかに年齢以上に老《ふ》けて見えた。かけるのに失敗したパーマのように、ちりちりだったくせ毛の大半は恐ろしいほど白くなり、髪の量も減ったため、その小さな頭部は、羽をむしられた鶏のように見えた。

相変わらず何かというと具合を悪くして、横になってしまうことが多かった。何も食べる気がしないからと言い、夕食の席につくことを拒んで、部屋に引きこもっている日もあった。偏頭痛もちだったため、いつも両方のこめかみに、小さく切った四角い膏薬《こうやく》を貼《は》りつけていた。強烈なにおいのする膏薬だったため、縫がいた部屋、縫が通った廊下には、長い間、膏薬のにおいだけが残された。

縫が洋服を着ることはめったになかった。和服をゆるめに着付け、いかにも大儀そうに胸のあたりに手をあてがって深いため息をついたり、柱にもたれるようにして横座りしたりしているのが常だった。

孫の百々子に話すことといえば、決まっていた。黒沢製菓創業時の華やかな思い出話や自分たちの結婚がいかに恵まれたものであったか、ということについて。そうでない場合は、自分の身体《からだ》の具合が悪い、という愚痴。縫が百々子の学校生活について質問したり、百々子を楽しませる話題を提供したりすることは皆無だった。

黒沢の家の自慢話と肉体の不調を口にする時だけ、縫は別人のように饒舌《じょうぜつ》になった。それは朗らかさとは無縁の、ひとりよがりの饒舌であり、百々子をうんざりさせた。

縫は、人生を呪《のろ》う余力すら失った、と言わんばかりに、絶えず静けさと安全と心地よさだけを悲しい生きがいのようにして求めた。テレビやラジオの音を嫌い、客人の大きな声に眉《まゆ》をひそめ、家政婦のキミ子が台所で手をすべらせて茶碗《ちゃわん》を割ったり、天ぷらを揚げる油のにおいがいつまでも漂っていたりすると、急に息苦しさを訴えたり、ひどくなるとえずき始めたりした。

そのくせ縫には、見かけよりもはるかに勝気で生命力旺盛《おうせい》な一面もあった。殺された息子を恋い慕い、世をはかなみ、庭の石灯籠《どうろう》の前で今にも倒れんばかりにうずくまっていてすら、喪失の哀しみから縫が真に壊れていくのではないか、と案じる者はひとりも現われなかった。

目をつり上げて住み込みの手伝いであるキミ子を叱《しか》り飛ばし、来客相手に黒沢製菓の栄華について語っている時の縫は、意地の悪さと自慢話を生きる活力にして生きている、老いた女帝さながらだった。

夫の作太郎にかまってほしくなると、妙に若作りした甲高い声を出して、高価な着物や帯をねだった。たまに自宅に立ち寄る次男の孝二郎に命じ、くさくさするからどこへなりと連れてってちょうだい、などと言っては、孝二郎の乗り回している運転手つきの車に乗りこみ、銀座に出かけて行くこともあった。そして、百貨店をまわったり、歌舞伎を観《み》たりして上機嫌で帰宅し、キミ子に熱いお茶をいれさせては、何もわからないキミ子相手に、観てきたばかりの歌舞伎について話し続けるのだった。

久ヶ原の新居での暮らしは、概《おおむ》ね、そんなものだったが、それが表向き、おだやかさを装っていればいるほど、百々子を苛立《いらだ》たせることにもなった。百々子はできるだけ早く起きて登校し、できるだけ遅く帰宅した。学校が休みになる日曜日は、千鳥町のたづの家に遊びに行ったり、日がな一日、ピアノを弾き続けたりして時間が過ぎるのを待った。

久ヶ原の家にいる人間のすべてが、百々子は嫌いだった。気持ちのつながりなど、どこにもないどころか、母親の須恵ともども、孫まで憎んでいる様子の祖母はもちろん、百々子を可《か》愛《わい》がる素振りを見せながら、その実、黒沢製菓のことしか頭にない祖父の利己的な性格、さらに、祖父が雇ったキミ子のことも、百々子は疎《うと》んじていた。

富山の山間部の出身とかで、若いキミ子は色白と丈夫だけが取り柄の、大柄で鈍重な牛を思わせる女だった。無口なのか、ただ頭が悪いだけなのか、気のきいた会話ができないものだから、たいてい感情の読み取れない顔をしたまま、伏目がちに動きまわっている。百々子がキミ子のことを嫌っているのがキミ子にも伝わるようで、キミ子は百々子の前に出ると、いっそう無表情で無口になった。

ある時、畳んだ洗濯物を部屋まで持ってきて、黙ったままそそくさと出て行こうとしたキミ子を百々子は「ねえ、ちょっと」と言って呼びとめた。祖父母はキミ子のことを「キミちゃん」と呼んでいたが、百々子は親しげにちゃん付けで呼ぶ気にはなれず、いつも「ねえ」とか「ちょっと」ですませていた。

キミ子は百々子の部屋と廊下を仕切っている障子の手前で立ち止まり、振り向きざま「はい？」と小声で応じた。

「一度、聞こうと思ってたことがあるんだけど」

キミ子は怪訝《けげん》な顔で百々子を見ると、茶色いしみが飛び散った白いエプロンの裾《すそ》を落ち着かなげに両手で丸め始めた。

「この家が建つ前にね、ここで起こったことをおじいちゃんかおばあちゃんに聞いたこと、ある？」

キミ子は小さな黒い点のような目をぱちぱちと瞬《しばたた》かせ、少し顔を赤らめた。「いえ、別に……」

「なんにも聞いてないの？　聞いてないはずがないと思うんだけど」

「……はあ」

「近所の人から何か噂《うわさ》を聞いたこともない？」

「……噂、って……何でしょうか」

「いつ東京に出てきたの？」

「私ですか？……あのう、二十歳になった年です」

「ここに来る前はどこで働いてたの？」

「雑司ヶ谷のお宅でしたけども」

「そこでは新聞、とってたでしょうし、テレビだってあったでしょ」

「はあ」

「だったら、ここで何が起こったか、知ってるんじゃない？」

「あの、お嬢様、私……」

もじもじと両手でエプロンを握りしめるキミ子が、嘘《うそ》をついているのか、いないのか、はっきりしなかった。百々子はくちびるの両端をねじ曲げるようにして微笑し、「ごめんごめん」と言った。「ちょっと気になってたもんだから。もう忘れて」

百々子がそう言った瞬間、キミ子はふいに顔中、真っ赤にした。まるで、おむつの中に排泄《はいせつ》しようとして必死でいきんでいる、赤ん坊さながらだった。

「ほんとは私……」とキミ子は震える声で言った。「……知ってます」

百々子が咎《とが》めるような目つきでキミ子を見ると、キミ子は「こちらのお宅で何があったか、知ってるんです」と繰り返し、うつむいた。

「やっぱりね」と百々子は言った。「嘘をつくもんじゃないわ。誰から聞いた？」

「あ、あの……安楽軒の店員さんからです」

安楽軒というのは、古くから久ヶ原の商店街にある中華そば屋だった。縫に指示されて出前を頼んだ際、後になって使用済みの器を受け取りに来た中年の女店員が、たまたま家に誰もいないことを知り、勝手口でキミ子相手にひそひそと、事件の話をしたらしかった。

百々子はキミ子から視線を外し、できるだけやわらかな口調で訊《き》き返した。「他にも何か聞かなかった？　聞いてるんじゃない？」

「何を……ですか」

「今のこの家を建てる前、まだ事件が起きた家があった時にね、誰もいない空き家なのに変な光がゆらゆらしてたとか、変なものを見たとか、そういう噂よ」

それまで、百々子を前にして緊張しきっていた様子のキミ子は、それを聞くなり、小さな目を丸く見開いた。「……それ、本当ですか」

百々子は皮肉な笑みを作ってみせた。「建て替える前の家ではね、死んだ私の両親の幽霊が出てたらしいわ。見たのは一人や二人じゃないのよ。いろんな人が見たって言ってるの」

「ゆ、幽霊？」

「そうよ。死んだ私のママが玄関前に立ってたとか、パパが乗ってた車が夜中に誰もいない家の前に止まって、すうっと消えちゃったとか。他にもいろいろあったみたい」

キミ子は固太りした身体を縮めるようにしたかと思うと、両手で口を被《おお》い、ひっ、と小さく喉《のど》を鳴らした。

百々子は冷笑した。「怖いでしょ」

「は、はい」

「今も出るらしいわ。私は見たことないけど」

「え……でも、でも……」

「おばあちゃんは見てるわね、きっと。大好きでかわいい息子だったんだもの」
黙礼もせずにそのまま障子を開け、廊下に飛び出して行ったキミ子の足音が、たちまち遠ざかっていった。

百々子は、わざわざ大げさに、ありもしない怪談を聞かせて、気にくわない家政婦を怖がらせたことの自己嫌悪《けんお》よりも、キミ子が両親を惨殺《ざんさつ》された事件を知っていながら、自分に対して悔やみの言葉ひとつ言わずに部屋から出て行ってしまったことに、強い憤《いきどお》りを覚えた。

キミ子はひと言、「ご両親のことはお気の毒でした」と言うべきだった。さもなければ、悲しく痛ましい顔をしてみせるべきだった。嘘でもいいから。

怒りのせいで、削っていた鉛筆の他にもむしょうに何かを削りたくなった。百々子は机の抽斗《ひきだし》から取り出した何本もの新しい鉛筆を、その必要もないのに、小さなナイフで次から次へと削り続けた。

11

池上署の間宮刑事が、たづに言わせれば「忘れたころに現れた」のは、捜査目的があったからでも捜査の進展ぶりを報告するためでもない。久ヶ原の街角で強制わいせつの被害にあった百々子が、人を介して警察に通報したからである。

一九六八年、秋も深まりつつある十月半ばの夕暮れ時。聖蘭学園高等部二年生になっていた百々子は学校帰りに、入院していた同級生の女子生徒の見舞いに行った。

下校時に腹痛を訴えながら、昇降口付近でその生徒がうずくまっているのを見つけたのは百々子だった。日頃、親しくしていたわけでもなかったが、すぐに保健室に知らせに走った。あいにく保健の教師は帰宅してしまっており、誰もいなかった。仕方なく生徒を抱きかかえながら保健室まで連れていき、ベッドに寝かせてから、職員室の教師を呼びに行った。

その後、女子生徒は職員の運転する車で病院に運ばれ、急性虫垂炎の診断を受けた。行きがかり上のことに過ぎなかったとはいえ、無事に手術を終えたと聞いて、百々子は見舞いに行ってやりたくなったのだった。

病室の女子生徒は、すっかり元気を取り戻していた。付き添っていた母親ともども、百々子は歓待され、話がはずんだ。

病院は洗足池の駅からすぐだったので、帰りは池上線に乗ればよかった。その安心感から、百々子はついつい長居し、病院を出たのは六時近くになっていた。

陽が落ちるのが早くなったその季節、制服姿の百々子が久ヶ原の駅で降りた時は、すでにあたりはとっぷりと暮れていた。秋の香りが嗅《か》ぎ分けられる商店街には、早くも焼き芋屋の屋台が出ていた。百々子は空腹を覚えた。

入院中の同級生の母親から、「いただきものだけれど、おすそ分け」と言って渡された外国製のマシュマロの袋が、通学鞄《かばん》の中に入っているのを思い出した。人通りが少なくなったのを見計らって百々子は鞄からそれを取り出した。

乗り物の中での飲み食いはもちろんのこと、買い食いや、まして歩きながらの飲食は厳しく禁止されていたが、禁を犯したことは何度もある。百々子は歩きながら、マシュマロの袋を開けて食べ始めた。

真っ白なやわらかい、甘いマシュマロだった。幾つ食べても食べ飽きず、それどころか口にふくんで二、三度噛《か》んだだけで、溶けるように喉《のど》の奥に流れていく。百々子はマシュマロの袋に気をとられつつ、ゆっくりと歩き続けた。

高級住宅地、と呼ばれているその界隈《かいわい》はふだんから人通りもまばらだった。昼間は自転車に乗って行き交う人や、食品を配達する業者のライトバンなどがたまに通るが、人々が家庭で夕食の支度にいそしんでいるその時刻、道路には人や車、自転車の影はなかった。

自宅まであと五、六分、という場所にさしかかった時だった。外灯に照らされた小さな十字路を渡った直後、背後から音もなく走ってきた自転車が、百々子のそばで急停止した。

「あのう、すみません、ちょっとお伺いしたいのですが……」

百々子がさして恐怖を感じなかったのは、そんなふうに息せききって声をかけてきた男が、いかにも本当に道に迷い、困っているように見えたからだった。

振り向いた百々子の前で、男は自転車からひらりと降り立った。ちょうど、家々の窓からもれてくる明かりが途切れた一角だった。外灯の光も遠くなっていた。百々子の左側には背伸びしても届きそうにない、高いコンクリート製の塀が、十数メートル先まで続いていた。

男は象牙《ぞうげ》色の、安物とわかるレインコートをまとっていた。顔は影にのまれてよく見えなかったが、大学生のような印象を受けたのは、黒縁のめがねをかけていたからかもしれなかった。

「……久ヶ原の七七四番地、というのはどこらへんになりますか」

「七七四番地、ですか？」と百々子は口の中にためていたマシュマロを急いで飲みこんでから、訊《き》き返した。「ええっと、このへんは七七四じゃないですけど……」

「地図を持ってるんですが、ちょっと見てもらえませんか」

男はすかさず、ポケットから紙を取り出し、拡《ひろ》げて見せようとした。道に迷った人間なら、誰もがこうするだろう、としか思えないほど自然なしぐさで、男は「ここなんですが」と紙の上を指し示してきた。

暗くてよく見えなかった。百々子はもっとよく見ようとして、男に一歩近づいた。

その紙はしわの寄った、薄汚れているただの紙きれで、何の印字もされていなかった。そのことに気づいた百々子の頭の中に、瞬時にして警鐘が鳴り出したのと、男がすさまじい力で百々子を背後の塀に押しつけ、呼吸を荒らげて制服のスカートをたくし上げようとしたのは、ほぼ同時だった。

悲鳴をあげようとしたのだが、飲みこんだばかりのマシュマロの香りのついた甘い唾《だ》液《えき》が気管にひっかかった。咳込《せきこ》みながら、百々子はとぎれとぎれに叫び声をあげ、また咳をした。叫び声は小さなものにしかならなかった。

男は左手で強く百々子の口を塞《ふさ》ぎ、聖蘭学園のエンブレムがついた上着の前ボタンを右手でむしりとった。中には紺色のVネックのセーターと白いブラウスを着ていたのだが、男は素早くセーターとブラウスを押し上げたかと思うと、下着もろとも乳房を強く揉《も》みしだき始めた。男の腕は鋼《はがね》のように固く、百々子がいくら暴れても、びくとも動かなかった。

百々子の腹部に強く押しつけられた男の下腹部が、不気味に膨張し、硬くなっているのが感じられた。あまりに硬すぎて、まるでそこに鉄の棒が隠されているかのようだった。それが何を意味することなのか、百々子には想像がついた。

男はぜえぜえと喉の奥を鳴らしながら、くさい息を吐き続けた。腐った玉ねぎのようなにおいのする息だった。

どこかで犬が吠《ほ》えた。遠くに車の気配があった。車はこちらに向かって走って来るようだった。

荒い息を吐き続けていた男が、低く呻《うめ》いた。死にかけた動物のような声だった。その直後、百々子はスカート越しに、薄気味のわるい、生暖かな感触が拡がっていくのを感じた。

車が近づいてくる音がした。男はいきなり百々子から離れた。突き飛ばされた形になった百々子は膝《ひざ》をふらつかせ、路面に倒れこんだ。男は自転車に飛び乗り、猛スピードで走り去って行った。

百々子は烈《はげ》しい怒りと憎悪《ぞうお》をこめて、涙のにじんだ目を大きく見開いた。呼吸が止まるかと思われるほど、胸が苦しかった。嘔吐《おうと》したくなった。身体《からだ》を大きくねじり、えずいたが、先程まで食べていたマシュマロの甘さをふくんだ酸《す》っぱいものが、喉もとまで上がってきただけだった。

恐怖と怒りと憎しみとみじめさが、いっぺんに百々子を襲った。肉体と精神がばらばらになり、四方八方に飛び散っていくような気がした。

ジャケットの前がはだけ、中に着ていたセーターとブラウスが、喉もとまでせり上げられていた。下着は無事だったものの、乳房には男の湿った生暖かい掌の感触と烈しい痛みが残されていた。

　車のヘッドライトがゆっくり近づいて来て、百々子の大きく見開いた目に光の輪が拡がった。車は百々子のそばで静かに停められた。助手席側の窓がするすると開き、中年の女が顔を覗《のぞ》かせた。黒い髪の毛を頭の後ろでまとめ、団子にしている女だった。

「どうしました。大丈夫？」

　百々子は慌《あわ》ててセーターとブラウスを押し下げ、小鼻をひくつかせながら、顔をゆがめた。泣くつもりはなかったが、嗚咽《おえつ》がこみあげてくるのがわかった。

　運転席のドアが開き、中年の男が降りて来た。背広を着て、ネクタイをしめている、品のよさそうな男だった。百々子は赤ん坊のように泣きながら、たった今、自転車の男に襲われたこと、襲った男は逃げて行ったことを震える声で訴えた。

警察を呼ばなくちゃ、と中年の男が後ろを振り向いて言った。「おまえ、こっちに来て、このお嬢さんのそばに……」

夫婦のようだった。助手席の女が慌ただしげに車から降りて来て、百々子のそばに駆け寄って来た。ハイヒールの踵《かかと》の音が大きくあたりに響いた。

怖かったでしょう、かわいそうに、と言いながら、女は眉《まゆ》をひそめ、百々子に手を差し出し、「立てる？」と訊《たず》ねた。百々子は曖昧《あいまい》に首を横に振った。

スカートの前の部分が生温かく濡《ぬ》れていた。それが何なのか、百々子にはわかっていた。今ここで立ち上がったら、それが滴《したた》り落ち、流れ、膝やふくらはぎまで到達してしまうかもしれない。そんなことが起こったら、この場で絶叫するだろう、と思った。

「近くに公衆電話があったはずだから」と夫とおぼしき男が言った。「電話をかけてくる。おまえはここにいて、ついていてあげなさい」

わかったわ、と女は大きくうなずいた。男が乗った車は、エンジン音も高く、発進した。残った女は、百々子に寄り添いながら、持っていた小さなバッグからハンカチを取り出し、百々子の顔を拭《ふ》いてくれた。

「すみませんけど」と百々子は震える声で言った。「ここで今すぐ、はいてるスカートを脱ぎたいんです」

「……スカートが、どうかしたの？」

女は怪訝な声で聞き返してきたが、この人にも事の次第がわかっているに違いない、と百々子は悲しい気持ちで思った。

射精された、という言葉は使いたくなかった。そんな言葉は、学校の親しい仲間の間でも口にしたことはなかった。

「……汚されたんです。だから、脱ぎたいんです。気持ちが悪いので……」

「もしかして……そんなにひどいことをされたの？　まあ、なんてことでしょう。わかったわ。人が見ないように、私が隠しておいてあげるから、早くお脱ぎなさい」

百々子は冷たい道路に腰をおとし、乱暴な手つきでスカートを脱いだ。女は百々子に背を向け、外から見えないよう、着ていた薄手のコートを拡げて隠してくれた。

このコート、貸してあげる、これを着ていなさい、と言われたが、百々子はありがたく思いながらも断った。見ず知らずの人のコートを借りるわけにはいかなかった。

脱いだスカートを手早く丸めると、次にジャケットとセーターを脱ぎ、なんとか下半身が隠れるよう、それぞれを腰に巻き付けた。白いシュミーズが覗いて見えたが、そんなことはどうでもよかった。以後、二度とこの制服を着ることはないだろう、と百々子は思った。百回洗っても、千回消毒しても、これを身につけるのはいやだった。

女の夫の車が戻って来た。一一〇番通報をしたから、まもなく警察がここに来る、僕らはこの近所の住人だから、安心しなさい、と言われた。

パトカーがやって来るまでの間、妻のほうが「聖蘭学園の学生さんよね？」と訊いてきた。百々子がうなずくと、「制服ですぐにわかったわ。私も聖蘭の卒業生なの。あなたよりずっとずっと先輩だけど」と言って、少し顔をほころばせた。

やがて、パトカーが一台、サイレンを鳴らさずにやって来た。降りて来た二人の警察官から名前と住所を訊かれ、百々子がそれに答えた時、そばについていた聖蘭出身という女が、「あ」と声を出した。夫婦が控えめに顔を見合わせるのがわかった。

久ヶ原にある黒沢の家で数年前、酷《むご》い殺人事件があったことを夫妻は同時に思い出したようだった。だが、彼らは何も言わなかった。

百々子は夫妻に礼を言い、名前と住所を訊ねた。夫妻はそんなこと気にしないでいい、早く家にお帰りなさい、と言ってくれた。百々子は警官らに保護され、パトカーに乗って自宅まで送ってもらった。

家にいた祖父母は、警察官に伴われながら、おかしな格好で帰宅した孫娘を見るなり、その場で凍りついた。事情をのみこむと、縫はすかさずキミ子に言って風呂の用意をさせた。

風呂がわくまで、百々子はバスタオルを何枚も身体に巻きつけ、さらにその上から縫の古い羽織りを羽織ったままの姿でいた。警察に詳しいいきさつを話してしまう前に、風呂に入るわけにはいかなかったし、かといって、身体を洗い流す前に、自分がふだん着ている服に着替えるのもいやだった。

縫に命じられたキミ子が、熱いおしぼりを持ってきたので、百々子はそれを拡げるなり、顔と首筋、胸元を拭いた。キミ子は、何か気味のわるい生物でも見るような目で、遠くから百々子を見ていた。

相手の男の顔に見覚えがあったかどうか、何度か訊かれた。そのたびに百々子は「ありません」と答えた。

本当に知らない男だった。会ったことも見たこともない。現場は確かに暗かったが、漆黒の闇《やみ》だったわけでもなく、知っている顔なら、すぐに気づいたはずだった。男が発した声にも、まるで聞き覚えはなかった。

中肉、身長一七〇センチ前後、黒縁の眼鏡、象牙色のレインコート、黒い短髪、推定年齢二十代前半の大学生ふう、訛《なま》りのない標準語……。はっきり言えるのはそれくらいだった。

縫が百々子のそばに座り、眉をひそめながら「この子は昔から発育がよかったから」と痰《たん》がからまったような声で、力なく言った。発育がいいことを非難するような口ぶりだった。「小学生のころから、同級生よりも発育がよくって……。だから、どこかで目をつけられてたんですよ、きっと。そうに決まってます。初めから、この子は狙《ねら》われてたんですよ」

「わかったようなことを言うもんじゃない」と作太郎は語気強くたしなめた。「目をつけられてたかどうか、なんてわからんだろう」

「以前にも同じようなことが？」

警察官にそう訊ねられたので、百々子は首を横に振った。小学生のころ、ズボンのファスナーを開け、黒々と屹立《きつりつ》したものを触ってほしい、と言って追いかけてきた男がいたが、その一件と今回のことはまったく別だ、とわかっていた。だから、その話はしなかった。そもそも、祖母がいる前で、そんな話はしたくなかった。

祖父母の前でも、百々子は「シャセイ」という言葉は使わなかった。「スカートを汚された」としか言わなかった。祖父の作太郎は、終始、眉根を寄せ、疲れたような表情で座っていた。七十八歳にもなった自分には、何よりも手にあまる問題だ、とでも言いたげだった。

汚されたスカートは丸めたまま、玄関先に放置してきたが、それを誰がどうしたのか、確かめるのもいやだった。捨てるなり川に流すなり、してほしい、と思った。そもそも汚されたスカートを思い出すことすら、汚らわしかった。

縫の視線が、時折、大きなバスタオルに包まれた百々子の身体をねめるように通り過ぎていった。それはどこか刺々《とげとげ》しい視線だった。かくも不潔な、みだらな行為を受けたのは、ひとえに百々子の責任……年齢にそぐわぬ成熟ぶりを示す百々子の肉体のせいであり、そこから発散される色気は母親ゆずりなのだ、とでも言いたげだった。縫は百々子の豊満なそれとは正反対の、板のように薄い胸をおさえながら、時に乾いた咳をして、さも気分が悪そうに顔をしかめた。

一通りの聴取を終え、警官らは引きあげて行った。すでに風呂の用意ができていたので、百々子は足早に風呂場に向かった。

廊下に出ると、玄関のほうから小走りにやって来たキミ子が「お嬢様にお客様です」と言って百々子を呼び止めた。

「誰？」

「池上署の間宮様、という方です。お嬢様にお目にかかりたい、とおっしゃってますが」

なぜ、今頃間宮が、と思ったが、百々子はそれ以上、考えたくなかった。ひどく疲れていたし、混乱していた。

「待っててもらっててちょうだい」と言い残し、風呂場に走りこんだ。髪の毛をふくめて全身をくまなく洗い、湯をそのままふくんで、何度も口をゆすいだ。

右の乳房が赤くなっていた。男にわしづかみにされた時の指のあとが、くっきりと残されているようにも感じられた。

祖母から言われた言葉が胸に突き刺さっていた。この子は発育がいいから、初めから目をつけられてたんです……。

自分の肉体それ自体が、汚《けが》らわしくなった。どこに触れても、自分の指さえ弾《はじ》き返してくる、弾力のある潤《うるお》った肌。何かが漲《みなぎ》り、張りつめて、どうしようもなくなっているかのような、あちこちのふくらみ。その何もかもが、あたかも百々子自身を嘲笑《あざわら》うかのように、堂々と、何ひとつ悪びれた様子もなく、そこにあるのだった。

時間をかけて湯船につかり、時間をかけて身体と濡れた髪を拭き、あらかじめキミ子に言って用意させておいた下着と、白いセーター、コール天の茶色いズボンを身につけた。

乾かない髪の毛を首の後ろでひとつにまとめ、百々子が風呂場から出ると、縫が廊下に立っていた。

心なし青白い顔をした縫は、皺《しわ》の寄ったくちびるをへの字に曲げ、細い身体をいっそう縮めて「なんだか、いやだこと」と言った。「ここらへんは池上署の管轄《かんかつ》だからね。あの刑事さん、あんたのことを聞いて飛んで来たんですってよ」

百々子が黙っていると、縫は「でも」と続けた。「それだけかしらね」

「それだけ、って？」

「あの事件に関係したことが、何かあるんだろうか」

「そんなこと言われても、わかんないわ」

「わざわざ、あの刑事さんがここに来るっていうのは、そういうことなんじゃないのかねえ」

「聞いてみるわよ」

百々子は、まだ何か話したがっている様子の縫の横を通り抜け、速足で廊下を進み、接客用に使われている玄関そばの座敷に入った。床の間つきの座敷では、中央の黒檀《こくたん》のテーブルをはさみ、祖父と間宮が向き合って座っていた。

間宮は百々子を見ると、「ああ、これはこれは」と言い、それまで座っていた座布団《ざぶとん》の上で姿勢を正した。「どうも、ご無沙汰《ぶさた》しておりまして。いやあ、今回はとんだ災難でしたなあ。別の部署から通報があって、百々子さんの名前を耳にしましてねえ。これは大変だ、と思って、取るものも取りあえず来てみたんですわ」

「百々子、そこに座って刑事さんのお相手をしなさい」祖父の作太郎が、いかめしい口調で言った。

言いながらも、少しも百々子のほうは見ていなかった。百々子が遭遇した事件も、かつて自分の息子夫婦が惨殺された事件も、何もかもが忌《い》ま忌《い》ましい、とでも言いたげに、作太郎は疲れきった表情で訊ねた。「おばあちゃんはどうした」

「さっき廊下にいたけど」

作太郎は縫の様子を見に行って来る、と言い、「では、刑事さん、私はこれで失礼します」と間宮に形ばかり挨拶《あいさつ》すると、座敷から出て行った。

入れ代わるようにしてキミ子が入って来た。百々子には暖かいココアを、また、間宮には入れたてのコーヒーを差し出し、キミ子は一礼するなり、逃げるように退出していった。

「おおまかなことは、聞きましたよ」と間宮は、キミ子の足音が聞こえなくなるのを待って言った。「ここらへんは静かな住宅地だから、かえって人の目が届きにくくてね。そういう輩《やから》も出没しやすいんですわ。まったく困ったもんで」

「私と同じ目にあった人がいるんですか」

「同じ、っていうわけじゃないですがね。自転車を使ったひったくりも最近ありましたな。他には若い女性の独り暮らしのね、アパートの部屋を覗いてた男がいたとか、洗濯物の下着を盗まれたとか。駅からずっとあとをつけられて、怖い思いをした、っていう話も聞きましたね」

「みんな同じ人がやってたんですか」

「それはわかりませんな。ひったくり犯は捕まえましたけどね、他はまだなんですよ。痴漢なんかもそうですが、性犯罪者ってのはふだんはまともな社会人の顔をしてることが多いですからねえ。警察泣かせですわ」

しばらく会わないうちに、間宮は少し老《ふ》けたように感じられた。首はますます肩と肩の間にめりこんだようになり、頭髪もうすくなって、艶《つや》のない乾いた地肌が覗いて見えた。

小さな目を瞬《しばたた》かせながら、間宮は百々子に、警官が訊いてきたことと似たようなことを繰り返し質問した。型通り百々子が答えると、それをうんうんとうなずきながら聞き続けた。繰り返しになるとわかっていて、質問を重ねてくる間宮は、遠まわしに何かを聞き出そうとしているようにも見えたし、別の話題を切り出すチャンスを見計らっているようでもあった。

何のために、この刑事が姿を現したのか。ただ単に百々子の様子を見に来た、というのでは腑《ふ》に落ちない。うさんくさいものを感じ、百々子は黒檀のテーブルをはさんで、正面から間宮を見つめた。「刑事さんは、私の両親の事件と今日のことが、何か関係がある、って思ってらっしゃるんですか？」

「どうしてまた、そんなことを……」

「なんだか私が悪いことをして取り調べられてるみたいな気がします」

「とんでもない。私がここにお邪魔したのは、被害にあわれたのが百々子さんだったからですよ」

「両親の事件と何も関係がないのなら、殺人事件担当の刑事さんが来る必要はなかったんじゃないかと思いますけど」

「これは参りましたな。百々子さんじゃなかったら、来るわけもないです。もちろんそうです。でもねえ、百々子さんが被害にあったというのに、知らんぷりはできません。知らない間柄ではないんですし、私だって人間ですからねえ」

「本当にそれだけの理由だったんだとしたら」と言いながら、百々子は間宮をじっと見つめた。「私の両親の事件については、まだなんにもわかっていなくて、犯人の目星もついてない、ってことなんですね」

「……捜査は、逐一、ご遺族にお話ししながら進めていくってわけにもいかないことが多いんですよ。でも、今はまだ、これといってご報告できるようなことは何もありませんでねえ」

「そうですよね。もし何か新しいことがわかったんだとしたら、こんなことにかこつけなくたって、うちに報告にいらしてたはずですものね」

「面目ないですが、おっしゃる通りです」

百々子はしばし口を閉ざした。ココアを手にとり、カップで両手を温めてから少し口をつけた。

「犯人は……今もどこかでふつうに生活してるんでしょうね」

「はあ、そういうことになりますな」

「ふつうに生きて、ふつうにごはん食べて、笑ったり、眠ったり、人と話したり、電車に乗ったりしてるのね。もし、さっき私を襲ってきた男が犯人だったとしたら……」と百々子は、その場で思いついただけのことを口走った。「もしそうだったとしたら……私、逃がしちゃったこと、死ぬほど後悔するでしょうね」

間宮はカップの底に少し残っていたコーヒーを音をたてて啜《すす》った。覚えのある、抜け目のなさそうな目が、ちら、と百々子に向けられた。

「その男は、百々子さんに乱暴しながら、何か言いましたかね」

「何か、って？」

「たとえば、百々子さんの名前を口走ったとか、百々子さんに関することや家族以外、他の人は知るはずもないようなことを、です」

「いえ、何も」

「よく思い出してみてくれませんか」

百々子は大きく首を横に振った。「思い出すも何も、道を聞いてきたこと以外、なんにも喋《しゃべ》らなかったんです」

「何も言わずに乱暴だけして逃げていった、と」

「そうです」

「久ヶ原駅を降りた時はいなかった？」

「……いなかったと思います。商店街を歩いてた時も、あとをつけられてた感じはしませんでした。私、マシュマロを食べながら、ぶらぶら歩いてたんで、気がつかなかっただけなのかもしれないけど」

ふむ、と間宮は言ってうなずいた。「まあ、お話を聞く限りでは、いたずら目的だったとは思いますが。ともかく……」

座布団の上で背筋をのばし、間宮は型通り、改まった仕草をしてみせた。「……今日の一件はもちろん、ご両親の事件のことも、一日も早い解決に向けて、全力を尽くしますんで。では、夜分、お邪魔しました。私はこれで」

その晩、縫は食欲がないと言い、夕食をとらずに自室に引き取った。そのため、食事の席は作太郎と二人きりになってしまったが、ほとんど会話は交わされなかった。百々子は、早くこの気づまりな食事を終え、たづに電話をし、たづの声が聞きたい、と思った。左千夫にもおそろしい目にあったことを伝えたかったが、左千夫が住んでいる寮は管理人室にしか電話がなく、夜間、呼び出しを頼むと露骨にいやな声を返されるので諦《あきら》めた。

孫娘が汚らわしい乱暴を受けた、という時に、祖母は具合を悪くして部屋に引き取り、高齢の祖父は言葉に詰まったような顔をしたまま、とりたてて何も言おうとせず、家政婦のキミ子は相変わらず、無口で無表情のままだった。百々子は気分がどんどん滅入っていくのを感じた。

こんな辱《はずかし》めを受けた日の晩、誰からも温かないたわりの言葉ひとつ、かけてもらえない。数寄屋造りの大きな屋敷はどこもかしこもひんやりと冷たく、そこに住まっている人間を象徴するかのように、よそよそしかった。

電話は、食事室として使っている和室の隣……居間の続き部屋としてある三畳間に置かれていた。どっしりとした民芸調の、背の低い電話台は黒ずんでいかめしかった。黒い電話機には恭《うやうや》しく白いレースのカバーがかけられ、ダイヤルをまわす時は、そのカバーを外さなければならなかった。

食後、祖父が自室に引き取ったのを見届けると、百々子はいったん自分の部屋に戻り、時間をおいてから再び食事室に向かった。テーブルの上の食器類はすべて片づけられており、キミ子の姿もなかった。

続き部屋に入り、襖《ふすま》を閉め、まだ台所にいるらしいキミ子の気配を気遣いつつ、たづの家に電話をかけた。すでに十時半をまわっていたが、たづはすぐに電話口に出てきて、相手が百々子とわかると、嬉《うれ》しそうな声を上げた。

「まあ、嬢ちゃま。嬢ちゃまからお電話いただけるなんて、たづは幸せものですよ。お元気でいらっしゃいましたか」

「それがね、たづさん。全然元気じゃないの。今日、大変な目にあっちゃって」

百々子はかいつまんでその日あったことを話した。スカートを汚された、という段にさしかかった時、たづにだけは「シャセイ」という言葉を使ってみようと思い、その通りにした。

話を聞き終えたたづは、一瞬、絶句し、次いで「嬢ちゃま、嬢ちゃま、なんてこと」と低い声で呻くように言った。「お怪我《けが》はなかったんですか。え？ ないんですね？ でも、そんないやな思いをされて、どんなに怖かったでしょう。ああ、悔しい。その男、早くつかまえて、死刑にしてやりたいですよ。死刑以外、あり得ませんよ。嬢ちゃまにそんなこと……ああ、ほんとに許せません！ 今すぐ、飛んで行きます。嬢ちゃま、明日は日曜日だし、まだ起きてらっしゃいますよね？ たづはすぐ、自転車漕《こ》いでそちらに伺います！」

「いいのよ、たづさん。そこまでしなくたって。ただ、たづさんに聞いてもらいたかっただけだから」

「でも嬢ちゃま。私は嬢ちゃまがご無事でいることをこの目で確認しないと、生きた心地がしませんよ」

受話器の向こうに、ざわざわとした話し声が聞こえた。多吉と紘一、美佐が、それぞれいったい何があったのか、と声をあげ、たづを質問攻めにしている様子だった。

たづの声が束《つか》の間《ま》、遠のき、早口で、家族をなだめている気配が伝わってきた。

「嬢ちゃま」と再び電話口に出てきたたづは、きっぱりした口調で言った。「ともかく今すぐ、たづがそちらに参りますから。紘一を夜道の用心棒替わりに連れていきます。……ちょいと、いいかい、紘一。これから……」

紘一が百々子を案じ、自らの意志で駆けつけてきてくれるなら、どんなにか嬉しいだろう、と百々子は思った。母親に付き添って来るだけなら、来てくれないほうがましだった。何よりも、その日起きたことの詳細は、紘一に知られたくなかった。

「わざわざそんなことしなくていいんだってば」と百々子は慌ててたづを引き止めた。

「私はなんともなかったんだから。たづさんにこの話を聞いてもらいたかっただけなの。だから、来てくれなくたっていいの。今日は疲れてて、早めに寝たいし」

「そうですか？　本当ですか？」

「ほんとよ。たづさんの声を聞けて、すごく安心した。だからもう、心配しないで」

たづはそれからも、百々子を案じ、何度も何度もいたわり、今夜はもうおやすみください、なんにも考えないで、楽しいことだけ考えて、などと言い続けた。

受話器をおろしてから、百々子は胸に小さな灯がともされたのを感じた。自分の家族はここにはいない、千鳥町のあの古い、廊下や縁側や畳の部屋が全部、斜めに傾《かし》いだ、やさしい人たちだけが住んでいる家……あの家だけが自分の家であり、他にはもう、どこにもないのだ……と思った。

切り裂かれるような孤独を覚えたが、その孤独感の奥底には、変わらずに異性として憧《あこが》れてやまずにいる紘一の面影があった。紘一がいるところに真の孤独はなく、一緒ならどんな茨《いばら》の道でも先に進むことができるように思えてくるのが不思議だった。百々子が、自分にも確かな未来というものがあるのを感じられるのは、そういう時だった。

自室に戻った百々子は、勉強机に向かった。机の上のライトを灯《とも》し、抽斗《ひきだし》からレポート用紙を取り出した。

左千夫に手紙を書く時は、いつもレポート用紙を使う。この世でただ一人、心を許せる身内の左千夫には、他人行儀に恭しく、縦書きの便箋《びんせん》を使って手紙など書きたくなかった。

手紙を書く時にいつも使っている細字の万年筆を手に、百々子ははやる気持ちをおさえきれず、乱れた文字でレポート用紙を埋めていった。キミ子も自分の部屋に引き取ったのか、邸内は静まりかえって物音ひとつしなかった。遠くで犬が吠えていた。

手紙の中で、百々子が迷ったのは、左千夫に向かって「シャセイ」の一件を正直に明かすかどうか、ということだった。そんな言葉を平然と使うのは、あまりにも品がないことのような気がした。たとえ、仲のいい叔父と姪《めい》の関係であったとしても、そこまで具体的に性的なことを打ち明ける必要はないように思った。

これまで、クラスの同級生の男子生徒から恋心を告白されたことや、デートとも呼べないものの、その生徒と一緒に学校帰りに喫茶店に入り、ミルクティーを飲んだこと、自分はその生徒に特別の気持ちを抱いているわけではないが、話しているのは楽しいし、友達としてつきあっているつもりだ、というようなことも、左千夫には正直に綴《つづ》ってきた。だが、それとこれとは別だ、というはっきりとした認識が百々子の中にはあった。

見知らぬ若い男に抱きつかれ、くさった玉ねぎのようなにおいの口臭を嗅がされながら、制服のスカートに「シャセイ」された、と左千夫に打ち明けるのは、「今月は生理が早くきた」とか「生理痛がつらい」などと打ち明けるのとは次元の違う、ひどく非常識で品のないことのように感じた。

そのため、射精されたというくだりは書かずに省いた。恐怖に身動きできなくなっていた時に、運良く通りかかった車があったからよかったものの、その車があの時、あの瞬間、あの道を通らなかったら、どうなっていたかわからない、と記すにとどめた。

一通り書き上げ、読み直してみて、百々子には気づいたことがあった。

射精されたことに触れなかったばかりか、手紙の中で百々子は、男から受けた性的暴行に関して、一切、具体的には書いていなかった。前後のいきさつを説明する部分以外、すべて表現は遠回しだった。

たづに、受けた暴行のすべてを打ち明けることができたのは、たづが同性だからという心やすさもあった。だが、気持ちを許している身内とはいえ、異性である左千夫には、明かすことはできそうになかった。左千夫に向かって、見知らぬ男に乳房をもまれたことや、スカートに射精されたこと、強くいじられた乳房が真っ赤になって、未《いま》だに痛みが消えないことを克明に打ち明けている自分を想像すると、なぜかしら百々子は背筋が寒くなった。

百々子は虚空《こくう》に向かって深く息を吸い、小鼻をふくらませた。ひどく落ち着かない気分にかられたが、なぜ、そうなるのかわからなかった。

手早くレポート用紙を四つに折り、四角い洋封筒に入れた。宛《あ》て名を書き、裏に署名し、最後に唾液で濡れた舌を突き出して、封筒の糊付《のりづ》けの部分をひと舐《な》めした。庭の鹿《しし》おどしの、カタンと鳴る音が、やけに明瞭《めいりょう》に聞きとれた。口の中にはいつまでも、かすかに甘い糊の味が残された。

百々子へ。

今、手紙を読み、たまらない気持ちになってこれを書いています。百々子、かわいそうに。僕は不愉快で、腹立たしくて、いったいどうして、僕の大切な百々子がそんな目にあわねばならなかったのか、と歯ぎしりしています。気が狂いそうな思いにかられています。本当です。

すぐに電話をかけて百々子の声が聞きたかったのですが、以前もらった手紙の中に、電話のそばに家の人たちがいることが多いから電話では話しにくい、と書いてあったのを思い出し、我慢して手紙を書くことにしました。

百々子。すぐに会いたい。声が聞きたい。抱きしめてやりたい。大丈夫か。どこにも怪我はしなかったのか。手紙だけではわからないことがたくさんある。何かもっと、いやなことをされたのではないか。僕が知ったら発狂するようなことを。違うだろうか。

この世の誰よりも可《か》愛《わい》くてきれいな百々子だ。ねらっている男はたくさんいるだろうとわかっていたけれど、まさかこんなことになるとは。うかつだった。

こうやって手紙を書いているだけで、いろいろといやな想像ばかりしてしまいます。今すぐ自分の手でそいつを探し出し、絞め殺してやりたい。本気でそう思っています。

百々子、近々、会うことはできませんか。僕がそっちに行ってもいいし、百々子が指定する場所に僕が行ってもいい。この目で百々子を見て、無事であることを確かめたい。

いや、しかし、百々子も学校があるし、ピアノの練習もしなくてはならないし、なかなか時間を合わせることができないだろうね。会うことが無理なら、せめて電話で声だけでも聞かせてくれないだろうか。次の日曜日の午後、できれば夕方までに寮に電話をかけてください。

百々子は僕の寮に電話をかけるたびに、取り次ぎをする管理人が不愉快な態度をとる、といやがっていましたが、昼間の電話なら大丈夫です。なぜなら、昼間はたいてい、管理人の奥さんのほうが取り次いでくれるからです。奥さんは親切でいい人です。

警察からはその後、何か言ってきましたか。犯人の目星はついたのですか。池上署の間宮刑事が来たとのことですが、何か刑事からの連絡はありましたか。

まだまだ書きたいこと、知りたいことがたくさんある。でも、今日はこのくらいにしておきます。日曜日の電話を首を長くして待っているよ。百々子から電話がかかってくるまで、どこにも出かけずにいます。

僕は誰よりも、百々子の健康と幸せを願っている。百々子を傷つけるやつは僕が許さない。

心配いらないよ。何があっても僕が百々子を守るからね。

沼田左千夫

この速達が百々子のもとに送られてきたのは、百々子が左千夫に手紙を出してから三日後だった。百々子の手紙を受け取ってすぐに返事を書き、投函《とうかん》したようだった。

事態が事態だったため、驚いた左千夫がすぐに返事を送ってくるであろうことはわかっていた。確かに、姪の遭遇した事件に驚き、案じている様子はいやというほど伝わってきた。次の日曜日の午後、寮に電話をかけよう、と百々子は思った。本当になんともなかった、ということを口で説明し、左千夫を安心させてやらなくてはならなかった。

だが一方で、百々子は、左千夫からの返信の中に、これまで一度として感じたことのない、小さな違和感のようなものを覚えていた。

「僕の大切な百々子」「気が狂いそうな思い」「僕が知ったら発狂するようなこと」「誰よりも可愛くてきれいな百々子」……左千夫はそう書いてきた。姪を可愛がる叔父が書いた文章だと思えば、別段、気にするようなことでもないはずだったが、百々子はその大げさとも言える表現の中に、別の要素がふくまれているような気がしたのだった。

事が事だけに取り乱していたのだとしても、血を分けた叔父が姪に、こうした芝居がかった文章を大まじめに書き送るだろうか。

そのうえ、手紙の行間には、百々子に向けた過剰なまでもの愛情が感じられた。叔父から姪にあてた手紙にしては、いささか度を越しているようにも思えた。百々子を傷つけるやつは僕が許さない、何があっても僕が百々子を守る、などという表現は、恋人であっても、そう易々《やすやす》と口にしないものではないのか。僕が許さない、という言い方そのものが恐ろしかった。

その違和感は、あくまでも仁丹の粒ほどの小さなものでしかなかった。目を離したとたん、どこかに転がって見えなくなってしまう程度のものだったと言っていい。

ふだん、左千夫から送られてくる、優しさに満ちた手紙は何度か繰り返し読むのが常だった。手紙は全《すべ》て勉強机の抽斗の、クッキーの空き缶に入れておいた。そのため、読み返す時はいつも、甘いココナッツやバニラの香りがしたものだった。

だが、その手紙を読み終えた後、百々子はすぐにクッキーの缶には入れなかった。別の抽斗の奥のほうにしまいこみ、気軽に取り出せないよう、すぐに消しゴムや鉛筆、メモ帳などの文房具類で被《おお》い隠した。

その手紙を読み返してみる気はなかった。読み返すのが怖いような、読み返してはならないような気がしたからだった。

# 12

誰の人生にも、不可思議な符合のような出会いがある。ただの偶然、として簡単には片づけられない。そのため、人は時に、その偶然は神が仕組んだいたずらではなかったか、などと思いこんだりもする。

美村博史も例外ではなかった。教職についた後の彼の生涯は、黒沢百々子との出会いがなければ、すべてがまるで異なるものになっていたはずだった。

もともと教職を志望していたわけではない。生まれ育った山形の県立高校を卒業した後、東京の私立大学の教育学部に入学したのは、第一志望であった東北大学法学部の入学試験に失敗したからである。教育学部をいわゆる「すべり止め」にしておいたのも、そこなら確実に合格できるという目算があったからに過ぎない。そもそも、教師という仕事は、当初、彼の中で、ぼんやりと想像できる幾多の職業の中のひとつに過ぎなかった。

浪人することは初めから許されていなかった。都会暮らしに憧《あこが》れていたわけでもなく、むしろ、賑《にぎ》やかで華やいだ場所は苦手だった。それでも、東京の大学の教育学部にしか合格できなかった以上、つべこべ言わずに上京し、新たな目標に向かって努力していくべきだと彼は考えた。

新しい色に染まっていくことは、彼にとって決して難しいことではなかった。彼は万事において月並みで平凡なやり方を好んだ。

国立大学の法学部に進学して法律を学び、弁護士になることを夢見ていた青年にとって、それは人生初の挫《ざ》折《せつ》には違いなかったが、彼は終始、穏やかに受け入れていた。運命の舵取《かじと》りの変更を迫られたのであれば、水の流れに逆らわず、おとなしく前に進むことができるのが美村の美徳だった。

そのうち、弁護士になっている自分など、微《み》塵《じん》も想像できなくなった。背丈が低く、痩《や》せてはいないものの、決して筋肉質とは言えない。生来の小心者によくある、力ない笑顔が板についている自分にとって、弁護士など笑止千万、おそらくもっとも似合わない職業だったろう、と考えるに至った。

一方、教師になっている自分なら、いくらでも想像することができた。放課後、旧《ふる》い学校の職員室で、子供たちのテストの採点をしている自分。室内のダルマストーブでは、薪《まき》が燃えつき、寒さが増している。あと少し、もうじき終わる、と思いながら、時折、両手をこすり合わせて暖をとり、もくもくと採点を続けている。……そんな自分は、山形にいたころと何ら変わっていないように感じた。

夢を諦《あきら》めたことを無念とは思わなかった。生き馬の目を抜くような生き方は自分にはふさわしくなかった。目の前に長く細く延びている道を穏やかな気持ちで歩いていくだけの人生のほうが性に合っていた。

そんなふうに凪《な》いだ気持ちの中に、漠とした不安が影を落とすようになったきっかけが何だったのか、彼自身にも覚えがない。何があったというわけではなかった。気づけば、仕事に関して、胸の奥からにじみ出てくる不安に見舞われていた。人に相談しなくてはならないほどのものでもなかったので、なだめすかしながら折り合いをつけてはいたものの、いよいよ大学卒業を目前にするころから、それは時に、手に負えなくなるほど膨れ上がるようになった。

教職につく、ということをごく軽く考えていたことが悔やまれた。教壇に立ち、年端《としは》のいかぬ子供たちを指導していくことは大きな責任を伴うことだった。子供たちには親がいる。その親たちともうまく接し、親の不安や要望を受け止めつつ、導いていかねばならない。そんな大それたことが、果たして自分にできるのだろうか、という猜疑心《さいぎしん》と恐怖が美村を支配するようになったのである。

縁あって聖蘭学園初等部に迎えられたのは、むろん、喜ばしいことに違いなかった。給料の額も申し分なかった。だが、聖蘭学園という私立学校の優雅で贅沢《ぜいたく》な校風を肌で感じたとたん、彼の中の緊張感と劣等感は増大した。

生徒たちの制服は洗練されていて都会的だった。田舎育ちの彼にとって、学園のキャンパスは隅々まで目新しく、別世界に見えた。

生徒の顔やしぐさを見ただけで、親の経済力と素性のよさが伝わってきた。何の苦労も知らずにすくすく育ち、それが当たり前であるかのように生きていくのであろう子供たちを前にしていると、田舎育ちの彼は自分のいったいどこに、彼らを教え導けるものがあるのだろう、と疑問を抱いた。

彼にとって、聖蘭での初仕事が、初等部女性教師の産休代替教員、ということに決まったのは、せめてもの救いと言えた。

代替教諭なら、産休を終えた担任教諭が職場復帰してくれれば、すぐさまバトンタッチできる。責任ある仕事であることに変わりはないが、あくまでも期間限定と考えれば気が楽だった。

そのうえ、彼が担任になったのは、初等部六年のクラスだった。六年生なら、卒業まで大した日数は残されていない。卒業後の児童たちは全員、例外なく聖蘭の中等部に進学することになっていたから、受験にかかわる問題が浮上してくることもなかった。新米教師にはお誂《あつら》え向きの仕事と言えた。

だが、思わぬ誤算が生じた。彼が担任することになったクラスに黒沢百々子がいたのである。

百々子の両親が自宅で惨殺《ざんさつ》されなかったら、と美村が夢想したことは数えきれない。あの恐ろしい事件が起こらなかったら、初めてクラス担任を引き受けた、教職に不慣れな美村にとっての百々子は利発な美少女でしかなく、いずれその記憶すら時の彼方《かなた》に消えていったに違いなかった。

だが、事件は起こってしまった。美村にとってそれは、ただの気楽な代替教諭でいることが不可能になった、いわば運命を分かつ瞬間でもあった。

一夜にして両親を失ってしまった、まだ十二になったかならないかの少女だった。世間の騒ぎから守ってやり、心身の変化を見逃さぬよう、目配りを怠らずにいる……それが担任である美村に課せられた重要な役割になった。

あと少し……という想《おも》いもあった。事件が起きたのは十一月で、翌年の四月には百々子は中等部に進級する。気を張り詰めていなくてはならないのもそれまでだ、と思えば、なんとかうまくやり遂げることはできそうだった。

だが、思ってもみなかった事態が起こった。百々子が初等部を卒業する年の三月、中等部への異動辞令が出たのである。

美村は小学生のみならず、中学生も教えることのできる教員免許状をもっていた。中等部への辞令が出たとしても不思議ではなかったが、ただでさえ臆病《おくびょう》になっていた彼は、新たな不安にかきたてられた。

聖蘭学園では、初等部と中等部との間を教師に行き来させる人事は、以前からよく行なわれていた。義務教育である初等部と中等部の風通しを常によくしておきたい、と考える学園側の姿勢が反映された結果だった。

加えて、美村は暗に学園長から打診を受けていた。黒沢百々子のいる中等部のクラス担任を受けてもらうわけにはいかないだろうか、というのである。百々子には初等部時代に慣れ親しんだ教師がそばにいてやることが望ましいのでは、と言われて、言下に断るのは大人げなかった。

学園長の言わんとしていることは充分、理解できた。言い訳を連ねて逃げるのは、あまりにも情けなく、卑怯《ひきょう》だった。

しかし、意を決して引き受けはしたものの、教室に百々子の姿がある、というのは、彼にとって落ち着かないことだった。意識していないつもりでも、神経が百々子に向かってしまう。そのうち、不幸な事件で両親を失った生徒を教師として支えていくための経験と能力が、自分には著しく欠けているのではないか、としか思えなくなった。彼は密《ひそ》かに苦しんだ。

新聞には毎日、欠かさず目を通した。下宿に備えた小さなテレビのチャンネルを、ニュース番組に合わせない日はなかった。電車に乗れば週刊誌の中吊《なかづ》り広告をつぶさに点検し、久ヶ原の事件に関係する見出しを探した。

一刻も早く犯人が逮捕され、真相が明るみに出てほしかった。そうでなければ、百々子も周囲の人々も救われない。宙づり状態のまま、歳月だけが流れていくのは彼に限らず、誰にとっても残酷なことだった。

その傍ら、彼は密かに、事件が未解決のままであってほしい、と願ってもいた。

容疑者が逮捕されれば、事件はマスコミで再び大きく取り上げられる。犯行の動機が明らかになれば、百々子の心の傷はさらに深まる。さらに、遺児となった百々子が、今どうしているのか、マスコミが書きたてないはずはない。事件が解決したらしたで、百々子は否《いや》が応にも世間の注目を浴びる。塞《ふさ》がりかけていたはずの傷は再び裂け、百々子はそれを直視しなくてはならなくなる。

美村はそんな百々子を支えてやらねばならない立場にあった。百々子の中に吹き荒れるであろう感情の渦に寄り添い、世間から守ってやるのは、担任として当然の務めだった。

だが、いざという時のことを想像するたびに美村はまたしても、自分にそんなことができるのだろうか、と気弱になった。

ただでさえ、思春期の生徒の感情の波は不安定で、一筋縄にはいかない。まして百々子は、むごたらしい事件に遭遇した生徒だった。ありきたりな慰めや励ましの言葉など通用しないし、意味を成さない。指導する側には、真の能力が問われる。そして、おそらく、その能力は自分にはないだろう、と思い込み、美村は怯《おび》え続けていた。一方で、教師という職業それ自体には、時と共に少しずつなじんでいった。

厄介な男子生徒や父兄が持ち込む問題にも、うまく対処する方法を編み出すことができるようになった。毎日のように発生するクラスの中の小さなトラブルにも、いちいち頭を悩ませなくなった。

百々子と廊下ですれ違った時など、何事もなかったように「元気か？」と笑顔で問いかける自分の表情も、日に日に教師らしく自然なものになっていくように思えた。問いかけられた百々子が、何か別のことに気を取られているのか、片方の眉《まゆ》だけを少し吊り上げ、煩《わずら》わしそうに「はい」と小声でうなずき返してきても、その反応の裏にあるものを推し量ろうとせずにいられる。そんな時は特に、美村は自分がやっと一人前の教師になることができたと、内心、ほっとするのだった。

だが、彼が人知れず教師としての能力に劣等感を抱き、不安におびやかされていた日々も、百々子が高等部に進学すると同時に終わりを告げた。

聖蘭学園の高等部は一般教養科と音楽科に分けられ、音楽科には特別のカリキュラムが組まれていた。実技など、音楽関連の授業が増えるためである。音響や防音なども考慮されねばならなかったので、音楽科のある校舎は、一般教養科の校舎とは別棟になっていた。

そのうえ、高等部は学園の敷地内でも中等部とは真反対の場所に位置していた。中等部の教師を務めていた美村が、高等部音楽科に進学した百々子と急速に疎遠《そえん》になったのは、ごく自然な流れと言えた。

日がたつにつれ、職員同士の間でも、久ヶ原夫婦殺人事件についてあからさまに口にする者はいなくなった。捜査の進捗《しんちょく》状況についての噂《うわさ》も耳に入ってこなくなった。事件は未解決のまま、風化していくように感じられた。

百々子の姿を見かけなくなるにしたがって、美村の中で、なりたての教師時代に経験した凄惨《せいさん》な事件の記憶は、次第に薄らいでいった。聖蘭の一生徒である百々子を取り巻く問題、そこから生じる自分自身の劣等感も、少しずつぼんやりした輪郭の淡いものに変化していった。

一九七〇年三月、百々子は高校を卒業し、聖蘭学園大学音楽部のピアノ科に進学した。その旨《むね》が記された百々子本人からの手紙は、美村の下宿宛《あ》てに送られてきた。

四隅に薄桃色の薔薇《ばら》の絵が印刷されてある、百々子らしからぬ甘ったるい少女趣味の便箋《びんせん》には、勢いのある丁寧な筆跡で、四月から大学生になること、ピアノ科に進学するので、今後はピアノの上達に専念していきたい、といったことが綴《つづ》られていた。末尾は「同じ学園にいるというのに、美村先生とはなかなかお会いできません。またどこかでお目にかかるのを楽しみにしています」と結ばれていた。

利発そうな行儀のいい文章だった。あのような事件で両親を失った少女の、孤独な戦いの痕《あと》は見えなかった。それは、何不自由なく両親に見守られながら高校を卒業し、将来に夢を抱いて大学に進学した十八歳の娘が、かつての担任教師に充《あ》てて書いた手紙そのものだった。

石川たづの家で数年過ごした後、久ヶ原の、事件のあった家の跡地に建てられた祖父の家に引き取られ、どのような高校時代を送ったのか、知るよしもなかったが、ともあれ大過なく大学に進み、念願だった聖蘭のピアノ科でピアノに専念できるようになったのは、喜ばしいことだった。

美村は簡単に百々子の大学進学を祝福する返事を書いた。葉書の宛て先に久ヶ原の住所を記しながら、その場所に住み続けねばならなくなった百々子の心の痛みを想いやった。

両親が殺された現場に住み続けるのは、いかにも残酷なことだった。同じ敷地の、あの場所で、と惨劇の地獄絵を想像しない日はなかったに違いない。

彼は百々子の中等部時代、一度だけ久ヶ原の家を訪問したことがある。祖父の好みで建てられたという、純和風の屋敷だった。青々とした畳が拡《ひろ》がる床の間つきの座敷で、百々子を傍らに座らせ、祖父母はあたりさわりのない話ばかりを繰り返していた。事件の話、百々子の両親の話は一切、出なかった。

痩せて顔色が悪く、病み衰えたように見える祖母の縫は、「わたくしはいつお迎えが来るかわかりませんので」と力なく言った。「ですので先生、百々子のことをどうか、どうか、よろしくお願いします」

深々と美村に向かって頭を下げる縫を、祖父の作太郎は目の端で捉《とら》えながら、憮然《ぶぜん》とした面持ちで苦笑いした。「いつも、これはこうでしてね。迎えが来るのは、こっちのほうがずっと早いというのに。何度言ってもわからんのですわ」

美村はどう応じていいのかわからず、「はあ」と言ってから、小声で訊《たず》ねた。「……どこか、お加減でも悪いのでしょうか」

「どっこも悪くないの」と冷笑まじりに先に答えたのは百々子だった。「病気でいることが好きなだけ。病気のふりをしてるうちに、ほんとの病人みたいになったのよ。ね？　おばあちゃん。そうよね？」

縫は黙って目をそらし、情けなく微笑しながら浅い呼吸を繰り返した。百々子は悪びれた様子もなく、ふん、と軽く鼻を鳴らし、座卓に置かれた菓子の器から焼き菓子をつかむと、大きな口を開けてかぶりついた。

美村の視線と、焼き菓子を頬張っている百々子の視線とが交錯した。美村が内心の怯えを隠しながらも、わずかに笑みを浮かべてみせると、百々子は軽く肩をすくめながらも、それに応《こた》え、うすく笑い返してきた。

その時、庭に据えられた鹿《しし》おどしの澄んだ音が聞こえてきたことを美村はよく覚えている。あの家で暮らし、感情の渦を抑えこみながら年月を重ね、大学に入学した百々子の、他人には容易に窺《うかが》い知れない苦しみを想った。

百々子は石川たづの家で、あのまま、のびのびと暮らしていたほうがよかったのではないか。確かにたづは戸籍上は赤の他人だし、たづにも二人の子供がいる。たづがどこまで親身になって、わが子同様に百々子を育ててあげることができるのか、誰にもわからない。

だが、たづの家に漂う和やかな雰囲気は、百々子の心に安寧をもたらしてくれていたはずだった。たとえ、家政婦とその雇い主の娘……という関係に過ぎなかったにしても、百々子に向けられるたづの無償の愛は、血がつながった者のそれよりもはるかに大きかったに違いない。

百々子には少女らしからぬ強靭《きょうじん》さがあった。しかもそれは、ただの勝気というのではない。恵まれた家庭の令嬢に多く見られる自己本位的な強さ、というのでもない。それは、前へ前へと生き抜いていくための底力、生命力そのものと言えた。

ただし、その力が果たして当人を真に幸福にするのかどうか、という点については、まだその時点で美村にもわかっていなかった。

自らのもつ圧倒的な力に、ひょんなことで自分自身が足をすくわれ、倒されてしまうこともあるのではないか。弱々しく見える柳の枝は、強風を受ければ極限までしなるが、風がおさまると、たちまち元通りになる。

だが、屈強な鋼《はがね》は、いったん折れると二度と元には戻らない。その種の、ともすればぽきりと折れてしまう危うさを想像するたびに、美村はまたしても、根拠のない不安にかられるのだった。

百々子が大学に進学した年の暮れ。美村が聖蘭学園大学の広大なキャンパスを歩いていた時のことだった。紅葉も終わりかけた木々の向こうから、百々子が歩いて来るのを見つけ、彼は立ち止まって思わず目を細めた。

聖蘭学園大学のキャンパスは、中等部と高等部のそれとは別にある。道路一本隔てただけではあったが、外部から大学側のキャンパスに出入りするのは、蔵書数を誇る図書館を利用しようとする教師や、高等部の生徒などに限られていた。

その時の美村も、冬休みに入る前に調べておきたいことがあって図書館に立ち寄った帰りだった。濃紺のショートコートの小わきには、数冊のノートとレポート用紙を抱えていたが、その必要もないのに、それらを片方の手で何度も揃《そろ》えながら、彼は百々子が自分に近づいて来るのを待った。

百々子は、背の高い、眼鏡をかけた丸顔の男子学生と一緒だった。編み上げの黒いロングブーツをはき、明るいねずみ色のショートコートを着ていた。コートの前ボタンはかけられておらず、タータンチェック柄のボックスプリーツのミニスカートと、黒いタートルネックセーターが覗《のぞ》いて見えた。

しばらくぶりに目にする百々子だった。つややかな黒髪を長く伸ばし、横分けにして両耳にかけている。そのヘアスタイルが百々子を大人びて見せていたが、美村の目には、百々子の成長ぶりよりも、おっとりとした幸福そうな表情のほうが喜ばしく映った。

隣を歩く男子学生に向かって、百々子は身振り手振りも鮮やかに、何かを真剣に話し続けていた。美村に気づいた様子はなかった。

男子学生は熱心にうなずきながら、ゆっくりと歩みを進め、着ていた紺色のダッフルコートのポケットから煙草《たばこ》を取り出した。少し歩調をゆるめ、一本を口にくわえて、器用な手つきでマッチを擦った。

紫煙がふわりと立ちのぼった。その煙のゆくえを追うかのように、百々子が視線を移し、前を向いた。そして美村に気づくなり、はっと驚いたように目を丸くした。

男子学生に慌《あわ》ただしく何か囁《ささや》いたと思うと、百々子はそのまま、まっすぐ美村のほうに駆け寄って来た。弾む吐息が美村の耳に届いた。

「美村先生！　お久しぶりです！」

「いやあ、本当に久しぶりだなあ」

「信じられない！　びっくりしました」

「ちょっと図書館に寄った帰りなんだ。これまでもしょっちゅう、ここを利用してたのに、見かけたことがなかったなあ。会えてよかった。元気そうだな」

「はい。おかげさまで」

「大学のほうはどう？　ピアノ科は練習が大変なんじゃないか？」

百々子は鼻に皺《しわ》をよせ、大げさな渋面を作った。「そうなんです。レベルが高すぎて。必死になってついていってるんですけど、どこまでついていけるか、心配なくらい。うちのピアノ科はハイレベルで、すごいですから」

「そうか。でも、黒沢なら大丈夫だろう。ああ、黒沢、なんて呼び捨てにしちゃいけないね。もう大学生なんだから」

「呼び捨てのまんまでいいですよ。今更、先生にさんづけで呼ばれたら気持ち悪い」

百々子ははしゃいだように言いながら、後ろが気になるのか、二度三度と振り向いた。煙草を吸っていた男子学生が、美村に向かって軽く会釈《えしゃく》をし、「じゃ、僕は先に行ってるからね」と百々子に言った。優しげな面差しに似つかわしい、静かなしゃべり方だった。

百々子は「あ、ちょっと待って」と言って学生を引き止めてから、その腕に軽く手をかけ、美村に向き直った。「先生、紹介します。こちら、北島充《みつる》さん。私の一年先輩です。……あのね、こちらは美村先生」

美村が何か言おうとする前に、北島はいきなり、吸っていた煙草を地面に落とし、靴先で慌ただしくもみ消した。そして、かしこまった衛兵のように身体《からだ》を固くすると、深々と頭を下げた。「百々子さん……いえ、黒沢さんから、美村先生の話はよく聞いていました。北島といいます。よろしくお願いします」

「よろしく」と美村は言い、にこやかにうなずいてみせた。「中等部では見かけなかったようだけど……」

「僕は高等部から聖蘭に入学しましたので」

「ああ、そうだったのか。今は黒沢と同じピアノ科に？」

「いえ」と言ったのは、北島ではなく百々子だった。「北島さんは、高校の時、一般教養科だったから、大学は音楽部じゃなくて法学部に進んだんです」

「僕は音楽のほうは、てんでだめなもんで」と北島は言い、人なつこそうな笑みを浮かべた。「じゃあ、なんで高校から聖蘭に入ったんだ、って友達によく聞かれるんですけど……」

「ここは別に、音楽だけを教える学校ではないからね」と美村は愛想よく返した。

北島充は、恵まれた家庭環境と育ちのよさを思わせるような、素直な笑みを浮かべ、小さな目をまぶしそうに瞬《しばたた》かせた。

「では僕はこれで」と言い、「ひと足先に行ってるよ」と百々子に囁くと、北島は一礼して去って行った。その姿を見送るともなく見送ってから、百々子は再び美村に向き直った。ふっくらとしたくちびるが、美しいカーブを描いた。「先生もお元気そうですね」

「なんとか元気でやってるよ。黒沢、せっかくだから、少し時間あるか？ あ、でも、彼と約束をしてるんだよな。じゃあ、またの機会にするか」

　あたりにはいちめん、十二月の午後の光がうすく射《さ》していた。葉を落としつつある欅《けやき》の梢《こずえ》のそちこちで、小さな淡い光の玉が踊っているのが見えた。

　百々子は微笑しながら首を横に振った。「帰りに駅前の喫茶店に寄って行こう、って話してただけです。待っててくれますから、全然大丈夫です。ね、先生、あそこのベンチに座りませんか」

　冬休みが近いせいか、キャンパス内に学生の姿はまばらだった。暖かな午後だったが、いくらか風が出ており、その風に乗って、コントラバスやチェロなどの、何種類もの弦楽器の低い音色が、絡《から》まり合いながら流れてくるのが聞こえた。

　百々子が履いている編み上げブーツのヒールのせいもあって、並んで歩くと、彼女の背丈はいちだんと伸びているように感じられた。美村は、百々子に軽々と身長を追い抜かれたことを知り、内心、苦笑した。

太い欅の木の下の、木製のベンチに腰をおろし、肩にかけていた茶色の革製ショルダーバッグをおろすと、百々子は、ふう、と小さく息を吐いてベンチの背にもたれた。そして、少女のように足を前に投げ出し、寛《くつろ》いだ表情でいたずらっぽく微笑した。

「実はね、先生。さっきの北島さんってね、私が今、つきあってる人なんです」

「そうだと思った」

「どうしてわかったんですか？」

「そりゃあ、僕にだってそのくらいのことはわかる。感じのいい青年だね。いいじゃないか」

「いいじゃないか、って、それ、どういう意味？」

きっとした目つきで睨《にら》まれて、美村は思わず、動揺した。「いや、その……なかなかお似合いだ、っていう意味だよ」

百々子は深く息を吸い、口を少し突き出して鼻に皺をよせた。「お似合いも何も……。そういう感じで始まったわけじゃなくて。高校の時からずっと、ラブレターよこしたり、声をかけてきたりしてた人なんです。露骨に無視してたんですけど、全然、気にしないで、しつこく追いかけてきて。私、悪いけど初めは全然興味がもてなかったんです。でもね、あっちがあんまり一生懸命だったんで、そのうちなんだか、少しずつかわいそうに思えてきて」

「ほう。情熱にほだされた、ってわけか」

「わかりやすく言えば、そういうことかな」

「そんなに純粋に一途《いちず》に追いかけてこられたら、気持ちも傾くのかもしれないね」

「いまどき珍しいですよね。女の子は他にもたくさんいるんだから、私に脈がないってわかったら、さっさと諦めて他を探せばいいのに、ってずっと思ってました」

「でも、結局は、黒沢を振り向かせることができたんだろう？　だったら、彼はたいした男じゃないか」

「でも、先生、私が本当に好きな人は別にいるんです」

「え？　なんだ、それは」

百々子は作ったような笑みを浮かべて、大きく首をすくめてみせた。「北島さんにそのことを話したら、いいよ、そういう人が他にいても全然かまわない、って。初めは信じられなかったけど、言ってることに嘘《うそ》はない、っていうのが、そのうちわかりました。それで、なんとなく友達としておつきあいしてるうちに、まあ、言ってみれば交際に発展した、っていう感じで……」

「おいおい」と美村は苦笑まじりに言って、百々子の顔を覗きこんだ。「ちょっと待ってくれよ。何の話をしてるのか、わからないんだけどね」

ふっ、と百々子は短く笑った。「……私にはずっと片思いの人がいるんです。こっちが一途なのに、あちらが振り向いてくれないから、もう、どうしようもなくて」

「そのことを北島君に話したら、それでもいい、って言われた？」

「そうです」

「他に好きな人がいてもかまわないって？」

「はい」

「無理して嫉妬《しっと》を隠してるんじゃないのか？」

「そういうのはないと思います」

どう反応すればいいのかわからず、美村は短く苦笑するにとどめた。二人が座っているベンチの前を黒いヴァイオリンケースを抱えた、小柄な女子大生が通り過ぎていった。陽差しの中に十二月の風が吹いてきて、路面に散り敷かれた落ち葉を静かに舞い上がらせるのが見えた。

「若いのに包容力がある、って言うのか、寛大、って言うのか。彼はよっぽど黒沢のことが好きなんだね」

「私に他に好きな人がいることを知ってて、どうしてそんなに平気でいられるのか、わからないんですけど。とにかく、今はそういうことになってるんです」百々子は笑みを浮かべて、美村に顔を向けた。「先生は、まだ独身でいらっしゃるんですか？」

「え？　ああ、今は独身と言えば独身だけど……僕も今年で三十だからね。実は遅まきながら来年の春に、田舎でささやかな式を挙げることになったんだ」

百々子はつぶらな瞳《ひとみ》を愛らしいリスのようにくるくる動かしながら、興味たっぷりにうなずいた。「わぁ、そうだったんですか。恋愛結婚？」

「違う違う。去年、田舎で見合いのようなことをさせられて。急に話がまとまってね」

百々子は目を細めながら、改まったように彼に向き直り、深々と頭を下げた。「先生、おめでとうございます！」

「いや、まあ……」

「あ、照れてる」

「そんなことはないよ」

むきになって、そう言っている自分が気恥ずかしく、美村は着ているコートの前ボタンを勢いよく開け、上着のポケットからセブンスターのパッケージを取り出した。長く上着のポケットに入れていたので、パッケージはくしゃくしゃになっていた。

「……それ、私にも一本いただけますか」

「なんだ、煙草を吸うようになったのか」

「習慣的に吸ってるわけじゃありません。北島さんが吸ってるもんだから、たまにちょっともらってるだけ」

美村は下宿の近くにある、行きつけの喫茶店のマッチを擦り、百々子がくわえた煙草に火を近づけてやったのか、もともとそうだったのか。その、やわらかそうなくちびるは、瑞々《みずみず》しく熟した果実を思わせた。

美村が婚約した相手は、郷里の山形市にある小さな婦人服会社で、事務の仕事をしている一つ年下の女だった。父親は公務員、母親は小学校の教員、という家庭に育ち、すでに結婚して独立した兄が一人いる。美村の母親が人づてに彼女の人となりを聞き、親の直感からか、会ってみてはどうか、と彼に勧めてきたのがきっかけだった。

いつまでも独身を続けているつもりはなかったが、出会って恋におちて結婚に至るような相手は現れそうになかった。美村は自分の容姿にまったく自信をもっていなかった。とはいえ、そろそろ身を固めてもいい頃合いであることは承知していた。教師として生きていくなら、結婚してまともな家庭生活を営むことも必要だった。美村は自分でも驚くほど素直に、母親の提案を受け入れた。

山形に帰省した際、双方の親によって、女性と引き合わされた。幸子《さちこ》という名の、色白で餅《もち》のようなふっくらした肌をもつ、くっきりした二重まぶたの大きな目が印象的な女だった。

控えめながらも、ころころと楽しそうによく笑い、訊《き》かれたことには丁寧に正直に答えてきた。美村が何か言うと、まっすぐに彼を見つめ、熱心に耳を傾けた。趣味は料理と読書で、家事をしながら、空き時間に本を読んでいる時がいちばん幸せです、と幸子は言った。かすかな山形訛《なま》りが優しかった。

全体の印象は地味だったが、それは女性的な魅力を損なうどころか、むしろ穢《けが》れのなさや真の賢さを強調していて、美村は好感を抱いた。男女平等や女性の社会進出が声高に叫ばれ、封建的な制度を破壊しようとする動きが高まっていた時代に、あたかも化石のように静かにひっそりと、自分の出番を待っていた、と言わんばかりの佇《たたず》まいでもあった。

幸子と築いていく平凡な人生は、なぜか容易に想像することができた。職場では決して味わえない安心感が、幸子がいる家庭の中には即座に生まれそうな気がした。

ただいま、と玄関を開ければそこに、暖かで安全な巣が拡がっている。奥から妻がエプロンで手をふきながら、にこにこと迎えに出て来る。あたりには夕餉《ゆうげ》の香りがたちこめている。何があっても、余計な説明や言い訳を必要としない。ただ、機嫌よく同じものを食べ、子供を育て、季節が移ろっていくことを共に黙って受け入れる。……それこそが幸福な、最良の人生と言えるのかもしれなかった。

彼は幸子に結婚を申し込んだ。幸子はそれを受け入れてくれた。たちまち周囲の祝福が二人の前途を包んだ。

新婚生活を始めることになる東京の新居は、幸子と共に二人で探した。必要な生活用品のリストも二人で作った。幸子は決して出しゃばらず、常に美村を立てた。自分がしゃべるよりも、聞き役にまわることを好んだ。こまめによく働き、健康な食欲をみせ、よく眠り、いつもにこにこしていた。

百年前からそうなることが決められていて、この先、百年たっても、変わらずに自分の隣に寄り添ってくれている相手……それが幸子だった。胸ときめかせる恋の相手ではなく、挙式前からすでに、空気のような存在になっている女だったが、美村はその結婚が、今後、自分を支え、正しく自分を導いてくれるものになると信じることができた。

……吸い慣れていない手つきで、煙草を口に近づけては、細く煙を吐き出していた百々子が、形ばかり灰を地面に落としてから、「先生」と言った。「さっき言った私の片思いの人って、誰だかわかります？」

「そんなの、僕にわかるわけがないだろう」

「先生の知ってる人なんですけど」

美村はわざと、煙にむせたように咳込《せきこ》んでみせた。「……そうなのか？」

「ここまでヒントをあげたら、わかるはずなんだけどな」

あれこれ記憶をたぐり寄せてみたものの、美村には百々子の片思いの相手など、思い当たらなかった。そもそも、その種の話を黒沢百々子と交わす、ということ自体、これまで想像したことがない。そのため、彼は面食らってもいた。彼は黙って二本目の煙草をくわえ、マッチを擦った。

「先生とその人、これまでに二、三度会ってます」

「うちの聖蘭の生徒か？　いやいや、それだったら、会ったのは二、三度、ってことはないよな」

　百々子は呆《あき》れたように身をよじって笑い出した。「先生ったら。まだわからないんですか？」

「わからないよ」

「たづさんのところで会ってるのに」

　その瞬間、美村の脳裏に、石川たづの家で会った少年の顔と姿が甦《よみがえ》った。名前は思い出せなかったが、整った顔だちをした少年だった。

「ひょっとして、石川さんのところの長男坊か？　黒沢に自分の部屋を明け渡してくれた、っていう。名前はなんといったか……」

「石川紘一」と百々子は誇らしげにその名を口にした。「私のことなんか、ずっと子供扱いで、全然、相手になんかしてくれなかったんですけどね。今も同じ。たづさんのところに行けば、時々、顔を合わせるし、話もたくさんするし、仲はとってもいいんですよ。その時は楽しいんだけど、それはね、何ていうのか、気をつかわない親戚《しんせき》の女の子としゃべってるみたいな感じ。私のことは女だと思ってない、って顔に書いてある」

「でも、きみのために部屋を空けてくれたじゃないか」

「優しい人なんです。それは事実。でもそれだけ」

「それにしても、黒沢百々子が片思いに悩むなんて、ちょっと想像できないな」

「そうですか？　どうして？」

　どうして、と素朴に質問を投げられても答えられなかった。そんなふうに訊き返してくる百々子が、美村にはなぜか不憫《ふびん》に感じられた。

「黒沢はもてるじゃないか」と彼はあたりさわりなく言った。「そういう悩みとは無縁だと思ってた」

　聞いていたのかいないのか、百々子は「仕方ないです」と言った。「私を好きになってくれない人に、好きになってほしい、っていくら頼んでも無駄だし。いいんです。一方通行であることがあんまりはっきりしてるから、今はね、もうそれが日常になっちゃってて」

「人生は長いよ。いつ、情況が変化するかわからないと思うけど」

　百々子は首を横に振った。「どんなに待ってても、変化なんかしませんよ。私にはわかるんです。ずっとこのまんまだし、それでいいと思ってますから」

　美村は軽く咳払いをした。「……で、そういったことをさっきの彼氏は知ってるわけだ」

「そう。全部、洗いざらい」

「嫉妬してない、っていうのはほんとなのかな」

「たぶん、ほんとです。両想いでつきあってる相手だったら問題だけど、片思いならかまわない、って言って。自分は気にしないから、って。それを聞いて、ああ、よかった、じゃあ、そうさせてもらうわね、っていうことになって……」

美村は苦々しく笑った。「きみの気持ちを独占できなくてもかまわない、ってわけか。さっきも言ったけど、彼はよっぽど、きみのことが好きなんだね。手放したくないんだよ」

「さあ、どうでしょう」百々子は小さくため息をつき、ふっと笑った。「でも好きだ好きだ、って言われ続けていると、それに慣れちゃって、私は北島さんの前ではわがまま放題やれるから、それは悪くありません。彼にはなんでも話せちゃうんです。秘密なんかないの。もちろん、あの事件のことも話してあります。別に自分から話すつもりはなかったんだけど、彼が私のことをなんでも知っておきたい、って言ってくれたんで。私も包み隠さず話して……いやなことも思い出したし、口にしたくないこともたくさんあったんですけどね、でも、隠し事しないでしゃべっちゃうと、かえって気分がさっぱりしてきて。不思議ですね」

ふいに話題が事件のことになったので、美村は身構えた。だが口から出てきたのは、内心の動揺をつゆほども相手に悟らせない、平凡でありきたりな言葉の連なりだった。

「それはよかった」と言って、彼は微笑《ほほえ》んだ。「いい人と出会えたな。今日は楽しい話を聞けてよかったよ」

百々子は照れたようにくすくす笑った。風が吹き、甘ったるい髪の毛の香りが、美村の鼻先に漂った。「ね、先生。これって、楽しい話、でしょうか」

「楽しいじゃないか」

「ずっと片思いなのに？」

「片思いのかたわら、別の男に熱烈に愛されてる、っていうんだから。人も羨《うらや》む話じゃないのかな」

「そんなことないですよ」

「いやいや、僕まで気分が浮き立ってくる話だったよ」

「だったらいいですけど。それにしても私、先生と会うのは久しぶりなのに、なんでもしゃべっちゃいますね」と百々子は言った。「昔っからそうでしたけど。どうしてかな。先生が聞き上手だから？」

「僕は子供のころから話し下手でね。話すのが下手だから、代わりに相手の話を聞くのが上手《うま》くなっただけだよ」

「全然、話し下手なんてことないですよ。先生は話すのも聞くのもお上手です」

そう言うと百々子は顎《あご》を少し上げ、ぼんやりした表情で空を見上げた。

改めて見るまでもなく、全身がまぶしいほど魅力的ではあったが、美村にとって相変わらず百々子は、教え子でしかなかった。人によっては媚《こ》びとも受け取れるであろう表情の数々、なまめかしい所作のひとつひとつですら、美村の目には、すくすく育った娘の健康の証《あかし》として映し出された。

教え子に色香を感じてはならない、と自分を戒めているからではなかった。美村は、これまで教職員がたまに口にしてきたように、黒沢百々子の「そらおそろしいほどの色気」については初めから無関心だった。

その必要があれば、指導の一環で百々子の尻《しり》を平手で叩《たた》くというお仕置きをすることもできたはずだった。何かの拍子に百々子の制服の胸のボタンが外れ、たわわな乳房のふくらみが垣間《かいま》見《み》えてしまったとしても、自分の母親の乳房が覗き見えた時のような、ばつの悪さを覚える程度だった。百々子の肉体に対する特別の想い入れはなかったから、必要以上に避けようとしたこともない。

性的な意味における百々子の肉体、という発想が美村の中に浮かんだことは一度たりともなかった。彼にとって百々子は常に、不幸を背負い、不幸をもちこんでくる厄介な、しかしどこまでも強靭に前へ前へと進み続けようとする魅力にあふれた、一人の教え子だった。仮に百々子がこの先、性的魅力をもつがゆえの新たな苦しみを背負うことになったとしても、かつての教え子として、遠くから見守っていくだけだった。

美村が休むことなく気にかけ、我がことのように考え続けてきたのは、百々子が背負った不幸と、そして、もたらされた悲劇にうまく対応できずにいる、自分の不甲斐《ふがい》なさについてだけだった。

「その後、まわりの人たちは元気でいるのか？」と美村は問いかけた。

「祖父母はすっかり年をとって、祖母だけじゃなくて祖父までしょっちゅう、病院通いしてますけど。たづさんはね、相変わらずとっても元気。明るくて楽しくて賑《にぎ》やかで」

「そうだろうな。あの人と一緒にいると、気持ちが明るくなるね」

百々子は大きくうなずいた。「たづさんを嫌いになったことは一度もありません。いやなところがなんにもない人。不思議なくらいに」

「嘘のない世界で生きてる人だからだよ。きっとそうだ」

「ああ、ほんと。その通りですね」

そう言って百々子は微笑し、話題を替えた。「父方の叔父たちがどうしてるのかは、よく知らないんです。もともと私、苦手な人たちだったし、会うこともめったになかったので。でも、母方の左千夫おじさんは、今も私のこと気にかけてくれてます。中学高校までは、しょっちゅう手紙のやりとりをして、連絡を取り合って会ったりしてました。でも、最近は少なくなっちゃったかな。手紙が来ても私が返事を出さなかったりするし

「……」

「ほう。それはまたどうして？」

百々子は両方の眉を大きく上げて、「さあ」と言った。「どうしてかな。いちいち返事を書く余裕がなくなってきたからかもしれません」

「きみのことを今でも心配してくれてるんだろう？」

「ええ。ずっと可愛《かわい》がってくれてました。今もそうです」

「年はお幾つ？」

「今年で四十になったのかな」

「それじゃあ、結婚してお子さんも大きくなってるだろうね」

「まだ独身なんです。結婚する気がないみたい」

「そうか。たしか、役者を目指していたと記憶してるけど」

「以前はね。今は諦めたんじゃないかしら。横浜電機工業、っていう名前の会社に勤めてます」

百々子の両親の葬儀会場で、美村は百々子の母方の叔父、沼田左千夫をちらと見かけたことを思い出した。ただじっと、黒い塊になったかのように静まり返っている姿は、その、思いがけないほど端整な顔だちと共に、妙に強く美村の印象に残っていた。

しばしの沈黙が流れた。風が冷たく感じられてきた。

「あのね、先生」と百々子が少し言いにくそうに切り出した。「私、その叔父のことで、ちょっと気になってることがあるんです」

「どうした？」

「先生は」と百々子は言い、小さな咳払いをした。「こんな話をされて、どう思われるのかわからないんですけど……」

「いいよ。なんでも言ってごらん。僕はさっきも言ったように、話すのはうまくないけど、聞くのは得意だから」

百々子は笑わなかった。「叔父がね、なんて言うのか……その……ちょっと変に思えてくることがあって」

「変？」

「ただの私の勘違いだとは思うんです。なんて言うのか、私が子供だった時にはわからなかったことが、大人になって気になるようになっただけで。でもね、なんとなく生理的に気になる、っていうのか……叔父から私宛てに来る手紙なんですけど、それが……」

ひどく言いづらそうにしている百々子の次の言葉を美村は辛抱強く待った。

「ちょっとだけ」と百々子は言った。「ほんとにちょっとだけなんですけどね、手紙の内容が、前と違ってきて、それがなんとなく落ち着かない、っていうのか、変な感じがして……」

「具体的にはどういうこと？」

「うまく説明できないんですけど、なんか、姪《めい》に充てて書いた文章じゃないようなね、恋人に送る時の文章みたいな感じがしちゃうんです。会ってる時は別に、そうは感じないんですけど。手紙になると、正直、ちょっと気持ちが悪いっていうのか……」

「叔父さんとはよく会ってるの？」

「そんなでもありません。平均したら、三、四か月に一回、って感じかな。会わない時はずっと会わないし。でも、手紙はわりとよく来ます」

「会うのはどこで？　久ヶ原の家？」

「祖父母は父方のほうの人間だから、叔父にとってはほとんど知らない相手ですよね。私も久ヶ原の家で叔父に会うのはいやなので、会うのはいつも外です。渋谷あたりで待ち合わせて、お茶のんでケーキをごちそうしてもらって、近況を話すくらい。でも、それも最近はなんだか億劫《おっくう》というのか……」

「そりゃあ、北島君のような彼氏がいれば、休みの日に親類に会うのは面倒臭くなるのがふつうなんじゃないか？」

「ええ、でも、単純にそういうことだけじゃないのかもしれません」

「……と言うと？」

百々子はわずかなためらいを見せた後で、ひとつ大きな深呼吸をし、話し始めた。高校二年の時、久ヶ原の路上で性的暴行の被害を受けたこと。そのことを綴った手紙を左千夫に送ったところ、すぐさま返事がきて、まるで恋人が被害にあった時の反応のような文面が異様に思われたこと。その手紙には、日曜に電話をかけてほしい、ずっと百々子からの電話を待って会社の寮にいる、と書かれてあったため、待ちぼうけを食わせるのも申し訳ないと思い、言われた通り、電話をかけたこと……。

「そしたら」と百々子は言い、前を向いたまま口をへの字に曲げ、軽い渋面を作った。「電話口で叔父が、なんか少し変になって」

「……どんなふうに？」

「いきなり泣き出したんです。息も荒くなって。犯人に怒りを感じるのは当然だったと思いますけど、百々子、百々子、大丈夫か、って涙声になって、いたずらされたのか、身体を触られたのか、って訊かれて。いくら身内でも、叔父相手にそういうことは細かく話したくないのに。私が答えずにいたら、すぐに会いたいとか、抱きしめてやりたいよ、とか言われました。そこまでの反応をするなんて、ちょっと異常な感じがして……」

「そうか」

「変だと思いませんか」

「うん」と美村は肯定も否定もせずに言った。

百々子のような反応は、年頃の女の子にはよくあることだろう、と思った。肉親を失った姪に対し、案ずるあまり、叔父が過剰反応してしまうのも無理はないような気がした。

左千夫という男が、百々子の母、須恵とは異父姉弟であることも、俳優になる夢を実現しようとして、郷里の湯川から上京し、仕事が見つかるまでの間、久ヶ原の黒沢の家に居候《いそうろう》していたことも百々子本人から聞いて知っていた。俳優になることを目標にしていると聞いても、別に奇異な感じは抱かなかった。あの際立《きわだ》った端整な顔だちをもって生まれれば、役者を目指すようになったとしても不思議ではない、と感じた。

両親を殺された姪に寄り添い、親代わりとなって支えようとし、姪もまた、心の拠《よ》り所にしていた。だが、そうした関係は多かれ少なかれ、変容していくものである。成長するにつれて、百々子のほうで叔父が異性であることを意識するようになるのは自然なことだった。

思春期を迎えると同時に、父親を生理的に嫌悪《けんお》し、父親との接触や会話を避けようとする少女は大勢いる。それなのに、父親のほうではそのことに気づかず、娘が幼いころと変わらずに接していくものだから、ますます疎《うと》まれる。それと似たようなものかもしれない。

「それはきっと」と美村は慎重に言葉を選びながら言った。「叔父さんが変わらなくても、きみのほうが変わったから、そうなったと考えたほうがいいんじゃないのかな。つまり、きみが大人になった、ということだよ。だからこれまで通りの手紙をもらっていても、電話で過剰に心配されただけでも、なんとなく居心地が悪いように感じてしまうのかもしれない」

「でも」と百々子は思いがけず、美村の言葉を否定するかのように強い口調で言った。「そうだとしても、私のことを恋人として思ってるような文章、書きますか？　まるで恋人が乱暴された時みたいに、電話口で泣いたり怒ったり、はぁはぁ、息を荒らげたり、抱きしめたい、なんて、言ってきますか？」

「うん、それは確かにそうだが……お姉さんを亡《な》くされているんだから、暴力に過剰反応するのは無理もないと思うな。叔父さんは心配のあまり、取り乱してしまっただけなんだろう。きみのことを親代わりになったつもりで心配してきたんだろうし、男親は娘から疎ましく思われるのがふつうで……」

「そうでしょうか」と百々子は美村を遮った。不快げに首を横に振った。「私は少し違うような気がしますけど」

　美村の中に、葬儀会場で見た左千夫の顔が甦った。俳優を目指す独身男が、両親を失った姪に手をさしのべ、案じ続けている間に、よからぬ方向に感情が走ってしまわないとも限らなかった。

仮にそうなのだとすれば、それは許しがたく不潔な、考えるのも汚《けが》らわしいことだった。そもそも、四十にもなって、確たる理由もなく未《いま》だに独身でいる、というのも解《げ》せなかった。つきあっている女はいないのだろうか。だが、そうしたことをその場で口にするのは憚《はばか》られた。

「このこと、誰かに話した？」

「先生が初めてです」

「たづさんや北島君にも？」

「なんとなく話しづらくて」

「うん、そうだろうな」と美村は言い、すぐに「まあ、しかし」と、できるだけ明るい口調を心がけながら続けた。「きみがなんとなくいやだと感じるようになったのなら、今後、少し距離を置くようにしていけばいいだけの話じゃないのかな。叔父さんのほうだって、きみが心配だからこそ、ついつい過剰になってしまうだけなんだろう。あれこれ気をまわして考え過ぎないほうがいい」

「そうですね。私もそう思います」

美村は柔らかく笑顔を作った。「そういうことを思い悩むのは、時間の無駄かもしれないな。きみにはこの先、長い人生があるんだからね。自分の将来と夢に向かっているうちに、まわりの変化にもうまく対応していけるようになるよ」

美村は目の端で百々子の様子を窺ったが、その表情からは何を思っているのか、読み取ることはできなかった。

「……大学にいる間に」と百々子は不自然なほどいきなり話題を変えた。「私、留学できたらいいなと思ってるんです。夢物語みたいな話なんですけど」

「きみだったら、別に夢物語なんかじゃないだろう。いいじゃないか。どこに留学したい？」

「やっぱりウィーンです。うちのピアノ科の学生で、ウィーンに留学する人、けっこう多いんですよ」

「音楽の都だしな。いいなあ。ピアニストで食べていくためには、留学経験は武器になるよな」

「そんなお金、うちにあるのかどうかわかんないですけど」

「きみのところは恵まれてるから、問題ないと思うけど」と美村は陽気に言った。「もし経済的に難しいなら、奨学金を受けたり、バイトするなり何なりして稼げばいい。僕はそっち方面に詳しくないけど、公費留学とか、いろんな方法もあるはずだから」

「そうですね」と百々子は言い、傾いた冬の陽差しの中で笑顔を作った。「調べてみます」

怒りにも似た鋭さを秘めた笑顔だった。冷たいナイフの切っ先で、すうっと首すじを撫《な》でられた時のような、不安な感覚が美村を襲った。

彼は笑みを崩さないよう注意しながら、袖口《そでぐち》をまくって腕時計を覗いた。百々子も同じように腕時計に目を走らせた。

「彼は待ちくたびれてるだろうね」と美村は笑顔で言った。「もう行ったほうがいいんじゃないか？」

うなずいた百々子は、柔和な表情でベンチから立ち上がると一礼した。「今日は思いがけず、お話できてよかったです。ありがとうございました」

美村もうなずいた。百々子は「失礼します」といささか堅苦しい口調で言ってから、足早に去って行った。ねずみ色のコートの背で、長い黒髪が左右にはねるのが見えた。

先程まで聞こえていた低い弦楽器の音は、いつのまにか途絶えていた。冬空高く舞う数羽の鳶《とび》の、甲高い鳴き声が冷え始めた大気に響きわたった。

美村は二度三度、百々子が去って行った方向に視線を転じてみたが、すでにその姿は、近くを通りかかった賑やかな学生グループの蔭《かげ》に隠れ、見えなくなっていた。

## 13

一九七二年は、石川たづにとって弔事と慶事が手をつないで襲ってくる年となった。梅雨に入ってしばらくたったころ、久ヶ原の家の庭から、沓脱《くつぬ》ぎ石に片足をかけて縁側に上がろうとした黒沢作太郎が、突然大きくふらついた。何かにつかまろうとしたのか、両手で宙を掻《か》く仕草をしたが、次の瞬間、斜め後ろ向きに昏倒《こんとう》した。沓脱ぎ石付近には、素焼きの大きな鉢が逆さに置かれていた。彼はその鉢底で頭を強打し、意識を失った。

百々子は外出していて留守だった。縫は居室で午睡をしており、異変に気づいたのは、たまたま直後に縁側を通りかかったキミ子だった。騒ぎになり、ただちに救急車が呼ばれた。

病院での検査の結果、脳出血を起こしていることが判明した。突然、脳血管が切れたことと、素焼きの鉢で頭を打ったことのどちらが、当人を意識不明にさせたのか、確かな関連性が明らかにされないまま、作太郎は昏睡状態に陥った。

百々子から知らせを受けたたづは、すぐに病院に駆けつけた。病室で付き添っていた縫は途方に暮れ、放心していた。百々子やキミ子と共に必要なものを病室に運んだり、縫を気遣ったり、連絡すべきところに連絡したりしながら、たづはいよいよこれで作太郎にも最期《さいご》の時が訪れたのかもしれない、と思った。

作太郎はその後、一週間ほど病院のベッドで生死の境をさまよい続け、意識を回復させることなく息を引き取った。八十二歳だった。

人生の最期に彼が目にしたのが、庭に咲く瑞々《みずみず》しい紫陽花《あじさい》に違いなかったことに、後になってたづは気づいた。おそらくは庭の片隅に咲き誇る大輪の紫陽花を愛《め》でに行き、満足しながら家に戻ろうとした時、彼の中で音もなく、人生の終わりを告げる黒いシャッターが静かに降ろされたのだ。作太郎は以前から、関東の暖かな土地に咲く青い紫陽花を好んでいた。

たづは、自宅に戻った作太郎の亡骸《なきがら》の枕元《まくらもと》に、庭に咲く紫陽花を一輪、手向けた。百々子に頼んで、花切り鋏《ばさみ》で切り取ってきてもらったものだった。

仏花ではないものをそんなふうに活《い》けるものではない、と縫が言い、ありがたがるどころか、嫌悪《けんお》感《かん》を示そうとしたのを強く諭したのは百々子だった。

「かまわないじゃないの。おじいちゃん、すごく喜んでるわよ。そういうことに気づいてくれたんだから、たづさんにはお礼を言うべきじゃないの？」

嬢ちゃま、そんなことは……とたづが慌《あわ》てて小声で制すると、疲れ果てていた縫は問題をこれ以上大きくするつもりもなかったようで、目の端でたづを捉《とら》えたまま、殊勝にも「百々子の言う通りでした」とかすれた声で言った。「お心遣い、恐れ入ります」

盛大な葬儀が函館と東京で行われた後、納骨の日を迎えると、たづは百々子と縫に付き添って函館に行った。百々子の両親が眠る黒沢家の墓に、新たに作太郎の遺骨が収められた。

あの忌《い》まわしい事件後の納骨の日は、吹きすさぶ冷たい北風に、喪服も髪の毛もあおられながら立っていたものだったが、今回は違った。ちょうど真夏の日盛りのころで、海岸線に立ち並ぶ墓のまわりでは、なまぬるい風の中、しきりと油蟬《あぶらぜみ》が鳴き狂っていた。滞りなく納骨の儀を終え、東京に戻ると、息をつく間もなく、次にたづは引っ越し作業に追われた。かねてより建て替え工事に入っていた自宅が、めでたく完成したからである。

千鳥町の、それまで暮らしていた家はもともと安普請《ぶしん》の上、古くなるあまり傷《いた》みが烈《はげ》しくなっていた。縁側はさらに傾き、スロープのようになった。座敷の畳は、歩くとみしみしという音を放った。湿気の多い季節などはとりわけ、足が畳の奥に吸い込まれていきそうになり、強い風が吹けば、家のどこかの柱や梁《はり》がこすれ合った。

大工の多吉が、ことあるごとに、縁側の下などにもぐりこんでは、補強を試みていたものだが、次第にそれだけではどうにも追いつかなくなった。あやまって落とした写真のフィルムが、ころころと、ものの見事に転がって茶の間から縁側に出ていったあげく、開けておいた窓の外の、庭目がけて転がり落ちていくのを眺めながら、たづは思わず多吉と顔を見合わせた。

たづが「潮時だわね」と言うと、多吉はため息まじりに「違いねぇ」とうなずいた。

近くでたまたま古家が安く貸し出されていたので、当面の間、一家はそこに仮住まいすることになった。解体前の家具や荷物の移動は、安い賃金で請け負ってくれる古い知り合いの業者に頼んで済ませた。

紘一はすでに大学を卒業して就職し、大森にアパートを借りて一人暮らしを始めていた。そのため、新しく建てる家に住むことになるのは、夫婦と美佐の三人のみで、美佐がそのうち嫁に行くことを考えれば、遠からず夫婦二人の家になる、と考えてもよかった。

建て替えの費用は馬鹿にならない。経済事情を考えれば建坪を少なくし、控えめな家を建てておいたほうが無難だった。

だが、多吉は、せっかく建てる新居を小ぶりなものにすることに反対した。これから所帯をもつ紘一や美佐との同居も想定した上で設計しなくては、というのが彼の考えだった。

多吉の言う通りだった。新しく建てる家は将来、間違いなく紘一ないしは美佐のものになる。どちらのものになったとしても、子供部屋は必要だ。多少の無理をしてでも、部屋数の多い家を建てておくべきだろう、とたづも考えを改めた。

たづの心の中で、新居に百々子とその家族が頻繁に訪ねて来る、という楽しい夢想が繰り広げられ始めたのもそのころからだった。

息子一家と娘一家、それに加えて百々子の家族が一堂に会し、賑《にぎ》わっている食卓の光景を思い描くと、たづは深い幸福感に充《み》たされた。新しい家で暮らし、そんなふうに年をとっていくことを想像するだけで、胸が躍った。なんという幸福だろう、とたづは思った。

月に一度かふた月に一度、紘一と美佐、そして百々子が一家総出で集まってくる家。自分はそのつど、張り切って料理をこしらえ、色とりどりの食器と箸《はし》を並べては、ほうらご飯ができましたよ、と大きな声でみんなを呼ぶのだ。

泊まっていけるよう、客間に寝具の準備も怠らない。しゃべり、笑い、食べ、孫たちを次々と風呂に入れてやり、絵本を読み聞かせながら添い寝してやって、いつのまにか幸福な深い眠りの中に落ちていくのだ……。

嬢ちゃま、とたづはその想像をするたびに百々子のことを思い、ひとりごちた。百々子はこれから、どんな男を配偶者に選ぶのか。どんな赤ん坊を産むのか。どんな家庭を作るのか。

早く早く、一日でも早く、百々子に家族ができればいい、と願った。百々子が幸福な結婚をし、子供を作り、母親になれば、日々、子育てや家事に追われ、そのうち、あの忌まわしい事件の記憶もどんどん薄らいでいくに違いないのだ。

百々子が北島充という聖蘭学園の一年先輩にあたる学生と、親しい間柄にあることは百々子本人から教えられて知っていた。紹介されて、何度か会ったこともある。

北島には、裕福な家庭で育てられた子供特有の大らかさがあった。たづとて、息子である紘一をどこに出しても恥ずかしくない人間に育てあげた自信をもっていたが、北島が漂わせているのは、庶民的な一般家庭では身につけられそうにない、代々、受け継がれてきた生粋《きっすい》の品のよさだった。そしてそのことを北島は鼻にかけないどころか、あたかもたった一人で大きくなったかのような自意識をみせる一面もにおわせて、そんなところが、かえって彼の恵まれた生育環境を際立《きわだ》たせているのだった。

その北島という青年が、百々子に夢中であることも、たづはよく承知していた。僕は百々子さんと、結婚を視野に入れた交際をしているつもりです……百々子に連れられてたづの家を訪ねて来た際、北島本人から、たづはそう打ち明けられたことがあった。紅茶の用意をしていたたづを手伝おうと、台所に入って来た北島が、たづの横に立ち、照れくさそうに、早口でそう告げてきたのだった。

百々子が北島の気持ちをどのように受け止めているのか、はっきり聞いたことはない。だが、少なくとも煙たがっている様子はなかった。むしろ何をするにも北島と一緒に行動しているところを見ると、北島から受ける愛を、幼くして失った父親のそれのように感じているふしも見受けられた。

しかし、二人ともまだ若かった。若すぎた。その交際が今後、どのように発展していくのか、定かなことはわからなかった。

微笑《ほほえ》ましく北島との交際を見守ってやりながらも、一方でたづは、百々子が真に想《おも》いを寄せているのは、他ならぬ自分の息子、紘一であることを見抜いていた。そして紘一には、すでに交際している女性がいて、結婚するつもりでいる、ということも。

親としては歯がゆくて、百々子の気持ちを想えば不憫《ふびん》で仕方なかったが、息子が想いを寄せる相手を親が決めるわけにもいかなかった。奇跡が起り、紘一が百々子の気持ちに気づいて、二人が結婚してくれたら。そして、子をなし、幸福な家庭を築いてくれたら。あの、天使としか思えなかった嬢ちゃまが、わが家の嫁になり、自分の娘になってくれたら……だが、たづのそうした願いは、言うまでもなく儚《はかな》い夢に過ぎなかった。

それは夢のまた夢として、たづの中にある小箱にひっそりと収められ、封印された。たづはそのことを多吉にも誰にも口にしなかった。

石川家の新居は、その年の九月末に完成の運びとなった。たづがお披露目会と称して、百々子と北島を招き、新居で簡単な昼食会を開いたのは、十月半ばの日曜日のことになる。

いろいろと手伝ってほしいから、なるべく早く家に来るように、と伝えておいたのだが、紘一が現れたのは百々子がやって来る予定時刻の、わずか十分前だった。しかも彼は、交際中の鳴海《なるみ》満知子《まちこ》を同伴していた。

満知子も連れて来る、という話をたづは聞いていなかった。そうならそうと、どうして早く言ってくれなかったのか、と内心、息子に腹を立てた。知っていたら、あらかじめ百々子にそのことをそれとなく伝えることもできた。新居披露の会に、いそいそとやって来た百々子が、いきなり意中の男の交際相手を目の当たりにしなければならなくなるのは、あまりにも酷《むご》いと思った。

だが、どうしようもなかった。満知子とて、たづにとっては大切な息子の、大切にすべき恋人だった。ここは心を鬼にして、紘一の交際相手を百々子に紹介するしかなかった。

たづは、台所に来て手伝いを申し出た満知子に笑いかけ、「いいの、いいの」と言った。「今日はお客様なんだから、あっちで座っててちょうだいな。ここは私と美佐がやるから大丈夫」

真新しい、明るい台所の流しと調理台は、たづがかねてより憧《あこが》れていたステンレス製だった。調理台の上では、たづ手作りの赤飯が大きな櫃《ひつ》の中で湯気をたてていた。

「突然、お邪魔することになっちゃって申し訳ありません」と満知子はいつもの、少しかすれた、低く落ち着いた声で言った。「今日はご家族だけの会なんだから、私は遠慮する、って言ったんですけど、紘一さんに強引に誘われて。実は、伺うことが決まったのも今朝だったんです。……なので、時間がなくて、私、お祝いもなんにも持たずに来ちゃって……ごめんなさい」

「何言ってるの。満知子さんが来てくれたこと自体が、今日のお祝いですよ」とたづは笑顔で言った。「それにしたって、初めっから満知子さんを誘うつもりだったんだろうけど、それならそうと、ひと言、言ってくれりゃあいいものを。なぁんにも言わないんだから。まったくもう、紘一ったら」

満知子は目を細めてくすくすと笑ってから、横分けにした黒髪を片手で軽くかきあげた。「お赤飯なんですね。すごくいいにおい」

「一応ね、お祝いごとだから、と思ってね。たいしたものは作ってないんだけど、たんと召し上がってってくださいよ。ほら、美佐。ぼやぼやしないで。お鍋《なべ》が噴いてるよ」

「あ、いけない！」

黄色い花柄のエプロンをつけた美佐がガスコンロの上の両手鍋の蓋《ふた》をとり、慌てた手つきでガスを止めた。鍋の中には、昨夜からたづが煮込んだ、筑前煮がみっしりとひしめいていた。

「それではお言葉に甘えて、あちらに行ってます。何かあったらお手伝いしますので、声をかけてください」と満知子は言った。たづが微笑みながら大きくうなずくと、満知子は台所から出て行った。

ほっそりとして背の高い、物静かな印象の、しかし、芯《しん》の強そうな娘だった。紘一と同年齢の二十五歳。大学卒業後、紘一が就職した商社に同期で入社し、紘一と同じ部署に籍を置いている。東京にある女子大の英文科を卒業しており、生まれ育ったのは千葉県の海辺の町。両親ともに公務員だった。

　息子の紘一と並んでいると、満知子のほうが少し年上に見える。老《ふ》けているからではなく、落ち着きはらった仕草と表情、ハスキーな低い声が、彼女を実年齢よりも上に見せているのだった。

　息子が、万事において騒々しい母親のたづとは、容貌《ようぼう》も物腰も似ても似つかない女性を選んだ、として、多吉は時折、たづをからかった。

「世間では息子ってえのは、ちったあ、自分の母親に似た女を選ぶもんだろうが。それが何だ、満知子さんとおまえとじゃ、似てるどころか、正反対ときてる」

「あら、そうですか？　でもそうだとしても、それでいいじゃありませんか。紘一が私みたいな女の人を連れてきたら、私のほうが、たまげちまいますって。満知子さんはきれいなだけじゃなくて、私と違ってしっかり者だから、紘一が好きになったのもよくわかるってもんですよ。ああいう静かで落ち着いた女の人のそばにいるのが、あの子の理想だったんですよ」

実際、その通りだった。面倒見のいい、逞《たくま》しくて明るい正義漢そのものといった印象の息子が、実は甘えん坊で、その本性を出さぬよう、必死になってこらえながら大人になったこと、だからこそ、満知子のような年齢以上に大人に見える、姉のような雰囲気を漂わせる女に惹《ひ》かれていくことが、たづにもよく理解できた。

息子は、百々子のように特別な美貌と、年齢に似つかわしくない色香を漂わせる自意識の強い勝気な娘には、友人としての情愛を抱いたとしても惹かれはしない。紘一は子供のころから、常識的で堅実な子だった。母親として、誰よりもそのことがわかっているが故《ゆえ》に、たづは余計に謂《い》われのない無力感を覚えた。

あろうことか、自分の息子に片思いをし続けているのは、他ならぬあの「嬢ちゃま」なのだった。こんな勿体《もったい》ない話はなかった。地球がひっくりかえって奇跡でも起きない限り、起こり得ない現象であるはずなのに、当の息子は、堅実にまっすぐに、将来の妻、健全な家庭生活を営むためのパートナーを見つけてしまっているのだった。たづは密《ひそ》かに、世の中が思い通りにならないことを恨めしく思った。

たとえ気苦労のたねを抱えたとしても、すぐにそれを咀嚼《そしゃく》してしまえるのがたづである。それがたづの持つ絶対の強みでもあったのだが、そのころのたづには、息子や百々子のこと以外にも、いささか手にあまる心配事が生じていた。娘の美佐のことだった。都内にある短大の家政科を卒業した美佐は、丸の内にオフィスをかまえる中堅の繊維会社に就職し、三年目に入ろうとしていた。

勤務は九時から五時まで。仕事といっても、お茶汲《く》みや電話の取り次ぎ、書類の整理や手紙の清書、郵便物の集配など、誰にでもできそうな雑事ばかりだった。もともと、嫁入り前の腰掛けのようにして勤め、一定の期間が過ぎると結婚して退職していく女子社員がほとんどの会社だった。たづも美佐が、いずれ必ず、そのようになると思いこんでいた。

だが、美佐は入社まもなく、佐伯《さえき》という名の、職場の上司で妻子ある男に特別に可愛《かわい》がられるようになった。そのうち、退社後、二人きりで食事をしたり飲みに行ったりし始め、美佐がたづに、佐伯のことを話題に持ち出したりすることが目立って増えていった。そして、たづが気づいた時はもう、美佐は佐伯との倫《みち》ならぬ恋に夢中になっていたのである。

間違っても、多吉に相談できることではなかった。そんな話を耳にしたとたん、多吉はすぐさま美佐を呼びつけ、怒鳴りちらし、勘当だ、などとわめくに決まっていた。そんなことになったら、火に油を注ぐようなもので、美佐はこれ幸いとばかりに家を出て、佐伯のもとに走ってしまうに違いない、とたづは確信していた。

社員旅行で、熱海に行った時の記念写真を美佐から見せられたのは、つい半年前。これが佐伯さんよ、と嬉《うれ》しそうに美佐が指さしてきた社員たちの顔の中に、たづは初めて、佐伯という男を見た。長身で細身の、いかにも洒落《しゃれ》ものの女好き、といった雰囲気の男だった。国立大学を卒業した秀才、ということだったが、たづの目に彼は、ただの女たらしにしか見えなかった。

こんな軽薄そうな男のどこがいいのか、とたづは思った。どんな男であったとしても、美佐が好いているのならかまわない。佐伯が独身なら、たづはすべてを美佐に任せ、何ひとつ心配はしないのだった。それなのに、どうしてまた、よりによって、とたづは思った。

美佐と釣り合う独身の男は、星の数ほどいるだろう。親の贔屓目《ひいきめ》かもしれないが、美佐はそれなりに美人で頭もよく、気遣いのできる優しい娘である。美佐に好意をもってくれる男は掃いて捨てるほどいるはずだと思うのに、どうしてまた既婚の、しかも子持ちの、十も年上の男に夢中になってしまったのだろう、と。

それでもたづは、美佐を問い詰めなかった。詳しく聞き出したあげく、反対すればするほど、意見を言えば言うほど、美佐が佐伯に傾いていくのは目に見えていた。しばらくは静観している以外、方法はなく、それが何より、たづには辛《つら》いのだった。

午後一時を少し過ぎたころ、玄関ドアのチャイムが鳴った。料理はあらかた準備が整い、すでに居間のテーブルに運び終えていた。

たづは割烹着《かっぽうぎ》を脱ぎながら玄関に走り、まだ生木の香りがかぐわしい木製のドアを開けた。

玄関から少し離れたところに、百々子が北島充を背後に従えるようにして立ち、目を輝かせて家の外観を眺めているのが見えた。流行のマキシ丈の茶色いフレアースカートに、袖口《そでぐち》がチューリップのようにふくらんでいる白の長袖ブラウスを着た百々子に、無造作にかぶったツバの広いクリーム色の帽子がよく似合っていた。

百々子はますます美しく、華やいで見えた。スクリーンの中に見る若手女優のようでもあったが、そこには生きていくための生命力につながる素朴なたくましさのようなものが漂っていた。ただ美しいだけの輝きとは違う、芯の強さが感じられた。

百々子は自分の美貌を武器にするどころか、気にも留めていない。そんなことよりも、立ち向かっていかねばならない問題が多すぎるのだ。百々子の過酷だった少女時代を思うと、たづは思わず百々子を抱きしめてやりたくなるのだった。

「ねえ、たづさん、前の家とあんまり似ても似つかないから、一瞬、わかんなくなっちゃった。門も塀も全部、新しくなったのね。何もかもピカピカ。すごく素敵」

「あれだけのボロ家でしたからねえ。このへんじゃ、ボロ家の先を右に曲がって、とか、目印にされてたくらいで。前の家では、寝てる間に布団《ふとん》がすべってって、朝起きた時に別の場所にいるんじゃないか、っていつも思ってましたから、ふつうに寝られるだけでもありがたいです。さあ、さあ、どうぞ。おあがりくださいまし」

「はい、たづさん。これ、私から、ほんの気持ちだけのお祝い」

たづに向かって差し出されたのは、真紅の薔薇《ばら》の花束だった。白いかすみ草が混じっているその花束を受け取って、たづは「まあ、嬢ちゃまったら」と言った。思わず目の奥が熱くなったが、なんとかごまかした。「こんなご心配を。手ぶらでおいでなさいまし、とあれほど申し上げておきましたのに」

背後に美佐がやって来て、「いらっしゃい」と笑顔で言った。

「美佐ちゃん、いい家が建ったね。おめでとう」

「ありがとう。お母さんの言う通り、寝てるうちに布団がすべっていっちゃいそうな家に住んでたでしょ。それに慣れちゃってたから、へえ、平らな部屋って、こういうもんだったのか、って珍しくって」

「そのうち、斜めになった床が懐《なつ》かしくなるんじゃない？」

「そうなったら、どうしよう。家の中にすべり台を置いて、そこで寝るしかないわね」

百々子と美佐は仲がいい。ふたりはいきなりスイッチが入ったかのように笑いだし、そのカナリアのような澄んだ笑い声が、真新しい玄関に響きわたった。

「さ、こんなところで立ち話なんかしてないで、嬢ちゃまも北島さんもどうぞ、おあがりなさいませ。紘一もさっき、到着したばかりですよ。あ、北島さん、オンボロですけど、そのスリッパ、履いてくださいね。お客様用の新しいスリッパ、つい買い忘れちゃって」

履き古して毛羽立った、黒い踵《かかと》の痕《あと》がくっきりと残った灰色のスリッパだったが、北島は気にする様子も見せずに足を入れ、「これ、つまんないもので恥ずかしいんですけど」と言って手にしていた包みをたづに差し出した。「来る途中で、思いついて買ってきました。うちの近くの商店街にある肉屋のコロッケなんです。新築祝いにコロッケなんて変ですけど、花束は百々子さんが担当したから、僕は食べ物で、と思って。ここのコロッケ、おいしいですから、ぜひ召し上がってください」

香ばしいにおいが漂ってくる包みだった。揚げたてのコロッケを人数分買ってきた北島の、気取りのない庶民的な心遣いにたづは感心した。あまりに感心し、この人は百々子の相手として誰よりもふさわしいのではないか、などと思ったものだから、たづは一瞬、紘一と一緒に居間にいる満知子のことを忘れた。

玄関の、決して広いとは言えない三和土《たたき》に、若い女が履きそうな黒のパンプスが揃《そろ》えて脱ぎ置かれていることに、百々子が気づいたかどうか、わからなかった。たづは百々子と北島を美佐に案内させ、その後に続いて居間に入った。

テーブルと椅子《いす》の生活になじみの薄いたづと多吉だったが、新居の居間だけは、大勢の家族が集まった時のために、と板張りの洋間にしていた。長方形の、六人掛けのダイニングテーブルにはすでに、料理の数々や取り皿の準備が整っていた。

満知子が来たので、椅子が六脚では足りない。台所の丸椅子を代用して、自分がそこに座ればいい、などと慌ただしく考えていたので、たづは居間で見知らぬ若い女を見つけた瞬間の、百々子の表情を見逃した。

多吉が「おう、嬢ちゃん。よくおいでくださった」と大きな声を張り上げた。大工仲間から届けられた祝いの日本酒をすでに飲み始めており、早くも顔が赤らんでいた。

「北島君まで来てくれて。いや、なんとも賑やかなことで」

百々子は多吉に微笑を返し、型通りに新居をほめたが、その目は窓辺に佇《たたず》んでいた紘一と、寄り添って隣に立つ満知子に向けられていた。

多吉が「さあて」と改まった様子で言った。「みんな揃ったところで、早速、始めようじゃないか。おい、どうした、ビールがないぞ、ビールが。何やってんだ」

「はいはい、冷やしてあるのをただ今……」とたづが言いかけた時だった。

脱いだ帽子を手にし、百々子がつかつかと紘一に近づいていくのが見えた。

「紘一さん、久しぶり」

その顔には勝気そうな微笑が浮かんでいた。少しも戦闘的ではなかったが、たづの目には、百々子が内心、持っていきどころのない嫉妬《しっと》と猜疑《さいぎ》心《しん》に苛《さいな》まれている様子がありありと見てとれた。

「ほんとにしばらくだったね。元気だった？」

紘一にそう訊《き》かれ、「おかげさまで」と力強くうなずいた百々子は、芝居がかった仕草で視線を満知子のほうに向けた。

百々子の視線に気づいた紘一が、「あ、紹介させてもらうね」と言った。「鳴海満知子さん。会社の同僚なんだ。入社してからずっと同じ部署にいて、今日は僕が声をかけて来てもらった。……こちら、黒沢百々子さんだよ」

満知子は大きくうなずいて、さらさらとした黒髪を揺らしつつ、晴れやかな笑顔を作った。笑みを浮かべるたびに、満知子の鼻には数本の皺《しわ》が寄り、愛らしくも小生意気な猫のような表情になる。「はじめまして。鳴海です。百々子さんのお話は紘一さんから、よく伺ってました。よろしく」

こちらこそ、と百々子は言った。「よろしく」

「ほんとに聞いていた通り、きれいな方なのね」満知子が感心したように紘一に向かって囁《ささや》いた。「紘一さんより五つ年下でしたっけ」

「いえ、四つです」と百々子は言った。

「じゃあ、今、大学……」

「三年」

「百々子ちゃんは聖蘭学園のピアノ科なんだよ」と紘一が口をはさんだ。ええ、知ってる、と満知子は微笑しながらうなずいた。

並んでいると、声もまなざしも仕草も、万事が大人びている満知子は、百々子よりもはるかに年かさに見えた。身長も満知子のほうが百々子よりも少し高かった。

百々子はそれもまた気にいらない、と言わんばかりに、やおら肩甲骨《けんこうこつ》を大きく拡《ひろ》げ、形のいい胸を突き出しながら、つと斜め後ろを振り返った。北島充が忠実な飼い犬のように走り寄って来た。

百々子は、北島との関係を見せつけようとするかのように、彼の腕に軽く手を添えた。だが、そこに媚《こ》びは感じられなかった。むしろそれは、ただ単に自分の所有物に手を触れて、それがそこにあることを無意識のうちに再確認しているだけのように見えた。

満知子と北島は、愛想よく互いに挨拶《あいさつ》し合った。百々子が片思いを寄せている相手に、家族公認の交際相手がいた、ということを知り、北島は嬉しさを隠しきれない様子だった。

紘一はと言えば、そんな彼らを呑気《のんき》そうな顔つきで眺めていて、何も困惑したところを見せなかった。それどころか、満知子をこの場所に連れて来たことを誇らしく思っているのがありありとわかり、たづはその鈍感さと無神経さも困ったものだと内心、嘆息した。

百々子から秋波を送られていることに、紘一が気づいていないはずはなかった。その気持ちには応《こた》えられない、ということをやんわりと百々子に伝え続けてきたつもりでいる紘一は、こうやって満知子を紹介することに何の気後れも感じていないのかもしれなかった。

いずれにしても、百々子が来るとわかっている席に堂々と満知子を連れて来て紹介する、というのは、何を意図したのかはわからないが、ずいぶん大胆で残酷なやり方のように思えた。

美佐のこともふくめて、今後、この問題がこれ以上、こじれなければいいのだが、とたづは思った。そうなったら、面倒事が起きないとも限らない。

たづは昔、幼いころ、母親と一緒に神社のお百度参りに行かされた時のことをぼんやりと思い返した。三つ年上の兄が腸チフスにかかり、死にかけていた時だった。毎日毎日、雨の日も風の日も、氏神を祀《まつ》った神社に詣《もう》でては祈り続け、その甲斐《かい》あってか兄の病気は回復した。

またお百度参りでもしようか、とふと思い立ち、たづは苦笑した。

何をこんなに不安がっているのだろう。石川たづは、もっと明るく陽気な女。どんな問題でも鼻唄《はなうた》を歌いながら乗り越えていける女。そうあるように、神様からの使命を受けてこの世に生まれたも同然の女ではないか。

嬢ちゃまに幸あれ、とたづは思った。紘一にも美佐にも、みんなに幸あれ、と。

そう思いながら、美佐と手分けして冷えた壜《びん》ビールを食卓に運び、勢いよく栓を抜いていくうちに、庭に面した窓から秋の午後の光が射《さ》してきた。それは木々の梢《こずえ》を通して室内に射し込み、板の間の床に、風に揺れる木の葉の影絵を作った。

その淡い影絵の中に溶けこむようにして、居合わせた全員がグラスを掲げ、口々に新居の完成を祝った。百々子はどこか放心しているような表情だった。北島はそんな百々子にぴたりと寄り添って、百々子の機嫌をとっていた。

紘一はと言えば、酔いのまわった多吉からしきりと話しかけられている満知子の、大人びたそつのない対応ぶりを感心したように眺めながら、父親をからかい、美佐はたづの横で、せっせと取り皿に筑前煮を取り分けたり、たづ特製の茄子《なす》のぬか漬けを盛りつけたりしていた。

黄色い花柄のエプロンをつけた美佐の、その頭の中を占めているのは、佐伯であるに違いなかったが、美佐はつゆほどもそんなことを表には出さず、「さ、できた」と小声で言った。「お母さんたら。百々子ちゃんからいただいた花束、花瓶に活けなくていいの？」

「おっと、いけない。そうだったね」

水を入れた白磁色の花瓶を持って来て、百々子からもらった薔薇の花を活け始めた時だった。たづの右手の親指に切れたような鋭い痛みが走った。小さな薔薇の棘《とげ》が指の腹を刺したのだった。

見ると、指には丸い小さな血がぷくりと浮き上がっていた。咄嗟《とっさ》にそれを口の中で舐《な》めとりつつ、たづは本来のたづらしくもなく、何か言いようのない不吉なものを感じてぞっとした。

## 14

梅雨空が広がり、今にもひと雨きそうな六月の日曜の午後だった。じっとしていても汗ばむほど、湿度が高い。渋谷の公園通りは大勢の家族連れや若者グループ、カップルで賑《にぎ》わっていた。

通りに面したビルに、天井の高いガラス張りの喫茶店がある。その前年、一九七三年に開業された渋谷パルコの一階。外の光をふんだんに採り入れて、中は明るく広々としている。座席数が多いため満席になることはめったになく、テーブルの間隔が贅沢《ぜいたく》なほど空けられているので、他人の会話が耳に入ってくるということもない。

約束の時間よりも五分ほど早く到着した百々子は、窓ぎわの席につき、アイスコーヒーを注文してから、美佐が現れるのを待っていた。

その前日の夜、切羽詰まったような物言いで、美佐から久ヶ原の家に電話がかかってきた。口調と声には、何かただならぬものが感じられたが、それは百々子がそのころ、美佐と会うたびに感じていたものでもあった。

「百々子ちゃん、明日、日曜だけど、北島さんと会う約束してる？」

いきなりそう訊《き》かれ、百々子は「ううん、してないけど」と言って苦笑した。「なんで？」

美佐はすうっと大きな音をたてて息を吸い、しばし沈黙した後、「会えないかな」と言った。力のない声だった。「……折入って百々子ちゃんに話したいことがあるの。そんなに時間はとらせないから」

「何よ、改まって。どうしたの？」

「とにかく会った時に、ってことで」

「思わせぶりねえ。何なのよ」

「……会った時にね」

「じゃあ、私が美佐ちゃんの家に行こうか。行ってもいいよ」

「ううん、それはだめ」と美佐はきっぱりと拒んだ。「親が近くにいるところで話せるようなことじゃないから」

百々子は、質問攻めにしたくなる気持ちをおさえた。その時、久ヶ原の家には縫とキミ子がいたが、ふたりともそれぞれの自室に引き取っていた。電話のまわりには誰もいないのだから、その場でこみいった話もできたのだが、美佐の口ぶりからは、おいそれと電話では話せないたぐいの問題を抱えていることが、ありありと窺《うかが》われた。

明日の午後二時、渋谷のパルコ一階にある喫茶店で、と百々子が言うと、美佐は「わかった。ありがとう」と言って電話を切った。

前の年、渋谷パルコがオープンした直後、秋も深まりつつある季節だったが、百々子は紘一と同じ店で待ち合わせた。つまり百々子にとってパルコの一階は、紘一と親しく会話しながら過ごした、特別な意味をもつ場所だった。

美佐を待ちながら、百々子は思い返した。あの日も日曜日だった。雨でも曇り空でもなく、晴れ間の多い、空気が澄み渡っている秋の午後だった。

聖蘭学園大学の卒業も間近の時期になり、百々子は卒業前に一度だけ、叶《かな》わなかった恋の相手で、初めから恋愛対象とは見なされていなかった男と、誰にも邪魔されずに二人だけで会いたい、と思った。「折入って相談したいことがある」という嘘《うそ》をついて紘一を呼び出した時、彼が待ち合わせに指定してきたのが、パルコの一階にある喫茶店だったのである。

約束の時間ぴったりに店に現れた紘一は、たっぷり眠ったあとの、つやつやとした健康そうな顔に微笑を浮かべ、百々子の前の席に威勢よく腰をおろした。あたりの空気がそよぎ、大人びた整髪料の香りが漂った。

「元気そうだね」と言われたので、百々子はつんと取りすましながら、「おかげさまで」と返した。

「相談がある、っていうから、何事か、と思ったけど、その様子じゃ大丈夫そうだね。いつもの元気な百々子ちゃんだ」

むらむらと苛立《いらだ》ちがこみ上げてきた。百々子は鼻に皺《しわ》をよせ、彼を睨《にら》みつけた。「紘一さんって、いつもそうなのね。私の顔を見れば、いつだって元気、大丈夫、って。そう言えばすむ、って思ってるのよね。馬鹿の一つ覚えみたい」

「なんだよ、いきなり怖い顔して。本当にそう見えるから、そう言ってるだけじゃないか」

「紘一さん、内心では私のこと、小馬鹿にしてるでしょ。そうとしか思えない」

「小馬鹿になんかしてないよ。参るなあ、いったい何を怒ってるんだよ」

「私が悩み事を相談しようとしても、百々子ちゃんは元気だから大丈夫、ほうら、そんなに元気じゃないか、って。いつだって子供を相手にするみたいに。紘一さんはね、めんどくさい話はいちいち聞きたくないのよ。だから、そう言ってごまかしてるだけなんだわ」

「どうしてそういう、ひねくれた発想をするんだろうね。百々子ちゃんはいつだって元気なんだから、その通りのことを言ってるだけだよ。じゃあ聞くけど、明るくて元気なことの何が悪いの？」

百々子はくちびるを結び、小鼻をひくつかせた。会ったとたんに紘一を怒らせる気はなかったが、止められなかった。「……いつも丈夫で元気、だなんて、全然、色っぽい感じがしないもの」

「そうかぁ？　丈夫で元気、ってのは、男女を問わず、一番必要とされることじゃないのか？　少なくとも俺はね、年がら年中、愚にもつかない悩み事を抱えて陰気で神経質で、食が細い女の子よりも、よく食べて明るくて、よく笑う女の子のほうがずっと好きだけどね」

百々子は片方の眉《まゆ》を上げた。「そりゃあ、そうでしょうね。満知子さんも、落ち着いているけど、そういうタイプの女性ですもんね」

「ああ、もちろんそうだよ。お、わかったぞ。百々子ちゃんは、彼女みたいないい女が、俺なんかを好きになるはずがない、って思ってたんだな？　そうだろ？」

百々子は憤慨して目を丸くした。「何それ。何言ってるの？」

「俺みたいなやつに、彼女はもったいなさすぎる、って思ってるんだな。だから、こうやって俺に絡《から》んでくるんだ」

「んもう、話にならない。紘一さんのおめでたさ、って、いったい何なの？　そりゃあね、紘一さんみたいに口の悪い、大ざっぱで単純で無神経な男の人を受け入れてくれる女性がいたんだから、ほんとによかった、と心から思ってるわよ。でも、私がさっき言ったのはそういうことじゃなくて……」

「どっちが口が悪いんだか。口の悪さにかけちゃ、百々子ちゃんだって相当なもんだ」

「それは紘一さんに対してだけよ」

「どうかなぁ」と紘一は腕を組み、面白い動物でも眺めるような目で百々子を見つめた。「でもまあ、仕方ないよな。なにしろ百々子ちゃんは、生粋の嬢ちゃまなんだからさ。そういう百々子ちゃんらしさ、ってのは、簡単にはまねできないものだしね。生れつきの嬢ちゃまじゃない子は、いくらか頑張って嬢ちゃまのふりをしようとしたって、だめなんだよ。偽物《にせもの》は偽物。本家本元のまねをしても、お里が知れる」

百々子は表情を曇らせ、険しい顔をして紘一を正面から見据えた。「その言い方、やめて」

「え？　何？」

「嬢ちゃま、っていう言い方よ。やめてほしい、って何度か言ったはずだけど。覚えてない？」

「言われたような気もするけど……でも、正直なところ、よくわからないな。うちのおやじやおふくろだって、百々子ちゃんのことをそう呼んできたじゃないか」

「たづさんたちはいいの。でも私、紘一さんからはそう呼ばれたくないのよ」

紘一は苦々しい表情で深くため息をついた。「どうして俺だけ？　おふくろたちにとって百々子ちゃんは、永遠の嬢ちゃまで、本物のお嬢さまで、それは俺にとっても変わらない、同じなんだよ。俺の中でも百々子ちゃんは昔からずっと、嬢ちゃまだった。言っておくけど、親からそう呼べ、って言われたからじゃないよ。初めから俺にとって、百々子ちゃんはお嬢さんだったんだ」

かつて、両親が殺害された後、しばらくの間、週刊誌を飾っていた、あの途方もなくいやなフレーズが百々子の頭の中でぐるぐると渦を巻き始めた。血塗られた土曜日の令嬢……。

「私のどこが、お嬢さんなの」と百々子は懸命になって怒りを抑えながら、低く吐き捨てるように言った。「私の両親は病気や事故で死んだんじゃない。ひどい殺され方をしたのよ。あれから十年もたったっていうのに、犯人はまだつかまってないのよ。なんで両親が殺されなくちゃいけなかったのか、全然わかってないのよ。そういう経験をした人間のことをお嬢さんだなんて、気安く呼ばないでよ」

「やめろよ！」紘一はいきなり顔をこわばらせ、低く命じた。

だが、百々子はやめなかった。憤然とした顔つきで紘一に向き合った。「紘一さんだって、私のこと憐《あわ》れんでたでしょ。私があのころ、世間でどう言われてたか、覚えてるはずよ。思い出せないなら、ここで言ってあげましょうか。私はね、血塗られた土曜日の令嬢、って呼ばれてて……」

「やめろってば！」と紘一は怒りをにじませながら遮った。くちびるが細かく震えているのが見えた。

百々子は後の言葉が続かなくなり、口を閉ざした。紘一は、眉間《みけん》に皺を寄せながら、せかせかと上着の内ポケットから煙草《たばこ》を取り出した。

煙草をくわえ、マッチをすって火をつけて、深々と煙を吸いこんでから、彼は吐き出す息の中で言った。「いいか。よく聞けよ。血塗られたなんとか、だなんて、そんなこと間違っても自分で口にするもんじゃない」

長い沈黙が流れた。やがて紘一は深く息をついた。半分も吸っていない煙草を小さなガラスの灰皿の中でもみ消してから、彼は百々子に向き直った。「……ごめん。俺が悪かった。いやなことを思い出させちゃったね」

それに応《こた》える代わりに、百々子はぬっと彼に向かって手を伸ばした。「煙草、ちょうだい」

紘一はちらと百々子を見たが、何も言わなかった。おもむろにパッケージを手にして、取り出しやすいようにし、百々子が一本、口にくわえると、マッチを擦って火をつけてくれた。小さな炎の向こうに浮かんだ彼の顔には、後悔と憐憫《れんびん》がまざり合ったような表情が浮かんでいた。

紘一は抑揚をつけずに言った。「傷ついた人間の、傷口に塩をぬるようなことを平気で書きたてて……いったい何が面白かったんだ、って、俺だって思うよ。ずっと思ってきたよ。誰がそのことで得をしたんだろう。百々子ちゃんのマスコミでの扱われ方は、ばかばかしくて、くだらなくて、下品で、最低だった」

「たとえそうだったとしても、一度貼《は》られたレッテルは消えないのよ」と百々子は静かに言った。「私にレッテルを貼った人たちは、みんなもう、そんなこととっくに忘れてるのかもしれないけど、貼られた側はね、いつまでも覚えてるの。忘れたつもりでいても、ふっと、思い出すことがあるし、そのたびに頭にくるし、でも、どう考えたって、どうしようもないことだし……」

「そうだよな」と紘一は聞き取れないほど小さな声で言ってから、力なく煙草をくわえた。

二人は黙ったまま、時間をかけて煙草を吸い、どちらからともなく灰皿の中でもみ消すと、改まったように背筋を伸ばした。

「あのさ」と紘一が言った。雰囲気を変えようとしているのか、不自然なほど明るい言い方だった。「なんか甘いものでも食べようか」

百々子は大きく息を吸い、ぎこちなく笑みを作ってうなずいた。

何がいい、と訊かれたので、「モンブラン」と答えた。紘一はモンブランを二つ注文した。ほどなく運ばれてきたケーキには大きな栗が載っていた。百々子は「わぁ」と歓声をあげてみせた。

親を殺され、独り遺《のこ》された少女自身やその周辺を面白おかしく書きたてたマスコミの記憶は、十年もの歳月が流れても百々子の中から消えなかった。血塗られた土曜日の令嬢、というキャッチフレーズは、路地裏の映画館で密《ひそ》かに上映されているポルノ映画のポスターのようにけばけばしく、そのくせ、記憶の中に平然と根をおろしてしまうところが不気味だった。

ケーキを食べ終えたころ、百々子は改まって「実はね」と切り出した。北島が結婚をにおわせていることを打ち明けると、紘一は目を輝かせて微笑《ほほえ》んだ。よかったじゃないか、と彼は言った。

百々子はいかにも深刻な事態に陥っているふりをしつつ、「うん、でも」と言って目を伏せた。

今ここで紘一が少しでも嫉妬《しっと》するかのような表情を見せてくれたら、と思った。祝福の言葉の裏には、巧妙に隠蔽《いんぺい》された嫉妬心が潜んでいることがある。

だが紘一は掛け値なしに祝福してくれていた。まるで今すぐここで、何本もの祝賀クラッカーを派手に打ち鳴らしたがってでもいるかのように。

百々子は深い失望を顔に出さないようにしながら、「……正直なところ、どうしたらいいのかわかんないでいるの」と言った。「それで今日、紘一さんに相談して意見を聞きたいと思って」

「ええっ？　なんでだよ。嬉《うれ》しくないの？　好きでつきあってたんだろう？」

「彼のことはもちろん好きよ。優しくて、なんでも私のためにやってくれるし、支えてもらってる。でもね、どうしてなのかよくわかんないんだけど、結婚、ってことになると、今はまだ考えられないし、踏み切れないような気がしちゃって……」

「意見を聞きたい、って言われてもなあ」と紘一は言い、困惑したように短く笑った。

「まあ、あえて言えば、もうじき大学を卒業するわけだし、その気になれないなら、少し時間を置いて、いろんなことが落ち着いてから考えてみればいいんじゃないのかな」

「いろんなこと、って？」

「今後のことだよ。来年、大学を卒業したら、百々子ちゃんは久ヶ原の家で、ピアノ教室っていうの？　音大をめざしてる子とか、本格的にピアノを習いたい子を集めてピアノを教えることになる、って、おふくろから聞いてるよ。卒業後にどうするか、百々子ちゃんの進路をはっきり決めてから結婚の話を進めても遅くない気がするけどね」

　百々子は顔をしかめた。ピアノ教室を開くことを提案してきたのは縫だった。

　久ヶ原の家には立派な防音設備のついた部屋がある、生徒をとってピアノを教えるに充分な環境が整っている、と縫は言い、百々子に自宅でピアノを教える仕事につくことを勧めたのである。

　ウィーンへの留学と、プロのピアニストとして華やかなステージに立ちたいという願望は、いつのまにか百々子の中で萎《しぼ》んでいった。聖蘭の音楽部に在籍しているのなら、在学中から各種コンクールに出て、優勝や入賞を果たし、プロになる方法はいくらでもあった。留学をふくめ、望めば、夢を叶えることは可能だった。

だが、留学し、ウィーンを拠点にコンクールに出場し続け、帰国後、プロとして活躍する道が開けたとしても、そうなったらなったで、否応《いやおう》なく名前や顔が世間に晒《さら》されることになるのは目に見えていた。百々子が何者であるか、いち早く気づいたマスコミにまたもや面白おかしく取り上げられ、「あの血塗られた土曜日の令嬢がピアニスト・プロデビュー」といった記事になり、騒がれる可能性は大きかった。下手をすれば、留学した時点ですでに気づかれ、写真の隠し撮りをされたあげく、「血塗られた土曜日の令嬢、哀しみを乗り越え、音楽の都でピアノと向き合う日々」などと書かれるのかもしれない。

二度とそのような扱いは受けたくない、という拒絶感と、世間の目に触れるような場所にわざわざ自分から出ていくことへの恐怖は、百々子の中で次第に大きくふくらんでいった。

抜け目なくそのことに気づいたのが縫である。老後の世話や介護のためにも、孫娘を傍に置いておきたい、と望み始めていた縫が、百々子の気持ちの揺れを察し、それを利用して自宅でもできるピアノ教室を勧めてきたのは明らかだった。

祖父の急死が、今さらながらに百々子には無念に思えた。祖父さえあの時期に死ななければ、縫は孫娘にそこまで執着しなかっただろう。

百々子は、自分が縫の目にどのように映っているか、よく承知していた。

縫は百々子の母、須恵のことを「出自に問題のあり過ぎる、育ちの悪い下品な女」としか見ていなかった。持って生まれた美貌《びぼう》を武器に、純粋培養されたような自分の息子をたぶらかし、見事、妻の座におさまった……そんなふうに決めてかかっていた。

孫娘である百々子の中には、あの素性の悪い母親の、汚れた血が流れている……縫は頑《かたく》なにそう思い続けてきたに違いなく、だとすればそんな百々子に祖母としての真の愛情など、抱くはずもないのだった。

祖父さえ生きていてくれれば、と百々子は幾度、嘆息したか知れない。たとえ病床についたままだったとしてもかまわない。祖父が死ななければ、縫の関心は少なくとも、淫蕩《いんとう》な血が流れている孫娘から遠のく。そうなれば、百々子は晴れて気持ちよく、卒業と同時に黒沢の家から解放されていた。それどころか、今頃はウィーンへ留学するための準備に追われ、慌《あわ》ただしくも晴れがましい毎日を送っていたかもしれない……。

「あの家でピアノ教室を開くだなんて、とんでもない」と百々子は呻くように言った。

「私、絶対にいや。そんなことをしたら、祖母から逃げられなくなるのはわかりきってるんだもの。何度も話したと思うけど、祖母と私は気持ちが通じ合わないの。今のあの人はね、あの家で独りになるのが怖いだけなのよ。私はそのために都合よく利用できる身内に過ぎないの。昔っからそう。なんにも変わってない。自分に得になることしか考えられない人だから」

そんなふうに考えるのはよくない、親代わりになって、百々子ちゃんの面倒をみてくれた人じゃないか、感謝の気持ちをもたなければいけない、などと青臭い説教をされるかと思っていたが、意外なことに紘一は深くうなずき、百々子を正面から見つめた。

「うん。それ、よくわかる気がするよ」

百々子は目を上げた。想像していなかった反応だった。信じられなかった。「ほんと？　紘一さん、ほんとにわかってくれる？」

「わからないわけがないだろ？　亡《な》くなった百々子ちゃんのお母さんも、あのおばあちゃんとはウマが合わなかったんだよね」

百々子は急《せ》くような思いにかられた。それまで誰にも言わずにきたことを紘一にだけは話したい、話すなら今だ、今しかない、と思った。

「私の母はね、生まれたのは函館だけど、小さいころに隣町の湯川ってところに移ったの。そこでの暮らしは極貧生活だったんだって。そういう過去があったから、母は初めっから黒沢家の嫁にはふさわしくない、っておじいちゃんやおばあちゃんに猛反対されたらしいわ。それを押して強引に結婚したのは、父が母にべた惚《ぼ》れだったからよ。父はほんとに母のことが好きで好きで、いくらまわりから反対されても、諦《あきら》めることなんかできなかったのね。おじいちゃんはそういう息子の気持ちを汲《く》み取って、途中から母のことを気持ちよく認めてくれたらしいけど、おばあちゃんは最後までいい顔しなかったの。理由は簡単。出自が悪いから、って。出自が悪い女を黒沢家の嫁に迎えるべきではない、って」

「え？　出自？　何だ、それ」

「母の母……つまり私の母方の祖母はね、夫から暴力を受けて、まだ小さかった母を連れて逃げ出したのよ。それで湯川に移り住んだの。一文なしだったところを旅館に住まわせてもらって、下働きの仕事をさせてもらって、貧しかったけど子供を育てながら一生懸命生きてたのよ。そんな時に、女相撲の興行師をしてた男が湯川に巡業に来て出会って、恋におちたんだって。で、その人との間に子供ができて。生まれた子が、紘一さんも知ってる、左千夫おじさん。でも左千夫おじさんがまだ赤ちゃんだった時に、興行師の男は姿をくらましちゃってね。仕方なく祖母はまた一人で働いて、母と左千夫おじさんを函館の学校に通わせて、育ててあげたんだって」

「その話、お母さんから聞いたの？」

「うん、母からだけじゃなくて、父からも聞いてた。百々子のおばあちゃんは、とっても苦労した人だった、偉かった、っていう話。でも、それを聞いた時は私はまだ子供だったから、どういうことなのか、よくわかんなくてね。なんて言うのかな、昔の日本の民話を聞かされてるみたいな気分だったんだけど」

紘一は硬い表情をしてうなずいた。「それが久ヶ原のばあさんの言う、出自が悪い、ってことになるわけか」

「そう」

紘一は軽く舌打ちをした。「それのどこが悪いんだよ。何も悪くないじゃないか。貧しい中、苦労して子供二人を育てあげたんだろ？　しかも父親の違う子供を。あの時代のことを考えたら、ものすごく大変なことだったろうと思うよ。出自が悪い？　なんてひどいことを言うんだろうね」

百々子は大きく息を吸った。作り物の微笑を向けた。「久ヶ原の祖母は、私のこともそう思ってるのよ。私には半分、母の血が流れてるんだもの。私のことを憎く感じたことだって、絶対に何度もあったんじゃないかと思う。うまく説明できないんだけどね、でも、私にはわかるの」

紘一はにこりともせずに、しばらくじっと百々子の顔を見つめていたが、やがてふっと息をついて力を抜き、目をそらした。

「これ以上、久ヶ原の家にいるべきじゃないね」と彼はおもむろに言った。「なるべく早く出たほうがいい。そのためには経済的な自立が必要だよ。百々子ちゃんが黒沢家の世話にならずに、自分で仕事をして収入を得て、自分だけの生活を始める時がきたんだよ。ついでに言えば、北島君との結婚を決めるのは、それからだってちっとも遅くないよ」

街路樹を通して、秋の午後の光がやわらかく店内に届き、たちのぼる煙草の紫煙が光の中でうすい膜を作っていた。百々子は静かにうなずいた。

それはおよそ初めて、紘一と真摯《しんし》で正直な気持ちを共有できたひとときと言えた。一夜にして人生が暗転する出来事に見舞われ、たづの家の世話になるようになって以来、その時ほど紘一が自分に寄り添ってくれた、と思えたことはついぞなかった。

百々子は「ありがとう」と小声で言った。「今日は、誰にも言わないできたことをしゃべっちゃったけど……でも、やっぱり紘一さんに聞いてもらえてよかった」

「俺でもたまには、百々子ちゃんの役に立つだろ？」

「そうみたいね」

紘一は顔から笑みを消し、まっすぐに百々子を見つめながら言った。「俺は百々子ちゃんの味方だよ。何があっても。それを忘れるなよ」

理性や意志、感謝、といったものの隙間《すきま》から、何か熱いものが凄《すさ》まじい勢いでこみあげてきそうになった。だが、百々子はかろうじてこらえた。

この人がほしい、と思った。それは性とはかけ離れた精神的な欲望のようでありながら、その実、性と切り離しては考えられないものだった。

あらゆる意味で自分が本当にほしいのは北島ではなく、やはりこの人なのだ、と百々子は思った。ただの幼なじみかもしれなかった。縁があって知り合ったに過ぎない男だった。

それなのに、紘一は百々子に父性と呼べるものを感じさせてやまなかった。紘一の言うことは常にまじりけがなく、清潔で正しかった。南国の空のように隅々まで明るく、健全で、正直で、裏表も綻《ほころ》びもなく、安心して寄り添える男。触れたい、その胸に抱きしめられてみたい、と願ってやまない男。常に自分のそばにいてもらいたいと思える、唯一《ゆいいつ》の男……。

しかし、どれほど愛《いと》おしく頼もしく思っても、彼は常に遠く、どんなに手を伸ばしても届かないところにいた。指先と指先を触れ合わせることすら叶わない。にもかかわらず、紘一は百々子の日常の風景の折々に、いとも剽軽《ひょうきん》な顔をして気軽に現れる。あたかも、遠慮のいらない、誰よりも気のおけない、親類か何かのようにふるまいながら。

満知子の買い物につきあう約束をしている、という紘一と、百々子はパルコの前の舗道で別れた。紘一と向き合い、百々子が彼に向かって右手を差し出すと、紘一は少し照れたような顔をしながらも、その手を固く握り返してきた。

生まれて初めて触れた紘一の肌だった。百々子はその、少し湿った大きな、温かな掌《てのひら》の感触を記憶の中に刻みつけるようにしながら、ふざけて強く握り返し、左右に揺すった。

# 15

……記憶を甦《よみがえ》らせ、物思いに耽《ふけ》っていた百々子は、はたと我に返った。時刻は二時十五分になろうとしていた。

いつのまにか運ばれていたアイスコーヒーを前に、百々子は現実に立ち返った。深く息を吸い、紘一と交わした言葉の記憶を断ち切るように上半身を伸ばして、ガラス越しに舗道を見渡した。

笑いさざめきながら行き交っている人々の群れの向こうに、その時、クリーム色のレインコートを着た美佐の姿が見えた。

百々子は軽く手を振ったが、美佐は気づかない。意識がどこか別のところにあるかのような、難しい顔をしながら、もくもくと歩いている。ウェストを共布のベルトで細く締めたコートの肩には、茶色のショルダーバッグ。手には折り畳み式の藤色の傘。足元はヒールのほとんどない、黒革のパンプスだった。

二か月ほど会わずにいるうちに、急に痩《や》せたように感じられた。顔色がよくないせいで、頬の肉が落ちて見えているだけなのかもしれなかったが、そのわりには歩調は速かった。まるで何かに怒っているかのようでもあった。

ガラスの内側に、百々子が座っているのを見つけた美佐は、「あ」と小さく口を開け、ふいに歩調を落としてからうすい笑みを浮かべた。やつれているように見えたのは確かだったが、その表情は、これまで百々子が見たことがないほど魅力的に、女らしく見えた。

それまで、美佐と会うのはたいてい千鳥町のたづの家だった。石川夫妻が新しく建てた家の二階には、美佐の部屋があり、遊びに行くと、まずその部屋に通された。だが、おとなしく二人で部屋にいるのは三十分程度。あとはたいてい、たづや多吉のいる居間で、以前同様、どうということのない雑談を楽しみ、駄菓子をつまみ、たづ手作りの家庭料理をごちそうになり、夜になって帰る、といった按配《あんばい》だったから、そんなふうに外の店で、かしこまって美佐と会うことはめったになかった。

久しぶりに外で会う美佐は、百々子の知らない間に急に大人びて、けだるい雰囲気すら湛《たた》えながら、瞳《ひとみ》の奥に多くの不安やためらいを隠しもっているかのように感じられた。

「ごめんごめん、こんなに遅れちゃって」

はずんだ息の中、そう言いながら美佐はショルダーバッグを肩からおろし、姿勢を正して背中と椅子《いす》の間に押し込んだ。

間近に見る美佐の顔は心なし青白かったが、座ったまま急いで脱ごうとしているレインコートの下の、白い薄手のブラウス越しに、白い下着に押し込められながらも、はち切れそうになっている二つの乳房がくっきりと見てとれた。やつれたように見える顔と、その奇妙に威勢のいい乳房とが一致せず、何か不可解なものでも見てしまったような気がして、百々子は思わず目をそらした。

注文したアイスティーが運ばれてくるまで、美佐はどこか装《よそお》ったような口調で、店のインテリアをほめ、おしゃれな店ね、この店があることは知ってたけど、なんだか敷居が高そうで入りづらかったんだ、などと賑《にぎ》やかな口調で話し続けた。

やがて、アイスティーが運ばれてきた。ストローの袋を破り、氷がたっぷりと入れられたグラスにゆっくりと差し込んだとたん、美佐は急に無口になった。まるで、オーダーしたアイスティーの中に、毒が入っているのではないかと疑い、一切の動きを止めてしまったかのようだった。

百々子は、ガラスの向こうの空模様に気をとられているふりをしながら、美佐が口を開くのを辛抱強く待った。

美佐はふいにストローから指を離すと、百々子に視線を移し、不自然にさばけた口調で言った。

「話したいこと、っていうのはね、ひと言ですむの。ほんとにひと言よ。……あのね、私、妊娠してるんだ」

百々子は呆気《あっけ》にとられ、正面から美佐を見つめた。美佐は照れたように小さく笑った。

「先月くらいから、胸がむかむかして気持ちが悪くて、だるくて。生理も止まったままだったから、なんとなくわかってた。……四か月だって。予定日は今年の十二月二十日。すごいでしょ。半年たったら、私、お母さんになるのよ」

「ちょっと待ってよ」と百々子は言った。「いきなり、そういう話しないでよ。頭がこんがらがっちゃうじゃない。それって、いったい誰の……」

美佐はやわらかく微笑した。「佐伯さんの子に決まってるじゃない。他に誰がいるの？」

佐伯……佐伯……。百々子は数えきれないほど何度も、美佐からその名を聞いた。家庭があるとわかっていても、好きになったのだから仕方がない、と美佐は言い続けてきたし、百々子自身もその気持ちを深く理解しながら耳を傾けてきた。

既婚者との恋に臆《おく》せず突き進むことができるのは、若さの特権のひとつでもある。百々子に道徳的な意見や感想を述べようとするつもりは毛頭なかった。むしろ、半ば面白く、許されない恋の物語を聞いていたところがあったから、心から美佐を応援していたと言ってもよかった。

「不思議よね」と美佐はため息まじりに言った。「中絶しようだなんて、全然、思わないの。ひとつも迷ってないの」

百々子は声をひそめて訊ねた。「産むつもりなの？」

「もちろん」

「ほんとに？」

「うん、ほんと」

「彼はなんて言ってるの」

美佐はわずかに表情を曇らせたが、自分の気持ちに負けまいとするかのように笑顔を作った。「佐伯さんには妻子がいるんだもの。反対されるのは当然じゃない。きみが妊娠したからって、妻と別れて一緒になったりすることはできない、って。仮にきみがきみの意志で出産したとしても、僕がその子を認知することはあり得ないから、って。はっきり言われた」

百々子は目をつり上げた。「何なの、その言い方。他人事《ひとごと》みたいに」

「聞いて。彼は初めっから、僕は何があっても離婚はしない、って私に言ってたの。それを前提にしてほしい、って。どんなに美佐のことが好きになっても、離婚はできないから、って。結婚生活と美佐との関係は、まったく別のものだから、って。前もってそれを相手に了承させてからつきあい始めるなんて、ずいぶん用意周到で、ずる賢い感じがして、いやだな、って思ったこともあったけど、でもね、これは嘘《うそ》でもなんでもなく、そういうはっきりしたところも、私、好きだったんだと思う。だって、妻と別れる、って嘘ついて、ずるずる深みにはまって、結局、別れられずにいる男より、ずっといいもの」

「美佐ちゃんには悪いけど」と百々子は猛然と腹を立てながら、腕と足を同時に組んで勢いよく椅子の背にもたれた。佐伯に腹が立つのか、そんな男に真剣になっている美佐に腹が立っているのか、わからなかった。「彼は、女とは遊びたいし、恋愛ごっこもしたいけど、絶対に家庭は壊したくない、っていう、ただの女好きの浮気男じゃない。面倒なことにならないように、美佐ちゃんの前で、最初から布石を打ってただけよ。そういうのを卑怯《ひきょう》って言うのよ。許せないよ」

「お願いだから、そんなにカッカしないでってば」と美佐は情けない表情で目を細めながら言った。「離婚はしない、っていうのを承知でつきあい続けてきたのは私なの。彼が悪いんじゃないの。彼は全然、嘘をついたりごまかしたりしなかったの。正直だっただけなの」

「何、かばってるのよ。美佐ちゃん、美化しすぎてるよ、彼のこと」

美佐は一瞬、黙りこんだが、やがて力なく微笑《ほほえ》んだ。「そうね。そうかもしれない。でも、いいんだ。世間では、バカなのは私、ってことになるんだろうけど、私は別に自分はバカだったとは思ってないから。彼との関係は自分で決めて始めたことだし、その結果を受け入れることも、その先に起こることも、やっぱり自分で決めようとしてるだけ」

　これまで何度か観《み》てきた、馬鹿げた、しかし深刻なドラマもしくは映画の中の一シーンに、今、自分が現実にかかわっている、と百々子は感じた。

　子供のころから、家族同然にかかわってきた美佐だった。本当の姉妹ではなかった分だけ、適度な距離を保ちながら、しかし、同世代のよしみで隠し事をせずにいることができた。唯一《ゆいいつ》無二、と言ってもいい、その友人が、いきなり遠く手の届かないところに行ってしまったような気もした。

「子供を認知してもらえないってことが、はっきりしてるんでしょ。それでも産むって言うの？　本気？　嘘みたい。信じられない」

「親は二人いなくちゃいけない、っていう法律はないんだし」と美佐は不自然なほど屈託なく言った。「私ひとりで育てるから大丈夫よ」

「ひとりで？　どうやって？　ちっちゃな子供を抱えながら勤め続けるわけ？　まさか、生まれた子をすぐにたづさんに預けるつもりでいるわけじゃないんでしょう？　たづさんだって、困るわよ、そんなことされちゃ。ともかく、ひとりで決めて、出産して、そのあとの何もかもをひとりでやっていこうだなんて、無茶よ」

「百々子ちゃんには無茶かもしれないけど、私には全然、無茶じゃないの」と美佐は静かに言った。「そりゃあ、どうしても母に手伝ってもらわなくちゃいけない時期はあるだろうし、今の会社は辞めなくちゃいけないけど、できるだけ早く仕事を見つけて、落ち着いたら部屋も探して、実家から出て行くつもり。世間にはいろんな事情があって、働きながら、ひとりで子供を育ててる母親はいっぱいいるわ。親が働いてる間、子供を預けておけるところもたくさんあるのよ」

百々子の両親は、百々子が食べていくのに困らないだけの財産を遺《のこ》してくれた。それをいいことに、たづのところで世話になり、何不自由のない暮らしを続けてきた自分を美佐から軽蔑《けいべつ》されたような気がした。嬢ちゃま、という、いやな言葉が黒い煙のように百々子を包んだ。

百々子はつと顎《あご》をあげ、感じた通りの言葉を投げつけてみたい衝動にかられたが、かろうじてこらえた。美佐は今、それどころではないはずだった。

「ともかく、佐伯さんともう一度、じっくり話し合うべきよ」と百々子は気を取り直して言った。「すべてを美佐ちゃんがひとりで背負うなんて、おかしいでしょ。彼との間にできた子供なんだから、せめて養育費とか生活費とか、支払ってもらわないと……」

「いいの」と美佐は言った。疲れたような微笑が、その口元に浮かんだ。「そういう話し合い、しなかったわけじゃないの。でも、いつも彼は最後には黙っちゃって。仕方ないのよ。しがないサラリーマンなんだもの。家庭の外にもうひとり子供がいて、母子ともに面倒みるなんて、どこかの大金持ちでもない限り、できっこないんだから」

「だからって、美佐ちゃん、おとなしく黙って身を引こうっていうの？　そんなにお人よしだった？　私、そういう男、絶対に許さない。都合のいい時だけ恋愛を楽しんで、厄介な問題が起こると、言質《げんち》とってるから、って言いわけして、すごすご逃げ出して。私だったら、そういう卑怯な男とは最後まで戦うよ」

　美佐は別に腹を立てている様子もなく、おっとりと微笑んだ。「そうね。百々子ちゃんだったら、そうするでしょうね。でも私はね、百々子ちゃんみたいに強くないし、自信もない人間なの。……なんて言うのかな、とにかく、もういいんだ。結婚してる人だとわかってて夢中になったのは私のほうなんだもの。それに、佐伯さんとはもう、別れることに決めたから。これで案外、すっきりしてるのよ」

「今別れたりしたら、向こうの思う壺《つぼ》じゃないの。助かった、って思われるだけよ」

「ううん、違う」と美佐はもの静かに微笑して首を横に振った。「このことを両親に報告する時には、きちんと彼と別れていたいの。そうしておかないと、父が激怒して、大騒ぎするのは目に見えてるもの。きちんと別れていれば、父もそこまではできないはずだから」

「だからって、別れられるの？」

　美佐はにわかに目をうるませたが、自分に言い聞かせるようにして深くうなずいた。

「別れなくちゃいけないんだから、仕方ない」

事実を知った時の多吉の反応も、たづの反応も、百々子には容易に想像できた。多吉は怒鳴り、暴れ、佐伯を罵《ののし》り、佐伯の会社や家庭に乗り込んでぶっ殺してやる、と言いながら、大工道具を手に外に飛び出そうとするだろう。そして結局は、たづに止められて、何もせずにいることになるのだろう。たづは嘆き、多吉同様、佐伯の態度にひどく立腹しながらも、なんとかして娘の健康と幸せを第一に考えようとするのだろう。そして夫妻は共に、決して本意ではないにせよ、美佐の出産に向けて準備を始めるようになるに決まっていた。

たづも多吉も、娘が既婚者との間に子を孕《はら》んだと知ったからと言って、娘本人を苦境に立たせるようなまねは決してするはずもなかった。

そこには百々子が失った、両親から受ける無償の愛があった。百々子はそれを心底、羨《うらや》ましいと思った。一方でそれは、遠い見知らぬ外国で起こっている出来事のように、現実感の希薄なものにも感じるのだった。

「自分の話ばっかりでごめん」と美佐は、ふと気づいたように言った。「百々子ちゃんのほうは？　最近、どう？」

「私のことなんか、どうだっていいよ。美佐ちゃんは今、それどころじゃないんだから」

「でも、もういろんなこと、決めたんだからいいの。私は大丈夫。これでもしっかりしてるのよ。だから……わかってね」

百々子は上目づかいに美佐を見つめ、しばしの沈黙のあと、不承不承、うなずいた。

「こんな鬱陶《うっとう》しい話、ここまでにしよう。百々子ちゃんの話、聞きたい。……ねえ、兄貴とは最近、どう？　たまに連絡とってるの？」

百々子は首を横に振った。「結婚前で紘一さんも忙しいだろうから、全然」

美佐は、百々子が紘一に惹《ひ》かれていることを知っている。気づいている。それが単なる好意を超えた感情であることも、どうにもならないことを百々子自身が受け入れている、ということも、さらには、その諦《あきら》めの気持ちが北島との関係を深めていった、ということも。

「そんなに忙しくなんかないわよ」と美佐は言った。「たまには連絡して呼び出せばいいのに。おいしいものでもごちそうして、って百々子ちゃんが頼んだら、喜んで奢《おご》ってくれるから」

「……紘一さんには話したの？」

「まさか」美佐は屈託なく笑って首を横に振った。「ふつう、こんなことは異性の兄弟に話さないもんじゃない？」

「紘一さんがこのことを知ったら、どんな反応をしてくるかな」

「バカ、って、吐き捨てるみたいに言うだけよ。兄貴の性格がまともでまっすぐなのは父ゆずりだけど、あの人は父みたいに沸騰《ふっとう》したやかんにはならないの。気持ちのどこかにね、変に優しいとこがあって、なんて言うのか、相手を無条件に受け入れちゃうのね。だからなんにも言えなくなって、すごく困った顔をして、バカ、でおしまい。きっとそう」

「さすが妹。よくわかってる」と百々子は言った。

「まあね」と美佐が言い、二人は顔を見合わせて小さく微笑み合った。

「そうそう、今日、百々子ちゃんに会ったら、話そうと思ってたことがあったんだ」と美佐が、一瞬にして霧を晴らすような明るい調子で言った。「ねえ、ずいぶん前のことなんだけど……ほら、百々子ちゃんと一緒に住み始めて少したったころよ。左千夫さんがうちに来て話してくれた俳優の話、覚えてるかな」

「え？　何それ」

「あのころ、板チョコのコマーシャルに出てた男の人と、左千夫さんが知り合いだ、って話してたじゃない。ほら、左千夫さんは、どこだかの劇団の人たちが演技の勉強をさせてくれる、っていうお稽古《けいこ》場《ば》に通ってたでしょ？　そこで知ってた人が、なんかいろいろコネみたいのがあったらしくて、板チョコのコマーシャルに出るようになった、っていう話よ」

記憶はおぼろげだったが、言われてみれば百々子にも覚えがあった。「そう言えば、そんな話、したことあったね」

「でね、その人、五嶋田俊、っていう名前で、あのころは無名だったけど、最近、いきなり人気出ちゃったでしょ。脇役《わきやく》だけど映画やドラマにもけっこう、出てるし。知ってた？」

「へえ、そうなの？　知らなかった。美佐ちゃん、詳しいのね」

「たまたまテレビ観てて気づいたの。今はもう、三十歳くらいになったのかな。あの人、見た目はそんなでもないけど、なんて言うのか存在感があって、けっこういい役者になれそうよね」

　板チョコのＣＭに出演していた若い役者には覚えがあったものの、その男が現在も役者を続けている、という話は百々子にとって初耳だった。

　美佐は幾つかの映画や人気テレビドラマのタイトルを口にし、その男優が何の役を演じたか、演技がどうだったか、最近ではファンクラブもできたみたいだ、といったようなことを話し続けた。

「五嶋田俊は来年の春公開の新作映画に出演するんだって。一昨日《おととい》だったかな、新聞の夕刊に書いてあった。今度は準主役みたいよ。すごいね。ほんと、全然、ハンサムじゃないのに、雰囲気のある人だから、私、けっこう好きなんだ。……百々子ちゃん、そういう話、左千夫さんから何も聞いてないの？」

百々子は首を横に振り、「なんにも」と答えた。嘘ではなかった。左千夫はその後、百々子の前で板チョコのＣＭに出演していた無名の男優の話など、一度もしたことがない。

「今度会った時、聞いてみたら？　もしかしたら今も親しくしてるかもしれないし、いろいろ詳しい話、聞けたら私に教えて」

「うん。でも、どうかな。左千夫おじさんはとっくに役者になることを諦めちゃってるから」

「そうなの？　でも、どうして？」

「詳しくは知らないけど……。年とっちゃったしね。ふつうに言ったら、もう無理なんだと思う」

「オーディションとかも受けなかったわけ？　探せばいくらだってあったんじゃないの？」

「聞いてない」

「もったいないね。すっごくハンサムなのに。母なんか、いつも言ってたよ。見ててごらん、左千夫さんはそのうち、必ず人気俳優になるよ、って」

「……ああいう事件もあったから」と百々子はあっさりと言った。「いろいろ、思い通り、っていうわけにはいかなかったんじゃないのかな」

「うん、それはそうかもしれないね」と美佐は慎ましく同調した。

久ヶ原の街の路上で受けた性的暴行の一件を手紙で伝え、一度、電話で話して以来、百々子が漠然と左千夫に感じていた違和感は、その後、徐々に気にならなくなった。気にしないようにしていたからではなく、知らぬうちに意識の奥深いところに埋められて、見えなくなっていったのだった。

会っている時など、ふとした瞬間に、まざまざと自分自身が感じた、かつての違和感を思い出すこともないではなかった。そのたびに説明のできない居心地の悪さを感じたが、以前の左千夫に戻って、一定の距離を保ちつつ接してくる彼を前にしていると、そんなこともいつのまにか、忘れていった。

会う機会が減ったので、連絡を取りあわないまま、時が過ぎていくこともあった。そして忘れたころになると、様子伺いの手紙や葉書が送られてきた。そのつど、百々子は返事を書いた。

左千夫から誘われれば、たいてい断らずに出かけて行った。会うのは喫茶店。一時間ほどコーヒーを飲みながら雑談するだけで、食事を共にすることはあまりなかった。

話すことといえば、百々子の近況に関する話題がほとんどだった。彼はもっぱら聞き役にまわり、熱心に百々子の話に耳を傾け、あたりさわりのない感想を述べるにとどまった。

俳優になる夢を捨てた様子の左千夫が、現在、会社と独身寮を往復するだけの生活を送っている姿を想像すると、百々子は時に哀れを覚えた。

暮らしに困っている様子は窺《うかが》えない。独身寮にはいつまでいられるのか不明だが、少なくとも扶養家族がいないのだから、さしあたって問題はなさそうだった。

それなのに、彼は常に百々子の前で、拭《ぬぐ》い落とすことのできない欠落と孤独、陰鬱さを漂わせていた。気楽に遊ぶことのできる女友達の一人や二人、いて当たり前だったが、女性の影など、ついぞ見えたためしがない。酒好きというわけではなく、賭《か》け事にも興味をもたなかった。一人で映画を観に行くのが唯一の趣味のようで、いったい全体、人生の何が楽しくて生きているのか、百々子には皆目見当もつかなかった。

好奇心の強い無邪気な娘を装って「おじさんはどうして結婚しないの」と不躾《ぶしつけ》な問いを投げかければ、「どうしてだろう」と鸚鵡《おうむ》返しにされる。結婚したいと思ってる人、いないの？　と訊けば、「いないな」と答える。

好きな女優の話から好みの女性のタイプを訊き出そうとしても、スクリーンの中の新《あら》珠《たま》三《み》千《ち》代《よ》が好きだ、と言うわりには、生身の女性については話が弾まない。かといって、その種の話を持ち出されるのがいやなのか、といえばそうでもなさそうで、百々子から質問されるのを楽しんでいるふうでもあった。

事件のことはもとより、死んだ両親の話はほとんどしなかった。だが、百々子が子供時代の愉快なエピソードを話している時など、うっかり父や母の話題になってしまうこともあった。慌てて口をつぐもうとする百々子を前にして、左千夫は表情を変えずに目をそらした。

彼はやがて百々子をちらりと上目づかいに見る。その視線の奥には、いつも得体の知れない黒々としたものが宿っている。それは百々子にとって常に謎《なぞ》めいた闇《やみ》だった。

やがて左千夫はおもむろに話題を替える。あまり面白くない冗談を口にし、時には大げさにおどけてみせたりする。しかし、演技の勉強をしてきた人間とは思えないほど、そこには技巧のかけらも感じられなかった。

……百々子は「変なこと訊くけど」と言って、話題を替えた。「美佐ちゃん、胸が少し大きくなった？」

美佐は顔を赤らめながら、反射的に自分の胸を見下ろした。「そう？　いくらなんでも、まだ早いでしょ」

「ううん、前よりも大きくなってる」

「そのうち、黙っていても、百々子ちゃんみたいになれるのよね。楽しみだな。私、ずっと百々子ちゃんのこと、羨ましかったんだ」

わずかに腰をくねらせ、すうっと背筋をのばした美佐の全身から、成熟した女の性の香りが漂ったような気がした。百々子は笑いながらも目を伏せた。

北島と初めてくちづけを交わしたのは三年ほど前。初めて肌を合わせたのは、それから半年後だった。いずれの時も、北島のふるまいは紳士的だった。最初から最後まで、百々子を気遣い、触れたとたん、壊れてしまうほど脆《もろ》いものを扱うようにして百々子を抱き寄せ、慈《いつく》しんだ。昂《たかぶ》りにまかせ、欲望をあからさまにされたら、とたんに気持ちが冷めてしまうかもしれない、と密《ひそ》かな不安を抱いていたのだが、それは杞憂《きゆう》に終わった。

真っ先に報告した相手は美佐だった。美佐が佐伯と関係を持ち始めた時期と重なっていたので、二人は恋人と交わした性愛、他では決して口にできないような秘密の話を打ち明け合い、楽しむためにも、なくてはならない存在になった。

美佐は控えめながらも、佐伯とベッドの中でどんな会話を交わしたか、いかに優しく丁寧に愛されたかを問わず語りに語った。そこには常に、恋する女の純粋で素直な悦《よろこ》びがあった。美佐は時に幸福そうに、報われない愛に対する絶望感が、彼女自身を勇ましく奮い立たせているかのような、ひどく官能的な話し方をした。

美佐に対する子供じみた対抗心から、百々子は北島がいかに自分を大事にしてくれるか、どれほど優しい男であるかを強調し、自慢した。だが、そこには彼女自身が北島を愛している、という事実、それに基づいたエピソードはなかった。それはすべて、受け取る愛情の量の自慢に過ぎなかった。

さすがに美佐を前に、紘一に向けた欲望や想《おも》いの深さを明かすことはできなかった。そのため百々子はいつも、北島とののろけ話を必要以上に口にすることになった。

北島から暗に結婚を匂《にお》わせる言葉を聞いた時も同様で、予想通りの展開だと醒《さ》めて受け取りながらも、美佐にはその時のやりとりを大げさに語った。事実とは異なっていたのだが、あたかも正式なプロポーズを受けたかのように伝え、幸福そうにうっとりしてみせることを忘れなかった。

そんなふうにしていると、自分がごくふつうの家庭で育った娘になったかのように思われてきて、百々子は束《つか》の間《ま》、幸福感に充《み》たされた。北島からの求愛を心底、喜び、北島を求め、北島の庇護《ひご》のもとに素直に生きようとしている、愛らしい娘になりたかった。そうすれば、幸せになれることはわかっていた。

母の須恵が生きていたら、やっぱり同じことを言っただろう、と百々子は思う。

「百々子のことを大切にしてくれるなら、どんな人と結婚してもいいのよ。でも北島さんなら間違いないわね。あんなに優しくて、百々子のことをあんなに大切に思ってくれて。パパだって大喜びよ」と。

決して嫌いなのではなかった。関心がないのでもなかった。醒めているわけでもない。むしろ大好きだし、常にそばにいられても気にならない。希有《けう》な相手と言ってもよかった。

北島家では、二人の結婚に反対の声があがっていた。両親が殺害された娘との結婚に、難色を示してきたのである。北島は百々子には何の非もないと言って、親や親類を説得し続けた。北島の熱意は、少しずつ周囲の人間にも伝わっている様子だった。百々子は北島の、自分に対する真摯《しんし》な愛情の深さを思い知った。

だが、百々子の中では常に、吹き荒れてやまない小さな嵐《あらし》が渦を巻き、なかなか消えてくれなかった。何かを具体的に求めているわけでもないのに、常にいたたまれない気分が百々子を支配していた。

真にほしいものがわからないのだった。一夜にして両親を失ったことや、事件が迷宮入りし、犯人の動機もわかっていないことと、それが深く関係しているのかどうかもはっきりしなかった。

生きていくことは百々子にとって、文字通りの闘争になりつつあった。ささやかな幸せを得るためにも、未来を切り拓《ひら》いていくための大切な決断にも、すべてにおいて、十二歳の時に遭遇した事件がついてまわった。百々子の人生は常に、酷《むご》い事件の影を引きずり続けていた。

「ところで百々子ちゃん、仕事、どうなった？」と美佐が訊《たず》ねた。「ホテルのラウンジでピアノ演奏する仕事につくかもしれない、って言ってたけど」

「おかげさまで決まったのよ」と百々子は言った。はしゃいだような顔をしてみせたかったが、あまりうまくいかなかった。「それにね、音楽教室でピアノを教える仕事も入ってきて、大助かり」

「ほんと？　わあ、よかったね！　その音楽教室って、どこにあるの？」

「吉祥寺。それほど大きな教室じゃないんだけど、あのへんは子供にピアノを習わせたがってる親が多くて、教室にはいつも生徒がいっぱいで、順番待ちなんですって」

「じゃあ、教室のほうでも新しい先生は大歓迎なわけね」

「そうなの。実はね、その話が決まってから、吉祥寺で賃貸のアパートも探してきちゃった。いいとこがあったのよ。二階建てで、一階に大家さんが住んでて、その二階の二世帯を賃貸に出してたの。そのうち一つが空いてたの。四畳半の部屋が二つに、ちっちゃなキッチンとお風呂やトイレがついてて、新婚向きって感じ。日当たりがよくて、駅にも近いし、静かで悪くないから、思い切って決めてきちゃった」

「え、嘘。そんな話、全然聞いてなかったよ」

「話そうと思ってたら、美佐ちゃんがこういうことになったんじゃない。ゆうべの電話でも話せる雰囲気じゃなかったし」

「ごめんごめん」と美佐は言い、微笑して目を細めた。「それにしても、百々子ちゃん、いったん決めると、行動に移すのが早いのね。びっくりした。ものすごく生活力があるじゃない」

「そんなに私、頼りなく見えてた？」

「全然。それどころかまったく逆よ」と美佐は言い、首を横に振った。「百々子ちゃんは強いよ。強く生きていける力を持ってる人よ。いつもそう思ってた」

「別に強くなんかない。……私はただ、自分で自分に負けたくないだけ」

美佐は空を舞うタンポポの綿毛のような物静かな吐息をつき、「私だってよ」と言った。

聖蘭の音楽部を卒業した学生が、生活に困って進路指導課に相談に出向くことはほとんどない。学生たちはたいてい良家の子女であり、卒業後の就職や生活に関して経済的問題を抱えることもないまま、プロの音楽家をめざすのがふつうだった。

海外留学、著名なオーケストラへの入団、各種音楽コンクールへの出場……百々子のように、あえて自宅を出て、少ない収入を頼りに自活の道に入ろうとする者は、聖蘭学園音楽部の卒業生の中でも、きわめて珍しかった。

進路指導課の教官は、相談に訪れた百々子が初等部時代に、不幸な事件で両親を失ったことを知っていた。そのため、なおさら深く同情された。

親を失ったから、自活の道に入ろうとしているのではなかった。あのような過去をもってしまった以上、プロを目指すのではなく、目立たないかたちでピアノの仕事をしていきたいのだ、ということを百々子は簡潔に、正直に打ち明けた。しかし、教官はあの忌《い》ま忌《い》ましい事件を発端とした、黒沢製菓と黒沢家の複雑な事情があるのだろう、と勝手に邪推し、いっそう深く百々子に同情のまなざしを向けてきた。

しかし、百々子にとって屈辱的とも言える教官の同情は、皮肉にも功を奏した。

聖蘭学園進路指導課は、百々子のための仕事探しに奔走してくれた。吉祥寺の雑居ビルの中にある音楽教室で、地域の子供たちにピアノを教える仕事も、都内のホテルのラウンジで、貸衣装のドレスに身を包み、片隅のグランドピアノで誰が聴いているというわけでもない、ＢＧＭふうの生演奏をする、という仕事も、聖蘭学園の口利《くちき》きがあってこそ、百々子が手に入れることができたものだった。

借りることに決めたアパートは、百々子が吉祥寺の不動産屋に立ち寄った際、行き当たりばったりで内見し、すぐに気にいったものだった。北島にも後日、見てもらい、ここならば久ヶ原からも離れているし、いいのではないか、と言われて即決した。

何より北島は、百々子が祖母のもとから離れ、部屋を借りて独立独歩の生活に踏み出すことを大歓迎していた。そこには、一日も早く百々子と二人だけになりたい、という、若い男の欲望が感じられたが、それは百々子にとっても同様だった。誰にも気をつかうことなく、自分が身を委《ゆだ》ねられる相手と、自由に過ごせる空間を手に入れることは、百々子の長年の夢でもあったのである。

「でもさ、百々子ちゃん。そういうアパートって、ピアノは置けないんでしょ？　練習とか、どうするの？」

「音楽教室のピアノを使わせてもらえるの。同じ吉祥寺だし、私はプロのピアニストじゃないんだから、朝から晩まで練習しなくちゃいけないことなんか、なんにもないじゃない。その程度で充分」

「何もかも、準備万端ねえ」

「まあね。ホテルの仕事は十月からなんだけど、音楽教室のほうは、引っ越してすぐ、七月末から始めることにしちゃった」

「百々子ちゃんたら」と美佐は目を見張り、清々《すがすが》しく笑った。「何よ、そんなに早く引っ越すつもり？」

「決まったのに、ぐずぐずしてることないもの」

「それにしても、久ヶ原のおばあちゃんをよく説得できたのね。反対されたでしょう」

「そりゃあもう。目を三角にして、声が裏返ってた。あげくの果てに泣かれちゃって、具合悪くして寝込まれちゃって。大変だったんだ」

「百々子ちゃんがいなくなると知って、さすがにショックだったんだろうね」

「そうみたい」百々子は肩をすくめた。

縫に向けた嫌悪《けんお》感《かん》や、縫の自分に向けた愛情は支配に過ぎない、といった話は美佐に打ち明けたことはなかった。今こそ話したい、という気もしないでもなかったが、百々子は控えた。話さねばならないこと、理解し合い、支え合わねばならないことが他にもたくさんあるような気がしたからだった。

「でも、結果的に私の決意が硬いことは通じたみたい。久ヶ原の家には昔からの家政婦がいるでしょ？　だから、私が出て行っても祖母が独りになって、日常生活に困るわけでもないんだし」

「家政婦って、キミちゃんのこと？」

「そう」

「百々子ちゃんって、キミちゃんのこと、あんまり好きじゃないよね」

「なんでわかるの？」

「キミちゃん、っていう名前を口にしたがらないもの。キミちゃんのこと話す時、いつも、家政婦、って言うし」

百々子は笑った。「意識してるわけじゃないんだけどね」

「いい人じゃない。ちょっと鈍くて、もっさりしてるけど。働きものだし」

肩をすくめ、百々子は嘲笑《ちょうしょう》を浮かべてみせた。「他に行くところがなかったのをうちのおばあちゃんに拾ってもらえたもんだから、忠誠を誓ってるだけよ」

美佐はくすくす笑った。「意地悪百々子ちゃん。嫌いとなると、徹底して嫌いなんだよね。でも、その分、純粋。そういうとこが、百々子ちゃんの魅力」

「からかってんの？」

「からかってなんかないって。でもさ、ほんと、よかったね。私も嬉しい。すごく嬉しい。これから百々子ちゃんに、新しい人生が始まるのね」

「そう。私だけじゃなくて、美佐ちゃんにもね」

百々子は美佐と顔を見合せ、共犯者同士のような笑みを浮かべ合った。

新しい人生、と百々子は胸の内で繰り返した。

美佐には新しい家族ができる。そして自分には新しい日々が待っている。それがどんな意味をもつのか、今後の自分たちの人生にどのようにかかわってくるのかは想像もつかない。だが、少なくとも黒沢の家で起こった禍々《まがまが》しい出来事をいちいち思い出す暇さえなくなるような、賑やかで多忙な毎日が始まろうとしていることだけは確かだった。

仏教の曼陀羅《まんだら》図のごとく、自分と美佐を取り囲んで無数の神々、無数の生き物、無数の星々、無数の水の流れがあるような気がした。その中心に自分たちがいる。そして、すべてをひっくるめた全体が、無限に続く時間であるに違いない。

そんなふうにぼんやりと、しかし、淡い希望と共にものごとを順序立てて考えていくうちに、束の間、経験したことのないような深い幸福感が百々子を包んだ。未来を夢見る時の若い娘らしく、思いがけずわくわくした胸躍る感覚が芽生えた。

「ねえねえ、美佐ちゃん」

「ん？」

「何ていう名前にする？」

「え？　何が？」

「生まれてくる赤ちゃんよ。ね、律、ってどう？」

美佐は呆《あき》れたように笑った。「男か女かもわからないのに。でもなんでリツなの？」

「たづさんの名前に似てるから」と百々子は言った。「たづ、とりつ。韻をふんでるみたいでしょ。たづさんみたいに元気で優しい子に育ってほしいじゃない。だから、男の子だったら律で、女の子だったら律子」

「素敵だね。どういう字を使おうか」

「音楽の旋律の『律』」

「あ、百々子ちゃんもその中に入ってる」

「でしょ？」

「それ、今、考えついたの？」

「そうだ、って言いたいけど、言ったら嘘になる」

百々子は正直にそう言い、将来、自分に子供ができたら、そう名付けたいと思っていたことを打ち明けた。

「気が早いのね」

「もしそうなったらの話」

「……ねえ、もしかして百々子ちゃんも、なんじゃない？」

「何がよ」

美佐が目を大きく見開き、冗談めかした顔をして、腹部がふくらんだジェスチャーをしてみせたので、百々子は「まさか！」と言うなり、思わず吹き出した。

二人の女は上気しながら、あたりかまわず大きな笑い声をあげ、溶けた氷ですっかり薄くなってしまった飲み物の代わりに、美佐はミルクティーを、百々子はホットコーヒーを注文した。何か甘いものも、ということでチーズケーキも追加して、二人は厳しい試練に満ちた現実をいっとき忘れ、生まれてくる赤ん坊の話、百々子の仕事の話、見果てぬ夢のような茫洋《ぼうよう》とした未来の話に興じ、ケーキを食べ、冗談を言って笑い、目を細めながら、互いの将来の幸福を祈り合った。

外では小雨が降り出していた。百々子の弾んだ気分とは裏腹に、ガラス越しに見える街は灰色に煙って見えた。

## 16

その年の暮れ、一九七四年のクリスマスが近づき、街のどこもかしこもが師走《しわす》の賑《にぎ》わいを見せていたころだった。

午後の間中ずっと、音楽教室で生徒たちにピアノを教えていた百々子が、生徒を全員帰し、教室内の後片付けをすませた時、北島が迎えに来てくれた。会社帰りだった彼も百々子も夕食をとっていなかったので、二人で駅裏にあるお好み焼き店に行き、遅い夕食をとった。長居はしなかった。店を出てから、二人は連れ立って百々子が借りているアパートに帰った。

炬燵《こたつ》と電気ストーブをつけ、小さな台所で湯をわかし、百々子がティーバッグの紅茶をいれようとしていた、まさにその時だった。炬燵脇《わき》の戸棚の上に載せてある電話が鳴り出した。時刻は深夜十一時になろうとしていた。

翌日の日曜日、ピアノ教室での百々子の仕事は非番だった。始まったばかりのホテルでの生演奏のアルバイトも休みで仕事上の緊急連絡のために、どこかから電話がかかってくる可能性は一切なかった。

そんな時刻に気軽に電話をかけてくるのは、美佐か左千夫、あるいは、独り暮らしの百々子を案じてやまずにいる、石川たづくらいのものである。

内心、縫だったら面倒だな、と思ったが、早く就寝する縫がこんな時間に電話をかけてくることは考えられなかった。もしも久ヶ原で何かあったのだとしたら、キミ子が連絡してくるはずである。

受話器をとってすぐに、縫のあの、か細い弱々しい声を聞かずにすむのであれば、相手は誰でもいい、と百々子は思った。たとえ縫が倒れたという連絡を受けることになるのだとしても、その連絡をしてきたのが縫でなければ、冷静に応じられる自信があった。

百々子は北島に向かって、「しーっ」と人指し指をくちびるにあてて笑いかけながら受話器に手を伸ばした。その可能性は低いにせよ、電話をかけてきたのがキミ子だとしたら、百々子の部屋に男の気配があったことを後日、縫に告げ口されないとも限らない。細心の注意は怠るべきではなかった。

「もしもし?」と百々子が応じると、受話器の奥でざわざわという何かがこすれるような音がした。次いで大きく息を吸う気配が伝わった。

その瞬間、何か途方もなくいやな予感が百々子の胸の奥に走った。声にならないその気配は、明らかにたづのものだった。百々子はたづの吐息、あくびの音まで聞き分けることができた。

「もしもし、たづさん？」

「あ、あ、あ……」と呻《うめ》くたづの声が聞こえた。

「どうしたの！」

「あの、嬢ちゃま」とたづが、聞き取れないほどかすれた声で言った。たづがそんな声を出したことは、かつて一度たりともなかった。

「どうしたのよ。もしもし？　何かあったの？」

深く息を吸う音が聞こえた。そして、切れ切れに吐く息の中でたづは言った。「美佐がさっき……」

「美佐ちゃん？　もしかして陣痛がきた？」

おめでたい報告をしようとしているたづが、息も絶え絶えになっているとは考えられない。何か起こったのだ、そうに違いないと思ったが、百々子はその禍々《まがまが》しい想像を吹き飛ばそうとした。

たづは初孫を迎えて、あまりの興奮のため、声が裏返っているだけなのだ、きっとそうなのだ……。

だが、願いも虚《むな》しく、たづの声はすぐさま泣き声に変わった。

「嬢ちゃま。美佐が、美佐が……今日、赤ん坊を産み落とした後、大出血しちまいました。その後、すぐに容態が悪くなって……。出血性ショック、ということでして、産院から大きな病院に運ばれたんですが、心臓が止まったまんまで動かなくなって、何をやってもだめで。それで、それで……さっき、とうとう、あちらの世界に行ってしまいました……」

受話器を通して、たづの吠《ほ》えるような泣き声が百々子の耳をつんざいた。闇《やみ》の奥で獣が発する声のように聞こえた。

百々子は言葉を失った。受話器をつかんでいないほうの手が、無意識のうちに宙を泳ぐのが感じられた。その手を北島の手がとらえ、支えようとした。不安に満ちた彼の目が百々子を凝視していた。

受話器をそのまま北島に手渡してしまいたかった。何もかも北島に任せ、この場から逃げ出したかった。到底、受け入れることのできそうにない悲劇は、もうたくさんだった。

だが百々子は逃げ出さなかった。固く受話器を握りしめた。息を吸い込んだ。「たづさん」と太い声で呼びかけた。「すぐ行く。どこの病院？」

泣きくずれながらたづが口にしたのは、雪谷《ゆきがや》にある中規模の総合病院だった。池上線の洗足池駅近くにある病院で、その名を耳にしたとたん、百々子の中に高校時代の記憶が甦《よみがえ》った。

それは、百々子が久ヶ原の路上で見知らぬ男から口にするのも憚《はばか》られるような行為を受けることになる日、虫垂炎で入院中だった同級生の見舞いに出向いた病院だった。数秒にも満たないわずかな時間ではあったが、あの日から今日のこの瞬間までに起こった出来事の数々が、細かな幾つもの断片と化し、百々子の中に怒《ど》濤《とう》のように押し寄せてきた。

一瞬、頭がくらくらし、息ができなくなるのを感じた。息を吸おうとしても、肺に空気が入っていかない。

だが、百々子は気丈にも「たづさん」と力強く呼びかけた。「そこにいて。待ってて。一時間以内に着くように行くから。いい？」

電話を切り、北島にことの次第を話した。北島が明らかに動揺し、早くも目を潤《うる》ませながら、ぽかんと口を開けたままでいるのを見て、百々子は小さな苛立《いらだ》ちを覚えた。赤ん坊ができる行為は大好きなくせに、と思った。こういう時こそしっかり私を支えてよ。たづさんを支えてよ。何をぽかんとしてんのよ。何が起こったのか、わかってるの？

今しがた脱いだばかりのコートに再び袖《そで》を通しながら、百々子は生まれた赤ん坊が無事だったのか、男の子だったのか、女の子だったのか、聞き忘れたことに気づいた。

生まれた時から母親のいない赤ん坊が、病院の小さなベッドの中で、わけもわからないまま、世界の闇の中に取り残されているのだった。その母親は、自分が産み落とした赤ん坊を目にすることなく、赤ん坊と共に歩む人生を夢見ることもなく、血の海の中で息絶えたのだ……。

　タクシーで行こう、と北島が低く言った。そのほうが早い、と。転げ落ちそうになるほどの勢いでアパートの外階段を駆け下り、二人は表通りに出てタクシーを探した。師走のその時刻、なかなか空車は見つからず、北島が走りまわってやっと拾えたタクシーに乗り込んで行き先を告げた直後、百々子は全身が小刻みに震え出すのを覚えた。

「信じられない」と言いながら、隣にいる北島の手を握りしめた。北島はその手を強く握り返し、さらに片手で百々子の肩を抱きよせた。北島の掌は生温かかった。

細かな震えが止まらないくちびるに手の甲を強く押しあて、百々子は目を大きく見開いて車の窓の外を見つめた。

　かつて百々子が石川たづの家を出て、久ヶ原の祖父母の家に引っ越そうとしていた時、美佐が手製のフェルトのポーチを贈ってくれたことを思い出した。レモン色のポーチには、三連音符やト音記号の刺繡《ししゅう》が施されていた。開け閉めする部分はファスナー式になっており、文房具でもちょっとした小物でも、なんでも入れることができ、重宝した。

　毎日、通学鞄にしのばせて愛用し続けた。色あせて、汚れが目立ち、レモン色がくすんだ薄茶色に変色してさえ、使わずにはいられなかった。

あれは今、どこにしまっただろう、と百々子は思った。箪笥《たんす》の抽斗《ひきだし》の中だったか。机の抽斗だったか。捨てるはずはないので、どこかに必ずある。どんな小さなことでもいいので、何かを必死で考えていないと、気が変になりそうだった。ちょっとしたはずみで……車のタイヤがわずかにバウンドしただけで、涙があふれ、それを合図に叫びだしてしまうかもしれない、と怖くなった。

どの道をどう走ったのか、どのくらいの時間がかかったのか、何もわからないまま、気がつくと百々子は車から降り、病院の正面入り口に向かって走り出していた。うすぼんやりとした明かりがガラス越しに見えるだけで、中は閑散としていた。自動ドアになっている入り口は、固く閉ざされたままだった。

「そこじゃだめだよ。もうこの時間は入れないよ。裏にまわらなくちゃ」と北島が言った。

彼の後ろに従って、病院の裏側にある職員通用口に向かった。一枚ドアになっている通用口のドアを開けると、右側が守衛室になっており、初老の痩《や》せた男がガラスの小窓越しに「何か」と訊《き》いてきた。

今夜、ここに運ばれた急患の家族の方に会いに来たんです、と百々子は言った。石川さんという方です……自分ではない、別の誰かが旧《ふる》い機械を通してしゃべっているような声になっていた。

心臓の鼓動が烈《はげ》しく、心臓そのものが今にも喉《のど》から飛び出してきそうだった。だが、それほど動転しているというのに、一方で百々子は、今のこの瞬間は何かに似ている、と感じていた。昔、まだ幼かったころ、箱根のススキが美しく色づいた野原で、美村から両親の不幸を告げられた瞬間。午後の光が長く伸び、秋風が穏やかに吹いていた、あの静かな丘の上。あふれ返ってくる感情の群れをせき止め、無表情のまま大地に両足を踏ん張って立ち尽くしていた自分自身……。

守衛が口の中で何かぶつぶつと言いながら、手元のバインダーにはさまれた書類を指でなぞった。

守衛室の前の、小暗い廊下は冷えきっていた。小窓越しに、中で焚《た》かれているストーブの温《ぬく》もったにおいが流れてくるのが感じられた。

廊下の奥の、通路が右に折れる角のあたりに、足音が響いた。たづではなく、多吉でもなく、そこに現れたのは紘一だった。

恐ろしいほどやつれ、青白い顔をした紘一は、ネクタイをゆるめたスーツ姿だった。頭髪がところどころ、乱れていた。

彼は百々子を見つけるなり、そっと無言でうなずいた。百々子もうなずき返したが、その直後、懸命になって抑えこんでいた何かがふいに決壊した。

百々子は北島に背を向けたまま、紘一に向かって歩き出した。背後で守衛が北島に何か話しかけているのが聞こえたが、何を話しているのかはわからなかった。紘一の前まで行く、わずか数メートルの距離を歩いている間に、百々子は嗚咽《おえつ》を繰り返し、滂沱《ぼうだ》の涙を流していた。

紘一は百々子をじっと見つめ、再びうなずき、泣き笑いのような顔を作った。

「男の子だった」と彼は言った。「赤ん坊は元気だよ。新生児室にいる。でも美佐は……美佐は……」

　そこまで言って、紘一は口を閉ざし、深いため息をつきながら、潤んだ目を虚空《こくう》に投げた。「……美佐は霊安室に……」

　百々子は顔を大きく歪《ゆが》め、声を殺して泣きながら、紘一の両腕をつかんだ。まるで憎々しいものを追い払おうとするかのように、その腕を左右に揺すった。だらりと垂れ下がったままの腕と腕の間に、自分の身体《からだ》をすべりこませた。紘一の胸に頬を押し当て、泣きじゃくった。

　頬が火のように熱かった。その頬を押しつけている紘一の胸が大きく波うった。紘一の嗚咽が百々子の頬に伝わった。愛《いと》おしい男の胸の中にいる、というのに、何もかもが場違いで、そもそもすべてが間違っていて、初めから世界は無意味で悲しいことばかりだったような気がした。

　しばらくの間、じっとしていたが、やがて百々子はそっと自ら身体を離した。くちびるを噛《か》みしめながら、目を閉じたまま涙を流している紘一を見上げた。その腕をもう一度、強くつかんだ。揺すった。

言葉が出てこなかった。紘一は目を開けて百々子を見下ろしたが、睫毛《まつげ》も瞳《ひとみ》も涙で濡《ぬ》れていて、何も見ていないように思われた。

百々子は、不安そうな面持ちで守衛室の前に佇《たたず》んでいた北島のもとに戻った。そして小声で頼んだ。

「霊安室がどこにあるのか、訊いてくれる？」

わかった、と応じた北島の声は痰《たん》がからんでいて、老人のそれのように聞こえた。

# 17

一九七五年五月。飛び石連休の中日にあたるその日は日曜日で、銀座界隈《かいわい》の目抜き通りは賑《にぎ》わっていた。

五年前から歩行者天国が実施されるようになったせいだが、そればかりではない。新作映画『罪深き者たち』の舞台挨拶《あいさつ》つき特別上映が、銀座通りにほど近い映画館で行われるからでもあった。午前と午後の計二回、出演者たちによる舞台挨拶があるというので、チケットは発売直後、瞬《また》く間に売り切れた。

チケットにあぶれたファンたちも、諦《あきら》めきれずに早くから映画館の周辺に集まってきた。ふだんスクリーンやテレビでしか目にすることのできない俳優たちをひと目見ようと、買い物ついでの野次馬たちもその群れに加わった。

マスコミのカメラマンたちの姿も数多く目についた。うろつくダフ屋の低い声が、蜂《はち》の唸《うな》り声のようになって四方八方に流れていった。

よく晴れて朝から気温が上昇し、初夏のような日だった。映画館の周辺からは、時折、歓声とも嬌声《きょうせい》ともつかぬ若い女たちのどよめきがあがり、そのたびに、光でたおやかに満たされた休日の街の空気が幸福にかき乱された。

『罪深き者たち』で主演を務めたのは、凄味《すごみ》のある演技で知られる名優、岸丈太郎《きしじょうたろう》である。数年前、岸は愛車を駆って伊豆の別荘に行く途中、交通事故にまきこまれ、瀕死《ひんし》の重傷を負った。リハビリが思うようにいかず、しばらく映画から遠ざかった。その後は沈黙を守り続け、マスコミにも姿を現そうとしなかったため、このまま無念の引退か、とも噂《うわさ》されていた。

そんな岸が、見事に完全復帰を果たしたというので、往年の映画ファンが飛びついた。そのうえ、公開前に紹介された映画のストーリーは衝撃的で、早くからあちこちで取り上げられ、話題になっていた。

もうじき還暦を迎えようとしている弁護士の男が、息子の婚約者に強い恋心を抱く。それでも彼は、遠くから眺めているだけで満足し、誰にも気持ちを悟られぬよう、細心の注意を払っていた。そんな中、些細《ささい》なことがきっかけで、息子は父親の心の中を占めているのが誰なのかを知ってしまう。

かつて母親が外で男を作ったことが原因で、両親は離婚。息子は父親に引き取られ、父同様に弁護士の道に進んでいた。親の離婚を経験しているため、女性との交際に慎重になっていたが、彼は三十を過ぎてやっと、結婚を視野に入れて交際できる相手とめぐりあった。ごくふつうの家庭で育てられた、まじめで心優しい魅力的な娘だった。

彼は恋人を父親に紹介し、歓迎された。三人はしばしば、和やかで贅沢《ぜいたく》な食事を共にした。自然な流れの中で結婚の話が進み、二人は正式に婚約を交わすに至った。何の問題もおこらない、恵まれた結婚生活がスタートするはずだった。

息子は誰よりも聡明《そうめい》で高潔だった父親に別の顔があったことを知って、深いショックを受けた。彼は父親を烈《はげ》しく罵倒《ばとう》し、時に暴力をふるった。罪の意識に苛《さいな》まれていた父親だったが、激して酷《ひど》い言葉を発し続ける息子にやがて我慢ならなくなり、ある雨の晩、思わず息子を殺《あや》めてしまう……といったストーリーで、原作はアイルランド人の女性作家によって書かれた中編小説だった。

この小説の翻訳を読んだ岸が、父親役を演じてみたい、映像化できないだろうか、という話を親しい映画プロデューサーにもちかけ、すぐさま映画化が実現した。岸の復帰第一作として、これ以上ふさわしい役もなく、早くから世間の注目を集めていた。

岸演じる父親に殺害される息子役には、人気急上昇中の五嶋田俊が抜擢《ばってき》された。その婚約者役には、若い世代を中心に人気を博している新人女優、息子の母親役は、数々の助演女優賞を受賞している演技派女優が演じた。メガホンをとったのは、これまでも幾多の問題作を発表し、邦画界の異端児とも称されているベテラン監督だった。

この男の犯した罪は、果たして真に罪と呼ぶべきものだったのだろうか……という、挑発的な宣伝文句が雑誌や新聞広告を賑わせた。「問題作」「異色作」と呼ばれながら、映画は公開前から評判になっていた。試写で観た評論家たちもこぞってほめちぎった。

沼田左千夫宛《あ》てに、銀座の映画館での舞台挨拶つき初日上映のチケットを郵送したのは、五嶋田俊本人である。所属事務所を通した素っ気ないものではなく、そこには手書きによる丁寧なメッセージまで添えられていた。

『沼田さん、お元気ですか。長らくご無沙汰《ぶさた》しています。未熟者ではありますが、このたび、すばらしい作品との御縁ができました。特別上映会の招待券を同封させていただきます。お時間があったら、ぜひお越しください』

「御招待」という赤い判子が押されたチケットは、二枚同封されていた。

五嶋田とは、川崎のはずれの、廃屋になった工場の稽古場《けいこば》で毎週のように顔を合わせていた。決して美男ではなく、外見的には見劣りのする男だったが、もとより不思議な存在感と魅力を放っていて、当時から才能の芽生えが感じられた。大手菓子メーカーのチョコレートのCMに起用されて以来、たちまち人気を博した。以後、続けざまにテレビドラマの脇役《わきやく》をこなすようになっていったことも、今回、『罪深き者たち』で異例の抜擢を受けたことも左千夫はよく知っていた。

『罪深き者たち』での五嶋田俊の熱演ぶりは、高評価を得ていた。これを機に五嶋田のファンが倍増するであろうことも、五嶋田俊という、三十代も半ばになる決して若くはない俳優が、ここにきて改めて世間に広く知れわたり、続々とテレビや映画の出演依頼が入るであろうことも、何もかもたやすく想像がついた。

悔しいというのではなく、さびしい、というのでもない。仄暗《ほのぐら》い嫉妬心《しっとしん》がかきたてられていたわけでもなかった。

五嶋田本人から送られてきた招待チケットを目にした時、左千夫がまず感じたのは明らかな困惑だった。それ以外の何ものでもなかった。

左千夫が稽古場に行かなくなって長い。今もまだ、川崎のあの廃屋工場で、若者たちが将来の役者を夢見て稽古に励んでいるのか、そもそも工場がまだあの場所に建っているのかどうか、彼は知らなかった。興味も失われていた。

当時、共に演技の勉強をした仲間たちとのつきあいも、いつのまにか疎遠《そえん》になった。無名のままチョコレートのＣＭに出演し、順調に仕事に恵まれていった五嶋田俊とのつながりも、その意味で言えば同様だった。

しかし、もともと五嶋田には几帳面《きちょうめん》で義理堅い一面があった。毎年、正月には左千夫のもとに、本名の「後藤俊司」名で年賀状が送られてきた。無視し続けたら、成功を嫉妬していると思われかねない。それは心外だったので、左千夫はそのつど「ご活躍をお祈りしています」とだけ書いて送った。

それだけの間柄に過ぎなくなっていた五嶋田が、わざわざ左千夫に舞台挨拶つきの招待チケットを送ってよこしたのだった。しかも、差し出し人の名前は「後藤俊司」ではなく、芸名の「五嶋田俊」になっていた。遅咲きの桜として、あまりある名誉と幸運を昔の仲間に自慢したいと思ったからに違いなかった。

そう考えると、何もかもが煩《わずら》わしく感じられた。すきま風が入ってくる煤《すす》けた工場の一角で、大きな声を張り上げながら発声練習をし、即興演劇を互いに評価し合い、むずかしい顔をして演技論を戦わせた相手は、もはや左千夫にとって何ら懐《なつ》かしい相手ではないのだった。

とはいえ、五嶋田の輝かしい成功を羨《うらや》んだり、妬《ねた》んだりする気持ちは生まれなかった。昔、少し知っていただけの人間が夢を叶《かな》えたからといって、どうして煮えたぎるほどの妬みを抱いたりするだろう。左千夫には、今になって五嶋田と改めてかかわることが億《おっ》劫《くう》だ、と思う気持ちがあるだけだった。

今さらのこのこと出向いて行って、終幕後、楽屋の前で五嶋田が出て来るのを辛抱強く待ち続け、祝辞と共に、あたりさわりのない映画の感想を口にする気は毛頭なかった。たとえ昔のよしみで、一般には手に入れることのできない関係者用の席を用意してくれたのだとしても、それが一人分ではなく二人分の席だったのだとしても、その気遣いの裏に透けて見える五嶋田俊の、抑えようのない喜びようは、あまりに無邪気すぎて左千夫を白けさせていたのだった。

しかも、よりによって映画は、息子の恋人に恋をし、その息子を殺害するに至る男を描いたものだった。その、不気味なストーリーは、左千夫を不快な気分にさせた。

なぜ、五嶋田が異例の抜擢を受けたのが、そうした内容の映画でなければならなかったのか。なぜ任俠《にんきょう》映画や、人情喜劇、動物ものではなかったのか。もし彼が飼い主に忠実な犬を描いた映画に出演し、泣かせる演技で絶賛されていたのだとしたら、チケットの礼として、気前よく高級ウィスキーの一本でも贈ってやったのに、と左千夫は思った。

今さら行くわけがない、行く義理もない、と思いながら、しかし、左千夫はその日に銀座の映画館で封切られる映画が気になってたまらなかった。旧《ふる》い仲間が名の知れた男優として舞台挨拶に立つ、その晴れ姿を目の当たりにした時の自分がどんな反応をするのか、知りたいという、煤黒い気持ちもあった。

そしてなによりも、『罪深き者たち』と題された映画を無視することはできなかった。何をさしおいても観《み》てみたかった。観るのが恐ろしいくせに、徹底して目を背けることもできない。悪魔的な好奇心としか言いようのない感情に襲われて、結局、左千夫はその日が美しく晴れわたっていたことを理由に、暗い顔をしながら銀座まで出かけて行ったのである。

入場受付係の化粧の濃い中年の女に招待チケットを差し出すと、女は左千夫をちらと見上げ、即座に満面の笑みを浮かべた。そして、恭《うやうや》しく両手で映画のパンフレットを彼に手渡し、おまけに招待客専用座席にほど近い、扉の番号も教えてくれた。

今ここで、自分と五嶋田俊は長年の友人である、と言えば、この女は五嶋田の楽屋に案内するか、舞台挨拶後の面会方法を快く教えてくれるだろう、と左千夫は思った。頼みもしないのに、終演後、五嶋田を呼び出そうとしてくるかもしれない。

だが、結局、彼は女に軽くうなずき返しただけで、何も口にしなかった。丁寧に千切られた半券をズボンのポケットに入れ、彼は短く礼を言い、教えられた扉に向かった。

スクリーンの真正面で前方と後方の客席を分ける通路に面した特等席が、彼のために用意されていた。出入りのたびに両隣の客に声をかける必要がないのはありがたかったものの、シートの背には「関係者席」と大きく記された白い紙が貼《は》ってあり、館内のどこから見ても目立つ席であるのは一目瞭然《りょうぜん》だった。

左千夫の両隣の席は空いていたが、近くには映画関係者とおぼしき人々にまじって、テレビで活躍中の女性ニュースキャスターやコメンテーターの顔も見えた。

ひどく落ち着かない気分にかられた。館内の好奇な視線が、一斉に自分に向けられているような気もした。左千夫は俯《うつむ》いたまま、できるだけ小さく見えるよう身を縮めた。

やはり来るべきではなかった、という想いが黒雲のようにわきあがってきた。やめておけばよかった、と烈しく後悔した。

映画を観るのなら、後日、オールナイトか、客の少ない時間帯を選び、一番後ろの席に座って観ればよかった。何もわざわざ、送られてきた招待チケットを手に館内の視線が集まるような席に座り、おぞましい内容の映画を観る必要などなかったのだ。

少しでも目立たぬよう背中を丸め、受け取ったばかりの薄手のパンフレットを熟読しているふりをし続けた。光沢のある紙に印刷された岸丈太郎の、苦悩にあえぐ端整な顔の隣に五嶋田俊の童顔が並んでいた。五嶋田の紹介として、「高い演技力を絶賛された新進気鋭」とあった。

左千夫の斜め後ろにある席から、ひそひそ声が聞こえてきた。若い女の声だった。

「ねえねえ、そこの前の席の人、誰か知ってる？」

「え？　どこ？」

「やだ、大きな声、出さないで。そこよ、そこ。一人で座ってる人」

「……うーん、どうだろう」

「有名人っぽいけど、違うのかな」

「知らない顔だけど」

「テレビとかに出てなかった？」

「わかんない。一般の人なんじゃないの？」

「関係者席にいるのに？」

彼はいっそう全身を緊張させた。ひそひそ声とくすくす笑いはしばらく続いたが、その後、何を話しているのか聞きとれなくなった。

ほどなく場内の明かりが消された。客席は一瞬にして静まり返った。ステージの片隅にスポットライトがあてられた。司会役の女性が登場し、笑顔で一礼した。紋切り型の挨拶が続いた後、主演の岸丈太郎、そして五嶋田俊がステージに現れた。客席は女性客の歓声で揺れんばかりになった。

しばらくぶりに目にする五嶋田は、演技者としての自信もついたせいなのか、昔よりもはるかに男っぷりがよくなり、紺色のスーツが似合っていた。照れたように微笑し、うつむく。その自然な仕草が、中途半端な年代の男の俳優にはなかなか見られないコケットリーのようなものを醸《かも》しだしている。

続いて、五嶋田の恋人役の新人女優と母親役のベテラン女優、それに監督が登場した。恋人役の女優は紺色の清楚《せいそ》なワンピースを着て、育ちのよさそうな令嬢ふうの笑顔をふりまいた。場内の拍手が高まった。

左千夫は、観客の視線がステージに向けられたことにほっとして、全身の力を抜き、少し姿勢を楽にした。

岸丈太郎は五嶋田よりも身長が低く、頭髪には白いものが目立ったが、長きにわたってリハビリに苦しんでいたとは思えないほど、重厚な存在感を放っていた。穏やかで気品があり、貴族的な雰囲気すら感じられた。

　舞台袖《そで》に立つ司会者に促され、岸がマイクを手に話し始めると、場内は水をうったように静まり返った。

「このたび、恐ろしい罪を犯す男を演じたわけですが」と岸は落ち着いた、なめらかな口調で言った。「告白すれば、とても難しい役でした。この映画で僕が演じた男は、本当に息子の恋人を愛して、夢中になっていたわけですからね。許されるか許されないかは別にして、それは彼にとって純粋な愛だったわけです。そこのところ、いったいどうやって彼になりきって表現すればいいのか、とずいぶん、老骨に鞭《むち》打って考えました。いや、老骨のみならず、僕の場合は、ご存じの通り、例の怪我のせいで、本当に骨そのものがイカれてたわけでして……」

　場内が笑い声に包まれた。拍手が相次いだ。

　岸の挨拶に続いて、五嶋田がマイクを握った。「自分がこれほどの大役を仰《おお》せつかったことが、今でも信じられずにいます。撮影の間、ずっと緊張しっ放しでした。でも、岸さんには優しくリードしていただきましたし、監督からは懇切丁寧に演技を指導していただいて、これ以上ないほど恵まれた、贅沢な環境の中での撮影だったと、心から感謝しています。でも、岸さんを殴ったり、蹴《け》り飛ばしたりするシーンの時は、すごく申し訳なくて、何度やっても手加減してしまって……監督に怒られたのはその時だけでした」

「遠慮しないで、本気でやれ、って言われてたよね」と岸があとをつなぎ、監督もまた、笑顔でうなずいた。場内に再び笑い声が轟《とどろ》いた。

恋人役の若手女優は、五嶋田俊との共演の感想を問われると、甲高いソプラノで「五嶋田さんはいつも優しくて、勉強させていただくことが山のようにありました。カメラがまわっていない時でも、私を本物の恋人のように扱って下さったので、演技がしやすくなって、すごく嬉《うれ》しかったです」と語った。

次いで母親役の女優、監督がそれぞれ挨拶をした。ぼそぼそとしゃべる監督の、うまく聞き取れない冗談を岸が代弁してやるなどし、観客席は笑いが絶えなくなった。

その後、全員でマスコミ向けの記念撮影が行われた。次々とカメラのフラッシュが焚《た》かれ、場内の興奮は絶頂に達した。

俳優たちが万雷の拍手の中、観客席に手を振りつつ去って行った。左千夫は口の中がからからに乾いているのを覚えた。

場内の興奮が一段落したころ、いったんすべての照明が消された。あちこちで聞こえていた、ざわざわとした話し声や咳《せき》の音がぴたりと止《や》んだ。静寂が漣《さざなみ》のように拡《ひろ》がっていった。

暗転していたスクリーンに、ぼんやりとした淡い光が満ちてきたかと思うと、『罪深き者たち』という黒地に白抜きのタイトル文字だけが、いきなり浮き上がった。音楽は一切なかった。まるで戦前の無声映画さながらだった。

不吉な予感に満ちた始まり方だった。左千夫の心臓の拍動が烈しくなった。喉《のど》が詰まる感じがした。いやな汗が脇の下ににじみ出した。

新聞社の輪転機が大写しにされた。猛烈な速さで印刷されていく、大手新聞社発行の朝刊の社会面。そこには「世田谷の高級住宅地で殺人」の大きな文字。小見出しには「長男を殺害した容疑で、弁護士の父逮捕」……とある。

再び黒々とした輪転機。次から次へと積み上げられていく朝刊の束の映像……。

場面が切り替わり、ガラスの向こうに大都会のネオンが拡がっている高級レストランで、五嶋田俊扮する青年と、その恋人で婚約者の娘、岸扮する弁護士が三人で食事をしている。白いテーブルクロスの上に並べられている、クリスタルのグラス類、贅沢な料理の数々。ナイフとフォークを手に、目を細めて息子たちを見つめている、品のよさそうな初老の弁護士……。

弁護士が目を転じると、遠い街の灯をにじませたガラスに、息子の恋人が映し出されている。弁護士はガラスに映り込んだ彼女の姿を食い入るように眺めている。どう見ても、我を忘れた顔つきである。

息子に何か話しかけられ、弁護士は我に返って、慌《あわ》てて前を向く。すぐさま微笑を浮かべてみせながら、将来の息子夫婦を温かな目で交互に見つめ始める。その視線の先には、のびのびとして清楚な娘……息子の婚約者がいる。そこに、弁護士の心臓の鼓動が重なる。どく、どく、どく……重たい音が次第に大きくなっていき、それまで和やかに流れていた店内のＢＧＭ、人々の平和なざわめき、皿にフォークがあたる音やグラスを合わせる音は、彼の心臓の鼓動の音にかき消され、何も聞こえなくなる……。

左千夫は胸が苦しくなり、思わず片手で着ていたシャツのボタンをひとつ外した。首にはねばついた脂汗《あぶらあせ》が浮いていた。

これは何だ。どうしてこんな映画が作られたんだ。どうしてその招待チケットを五嶋田がわざわざ送ってきたんだ。何かの罠《わな》なのか。

しかし、そんなことは万に一つもあり得なかった。五嶋田は何も知らない。知るはずもない。疑う理由すら持っていない。

映画はまだ始まったばかりだというのに、左千夫はすでに耐えられなくなっていた。招待チケットが必要な特別席に座っていながら、始まってまもなく席を立ってしまう、ということが、どれほど無礼なことかは承知していた。だが、どうしようもなかった。これ以上、この場に座っていられそうになかった。

急な差しこみにでも襲われたふりをしてみたかったが、考えてみれば、それもわざとらしかった。第一、かえって目立ってしまう。

左千夫はもぞもぞと椅子《いす》の上で姿勢を替え、足を組んではまた外し、落ち着かない態度をみせてから、覚悟を決めて席を立った。できる限り腰を低くし、背を丸めて、こそこそと一番近い扉に向かって突進した。幸い床には厚手の絨毯《じゅうたん》が敷かれていたので、足音をたてずにすんだ。

重厚な扉を細く開けて、外廊下にすべり出た。後ろ手で閉めようとした時、素早く振り返り、中の反応を窺《うかが》った。誰もがスクリーンに釘付《くぎづ》けになっていた。暗がりなので、定かではないものの、途中退席した左千夫を目で追っているような人間はいなかった。

廊下は静まり返っており、人影はなかった。さっき、半券を切ってくれた受付係の化粧の濃い女も姿が見えなかった。

劇場の職員とおぼしき男が一人、ポップコーンやコカコーラを販売している喫茶コーナーの若い女と談笑しているのが遠くに見えた。正面出入り口付近に人影はなく、ガラスの向こうに警備員が立っているのが見えるだけだった。

左千夫は目をふせたまま、急ぎ足で歩き、まっすぐ正面出入り口に向かった。どっしりとしたガラスドアについている、大きな円形の木製のドアノブに手をかけ、勢いよく押し出そうとしたその時だった。背後で大きな足音が響き、「沼田さん」と呼びかける声が聞こえた。

その声の主が誰であるのか、振り返る前に彼にはすでにわかっていた。左千夫は自らの途方もない不運を呪《のろ》った。

なぜ、という問いを自分にぶつけている余裕はなかった。こういうことが起こるであろうことは、想定しておくべきだった。そして起こってしまった以上、腹を括《くく》らねばならなかった。もうどうしようもなかった。

彼は即座に怪《け》訝《げん》な顔を作ってみせながら、ゆっくりと振り返った。

「いやぁ、これはまた奇遇ですなぁ」と、間宮が間延びした、わざとらしい言い方で言った。「まさか、ここでお見かけするとは思いませんでしたよ。いえね、くじ運の悪いことにかけちゃ、誰にも負けなかったはずなんですが、なんと今回、舞台挨拶つきの上映会には新聞社の読者プレゼントがあって、軽い気持ちで応募してみましたらですね、当選したんですわ。こんなことは初めてのことでして。日曜だし、いそいそやって来たら、関係者席に沼田さんがいらっしゃるのが見えましてねえ。映画が終わったらお声をかけようと思っていたら、すぐに出られてしまって。慌てて追っかけてきたとこです。……もうお帰りですか」

映画を観ずに劇場から出てしまう、その理由を瞬時にして捏造《ねつぞう》することは不可能だった。何をどう言ってもかまわないとわかっていながら、どんな嘘《うそ》をつこうが、嘘だとわかってしまう、と思った。このような場合、彼が知る限り、もっとも推奨されるのは、本音に近い心情を口にしてみせることだった。

「はあ。帰ります」と彼はぶっきらぼうに言った。「……やはり来るべきではなかった。映画が始まったとたん、そう思ったもんですから」

ガラス扉の向こうで、警備員が野次馬の中年女と押し問答しているのが見えた。だめだめ、と言っているのか、片手を左右に烈しく振っている。

間宮は、左千夫にも覚えのある小さな目をわざとらしく瞬《しばたた》いた。「来るべきではない？　おや、それはまたどうして」

「後藤君……いえ、五嶋田俊とは昔、一緒に演技の勉強をしていた仲ですからね。……つまり、そういうことですよ。おわかりになっていただけると思いますが」

「ああ、そういうことでしたか」と間宮は愛想よくうなずいた。紺色のポロシャツに灰色のズボン姿だった。腕には上着をかけていた。「そうでしたねえ。はい、よくわかりますよ。いやいや、たしかにね、それも無理のないことかもしれませんなぁ。……沼田さん、どうですか、せっかくだから、そのへんでちょっとコーヒーでも」

左千夫は、乾いた口を必死で唾液《だえき》で湿らせようと試みながら訊《たず》ねた。「最後までご覧にならなくていいんですか」

「いいんです、いいんです。また自分でチケット買って観に行けばいいことですから。それより、せっかくこうやってお目にかかれたんです。懐かしいことです。天気もいいし、よもやま話でもいたしましょうや」

事件から十二年もの歳月が流れていた。池上署の間宮刑事が周囲をうろつかなくなってから、どのくらいの時間がたったのか、咄嗟《とっさ》に左千夫には思い出せなかった。だが少なくとも、今、目の前に立っている間宮が、以前、よく知っていた間宮よりも老《ふ》けこみ、日に焼けた顔のしみや皺《しわ》がいっそう増え、額のあたりがうすくなっていることだけは事実だった。

正確な年齢はわからない。興味もない。だが、事件当時、四十代前半だったはずだから、今は五十も半ばを越えている計算になる。還暦に近いのかもしれず、となれば、現職から退いている可能性もあった。あるいは、他の署の刑事課に異動したのか。

さも呑気《のんき》そうな、北関東訛《なま》りの抜けない中年男、といった雰囲気は変わらなかったが、かつての眼光の鋭さはなりをひそめているように見えた。へたをすれば、本当に偶然、ひょんなことで再会した遠い親戚《しんせき》の男のようにも感じられる。その分、かえって左千夫は強い警戒心を抱いた。

こいつは、と彼は思った。今日のこの、舞台挨拶つきの上映会におれが来る、とわかっていたのだ。応募して当選した、というのは大嘘で、初めから手をまわして劇場のどこかに身をひそめ、おれを待ち構えていたのだ……。

左千夫が間宮に促されるままにガラスの扉を開け、外に出ると、警備員が怪訝な顔をした。「ちょっとお先に失礼しますよ」とにこやかに言ったのは間宮だった。「お仕事、ご苦労様です」

警備員はうなずき、怪訝な顔をしつつも微笑《ほほえ》み返してきた。

劇場の周辺に群がっていた野次馬たちは、諦めて去って行ったのか、姿が見えなくなっていた。降り注ぐ五月の午後の陽光がまぶしかった。数羽の太った土鳩が、舗装道路の端に落ちているポップコーンを夢中になってついばんでいた。

「すぐそこ」と間宮が正面右側のビルを指さした。「あそこのビルの地下にね、コーヒーのうまそうな店があったんですわ。ここに来る時、偶然見つけましてねえ。映画の後は、ここでゆっくりコーヒーでも飲んでいくか、なんてね、思ってましたもんで」

雑居ビルの入り口に、「銀座珈琲《コーヒー》館」と黒地に銀色のゴシック体で書かれた四角い看板が立っていた。間宮は足どりも軽く、地下に続く階段を降り始めた。

何もかも嘘だ、初めからこの店におれを誘い、尋問するつもりだったんだ、と思ったが、もはや逃げられなかった。左千夫は観念して後に続いた。

地下一階のフロアには三、四軒の飲食店がある様子だったが、店を開けているのはそこだけで、あたりは森閑としていた。

間宮はどっしりとした木の扉を薄めに開けて、中を覗《のぞ》く仕草をした。扉につけられていたベルが澄んだ音をたて、同時に、いらっしゃいませ、と言う女の声が聞こえた。コーヒーの香りと静かなピアノの音色が外に流れてきた。

　窓のない小さな、小暗い店だった。スツールが五つのL字型のカウンター席と、四人掛けと二人掛けのボックス席がそれぞれ一つずつ。ところ狭しとアンティーク調の雑貨や絵、ドライフラワーが飾られており、照明はすべて、卓上ライトや壁に設置したスポットライトによる間接照明だった。

　カウンター席には二人の若い男女の客が並んで座っていた。二人はちらりと間宮と左千夫のほうを見たが、すぐに自分たちの会話に戻っていった。

　肩まで伸ばした髪をボブカットにした中年女性が、にこやかにカウンターから出て来た。店のオーナーのようだった。

　間宮は左千夫に「こっちにしますか」と言いながら、四人掛けのほうのボックス席に座った。向き合って左千夫が腰をおろすと、ボブカットの女はいっそうにこにこしながら、メニューと水を入れたグラス、おしぼりをてきぱきとテーブルに並べた。

　メニューを覗きもせずに、間宮が「私はコーヒー」と言った。「ホットで。沼田さんは？」

「同じものを」

　左千夫がそう答えると、女は「ホット二つですね」と再び笑みを浮かべ、去って行った。

「ずいぶん古くからあるような店ですねえ」間宮が早速、おしぼりで両手をふきながら、天井を見上げて言った。「なかなか雰囲気はありますが、大きな地震がきたら、ちょっと怖いですなぁ。あの出入り口以外、逃げ場がないんじゃないですか？　どうやって逃げればいいんですかねえ」

「そうですね」とうなずき、左千夫は注意深く微笑んだ。

　氷を浮かせたグラスの水を口にふくんで、飲みくだした。水は冷たくて美味だったが、乾いた口の中はなかなか潤《うるお》わなかった。

「ご挨拶が遅れましたが、私もあと一年もすれば定年でして」そう言って間宮は両目を閉じ、寛《くつろ》いだ様子でおしぼりを使いながら、ごしごしと顔や首すじを拭《ふ》き始めた。「まったくね、早いもんです」

「そうでしたか」と左千夫は言った。

　定年になる、という話をしてくることが、何を意味するのか、考えてみようとしたが、頭が回らなかった。すべてが罠に思えた。

「迷宮入りの事件を抱えたまんま、呑気に定年を迎えるわけにはいかない、なんてね、誰彼かまわずぼやいてたこともあったんですが、まあ、これぱっかりは逆らえないのが辛《つら》いところでして。犯人検挙の約束をしていた百々子さんには、本当に申し訳ない、といつも思っとります」

左千夫が黙っていると、間宮は少し間を置いてから、ぼそりと言った。「石川美佐さんのこと、気の毒でした。百々子さんとはあんなに仲良しだったのに、まあ、ほんと、痛ましいことで」

「美佐さんが亡《な》くなったこと、百々子から報《しら》せがいったんですか」

「いや、塩田から聞いたんですわ。塩田刑事。覚えてらっしゃいますか。あの、のっぽの……」

保土ヶ谷の、左千夫の職場や独身寮の近辺の聞き込み捜査にやって来ていた、長身のやせた刑事のことはむろん、よく覚えていた。忘れるはずもなかった。

左千夫はうなずいた。「じゃあ、たづさんか誰かが、塩田さんに教えたんですね」

「いや、そういうことでもなくて。どういうルートで知ったんだか、塩田が署内の別の人間から美佐さんの突然のご不幸を耳にした、って話でした。ほんとにね、驚きましたよ。まさか、あの若さで亡くなるとはね。生まれた子は元気だったと聞いとりますが」

「赤ん坊は、今もたづさんのところにいます」

「あれ、美佐さんのご主人のところじゃなく？」

知っていて、わざと訊《き》いているのか、本当に知らずにいるのか、わからなかった。左千夫は軽く頭を横に振り、「父親のいない子なので」とだけ答えた。

「ありゃりゃ」と間宮は言い、私生児、と言いかけたのを口の中でもごもご独り言を言ってごまかした。「そうだったんですか。じゃあ、今はたづさんが育てておられる？」

「そうです」

「お子さんは男？　女？」

「男の子です。律、という名で……音楽の旋律の『律』、です。名付けたのは百々子でした」

余計なことを言うつもりはなかったのだが、つい口がすべった。

思っていた通り、間宮の反応は素早かった。「ほう、律君ですか。いい名前ですな」

「百々子はたづさんのことが大好きですからね。りつ、というのは、たづ、という名に音が似ているからだ、って。美佐さんがまだ元気だったころ、美佐さんにそう話してたそうです」

「生まれた子に律と名付けたらどうか、って？」

「はい」

間宮は目を細め、顔をいっそう皺だらけにして微笑した。「いいお話ですねえ。ご苦労は多いでしょうが、それでもね、亡くされた娘さんの遺《のこ》した赤ちゃんですからね。たづさんのさびしさも、半減されることでしょう。……それで、沼田さんは、わりとしょっちゅう、お会いになっとるんですか」

質問があまりに唐突だったので、左千夫は身構えた。「……会う？　誰と？」

「百々子さんと、ですよ」

「百々子と？」

「ええ」

「……しょっちゅう、っていうほどではないですが」と左千夫はカウンターのほうに視線を走らせながら言った。「たまにです。会わなくても、連絡は取り合ってます」

コーヒーはまだ出来上がっていない様子で、ボブカットの女はカップとソーサーを用意しながら、カウンター席の客と賑やかに談笑していた。

「美佐さんのご葬儀には沼田さんも？」

「もちろん行きました」と低く言って、左千夫は目をそらした。「勤めの関係で告別式には出られなかったんで、通夜《つや》だけでしたが」

「それにしても、石川さんご夫妻のお嘆きは、相当なもんだったでしょうな。子供に先立たれた親は、地獄の底に叩《たた》きつけられたみたいになるもんです。ほんとにね、なんとも気の毒なことで」

　左千夫はうなずき、神妙な顔を作って目を伏せた。

　美佐の通夜は、千鳥町の石川家の居間で執り行われた。勤めを終えた左千夫が駆けつけた時、通夜はあらかた終わり、人々はまばらになっていた。そんな中、百々子が、葬儀屋が設《しつら》えた白黒の幕が縦横に張りめぐらされている部屋の外の、廊下の柱にもたれてぼんやり佇《たたず》んでいるのが目に入った。

黒いタートルネックのセーターに、ベルボトムのジーンズ姿だった。床の一点を見つめたまま、何かを一心不乱に考えて、まわりが目に入らずにいるかのようだった。

その時、北島の姿は見えなかった。たづと多吉は、美佐の柩《ひつぎ》のそばから離れようとしなかったし、紘一は、満知子や手伝いに来ている近所の主婦たちと共に台所に入っていた。

百々子、と小声で呼びかけてみた。百々子は動かなかった。もう一度、呼びかけた。振り返った百々子が、はっとした表情をするのがありありとわかった。彼を凝視する視線に力が漲《みなぎ》った。ふっくらとした桜色のくちびるが、わなわなと震えた。助けを乞《こ》うように烈しく顔を歪《ゆが》めた。大きな目が潤み、涙が滴《したた》り落ちていくのが見えた。

何という言葉をかけてやればいいのか、わからなかった。百々子は浅い呼吸を繰り返していたが、やがていっそう顔を歪めると、直後、こらえきれなくなったかのように彼の胸の中に自ら飛びこんできた。

声を殺して嗚咽《おえつ》する百々子の、火照《ほて》ったやわらかな顔を胸に感じた。喉が詰まるような感覚に襲われたが、左千夫は一切、彼女には触れずにいた。その背に腕をまわそうともしなかった。無表情のまま両腕をだらりと下げ、前を向き、ただ、虚空《こくう》を睨《にら》みつけていただけだった。

百々子の長く伸ばした髪の毛が、猫のそれのようにやわらかく彼の頬やくちびるに触れてきた。シャンプーの香りはしなかった。百々子自身の頭皮の、甘ったるいようなにおいが立ちのぼった。

気が狂いそうだった。意識が遠のいていきそうだった。左千夫は瞬きひとつせずに奥歯をかみしめた。今にも百々子の背に手をまわし、骨も折れんばかりに強く抱きしめ、その肉体をくまなく愛撫《あいぶ》してやりたくなるのを必死の思いでこらえた。

「どうして、どうして……」と百々子は彼の胸の中で泣きじゃくりながら、くぐもった声で言った。あまりに強く抱きついてくるので、それを支えるため、左千夫は両足を踏ん張っていなければならなかった。「どうして美佐ちゃんがいなくなるの。どうしてみんな、私のそばから消えていくの。どうして……。ねえ、どうして……」

鼻をすする音が響いた。小さく咳込む気配もあった。硬くなった百々子の背中が震えた。何を言っているのか、しまいにはわからなくなった。

左千夫は「そうだね」「ああ、百々子」「かわいそうに」の三つの言葉だけを囁《ささや》くように繰り返した。合間に思わず幸福な吐息をもらしそうになったが、懸命になってこらえた。

## 18

「お待たせして申し訳ございません」

はずんだ声でそう言いながら、ボブカットの女がテーブルの傍らに立った。左千夫は我に返った。

目の端で間宮を窺《うかが》った。間宮は上着のポケットから煙草《たばこ》を取り出し、中が空だとわかって、パッケージを握りつぶしながら、女に「ハイライトある?」と訊《たず》ねているところだった。

「禁煙しようとは思っとるんですがね」

笑顔の女ができたてのコーヒーをテーブルに置いた。去って行く後ろ姿を目で追いながら、間宮は苦笑した。「こういう仕事を続けてますと、煙草なしじゃねえ。煙草代はばかにならなくて、小遣いにも響くんですが、やめられない。困ったもんです。沼田さんは吸われないんですか」

知ってるくせに、と左千夫は内心、憤《いきどお》りながら、「体質に合わないので」と言った。

「若いころはたまに吸うこともありましたが、だめですね。すぐに喉《のど》がイガイガしてくる」

「こんなもん、吸わないに越したことはありませんや。女房に言わせると、煙草は癌《がん》のもと万病のもと、だそうですよ」

　間宮はコーヒーをひと口すすり、「うん」と小さくうなずいた。「ここに来て正解でしたよ。なかなかうまいコーヒーです」

　小さなトレイに載せて、恭《うやうや》しくハイライトと店のマッチを持って来た女主人に小銭を渡し、コーヒーの味をほめ、間宮は煙草のパッケージを開けた。そして一本くわえ、店名のしゃれたロゴの入った藍色《あいいろ》の箱からマッチを取り出して火をつけると、皺《しわ》としみの浮いた顔に笑みを浮かべながら、改まったように左千夫を見た。

「しかし、こうやってお会いできるとは思ってもみなかったです。いかがでしたか、沼田さんは。お元気でしたか」

　左千夫は即座にうなずいた。「おかげさまで」

「今も会社の寮にお住まいで？」

「ええ」

「あの寮に住めるのは、確か独身者だけでしたよね。結婚したら出て行かなくちゃならないんだ、って、同僚のかたが……あの人、何って名前でしたっけ？……そうそう清水さんでした。その清水さんがおっしゃってましたよ。清水さんはめでたく結婚して、出て行かれたようですけどね。今も寮におられる、っちゅうことは、沼田さんはまだ独身、っちゅうことになるわけですか」

　独身生活を長く続けていることに触れられたことよりも、清水の名前が出たことに、左千夫は内心、烈《はげ》しく動揺した。わずかに表情が変わったが、それを気取られまいとして、コーヒーに手を伸ばし、彼は「はい」とだけ言った。音をたてずに慎ましくコーヒーをすすった。

　コーヒーの味に気をとられているふりをしながら、ほんとにうまいですね、と低い声で言うと、間宮は大きな吐息をつくようにして、煙草の煙を勢いよく吐き出した。そして、「でしょ?」と茶目っけのある顔を返しつつ、「それにしても」と言葉をつないだ。

「世の女どもは男を見る目がないですなあ。沼田さんのようないい男が未《いま》だに独身とは」

厭味《いやみ》を厭味らしく言うことに、この男は長《た》けている、と彼は思いながら、無表情に、いえ、と言い、左千夫は軽く首を横に振った。「縁がないだけです」

「まあねえ、結婚なんちゅうもんは、しないですむもんなら、しなくてもいいかもしれませんや。面倒ごとが減って自由が増えますからね。でも、立ち入った質問ですが、おつきあいしてる女性くらい、おられるんでしょう?」

「これは取り調べ、ですか?」

皮肉な微笑を浮かべつつ、左千夫がそう訊ねると、間宮は「いやいや、とんでもない」と言って笑った。「別にそういう意味では……。お気を悪くなさらんように。ただの興味で伺っただけですよ」

会話の流れを無視し、「清水とは」と左千夫は落ち着いた口調を心がけながら話題を替えた。「今も同じ職場ですけど、もう、彼の子供は二人とも小学生です。上のお兄ちゃんは、あと少しで中学だったんじゃないかな」

「ほう、そうでしたか。子供の成長は早いですからねえ。清水さんとも長いおつきあいになりますねえ」

左千夫は上目づかいにならないよう注意しながら、ちらと間宮に視線を投げた。この男は今もおれを疑っている、と思った。

社の独身寮で、人なつこく近づいてきた大阪出身の清水弘志《ひろし》は、あの晩、左千夫が横須賀線上りの同じ電車に乗車していた、と証言した。清水は後々も、頑としてその証言内容を変えようとしなかった。間違いなくそうだった、と言い続けた。

清水が単純な勘違いをしているのだとしたらまだしも、何か隠された理由があるからこそ、その証言に固執している可能性はあった。間宮は早くから、そのことを疑っていたに違いない。

だが、阿鼻叫喚の地獄絵のような事故現場に遭遇すれば、誰もが烈しい衝撃を受ける。

事故直前、同じ車両にどんな人物が乗車していたか、よほど目につく相手でない限り、はっきりとした記憶に残される確率はきわめて低い。つまり、間宮は目撃者を割り出せなかったということになる。

清水と左千夫の間に利害関係は皆無だった。会社の同僚であり、同じ独身寮の住人である、ということ以外、接点はなかった。清水が沼田左千夫のために、わざわざ偽証しなくてはならない理由は、間宮でなくても簡単には思いつかなかっただろう。

間宮は姿勢を変えようとせず、煙草の灰が指先から落ちそうになっていることにも頓《とん》着《ちゃく》しないまま、「妹さん」とのんびりした口調で言った。「清水さんには、年の離れた妹さんがおられましたよね。事故のあった夜、清水さんが食事をしていたという。あの妹さんは、今は清水さんご一家と同居されてるんでしょうか」

まるであらかじめ用意してきたかのように、清水の妹の話まで出てきたことが、左千夫を震え上がらせた。胃の底のほうから、酸《す》っぱいものが大量に吹き出してくるのを覚えた。

それでも渾身《こんしん》の想《おも》いで冷静を装《よそお》い、「いや」と彼は軽く頭を横に振った。「同居したとは聞いてませんが」

清水の妹、千佳は、顔だちの整った清楚《せいそ》な娘だった。子供のころにあった交通事故の後遺症で、歩行時には杖《つえ》を必要とするようになった。

兄と共に大阪の家を飛び出して来た後は、横浜市内の病院で事務の仕事につき、女子寮に住みながら、質素な暮らしを続けている。清水はそんな妹のことを目の中に入れても痛くないほど可愛《かわい》がっていた。

「お会いになることはないんですか」

「清水の妹とですか？　いえ、まったく。清水の家に遊びに行ったこともないですから。……彼の妹が何か？」

いやいや、と間宮はふいに笑顔を作り、ズボンの上にこぼれてしまった煙草の灰を片手ではたき落とした。「あの妹さん……どうされてるかな、ってね、よく思い出すんですよ。というのもね、後輩の刑事に、やっぱり子供のころの事故がもとで足が不自由になった娘をもってるやつがいたんですわ。そりゃあ素直で可愛い子でしたよ。私にも懐《なつ》いてくれてましてねえ。清水さんの妹さんが、そいつの娘とダブるもんで、ついつい……」

清水の妹と、後輩刑事の娘とでは、年齢がまったく異なる。清水の話を続けるために、足が不自由ということで単純に結びつけているだけなのは明白だった。嘘とわかる嘘を平然とついて、しかも、聞いているほうをどぎまぎさせる術《すべ》にかけては、間宮はいつもながらの手腕を発揮していた。

清水の妹、千佳の存在こそが、あの当時の清水の頑《かたく》なな証言に多大な影響を与えていた。だが、間宮にそれを立証できるはずもない。間宮は単に、清水と千佳、そして左千夫の間に蠢《うごめ》いていたかもしれない心理に照準を合わせ、勘を働かせようとしていただけなのである。

左千夫と清水千佳との間に、男女の関係はまったくなかった。二人きりで外で会ったことはなく、手を握ったこともない。左千夫にとって清水千佳は、単なる同僚の妹に過ぎなかった。

だが、油断できなかった。左千夫には間宮の、獣のような勘のよさが不気味だった。十二年の歳月が流れても、間宮は同じところを飽きず、ぐるぐると執拗《しつよう》に回り続けている。そして、たったひとつの動かぬ真実を抉《えぐ》り出そうとしている……。

当時、左千夫が、週末になると寮に遊びにやって来る千佳に親切にしてやったのは、千佳の純粋そうで清潔な面差しが気にいったからだった。千佳は彼に百々子を想わせるところがあった。

年齢はもとより、顔の造作、家庭環境、性格、その何もかもが百々子とは違う。共通点など何ひとつない。だが、千佳は確かにどこか百々子と似ていた。

前を向いて懸命に生きようとしていた。自活しながら独り暮らしをし、多くを求めず、与えられた環境になじもうと努力していた。世俗の穢《けが》れと無縁だった。神々《こうごう》しくさえ見えることもあった。百々子のもっている清らかな気丈さとそれとは、似ているように感じられてならなかった。

左千夫の控えめな優しさにほだされたのか、千佳は左千夫を慕うようになった。寮に来るたびに、頬を上気させながら、「沼田さん、こんにちは」と声をかけてくる千佳は愛らしかった。

清水は時折、千佳と結婚してくれないか、千佳もそれを望んでいる、といったことを冗談まじりに口にした。それはあながち冗談ではなく、心底、そうなってほしいと願っていたことだったかもしれない。

鶴見事故が起きた翌年の六月だったが、清水は長らく婚約を交わしていた女と慎ましやかな式を挙げた。そして、京都に新婚旅行に出かけ、帰って来た翌日、寮の左千夫の部屋を訪ねて来た。

つまらないものだけど、と新婚旅行のみやげとして京都の八ツ橋が入っている箱を手渡された。朝から小雨が降り続いていた日で、寮の廊下は蒸し暑く、空気が淀《よど》んでいた。

左千夫が、中のほうが少し涼しいから、コーヒーでも飲んで行かないか、と誘うと、清水は嬉《うれ》しそうにいそいそと部屋に入って来た。

電気ポットで湯をわかしてインスタントコーヒーをいれ、マグカップに注いだ。扇風機をまわしながら、左千夫は清水と向き合ってコーヒーを飲んだ。

新婚旅行先での失敗談や、新妻と新しく暮らすことになる横浜のアパートの話などを面白おかしく話していたが、やがて話題が尽きた。開け放した窓の外に聞こえる雨音だけが、室内を充《み》たしていった。

清水は手にしたマグカップを、使っていない炬燵《こたつ》の天板の上に戻した。そして、「あのな」と急に改まったように言った。「おまえには、いくら礼を言っても足らへんよ」

「礼？　なんだ、それ」

「いや、面と向かってこないな話するのもどうかと思うんやけど……千佳のことでな、これまでおまえにも黙っとった話がある」

いやな予感がしなくもなかった。聞かないほうがいいのかもしれない、とも思った。だが、いくら礼を言っても言い足りない、と言われるようなことをした憶《おぼ》えはなかった。その清水が、何か不吉なことを突きつけてくるとは思えなかった。左千夫は黙ったまま、話の続きを促した。

「千佳はな、ほんまのこと言うと、以前、恐ろしい目におうた子でな。どうにも救いようがない目におうて、本人もえらく傷ついてた。心を閉ざしよって、悲しそうでな、ほんま、どうすればええのか、なんもわからんようになったこともある。そないな千佳の気持ちを開いてくれたのはおまえなんよ。もっとも、おまえはなんも気づかへんかったろうけど」

何を言われているのか、わからなかった。左千夫は苦笑し、「何の話だよ」と訊ねた。

「このことは、ずっと話さんとこうと思うとったんよ。わざわざ話さなあかんような話でもないし。おまえに妙な気持ちの負担をかけたくなかったし。でも、やっぱりな、寮を出て行く今になって、これはおまえに伝えときたいような気ぃになってきてな」

そう前置きして、清水は訥々《とつとつ》と話し出した。

千佳は腹違いの妹であり、千佳を産んだのは道頓堀のスナックに勤めていた、徳島出身の女だった。大阪市内で佃煮《つくだに》を製造販売する会社を経営していた父親が、母親に隠れてつきあっていた女である。女の妊娠が発覚した後、母親は死ぬの生きるのとわめいて騒ぎになったが、結局、まだ十歳だった清水弘志を残して家出。その後、帰って来ることはなかった。

父親はスナックの女との間に生まれた赤ん坊を千佳と名付け、認知した。女とはしばらく同居していたが、女の浮気が発覚し、うまくいかなくなった。父は女を追い出し、代わりに家政婦を雇い入れて千佳の養育を任せた。

複雑な家庭環境に加え、事故の後遺症を背負いながらも、千佳は可憐《かれん》で素直な少女に成長した。そうこうするうちに、わざと苛《いじ》めて気を引こうとしたり、同情するふりをしながら近づいてきては、物欲しげに周辺をうろつく男があとを絶たなくなった。清水はそのつど、猛烈に腹を立て、妹を守り、支えようと躍起になった。

千佳が十七歳になった年の夏休みの晩のこと。自室で眠っていた千佳は、鍵《かぎ》をかけ忘れた窓から侵入してきた何者かによって凌辱《りょうじょく》されかけた。大きな悲鳴をあげ、暴れたことで、幸い、行為は未遂に終わった。

自宅の寝室にいた父親が騒ぎを聞きつけて目をさまし、すぐさま警察に通報した。暗がりの中ではあったが、月の光が室内に射《さ》し込んでいて、男の顔がぼんやり見えた、ちょうど兄と同い年くらいの感じがした、と千佳は取り調べの中で証言した。兄を例にあげたのは、犯人の年齢をはっきりさせたかったからに過ぎないのだが、そのことが後々、思わぬ問題を引き起こした。

清水は苦々しい顔で、腹立たしげに言った。「警察のやつら、なんと、おれのことを疑い出したんよ」

「なんだって？」と左千夫は聞き返した。「兄貴なのに？」

「そや。今思い出してもはらわたが煮えくりかえる。おれ、とにかく千佳をごっつう猫可愛いがりしとったからな、誰かがちらっ、とそんなこともあり得る、なんてことをもらしたんかもしれんし、初めから異母兄のおれが怪しい、と思われてたんかもしれん。いやらしいもんや。おれは当時、二十七で、定職にもつかんとその日暮らしをしとって、特につきおうとる女も嫁はんもいーひんかったしな。親父との関係も悪くて、親父の会社で働く気ぃなんか、まるであらへんかった。安アパート暮らししながら、親父から金をせびりとっては、パチンコに明けくれとった。だから、千佳を襲おうとした、なんて疑いの目で見られるのは金輪際、許せるもんやないで」

「でも、千佳さんの証言があったんだろう？」と左千夫は言った。「侵入してきた男の顔、見てたんじゃないのか」

「いくら千佳が兄がそんなことをするわけがない、言うてくれても、やつらは千佳がおれのことをかばってるだけだ、と思うようになったんやな。そのうち、誘導尋問なのか何なのかわからんけど、眠ってた時やから、兄貴かどうかはっきりせんかっただけやろ、みたいな質問もされてな。千佳かて、ただでさえ怖い思いをしたのに、そりゃもう混乱して、泣くだけで、わけがわからんようになってしもうたんよ。親父はもともと、息子のおれのことは煙たがってたしな。そないなっても、ちぃとも助けてくれへんかった」

清水は、ふうっと息を吐いた。「結局、事件があった時刻、おれがアパートの便所に入ったのを見とった住人がいたことがわかってな、無罪放免になったんやけど。ほんま、地獄やった。誰も告訴しとらんかったのに、まるで被疑者扱いや。以来、おれ、警察が大嫌いになってもうた。じんましんが出るほど嫌いや。おれを疑ったやつらは、全員並べて銃殺したいほどや。一生、許せんほど不潔な疑いをかけられたんや。そうなって当たり前やろ」

左千夫は深々とうなずいた。「そうだろうな。よくわかるよ」

「遠い親戚《しんせき》にあたるおっさんだけが、味方してくれはってな、そのおっさんに金借りて、千佳を連れて大阪の家を出た。東京は大都会すぎるから、横浜あたりで暮らしたいって、千佳が言うてな。おれもそう思うとったから、たまたま募集があった横浜電機工業に応募した。うまいこと採用してもろた上に、この寮に住めることになって、ほっとしたよ」

「大変だったんだな。知らなかったよ」

「ああ。ただな、おれはどうにでもなるし、どうやっても生きてけると思うとったけど、千佳はどないなるんやろ、ってな、心配でたまらんかった。でも、幸い、千佳も横浜の病院の事務の仕事で雇ってもろたしな。うまいこと寮もついとったから、住むとこも確保できて、ほんまよかった。でも、あいつ、いつまでも心を閉ざしよってん。どないなことをしても、なんやちっとも、元に戻らんまんまでいたのが、ここに来ておまえと話すようになってから、すっかり明るくなってくれてなあ。あいつ、この寮に来るのをほんまに楽しみにしとった。本気で好きやったんと思うよ、おまえのこと。いや、別に変な意味やなくてな。おまえに押しつけようなんて、これっぽっちも思うとらんからな。でも、千佳は、沼田さんと一緒にいると、なんやほっとするて、いっつも言うとったわ」

「何を言うかと思ったら」左千夫は照れたふりをしてみせた。「まいったな。別に何をしたわけでもないし。たまに話し相手になってただけだしさ。でも、千佳ちゃんにそう言ってもらえるのは光栄だよ」

「うん。千佳はおかげですっかり元気になって、今は友達もできて、職場で楽しくやっとるし、これでおれもひと安心や。こないして結婚に踏み切れたのも、千佳がもう大丈夫ということがわかったからなんよ。……全部、おまえのおかげや」

相好を崩して感謝し続ける清水を前にしているうちに、左千夫は長らく謎《なぞ》だと思っていたことを単刀直入に質問するのは今だ、今しかない、と確信した。

ためらう隙《すき》を自分に与えず、彼はひと思いに切り出した。

「前からちょっと疑問に思ってたことがあってね」

「ん？」

「鶴見事故の晩のことだよ。おまえが警察に証言した内容についてなんだけど」

「何や？」

「あの晩、事故のあった線路の上でおれとばったり会った時にさ、同じ車両にいたことに互いに気づかなかったのは当たり前、自分は横浜駅から乗ったんだから、って言ってたろ？　それなのにおまえは、警察の取り調べに対して、おれが上りの横須賀線の同じ車両にいたのを見た、って言ってたみたいだね」

清水は日向《ひなた》でのんびり餌《えさ》を食《は》む鳩のような、のどかな目をして、こくりとうなずいた。

「言ったよ。でも、それがどないしたん」

「いや、だから」と左千夫は用心深く続けた。「なんで、はっきり見てなかったことを見た、って証言したのか、不思議だと思ってたもんだから」

「なんで、って聞かれてもな。見たもんは見たんやから、そう言うたまでや」

「でも……事故の直後、線路でばったり会って立ち話した時は、そうは言ってなかったよな」

「そやったろか」

「言ってなかったよ」

「あのな、死人がぎょうさん出てるような、大変な時やったんよ。立ち話で何しゃべったか、なんて、なんも覚えてへんて。とにかく見たもんは見たんやから。見たもんを見てへんかった、とは言えんやろ」

「じゃあ、ほんとに見たのか？　おれを？」

　清水は呆《あき》れた顔つきをし、目を真ん丸に見開いて、小馬鹿にしたように笑った。「何言うとんの。おまえはあの晩、横須賀線の上り電車に乗って川崎に向かっとった。いつもの土曜日の稽古に行くのにな。その同じ車両に、横浜からおれが偶然、乗り合わせた。そやから、おれはそこにいたおまえを見た。座席のはしっこに座って、腕組んで、目ぇ閉じとったやろ。おれは少し離れた乗車口から乗って、しばらくたっておまえがいることに気づいて、近づいて行こうとした直後に、あの事故が起こった。そやから、車内ではひとつも声かけられへんかった。それだけのことや」

左千夫は清水をまじまじと見つめた。清水は生あくびをかみ殺すような顔をして、「あほやなぁ」と言い、微笑した。「なんで今さら、そないなこと訊くねん。あほらし」

左千夫はぐるぐると頭の中をめぐり続ける疑問を一つ一つ、整理しながらも、精一杯、笑顔を作った。この男の言う通りだ、と思った。見たものを見た通りに言った、と言い続けているこの男は、何らかの疑いが左千夫にかけられていることを知りながら、同じ証言を繰り返している。

おそらくは警察が嫌いで、協力したくないから。妹の千佳が密《ひそ》かに心を寄せていた相手だから。千佳の心を開いてくれた恩人だから……。

……間宮は、それ以上、千佳の話を続けようとはしなかった。代わりに上着の内ポケットから映画のパンフレットを取り出した。パンフレットは四つ折りにされ、皺が寄っており、表紙の五嶋田俊の顔に無残にも縦線が入っているのが見えた。

無造作にそれを開くと、間宮は「評判がいい映画のようですねえ」と言った。「物語はよく知ってますよ。あっちこっちで取り上げられてましたしね。それにしても、沼田さん、こいつは怖い話だ。え？　そうじゃないですか。親が子を殺すことはある。珍しくはない。でもね、息子を殺すのに、裏にそういう動機があったなんて、私らのような仕事をしてても、簡単には思いつかないですわ。職業柄、参考になりますよ」

左千夫は、ぴくりと眉《まゆ》がはね上るのをどうにも抑えきれないまま、じろりと間宮を凝視した。「そういう動機、とおっしゃると？」

「この映画では、父親が、息子の恋人に岡惚《おかぼ》れしたんですなぁ。好きで好きで、恋い焦《こ》がれて憧《あこが》れて、遠くから胸を高鳴らせてた。それが息子にばれて、諍《いさか》いが始まって、思わず息子を手にかけてしまう、っていうね、そういう話なんです。……あれ？　ご存じなかったですか？」

何を言わせようとしているのか、わからなかった。単に映画の話をしているのか。それとも、その内容に意味がある、と言いたいのか。

左千夫は「私もストーリーはだいたい知ってます」とあたりさわりなく答えた。「岸丈太郎の復帰第一作ですしね」

活字や写真が目に入っているのかいないのか。間宮はさして興味もなさそうに、ぱらぱらとパンフレットのページをめくり、めくってはまた戻り、どこか上の空の様子でいたが、やがて急に興味を失ったかのように、隣の座席の上に放り出した。

「いい機会なんで、ひとつ伺いたいんですが……ああいう心理って、沼田さんならどうお思いになりますかね」

「ああいう心理？」

「つまりですよ、息子の恋人に恋愛感情を抱いた男が、その事実を知った息子に罵倒《ばとう》されて、思わず殺意が生まれる、っていうね、そういう加害者側の心理のことですよ」

左千夫は曖昧《あいまい》に笑った。「考えてみたこともないですね。いきなり訊かれても……」

「ああ、これは失礼。そりゃあ、そうです。ふつうは誰も、考えたこともないでしょうな。でも、沼田さん、実はですね」と言いながら、間宮は少し周囲を気にする仕草をし、テーブル越しに左千夫に顔を近づけてきた。「この話をするのは沼田さんが初めてなんですが……私、この映画のストーリーを知ってから、突然、閃《ひらめ》いたことがあったんですわ。お迷宮《みや》入りしたまんまでいる、久ヶ原の事件に関してなんですけども」

危険が近づいているとはっきりわかったが、左千夫は無表情を湛《たた》えたまま、身じろぎひとつせずに座っていた。瞬《まばた》きもしなかった。

間宮はそんな左千夫をしかと見つめつつも、落ち着いた口調で続けた。「怒らないで聞いてください。たとえばの話ですが、百々子さんに特別な好意……つまり恋愛感情を抱いている大人が近くにいたと仮定してですね、いえいえ、あくまでも仮定の話ですから、悪く思わないでお聞きください。で、黒沢夫妻はその事実を知れば、当然、相手を厳しく追及するに違いない。親ですからねえ。自分たちの娘におかしな感情を抱いている人間がいるとわかったら、承知しないでしょう。となると、その人物も黙ってはいられなくなる。百々子さんに対する、よからぬ欲情を否定するか肯定するかは別にして、両者の間では解決のつきそうにない諍いが始まる。そして、そいつは偶発的に夫妻を殺害するに至った……そう考えることもできるんじゃないか、ってね」

「まさか」と左千夫はやっとの思いで言った。再びからからに乾き始めたくちびるを横に伸ばし、苦笑してみせた。「よく考えてください。百々子はあの時、まだ十二だったんですよ。小学六年だったんですよ。そんな子供にどうして、欲情だの恋愛感情だの……」

「はあ、もちろん、そこが一般的にネックではあります」間宮はおもむろに姿勢を戻し、しかつめらしい顔をしてうなずいた。ハイライトを一本くわえたまま、何か考えている様子だったが、やがて火をつけると、煙を深く吸い込んだ。

「……でもね、沼田さん、ご存じかと思いますが、世の中には十やそこらの……いや、もっと幼い、赤ん坊に毛が生えた程度のちっちゃな女の子だからこそ欲情する、っちゅうね、信じがたい変質者もおるんです。いやな言葉ですが、小児性愛、とかいうやつですわ。百々子さんの両親を殺害した人物は、百々子さんがもっと幼いころから近くにいて、百々子さんに性的興味を抱いていた可能性もある。そんな気もしてきたんですがねえ」

首まわりや脇《わき》の下に、粘ついた汗が吹き出してくるのを感じた。呼吸がひどく浅くなっていた。空気を吸っても吸っても、肺の中に取り込めない気がした。

左千夫は顔色の変化を見とがめられないよう、注意しながら、カウンターに目を転じた。カウンター席のカップルは、帰り支度を始めていた。

「こんな推理は、さぞかし汚《けが》らわしいことでしょう。どうかご容赦を」間宮がとってつけたように言った。「ですがね、沼田さん、百々子さんに対する、そういった特別な好意云々《うんぬん》、ということでなくてもですね、私は犯人《ほし》にとっては、百々子さんの存在が犯行の引き金になったんじゃないか、ってね。そんなことを考え始めておるんですよ」

左千夫が黙っていると、間宮は隣の座席の映画パンフレットをぽんと軽く叩《たた》いた。

「ヒントを与えてくれたのは、この映画です。刑事もたまには、映画を観《み》なけりゃいかんです。思ってもみなかったドアが開くことがありますからねえ」

女主人が小さなレジスターを操作し、釣り銭を男の客に手渡した。ありがとうございました、という澄んだ声が響きわたった。

二人の客を見送るために、女主人はそそくさと外に出て行った。ドアにつけられたベルが軽やかに鳴った。

束《つか》の間《ま》、誰もいなくなった店内に、間宮とふたり、差し向かいのまま残された。左千夫は刑場に向かう罪人になったような気分に陥った。

けだるく流れるジャズのピアノ曲が、あたりを充たしていた。店内には香ばしいコーヒーのにおいが漂っていたが、それは数多くのアンティークの調度品が放つ埃《ほこり》くささと相まって、時間の流れを止めているように感じられた。

だから来たくなかったのだ、と左千夫は脱力していくような感覚の中で思った。自分が、陰鬱《いんうつ》な井戸の奥底に向かって虚《むな》しく転がり落ちていく、小石になってしまったような気がした。

終幕が近づいているのかもしれなかった。曖昧だったものごとが、瞬時にして冴《さ》え冴《ざ》えとした姿を見せたかと思うと、それらが一斉に束ねられ、まっしぐらに終焉《しゅうえん》に向かおうとしている様が見えるようだった。

「これから……」そう言いかけて、声が完全にうわずり、さらにかすれていることに気づいた。左千夫は咳払いをした。「これからは、そういった線で捜査を進めることになるんですか」

間宮は人指し指をくちびるにあてがい、さもいたずらっぽく言った。「頼みますよ、沼田さん。この話はここだけのことにしといてくださいよ。打ち明けたのは沼田さんだけなんですから」

「でも、どうして僕にだけなんです」

そう訊ねた時、女主人が戻ってきた。愛想よく、左千夫と間宮に向かって会釈《えしゃく》し、再びカウンターの奥に戻って行った。

女主人の動きをぼんやりと目で追っていた間宮は、「どうして、って、別にたいした理由はないですが」とのどかな口ぶりで言った。「時効まであと三年しか残ってませんからねえ。犯人を捕り逃がすつもりはありません。今日、この映画の上映があって、こうして沼田さんと偶然、再会できたもんですから、ちょっと事件に関する私の推理を打ち明けてみたくなっただけで」

嘘だ、嘘を言うな、と永遠にわめき続けていたかった。だが、左千夫はおとなしくうなずき、目を伏せてコーヒーカップを手にとった。そして、底のほうに少ししか残っていないコーヒーを無理やりすすり上げてから、「そろそろ」と言った。「僕は帰ります」

引き止められるか、と思ったが、間宮はそうしなかった。友好的な表情を浮かべながら、彼は言った。「私はもう一杯、コーヒーを飲んで行きますんで。どれ、あっちのカウンター席にでも行って、ママさんに相手をしてもらいますかな」

コーヒー代金を支払おうとする左千夫を丁重に断り、間宮は席を移動し始めた。女主人は、慌《あわ》てた様子で左千夫の見送りに出て来ようとしたが、それを引き止めたのは間宮だった。

壁に掛けられていた、骨董品《こっとうひん》の黒々とした柱時計についての質問をしている。女主人が嬉しそうにそれに答えている。

「はい、大正時代のものみたいですよ。母方の祖父母の家にあったのを持って来まして。初めっから壊れてて、時間が止まったまんまだったんですけど、ちょうど鳩が出てきた時に壊れたみたいで、それだけはよかったな、って。だって鳩時計に鳩が見えないと、なんだかおかしいでしょう？」

くすくすと笑う女主人に合わせるようにして、間宮も豪快に笑っている。左千夫のほうは見ていない。

後ろ手に入り口の扉を閉めると、ベルの音が大きく廊下に轟《とどろ》いた。今にも扉の向こうから、間宮が彼を呼び止め、手錠を振りかざして追いかけてくるまぼろしを見たような気がした。

左千夫はぐらつく足を必死で立て直し、地上に向かう階段を駆け上がった。

## 19

それは「ピエロ」という名の店だった。

渋谷駅にほど近い裏通り。小さな古い商店や低層の雑居ビルがひしめき合う一画から、細い道を入った突き当たりに店はあった。建物をはさんだ両側は、雑草が生い茂る空き地になっている。

都市開発の波に抗《あらが》えず、ピエロもまた、遠くない将来、解体される運命にあるのは明らかだった。だが、店はてこでも動くまいとする無言の決意を示そうとするかのように、静かな威厳を漂わせながら、どっしりとそこにあった。

入り口に近い道路に立て掛けられた看板には、「手作りハンバーグ専門店」と明記されていた。なぜ、屋号を「ピエロ」にしたのかはわからない。看板にも外壁のどこにも、道化を連想させる絵やマークは描かれていない。

古びた木造三角屋根の、ログハウスに似せて建てられた建物である。過ぎ去った長い歳月がそのまましみついてしまったかのように、どこもかしこも黒ずみ、変色している。

二階部分が住居になっているらしく、道路に面した窓越しに洗濯物が吊《つ》るされているのが見えることもあった。

店主夫妻は寡黙《かもく》で、余計なことは一切、喋《しゃべ》らなかった。共に頭に赤いバンダナを巻き、くたびれたジーンズにくすんだピンク色のエプロンをつけていて、終始、無愛想だった。

左千夫がその店を見つけたのは、ほんの偶然だった。渋谷の駅裏の、ごみごみとした雑多な一画にあって、そこだけが時代から取り残されたかのような気配を漂わせていたことに妙に心惹《ひ》かれ、入ってみたのだった。

メニューは数種類のハンバーグステーキと、フライドポテトやオニオンリング、各種スープ、サラダ、ソフトドリンクやビール、ハウスワインなど。ハンバーグの味は、家庭的な懐《なつ》かしさと本場で供される奥深い旨味《うまみ》が溶け合ったもので、文句なしに満点をつけることができた。

味もいいが、ここは百々子を連れて来るのに最適だ、と左千夫は初めから確信していた。

客で混み合っていることはなく、いつ行っても空《す》いている。接客するのは、化粧っ気のない、くちびるの色の薄い、いつも大きなシルバーのリング型イヤリングをつけている妻のほうで、夫はめったに厨房《ちゅうぼう》から出て来ない。たまに顔を見せても、せいぜいが水をつぎ足したり、コーヒーの注文を受けたりする程度だった。

二人とも客あしらいは悪かった。お愛想に世間話をしてくるような気配はみじんもなく、注文をとって料理を作り、運んでくるなり、用はすんだとばかりに、夫婦そろって厨房に引っ込んでしまうこともしばしばだった。

追加のオーダーのために、「すみません」と厨房に声をかければ、煩《わずら》わしげにうすい笑みを浮かべながら応じてくれるが、そうでもしない限り、用もないのに店内をうろついたり、声をかけてきたりすることもなかった。

「ピエロ」という屋号の由来を訊《たず》ねてみたいような気持ちもあったし、質問すればそれなりに答えてくれるとわかっていたが、会話を交わすのは億劫《おっくう》だった。夫妻は客との距離を縮めたくない、と思っている様子で、それは左千夫にとってありがたいことでもあった。

店内に低く流れている音楽は、古めかしいイタリア民謡やカンツォーネだった。マンドリンとギターが奏《かな》でる曲が多く、レジ脇《わき》やトイレの壁には、来日したカンツォーネ歌手やギタリストのコンサートのチラシやポスターが貼《は》られていた。

曲は総じて静かで物憂《ものう》げだった。じっと耳を傾けていると、誰も知らない異国の街に来ているような気分に襲われた。孤独感とやるせなさのようなものがつのったが、一方でそれは左千夫にとって心地よいものでもあった。

初めて左千夫がピエロに百々子を連れて行ったのは、二年半ほど前に遡《さかのぼ》る。百々子が聖蘭学園大学の四年生になった年の春だった。

待ち合わせた渋谷駅で顔を合わせた時から、百々子は空腹を訴えてきた。死にそうにお腹がすいてる、ぺこぺこ、朝からなんにも食べてないんだもの、と言い、不機嫌を隠そうともしなかった。朝食もそこそこに自宅で夢中になってピアノの練習をし続け、昼食を食べそこねたが、お手伝いのキミ子に頼むのがいやだったので、そのまま出てきた、という話だった。

ピエロに連れて行くのなら、今日だ、と左千夫は思った。手放しで喜んでもらえる、と確信した。

ハンバーグがうまい店を知ってるんだけど、と彼が言うと、百々子はちらと目を吊り上げて「この近く？」と訊《き》き返した。「遠くまで行くのはいやよ」

「ここからすぐだよ。歩いて五分もかからない」

「珍しいのね、おじさんがハンバーグのおいしいお店を知ってるなんて」

「たまたま見つけただけさ」

百々子はあまり興味なさそうに「へえ」と言い、「ともかく」としらけた顔つきで続けた。「何か食べなきゃ倒れそう」

夕食にはまだ少し早い時間帯だったせいもあってか、店内に客の姿はなかった。百々子が注文したのはチーズハンバーグとフライドポテト、シーザーサラダだった。

運ばれてきたハンバーグを大きく切って口にふくみ、「熱っ！」と大げさに顔をしかめた後で、百々子は「わぁ、おいしい！」と愛らしい歓声をあげた。みるみる頬が紅潮していくのがわかった。

触れると火傷《やけど》しそうに熱くなっている鉄板の上のハンバーグは、ほのかな湯気をたてていた。百々子がフォークを使ってそれを口に運ぶたびに、脂《あぶら》とともに薄赤い肉汁が滴《したた》り落ちた。

百々子は食べることだけに熱心で、何か話しかけても上の空だった。まるで目の前に左千夫がいるのを忘れたかのようでもあった。だが、見事な食欲をみせながら、無心にハンバーグとライスを交互に食べ続ける百々子を眺めていられるのは、左千夫にとって至福のひとときだった。

「ほらほら、顎《あご》にソースが垂れちゃってるじゃないか。拭《ふ》きなさい」

笑いながら彼が紙ナプキンを手渡すと、百々子は子供のようなあどけない顔つきで受け取って、ごしごしと顎を拭いた。

近況について、彼は何も質問しなかった。その時に限らず、いつのころからか、そうするのが習慣になっていた。百々子のほうから問わず語りに話し出さない限り、左千夫は一切、百々子に向かって自分から質問の口火を切るまい、と決めていた。

黙っていれば、必ず百々子のほうからしゃべり出す。学生生活の中でのちょっとした面白い出来事、ピアノの話、左千夫の知らない海外の指揮者や演奏家やショパンコンクールについて、話題のテレビドラマの話、世間を賑《にぎ》わせている芸能人のゴシップ、たづや美佐、あるいは北島と交わした、罪のない会話の数々、そして久ヶ原の家にまつわること、祖母の悪口……。

百々子の周辺に、かつての事件を想起せずにいられる人物はいなかった。どれほど面白く語られようと、石川家の人々や北島に関する話題ですら、ふとしたきっかけで、事件の記憶につながるエピソードに発展していかないとも限らなかった。油断はできなかった。

左千夫は百々子の話に熱心に聞き入っているふりをしながらも、常に警戒を怠らなかった。百々子もまた、危うい話題になりそうな時は素早く切り換え、何ごともなかったように装《よそお》った。

そんな中、時に百々子は、祖母の縫に向けた痛烈な悪感情を左千夫に向かってぶつけてきた。まるで縫をサンドバッグにして、あらゆる不全感を解消しようとしているかのようだった。

中にはどうということもないような、年の離れた女同士の些《さ》細《さい》な感情のすれ違い、必ずしも縫だけが悪く思われることではなさそうな出来事も含まれてはいた。だが、その何もかもを彼は親身になって聞いてやった。まっすぐ目を見て熱心にうなずき返し、要所要所で深い共感と理解を示し、必要とあらば「それはひどいね」とか「よくわかるよ」といった同調の言葉も口にした。どんな場合でも正しいのは百々子である、という態度を崩さなかった。

　百々子がそれで満足しているのかどうかはわからなかった。第一、彼女が真剣に左千夫相手に縫の悪口を言い、理解を求めているのかどうかも定かではなかった。ただ単に、叔父を相手にしゃべりたいことが何もないから、わざわざ祖母を話題にしているだけなのかもしれない、と思うこともあった。

　左千夫の仕事が休みになる日曜日、もしくは土曜日の遅い午後、渋谷駅で待ち合わせて近隣の喫茶店に入り、お茶を飲む、といった通りいっぺんの会い方に、百々子が飽き飽きしていることはよくわかっていた。

　健康な若い娘が真に会いたいのは、同世代の友人や仲間、恋人であってしかるべきだった。いつのまにか習慣化されてしまった叔父との逢瀬《おうせ》が、百々子の中で億劫なものと化していくのは自然な流れと言えた。

　両親の死を封印し、記憶の奥底に閉じ込め、見ないようにするために必要とされた時間は終わっていた。受けた衝撃や喪失感、孤独感は徐々に均《なら》されていき、今の百々子には前途に拡《ひろ》がる大海原のような、悠々とした未来が用意されているのだった。

　もはや百々子は左千夫など必要としていない。唯一《ゆいいつ》の心許せる肉親、という意識で会いたがってくれていた時期は確かにあったが、それは百々子の中で、少女めいたロマネスクな気分がわきあがっていたからに過ぎない。成長するにしたがって、そんなものはみるみるうちに消えてしまい、残されたのは義務感だけになっている。

そんな中、ハンバーグ専門店のピエロは偶然ながら、左千夫にとって重要な役回りを果たしてくれた。

喫茶店で飲み物を前にしていても、十分もたたないうちに飲みほし、手持ち無沙汰《ぶさた》になる。「ケーキでも食べようか」と誘っても、百々子はたいてい、首を横に振った。向かい合って座っている時間を長引かせるために、わざわざケーキなど食べたくない、と言いたげだった。

生来の話し下手も手伝って、左千夫は百々子を楽しませるような話題を次々に提供することができない。しらけた表情でストローの空き袋を弄《もてあそ》んでいる百々子に「じゃあ、そろそろ帰ろうか」と声をかけると、百々子はうなずき、ほっとした様子でショルダーバッグを手に取る。

レジで会計をすませ、店の外に出れば、もう、別れの挨拶《あいさつ》をするしかなくなった。「じゃあね」と言いながら微笑してくる百々子に、「また会おうね」とか「気が向いたら手紙でも」とか「いつでも電話してくれていいんだよ」などと、未練たっぷりに声をかける。だが、百々子はほとんど聞いておらず、曖昧《あいまい》にうなずいて手を振るなり、さっさと左千夫に背中を向けてしまうのだった。

だが、共に食事をするとなると別だった。食べ物を前にしていれば、仮に黙りがちになっていたとしても、食べることに集中している限り、気まずくならない。これ、おいしいね、うん、おいしい、などと他愛のない言葉を交わし合うだけでも、充分、距離が近づいたような感覚を味わえる。

食後のデザートを注文すれば、さらに共有する時間は延長される。ピエロでコーヒーや紅茶が運ばれてくるころには、百々子もリラックスするのか、饒舌《じょうぜつ》になった。百々子らしい澄んだ笑い声が弾《はじ》けるのも決まってそんな時で、左千夫は思わず、「もう一軒、どこかに寄って行こうよ」などと誘ってしまいそうになる。

だが、その種の欲望をこらえるのはお手のものだった。百々子を前に、自分の中に噴き出してくる熱いたぎりのようなものを必死で押し殺し、抑えつけようとするたびに、深遠で高潔とも言える、不可解なエクスタシーを覚えることができたのである。

実際、ピエロは彼にとって、おあつらえ向きの店だった。高級なシティホテルのラウンジや、巷《ちまた》で話題の店に連れて行けば、百々子は若い娘らしく気取ろうとするあまり、左千夫があまり好まない百々子になってしまうに決まっていた。彼は百々子が、自意識の異様に肥大化した、平凡でつまらない小娘の側面を見せる瞬間が嫌いだった。

その点、ピエロのような店なら、まったく心配はいらない。地味で流行遅れで、閑古鳥が鳴いているような店に、およそ若い娘を惹きつけるたぐいのものは何ひとつ、見当たらない。

眠たくなるようなマンドリンの音色を遠くに聴きながら、左千夫はオニオンリングとフライドポテト、それにふだんはあまり飲まないビールを注文する。少量のアルコールは緊張を和らげる効果があった。昼飯は食べてきたから、腹は減ってないんだ、という理由をつけて、ハンバーグは食べずにいることが多い。

オニオンリングをゆっくりとつまみながらビールを飲む。時によって、好きでもないウィスキーの水割りを一杯、それに加えることもある。あとはただ、うすく微笑しつつ、目の前の百々子を眺めるともなく眺めている。

昼間から飲むアルコールがもたらす軽い酔いの中、店の細長い窓から射《さ》し込んでくる西日に目を細める。せっせと忙しそうにフォークを動かし、水を飲んだり、口もとを紙ナプキンで拭《ぬぐ》ったりしている百々子から、いっときも目を離したくなくて、常に視界の中に彼女の姿をとらえ、記憶の襞《ひだ》に刻みつけようとする。

観察は多岐にわたった。着ている洋服。その胸のあたりに窺《うかが》える、豊かなふくらみ。清潔そうに波うつ髪の毛。食べているうちに、うっすらと清潔な汗が光り始める、形のいい、なめらかな額。長い睫毛《まつげ》が淡い影を落としている頬骨。とってつけたようにも見える、大人の女を装った口紅が、食べ物の脂や自身の唾液《だえき》で次第に薄まっていき、やがて本来の、清潔で美しい薔薇《ばら》色のくちびるが現れる瞬間の恍惚《こうこつ》。腕のどこかに見つける虫刺されの痕《あと》までが愛らしく、思わず腕をとって、そこにくちづけしたくなる。まるでピアノの鍵盤《けんばん》に触れるかのように、いつだって器用によく動く、細くて美しい指先。身につけている、若い娘が好みそうな安物のアクセサリー類……。

左手の薬指に、真新しい指輪がはまっていないかどうか、確認することも忘れない。大学を卒業したら、北島と婚約するつもりなのかもしれない、そうに違いない、という予感めいたものは、時に左千夫を烈《はげ》しく嫉妬《しっと》させた。

　育ちがいいことは確かだし、ものごとに対する単純な反応は愛嬌《あいきょう》があったが、左千夫から見て北島は、魅力的であるとはまったく思えなかった。怖いもの知らずなほど積極的で、おべんちゃらを言うことにかけては天賦《てんぷ》の才を発揮する。そして、その才能のおかげで、なんとか百々子を手に入れることに成功しただけの男に過ぎなかった。

　一方、なぜ、石川家の長男、紘一は、これほど魅力的な娘になびくことなくいられたのか、と左千夫は今更ながらつくづく不思議に思った。紘一が人さし指の先で、百々子にほんの少し触れるだけで、彼女は即座に身を預けたに違いないのだ。

それにしても……と左千夫は自問する。紘一は百々子の気持ちに早くから気づいていた。それは確かである。それなのに鈍感を装って、まことに礼儀正しく紳士的に、百々子との間に距離を置き続けた。百々子の好意を拒否する男が世の中に存在する、ということが左千夫には信じられない。

しかも、うまく立ち回った紘一は、決して百々子を傷つけなかった。遠く近く、実の兄のように寄り添っていた。左千夫はそんな紘一に深く感謝してもいた。

片や、北島は不快な存在だった。どんな巡り合わせがあったにせよ、少なくとも北島は、百々子を振り向かせることができた。拒まれても拒まれてもめげずに挑み、取り入り、忠誠を誓ってみせた男は、百々子を手に入れ、悦に入っている。そう思うたびに、左千夫は胸が悪くなった。

どのみち北島は凡庸な男に過ぎない、と彼は思っていた。北島が百々子の前で下僕のようにふるまい続けるのも、魅力あふれる百々子を手に入れたいからなのだ。育ちはいいが平凡な男が、ありふれた下司《げす》な欲望を充《み》たそうとして、百々子に取り入ってきただけのことで、そこに崇高さのかけらもありはしなかった。

左千夫も、百々子がほしい、と願う。北島などよりもはるかに深く強く願っている。だが、彼の中では、ほしい、と思うのと、貫きたい、と思って欲情することとはまったく別の意味をもっていた。彼は百々子を貫きたいと思ったことなど、一度もなかった。百々子に対して抱くのは、肉体の関係を超えた欲望だった。自分の欲望と、北島のような男が百々子に抱く願望は、彼の中ではっきり区分けされていた。次元が違いすぎて、決して同じものにはなり得なかった。

男たちも女たちもあからさまな欲望の塊《かたまり》になっている。女を貫きたいという欲望に耐えられなくなる男たちの、なんと醜く浅薄なことか。男に貫かれたいと願いながら鏡に向かい、顔を塗りたくり、胸のあいた服を着る女たちの、なんと愚かで不潔なことか。ほしい、と願う感覚が、貫きたい、貫かれたい、と思うことと同義になってしまうことに、何の疑問も抱かずに生きていられる愚かな者たち。低俗で野暮ったく不潔な、日陰でまぐわう虫にも劣る存在……。

少女期を過ぎ、大人になり、百々子にはさらなる美しさと魅力が増した。百々子は絶えず輝いていた。金色の光を放つ粉をまきちらしていた。あらゆる細胞が瑞々《みずみず》しく潤《うるお》っていた。肌はもちろん、くちびる、瞳《ひとみ》、爪《つめ》の先に至るまで、本当に濡《ぬ》れているのではないかと思えるほど、つややかだった。

性の気配はいっそう濃厚になった。目の前にいるだけで、思わず震え出してしまいそうになることもあった。時にはその欲情をこらえようとするあまり、気分が悪くなった。ねえ、おじさん、もしかして風邪でもひいたの？　と、別段、案じる様子もなく訊ねられたこともある。どうして、と問い返すと、百々子は、なんか、具合悪そうよ、と答えてくる。

そんな時、彼は、具合が悪いんじゃない、百々子ほしさに気が狂いそうになっているだけだ、と答えたい衝動にかられる。そう叫んでしまうことができたら、どんなに楽か、と思う。百々子、百々子、と彼は心の中で密《ひそ》かに叫び続ける。涙がにじむ。

百々子は彼にとって、この世で唯《ただ》一人の、隅から隅まで清潔な娘だった。穢《けが》れとは無縁の乙女だった。

前歯に食べ物の滓《かす》をくっつけたまましゃべっていても、蚊に刺された足の脛《すね》をかきむしっていても、不機嫌に鼻を鳴らして人を小馬鹿にする態度をとっていても、どんな時でも彼女は純潔だったし、だからこそ彼を興奮させてやまないのだった。

百々子は永遠に触れることのできない、宗教画の中の高潔な愛らしいニンフだった。その声を耳にし、その愛くるしい顔を目にするだけでも、彼はたちまち、厳粛で荘厳《そうごん》な悦《よろこ》びに充たされた。

それなのに、ひそかに自らの性を処理しなければならなくなるのは、まことに理不尽としか言いようがない。深夜、独りでもぐりこむ湿った布団《ふとん》の中や、昼日中、窓を閉め、カーテンを閉じた薄暗い部屋の片隅で、彼はたびたび、烈しい自瀆《じとく》の饗宴《きょうえん》を繰り広げた。終われば決まって、自身の醜さに打ちひしがれ、虚《むな》しさに包まれる。だが、意志とは裏腹に限りなく膨張し、破裂しそうになっているものを鎮《しず》まらせないわけにはいかなかった。

とはいえ、自分にそんなことをさせるのは、断じて百々子ではなかった。自身の汚れた、浅ましい欲情が、百々子を介してブーメランのように凄《すさ》まじい勢いで舞い戻ってくる。それだけの話だった。

百々子自身には何ひとつ、そのことに対する責任などなかった。あるわけもなかった。

一九七五年、十月初旬の日曜日。澄み渡った空が抜けるように青い、申し分なくよく晴れた日だった。

渋谷駅を出てピエロの近くまで行くと、どこからかふわりと漂ってくる金木犀《きんもくせい》の甘い花の香りが嗅《か》ぎ取れた。左千夫はふと、店の前で足を止め、あたりを見回した。

店の両脇の小さな空き地は、夏枯れた草で被《おお》われている。自生していたものなのか、かつて土地の持ち主が植えたものだったのか、片隅に一本の金木犀の樹が植わっているのが見えた。ところどころ、黄金色の小さな花をみっしりとつけている割には、樹は痩《や》せていて儚《はかな》げだった。

風に乗って漂ってくる甘い花の薫りに包まれながら、左千夫は腕時計を覗《のぞ》いた。午後一時五十分。二時ちょうどに、百々子とピエロで待ち合わせている。約束の時刻には五、六分遅れて姿を現すことの多い百々子が、自分よりも早く到着しているとは思えない。しかもその日は、彼が重大な決意のもとに百々子と会う特別な日だった。まかり間違っても百々子より遅く到着することは許されず、そのため左千夫は早い時刻に寮を出てきた。だが、渋谷で電車を降りてからの足どりが重かったせいなのか、予定していたよりも到着時刻は遅くなった。

　店の正面にある細長い小窓の奥に、百々子とおぼしき人影を探した。何も見えなかった。

　十分でもいい、できれば十五分でも三十分でも遅れて来てほしい、と願った。ひどく緊張していた。喉が渇いていて、粘膜がぴたりと貼りついてしまったような感じがした。そのせいで喉《のど》がむず痒《がゆ》くなり、しきりと弱々しい咳《せき》が出た。

「いらっしゃいませ」と声をかけてきた店主夫妻は、その日も型通りの接客ぶりで、相変わらず愛想がなかった。出入りの業者を相手にしているかのような素っ気なさだったが、それでもなじみの常連客として扱ってくれていることだけは伝わってきた。

　店内に客はいなかった。左千夫はいつも百々子と来た時に座る、店の奥の、向かって右側のテーブル席に腰を落ち着けた。

　水とメニューを運んできた夫人と目を合わせまいとしながら、「待ち合わせてるので」とだけ小声で言うと、夫人はこくりとうなずき、去って行った。見慣れたシルバーのリング型ではなく、その日、夫人は耳に、青い小石のついた揺れるイヤリングを下げていた。

　前の週の月曜日、左千夫は勤め先に辞表を提出してきた。

理由は、一身上の都合で、ということにした。誰もが勤めをやめる時に使う表現だった。「都合」の内容を詳細に問い質《ただ》されることは、まずない。たとえ訊ねられても、適当に答えておけばすむ。

引き止められることもなく、また、理由について遠回しに質問されることもなく、辞表は速やかに受理された。

どこで耳にしたのか、四、五日ほど前のことだったが、清水が社の廊下で声をかけてきた。

「おう、沼田。ちょっと小耳にはさんだんやけど、おまえ、辞表出したんやて？」

「ああ、そうなんだ」

清水は眉間《みけん》に皺《しわ》をよせ、左千夫に近づくと「なんでまた」と小声で訊ねた。「突然すぎるやんか。なんかあったんか」

「何もないよ」

「辞める、ちゅう話なんか、いっぺんも聞いてへんかったし」

「そりゃあそうだよ。急に決まったことなんだから。別の仕事を始めることになってね。何かと慌《あわ》ただしくてさ」

「別の仕事？」

「うん。映画関係なんだけど」

「そうかぁ。そやったかぁ」と清水は、はたと気づいたかのように、しみじみとうなずいた。過ぎ去った歳月が、清水の顔に縮緬皺《ちりめんじわ》を刻んでいるのが見えた。「映画はおまえの夢やったもんな」

「うまくいくかどうかはわからないよ。実はさ、映画の脚本を書いてみないか、って言われたんだよ。もちろん、テスト段階の話だけどね。でもうまくいったら、映画化も夢じゃないかもしれないだろ。それならいっそのこと、勤めはやめて、真剣勝負してみたほうがいいんじゃないか、と思ったんだ」

「脚本か。役者デビューかと思うたわ」

「まさか」

「どっちみち、遅咲きの桜やな」清水は、くつくつと可笑《おか》しそうに肩をゆすって笑った。

「それにしても、これからが楽しみや」

「先のことは全然わからないけどな」

「おまえは独身やから、なんでも自由にできて羨《うらや》ましいわ。でも、退職するんなら、寮は出て行かなあかんのと違うか？」

「次の住まいが見つかるまでは、少しの間、いてもかまわない、って言ってもらったんだ。まあ、いつまでものんびりしてるわけにはいかないけど。引っ越し先が決まったら教えるよ」

「あたりまえや。なあ、そういうことになっとんなら、近いうちにうちで食事でもせえへんか。千佳も呼んで、賑やかに送別会を開こうやないの。いや、壮行会、か。女房にうまいもん作らせるわ。脚本家デビューを祝ったる」

「まだデビューしてないよ」左千夫は笑みを浮かべた。「そう簡単にいくはずがない」

清水は、束《つか》の間《ま》、じっと左千夫を見つめ、何か言いたそうにしていた。怪訝《けげん》に思った左千夫が「ん？」と訊ねたが、清水はふと我に返ったかのように、「おっ、いかん、いかん」と言った。「これから会議やねん。今週は会議ばっかりでな。ほな、これで。連絡、待っとるからな」……

……二時きっかりに店のドアが開いた。

いたずらっぽい笑みを浮かべた百々子の顔が覗いた時、左千夫は全身の血が吹き出すような感覚に襲われた。こんなに早く、約束通りに百々子がやって来るとは思っていなかった。彼は百々子を迎えるために、思わず席から腰を浮かしそうになったが、なんとかこらえた。

百々子は左千夫に向かい、腰のあたりで軽く手を振って微笑してきた。様子が少し変だった。彼女は店内に入ろうとせず、木製の入り口ドアを軽くおさえたまま後ろを振り返った。

左千夫の中に、いやな予感が湿った黒雲のようにわき上がった。百々子は誰かと一緒のようだった。顔に浮かべた笑みが凍りつかないよう注意して、左千夫は奥歯をかみしめた。

現れたのは北島だった。北島はまるで、ウェディングロードを進んでくる新郎のようなにやけた顔つきをしながら、百々子のあとに従ってやって来た。

役者になれ、と左千夫は自分に言い聞かせた。その昔、こうしたシチュエーションにおける即興劇を堂々と演じてみせたこともあったではないか。

なぜ、こいつがここに、と思った。大切な日だった。百々子とふたりきりで、誰にも邪魔されない時間が用意されなければ、何も始まらない。

気持ちが煮えくり返りそうになったが、なんとか抑えこみ、彼は「やあ」と穏やかに、親しみ深く言った。「お揃《そろ》いだね」

北島が「こんにちは」と言って会釈《えしゃく》した。にこやかな口調だった。「ごぶさたしていました」

「百々子がいつも世話になってます。さあ、座って」

「いえ、僕はただ、百々子さんをここまで送って来ただけですから」北島はそう言い、落ち着いた仕草でぐるりと店内を見渡した。「いい感じの店ですね。雰囲気があって。渋谷の駅の裏にこういう店があるなんて、全然知りませんでした」

「彼、ここまで送ってくれたんだけど、おじさんにひと言、挨拶して行きたい、って」

　表情にこそ、浮かんではいなかったが、百々子からはかすかな煩わしさのようなものが嗅ぎ取れた。左千夫はひそかに満足した。

「それはどうも。でも、せっかく来たんだから、少しくらい……」

「ありがとうございます。そうさせていただきたいのは山々なんですけど、僕はこれからちょっと約束があって。どうしてもそっちに行かなくちゃいけないんです」

「そうか。それは残念だな」

「すみません。お気遣い、ありがとうございます」

　じゃあね、百々子ちゃん、と甘ったるい声で呼びかけ、礼儀正しく左千夫に向かって一礼すると、北島は店から出て行った。

　百々子はその後ろ姿を見送ることもなく、左千夫の正面に腰をおろした。不機嫌なのかどうか、わからなかった。少し疲れているように見えるのも、せっかくの日曜なのに時間を割いて叔父に会うのは面倒、という気持ちの表れなのかもしれない、と左千夫は悲しく思った。

　店主夫人が近づいて来て、無言のままわずかに微笑しつつ、百々子の前に水の入ったグラスを置いた。百々子は、どうも、と小声で言った。

「今日はお腹は減ってないの。彼とさっき、ホットドッグ、食べちゃったのよ。しかもジャンボサイズのやつ。二人分はあったかも」

そう言いながらも、いつものメニューに目を走らせ、グラスの水をひと口飲むと、百々子は「でも」と言って、小悪魔的な笑みを浮かべた。「やっぱりハンバーグ、食べちゃおうかな。こういうの見てると、誘惑に勝てなくなっちゃう」

「食べればいいじゃないか」と左千夫は目を細めた。「食べきれなかったら、残せばいいんだし」

「じゃあ、チーズじゃなくて、今日は和風ハンバーグにしよう。大根おろしがついてるやつ。それとね、食後にミルクティー」

「……わざわざ送って来てくれたなんて、相変わらず彼は優しいんだな」

オーダーをすませてから左千夫がそう話しかけると、百々子はこくりとうなずきながら、バッグをまさぐり、小さな二つ折りの四角い手鏡を取り出した。

「どうしたの？」

「さっきホットドッグ食べてた時、ちょっとここんところの歯が痛かったの。虫歯かな」

手鏡の向こうで口を丸く開けた百々子が、奥歯のあたりを指さした。

「どれ？　どこ？」

「ここ」

下の奥歯の真ん中。百々子が指さしたあたりを子細に眺めるために、左千夫は前のめりになった。心臓が苦しくなった。耳まで顔が赤くなっているのではないか、と不安を覚えた。

だが、冷静を装って、彼は言った。「なんともなさそうだけどね」

「そう？」

「冷たいものか何かが、しみただけなんじゃないかな」

「でもそれって、虫歯じゃないの？」

言いながら、口を横に開いたり、指でくちびるを押し上げたりして鏡を覗きこんでいる百々子を前に、左千夫はあまりの興奮に卒倒しそうになった。まさかここで、百々子の歯や健康そうな歯茎、潤った舌を覗き見ることができるとは思っていなかった。

「やだなあ、そのうち歯医者に行かなくちゃ」百々子は手鏡を閉じ、バッグの中に戻した。

左千夫は浅い呼吸を繰り返しながら、グラスの水を飲んだ。大切な話があるため、アルコールを控えたが、ビールを注文しなかったことが悔やまれた。

「ずっと行ってないんだもん」

百々子の声に我に返った。「え？　何？」と訊き返した。

「歯医者よ。千鳥町にね、たづさん一家がお世話になってる歯医者さんがいるの。先生は優しいんだけど、すごく年とってるおじいさん。大丈夫かな」

「何が？」

「手が震えて、歯茎を傷つけられるんじゃないか、って、行くたびに心配になるの」そう言って、百々子はけらけらと笑った。「まさかね」

うん、と左千夫はうなずき、やわらかく微笑《ほほえ》み返した。「今日はせっかくの休みなのに、デートの邪魔をしちゃったみたいだね」

百々子は「デート」という言葉にわずかに反応した。いくらか強い視線を投げてきたが、「そんなの全然」と、きっぱりした口調で言った。「ちょうど彼も約束が入ってたし」

「何の約束だったの？」

百々子は軽く両肩をすくめた。「彼の小学校時代の担任の先生がね、交通事故にあって入院したの。自転車に乗って角を曲がろうとして、乗用車にはねられたんですって。車はスピード出してなくて、怪我《けが》もたいしたことなかったみたいなんだけど、彼が声をかけて、同級生たちとみんなでお見舞いに行くんだって」

「北島君は優しいね」

「まあね」

「気遣いができる」

「そうね」

「特に百々子には優しくしてくれるね」

百々子はじろりとした目つきで左千夫を見た。「そうだけど、でも、それが何？」

「いや、別に何も」

百々子はいたずら好きの少女のような笑みを浮かべ、左千夫を上目づかいで見た。

「ねえ、おじさんって、彼のこと、あんまり好きじゃないでしょ。わかるんだ」

左千夫は内心、慌てたが、「どうしてそんなことを」と言い、驚いてみせた。「彼はすごくいい男だと思ってるよ。百々子を誰よりも大事にしてくれてるのがわかる。それが一番、大切なことだし」

「そう？　だったら、私の結婚相手にふさわしいと思う？」

「……結婚するのか？」

内心の動揺を抑えるのに苦労した。左千夫はこわばりそうになる笑顔を必死になって保ちながら、百々子の反応を窺った。

「わかんない」と百々子はわずかに苦笑しながら言った。「まだなんにも決めてない。急いで決める必要もないでしょ」

全身の力が脱けていった。左千夫は「そうだね」と吐き出す息の中で言った。「百々子はまだまだ若いんだから。百々子がやりたいようにやっていけばいいよ」

左千夫が微笑すると、百々子もおっとりと微笑み返してきた。左千夫はふと、胸ふさがる想《おも》いを抱いた。

それは平凡に幸福に、日々を過ごしてきた若い娘の笑みではなかった。かつて心の中に、何かとてつもなく大きな嵐《あらし》が通りすぎていったことを経験している女の、大人びた笑みだった。

前年の暮れ、美佐が出産時の大量出血で死亡した後、北島と百々子の仲も急激に深まった様子だった。吉祥寺に借りたアパートに、北島が頻繁に泊まっていって、翌朝、百々子の部屋から出社することも多い、と聞いている。

このまま北島と結婚し、理想的な家庭を築き、そしてこの娘は、と左千夫は思う。ただちに健康な赤ん坊を産むのだろう。石川夫妻に祝福され、百々子は時折、北島と共に赤ん坊を連れてたづの家に遊びに行くのだろう。たづは百々子を実の娘のように歓迎するだろう。多吉は百々子の産んだ赤ん坊と、美佐の遺《のこ》した赤ん坊を並べ、みんなで記念写真を撮るのだろう。

そしていつしか、と左千夫は思う。百々子と北島は、たづや多吉、美佐の遺児である律、さらには紘一夫妻とその子供もまじえて、ひとつの家族を構成していくのだろう。百々子が幼いころに失い、もう一度手に入れたいと密かに願い続けていた家族を。

家族が、再び百々子のものになる日はそう遠い話ではなかった。それは確かだった。

大いに祝福すべきことだった。

北島という男が、今、百々子にそれを与えようとしている。百々子はすでに北島と身体の関係をもっている。はっきりと聞かされたことはないが、当然の権利のように部屋に泊まっていく若い男が、百々子を抱かずにいられるはずもなかった。

もしかすると華やいだ結婚式の日に、すでに百々子は子を孕《はら》み、それゆえいっそう輝いた表情で、新郎の隣に立つことになるのかもしれない。いや、今も百々子の中には、新しい生命が育ちつつあるのかもしれない。まさかとは思うが、そういう危険は常に……。

「……だから」としゃべっている百々子の声で左千夫は現実に引き戻された。すでに目の前には、百々子がオーダーした和風ハンバーグと、彼のためのアイスコーヒーが運ばれていた。

百々子は威勢よく動かしていた手を止め、「おじさんたら、ちゃんと聞いてた？」とからかうように彼の顔を覗きこんだ。

「聞いてたよ」

「今、ぼんやりしてたでしょ」

「そんなことないよ」

「じゃあ質問。私、今、何の話してた？」

「北島君についてだろう？」

「ほら、やっぱり聞いてなかったじゃない。律の話、してたのよ。とにかくね、それはそれは可愛《かわい》くて、みんな律にデレデレ。律はあんまり夜泣きもしないの。不思議な赤ちゃん。ふつう、赤ちゃんって、しょっちゅう夜泣きするもんでしょ？」

「ああ、そうらしいね」

「それがほとんどないんだって。いつも機嫌がよくて、手がかからなくて、そういうとこ、美佐ちゃんとそっくりだって、たづさんが言ってた。美佐ちゃんも赤ちゃんの時、夜泣きなんかしなかったんだって。とっても育てやすかったって。そう言われてみると、ほんと、そうだと思う。美佐ちゃんはね、生まれた時から、あのまんまの美佐ちゃんだったのよ」

「そうか」と言い、左千夫は深く相槌《あいづち》を打って、相好を崩してみせた。

百々子の時はどうだったんだろうね、と思わず訊いてみたくなり、左千夫は慌ててその言葉をのみこんだ。百々子を舐《な》めるようにして可愛がっていた義兄も、百々子にこれだけの整った容姿を与えることになった美形の姉も、共にこの世のものではなくなっている。百々子が夜泣きする赤ん坊であったかどうか、のどかな食卓の罪のない話題として出す間もなく、自分が手にかけてしまった。

美佐の遺した男児、律は、石川夫妻のもとですくすく育っている。たづの面倒見のよさは左千夫の想像を超えていた。実の娘を思わぬ出産事故で失った哀しみをこらえ、たづは美佐が命と引き換えに遺した律を孫以上の存在として受け入れ、育てていた。たづの夫、多吉も負けてはいなかった。デパートで赤ん坊用の玩具《おもちゃ》を買ってきたり、律がちょっとでもくしゃみをしようものなら、医者にみせろ、すぐに医者を呼んでこい、とわめきちらす。たづから「これしきのことで。だから男はだめなんだわね。赤ん坊ってもんが、てんで、わかってないんだから。自分も子供を二人も育てたくせしてさ。何度経験しても覚えらんないんだからねえ」などと悪態をつかれ、憮然《ぶぜん》とした顔つきで腹を立てていた、という話を百々子から聞くにつけ、左千夫は石川夫妻の、生きていくことに対する無限の底力を感じた。

石川夫妻には、野を駆けめぐる動物のごとき強靭《きょうじん》な生命力がある。喪失の哀しみは、それがどれほど深いものであっても、次の何かと引き換えにできることを彼らは知っている。やがて絶望は絶望ではなくなる。希望の光が射し込んでくる。生きていくための新たな地平が開かれる。

多くの生命体が繰り返してきた、神秘ですらある生命の営みが、左千夫にはまぶしかった。彼にはもともと、その力がなかった。なかったという以前に、彼は途中で、自らそれを手放したのだった。目の前にいる、この一人の娘を深く恋い慕うあまりに。

「ああ、もう、ほんと、冗談じゃなくお腹いっぱい」

ハンバーグを三分の一ほど残したまま、百々子はそう言ってフォークを置くと、「それにしても食べ過ぎよね」と言って自嘲《じちょう》気味に笑った。「食欲がない、ってことがないんだから。きっと今日の夕食もふつうに食べるのよ。やんなっちゃう。きっとそのうち、ぶくぶく太ってウエストのくびれもなくなって、誰だかわかんなくなるんだわ」

「百々子がそんなふうになるなんてこと、あり得ないよ」左千夫は微笑し、軽くうつむき、そしてまた顔をあげて百々子を見つめた。見つめる、という行為自体がまぶしすぎて、彼は目を瞬《しばたた》いた。「……あのさ、今日はちょっと、百々子に話したいことがあるんだ」

「何？」

特別に身構える様子は何もなかった。ちらと窺うような目付きをしてくれてもいいような気がした。深刻な話をもちかけられるのかもしれない、とどうして疑わずにいられるのか。

左千夫は気づかれぬよう大きく息を吸ってから、先を続けた。「初めて打ち明ける話なんだけど……」

「え？　何、何。何の話？」

百々子が前のめりになった。面白い話を期待しているかのような表情の裏に、警戒の色を探したが、何も見つからなかった。

「実はね、脚本を書くことになったんだよ。昔の仲間から、一緒にやらないか、って誘われて。函館を舞台にした映画を制作する話があってね。函館なら沼田が詳しいから、ってことになって、それで……」

「ほんと？　すごいじゃない」

百々子は目を輝かせた。半ば以上、お愛想で言っているのは明らかだったが、左千夫はその華やいだ表情を愛した。

皿を下げに来た店主の男に向かって、百々子は「おいしかったです」と言った。「でも、お腹いっぱいになっちゃって。残しちゃったけど、ごめんなさい」

とんでもない、と男が小声で応じた。彼に続くようにしてミルクティーを運んできた妻のほうが、黙ったまま湯気のたつティーカップを百々子の前に差し出した。

夫妻が去っていくまで、わずかな時間ではあったが、左千夫は話を中断していなければならなかった。

「おじさんの夢だったものね、映画の仕事をするの」

そう言いながら、百々子はティースプーンを使ってカップに砂糖を注ぎ入れ、ゆっくりとかきまぜた。その視線はティーカップにだけ注がれていた。

「そうなんだ」と左千夫は再び大きく息を吸いながら言った。

「だったら、会社はどうするの？　やめちゃうの？」

「いや、まだそこまでは決めてないよ」左千夫は自分のつく嘘《うそ》に半ば酔いながら、おっとりと笑ってみせた。「書いたものが受け入れてもらえるかどうかもわからないんだから。早まることはしないよ」

「でも、もしうまくいったら、二足の草鞋《わらじ》になるじゃない」百々子は優雅な仕草でティーカップを口に運び、一口すすった。「そうなったらカッコいいね」

「うまくいくかどうかもわからないんだから、カッコいいも何もないよ」

「それで」と彼が続けようとした時、百々子が同時に「ねえねえ、その映画、誰が出演するの？」と訊いてきた。「有名な俳優？　監督は誰？」

「まだ何も決まってないよ」左千夫は苦笑した。「いくらなんでも、脚本が出来上がってないうちに、キャスティングはできないし、だいたい監督なんか……」

「でも、ストーリーの構想はあるんでしょ？」

「うん……まあね」

「教えて。どんなの？」

突然、質問されても答えられなかった。左千夫は咄嗟《とっさ》に頭に浮かんだことを口にした。

「説明は難しいけど……あえて言えば、家族のヒューマンドラマみたいな感じになると思うよ」

「函館に住んでる家族？」

「そう。だからどうしても前もって、函館に取材に行かなくちゃいけなくなったんだよ。僕はほら、あっちから離れてずいぶん時間がたってるからね。昔の函館のことには詳しくても、今の函館はほとんど知らないし。それで……」

そう続けようとした時、またしても百々子は無邪気に話の腰を折ってきた。

「じゃあ、それ、現代劇なのね？」

そうだよ、と左千夫はうなずいた。

「面白そう。函館を舞台にした映画って、ほとんどなかったんじゃない？ 違う？ だって日本映画って……」

「……百々子と一緒に行きたいと思ってるんだけど」

話を遮って左千夫がそう切り出すと、百々子は虚を衝《つ》かれたように口を閉ざした。その沈黙が何を意味するのか、左千夫にはわからなかった。わからない、ということが恐ろしく感じられた。

「百々子」と呼びかけた。まっすぐ目を見つめた。「僕と一緒に、函館に行かないか」

百々子が軽く片方の眉《まゆ》を上げた。にわかには判別しがたいこと、疑わしいこと、少なくとも居心地の悪い状態であることを示そうとする時の、百々子の昔からの癖だった。

「つまり」と左千夫は内心、烈しい焦《あせ》りを覚えながら続けた。テーブルの下で両手を強く握りしめ、こぶしを作った。四本の指の爪が掌に食い込むのが感じられた。「ロケハンがてら、一緒に函館をぶらぶらしてこよう、っていう意味だよ。もちろん旅費は全額、僕がもつ」

百々子はまだ黙っていた。何かを忙しく考え、答えあぐねているようにも見えた。

あまりに強く握りしめたので、掌が鬱血《うっけつ》し、腕全体が痺《しび》れてくるのを覚えた。左千夫は呼吸が浅くならないように気をつけながら、「考えたんだけど」と言った。「いい機会だから、百々子と一緒に墓参りができればいい、って、そんなことをね、思いついたもんだから」

わずかな空白があった。百々子は瞬きをしなかった。疑わしげな二つの目が左千夫を見つめた。「……パパとママのお墓参り？」

「ああ、そうだ」言いながら左千夫は必死で微笑を絶やさずにいた。今にも顔が歪《ゆが》み、わなわなと震え出しそうになった。

百々子と共に函館に行かねばならなかった。何が何でも、実行に移さねばならないのだった。

「それって」と言いかけ、百々子は軽く咳払いをした。ひどくわざとらしかった。「いつ行くつもりなの？」

左千夫もまた、咳払いをした。「できたら来月がいいと思ってる。十一月の半ばくらいまでに。それを過ぎると、寒くなって雪が降り出すからね」

百々子はくちびるを軽く結び、少し考えるような仕草をした。視線はテーブルの上のティーカップに注がれたままだった。

「これまでなかなか言い出せなかったんだけど……」と百々子は口を開いた。くちびるを舐めた。薔薇色の、つややかな舌先が覗いて見えた。「ほんとのこと言うとね、私もおじさんと一緒に、パパとママのお墓参りをしたいって、思ってたの」

左千夫は自分の小鼻が大きく開くのを覚えた。悦びのあまり、息が詰まりそうになった。

「どうして」と彼はやっとの想いで言った。声は少し掠《かす》れていた。「どうして早くそう言ってくれなかったの」

「だって」と百々子はうすく微笑した。自分を正当化しようとする時の、媚《こ》びたようなまなざしが彼を包みこんだ。「函館は遠くて気軽に行けるところじゃないし、それに……馬鹿みたいだけど、なんとなく言い出せなかったのよ」

「……言ってくれればよかったのに」

「そうよね」と言い、うなずき、百々子は自分自身に呆《あき》れたかのように、天井を仰いだ。「ほんと、馬鹿みたい。おじさんにはこういうこと、言えたはずなのに。何をそんなにこだわってたんだろう。自分でもよくわかんないわ」

何か応《こた》えてやりたいと思ったのだが、言葉が思い浮かばなかった。黙したまま左千夫は、身体の奥底で渦を巻き続ける歓喜のうねりを味わっていた。

「それじゃ」と百々子が背筋を伸ばし、照れ隠しなのかきっぱりと、事務的な口調で言った。「日程はおじさんに任せることにするわね。私は今のところ、十一月は演奏のバイトを入れてないの。十二月に集中するのがわかってるから、空けてたのよ。決まったらすぐに教えてね。もたもたして、バイトが入ってきちゃったら困るから」

「わかった」と左千夫は言った。「大急ぎで計画をたてて、いろいろな手配をすませて、連絡するよ」

声がひどくうわずっていた。異様な興奮に包まれていることに気づかれまいとするのに苦労した。

気づけば、店内に低く流れていたマンドリンの音色が、ひっそりとすすり泣くようなメロディーを奏でていた。

細長い窓から射し込み始めた西日が、その時、左千夫の顔を淡い蜜柑《みかん》色に照らし出した。それがまぶしくて、目を開けていられなくなった、というふりをしつつ、彼は百々子から視線をそらした。気づかれぬよう、右手の中指を使い、こみあげてくる涙を大急ぎで拭きとった。

涙で湿った中指をそっとズボンにこすりつけた。哀れで愚かしい舞台劇に、やっと幕を降ろせる時がきたと思うと、深い安堵《あんど》が、またしても彼の視界を曇らせた。

## 20

百々子との函館行きが決まった後、左千夫の身体《からだ》には無数の変化が生まれた。あれほど長く続いていた、こめかみの絶え間ない鈍痛がいつのまにか消えていた。強く歯を食いしばる癖のせいで、顎《あご》の筋肉が強張《こわば》ることもなくなった。肉体の奥深くで陰鬱《いんうつ》に淀《よど》んでいたものが一掃された。気持ちが平明に澄み渡ったようになった。

身も心も解き放たれた気分になり、そのせいで、左千夫はしばしば、百々子と出会った瞬間のことを好んで克明に思い返すようになった。

百々子を知った瞬間から、現在に至るまでの歳月は、嘘《うそ》にまみれた、罪深くも救いようのないものだったのは言うまでもないが、同時にそれは、彼にとってこの上なく清らかな、霊的な時間でもあった。

どんな罪を犯してでも、死守したかったのは、百々子と過ごす時間、彼女を眺めるための時間だった。そして、その産毛《うぶげ》の生えた腕に触れたり、転んで作った膝《ひざ》小僧の傷に赤チンを塗ってやったり、うるさそうに首筋にまとわりつく長い髪の毛をゴムで結わえてやったりできる瞬間が、恩寵《おんちょう》のように与えられるなら、それ以上、望むものはなかった。

姉の須恵から勧められ、左千夫が湯川を引き払って上京したのは一九六一年。百々子が十歳になる年の五月半ばのことである。

湯川から函館に出て青函連絡船に乗り、青森から列車で上野に降り立った後、まずは上野の安宿に腰を落ち着けた。宿には二泊する予定だった。久ヶ原の姉の家に行く前に、長旅の疲れをとっておきたかったし、大都会の空気に少しでもなじんでおきたい、と思ったからだった。彼が東京に出てきたのは、初めてのことだった。

宿で風呂に入ったあと、無事に到着した旨《むね》を姉に電話で知らせた。大丈夫なの？　ここまで来られる？　途中まで迎えに行ってもいいわよ、と言われたが、左千夫は苦笑しながら断った。姉は昔から母親気取りでものを言うところがあった。彼は決してそれが嫌いではなかった。

宿を出て、上野公園の周辺を散策した。曇っていて、今にもひと雨きそうな日だった。人通りの多い陸橋の上には、筵《むしろ》に座った物乞《ものご》いがいた。傷痍《しょうい》軍人というわけでもなさそうで、五体満足だったが、肌が黒ずみ、ひどく痩《や》せていた。

物乞いの男の隣には、桃の缶詰の上に細い小さな四本の足を載せ、震えている茶色い犬がいた。そうやって通行人に犬の芸を見せ、金をもらっている様子だった。犬は哀れなほど必死の形相で、同じ姿勢を保ち続けていた。

誰もが物乞いにはもちろん、犬にも目をくれることなく、急ぎ足で通りすぎた。犬は缶詰の上で、時折、我慢できなくなるのか、後ろ足や前足を下ろした。そのたびに、老いた物乞いの男から叱責《しっせき》を受けた。

筵の前に立ち止まり、少しの間、犬を見下ろしてから、左千夫はズボンのポケットをまさぐった。十円玉と五円玉を何枚か、数えもしないまま、犬の前に置かれた木製の汚れた鉢の中に放り込んだ。

物乞いが上目づかいで深々とお辞儀をし、「ほれ」と小声で犬に言った。その尻《しり》を軽く叩《たた》いた。犬は小さくひと声吠《ほ》えたが、それは犬の声とは思えないほど弱々しく、かすれていた。

ボストンバッグを手に、左千夫が久ヶ原の姉夫婦の家に向かったのは、上野に着いた日の翌々日、昼過ぎのことだった。

西も東もわからないありさまだったが、姉の須恵からは地図と共に、電車の乗り換え方、駅からの道順を記した手紙が送られてきていた。そのため、久ヶ原駅で降りてからも、難なく家にたどり着くことができた。

「黒沢」と彫られた、いかめしい石造りの表札のかかった家を前にした時、左千夫は思わず、「ほう」と唸《うな》った。改めてあたりを見回した。静かな住宅地。重厚な門扉の向こうの二階建ての屋敷。門扉の右側の車庫は空だったが、そこに贅沢《ぜいたく》な乗用車が停められている様子は容易に想像できた。

大急ぎで自分の心の奥底にわきあがってくるものを探した。嫉妬《しっと》、競争心、僻《ひが》み……。だが、何の感情も生まれなかった。

彼は背筋を伸ばして空を仰ぎ、額にかかる髪の毛をかき上げた。自分自身のその反応に深く満足した。

極貧から這《は》い上がってきた者同士だからといって、いつまでも貧しさや底辺の暮らしを引きずり、相手を値踏みしたり、妬《ねた》んだりする必要はさらさらなかった。そうした卑屈な思いが自分の中にかけらもないことを再確認し、彼は喜ばしく思った。

飛び出すように玄関先に現れた姉は、「左千坊！」と興奮気味に呼びかけた。つややかさを増した小さな顔に悦《よろこ》びの皺《しわ》さえ作りながら、屈託のない笑みを浮かべた。「しばらくねえ。よかった、無事に着けて。遠かったでしょう。おつかれさま。さあ、上がって、上がって」

何年かぶりで会った姉は、白いブラウスに若草色のプリーツスカート姿だった。首のうしろで緩くシニヨンに結っている髪型も、身のこなしも優雅で気品に満ちていた。かといって、弟に見せつけているようなわざとらしさはなかった。どこから見ても、高級住宅地に暮らす若奥様ぶりが板についていた。育ちが違いすぎる結婚には苦労がつきものなのに、まったくその片鱗《へんりん》が残されていないことに、左千夫はむしろ感動を覚えた。

須恵の案内で、まず真っ先に、彼のために用意された部屋まで行った。光が燦々《さんさん》と射《さ》し込んでいるサンルームを通り抜け、そこから右に折れる廊下をまっすぐ行った突き当たりにある和室で、屋敷の一階の、一番奥に位置していた。小さな床の間と一間の押し入れがついており、庭が見渡せる明るい六畳間だった。

二日前に湯川から届いたという左千夫の荷物一式は、押し入れの下段に収められていた。段ボール箱の一つに穴があいていたせいで、本が何冊か、こぼれそうになってたのよ、と姉は言った。それらの本も汚れを拭《ぬぐ》って、きちんと積まれてあった。

押し入れの上段には、真新しい、ふかふかの綿布《ぶ》団《とん》が一組とシーツ、枕《まくら》が用意されていた。座布団や洗面用のタオルもあった。

「なんだか高級旅館に来たみたいだな」

左千夫がそう言うと、須恵はいたずらっぽく微笑《ほほえ》み、少し爪先《つまさき》立つようにしながら、長身の彼を見上げた。「私と主人が、左千坊を大歓迎してるって、これでわかるでしょ?」

「ただの居候《いそうろう》なのに」

「何言ってるの。遠慮しないで、気持ちよく過ごしてちょうだい。他人じゃないんだから」

女としての深い充足と自信が、匂《にお》い立つようだった。幼いころ、母に手をひかれ、着の身着のままで函館から湯川に逃げ、しばらくの間、物乞いに等しい生活をしていたことがあった姉は、どこを探してもいなかった。

ひと通り、家の中を案内された。応接間と称された洋間には、黒いアップライト型のピアノがあった。贅沢な最新型のステレオ、洋酒の瓶や磨き抜かれたグラスの並ぶ、重厚なキャビネット、革張りのソファー、天井から下がっている小ぶりのシャンデリア、その何もかもが彼にとっては、ハリウッド映画の中でしかお目にかかったことのないようなしろものだった。

「ここでレコードを聴くのよ」と姉はその日初めて、自分の暮らしを自慢するような言い方をした。「主人はね、クラシック音楽が大好きなの。びっくりするくらい詳しいんだから。百々子は主人に似たのね。ピアノの上達が早かったわ。私も主人からいろいろなことを教えてもらったの。おしゃれしてクラシックコンサートにも行って……。ねえ、左千坊、私が一番好きになった作曲家は誰だか、わかる？」

ステレオの脇《わき》のラックに、LPレコードが何枚も立て掛けられているのが見えた。それらに目を走らせながら、左千夫は「いや」と言った。「わからないな」

須恵は声高らかに「チャイコフスキーよ」と言った。「どれを聴いても好きなの。なんだか、ロシアの広々とした冬の平原を想像させられるのよ。そういう風景って、なんとなく北海道みたいでしょう？　だから好きになったのかもしれないけど」

「ああ、そうか」と左千夫は言い、うなずいた。「いいね、そういうのは」

「私なんか主人に比べたら、まだまだなんだけど、主人に言わせるとね、クラシック音楽はまず好きになることが大切なんだって。好きになれば、音楽のいろんなことが感じられてくるんだって。ほんとにその通りだと思う。左千坊にも、私がレコードを聴かせてあげるわね。きっと好きになるわ」

うん、そうだね、と左千夫は言い、それきり口をとざした。

須恵は、湯川の旅館の一室で、流行歌や民謡などを聴きながら子供時代を送った。それなのに、今は正装して夫婦でクラシックコンサートを聴きに行っているという。そんな須恵の口から無邪気に語られるチャイコフスキーの話や、聞きかじっただけの音楽評など、左千夫は耳にしたくなかった。

須恵に従って茶の間に入った。炬燵《こたつ》布団を取り外した長方形の掘炬燵を囲み、向き合って腰を落ち着けた。

たづさん、ねえ、たづさん、と須恵は台所にいる家政婦を呼びつけ、紅茶だのクッキーだの果物だのを持ってこさせた。懐《なつ》かしそうに語る昔話が始まった。

須恵の言葉のイントネーションは、徐々に函館訛《なま》りを帯びていった。

かつて湯川の旅館の従業員用の小部屋で、せっせと洗濯物を畳んだり、左千夫を膝に抱いて絵本を読んでくれたりしたころの姉が、目の前に舞い戻ってきたような気がした。火鉢の中の、あぶった炭の上で餅《もち》を焼き、醬油をつけて、小さく千切っては彼の口に運んでくれた姉の、細い指先をいつまでも舐《な》めていたくなった時のことも甦《よみがえ》った。

北海道でも指折りの資産家の息子から、情熱の限りを尽くして求婚され、東京の高級住宅地で若奥様の座に収まった姉よりも、彼は断然、かつての姉のほうが好きだった。父親の異なる姉弟として生まれ、幼いころから半分他人のような気持ちを抱いて接してきた姉と、羊水の中で寛《くつろ》いでいるようなひとときを味わえたのは、湯川に暮らしていた時だけだった。

左千夫は出された甘い紅茶をすすりながら、聞くともなく姉のおしゃべりを聞いていた。

大きな屋敷に似つかわしくないほど、茶の間は庶民的な、温かみのある設《しつら》えになっていた。日頃、家族が集まる茶の間をそのように仕立てたのは、姉に違いなかった。炬燵脇の茶簞笥《ちゃだんす》の上には、安物の花柄の陶器の器や、何かのおまけについてきたような小さなぬいぐるみ、プラスチックのケースに入れられたフランス人形などが飾られていた。のどかな五月の午後の光が射し込む障子に、庭の木々の影が淡い影絵のようになって映し出されていた。左千夫は絶え間なく続く姉のおしゃべりに相槌《あいづち》を打ち、紅茶をすすったり、出された菓子に手を伸ばしたりしながら、ぼんやりしていた。遠くの空をヘリコプターが飛んでいく音が聞こえた。

「……幸せそうだね、姉ちゃん」

シガレットチョコレートの、薄い銀紙を無心にむいていた須恵は、ふと目をあげた。

「え？　何？」

「姉ちゃん、幸せそうだ、って言ったんだ」

「そう？」と須恵はあからさまに瞳《ひとみ》を輝かせながら訊《き》き返した。「そう見える？」

「うん。見えるよ」

「だとしたら嬉《うれ》しい。主人は仕事が忙しいけど、すごく優しいし、いろんなことを教えてくれるし。娘はすくすく育ってくれてるし。ほんとにね、幸せよ」

「すっかり都会の奥様だ。すごくきれいになっててびっくりした」

「やあね、左千坊ったら。お世辞なんか言わなくてもいいのに」

「ほんとにそうだから、そう言ってるだけだよ」

「全部、主人のおかげ。ねえ、左千坊も幸せになりなさい。早く仕事を見つけて、演技の勉強を本格的に始めて、夢を叶《かな》えるためにがんばらなくちゃ」

「そうだね」

「それに結婚もよ」

「え？」

須恵は切れ長の目を大きく見開き、いたずらっぽい少女のような表情で左千夫を見た。

「左千坊、つきあってる人、いるんでしょ？　あんたほどの男前だったら、いないわけ、ないわよね」

左千夫は苦笑した。「突然、何を言い出すかと思ったら」

「函館に女の人をたくさん残してきたんじゃない？　左千坊がこうやって東京に出てくるのを知って、みんな鈴なりになって、涙流しながら連絡船の桟橋まで見送りに来たんじゃないの？　主人ともね、そんな話をしてたのよ」

そんなことあるわけないよ、と彼は低く言い、苦笑した。須恵は微笑ましそうに目を細めると、早く結婚なさいね、と無邪気に繰り返し、しみじみと彼を見つめた。

彼の中には、ぼんやりとした眠気のようなものだけがあった。それは自分と生きている世界が程遠い人間を前にしている時によく感じる、倦怠感《けんたいかん》に近いものでもあった。

掘炬燵から両足を外に出し、敷かれた黄土色の座布団の上であぐらをかいた。これから当分、この屋敷のこの茶の間で、姉とこうやって差し向かいになり、甘ったるい紅茶をすすりながら、幸福な物語を聞いて過ごすことになるのだろう、と思った。嫉妬もやつかみも何もなかった。それは彼にとって、ただの、遠い世界で起こっている出来事に過ぎなかった。

いよいよ左千夫の眠気が増してきて、荷物整理を理由に、自分の部屋に引き取らせてもらおうとした、まさにその時だった。廊下の向こうで玄関が勢いよく開く音が響いた。

「ただいま！」という、愛らしい澄んだ声が家中に響きわたった。飲みさしの紅茶のカップを手にしていた須恵が、「あ、百々子が帰ったわ」と言った。たちまちその顔は、母親らしいぬくもりに満ちあふれた。

バタバタという元気な足音が近づいてきた。茶の間の手前でいったん静まり、やがて引き戸がゆっくりと開かれた。二つのきらきらとした、黒い瞳が、左千夫に向けられた。その瞬間、左千夫の中で音もなく、何かとてつもなく巨大なものが弾《はじ》け、飛びちり、火花をあげた。

「おかえりなさい。早かったわね」と須恵が笑顔で声をかけた。「ママの弟の左千夫おじさんよ。百々子は覚えてないわよね。函館で会った時は、まだ赤ちゃんだったものね。おじさんはこれからしばらく、うちで一緒に暮らすのよ」

少女は肩にかけていた紺色の革製の、高級ランドセルをおろし、そっと床に置いてから、左千夫に向かって「こんにちは」と挨拶《あいさつ》した。はきはきとした、利発な物言いだった。

聖蘭学園初等部の制服である、胸ポケットにエンブレムの刺繍《ししゅう》が施された紺色のブレザー姿だった。膝上丈の愛らしいプリーツスカートからは、すべすべした足が伸びていた。左の膝小僧にすりむき傷の痕《あと》があった。ソックスの白さがまぶしかった。長く伸ばしたつややかな髪の毛は、両耳の後ろで結わえられ、顔を動かすたびに、それは元気よく、やわらかく揺れた。

「大きくなったでしょ？」と須恵が言い、目を細め、誇らしげに背筋を伸ばして娘を見つめた。「どう？　ちょっと見ない間に、赤ちゃんだった子がこんなになっちゃうのよ。信じられないわよね」

　左千夫が黙っていると、須恵は腰を大きくひねって台所に向かい、「たづさん、たづさん」と呼びかけた。「百々子の分のお紅茶、お願いね」

　たづがすぐに台所から顔を覗《のぞ》かせた。「かしこまりました。嬢ちゃま、おかえりなさいませ。ランドセル、たづがお部屋までお運びしときましょうか」

「いいの。自分でやるから」と百々子は言った。威厳のある令嬢さながらの言い方だったが、声は幼かった。「私、紅茶じゃなくて、ココアが飲みたい」

「はい、嬢ちゃま。おまかせください。ココアをお作りします」にこやかにそう言って、たづが須恵のほうを見た。「奥様がたはコーヒーにいたしましょうか」

「左千坊、コーヒーにする？　それとも日本茶？　ビールもあるわよ」

　すぐに答えられずにいたのは、衝撃を受けるあまり、胸が詰まって声が出てこなかったからだった。彼は途切れ途切れに息を吸い、かろうじて気道を確保した後、目の前に現れた少女から目を外すことに成功した。

「じゃあ、コーヒーを……」と彼は言った。

姉に怪訝《けげん》に思われたのではないか、と不安にかられた。だが、須恵は百々子に向かって、さあ、先に手を洗ってらっしゃい、みんなでおやつにしましょう、などと母親らしく陽気に話しかけていて、まるでそんな様子はなかった。

まだ十になるかならないかの女の子の背中には、薔薇《ばら》色《いろ》の羽が生えているように見えた。それが思わせぶりにゆっくりと羽ばたきを繰り返し、あたりに金銀の美しい光をまきちらしていたのだった。

かつて見たことも想像したこともない、愛らしい天使がそこにいた。森の中を自由に飛びまわる無邪気な妖精《ようせい》のようでもあった。烈《はげ》しい衝撃が彼の中を駆けめぐった。

百々子は姪《めい》だった。この子と自分は血縁関係にある。自分と同じ血がこの子にも流れている、と想像した。それだけで、わけもわからずに興奮し、いっそう血がたぎった。

百々子の成長ぶりは、折々、姉から写真が送られてきたので知らないわけではなかった。小学校に入学した時のものや、運動会の風景、ピアノの発表会に出た時のものなどがあった。封筒から取り出し、姉からの短い手紙を読んで写真を眺めた。

姉によく似た可《か》愛《わい》い子であることは以前から知っていた。しかし、どれもがいささかピントのはずれた写真だった。そのせいで、へえ、もう小学生になったのか、とか、発表会の舞台で、総レースのロングドレスを着た百々子がグランドピアノに向かっている姿を見れば、いかにも良家のお嬢さんだな、さすがに金持ちの娘だ、といった程度の感想しか抱かなかった。

一通り眺めたあとは、写真は手紙と共に封筒に戻し、それきり状差しに入れたままにしておいた。そのため、それらはいつのまにか雑多ながらくたと共に、どこかにいってしまった。

送られてきた百々子の写真に、彼が自分でも異様と思えるような反応を覚えたことは、かつて一度もなかった。彼はもともと、幼い女の子を相手に実らぬ恋に身をやつしたり、ましてや禁断の扉を開けることを密《ひそ》かに夢想して楽しむ男ではなかった。自分にその種の性的嗜好《しこう》があったとしたら、などと想像してみたことすらない。

まだ寝小便をしているかもしれないような幼女に欲情したり、本気で熱をあげたりするなど、論外だった。彼は自分が異常性愛者ではないことは百も承知していたし、疑ったこともなかった。

それなのに、これはいったい何なのだ、と彼はほとんど絶望的なまでもの驚きと悦びに充《み》たされながら、座布団の上であぐらを組み直した。それでも落ち着かずにあぐらをといて、再び掘炬燵の中に足を戻した。首のうしろに、うっすらと汗が浮いた。呼吸が荒くなるのを抑えるのに苦労した。

手を洗い終えた百々子が、慌《あわ》ただしく茶の間に戻って来た。ブレザーを脱いで、通学用の白いブラウスとプリーツスカートというでたちになった百々子は、いっそう青々とした新鮮な果実のように見えた。背中の薔薇色の羽が手を伸ばせば届くほど近くにある、と思いながら、左千夫は音をたてないよう注意して唾《つば》を飲みこんだ。

百々子は行儀が悪いことをわざと強調するかのように、音をたてながら、乱暴に両足を掘炬燵の中におろした。そして、少し照れたように左千夫の顔をちらと窺《うかが》った。

自分の顔には昔から少なからず自信があった。顔を武器にして女たちの興味や歓心をかうのはお手の物だった。百々子がそんな男を前にしてどのように感じているのかはわかるはずもないが、少なくとも田舎から出てきたばかりの、無愛想で取りつく島のない、いけすかない叔父と思われたくなかった。

左千夫は慌てて小さくうなずき、震えないよう注意しながら、わずかに笑みを浮かべてみせた。

白いブラウスの下の百々子の胸は、すでに隆起し始めていた。なだらかな丸みが、ブラウス越しにはっきりと確認できた。腰のあたりに至っては、早くも大人の女のそれのように張り始めていて、そのわりにウェストはほっそりしていた。全体として肉体は未発達だったとはいえ、その分だけ、幼さが発散させてやまない瑞々《みずみず》しい香気にあふれており、彼の目にはとてつもなく淫《みだ》らに映った。

たづがコーヒーとココア、それに皿に盛ったクッキーを運んで来た。

「このクッキーのおいしい食べ方、知ってる？」と百々子が訊《たず》ねた。誰に話しかけているのか、わからなかったが、自分に質問を向けていることがわかるや否《いな》や、左千夫は有頂天になった。

「いや、知らないな」と彼は、あまりの幸福に雄叫《おたけ》びをあげそうになりながら、小さく答えた。

百々子はドーナツ型をしたクッキーを手にとり、まるで手品でもしてみせるかのように大仰な仕草でココアの中に浸した。「こうやってね、この中にちょっとだけ浸すの。冷たい牛乳でもいいんだけど。でもあったかいココアに浸すほうが私は好き」

「そうするとおいしくなるんだね」

「そうよ。でも、あんまり浸しすぎると溶けちゃうから。さっと浸すだけでいいの」

言いながら百々子はココアに浸したクッキーを手早く取り出し、大急ぎで口に運んだ。かすかに舌の鳴る音が聞こえた。くちびるは、粘膜の下に小さなサクランボがいくつか埋まっているのではないか、と思えるほど豊かにふくらんでいた。

百々子の蜂蜜色《はちみついろ》の、うっすらと産毛の生えた耳のまわりから首のあたりが、その時、わずかに赤らみ、火照《ほて》ったようになるのがわかった。この子は何かに照れている、はにかんでいる、と左千夫は確信した。

少なくとも叔父にあたる大人の男を意識している様子だった。左千夫と打ちとけ、仲良くなりたくて、子供らしいおしゃべりを始めたはいいが、それがうまくいったのかどうか、わからない。だから、赤くなっていたのである。

すさまじいまでもの愛《いと》おしさがこみあげてきた。姉が目の前にいなければ、ここでその、うすい薔薇色に染まった耳のあたりに指を這わせてしまうだろう、と彼は思った。爪《つめ》の先でそっと撫《な》で、その時、百々子の首筋の産毛がどんな反応をみせるか、知りたくてたまらなくなった。

　呼吸ができなくなるのではと思われるほど、胸がいっぱいになった。全身の血が逆流し、あふれ、穴という穴から噴き出してきそうな感覚に襲われた。

「……でね、ママ、先生ったらね」

百々子がココアに浸したクッキーを頬張りながら、元気よく喋《しゃべ》り続けていた。そのくせ、視線は時折、左千夫に向けられていた。明らかに自分を意識していることを悟るや否や、左千夫は自分の目が真っ赤に充血し始めるのを感じた。くちびるは乾いてかさかさになった。

「百々子ったら。足、ぶらぶらさせたりして。お行儀が悪いわよ」と須恵が笑いながらたしなめ、掘炬燵の中で娘の膝小僧を軽く叩いた。「もう少ししたら、着替えてらっしゃいな。今日のお夕食はおじさんの歓迎会よ。パパも早めに帰る、って言ってたから、それまでにピアノの練習、すませておいたら？」

百々子はうなずき、「そうする」と言った。指についたクッキーの粉をぺろりと舐めてから、ふいに天使が左千夫のほうをふり向いた。

「私のピアノ、聴いてみたい？」

張り裂けんばかりに心臓の鼓動が烈しくなった。左千夫は小鼻がひくひくと開かないよう気をつけながら、ゆっくりうなずいた。「聴かせてくれるの？」

「うん。でも、ちょっと待ってて。着替えてくるから」

飛びはねる子ウサギのように、百々子は掘炬燵から出ていった。残り香の中には、日向《ひなた》で乾かした草のようなにおいが嗅《か》ぎとれた。

あの瞬間から、と左千夫は思う。長い長い旅……百々子だけを求め、百々子しか意識しない旅が始まったのだ、と。

久ヶ原の姉夫婦の家での暮らしは、十か月ほど続いた。その間、彼が百々子に向けてやまなかった性的な視線、思慕の念の一切合切は、誰にも気づかれずに済んだ。

誰がそんなことに気づいただろうか、と彼は幾度も思い返す。百々子を目の前にしている時はもちろんのこと、姉や義兄やたづが百々子を話題にした時でも、彼は自分から百々子に関する質問を発したり、百々子を必要以上にほめたり、百々子に恋愛感情を抱いているようなことを口にして、姉たちの反応を窺うようなまねは決してしなかった。

百々子と二人きりになるために、あれこれ画策したりもしなかった。する気もなかった。たとえ幸運が舞い込んできて、偶然、二人きりになれたとしても、表向きは穏やかさと適度な無関心さを装《よそお》い、百々子から警戒されるようなことは一切、口にしなかったし、百々子の身体には指一本、触れなかった。何かの拍子に身体のどこかがぶつかり合っただけで、慌てて身を離した。

百々子の部屋と夫妻の寝室は二階にあった。用もないのに左千夫が二階に上がることはなかった。百々子の部屋を覗く機会はなく、まして真夜中に部屋に忍び込み、百々子の寝顔を見つめる、などという不届きな行為はするはずもなかった。そもそも、そんな危険を冒そうなどという気になれなかった。

役者デビューを果たすため、できる限りの努力を続けた。そこに嘘はなかった。義兄は遠回しに黒沢製菓関連の子会社への就職を薦めてきたが、そのつど礼を言って丁重に辞退した。義兄の世話になるつもりは初めからなかった。

金に余裕はなかったが、毎月、食費を黒沢夫妻に渡すことは怠らなかった。率先してたづの仕事を手伝ったり、庭の草むしりを買って出たりもした。太一郎の不在時、男手が必要になれば喜んで引き受けた。

彼が外出するのはたいてい昼間だった。百々子の留守中、家にいる気はなかった。

百々子が学校から帰る時間を見計らって帰宅するためには、どこかで時間をつぶしてこなければならなかったが、ぶらぶらと書店をまわったり、安い料金で観《み》ることのできる名画座で二本立て映画を観たりしていればいいだけなので、煩《わずら》わしくはなかった。

彼の唯一《ゆいいつ》の密かな楽しみは、深夜、みんなが寝静まった後、屋敷の一番奥にある自分の部屋でノートを開き、百々子を想《おも》い浮かべながら百々子について書き記すことだった。百々子に関することならなんでもよかった。その日、着ていた服、髪型、何を食べていたか、何をしゃべったか。百々子が自分に話しかけてくれた言葉の数々。目つき。くしゃみやげっぷの音……。

どこの文房具店でも買える、ごく一般的な大学ノートだった。日記とも散文ともつかぬものを思いつくままに記し、言葉よりも絵にしたいと思った時は、百々子の顔や身体の一部……くちびるや指先、耳、膝の裏、ふくらみ始めて勢いを増し続ける乳房を包むブラウスやセーターの、一番隆起した部分、スカートの奥の湿った美しい小さな森……を描いた。苦しさに耐えかねるたびに、彼はノートに向かい、百々子を記録し続けた。

中でも、百々子との想像上の交情を書き留める作業は、彼のために必要だった。それは、彼のはちきれそうになる欲望を鎮《しず》めるのに役立っていた。

想像の中の百々子は、庭の茂みの奥で彼の膝の上に足を拡《ひろ》げて乗ってきたかと思うと、彼の首に両手をまわし、キスをせがんでくる。その、瑞々しい青い乳房や背中を彼はおずおずと愛撫《あいぶ》する。まだあまり肉のついていない、引き締まった尻を惜しげもなくみせようとしてくる百々子に、ほらほら、パンツが丸見えだよ、恥ずかしいよ、などと言って注意している自分。そんな自分に、さらに強く抱きついてくる百々子。髪の毛に鼻を埋めると、干し草のようなにおいがする。耳たぶに軽く息を吹きかけると、大人の女のように反応しながらも、いやよ、やめて、くすぐったいじゃない、と身をよじる。甲高い笑い声のもれるふっくらとしたくちびるにくちびるを重ね、いけない、いけない、こんなことをしてはいけない、と自分を強く戒める、その自己抑圧がかえって烈しい興奮を呼び覚ます……。

彼はノートの中で、自分の言葉や絵と戯れながら、百々子を凌辱《りょうじょく》していた。百々子を崇《あが》め、百々子の前でひれ伏していた。

ノートは決して誰にも見られないよう、二重にした茶封筒に入れ、使うたびに封を貼《は》り直し、下着や靴下を入れてあるボストンバッグの底の、プラスチック製の薄い板をめくった下に隠しておいた。衣類の洗濯はたづがやってくれたが、下着や靴下は自分で風呂場で洗っていたし、そもそも、たづに限らず、黒沢家の人間が断りもなしに彼の部屋に入って、押し入れを開け、ボストンバッグの底を探るなど、到底、考えられなかった。

久ヶ原に住むようになってから半年ほどたったころ、姉から「ちょっと話があるんだけど」と言われた。百々子への思慕の念が見透かされたのか、と思ってぎょっとしたが、姉が言いにくそうに言ってきたのは、仕事についてだった。

どうしても役者の仕事につけないようなら、遠慮しないで、黒沢製菓への就職を主人に改めて頼んでみたらいいと思うんだけど、と姉は言った。経済的な不安もあるだろうに、どうしてそんなに頑《かたく》なに、黒沢の世話になるまいとして、申し出を拒み続けるのか、理解できない、と言いたげだった。

彼は、黒沢製菓に就職してしまったら、演技の勉強やオーディションを受ける時間を確保できなくなる、自分にとっては安定した職を得ることよりも、自由にできる時間があるかないか、ということのほうがはるかに大事なのだ、と答えた。むろんそれは本心だったが、口にはできない別の理由があった。

彼の中には、居候させてもらったあげく、就職先まで義兄に世話されていたら、今後、百々子とのかかわりが卑屈なものになりはしないか、という不安があった。たとえ経済的な余裕がなくても、夢が夢のままで終わり、名もない会社で働く安月給のサラリーマンにしかなれなかったとしても、彼はこれまでと同じように堂々と百々子を見つめていたかった。

打ち明け話をするかのように、ひそひそと語ったせいもあってか、須恵は目を瞬《またた》かせながら、真剣な表情で「そうねえ」と深くうなずいた。「そう言われてみれば、確かにそうだわね。よくわかるわ。黒沢製菓に勤めたら、残業とか出張とかがあるに決まってるし、自由になる時間なんかなくなるわね。いくらお給料がよくたって、左千坊が何のために東京に出てきたのか、わかんなくなっちゃう」

須恵は子供のころから、育ちに似合わず素直で、相手の話を言葉通りに受け取ろうとするところがあった。たとえ疑ったとしても、決して顔には出さない。そのことを左千夫はありがたく思った。

「迷惑ばっかりかけて悪いけど、もう少し時間をくれないかな」と彼は言った。「ほんとにあと少しでいいんだ。来年の春までにはいろんなことをきちんと決めて、住むところも探してくる。約束するよ」

「迷惑だなんて、そんな……」と須恵は言いかけ、やがて笑顔を作ると、「わかったわ。来年の春ね。その時は盛大にお祝いしてあげる」

姉はそう言って、無邪気に片目をつぶってみせた。

いつまでもこの家にいてくれてかまわないのよ、ぜひ、そうしてよ、百々子も喜ぶわ、などと言ってくれはしまいか、という、淡い期待がないわけではなかった。だが、須恵にしてみても、黒沢家の嫁の立場で、いつまでも弟を居候として家に置いているわけにはいかないことは、彼にも理解できた。

それでも左千夫は少なからず落胆を覚えた。せめて、百々子がさみしがるわね、と言ってほしかった。そんな言葉を真剣に欲している自分が哀れに思えた。

翌年の一月、保土ヶ谷にある医療機器部品メーカー、横浜電機工業株式会社が若干名の社員を募集していることを知った。ちょうど同じ時期に、川崎の廃屋になった工場で、毎週末、役者を目指す者たちの稽古《けいこ》が行なわれていた。受講料は無料で、講師は全員、プロだがボランティア。演劇や映画の専門学校に行く余裕はないが、働きながら、なんとかしてその道に進みたいと願っている者たちに特別に用意された、というプロジェクトだった。

保土ヶ谷から川崎までは近かった。社員として採用されれば、仕事と演技の勉強を一度に手にすることができる。彼は早速、応募してみた。面接と筆記試験があったが、いずれも問題なく通過し、ほどなく採用通知が届いた。

彼が就職先として横浜電機工業を選んだのは、他にも理由があった。まず仕事内容が単純で、不要なストレスを抱える必要がなさそうだったこと。会社にほど近いところに独身者のための社員寮があり、入居可能だったこと。給料は桁外《けたはず》れに安いものの、その分、定時出勤、定時退社を原則としていて、自由になれる時間が保証されている、ということ。そして、久ヶ原の姉夫婦の家に行くのに、千葉だの埼玉だの、遠方から比べればはるかに時間がかからずにすむ、ということ……。

正式雇用はその年の四月一日から、ということになり、社員寮への引っ越しは三月半ば過ぎに決まった。

一年にも満たなかったが、百々子とは一つ屋根の下で暮らすことができた。それは彼にとってかけがえのない、宝石のような日々だった。

特別に二人の秘密の時間を共有し合ったわけでもない。どこかに二人きりで出かけたこともない。家で百々子の奏《かな》でるピアノに耳を傾け、ほめ言葉を並べ、庭に出て花の名前を互いに言い当て、おやつをつまみながらテレビを観て笑いころげ、ごくたまに百々子が苦手な算数のドリルを一緒になって解いてやり、彼が買ってきたアイスクリームをサンルームの縁先に並んで座って舐める程度ではあったが、それでもそうした暮らしの中で、百々子はいつも、気取らない愛くるしい表情を見せてくれた。百々子から慕われている、と彼は確信していた。

百々子から寄せられる信頼と親近感は、いずれもしかすると、特別な感情へと発展していかないとも限らない。そう考えれば、少し離れた場所で暮らすようになっても、自分と百々子には、何ほどの変化も起こらないだろう、何もかもがこれまで通りに進むだろう、と思うことができた。

引っ越しすることを伝えた時の百々子の反応も、彼を喜ばせた。

百々子は眉間《みけん》にわずかな皺を寄せて「そうなの？」と聞き返してきた。瞳が愛らしく瞬《またた》いた。「ほんとに出て行っちゃうの？」

彼はその場で抱きしめてやりたい衝動にかられた。仕事など、どうでもいいことのように思えた。役者になる夢ですら、溝《どぶ》に捨ててもかまわないとすら思った。

彼は万感の想いをこめて百々子を見つめ、微笑し、「大丈夫」と静かに言った。「遠いところに行くわけじゃないから。いつでも会えるよ」

「いつでも、って？」

胸の鼓動が高まった。百々子はまるで、去っていこうとしている恋人を恨みがましく見つめ、引き止めようとしている大人の女そのものに見えた。肉体はまだ青い果実のままでいるような年頃なのに、成熟の度合いが加速していて、百々子は時に子供でもない、かといって大人の女でもない、不思議な生き物のように見えることが多くなっていた。

「会社が休みの日はいつでも遊びに来られるんだから」と彼は言った。

「ほんとに？」

本当も何も、と彼は胸の中でひとりごちた。きみに会えなくなるなんてことは、僕の人生にはあり得ないんだよ、と。もしかすると、いずれ僕たちは一緒になれるかもしれないんだから。そうだろう？

百々子とそうした会話を交わしている時、そばには須恵がいた。須恵は微笑ましそうに娘と弟のやりとりを聞いていた。

「百々子は、おじさんがいなくなるのがさびしいのね。すごく仲良くしてもらってたものねえ」

須恵からそう言われた百々子は、どうしたことか、やおら勝気な百々子、ふだん通りの百々子に戻った。

目の前にあった器の中の色とりどりのゼリービーンズをつまみ、真紅の一本を口の中に放り込むなり、百々子は「でも」と素っ気なく言った。「引っ越すのは仕方ないわよね。おじさんだって、働かなくちゃいけないんでしょ？」

須恵は口に片手をあてがいながら、優雅な笑い声をあげた。「その通りよ、百々子。いいこと言うわね。おじさんはね、ほんとにいつまでものんびりなんか、してられないのよ」

冗談めかした言い方ではあったが、皮肉が感じられた。虚を衝《つ》かれたような気がした。そうか、そうだったのか、と左千夫は思った。

ちらと、冷やかな視線を姉に向けてみた。だが、姉は彼のほうを見ていなかった。

やがて百々子は、左千夫の引っ越しの話題など忘れたかのように、聖蘭学園の校門の脇に、箱に入れて捨てられていたという三匹の子猫について、興奮した口調で話し始めた。途中、たづがやって来て、お茶をいれ直し、左千夫さん、お引っ越しされた後も、ちょくちょくおいでなすってくださいましね、と慎み深く言ってきた。旦那様も奥様も嬢ちゃまもみんな、待っておられますからね、と。

左千夫はうなずき、礼を言い、形ばかり微笑んだ。

彼は思った。姉は、無職の弟にいつまでも家の中をうろうろされていることが、鬱陶しくなったのだ。湯川から上京してくるように勧め、屋敷の一室を提供してきたのは姉自身だったから、出て行ってほしいと、なかなか言い出せずにいただけなのだ。百々子に向けた彼の想いにはまるで気づいていない様子だったから、その点だけはほっとしたが、そんなふうに早く彼を家から追いたてたいと思うようになった姉の本心が、彼には手にとるようにわかる気がした。

姉は自ら弟を北海道から呼んでおきながら、左千夫の経済力、生活力のなさ、そのくせいい年をして芸術家気取りで、今さらなれるはずもないプロの俳優を目指そうとしていることが、鼻につくようになったに違いなかった。せっかく東京に出てきたのだから、演劇学校に通うなり、誰かについてレッスンを受けるなり、劇団に入るなり、いくらでもやることはあるはずで、そのための費用は連日連夜の仕事で稼いでいくしかない。どこの何様か知らないけれど、自分に都合のいい仕事を探そうとして、うまく見つけられないからと理由をつけ、のうのうと久ヶ原で居候を続けている姿など、そろそろ見るに耐えなくなってきたのだ。

かといって、出て行ってほしい、といった薄情なことは、決して口にするはずもなかった。情が深いから、というよりも、須恵にはもともと、目の前の問題を合理的に裁いていく能力が希薄だった。

その代わり、人間関係がぎくしゃくするような真似《まね》はしないので、人から恨まれず、悪くも思われない。呑気《のんき》そうにかまえながら、結局は自分の思い通りにすることができる。

太一郎から捧《ささ》げられた熱烈な愛を受け、東京の屋敷で若奥様に収まった時から、かつての貧しい暮らしは完全に過去のものとなった。痕跡《こんせき》すら見えなくなった。須恵は文字通りのシンデレラだった。おとぎ話の中で、不動の位置を占める女主人公だった。

欠けているもの、不足しているものが何もない。美貌《びぼう》の上に気品と少女のような素直さが備わって、どこにいても居合わせた者を惹《ひ》きつける。称賛される。しかもそこに嘘がない。

だとしたら、と彼は皮肉をこめて思った。

そんな女から、ずいぶん見くびられているおれは、いったい何なのか、と。

## 21

一九六二年の三月半ば過ぎ、沼田左千夫は、保土ヶ谷にある横浜電機工業株式会社の独身寮に住まいを移した。

引っ越し当日は日曜日だった。休日のため、たづはいなかったが、百々子と須恵、太一郎は、そろって左千夫を見送りに出て来た。

須恵が手配した引っ越し業者の軽トラックに乗り込む前に、左千夫はまず、黒沢太一郎に頭を下げた。世話になった旨《むね》、丁重に礼を言うと、太一郎はにこやかにそれに応《こた》えた。

須恵がそそくさと近づいて来て、白い封筒を彼に手渡そうとした。「これ、主人と私からお餞別《せんべつ》。ほんの気持ちだけ」

「やめてくれよ、こんなこと。ただでさえ世話になりっ放しだったんだから」

「何言ってるの」と須恵は言い、封筒を彼の手に押しつけた。「左千坊の新しい門出じゃないの。いいからとっておきなさいよ」

よく晴れた日だったが、まだ少し風が冷たかった。飴色《あめいろ》のプリーツスカートをはき、襟もとに赤い花の刺繍《ししゅう》が施されている白いブラウスを着た百々子は、太一郎の隣に立って少し寒そうな顔つきをしながら左千夫を見ていた。

ふるいつきたくなるようなくちびるが、時折、不満げに突き出された。寒いせいなのか、それとも、大好きな叔父と離ればなれになることを寂しく思ってくれているからなのか、そのあたりのことはわからなかった。

「じゃあね、百々子ちゃん」と左千夫は叔父らしく、できるだけ威厳をこめて言った。

「ピアノの練習、がんばるんだよ。また百々子ちゃんのピアノを聴きに来るからね」

「うん、そうしてね」と百々子は言った。

お愛想で言っているようにも聞こえた。何を見ようとするでもなく、ただ、まぶしそうに目を細めている顔が、どことなく、何かを取り繕おうとしている時の須恵の表情に似ているように思えた。左千夫は裏切られたような気持ちになった。

彼は両手を脇《わき》にぴたりと押しつけ、太一郎と須恵に向かって深々と一礼した。そこまで頭を下げる気になったのは、姉夫妻に深い感謝の気持ちがこみあげてきたからだった。百々子をこの世に誕生させてくれた夫婦だった。夫妻の足元にひれ伏してもいいような気さえした。

須恵は困惑したのか、「やあだ、堅苦しいったら」と言い、呆《あき》れたような笑い声をあげた。

太一郎も同様に、「そんなに改まらないでください」と続けた。

名残惜しさに気が狂いそうだったが、なんとかして平静を装《よそお》った。このまま百々子の腕を取り、軽トラックの中に引きずりこんで膝《ひざ》に載せ、その身体《からだ》を抱きしめたまま保土ヶ谷まで連れ去りたい、と思った。

彼はゆっくりと頭を上げ、姿勢を正した。軽トラックに乗り込み、助手席の窓を開けた。エンジン音に包まれながら、黒沢の家族三人に向かって手を振った。百々子が情けない笑顔を作ったまま、大きく手を振り返してきた。

「がんばるのよ！」と言う須恵の声が届いた。

太一郎は両手でメガホンのかたちを作り、「いつでも気軽に遊びに来てくださいよ」と大きな声で言った。「待ってますからね」

茶目っ気のある表情だった。百々子がそんな太一郎を見上げ、何がそんなに可笑《おか》しいのか、くすくすと笑いながら、ふざけて身体をぶつけている姿が見えた。

運転席にいるのは、左千夫とそれほど年が変わらないように見える男だった。ふだんは父親が経営する畳屋を手伝っているが、日曜と祝祭日は引っ越しのアルバイトをして小遣い銭を稼いでいる、という話だった。

左千夫の事情など、知るはずもない運転手は、無情にもすぐに車を発進させた。彼は慌《あわ》てて振り返り、見る間に遠のいていく黒沢の家を目で追った。

車が走り出したとたん、一家はすぐに門の奥に引っ込んでしまったようだった。百々子の姿もすでに見えなくなっていた。

おおかたの荷物はトラックの荷台に積んだが、上京した時からずっと押し入れに入れておいたボストンバッグだけは、彼の膝の上にあった。バッグの底に、百々子への愛を綴《つづ》ったノートを潜ませていたので、荷台には載せたくなかった。

時折、太ももとバッグの間に手をすべりこませた。ノートがそこにあるかどうか、はっきりとした感触は伝わらなかったが、掌でその部分を何度も飽きずに撫《な》でさすった。

百々子と別れるのはつらいが、考えてみれば独り暮らしも悪くはなかった。好きな時に気兼ねなく、このノートを取り出して眺めたり、新たな想像を記録したりすることができる。何よりも隠し場所に気を配る必要がなくなる。頭の中を駆けめぐってやまない想いに、存分に浸って楽しむことができる……。

沈黙が苦手なのか、それともただのお愛想なのか、ハンドルを握っている男が身の上話を始めた。左千夫は仕方なく相槌《あいづち》を打ち続けた。

ほんとは畳屋なんか継ぎたくないんですよ、という愚痴に始まり、妻と自分の母親との関係がうまくいっていない話、息子が野球ばかりしていて、勉強をまったくしないこと、趣味の釣りの話にいたるまで、男は間断なくしゃべり続けた。左千夫はうんざりした。仕方なく、途中から居眠りをし始めると、やっと相手はおとなしくなってくれた。

目を閉じて思い浮かべるのは百々子のことばかりだった。新しい門出……と姉は言った。確かにそうかもしれなかった。だとすれば、その門出は、百々子と自分が次のステップに向かうためのものと考えてもいいのではなかろうか。

毎週末、川崎の稽古場で演技の勉強をし、空いている時間は映画やドラマを観《み》て、せっせと本を読み、知識を得る。安い給料を使い果たす勢いで、たくさんの映画を観に行く。その合間に久ヶ原まで百々子に会いに行くのである。そうやって時が流れていく間に、自分と百々子の距離は徐々に縮まり、そしてそのうち……と彼は空想した。

映画スターになるには少々、薹《とう》が立ってはいたが、三十を超えてからめきめきと頭角を表す役者も少なくない。デビューを果たし、人気が沸騰《ふっとう》した自分の映画を観に来た百々子のことを想像してみた。

百々子は観客席で固唾《かたず》をのんでスクリーンを見つめ、頰を薔薇色に染めている。たとえば、そうだ、それは『エデンの東』のような映画でなければいけない。ジェームス・ディーンさながらの芝居をしてみせる自分。ジェームス・ディーンよりもずっと、おれは悲しい目つきをすることができる。雨の中、捨てられて震えている子犬が、突然、人間に牙《きば》をむくときのような表情もお安い御用だ。幼いころから、そうした感情と共に生きてきた人間の強みである。

となれば、少し前に観た『太陽がいっぱい』のアラン・ドロンのほうが、おれにふさわしいのか。欲望と哀切。孤独と熱情。一切合切の人間の感情を身にまとって逃げ続け、それでも諦《あきら》めることなく突き進む犯罪者の役である。なるほど、その気分こそ、おれにぴったりではないか。

多くの女たちが、黄色い声を張り上げて追いかけてくる。だが、自分は百々子しか見ていない。百々子も自分しか見ていない。

目を輝かせながら、観てきたばかりの映画について、饒舌《じょうぜつ》に語り続けている百々子。白いテーブルクロスのかかった高級な丸テーブルの上には、かたちよく蘭の花束が載せられている。金色の燭台《しょくだい》の上の三本の蠟燭《ろうそく》。ふたつのゴブレットに注がれているのは赤ワインと葡萄《ぶどう》ジュースだ。贅を尽くした料理の数々。二人きりの空間……。

百々子はデザートのヴァニラアイスクリームを大匙《おおさじ》に盛って食べ、くちびるについたクリームを舐《な》めとろうともしないまま、乳色の唾《つば》をとばして「左千夫おじさん、素敵だった」「最高」「しびれちゃう」などと言い続けている。表現は稚拙だが、心底、陶然としているのがひと目でわかる。

テレビのレポーターや記者たちが、店のガラス窓の向こうに群がっている。カメラのフラッシュが焚《た》かれ、ガラスの向こうは光の渦である。みんなが自分と百々子をガラス越しに見ている。レストランの支配人が、左千夫の命令を忠実に守り、客のみならず、取材関係者を全員、締め出してくれたからだ。

人気急上昇中の映画スター、謎《なぞ》の美少女とお忍びデート……翌日のスポーツ紙の一面を飾るタイトルだ。ガラス越しに写っている自分と百々子。姉はどんな反応を見せるだろう。義兄は？　百々子はもともと左千坊に夢中だったものね、うん、そうだなあ、なんといっても左千夫君はいい俳優になったからなあ、と、夫婦で微笑《ほほえ》ましく語り合ってくれるのではないか。

都合のいい妄想はふくらむだけふくらんだ。幸福な情景が、頭の中で飽きず繰り返された。そのせいで彼は、保土ヶ谷の彼の新しい住まいに到着した時、運転席の男から肩を揺すられないと目覚めないほど、深い眠りにおちていた。

悲劇的な瞬間はふいに訪れる。それが嵐《あらし》と異なるところでもある。たとえば遠い空で雷鳴が聞こえる。くるぞくるぞ、と思っているうちに、不気味な静寂があたりを包む。いやな予感がしたとたん、烈《はげ》しい閃光《せんこう》が走る。天が張り裂けんばかりの轟音《ごうおん》が炸裂《さくれつ》する。至近距離から爆撃を受けたかのように、大地が揺れ動く。嵐の前には必ず予兆がある。それが天の摂理であると言える。

しかし、人生の悲劇は予測がつかない。気づかぬまま突如として襲いかかってくる。あらかじめ不幸を予知し、避けることは不可能に近い。

小さな取るに足りない偶然の積み重ねが、ひとつの動かしがたい瞬間に向かって突き進んでいく。ひとたび開演された悲劇は、途中で幕をおろすことが難しくなる……。

何の約束もしていなかったのに……前もってその旨を知らせる電話や手紙がきていたわけでもなかったのに、姉の須恵がひょっこり左千夫を訪ねて来たのは、一九六三年十一月四日の午後のことだった。

彼が横浜電機工業に就職し、社の独身寮で独り暮らしを始めてから、一年と半年あまりが過ぎていた。その間、これといったことは何も起こらなかった。いいことも悪いことも。判で押したような、代わりばえのしない日常だけが流れていった。

毎週末、左千夫は川崎の稽古場《けいこば》に通い、先輩やプロの役者に混ざって演技の勉強に打ち込んだ。発声練習に精を出した。同好の士たちと演技論、映画論を戦わせた。

無駄遣いをしないようにしながらも、気になる新作映画は必ず観に行った。映画館には一人で行き、一人で帰ってきた。ほとんど人づきあいはしなかった。稽古場で語り合う仲間以外、これといった友人もできなかった。

オーディションの情報はぬかりなく仕入れていたが、実際に受けに行くことは少なくなっていた。二十歳そこそこの若者に混ざって、三十を超えた自分がオーディションに臨み、簡単に役を手にできるとはとても思えなかった。かといって、じっとしていても何も始まらないことはわかっていた。わかってはいても、一歩も前に進めない。いつも気がつくと、同じところをぐるぐる回り続けている。深いジレンマの中に陥りながら、時間ばかりが過ぎていった。

月にほぼ一度の割合で、久ヶ原の黒沢家に通った。寮のある保土ヶ谷駅から川崎駅まで出て、駅の近くに停めてある自転車を使って行く。そのほうが電車を乗り継いで行くよりも早かったし、足腰の筋肉やバランス感覚を鍛えるためにも有効だった。役者には何よりも身体造りが求められる。鍛えることを怠って、青瓢箪《びょうたん》のようになるのは避けたかった。

黒沢の家では、表向きはいつでも歓迎されているように感じた。時には姉から晩御飯も食べていったらいいじゃないの、と勧められ、たづや姉の手料理を前に、みんなで食卓を囲むこともあった。

百々子は彼が訪ねて行く日は、たいてい家にいた。彼にピアノの練習の成果を披露するのを楽しみにしている様子で、彼は行くたびに応接室で百々子のピアノに耳を傾けた。百々子が熱心にピアノを弾き続けている時は、何の会話もなくなったが、その背中、横顔、両耳の脇で結わえられた髪のほつれ毛、白くなめらかなうなじ、繊細に鍵盤《けんばん》の上を動きまわる指を眺めていられるだけで充《み》たされた。他に何もいらなかった。

百々子と会って帰った日の晩は、左千夫のノートは百々子に向けた情熱的な言葉で埋め尽くされた。その日、目にした百々子の顔や立ち姿、指先、膝小僧、くちびるなどはスケッチにして描き残した。

　そんなことを続けているうちに、デッサン力が自然に身についていった。百々子の肌そのもの、それどころか、ふだんは衣服に隠されて見えないもの……その奥の奥にひそやかに息づいている性の兆《きざ》しですら、想像の中で描くこともできるようになった。

　黒沢の家の洗面室の、洗濯機の脇に落ちていた百々子の汚れたソックスの片方をズボンのポケットに隠し、持ち帰ったこともあった。頰を寄せ、においを嗅《か》ぎ、丹念に愛撫《あいぶ》した。自分を慰めるために使ったソックスは、洗わずにそのまま、寮の部屋の机の抽斗《ひきだし》に入れ、その後も時折、取り出して思うがままに利用した。

　……その日は月曜日だった。朝、左千夫はいつもと同じように、管理人室の隣に設《しつら》えられた小さな食堂で、朝食のトーストと茹《ゆ》で卵を食べ、牛乳とコーヒーを飲み、寮から徒歩五分、という至近距離の勤務先に出社した。

　昼に社員食堂でカレーライスを食べる、というのも、いつも通りだった。食べ終えて、世辞にも美味《おい》しいと言えない粉っぽいコーヒーを飲んでいる間、誰とも話さなかった。それもまた、ふだんと変わらないことだった。

天気のいい日だったので、食事をすませた後、外に出てみた。彼の職場は本社の社屋の中にあったが、同じ敷地内には医療器具の部品を製造する工場が立ち並んでいた。昼休み、バレーボールに興じている工員たちの姿が見えた。サーブに失敗した若い女子工員が、両手で顔を被《おお》い、恥ずかしそうな笑い声をあげていた。

　左千夫は彼らから遠く離れた木陰のベンチに、腰を落ち着けた。その日、持っていたのは、アルベール・カミュの『転落・追放と王国』だった。以前、古書店で手に入れた文庫本で、表紙の色はかなり褪《あ》せていた。

　数行読んだだけで急に興味が失《う》せた。特別に難しい内容ではなく興味も引かれていたが、雲ひとつない秋晴れの中、若い工員たちの、のどかなはしゃぎ声を耳にしながら読む種類の本ではないような気がしたせいだった。

　午後の就業時間が始まる二分前には、職場に戻った。着ていた白いワイシャツの袖《そで》をまくり、仕事に取りかかろうとした時、デスクの電話が鳴った。

　交換台の女が「沼田さんに外線が入ってます」と告げた。機械のように単調な言い方だった。

　外線などめったにかかってこない。仕事の電話はたいてい内線ですむ。

　誰からだろう、と訝しく思いつつ電話を切り換えてもらうと、聞き慣れた声が「私よ」と言ってきた。華やいだ調子だった。「左千坊、びっくりしたでしょ」

「なんだ、いきなり。どうしたの」

「なんだ、とはご挨拶《あいさつ》ねえ。元気？」

「元気だよ。どこからかけてるの？」

「知ったら驚くわよ」

「え？」

「あんたのね、寮の近くの公衆電話からかけてるの。ううん、いいのよ、いいの、気にしないで。おみやげ置いていこうと思って寄っただけだから」

姉がすぐ近くまで来ている、ということが、彼をひどくいやな気持ちにさせた。なぜ、そんなにいやな気分になるのか、その時はまだ、よくわからなかった。

「おみやげ？」と彼は無邪気さを装って問い返した。「何？」

「鎌倉の鳩サブレー。鳩サブレーって知ってるでしょ？」

「ああ、もちろん知ってるけど」

「私ね、今日、主人が仕事でお世話になってる方のお宅に行って来たの。主人の名代よ。お宅は鎌倉にあってね、そこの奥様がね、お腹の病気で手術を受けて入院してたんだけど、先週、すっかり元気になって退院したの。それで、退院祝いを直接届けに行ってほしい、って主人から頼まれちゃって」

「へえ、そう」と彼は言った。鎌倉、という地名だけが頭の中で低く繰り返されていた。

須恵は続けた。「でも、病み上がりの人のお宅に長居はできないでしょ？　それで、お茶だけいただいて、すぐ失礼したんだけど、あんまりいいお天気なもんだから、このまんままっすぐ帰るのももったいない、って思って。それでね、そうだ、有名な鳩サブレーを買って、左千坊のとこに持ってってあげよう、って思いついたわけよ」

「だったら、社のほうにおいでよ。そこからすぐだよ。ロビーの受付に言ってもらったら……」

「いいのいいの」と須恵は彼を遮った。「そんな大げさなことじゃないから。鳩サブレーを置いたら、引き返すわよ」

「……置いたら、って、どこに？」

「あんたのいる寮に決まってるじゃない」と須恵は言った。受話器越しに、紙袋の音なのか、何かががさがさと鳴る音が聞こえた。「部屋の前に置いとくわ。あ、それとも管理人さんに預けたほうがいいかしら」

「いや、うん。そうだね、でも……」と彼は口ごもった。「わざわざ遠くから来たのに」

「いいのよ、勝手に押しかけただけだし、ついでにあんたの住んでる寮がどんなところなのか、見ておきたくなっただけだから。ねえ、このあたりから野毛山公園って近いわよね。話したこと、あったかしら。百々子が聖蘭に入ってすぐの遠足はね、野毛山公園だったのよ。懐《なつ》かしいわ」

突然、百々子の名が出たので左千夫は喉《のど》が詰まったようになった。

須恵は無邪気に続けた。「じゃあ、またね、左千坊。仕事中、邪魔してごめんね。これ、管理人さんに預けるんだったら、管理人さんの分も買っておけばよかったわねえ。大したもんじゃないけど、なんだったら、後で少しおすそ分けしてあげてよ。ね？」わかった、そうする、と左千夫は言った。電話はそこで終わった。

受話器を戻し、しばしの間、身じろぎもせずに座っていた。呼吸が浅くなっているのを感じた。

腕時計を覗《のぞ》くと一時十分になっていた。落ち着かない気分になり、席を立って男子トイレに向かった。

片づかないような気持ちの中、小用をたしていた、その時だった。いきなり彼の中で警報音が鳴り出した。

寮の管理人は夫婦ものだった。気難しいところのある亭主は規則にうるさく、電話の取り次ぎも快く受けてくれなかったが、妻は気立てのいい素朴な女だった。

夫に従い、控えめで余計なことには口を出さない妻を演じつつ、夫の目の届かないところでは、こまごまと世話をやきたがる。住人の留守中、小包が届けば一時預かりを引き受けるし、家族や友人が訪ねて来れば、マスターキーを使って部屋の鍵《かぎ》を開け、中で待っているように、と勧めてくれる。

大雨が降った肌寒い日のこと。栃木から息子に会うため、寮を訪ねてきた母親が、留守だとわかってドアの前で途方にくれていた。それを知った管理人の妻は、管理人室に母親を招き入れ、熱いお茶をいれてもてなし、その後、息子の部屋の鍵を開けて、中で待つよう勧めた。

帰宅して、その日の顚末《てんまつ》を知った息子は翌日、管理人室に礼を言いに行った。しかし、それを聞いた亭主は激昂《げっこう》し、「本物の母親だったからいいようなものの、母親のふりをした空き巣だった可能性もあるんだぞ」と妻を烈しく叱責《しっせき》。人目も憚《はばか》らず今にも手をあげそうになった、という話は、たちまち寮内で広まり、左千夫もつい一か月ほど前、清水から聞いたばかりだった。

左千夫はまた腕時計を見た。一時二十分過ぎだった。

ズボンの前ファスナーを上げるのももどかしく、走って席に戻った。受話器を取り、外線を使って寮に電話をかけた。

「はい、横浜電機工業社員寮でございます」

聞き慣れた、少し気取ったしゃべり方の甲高い声。人生を思い煩《わずら》うことなく、生涯、善意だけで生きていくことができそうな女だった。中身はスカスカなのだろう、といつも彼は小馬鹿にしていた。

管理人の女は、電話をかけてきたのが左千夫だと知ると、「ああ、沼田さん。ちょうどよかった」と言った。得意気な、弾んだ言い方で、そばに亭主がいないのは明らかだった。「さっき、お姉様が訪ねていらっしゃいましたよ。大田区にお住まいの。沼田さんあてのお菓子をお預かりするように頼まれたんですけどもね、そのままお帰しするのも、と思って、お部屋にお通ししておきました」

左千夫が黙っていると、夫人は、さも自分が親切で気のきいたことをしたと言わんばかりに、「お菓子は、お姉様がお部屋の中に置いていかれるそうですよ」と言った。「お帰りになる時は、声をかけていただくことになってます。その後、しっかり鍵をかけときますからね。ご心配なく」

「その必要はないです」と彼は声をふりしぼって言った。「今から僕が戻りますから」

それだけを言うのがやっとだった。左千夫は電話を切った。

さっきって、いつだ。部屋に入れてからどのくらいの時間がたつのか。十分？　十五分？　もっとだろうか。

運良く上司が席をはずしていた。左千夫は隣の席の若い女子社員に、ちょっと出てくるけど、すぐ戻る、と伝え、椅子《いす》の背にかけておいた上着をわしづかみにした。

寮までの道を全力で走った。まさか、まさか、という想《おも》いだけがあった。

今朝、寮を出た時、部屋がどんな様子だったか、克明に思い出そうとした。記憶のすべてがハレーションを起こして、光の中に埋もれ、見えなくなっている感じがした。

布団《ふとん》は簡単に二つ折りにしただけだった。いつものことだった。そうすれば、布団に寄りかかって座ることもできて便利だったからだ。

部屋に申し訳程度についている小さな流しの洗い桶《おけ》には、何日も洗っていない湯呑《ゆの》みや、醤油のしみのついた割り箸《ばし》などがそのまま押し込まれてあったはずである。今日、帰ったら洗おうと思っていた。それもふだんと変わりはない。

しかし、三冊目となる百々子について綴ったノートはどこに置いたのだったか。いつも通り、机の抽斗にしまっただろうか。百々子の片方のソックスと共に。

いくら思い出そうとしても思い出せない。頭の中心部分に靄《もや》がかかっていて、消そうとしてもなかなか消えない。

久ヶ原の屋敷に暮らしていた時と違って、ノートはいちいち隠す必要がなくなっていた。夜、ノートを開き、記録を終え、そのうち眠くなってきて、結局はそのまま放置してしまうことも少なくない。

寝床の中に持ち込んで、過去に書き込んだことを読み返すこともあったが、昨夜はそうしなかった。机の上でノートを開き、記録を残した後、そのまま布団にもぐりこみ、寝てしまった。その際、ノートを閉じたかどうか、まったく記憶になかった。

慄然《りつぜん》とした。閉じてさえいれば、それはふつうの大学ノートだった。よほど姉が無礼な好奇心にかられない限り、わざわざ開いて中を読もうとはしないだろう。姉はその点、信用できた。意味もなく他人の私生活を知りたがる種類の女ではなかった。

息を切らせながら寮に駆け込んだ。寮は古いモルタル造りの二階建てで、一階に七室、二階に十室の部屋が等間隔に並んでいる。各フロアにあるトイレは共同で、一階には、住まいも兼ねている管理人室があった。

管理人室の小窓は、正面入り口を入ってすぐ左側で、擦りガラスの引き戸がついていたが、たいてい開けっ放しだったから、中を覗けば室内が見渡せる。

その日もガラスの引き戸は開いたままだった。左千夫はそっと小窓の向こうを窺《うかが》った。人がいる気配はなかった。小窓のすぐそばに置かれたトランジスタラジオからは、歌謡曲が流れていた。吉永小百合と橋幸夫の『いつでも夢を』だった。

平日の昼間、入居者が全員、出社している時間帯だったこともあり、寮内は森閑としていた。『いつでも夢を』の明るい歌声を背中で受けながら、左千夫は廊下を急ぎ足で進んだ。太陽の光に慣れた目に、日の入らない廊下は夜の闇《やみ》に包まれているように見えた。

一階の一番奥に位置する自分の部屋のドアの前に立った。こめかみがどくどくと波うっていた。中は静まり返っていた。

ひと呼吸おいてから、ドアノブに手をかけた。自分がここに向かっている間に、退屈した姉は早々に引き上げ、あの親切な管理人が改めて施錠してくれた、ということも考えられる。それは一縷《いちる》の望みだった。

だが、ドアに鍵はかかっていなかった。見てもいないのに、目の前に展開される風景がわかってしまったような感じがした。緊張のあまり、喉が詰まった。そっと開けたドアの蝶番《ちょうつがい》が、いやな音をたてて軋《きし》んだ。

須恵が、入り口の正面に見える机に向かって座っていた。正座だった。須恵は振り返らなかった。彫像のような、姿勢のいい須恵の後ろ姿を、窓からなだれこんでくる十一月の午後の陽差しが白々と浮き上がらせていた。

須恵の視線の先にあったのは、間違いなくあのノートだった。前の晩、眠りにつく前にノートを開いた。百々子に会わずにいた日曜日だったので、新しい記録は残せなかったものの、過去の文章を読み返し、自分で描いた絵を眺めているうちに恋しい想いがつのった。そして、思わず机の抽斗から取り出した百々子のソックスを……。

次々と甦《よみがえ》る記憶が、幾本もの鋭い針のようになって彼を貫いていった。

情けないことに、そのソックスも、机の上に置いたままだったことを思い出し、彼は昼に食べたカレーが食道のあたりに逆流してくるのを覚えた。

嘘をつき続けるのだ、と彼は思った。どんな嘘であろうとかまわない。絶対に、決して事実を認めないこと。ごまかし続けること。

「姉ちゃん」と彼は乾いた口の中を必死で湿らせながら、できるだけ明るく言った。

「さっき管理人さんから会社に電話があってさ。鍵開けてくれたっていうから、来てみたんだ。なんだよ、ゆっくりできるんだったら、言ってくれれば……」

全部を聞かないうちに、すさまじい勢いで姉が彼を振り返った。般若《はんにゃ》の形相だった。

「なんなの、これ」

姉は机の上のノートをさも汚《けが》らわしそうに指し示した。声は掠《かす》れていた。逆光の中のその顔は、十歳も老《ふ》けこんでしまったかのように見えた。

「これ、百々子のことよね？」

「どうしたんだよ」彼はわざと目をぱちぱちさせながら、本当に何もわからない、といった表情を浮かべてみせた。

「とぼけないでよ。いやらしい！」

息が詰まりそうになるほど緊張していたが、ここが正念場だと自分に言い聞かせた。今こそ、カメラの前で演技をしている俳優にならなければいけなかった。そうすれば、冷静になれる。

わざとゆっくり靴を脱ぎ、古びた畳の上を摺《す》り足で姉に近づいた。

「ああ、それか。見られちゃったか。いや、まいったな」

彼は後ろ頭を掻《か》いてみせたが、姉はそれを見てはいなかった。「あんた、百々子のことをこんなふうに見てたのね。百々子はあんたの姪《めい》なのよ。まだ小学生なのよ。それを……それを……気持ち悪い、けがらわしい……」

「何言ってるんだよ、姉ちゃん」と彼は大げさに苦笑してみせた。くちびるがわなわなと震え出しそうになったが、渾身《こんしん》の努力をして押しとどめた。「頼むから落ち着いてくれよ。それはさ、シナリオや演出の勉強をしていて、思いついたことをメモするための創作ノートなんだよ。そこに書いてるスケッチも文章もみんな、そのためのものなんだよ。映像にした時のことを頭に思い浮かべて、メモを取ったり、絵コンテを描いておいたり、っていう勉強をしてるんだよ。つまり……想像の可視化っていうことなんだけど、わかるかな」

「ごまかさないでよ。これはどう見たって、百々子でしょ。他の誰なのよ」

彼は微笑すら浮かべながら、ゆっくりと首を横に振った。「じゃあ、仕方ない。こうなったら、姉ちゃんには打ち明けるよ。実はさ、少し前から、百々子くらいの年齢の女の子をヒロインにしたアイドル映画の構想を練っているところなんだ。シナリオと演出も自分で手がけようと思ってね。だからスケッチも、どうしたって百々子に似てきちゃうんだよ。絵の才能がないから、誰かをモデルにしないと描けないんだ。だからって、誤解しないでほしいよ。変な意味なんか、全然ないんだから」

姉はけがらわしい変質者を見るような目つきで、彼を見上げた。「変な意味？　何よ、それ」

「いや、僕が百々子をこんなふうに頭の中で思い描いてる、だなんて、思われたら困るっていう意味だよ。それは絶対に困る。というか、あまりにも馬鹿げていて、話にならない」

その時の左千夫が、かろうじて冷静さを失わずにいられたのは、ノートに「百々子」という名前を一度も書き込んでいなかったことを思い出したためである。百々子の名を連ねなかったのは、誰かに見られた場合のリスクを考えていたからではない。単に、記録が生々しくなることを避けたかったからだった。ポエジーのかけらもない、ただの俗悪な生々しさを文字でつづるのは、彼の流儀ではなかった。

したがって、ノートの中で百々子に呼びかける時はいつも、「きみ」にしていた。「きみ」について綴った散文、詩と共に、「きみ」らしき人物の横顔や、ふざけて突き出したくちびる、足の爪先《つまさき》、ふくらんでいる胸や重みを感じさせる腰のスケッチを、あちこちに描いた。絵はいかにも百々子そのものではあったが、そこに描かれているのが黒沢百々子であるとは、誰にも断定はできないのだった。

それは明らかに、彼の絵の技術が拙《つたな》いせいだった。自己満足できればそれでいいとして描き続けてきただけのスケッチに過ぎず、そもそも、正確さには悉《ことごと》く欠けていた。自分にまともな絵の才能がなくてよかった、と彼はひそかにほくそえんだ。

「お茶でもいれようか」

あまりに長い間、姉が黙りこくっていたので、彼は何事もなかったように、穏やかに言った。

「鳩サブレー、買ってきてくれたんだよね。一緒に食べようよ。あと三十分くらいは、僕もサボっていられるからさ」

「あんたの言い訳が穴だらけだってこと、わかってるんだからね」

須恵はひどく冷やかに言った。般若の形相は消えていた。だが、表情は凍りついて二度と溶けない、氷の仮面と化していた。

「シナリオの勉強ですって? 演出? 笑わせないでよ。じゃあ、聞くけど、これは何なの?」

それまでどこに隠していたのか、須恵が汚らわしそうに掲げてきた白いものを目にして、彼が自分でも驚くほどうろたえずにいられたのは、そうなることが予測できていたせいでもあった。諦めてはならなかった。認める必要などさらさらなかった。たとえ絶体絶命の境地に追いこまれたとしても、まだまだ逃げ道はある。そう思わなければならなかった。

「信じないと思うけどさ」と彼は落ち着いた口調で言った。「それは拾ったんだよ」

「拾った? どこで。うちででしょ。これは百々子のソックスでしょ。あんた、百々子の部屋にしのびこんで、箪笥《たんす》の中から持ち出したんでしょ」

「人聞きの悪いこと言うなよ」左千夫は本気で怒りながら言った。「なんてことを言うんだよ。うちの会社のさ、工場の裏の通路に落ちてたのを拾ったんだよ。近くの家の洗濯物が、風か何かで飛ばされてきたみたいなんだよ。そういうことがたまにあるんだ。汚れてたけど、ちょうど使えると思って拾ってきた」

姉が目をむいた。「使える？　何によ」

「だから、シナリオにだよ。生活感っていうのは何よりも大事なんだ。土曜日に演劇の勉強に集まってる稽古場の連中の中には、人んちの生ゴミをあさって持ち帰ってるやつもいるよ」

「何なの、それ。汚らわしい」

「そういう世界なんだってば。姉ちゃんが信じたくないのはわかるけど、そういうことをしながらシナリオを書いて、イメージをふくらましていくことが必要なんだよ」

「正直に言いなさい。あんた、これを使って、何してたの」

「だからさ、このソックスをはいてる女の子を想像してただけだよ。シナリオを書く時の道具に……」

「みったくないよ、あんたは」と姉は訛《なま》りをふくんだ言い方で吐き捨てるように言った。いきなり口をついて出た函館の方言だった。醜い、という意味だった。

「なんでさ。なんでおれがみったくないの」

「嘘こきまくって、恥ずかしくないの」

「何も嘘なんか……」

　姉はすうっと大きな音をたてて息を深く吸った。「すぐにでも主人に報告しなきゃいけないところだけど、いい？　感謝しなさいよ。今のところは黙っててあげるから。主人が知ったら、気が変になるほど腹を立てて、あんたを警察につきだそうとするに決まってるもの。そうなったら、聖蘭の関係者の手前もあるし、百々子の耳にも入ってしまう。百々子には知られたくない。あの年齢でこんなことがあったってわかったら、これからどんなふうに大人になっていけばいいのか、わからなくなる。不潔なけだものみたいな男を叔父にもった、ってこと、絶対に百々子には知られたくない。だから、いいわね、あんた、もう、うちには来ないでちょうだい」

　左千夫は笑おうとした。苦笑いを浮かべ、ことを大げさにしようとしている姉を笑い飛ばそうとした。だができなかった。

「百々子にはあんたが顔を見せなくなった理由を適当に言っておくから。最初のうちは変だと思うかもしれないけど、そのうち百々子も、自分のことで忙しくなって、あんたのことなんか思い出しもしなくなるわ」

　百々子が思い出してもくれなくなる？　このおれを？

　動揺のあまり、耳から頬のあたりが充血してくるのがわかった。言い返せずにいると、姉は怒ったような、てきぱきとした動きで机の前から立ち上がった。「私、帰る」

「ちょっと待てよ、姉ちゃん」

「なんで結婚しないのか、ガールフレンドの一人も連れてこないのか、不思議に思ってたけど、そういうことだったのね。ああ、いやだ。けがらわしい。私の大事な娘を玩具《おもちゃ》にしたりして。ちゃんとまともに生きていきなさいよ。頼むからそうしてよ。私のたった一人の弟なのに……一緒に苦労を共にしてきたっていうのに、なんでこんなふうに……」

その目に大粒の涙があふれ、決壊したダムのように頬を流れ落ちた。

「姉ちゃん」と彼は低く言い、姉をなだめようとした。「待ってくれよ。ほんとに完全な誤解だよ。なんでわかってもらえないんだろう。いいよ、わかった。ここで押し問答してても始まらない。僕も社に戻らなくちゃならないし。次の土曜日、久ヶ原に行かせてもらう。姉ちゃんが落ち着いて頭冷やしたころに、もう一度、初めから詳しく話すよ。そうすれば、本当に誤解だってことがわかってもらえるから」

「これが全部、シナリオのためだって、わざわざうちに説明しに来るわけ？　何度聞かされたって、嘘かほんとか、くらいのこと、私にはわかるわよ」

「だったら」と彼は詰め寄った。「いっそ、その場に百々子を呼んで、百々子に聞いてみたらいいよ。おじさんのこと、どう思ってたか。いやらしいと感じたことがあったかどうか。ただのシナリオのための創作ノートを曲解して、自分の娘に結びつけようとする姉ちゃんのほうが、よっぽどいやらしいよ。そうだ。義兄さんにも同席してもらおう。おれがどれだけまともか、義兄さんに判断してもらえばいいさ。その時は、創作ノートをそのまんま太一郎さんに見せたってかまやしない」

「その計画は思いつきのはったりでしょ」と姉は意地悪く言い、彼をにらみつけ、手の甲で慌ただしく涙を拭《ふ》きとった。「でも、残念ながら今度の土曜は弁明なんかできないわよ。百々子は朝から、聖蘭の親睦《しんぼく》旅行で箱根に行くのよ。箱根学校。泊まってくるの。主人も出張で留守。あんたが久ヶ原まで来たところで、おあいにくさま。土曜は私ひとりしかいないの。私を相手に、また苦しい言い訳を続けたって無駄よ。もう一度はっきり言うからね。このことは主人にも百々子にも誰にも言わないでおく。言えるもんですか、こんな気持ち悪いこと。主人の会社の人たちや黒沢の親類たちに知られたら、どんな騒ぎになるか。その代わり、あんたは、二度とうちに来ないこと。もう二度と百々子に会わないで。連絡もとらないで。いいわね？」

## 22

その週の土曜日、迷いはしたものの、結局、左千夫は久ヶ原の姉夫妻の家に向かった。すべては姉の誤解である、ということで押し通すためには、それ以外、方法がない、という結論を導き出したからだった。

嘘《うそ》をつくなら、臆《おく》せず、とことんつき続けるべきだった。嫌がられても避けられても、根気よく誤解であることを訴え続けねばならない。

百々子が箱根学校に行っていて不在、というのは何よりもありがたかった。おまけに太一郎も出張中となれば、あとは、夕食の準備をすませたたづが、黒沢の家から出て行ってくれる時間まで待てばいい。

改めて須恵と二人で会うことができれば、事態はいい方向に矛先を変えていく可能性があった。彼の中にはそのための自信もないではなかった。

時間が経過しているので、少しは須恵の気持ちも和らいでいるかもしれなかった。落ち着きを取り戻してくれさえすれば、弟の説明をもう一度、冷静に聞こうとしてくれる可能性もある。

激昂《げっこう》している須恵を前に、ひとつもうろたえずにいられた自分は、上等だったと彼は思っていた。あれはアカデミー賞ものの演技にも匹敵する。ノートを見られたことに対する恐怖に顔を歪《ゆが》め、息を荒らげ、弁解すらできなくなっていたとしたら、姉は金輪際、彼を許さないどころか、会おうともしてくれなかっただろう。それどころか、ただちに亭主にすべてを打ち明け、悪くすれば法的手段に出ていたかもしれない。

須恵からは二度と久ヶ原には来るな、と言われたが、それも、あるいはひょっとして、幾ばくか弟の言うことを信じたいという願いの表れと解釈することもできた。土曜日、久ヶ原の黒沢の屋敷を訪ねた弟を、須恵は案外、快く迎えようとするかもしれない。改めて、話を聞こうという態度をみせてくれるかもしれない。

自分たち姉弟は、ともに苦労を分かち合ってきた間柄だった。姉とて、弟が特殊な性的嗜好《しこう》をもっている男であるなどと認めたくないに決まっていた。本当のところは、自分が目にしてしまったものが、シナリオのための創作であってくれたらどんなにいいか、と思っているに違いないのだ。

生来の並々ならぬ自己愛の強さが、左千夫を窮地から救い出してくれたことは、これまでにも多々あった。自分に都合のいい物語を紡《つむ》ぎだし、それに寄り掛かって苦境を乗り切ることには自信があった。

だが、一九六三年十一月九日、彼はあまりにも、自身の力を過信していた。

土曜日だったので、仕事は午前中で終了した。退社時刻になると、彼はいつものように社員食堂で昼食をとった。土曜日の昼食を社員食堂でとる社員は少なく、食堂は閑散としていた。

あまり食欲がなかったので、きつねうどんにした。土曜の昼は、調理師や食堂の係員が早く帰りたがる。出来上がったうどんをトレイに載せて運んでいる時から、すでに後片付けが始まっていた。彼はうどんを大急ぎで食べ終えねばならなかった。

社を出てから、いったん寮に戻った。することが何もなく、何かをしようという気分にもなれず、ふと銭湯に行こうと思い立った。別に身ぎれいにしなければならない理由は何もなかったが、夕方まで時間をつぶすためにはちょうどよかった。

彼は洗面器とタオル、石鹸《せっけん》の準備をし、傘を手に部屋を出た。外は朝からの霧雨がやまずにいた。

寮の玄関付近で、管理人室から出て来た亭主とばったり鉢合わせになった。

左千夫が黙って頭を下げると、亭主は無愛想な表情で彼を一瞥《いちべつ》し、「行ってらっしゃい」とだけ言った。

いつもよりも長く湯につかり、丹念に身体《からだ》と頭を洗った。男湯は空《す》いていた。

風呂から出て、身体を拭《ふ》き、上半身裸のまま、フルーツ牛乳を一本、買った。時間をかけてそれを飲みながら、脱衣所に備えられている竹製の長椅子《ながいす》に座り、濡《ぬ》れた髪の毛をタオルで拭きつつ、持ってきたカミュの『転落・追放と王国』を開いた。役者としての勉強になるかもしれない、と思い、書店にカミュ作品を探しに行った時、最初に目にとまったのが『転落・追放と王国』だった。タイトルが、自分自身の内面をそのまま言い当てているように思えたからだった。

すぐに購入し、時間を作っては読み進めてきた。後半の『追放と王国』は期待していたほどではなかったが、前半の『転落』で独り語りを続ける男の言うことには、深く共感できた。

『転落』を再読したいと思って、ここのところ、持ち歩くことが多かったというのに、なかなか読み進めることができずにいる。頭の中では、五日前に須恵から投げつけられた言葉だけが渦を巻いていた。女湯の脱衣所で赤ん坊が泣き続けており、あやそうとして大きな声をかけている番台の中年女が騒々しかった。

湯冷めしたくなかったので、帰りは急ぎ足で寮に戻った。誰とも会わなかった。

日暮れが早くなっていた。五時になるのを待たずに外は小暗くなり、肌寒さが増した。

家政婦のたづは、たいてい五時には引き上げていく。土曜日はもっと早い。夕食の支度を早めにすませ、三時ころ帰り支度を始めることもあった。だが、今夜は須恵が一人なので、須恵と世間話に興じ、少し遅くまで居残っている可能性もあった。

たづとは絶対に顔を合わせたくなかった。気のいい、心優しい家政婦で、黒沢の家族からの信頼が篤《あつ》く、好かれていた。姉は、そんなたづにだけはあらましを打ち明け、相談に乗ってもらっているかもしれなかった。左千夫の日頃の言動や百々子と一緒にいる時の態度など、改めて確認する相手として、たづほど適している相手はいない。

左千夫は時間が過ぎるのを待った。

雨は本降りにはならず、小雨程度だった。彼は頃合いをみて、雨合羽《あまがっぱ》を着込んだ。フードのついた白い雨合羽だった。川崎駅のビルの横に停めてある自転車を使って久ヶ原まで行くつもりだったから、傘をさす必要はなかった。

土曜日のその時刻、寮は静まり返っていた。管理人夫妻は不在のようで、管理人室の明かりも消えていた。寮を出て駅まで歩く道すがら、誰とも会わなかった。

保土ヶ谷駅から横須賀線に乗り、川崎駅で降りた。自転車を停めてあるビルの脇《わき》まで行き、自転車に乗って久ヶ原を目指した。

別に急ぐ必要はなかった。ゆっくり行っても、須恵は今夜、あの家に一人なのだった。百々子は箱根学校で留守だし、太一郎は出張で帰って来ない。

だが、気が急《せ》いていたのは事実だった。ペダルを漕《こ》ぐ足はスピードを増していくばかりだった。そのため、黒沢の家に到着したのは、予定していた時刻よりも早く、まだ七時にもなっていなかった。

秋も深まった、小雨の降りしきる久ヶ原の住宅街はひっそりしていた。家々の明かりは灯され、時折、車ともすれ違ったが、通りを歩く人の姿はなかった。

自転車はいつも、屋敷の裏手、勝手口のある側の細い未舗装の道路をはさんだ隣にある空き地に停めることにしていた。門の前に停めっ放しにしていたら、太一郎の車の出入りや、客人の出入りなどに迷惑がかかると思っていたからである。

その晩も彼は同じようにした。空き地に入ってすぐ右手の、雑木が数本、まとまって植わったままでいるあたりに自転車を停めた。常緑樹だったので、日盛りのころには木陰を作ってくれるし、雨の日は雨滴を遮るのに都合がよかった。

フードをかぶったまま、彼は黒沢の屋敷を見渡した。その場所に立つと、屋敷の全景を眺めることができた。

門扉の両側に灯された門灯の明かりが、雨のそぼ降る濡れた路面を静かに照らしていた。台所の格子《こうし》つき窓の向こうには、黄色い明かりが仄《ほの》かに見えていた。だが、他の窓という窓にはすべて雨戸がたてられており、二階建ての屋敷は黒々とした、得体の知れない大きな塊のようだった。

たづは千鳥町の自宅から、自転車を使ってここまで通って来る。その、見慣れた地味な色合いの自転車が、まだ勝手口付近に停められたままだったらどうすればいい、と思ったが、幸い見当たらなかった。

不安がないわけではなかった。しかし、ここまで来てしまった以上、何が何でも姉と会わねばならなかった。堂々とした態度で、姉が見たものがシナリオのための創作ノートであると断言し続け、信じてもらわねばならない。

小雨の降りしきる薄暗い路地を横切り、通りに面した黒沢の屋敷の玄関まで行った。すりガラスのはまった格子模様の玄関の向こうに、暖かそうな明かりが灯されているのが、うっすらと透けて見えた。

彼は、深い呼吸をしてから、玄関脇についているブザーに指を伸ばした。大きな音が室内に轟《とどろ》きわたる気配が伝わった。

耳をすませた。遠くでドアを開け閉めする音がした。やがて足音が近づいてきた。

今時分、訪問客などないのがふつうだった。何かを警戒しているのか、足音は玄関の引き戸の向こうでぴたりとやんだ。わずかだが沈黙が流れた。

名乗るべきなのかどうか、と彼が迷っていると、「どなた?」と低く訊《たず》ねる姉の声が間近に聞こえた。あまりに至近距離から聞こえてきたので、左千夫は思わず身体をこわばらせた。

「僕」と彼は言った。軽く咳払《せきばら》いをした。「左千夫だけど。突然、ごめん。どうしても姉ちゃんと話したくて」

姉は応《こた》えなかった。追い返されるのか、と思った。その可能性も充分あった。

だが、彼はひるまなかった。家の中には姉ひとりしかいない。少なくとも、玄関越しのやりとりだけは気兼ねなくできる。

「もう一度、ちゃんと話を聞いてほしいんだ。こういうことで姉ちゃんに誤解されるなんて、どう考えたって耐えられないんだよ」

衣擦《きぬず》れの音ひとつ聞こえなかった。引き戸の向こうに立ち、息を詰めながらこちらをにらみつけている姉の姿を想像した。

「姉ちゃん」と彼は低く呼びかけた。「こんな誤解をされるなんて、信じられないよ。いくらなんでも辛《つら》すぎるよ」

姉の声は返ってこなかった。

彼はまたしても「姉ちゃん」と甘えた口ぶりで言った。「……自転車で来たから濡れちゃったよ。外は寒い。中に入れてくれないかな」

ややあって、内鍵《うちかぎ》が外される音がした。思いがけず大きく響いたその音に、左千夫は一瞬、戸惑った。

内鍵の外し方はひどく乱暴だった。姉の心の状態がそのまま表れているように思えた。

がらりと戸を開けた姉は、左千夫を一瞥するなり、ぷいと背を向け、大股《おおまた》で玄関の上がり框《がまち》を上がった。茄子《なす》紺色《こんいろ》のギャザーが入ったスカートに黄土色のカーディガンを合わせて着ていた。カーディガンの前ボタンは、首もとまで嵌《は》まっていた。

「悪いね。ちょっと上がらせてもらうよ」と彼は言った。

言いながら、広々とした玄関の御《み》影《かげ》石の上を前に進んだ。沓脱《くつぬ》ぎ石の上で靴を脱ごうとした時、姉の怒鳴り声が飛んできた。

「何やってんのよ。そんなものを着たまま、上がってこないでよ。家の中が濡れちゃうじゃないの」

かつての姉はそこにいなかった。同郷の、同胞の、優しかった姉。いつだって昔のままの素顔を見せながら、温かな思いやりと共に接してくれていた姉……。

左千夫はふいに、上京してきたばかりの時に上野駅の近くで見かけた物乞《ものご》いのことを思い出した。筵《むしろ》に座り、桃の空き缶の上で犬に芸をさせていた。物乞いと犬の前を着飾った女たちが、少し離れて通りすぎていった。彼は自分が、あの時の物乞いになってしまったような気がした。いや、物乞いではなく、犬のほうかもしれない。身を縮ませながら、四本の足を小さな空き缶の上に乗せ、震えていた犬……。

着ていた雨合羽を脱ぎ、畳んで、上がり框の端のほうにそっと置いた。姉は彼に背を向けたまま、「応接間に入って」と言った。邪険な言い方だった。なぜ、応接間なのか、と思った。掘炬《ほりご》燵《たつ》のある居心地のいい、暖かな居間で、姉と差し向かいで話したかった。そうさせてもらえると信じてもいた。

黒沢家の居間には、百々子の気配がしみついている。百々子が食べたビスケットや煎《せん》餅《べい》の食べ滓《かす》。百々子が炬燵の天板の上に残した、数えきれないほどの指のあと。畳の上に必ず落ちている、長くやわらかな抜け毛……。

家族しか使わない部屋だった。もはや、自分は、その部屋に通される人間ではなくなったのか、家族として扱われなくなったのか、と左千夫は思った。姉の怒りと憎しみ、拒絶の意志を強く感じた。

「雨の中、わざわざ訪ねて来るなんて、ご苦労さまなことね」

姉はそう言いながら、いったんは応接間のソファーに腰をおろしたが、すぐにまた立ち上がってステレオの前まで行った。落ち着かなげな様子だった。ステレオの扉を開け、電源を入れた。そばの棚から一枚のＬＰジャケットを取り出し、黒々とした重たげなレコードをプレーヤーに載せた。

前にも何度か聴かされたことのある、チャイコフスキーの『弦楽セレナード』だった。演奏はレニングラード・フィル。指揮はムラヴィンスキー。

私、チャイコフスキーが一番好きなの、と姉は目を輝かせながら言っていた。「特にこれを聴いていると、ロシアの雪原が頭の中に拡《ひろ》がっていくのがわかるのよ。悲しくて、切なくて孤独なのに、こんなに壮大で。感動するわ。胸がいっぱいになる」

チャイコフスキーに限らず、姉のクラシックに関する知識や感想、そのすべては夫の受け売りだった。

竹竿《たけざお》に洗濯物を干しながら口ずさんでるのは、歌謡曲ばっかりだったくせに、と内心、せせら笑いながらも、左千夫はいつも感心した顔をして姉の言葉に耳を傾けていたものだった。

音量を調節し終えると、姉は再びソファーに戻って腰をおろした。背にもたれ、腕を組み、足を組んだ。彼のほうを見ることもなく、怒りと軽蔑《けいべつ》をこめた目で虚空《こくう》をにらんでいる姉の顔は、美しかった。冷たい陶器のようだった。

太一郎と結婚して以来、美しさに気品が加わった。こんなふうに凛《りん》とした態度が板につくようになったのも、気品が備わったせいだろう、と左千夫は思った。

冷静ではいられなかった。自分を取り囲む情況を観察しながらも、彼はひたひたと音もなく近づいてくる恐怖を鋭く感じ取っていた。それが何なのか、すでにわかっているような気もした。

長く美しい睫毛《まつげ》に囲まれた姉の目が、いっそう大きく見開かれた。その顔は、これまで左千夫が見たこともなかったほど堅固な意志で固められていた。

それは生命がけで子を守ろうとする時の母親の顔だった。

「あんた、立派な変質者なんだからね」と姉は言った。一本調子の低い声だった。

「百々子にも主人にも話してない。話せるわけがない。それだけでも幸運だったと思いなさいよ」

　センターテーブルをはさんで座っていた左千夫は、思わず腰を浮かし、姉に向かって前のめりになった。

「全部、姉ちゃんの誤解だよ。ほんとだよ」と彼は言った。「あれが演出とシナリオのための創作ノートだ、ってことをどうしてわかってくれないんだろう。創作にはああいうものが必要なんだよ。シナリオっていうのは小説と同じで、結局は作りものなんだけど、現実に根ざしたものじゃないといけない。そうしないと、リアリティがなくて、客に観《み》てもらえないんだよ」

　姉は顔を歪め、小馬鹿にしたように笑った。「まだそんな寝言を言ってるの？　そんなことを言うために、ここまで来たわけ？」

「何度でも言うよ。それが真実なんだから」

「真実か嘘か、なんて、もう、どうでもいいのよ。私はあれを見てしまったんだから。見なければよかったとは思ってないわ。ええ、そうよ。見てよかった。私が偶然、あれを見つけて中を読まなかったら、あんた、この先、百々子に何をしでかしたかわからない。ぞっとする」

「やめてくれよ、姉ちゃん。そういうことじゃないんだってば」

「いい？　私はあんたとは縁を切ったから。今日はね、縁を切った、ということをあんたに宣言するために、こうやって中に入れてやったのよ。だからこれが最後。二度と会わない」

彼は膝《ひざ》の上で自分の両手を強く握りしめた。「何言ってんだよ、姉ちゃん。わけがわかんないよ」

「姉ちゃん、姉ちゃん、って気安く呼ばないでよ、この変態が！」

左千夫は押し黙った。それをいいことに姉は罵《ののし》り続けた。

「自分の弟が、ここまで気味の悪い男だったとはね。しかも相手は、まだ小学生の女の子で、自分の姪よ。図々しく人の家の世話になっておきながら、私たちの大事な娘を狙《ねら》ってただなんて！　なんてことよ。悔しいし、気持ちが悪いし、ああ、ほんとにすぐにでも主人に訴えたいのに、そんなことしたら、百々子がどうなるか、想像するだけで恐ろしいし。今の私にできることはひとつしかない。百々子と金輪際、会わせないってことだけ。遠くから見るのも禁止。二度と私たちに近寄らないで。けだものよ、あんたは。自分の胸に手をあててよく考えてごらん。いやらしい！　私がこのことを誰にも話していないだけでもありがたいと思いなさいよ」

　くちびるは震えなかったが、意に反して小鼻がひくひくと動き、止まらなくなった。左千夫は歯を食いしばりながら、黙って姉を凝視した。百々子と会わせない、だと？　おれの天使、おれの女神の百々子と？

激昂しそうになるのをなんとかこらえ、彼はくちびるを強く嚙《か》んだ。怒りと憎しみで胸が押しつぶされた。

姉は両手で顔を被《おお》い、そのままじっとしていた。興奮を鎮《しず》めようとしているのかもしれなかった。

「あのさ、少しでいいんだ。落ち着いて話を聞いてほしい。聞いてくれたら、姉ちゃんのその誤解も解けるから」

姉は十本の指の間から、見開いたままの目で彼をにらみつけた。「解けるもんですか。ばからしい」

「この僕が、百々子のことをそんなふうに見てるわけがないだろう」

「何をどう言い訳しても無駄よ。とにかく百々子には二度と近づかないで。あんたのことだから、変にロマンチックな手紙を書いてよこしたりしそうだけど、百々子宛《あ》ての手紙を見つけたら、その場で破り捨てるから覚えときなさい。それと、家のまわりをうろついたり、聖蘭の正門前で百々子を待ち伏せたりしてるのがわかったら、その時こそ、主人にばらすからね。主人に知れたら、それこそ大事になるわよ。あの人はあんたが二度とふつうの暮らしができないようにするために、何だってやるわよ。わかってるでしょ？」

思わず返す言葉を失って左千夫が黙っていると、姉は勢いよく人指し指を突き出し、応接間のドアを指し示した。「話はこれで終わり。さっさと出てってちょうだい」

「こいつ、いいとこの奥様ぶりやがって」左千夫は低く毒づいた。止まらなくなった。

「良家の御曹司《おんぞうし》をたらしこんで、金持ちの嫁になれただけなのに、上流階級の奥様ヅラしやがって。あの、人のいい亭主が、惚《ほ》れた弱みでお姫様扱いしてくれてるだけさ。おれが変質者だと？　変態だと？　言わせておけば自分を棚にあげて。同じ穴のムジナだろうが」

姉は鼻をふくらませた。目が血走っていた。「貧乏な家に生まれたからって、それが何なのよ。今さら、やっかまないでよ。変態が、何よ、偉そうに。大人の女とつきあうこともできなくて、百々子を妄想の材料に使って興奮してただなんて。ああ、いやだ。いやらしい。役者志望だなんて、笑わせるわよ。そんな年にもなって、ろくな才能もないのに。相変わらず貧乏してて、そのくせ変に理想だけ高くて、自分に自信があって。あんたの本当の姿はただの、どうしようもない変態じゃないの。変態！　けだもの！」

その直後だった。映写機のフィルムがふいに速度を落とした時のように、目に映るすべてのものの動きが突然、おそろしく緩慢になった。あらゆる音が消え去った。

自身の目がカメラと化し、彼自身を追い始めた。椅子から立ち上がる自分。センターテーブルの脇をまわり、正面のソファーに近づく自分。姉に向かって伸ばした両手。怪《け》訝《げん》な顔をした姉が、一瞬、微笑《ほほえ》んだように見えたこと。十本の指を姉の首にまわし、そのままの姿勢で身体ごと宙に浮かせたこと。そして、自分の指がその白い喉《のど》もとにいっそうの力をこめていく様を左千夫の目は、あたかも白黒のスローモーション映像を眺めているかのように冷やかに観察していた。

その間中、彼の耳に聞こえていたのは、頭の中でカラカラと回り続けている不気味な映写機の音だけだった。

## 23

幼かったころ、百々子は両親と共に何度か、函館を訪れている。父の年末年始の休暇を利用し、祖父母に会いに行くための旅だった。

冬の海は荒れていて、青函連絡船は休むことなく揺れ続けた。百々子は船酔いし、港に着くまで、母に伴われながら甲板で過ごさねばならなかった。

乗船前に飲んだオレンジジュースが、未消化のまま胃の中に溜《た》まっていた。時折、こみあげてくる湿ったおくびには、すえたにおいが漂い、余計に気持ちが悪くなった。

だが、甲板に出て母に肩を抱かれ、びゅうびゅうと吹く潮風にあたっていると、不思議なことにむかつきは治まった。

母は上質の絹のスカーフで頭をくるんでいた。顔が小さいので、顎《あご》の下で結わえたスカーフの裾《すそ》はいつも大きなりぼん結びになった。垂れ下がった部分がひっきりなしに風にあおられ、顔にうるさくまとわりついてくるのを優雅な手つきで払いながら、母は海に向かって歌を歌ってくれた。

竹久夢二が作詞した『宵待草』。母は、待てど暮らせど来ぬ人を……の歌を口ずさむのが好きだった。母にはしかし、来ぬ人、はいなかった。母が待っていた人は早くから現れた。母は愛され、護《まも》られ、綻《ほころ》びのない豊かな家庭生活を保証されていた。澄んだ美しい声をたちまち風がさらっていった。津軽海峡の荒れ狂う海は怖いほどだった。悲哀のこもった歌を聴くと余計に気分が悪くなるような気がした。

もっと楽しい歌がいい、と百々子はせがむ。母は百々子を見下ろし、大きくうなずく。そして、「じゃあ、これはどう？」と言い、少しいたずらっぽく百々子に目配せする。当時、流行《はや》っていた『お富さん』の、明るい曲調の歌が始まる。

粋《いき》な黒塀、見越しの松に、仇《あだ》な姿の洗い髪、死んだはずだよお富さん……風の中、身体《からだ》でリズムをとりながら快活に歌っては、母は「ねえ、おかしいね、この歌。死んだはずだよお富さん、だなんてね」と言って笑った。「この間、パパに訊《き》いてみたの。どういう意味？　って。そしたらね、パパはほら、すごく物知りでしょ？　すぐ答えてくれたのよ。この歌はね、江戸時代の歌舞伎の物語を歌にしたものなんですって。海で死に別れたとばっかり思ってたお富さんっていう女の人が、何年かたって、元気で生きてるのを知ってびっくりした、っていうね、そういうお話を歌にしたものなんだって。だから、死んだはずだよ、お富さん、になって……」

「仇な、ってどういう意味？」

母の話を遮って、百々子が質問すると、母は少し照れながら、「そうねえ、何て言ったらいいのかしら」と言い淀《よど》み、両手を使って顎の下でスカーフを強く結び直した。

「……お色気がある、っていう意味よ」

「お色気って何？」とさらに重ねて聞いてみたい衝動にかられたが、風に吹かれながら目を細めている母にその質問を放つのは、どことなく気恥ずかしかった。充分にわかっていることのように思えた。百々子は母と一緒になって、荒れて白く砕ける波しぶきに向かい、「死んだはずだよ、お富さん」と歌った。

歌っているうちに気分がよくなった。風の中で散り散りになる百々子の声は、風に負けまいとして次第に大きくなっていった。

船酔いに苦しむので船は嫌いだったが、成長と共に、百々子はいつのまにか酔わなくなっていった。あとにはかつての船酔いの記憶だけが、優しく懐《なつ》かしい染《し》みのようになって残された。

幼かった自分には、船に酔って気分が悪くなること以外に不安なこと、心配なこと、悲しいことが何ひとつなかった。船酔いの記憶は百々子にとって、穏やかな幸福に満ちた日々、何の悲しみもない将来が約束されていた日々の象徴でもあった。

函館では、父と母と手をつなぎ、ハリストス正教会の脇《わき》の、光きらめく坂道を三人で歩いた。両親は時折、ふざけて百々子を宙に浮かせ、ぶらぶら揺すった。そのたびに百々子は大きな歓声をあげた。

ロープウェイで函館山に登り、父に肩車をしてもらいながら、眼下に拡《ひろ》がる美しい街並みと海を眺めた。暮れ始めた街にはすでにまばらに灯がともされていて、それらは絶え間なく吹き抜ける風に細かく揺れ続け、時に視界から消えたかのように見えることもあった。

百々子の記憶の中の函館には、いつも強い風が吹いている。函館に行き着くまでの海峡はもちろんのこと、母の記憶、父の記憶も、初めからどうしても懐くことができなかった祖父母の記憶も、すべてが風の音とともにある。

一九六三年、あの忌《い》まわしい事件が起きたあと、風邪で高熱を発した百々子は、両親の納骨の儀に出席できなかった。参列して東京に戻ったたづから、霊園には終始、強い風が吹き荒れていたと聞いた。その場にいなかったというのに、たづから聞いた風の音の話は奇妙に生々しく、百々子の記憶に刻まれた。

祖父の作太郎の納骨で五年ぶりに函館を訪れ、百々子が黒沢家の墓前に立ったその時も、なまぬるい海風が吹きつけていた。あたりには潮の香りが漂っていたが、吹きつける風のせいで、香りも強まったり弱まったりを繰り返した。

船の甲板で、絹のスカーフをはためかせながら、母に吹きつけていた風の記憶。吹き飛ばされないようにしなくちゃ、ほうら、危ない、などと言いながら、母は笑って百々子の身体を抱きしめてきた。

低いヒールの靴をはいた母の両足は、ふらつきながらもがっしりと甲板をとらえていた。ふだん、華奢《きゃしゃ》に見えることも多かったが、船の甲板に立つ母は骨太で健康的だった。

耳元でごうごうと唸《うな》り続けてやまない風の音。船体に叩《たた》きつけては、白い巨大な泡と化して砕け散っていく波しぶき。それらの絶え間ない音の中に、母のカナリアのような澄んだ笑い声がにじむ。

もうすぐ函館に着くわよぉ、と母は大きな声で言う。前方を指さす。ほら、遠くに港が見えてきた、あれが北海道よ、函館よ、ママとパパが生まれた町よ、さあ、パパが心配してるから、そろそろ船室に戻りましょ。

百々子は顔をしかめ、首を横にふる。気分はずいぶんよくなっている。下船も近い。だが、ずっと甲板でこうやって母と海の風にあたっていたい、という想いがこみあげる。だから、勝気な言い方で「まだ気持ち悪いのが治ってないんだもん」と怒鳴るように返す。返したとたん、再び三たび、オレンジジュースの甘酸《あまず》っぱいにおいのするおくびが突き上げてくる。百々子は大げさに顔をしかめる。

しょうがないわねえ、と母が両眉《りょうまゆ》をほんの少し八の字にしてみせながら微笑《ほほえ》む。母のやわらかな手が、百々子の身体をいっそう強く抱きしめてくる。吹き荒れる海風の中に、母のスカーフのにおいなのか、髪の毛のにおいなのか、あるいはずっと昔につけた香水の残り香なのか、かすかに甘いにおいが嗅《か》ぎ取れる。

……風は膨大な記憶を甦《よみがえ》らせる。だが、百々子には、記憶にまつわる幾多の感情すら風に吹き飛ばされ、散り散りになり、あとかたもなくなってしまうようにも思える。あとには過ぎ去った時間しか残らない。それは丹念になめされ、生々しさを失って妙に清潔になってしまった、獣の皮を連想させる……。

一九七五年当時、東京から函館まで陸路で行く場合、所要時間は最短でおよそ十三時間だった。

上野駅から特急列車に乗り、青森駅に到着するのは八時間五十分後。青森港から青函連絡船に乗り替え、函館港までは航路百十三キロ。三時間五十分かかる。往復するだけで、丸二日を要した。

空路もあったが、左千夫は全く考えていないようだった。二人分の往復の旅費を考えると、初めから陸路と海路しか頭になかったのだろうと思われた。

独り身の左千夫の収入がどの程度なのか、今後、うまく生活していけるのかどうか、百々子にはわからない。だが、宿泊代もふくめて、費用は全額、自分が負担する、と言われたのだから、素直に甘えていればいい、と思った。

出発は十一月十五日、ということになった。土曜日だった。

左千夫から百々子あてに、往復の列車のチケットと連絡船の時刻表、乗船する時刻に丸印がつけられていたものがまとめて送られてきたのが十月末。そこには短い手紙が添えられており、彼がひと足先に函館入りして取材を始めねばならなくなったこと、墓参を終えたら先に百々子を東京に帰し、一人残って取材を続けること、したがって、百々子は往復とも一人だということ、一緒に行って一緒に帰りたいのはもちろんだが、シナリオを書き上げるための取材には時間をかけねばならないため、本当に残念だが、了解してもらいたいこと、などが、いつもと変わらぬ優しい筆致で書かれてあった。

百々子に向けた左千夫の気遣いは、それまで以上のものだった。長距離の移動になるため、強行軍にならないように、と十五日はいったん仙台で下車し、一泊できるようにホテルを予約。その支払いも済ませた、という周到ぶりであった。ホテルでゆっくり休んで、翌十六日の昼前に仙台駅を発車する特急に乗車すれば、青森には夕刻に到着。一時間足らずの待ち時間で、青函連絡船に乗船でき、函館着が夜の八時五十分。函館のホテルもおさえてあるし、港には迎えに行く、とあり、万一、行き違いが生じた場合のことも考えて、ホテルの住所と電話番号も記されてあった。

上野から海峡を渡って函館まで、ずっと叔父と共に過ごすつもりでいた百々子にとっては、行きも帰りも一人、というのは意外な話だった。

とはいえ、十何時間という長旅の間中、往復とも叔父と席を隣り合わせにしなければならないのは、どこか気づまりだった。ただでさえ話題に乏しい彼を相手に、頭をよぎる子供時代の思い出や両親の記憶をあからさまに明るく語り続けるのは、さぞかし疲れるだろう、という危惧《きぐ》もあった。そのため、百々子は叔父の申し出を内心、密《ひそ》かに歓迎した。それに、仙台のホテルで一泊できるとは想像もしていなかった。しかも、用意されているホテルの部屋は、ツインルームだった。

旅のスケジュールを知るや否《いな》や、有無を言わせぬ勢いで「一緒に行く」と言い出したのが北島である。

会社員である以上、恋人の墓参につきあうという理由だけで仕事を休むわけにはいかない。どだい無理な話だろうと百々子は思った。

だが、出発はちょうど土曜日にあたり、会社は半ドンだし、休みをとりやすい、一緒に仙台まで行って一泊し、翌日曜日に仙台駅で北に向かう百々子を見送ってから東京に戻れば、月曜からふつうに出社できる、と北島は言ってきた。

北島が、仙台のホテルに百々子と泊まる、ということを左千夫が知ったら、さぞかし不快な念を抱くことだろう、と百々子は思った。北島が百々子のあとをついてどこに行こうが勝手だが、百々子のために用意した部屋に一緒に泊まるなど、図々しいにもほどがある……そう思うに決まっていた。

実際、それは図々しいことだった。気づいているのかいないのか、北島は仙台のホテルに百々子と宿泊することを自分に与えられた当然の権利のように捉《とら》えている。

もともと北島には、ちゃっかりと自分の得になるように動くことのできる才があった。育ちのよさと憎めない人柄が功を奏し、決して人の目に狡賢《ずるがしこ》くは映らない。むしろ可愛《かわい》げがあるようにも受け取られ、それは彼のもつ利点のひとつであったが、同時に百々子を白けさせたり、苛立《いらだ》たせたりする原因にもなっていた。

だが、百々子がその時、北島の件を左千夫に何も言わずにおいたのは、かつて左千夫から感じたことのある、一種異様な、度を越しているとしか思えない愛情と執着を思い出したからだった。北島も一緒に行くと言っているので、ホテルに泊まらせてほしい、などと頼もうものなら、左千夫がどんな反応をみせてくるか、わかったものではない。

黙っていれば知られずにすむことだった。室料は事前に左千夫が支払ってくれている。到着時、フロントに宿泊人数が一人増えたことを伝え、チェックアウトの際、追加料金を自分たちで支払えば、何の問題も起こらない。

しかも、思いがけず往復とも一人旅になったことを考えると、北島が上野から仙台まで同行してくれるのは、ありがたく心強く感じられた。そんな自分が、百々子には信じられなかった。一人旅が急に心細くなっていたのである。

たとえ、独りで地の果てまで行かねばならなくなったとしても、道中、自分は平静な気持ちでいられる人間であると思っていた。心細さなどとは生来、無縁のはずであった。

なのに、なぜ、こんなに漠とした不安を覚えるのか、旅そのものが心細く感じられるのか、わからなかった。

叔父と二人、函館に行き、両親の墓参をする、という、ただそれだけのことだった。それなのに、気づけば、妙に儀式ばった気分にかられている。

百々子の中には、深い意識の底から滲《にじ》み出てきてやまない、冷たい泡のような不安があった。それは深くうすぐらい森の中で、木々を揺らして吹き過ぎる風の音を耳にしている時の、心もとないような気持ち……いたたまれない孤独感にも似ていた。

北島には気を遣わずにすむ。まだ正式な婚約は交わしていないというのに、すでに長年連れ添った夫婦のような気楽さがある。

何かというと行動を共にしたがる北島に、時に鬱陶《うっとう》しさを覚えることもあったが、今こそ自分は彼を必要としている、と百々子は認めざるをえなかった。いっそ、函館まで一緒に行かない？　と誘いたくなるのを、危うく押しとどめねばならなくなる始末で、自分がそれほど彼を必要とするようになったことが、不思議でもあった。

上野から青森まで、陸路でおよそ九時間。一人でいるよりも、途中の仙台まで、北島が忠実なナイトよろしく、そばにいてくれれば何かと便利だった。車内販売のカートが通路を通るたびに、ほしいものを買ってくれる。退屈していれば、笑わせてくれる。黙っていてほしい時には、ただちに察して、眠ったふりをしてくれる。

振り返れば、思うに任せない人生だったが、百々子はまだ若かった。とびきり、と言ってもよかった。

次のステップに踏み出すためにも、事件の後、親族の中でただ一人、気持ちを許してきた叔父と共に両親の墓に手を合わせれば、受け入れざるを得なかった犯罪被害者としての人生にもやっとひと区切りがつけられて、新しい地平が開けるような気がした。そんな百々子にとって、北島はもはや、なくてはならない存在になりつつあったのである。

一九七五年、十一月十五日。百々子は北島と連れ立って、十二時ちょうどに上野発の特急「ひばり」に乗車した。仙台駅に到着したのは夕方四時少し前。その日の仙台は、大雨が降りしきっており、おまけに肌寒かった。

左千夫が予約してくれたのは市内でも屈指の老舗《しにせ》ホテルだった。駅からは徒歩圏内にあったが、短い距離を歩くだけでも冷たい雨が身にしみた。仙台には百々子も北島も、まるで土地勘がなかった。チェックインをすませてから、市内を観光かたがた、まわってみよう、と言い合っていたのが、雨のせいで急に億劫《おっくう》になった。

ひとまず、名掛丁《なかけちょう》と名付けられた、ホテル近くのアーケード街をそぞろ歩いてみたものの、雨足は弱まるどころか強くなるばかりだった。日が落ちてさらに寒さも増してきた。そのため目についた軽食喫茶で夕食をすませると、二人はどこにも寄らず、まっすぐホテルに戻った。

暖かな部屋で寛《くつろ》ぎ、交代で風呂に入った。北島が、室内の冷蔵庫にあったビールの栓を抜いた。

注いだグラスの中身を半分も空けないうちに、北島が白いタオル地のバスローブ姿の百々子に近づき、軽々とその身体を抱き上げた。

百々子は笑いながら、されるままになった。北島のうなじからは、石鹼《せっけん》の香りが漂った。

　睦《むつ》み合いは、いつものそれと変わらなかった。北島の礼儀正しい、しかし、若々しく情熱的な欲望を百々子はふだん通りに受け入れた。

　交わりを終えると、北島はしばらくの間、腕枕《うでまくら》で百々子を抱き寄せたまま沈黙していた。肌を合わせた後、彼がそんなふうに黙りこむのは珍しいことだった。

　北島はやがて汗ばんだ上半身を静かに起こし、羽枕に片肘《かたひじ》をついて百々子をじっと見つめた。その目は潤《うる》んでいた。

「百々子ちゃん。……僕と結婚してくれないか」

　おずおずと吐き出された言葉に、百々子は我知らず深い感動を覚えた。正式にそう言われる時が必ず来ることはわかっていた。自分にとっては予想された瞬間のはずだった。それなのに、いざその時を迎えてみると、想像していた以上の大きな感動に包まれた。

　彼は百々子の乱れた髪の毛を愛《いと》おしげに撫《な》でつけた。「正式にプロポーズするのは、美佐ちゃんの一周忌が過ぎてから、と思ってたんだ。それまでは、具体的な話は口に出さないでおこうってね。でも、もう待てなくなった」

「おうちの方たち、私との結婚を許してくれたの？」

「許すも許さないも」と言い、彼は感慨深そうに固く目を閉じた。「僕が決めることだから。もちろん、両親も承知してくれているよ」

よかった、と百々子は言った。

北島は目を開け、切なげな表情を作りながら言った。「我慢できないんだ」

思いがけない感動を覚えている自分にうろたえていることを隠そうとして、百々子はふざけてみせた。「我慢できない、って、何を？」

北島は珍しく、目の奥に怒りを露《あら》わにした。「こんな大切な話をしてる時に、茶化したりしないでくれよ」

百々子は神妙な顔をして、片手でそっと北島の首に触れた。至近距離で彼を見つめた。ベッドのスプリングがわずかに軋《きし》んだ。「私がどうしたいか、わかってるくせに」

北島は百々子を抱きよせた。熱い吐息が百々子の耳朶《みみたぶ》に吹きかけられた。「……結婚、してくれるね？」

少しの間、無言でいたのは、北島をじらしてみたくなったからだった。それほど百々子は、その瞬間を自分の人生における、ひとつの記念すべき、感動的なシーンとして受け取っていたのである。

やがて百々子は大きくうなずいた。やおら、力をこめて彼に抱きついていった。それから小さな声で「結婚しましょう」と囁《ささや》いた。

自分ではない、別の若い女がそう言っているように感じた。もっと違う言い方をしたかったのに、うまい言葉が見つからなかった。結婚の承諾をする時の言い回しとしてはあまりにありふれていたのだが、しかし、その、予定調和的で健全すぎるほどの幸福が与えられたことに、百々子は心底、ほっとしていた。

美佐の一周忌がすむまで、と決めていたという北島の優しさに胸うたれてもいた。いい男だ、と思った。そう思うと、営みを終えたばかりだというのに、またしても百々子は身体の芯《しん》が熱くなってくるのを感じた。

北島は、さらに強く百々子を抱き寄せ、髪の毛に顔に首筋に口づけの嵐《あらし》をまきちらした。かすかに鼻をすする音がした。泣いているのか、と思った。

ふだんなら白けた気持ちになるに違いなかったが、その時、百々子は白けるどころか、北島という存在そのものを求めたくなる衝動にかられるあまり、自ら彼に足をからませていった。

「嬉《うれ》しいよ」と彼は囁いた。二人はシーツの音に包まれながら、ほとんど無我夢中で接《せっ》吻《ぷん》を交わし合った。

北島は理性と意志の力の強さを示そうとするかのように、大きく息を吸い、ふと全身の動きを止めた。百々子ちゃん、と呼びかける声が百々子の耳元で甘ったるい渦を巻いた。

「何？」

北島は泣き濡《ぬ》れたようになった顔をあげ、百々子を見つめた。苦悩しているのか、と見《み》紛《まが》うほどの歓喜の形相が、そこにあった。

「百々子ちゃんにふさわしい家庭を作るよ。一生、離さないよ。百々子ちゃんを誰よりも幸せにするよ」

歯の浮くような科白《せりふ》は、しかし、北島によく似合っていた。似合いすぎていて、思わず百々子はその言葉に酔ってしまったほどだった。

仰向けになったまま、百々子は北島を見つめた。「嬉しい」

「たくさん子供を作ろう。賑《にぎ》やかで楽しくて、明るい家庭にするんだ」

「ええ」

「たづさんのうちに負けないくらい、明るい家庭にね。百々子ちゃんにはいつも、幸せそうに笑っていてもらいたいんだよ。百々子ちゃんにそうなってもらうだけで、僕は満足なんだよ」

あまりに幸福だ、と感じたせいかもしれなかった。百々子はふと、これまでさほど真剣に考えていなかったこと、真剣ではなかったが、折にふれ、想像の中で思いめぐらせてきたことを無性に北島に話したくなった。

それはまだ、計画とも呼べない、ただの空想に過ぎなかった。現実味があるようなないような、よくわからないものでもあった。だが、その空想を共有することができるのは、北島をおいて他にはいないような気がした。

「聞いてほしいことがあるの」と百々子は言った。言いながら、北島の頬を手の甲で愛《あい》撫《ぶ》した。照れくさくなって、うすく微笑んだ。「こんなこと言うの初めてだし、恥ずかしいような気もするんだけど……」

「なんでもいいよ。言ってごらん」

「うん。あのね、子供の話になったから、話したくなったんだけど、……ああ、やっぱり言うの、やめようかな」

「なんだよ。言いかけてやめるなんて、ひどいよ」

「……わかった。あのね、私、私たちが結婚した後、律を養子にできたら、って思ってるの」ひと思いにそう言い、百々子は反応を窺《うかが》った。その上で、短くつけ加えた。

「……どう？」

一、二秒ほどの、わずかな、それとはわからないほどの短い間があいた。彼は無表情になった。咄嗟《とっさ》によぎった困惑と戸惑いが、束《つか》の間《ま》、北島から言葉を奪ったのは明白だった。

百々子は北島のその反応に、ひどく意外なものを感じた。彼は百々子のその提案に、一瞬の迷いもなく応じると思っていた。しかも全身で感動を表しながら。

百々子は急いで上半身を起こした。張りつめている乳房がずっしりと重たく揺れた。近くにあったシーツを引き寄せ、かたちばかり胸を隠しながら、百々子は説明を続けた。

「私、家庭生活にはずっと憧《あこが》れてきたけど……でも、子供が好きか、って訊かれたら、今でもよくわからないの。ほんとにわからない。どっちかっていうと、苦手かもしれない。子育てしてる間は自分のことができなくなっちゃうのがわかってるから、それが我慢できないのね、きっと。そんな人間は、そう簡単には母親になれないんだろうって思ってる。でもね、律だけは別なの。生まれたての赤ちゃんのころからずっと近くで見てきたでしょ？　私、あの子をほんとに心から可愛いと思うようになったのよ。変だけど、自分の産んだ子みたいに感じることもあるの。律を養子にして、自分の子として育てたい、だなんて、そんなこと、この私が思うようになるとはね。信じられないけど、でも、これ、ほんとなの」

北島はただちに、ふだん通りの北島に戻った。いかにも百々子の全存在がいとおしい、とでも言いたげに、大きくうなずいた。「そうか。そうだったのか。百々子ちゃんはそういうことまで考えてたのか」

「……美佐ちゃんのこともたづさんやおじさんのことも、あなたは誰よりもよく知ってる。石川家の中にすんなり溶けこんでくれていたし。だから私たちが結婚して、律を養子に迎えたとしても、全然おかしくないと思うのよ。そのためにはね、律があんまり大きくならないうちに、養子縁組みをした方がいいんじゃないかなって。まだ幼くて、物心がつく前に。だから……」

「百々子ちゃん、百々子ちゃん、ちょっと待って」そう言って北島は百々子を遮るなり、苦笑いを浮かべた。「話が早すぎるよ。僕は今、百々子ちゃんにプロポーズしたばっかりで、他のことはまだ、全然なんにも考えられないよ」

「そうよね。そうだと思う。でも……」

「百々子ちゃんと結婚して、家庭を作って、それから僕たちの子供を作って……っていう、なんていうのか、気が遠くなるほど嬉しいことがたくさん待ち構えてる、っていう時にさ、律君を養子にしようだなんてさ、いくらなんでも……」

「え？　そう？　早すぎる？」

「早すぎる、っていうのか、ともかく、そんなこと言われると混乱しちゃうよ。わかるだろう？　あのさ、それより百々子ちゃん、喉渇《のど》いてない？　冷蔵庫から取ってくるから。何がいい？」

いらない、と百々子は首を横に振った。北島の反応を意外に思った気持ちが、はっきりとした違和感に変わっていくのが感じられた。「ねえ、あなたもよく知ってると思うけど、律はすごくいい子よ」

「知ってるよ。いい子だよ」

「素直で育てやすい、っていつも、たづさんが言ってる。どんな子供に成長していくのか、私には想像できるの。私と同じで両親がいないのに、きっとすくすく育つのよ。……それでもやっぱり、他人の子の面倒をみるのはいや？」

「いやだとは言ってないよ。ただ……」

「ただ……何？」

「だってさ」と北島は言い、百々子から目をそらした。「……そもそも律君を養子に、っていう話をするんだったら、それは僕たちじゃなくて、紘一さんと満知子さんのほうなんじゃないの？ 紘一さんは美佐ちゃんの実のお兄さんだけど、僕たちは……」

「私たちは赤の他人？」

「うん。そうだよ。その通りだよ。どう考えたって、そうだろ？ いくら百々子ちゃんが石川家と親しくても、百々子ちゃんとの間に血縁関係はないんだ。それに、僕も百々子ちゃんも若くて健康で、その気になれば簡単に半ダースくらい子供が作れる。それなのに、何もわざわざ……」

「わざわざ？」

「変な意味で言ってるんじゃないよ。でも、律君のことはたづさんたちがちゃんと面倒をみてるじゃないか。何の問題もないよ」

「たづさんたちだって、この先、どんどん年取っていくのよ。たづさんとおじさんに何かあったら、律の親代わりになれる人、いなくなるのよ」

「紘一さんと満知子さんがいるじゃないか」

「じゃあ、あなたは、律のことなんかほっといて、たづさんや紘一さんに任せとけばいい、って言いたいわけね。律がどうなろうが、私たちには関係ない、ってことね」

「ちょっと待って、百々子ちゃん。僕は別に、冷たく突き放してるわけじゃないんだよ。律君を養子にするかどうかを考えるのは、僕たちじゃなくて、美佐ちゃんのお兄さんだろう、って言ってるだけだよ。それが筋だと思うけどな」

「美佐ちゃんが自分の命と引き替えに産んだ子なのよ。筋も何もないでしょ」

「だからって、どうして僕たちが……」

　言葉こそ抑えているが、北島がひどく不愉快な想いにかられていることは明らかだった。

　このまま続ければ、諍《いさか》いに発展しそうだった。百々子は軽く小鼻をふくらませ、右手をあげて制した。「わかった。もう、この話、やめる」

「百々子ちゃん」と北島は眉を八の字に寄せ、いかにもわざとらしい泣き顔を作ってみせた。「あのさ、人間の赤ちゃんを引き取って育てる、っていうのはさ、犬や猫の里親になるのとわけが違うんだよ。そんなに簡単にできることじゃない。よほどの覚悟が必要だろうし、ただの同情とか憐《あわ》れみとか、そういう軽い気持ちじゃ……」

「こんな重大なこと、私が軽い気持ちで言ってるように聞こえる？」

「いや、そうは言ってない」

百々子は大きく息を吸い、北島を睨《にら》みつけた。「そんなムキにならないでよ」

「怒ったの？」

「怒る？　どうして？　怒ったのはあなたのほうでしょ」

「ああ、百々子ちゃん。こんなことで言い争いになるなんて、信じられないよ。せっかく僕がプロポーズした特別の夜なのに。台無しになっちゃうじゃないか」

百々子はぷいと顔をそむけてベッドから降り、床に落ちていた白いタオル地のバスローブを拾い上げると、バスルームに向かった。ドアを閉め、鏡に向かい、蛇口をひねって大きく水の音をたてながら、しばらくじっとしていた。そして、こうした意見の相違は馬鹿げたものであり、時間がたてば互いに落ち着きを取り戻して冷静に話せるようになるだろう、と自分に言い聞かせた。

用を足し、手を洗い、バスローブの紐《ひも》を腰の上で締め直し、乱れた髪の毛を整えてから、再び北島のもとに戻った。北島は下着をつけ、ベッドに腰をおろし、不安げな表情で百々子を待っていた。

百々子はいたずらっぽい笑顔を作って彼に近づくなり、やおら彼の首に抱きついていった。全身を預け、組み伏す姿勢をとった。さらさらと流れ落ちてくる百々子の髪の毛が、北島の頰を撫でてすべり落ちた。彼はされるままになっていた。

「気を悪くしたみたいね。本当にせっかくの夜なのに。私が先走ったことを言ったばっかりに。……ごめんなさい」

「気を悪くなんか、してないよ」と彼は言った。言いながら百々子を抱きしめ、力強く、ぐるりと回転させた。

彼の太い筋肉質の両足が、百々子の着ていたバスローブを割って入ってきた。吐息が熱かった。

「僕がほしいのは百々子ちゃんなんだよ。悪いけど、血がつながっていない子供なんか、いらないんだよ。僕たちでいくらでも子供は作れる。ほんとにいくらでも。そうだろう？　僕は……僕は……百々子ちゃんにこんなに夢中なんだよ」

欲望をたぎらせている時の、若い男の興奮がそう言わせているのだろうと思ったが、百々子はその、北島の言いぐさがひどく気にいらなかった。

紘一のことを想った。紘一と結婚していたら、ごく自然に、当たり前のこととして、美佐の遺《のこ》した律を養子に迎えることになったはずだった。言い争いにはならなかっただろう。不安も迷いも何ひとつなかっただろう。気がつけばそこに律がいた、という暮らしが始まっていただろう。

またしても紘一だ、と百々子は舌打ちしたくなるような思いにかられた。

叶《かな》わぬ夢とわかりつつ、彼を諦《あきら》めきれずにいる自分が哀れだった。それでも百々子はその、ふいに表れる紘一のまぼろしを慈《いつく》しんだ。

いずれは自分とて、律を養子にする、などという大それた計画を忘れていく時がくるのかもしれない、と百々子は思った。北島の言う通り、犬や猫の里親になるのと、他人の赤ん坊を引き取るのとではわけが違うのだ。成人させるまでの教育費の問題もある。自分たちの収入でそれだけの経済力が維持できるのかどうかも、定かではない。

だが、雨の降りしきる仙台の夜、北島と交わした会話は、百々子の中に決して消えない、頑固な染みのような汚点を残すことになった。

　翌朝、百々子と北島は、朝食をホテルの二階にあるティーラウンジでとった。仙台発青森行きの特急「はつかり」は十一時三十分発。食事の時間はたっぷりとることができて、慌《あわ》ただしさはなかった。

　窓辺のテーブル席に座ることができたので、窓の外に車が行き交う青葉通りが見えた。前夜の大雨はおさまっていたが、空には厚い雨雲が拡がり、あたりは薄暗く、小雨がぱらついていた。日曜日のその時刻、舗道を歩く人の姿も少なかった。

前夜の言い争いが、百々子の中に微細な変化を起こしたことに、北島が気づいている様子はなかった。彼は自分にとって不都合なことはすべて消去できたかのような、小ざっぱりとした顔つきをしていた。

口にするのは百々子との新生活に向けた夢ばかりだった。石川夫妻にはいつ報告に行けばいいか、挙式はいつにするか、新居にはピアノを置けるようにしよう、といったことを話し続け、あげく、さすがに自分でも照れくさいのか、少年のように耳まで頬を赤く染めながら、「仙台でプロポーズしたこと、一生忘れないよ」と言った。「昨日からこの街は僕にとって……いや、僕たちにとって、特別な街になったね」

うん、そうね、と百々子は言いながら、窓の外を眺めた。話題を変えた。「雨、やまないのね。早く晴れてほしいな。これで函館も雨だったら、いやんなっちゃう」

「それにしても心配だな」

「何が？」

「百々子ちゃんを一人で函館まで行かせること」

「大丈夫よ。左千夫おじさんが全部、お膳立《ぜんだ》てしてくれてるんだから」

「東京に戻るのは水曜日の朝、だよね。あと三日後なのに、一か月後みたいな感じがするよ」

左千夫があらかじめ用意してくれていた帰路のチケットについて、北島はもう一度確認したがった。

百々子は少し億劫に思ったが、ショルダーバッグからチケットをまとめて入れてある封筒を取り出した。帰りは火曜日の十四時四十分、函館発の青函連絡船、八甲田丸に乗り、青森着が十八時三十分。十九時十五分、青森発の寝台特急ゆうづる三号に乗り換え、上野着が翌水曜日の朝、六時ちょうど。

連絡船は一等席。寝台特急はA寝台で、個室だった。至れり尽くせりの贅沢《ぜいたく》な旅だった。

「そうは言ってもさ、寝台車は危ないんだからね。何度も言うけど、ほんとに気をつけなくちゃいけないよ」

「わかってる」

「女の子の一人旅で寝台車を使って、いやな目にあうこともある、っていう話を聞いたことがあるから。中には犯罪がらみの事件もあったらしいよ。A寝台なら、まず大丈夫だろうけど、それでも、気をつけるに越したことはない」

「呆《あき》れるくらいの心配性ね」

「そりゃあそうだよ。百々子ちゃんを見たら、男はみんなオオカミになるに決まってるんだから。わかってるだろうけど、用もないのに、個室の外をうろちょろしたらだめだよ。ずっとカーテンを引いておくんだよ」

何度も繰り返されると、北島の心配は小うるさく感じられるだけのものになった。だが、北島は大まじめな顔をしてさらに続けた。

「連絡船だってさ、ほんとのこと言うと、心配でたまんないよ。例の、なんだっけ、台風で沈没した船の事故があったよね。昔のことだし、そんなことは思い出しちゃいけない、ってわかってるんだけど、やっぱりさ、不安だよ。なんだっけ、あの船の名前」

「洞爺《とうや》丸《まる》」

「そう。そうだった。今回、百々子ちゃんが乗るのは違うよね」

百々子はうなずき、姿勢を正し、教師のような口調で「今日、乗るのは十和田丸。帰りに乗るのは八甲田丸」と言った。言ってから意地悪く微笑した。「どの船に乗ったって、沈没する時は沈没すると思うけど」

「やめてくれよ。冗談でもそういうことは口にするもんじゃない」

「台風も来てないのに。どうして沈没するのよ」

「台風じゃなくても、海では何が起こるかわからない」

「その心配ぶりって異常じゃない？」

彼は憮然とした顔つきをして百々子を見つめた。「自分の妻になる人のことを心配してるだけだ」

「はいはい」

「何だよ、その返事の仕方」

「何、って何？」

「はい、はひとつでいいよ」

「あ、そう。じゃあ、はい」

　馬鹿馬鹿しくなった。百々子は軽く肩をすくめた。

　かつての洞爺丸事故の話は、百々子も両親から聞いたことがあった。台風が通過する日、函館港を出航したものの、強風がおさまるまで錨《いかり》をおろして待機中、そのまま流されて座礁《ざしょう》し、沈没。千二百人近くにのぼる水死者を出した。一九五四年九月末のことだった。いくら台風で海が荒れ狂っていたとはいえ、陸までわずか一キロ程度しかない海上での事故だった。

　幾多の遺体は近くの桟橋に引き上げられ、函館の大森町にある函館大火慰霊堂には、幾つもの柩《ひつぎ》が並べられた。身元確認のため、遺体の特徴を書いた紙が無数に張り出された。町中には遭難者のための相談所ができていたらしい……父はそう教えてくれた。

　両親とも、洞爺丸事故のあった時はすでに東京に暮らしていた。百々子は三歳だった。知り合いや身内が犠牲になっていないかどうか、大騒ぎしていたはずの両親の記憶は、百々子に残されてはいない。

しばし無言のままでいた北島が、小さく吐息をつき、「近いうちに」とひどく生真面《きまじ》目《め》な口調で言った。「僕も函館の、百々子ちゃんのご両親のお墓参りをさせてもらうよ。僕たちのこと、報告するために。その時は一緒に行こう」

百々子は上目づかいに彼を見てうなずき、飲みさしの、ぬるくなったコーヒーをすすった。そらした視線の先に、仙台駅が見えた。屋根の高い木造の駅舎は霧雨に煙っていた。

店内には音量をしぼって、レイモン・ルフェーブル・オーケストラによる哀切のこもった曲が流れていた。シャルル・アズナブールのヒット曲『愛のために死す』だった。

これからさらに遠く北に向かい、海峡を渡るのだ、と百々子は思った。早くも、船の甲板に吹きつけてくる風を感じた。風は濃厚な潮のにおいを孕《はら》んでいた。現実感がうすれた。目の前にいる北島が、おぼろに霞《かす》んでいくような感覚にとらわれた。

「ねえ」と百々子は慌てて現実に戻ろうとして口を開いた。

「何?」

「今日、これから一緒に函館まで行ければいいのにね」

ああ、百々子ちゃん、と北島は目を細め、感極まったように言うなり、テーブル越しに手を伸ばしてきた。

百々子もまた手を伸ばした。そして、二人の指先が絡《から》み合うのを不思議な昆虫でも眺めるように眺めていた。

# 24

左千夫が手配したホテルは、函館末広町の市電通りに面していた。かつては、旧財閥銀行の函館支店として使われていた建物である。

重厚な石造りの三階建てで、巨大な縦長のアーチ窓が人目をひく。客室数はわずか二十室。一見、ホテルには見えない佇《たたず》まいである。

ホテルは赤レンガ倉庫からも、連絡船が発着する埠頭《ふとう》からもほど近い距離にあった。

十一月十六日夜、百々子が乗船した十和田丸は、定刻の二十時五十分に函館港に入港。桟橋まで出迎えに来ていた左千夫と共にタクシーでホテルに到着した時、フロント正面にある小さな喫茶室はまだ営業していた。オーダーストップは二十二時、という話だった。

百々子はチェックインをすませ、荷物をいったん部屋に置いてから、左千夫と共に喫茶室で温かい紅茶を飲んだ。紅茶にはサービスで熊の模様がついた丸い洋風煎餅《せんべい》が二枚、ついていた。店内にわななくような切なさをこめて流れているのは、ビリー・ホリデイが歌う『恋は愚かというけれど』だった。他に客はいなかった。

「疲れただろう」と左千夫は長旅をねぎらった。「それを飲んだら、今日はもう、ゆっくり休みなさい。今回は強行軍だから」

「ほんとにそうよね。明後日の午後にはもう、帰りの船に乗らなくちゃいけないなんて、信じられない。ここまでやっとたどり着いた、って感じなのに。でもいいわ。三日間の休暇がとれたんだし、土日をはさんで五日も自由になったんだもの。上出来よ」

「百々子はけっこう忙しいんだね」

ホテルでピアノを弾いたり、子供たちにピアノを教えるだけの仕事が、それほど忙しいはずはない……そう言いたげに聞こえた。自尊心を傷つけられたような気がしたが、百々子はできるだけ穏やかに「そうよ」と言った。「今月はたまたま、生演奏のバイトを入れないでいたからいいけど、そうじゃなかったら、来られなかったかもしれない」

「そうか」

「代わりに来月はけっこう大変だと思う。クリスマスシーズンだから。ね、おじさん、まだ一度も聴きに来てくれてないけど、一度くらい来てよ」

左千夫は目を糸のように細くし、優しく微笑した。「うん、ありがとう。行きたいとは思ってるんだよ。でも、なんだかそういうホテルは敷居が高くてね」

「敷居も何もないじゃない。高級ホテルのラウンジって聞いてたのに、そうでもないとこばっかりなんだから。貸してくれるドレスは安物でブカブカだったり、裾《すそ》がほつれてたり。あんまりひどいと自分で糸で留めたりしなきゃなんないのよ。こないだなんか、そのことでちょっと文句言ったら、じゃあ、自前のを持ってきたらいい、って言われて頭きちゃった」

左千夫は少し神経質そうな笑みを浮かべたまま、百々子を見つめた。「面倒ごとを起こすような客がいなければいいんだけどな」

「面倒ごとって？」

「うん、酔っぱらって百々子にからんできたり、誘ってきたり……」

「そんなの、いたためしがないわ。私は早番だから、夜九時には遅番の人と交代しちゃうし、その時間帯なら、お客もまだ、それほど酔っぱらってないし。だいたい、どのホテルでも、ピアノ弾きなんて、ラウンジの片隅の目立たないところにいて、何曲か適当に弾いたら、黙って退場するだけなんだから」

「だったらいいけどね」

心なし、うつろな言い方でそう言いながら、左千夫は卓上の小さなメニューを覗《のぞ》きこんだ。「百々子、お腹、空いてないか？　チーズケーキがあるよ」

「ううん、これで充分」

百々子は、熊の模様のついた洋風煎餅をつまみあげた。ひと齧《かじ》りすると、バターとミルクの香りが鼻から抜けていった。記憶が揺さぶられた。

百々子は口を動かしながら、残った一枚を左千夫に差し出した。左千夫は首を横に振った。「……それ、昔からある函館のお菓子だよ。知ってた？」

「子供のころ、函館に来た時に食べてたわ。黒沢製菓のものじゃないけど、って、おばあちゃんがすごく不機嫌そうに言いながら、渡してくれたこと、よく覚えてる」

「不機嫌そうに？」

百々子はうなずいた。「あの人って、黒沢製菓以外のお菓子、認めたがらないのよ。そのくせ、外国製のクッキーなんかはべた褒めするのよね。とことん、性格が悪いの。……でも、これ、おいしいね」

「よかった」

「ねえ、おじさんの部屋、何階？」

「二階だよ」

「同じフロアじゃないのね」

左千夫は少し照れたように微笑《ほほえ》んだ。顔色が悪く、疲れている様子だった。しばらく会わずにいた間に、痩《や》せたようにも感じられた。「……同じフロアのほうがよかった？」

「そうじゃないけど。でも、何かあった時、同じフロアのほうが楽でしょ？　階段の昇り降りしなくてすむもん」

「何かあった時って？」

「別に」と百々子は言い、ちらと彼に視線を投げたあと、急いで紅茶に口をつけた。

「何か用事があった時、っていう意味」

左千夫は微笑を浮かべたまま、両方の眉《まゆ》を上げ、わずかに眉間《みけん》に皺《しわ》を寄せながらうなずいた。「用がある時は、館内電話を使えばいいよ。僕の部屋は二〇二号室。百々子は？」

穿《は》いていたジーンズの後ろポケットから部屋のキイを取り出し、かたちばかり確認してから、百々子は「三〇五」と答えた。

喫茶室の照明は薄暗かった。初めにオーダーを取りにきた中年の男性店員は、小さなカウンターの向こうで、こちらに背を向けたまま、熱心に伝票の整理をしていた。

壁に取り付けられた小ぶりのチューブネオンは、「GOOD LUCK!!」という文字をかたどっている。そこだけが、けばけばしいピンク色と緑色の光を忙しく点滅させていて、それを映しているのか、左千夫の頬は一部が薄青く染まって見えた。

急に疲れが出てきたように感じた。百々子はあくびをかみ殺しながら、大きく息を吸った。

「さっき、来る途中、船の甲板に出てみたの。風が冷たいのなんのって。びっくりしちゃった。もうこっちは冬なのね」

「どうして甲板に出たりしたの？」

「昔、子供だったころ、私、連絡船に乗るたんびに船酔いしてたの。だから、船に乗るといつも、ママが甲板に連れてってくれて。……それがちょっとね、懐《なつ》かしくなったもんだから」

父や母にまつわる思い出話を無邪気に口にすることには、常に抵抗があった。相手が誰であろうが、その気持ちは成人してからもほとんど変わることがなかったが、せめて函館にいる間は、左千夫に両親の懐かしいエピソードを語って聞かせてもいい、むしろ、そのほうが供養《くよう》になる、と思った。

「ママはね、かわいそうに、私が一緒だと、いつも、のんびり船旅を楽しめなかったのよ。なにしろ、私ったら、船に乗って三十分もたつと、早くも吐きそうになってたの。まるでパブロフの犬よね。船、って意識するだけで、もう、条件反射が起こって船酔いが始まるんだから。でもね、うちの両親はそういう時でも、酔った？　とか、気持ち悪い？　とか大騒ぎして聞いてこなかったの。おかげですごく助かってたんだ。だって、気持ち悪くなってる時にまわりに騒がれると、もっと気持ち悪くなるもんじゃない？」

左千夫はさも面白そうに目を瞬《しばたた》かせた。「そうだよね」

「でもね、変なんだけど、車には酔わなかったの。学校のバス旅行とかでも、全然平気だった。もちろん、パパが運転する車でドライブした時だって、まったく問題なし。決まって酔うのは船だけ。ゆらゆら揺れる乗り物が苦手だったのね。耳が悪かったんだと思う」

「耳？」

「三半規管。生まれつき未発達だったのよ、たぶん」

左千夫はこれ以上ないほど目を細め、慈《いつく》しむような微笑を浮かべた。「百々子のそういう発想はいつも面白いね」

「そう？」

「うん。勉強になる」

「何の勉強？」

「何、ってわけじゃないけど」

相変わらず会話は続かなかった。百々子は姿勢をくずして椅子《いす》にもたれ、両腕を組み、生あくびをかみ殺した。「明日は晴れるかな」

「晴れるけど、もっと寒くなるみたいだよ。最低気温が三度まで下がるって言ってた」

「ほんと？　三度、だなんて、東京の真冬並みじゃない」

「これからの季節は、晴れると気温がぐんと下がるから」

「寒いのはかまわないけど、晴れてくれなきゃ困るわ。だって、私、仙台でもずっと雨だったのよ。せっかく……」と百々子は言いかけ、口を閉ざした。危うく、北島が一緒だったことを口にしてしまいそうになった。

北島と同じ部屋に泊まったことを勘づかれるかもしれない、と思った。左千夫にはその種の勘のよさがあった。百々子はうまく話題を変えた。

「で、おじさんのほうは、どう？　取材、うまくいってる？」

「うん。うまくいってるよ」

「たくさん収穫あった？」

「あったよ」

「どんなところに行ったの？」

「いろんなところだよ。百々子に言っても聞いたことのないような場所ばかりだと思う」

「シナリオ、うまくいきそう？」

「なんとかね」

黙りがちな左千夫を相手にしていると、いっそう沈みこむような疲労を感じた。

「さてと」と百々子は言い、背筋を伸ばした。「そろそろ部屋に戻るわ。明日はメインイベントだものね。寝坊しないようにしなくちゃ。何時スタートにする？」

ちらちらとした視線を投げかけながら百々子を見ていた左千夫の、少し淀《よど》んだ目が、ふと我に返ったかのように輝きを取り戻した。

「昼前には墓参りをすませられるようにしたいね。天気もよさそうだから、その後は百々子を観光がてら、いろんなところに連れて行きたいんだよ。じゃあ、九時半にここで落ち合おうか。軽く朝食とってから出発、ってことでいいか？」

「オッケー」

そう言って百々子は椅子から立ち上がりかけたが、ふと気がついて、再び静かに腰をおろした。改まった言い方で、「ねえ、おじさん」と呼びかけた。

「ん？」

「ありがとう」

「え？　何が？」

「こういう機会を作ってくれて」

「こういう、って？」

何か途方もない勘違いをされたのではないか、と百々子が感じたのは、左千夫が急にどぎまぎした表情を返してきたからだった。耳元が赤くなり始めるのが見えた。

百々子は「ふふ」と無邪気を装《よそお》って笑いながら、勢いよく立ち上がった。「お墓参りのことよ。決まってるじゃない」

おやすみ、と言い置いて歩きだした。

その背に左千夫の声が届いた。「あ、百々子。ちょっと」

立ち止まり、「何？」と振り返った。

左千夫はわずかにくちびるを歪《ゆが》めながら、「いや、なんでもない」と言った。おどおどした少年のような言い方だった。「……あったかくして寝るんだよ。風邪ひかないように」

「大丈夫。今からゆっくり、熱いお風呂に入るわ」

親しい者に向けたいつもの癖で、百々子は肩のあたりで指先を軽く振ってから喫茶室を出た。

数年前まで、左千夫に違和感を抱き、身構えていた時期があった。性をにおわせるような話題は決して口にしないよう、手紙にも書かないよう、過剰なほど気を配った。会話の流れが少しでも性的なことに向かいそうになると、慌《あわ》てて話題を変えた。

左千夫が具体的に性的な話を口にしてきたことは一度もない。その素振りもなかった。だが、彼から放たれる言葉の端々や手紙にしたためられた文章の奥底には、時にどこか異様な性的執着が感じられた。それは明らかに身内ではない、一人の女に向けられているものと言えた。

しかし、時とともに、そんな警戒心も少しずつ薄れていった。人生の途上で遭遇する様々な新しい出来事に目を奪われながら、気がつくと百々子は、左千夫にそうした嫌悪《けんお》感《かん》を抱いてしまった自分のほうが、むしろ、どうかしていたのかもしれない、と思うようにもなった。

それでも、ごくたまに、何かの拍子に、かつて自分が感じた違和感が微《かす》かに甦《よみがえ》ることもないではなかった。叔父に無理やり抱きしめられたり、くちびるを塞《ふさ》がれたりするのではないか。おぞましい肉欲を剝《む》き出しにされるのではないか。……そうした想像を繰り返してしまうこと自体、何よりもおぞましい、とわかっていながら、百々子はなぜかやめることができずにいた。

左千夫に感じてしまう違和感を思いきって打ち明けた時、北島は、呆《あき》れ果てた表情で苦笑した。

左千夫さんは親代わりになって、支えようとしてくれてたんじゃないのか、遺《のこ》された百々子ちゃんのことが心配でたまらなかったんだよ、そういう気持ちは僕にもよくわかる、それなのに百々子ちゃんからそんなふうに思われるなんて、あまりにも気の毒だ……そう言ってたしなめられた。

それはきわめて常識的な意見だった。いかようにも受け取れること、もしかするとただの思いこみに過ぎないのかもしれないことを、執拗《しつよう》に訴え続けるのも憚《はばか》られた。百々子は以後、その問題については北島に何も言うまい、と決めた。

喫茶室を出て、フロント脇《わき》から伸びている階段を早足で上がった。三階に行き、ジーンズの後ろポケットからルームキイを取り出してドアの鍵《かぎ》を開けた。

ドアノブに手をあてがったまま、ふと息をひそめ、階段ホールを振り返った。階段もふくめ、館内は森閑としていた。

なぜ、左千夫が追いかけてくるかもしれない、などと思ってしまうのか。後をつけてきた彼に無言のまま腕をつかまれ、室内のベッドに押し倒されることを想像したりするのか。自分でも説明がつかなかった。

長い間、無意識のうちに左千夫を挑発し、誘惑し続けてきたのは自分のほうだったのか、と百々子は思った。左千夫は内心、ひどく困惑していたにもかかわらず、気づかぬふりをして優しく接してくれていたのかもしれない。その接し方をいやらしく感じてしまった自分のほうに、非があったのではないか。左千夫はただ、酷《むご》い事件で両親を喪《うしな》ってしまった自分を誰よりも案じ、愛情を注ぎ、静かに寄り添ってくれていただけだろうに……。

部屋に入り、鍵をしめ、ロックされているかどうか確かめてから、ドアチェーンをかけた。

狭い部屋に、小さめのベッドが二つ並んでいるツインルームだった。アールデコ調の窓枠には、歪んだガラスが嵌《は》まっていた。ガラスの向こうに、函館山が見えた。ガラスの歪みをそのまま映した山の展望台には、明かりが物憂《ものう》げに点滅していた。

風が強くなったようだった。窓の向こうから、電線を鳴らして吹きすぎる風の音が聞こえてきた。室内は暖房が行き届いていたが、足元が冷たかった。

窓辺に立ち、揺れる明かりが群青色《ぐんじょう》の空に瞬《また》いているのを眺めながら、百々子は一瞬、自分が今、どこにいるのか、これからどこに向かおうとしているのか、わからなくなった。

## 25

翌十七日の函館の空は朝から雲ひとつなく、穏やかに晴れわたった。とはいえ、昼間も気温は十度に届かず、空気はきりりと冷えていた。

東京を発《た》ってから百々子がずっと着ていたのは、綿ギャバジンのトレンチコートだった。下着以外の着替えは薄手のセーターとシャツをそれぞれ一枚ずつしか持ってこなかったが、寒いこともあろうかと念のために荷物の中に入れておいたモヘアの白いセーターが役に立った。

トレンチコートを腕にかけ、百々子が一階の喫茶室に降りていくと、左千夫はすでに席についていた。コーヒーを啜《すす》っていた彼は、百々子に気がつくなり、珍しく満面に寛《くつろ》いだような笑みを浮かべた。よく眠ったせいなのか、顔色がよくなっており、昨夜よりも若々しく見えた。

「ウサギが一匹、降りて来たのかと思ったよ」と左千夫は機嫌よさそうに言った。「ふわふわの白ウサギがね。あったかそうなのを持ってきてよかった。外は寒いからね」

「まさかね、こんな冬物を着ることになるなんて思ってもみなかったわ。この調子だと、もうじき初雪なんでしょうね」

「雪が降り出す前は、いつも雪虫が飛び始めるんだけど、どうだろう、今のところはまだみたいだな」

「ああ、雪虫って知ってる。綿みたいなものをくっつけて飛ぶ小さな虫でしょ？」

「そう。たくさんの雪虫が風に乗って舞い始めると、一週間くらいたってから決まって初雪が降るんだ。昔からそう言われてる。なかなか風情《ふぜい》があるものだよ」

「今回、見られるかな」

「見せてあげたいけど、まだ少し早いかもしれないな。……百々子、何食べる？」

百々子は朝食メニューに目を落とし、ホットケーキとコーヒーのセットを選んだ。

「それと、トマトジュースもね」

「僕はバタートーストとスクランブルエッグにしよう」

「だったら、カリカリに焼いたベーコンもつけてもらってくれる？　半分こずつにしない？　あ、待って。私もベーコンつきのスクランブルエッグにしちゃおうかな」

「どちらでも。仰《おお》せの通りにいたします」

左千夫がそうした軽口をたたくことはめったになかった。どういう風の吹き回しなのか、と百々子は思ったが、光あふれる澄み渡った秋の朝、荘厳《そうごん》な儀式に向かおうとしている時に、彼がこれほど楽しげにふるまってくれるのは、百々子にとっても嬉《うれ》しく、心はずむことだった。

カウンターの奥の調理場からは、賑《にぎ》やかな調理の音が聞こえてきた。宿泊客なのか、初老の男女が差し向かいで目玉焼きを食べ、トーストを齧《かじ》りながら、互いに別々の新聞を読んでいる。店内にはアストラッド・ジルベルトの軽快なボサノヴァが流れていた。

ホテルの一階から三階まで、吹き抜けになっている部分があり、その天窓から燦々《さんさん》と射《さ》しこむ光が、喫茶室にも届いていた。フロントで電話が鳴る音がした。てきぱきと対応しているホテルマンの声が響いてきた。館内は昨晩とうって変わって、活《い》き活《い》きとしていた。

食事を終えると、左千夫はフロントに行き、タクシーを一台、頼んだ。百々子が函館滞在中の移動は、すべてタクシーを使うのだという。貸し切りにしてもらうから、いちいち市電の停留所まで歩いたりする必要もない、そのほうが楽だろう？　と言って彼は誇らしげな笑みを浮かべた。

旅費を全額、負担した上、大盤振る舞いをしようとしている。叔父に、果たしてそれほどの経済的な余裕があっただろうか、と百々子は内心、訝《いぶか》しく思った。

定収入があり、独身で寮住まいともなれば、いくばくかの蓄えがあっても不思議ではない。姪の手前、吝嗇家《りんしょくか》だと思われぬよう、多少の無理を承知で、贅沢《ぜいたく》な旅をさせてくれているのかもしれなかった。

だが、それにしては、彼の身なりはどう見ても貧しげだった。灰色の着古した丸首セーターからカーキ色の薄手のコート、煤《すす》けた色の革靴にいたるまで、すべてがくたびれた印象だった。

長い間、散髪にも行っていないようで、中途半端に伸びたくせの強い髪の毛が、彫りの深い顔を際立《きわだ》たせている。脚本家を目指し始めたとはいえ、佇《たたず》まいは以前同様、年齢不詳で、日本人離れして見える。だからこそ余計に、身につけているものとの落差が感じられて、うら寂しいような印象を百々子に与えた。

ホテル前にやって来たタクシーに乗り、ひとまず墓前に供える花を買うために、小さな花店に立ち寄った。百々子が選んだのは黄色い小菊だった。菊はもともと、あまり好きな花ではなかったが、店先に大量に束ねられていた黄色い小菊はたいそう美しく、晴れわたった冷たい空の色に映えて、百々子の目を引いたのだった。

黒沢家の墓がある霊園は、住吉町の海岸線に沿って連なる市営墓地と隣接している。ホテルのある末広町から市電で行くのであれば、終点の谷地頭《やちがしら》で降り、あとは徒歩になるが、タクシーなら、さして時間もかからない。

海岸沿いに、未舗装の埃《ほこり》っぽい道路が伸びている。道をはさんだ左右のなだらかな傾斜地に、墓地が拡《ひろ》がっている。季節は紅葉の終わりを迎え、函館山はすべて立ち枯れた暗赤色に変わっていた。ところどころ、わずかに残った雑草と、不規則に点在する常緑樹の緑色だけが生々しいほど鮮やかである。

途中、霊園近くの寺で水桶《みずおけ》を借り、束ねられた線香を買った。その手順を教えてくれたのは、たづだった。たづと共に祖父の納骨の儀に参列してから三年の月日が流れていた。

再び車に乗り、目指す一画まで走らせた。道路の幅は充分広く、しばらくの間、タクシーを待たせておいても道を塞《ふさ》ぐことにはならなかった。百々子は左千夫に続いて車から降りた。

日の光は温かかったが、強く吹きつけてくる海風はひんやりとしていた。百々子の長い髪の毛が四方八方に舞い上がり、何匹もの細いメドゥーサの蛇のように踊りだした。耳元で風が唸《うな》り声をあげた。百々子は思わず顔をしかめ、髪の毛をおさえながら、着ていたトレンチコートの襟を立てた。

すぐ近くに見下ろせる海には、しきりと波が打ち寄せている。間断なく潮騒《しおさい》の音が聞こえる。ウミネコとカラスの鳴き声が騒々しい。風に乗って渦をまきながら陸に上がってくる潮の香りが強く、むせ返るようである。

海に向かって傾斜する大地に、墓石が無秩序に並んでいる。あたりに人の気配はない。霊園の少し先は、津軽海峡に突き出ている断崖《だんがい》絶壁の立待岬《たちまちみさき》である。岬の観光に行くのか、数台の車が通りかかったが、じきにタイヤの音も遠のいた。

ところどころに青々としたクマザサが見られたものの、あたりの木々は皆、早くも冬枯れを始めている。

そんな中、葉に夏の色を残しつつ、紅《あか》い小さな実をたわわに実らせた一本の、姿の美しいマユミの木が見えてきた。植樹したのではなく、偶然、そばに自生していたもので、それが黒沢家の墓所の目印だった。敷地面積の広さ、墓石の重厚さ、すべてにおいて、周辺の墓所とは一線を画している。

「先に行ってて」と言いおいて、左千夫は水桶に水を汲《く》むために、近くにあった墓所専用の水場に向かって行った。百々子は独りで墓所に足を踏み入れた。

枝という枝に鮮やかな紅い実をつけているマユミの木は、まるでそこに朱色の翼を拡げているかのようだった。両親はその翼に護《まも》られながら眠っていた。眼前に拡がる晩秋の海には、そこかしこで白い波がしらが立ち、吹きつける風の音の中、ウミネコの鳴き声が喧《かまびす》しかった。

二本の花筒は空だった。底のほうにわずかに、植物の痕跡《こんせき》とおぼしき、黒い滓《かす》が残されているだけだった。

水桶を手に戻って来た左千夫が、花筒を洗い、水を充《み》たした。百々子はそこに、買ってきた小菊の花束を等分に分けて挿した。

風が強すぎるあまり、線香の束にマッチの火がなかなか燃え移らない。百々子は前かがみになり、両手で彼の手許《てもと》を隙間《すきま》なく被《おお》ってやった。掌に感じる左千夫の手は、異様なほど冷たかった。びゅうびゅうと吹きつける潮風の中、何本ものマッチを無駄にしたあげく、やっと線香から淡い煙が立ちのぼり始めた。

灰色の御影石で作られた大きな墓石に、「黒沢家之墓」とある。脇《わき》の墓碑には祖父の作太郎の名と並び、「黒沢太一郎　須恵　昭和三十八年十一月九日歿《ぼつ》」という文字が刻まれている。文字はあくまでも無機質だったが、それは百々子に、二人が同じ日に殺害されたという、酷《むご》い事実を改めて突きつけてきた。

風を受けながら墓前にしゃがみ、ひとつ大きく息を吸った。目を閉じ、手を合わせた。黙したまま真後ろに立っていた左千夫が隣に来て、静かに腰を折る気配があった。

不思議なことに、あれほど間断なく吹きつけていた潮風が、いっときやんだ。線香の煙が、くすぶりながらも勢いよく渦を巻いた。その香りが髪の毛に、肌に、鼻腔《びこう》の奥に吸いこまれていくのを感じながら百々子は、父と母の御霊《みたま》が、今、まさに、マユミの紅い実の向こうに立ち現れてくるまぼろしを見たように思った。

今一度、父と母に会いたかった。それほど切に会いたいと思ったのは、死別して初めてのことだった。年端《としは》のいかぬ娘を遺し、逝《い》かねばならなかった父母の無念の想《おも》いが、伝わってくるかのようでもあった。

海岸でウミネコの一団が一段と猛々《たけだけ》しく鳴き狂った。潮騒の音が強くなった。

これでもう、自分は新しい人生に向かって、舵《かじ》を取り直すことができる、と百々子は思った。すべては過去のものとして、いったん葬《ほうむ》るべきだった。そうしないと、何も始まらない。同じところをぐるぐる回っているも同然になる。人生は短いが、自分の人生はまだまだ続くのだ……。

強い想いの中で念じつつ、目を開いた。すでに合掌の姿勢を解き、ぼんやりと前を向いて立っている左千夫が視界に入った。

「いつ来ても、いいところね」

他に言うべき言葉が見つからなかったので、百々子はそう言いながら立ち上がった。きつめのベルボトムのジーンズのせいで、膝裏《ひざうら》のあたりが少し痺《しび》れていた。

左千夫は「いいところだ」と復唱した。

「パパとママ、今ではもう穏やかに眠ってるんだろうな」

「そうだね」

「真冬はどのくらい雪が積もる？」

「このへんだと、墓石が半分くらい雪で埋まることもあるんじゃないかな」

「そうだとしても」と百々子は歌うように言った。「ここならいつも海が見えて、ウミネコも鳴いてて賑やかで、晴れた日には本州のほうまで見渡せるし、全然、さびしくないね」

　それを聞いた左千夫は、今にも泣き出しそうな顔をしてうなずいた。

　百々子はしばらくの間、墓前に佇んでいたが、やがて気を取り直し、左千夫に声をかけた。「さ、これで無事に終了」

「もういいの？」

「ここでピクニックがてら、お弁当でも食べればよかったかな」

「ちょっと寒いけどね」と言い、左千夫は視線をそらした。

「パパもママも、私だけじゃなくて、左千夫おじさんも一緒に来てくれたから、きっと今ごろ、大喜びしてるわよ。ママが、左千坊、百々子を連れて遠くまで、よく来てくれたわねえ、って言ってる声が聞こえる気がする」

　その時、海から一陣の風が吹きつけた。マユミの木の枝が大きな音をたてて揺れた。無数の紅い実が、小さなカスタネットのようにこすれ合い、かちかちと鳴った。

　左千夫は何も応《こた》えなかった。その表情が百々子の目に入らなかったのは、彼がゆるりと墓所に背を向け、水桶を手に早くも歩き始めていたからだった。

　墓参の後、左千夫は急に黙しがちになった。あれほど百々子を函館の街に連れて行きたい、と言っていたわりには、気乗りのしない様子である。

霊園の路肩に待たせておいたタクシーの運転手に、とりあえずハリストス正教会に行ってもらえないか、と指示したが、それはまるで、これまで百万遍も訪ねてきて、今さら興味も何もないが仕方なく行くだけ、と言わんばかりだった。

そんな態度に苛立《いらだ》ちを覚えながらも、百々子には、叔父の気分の変調ぶりが理解できるような気もした。百々子自身、久しぶりの両親の墓参を終えたことで、封印していたはずの雑多な想いに火が放たれた。まとまりのつかない気持ちは、鍋《なべ》の中で弾《はじ》けるポップコーンのようにすぐさまあふれ出し、飛び散って、どんな順番で処理していけばいいのか、わからなくなった。

そのくせ、叔父と共に墓参をする、という、ささやかな儀式はあっけないほど早く終わってしまった。帰路につくまでの残された時間の長さが、中途半端に虚《むな》しく感じられた。

そんな百々子だったが、折しも、ハリストス正教会と聖ヨハネ教会との間に伸びている石畳の急坂を風に吹かれながら歩いていた時、ふと名案が浮かんだ。どうしてこれまで、そのことに気づかずにきたのか、不思議なほどだった。

「いいことを思いついた！」と言い、百々子は立ち止まって左千夫を振り返った。「ね、せっかく函館まで来たんだから、黒沢亭でお昼食べない？」

海風が耳元にうるさくまとわりつき、うまく聞き取れなかったのか。左千夫は黙っていた。二人のすぐそばを、バイクに乗った若い男が通り過ぎて行った。空はどこまでも青く、晩秋の太陽の光があちこちに乱反射していた。坂の下、遥《はる》か向こうに函館港の海が見えた。無数に光る小さな十字架をかき集めたかのように、水面がきらめいていた。

黒沢亭は黒沢製菓が経営する洋食レストランである。函館の大火で、黒沢製菓の前身だった黒沢屋の店舗が全焼したが、百々子の祖父、作太郎の尽力により、着々と再建されていった。作太郎がレストラン「黒沢亭」をオープンしたのは、一九四九年の春である。同じ年に黒沢製菓は東京に進出。東京支店が設立されている。

黒沢亭の建物は、大正時代の終わりに青森からやって来た裕福な医師の一族が建てた洋館で、道路に面して建つ館の裏手には、同じ大きさの家があと二、三軒は建ちそうな広大な庭が拡がっていた。大火の後、家も土地も持ち主が手放して、長い間、買い手がつかずにいた。庭は荒れ、館も雨ざらしのまま放置されていたが、それをまとめて作太郎が買い取ったのである。

当初、自宅にするために館を改装するつもりでいたが、庭が広すぎる上、間取りも住居として使用するにはふさわしくない、と判断された。それならいっそ、庭を望めるレストランを開業したらどうか、と作太郎自身が立案した。経営が順調な上、西洋かぶれの作太郎ならではのアイデアであった。そして、その店でウェイトレスとして働いていた須恵を見そめ、熱烈な恋に落ちて結婚を申し込んだのが、作太郎の息子で、百々子の父、太一郎だった。

「おじさんは行ったことある？」

「一度ね」と左千夫は風に吹かれながら目を細めた。「もうずいぶん昔の話だけど」

「私も行ったのは一度だけ。函館に来るたんびに、おじいちゃんは自分の店に私たちを連れて行きたがったのに、おばあちゃんが洋食嫌いだったから、いい顔しなくて。洋食のソースとか香辛料の匂《にお》いをかぐだけで、食欲が失せる、とかなんとか言って」

「ああ、そうだったんだね」

「黒沢家のお墓参りして、黒沢亭で食事、っていうのも、なんだかね。黒沢家フルコース、って感じで味気ないけど。安手のパックツアーみたいで」

無邪気を装《よそお》ってそう言い、百々子は快活に笑った。だが左千夫は笑わなかった。腕時計を覗《のぞ》き、「休業日じゃなければいいね」と言っただけだった。

黒沢亭は、住吉町方面に向かう途中にある広い公園のそばの通りに面している。うす青い下見板張りの木造二階建て。一階部分が一般客用のレストランで、二階はふだんは閉めているが、特別の小人数のパーティーや食事会のために使われている。上げ下げ窓の窓枠は白く塗られ、入り口玄関ドアの真上には、石造りの小さなバルコニーがせり出していて、典型的な洋館、といった佇まいである。

広々とした庭園を抱える敷地はすべて、牧場のように背の低い白いフェンスで囲われている。季節のいい時期には、事前に頼めば、庭の中央に建てられた小さな四阿《あずまや》でも軽食を楽しむことができた。

昼食時を過ぎていたためか、店は空いており、観光客とおぼしき中年女性の三人組がテーブル席で食事をしていただけだった。三人組は庭がよく見える、一番眺めのいい席を陣取っていた。

百々子と左千夫はそれとは逆に、壁に囲まれた角の席を選んで腰をおろした。はめ殺しの小さな窓が一つ、近くにあるだけの、小暗い一角だった。テーブル脇のチェストには、アールデコ調の唐草模様のライトが置かれていた。

庭に面した大きな窓からは、ふんだんに外の光が射しこんでいた。そのせいで三人の女客の姿は、逆光の中で白いハレーションを起こしているように見えた。

店内で立ち働いている従業員は二人。うち一人は店長を任されているとおぼしき中年男で、もう一人は、ほっそりとした身体《からだ》つきのうら若い女だった。客のグラスに水を注いだり、食べ終えた料理の皿をさげに行ったり、新たなオーダーをとったりしている。

どんな時でも微笑を浮かべて接客するよう、厳しい教育を受けているのか、そつのない動きと笑顔が彼女をおそらくは実際よりもずっと魅力的に見せていた。

その姿が、百々子の中で、若き日の須恵と重なった。思わず気が遠くなるのを感じた。左千夫と共に注文したのは、カニピラフとグリーンサラダ、ふかした馬鈴薯《ばれいしょ》のバターソテーである。運ばれてきたカニピラフは、玉ねぎと共にふんだんにカニが使われ、バターに溶けこんだ磯の香りが香ばしかった。

「この店がなかったら、パパとママは出会わなかったのよね。そうなると私は生まれてこなかった。今、ここにもいない。考えてみると不思議よね」

大ぶりのスプーンでピラフをすくい、口に運びながら、百々子は言った。その種の話を感傷的に語るのはいやだった。たとえ相手が叔父だとしても、幼いころに死別した両親のことでセンチメンタルな気分になっている自分を見せたくはなかった。

百々子はスプーンをいったん皿に戻し、次いでフォークで湯気のたつ馬鈴薯を勢いよく半分に割った。

「もしもこの店がなくて……あったとしてもママがここで働かなかったら、どうなってたと思う？」

「さあ、どうだろうね」

「函館にいる限り、この店以外の場所でも、パパとママが出会うこともあったかもしれないけど、その確率はずっと低かったでしょ。どっちみち、出会わなかったら、私は生まれなかったのよ」

「百々子がこの世に生まれてこなかった、なんてことは、あり得ないよ。第一、僕には想像できない」

百々子は不思議に思って彼を見た。「なんで？」

左千夫は口の中のものを飲みこもうとし、喉《のど》につかえたのか、慌《あわ》てたようにグラスを手にして水を飲んだ。軽い咳込《せきこ》みがそれに続いた。

「だから、なんで想像ができないの？」

何かを言いかけてから、左千夫は軽くため息をついた。言葉にして説明することを煩《わずら》わしく思っているような素振りだったが、やがて大きく息を吸うと微笑を浮かべ、「それはね」と言った。「百々子がこんなふうに僕の目の前に存在している、っていうことが、僕にとってはもう、当たり前過ぎることだからだよ」

「でも、考えてもみてよ。私たちの祖先を代々辿《たど》っていくと天文学的な確率になるんだから」と百々子は言い、スプーンで大きくすくったピラフを口に運んだ。「一人の男がいて、一人の女がいて、アダムとイブみたいに愛し合って、そこから子供が生まれて、またその子が相手を見つけて子供を作って、ずっとずっと、気が遠くなるくらいの時間がそうやって流れて、今、私たちはここにいるんだから。ということは、大昔の、まだ類人猿だったころからの人類の系譜、っていうのがあるのよね。記録がないから辿ることができないけど、私たちの先祖のそのまた先祖、そのまた先祖をずっと辿っていったら、原初のアダムとイブになるんだわ。それって、すごいことじゃない？」

「うん、すごい」

「あのね、おじさん」と百々子は言い、グリーンサラダの中のオリーブの実を口に入れ、種を取り出して、サラダボウルの脇にそっと置いた。「……私、北島さんと結婚することにした」

　左千夫はスプーンを持っていた手を止め、まっすぐ百々子を見つめた。大きく見開いた目に瞬《まばた》きが繰り返された。表情のうすかった口もとに、作ったような笑みが浮かんだ。

「ほんとか」

「うん、ほんと」

「いつプロポーズされたの」

　まさか、一昨日の夜、雨の降る仙台で、とは言えなかった。百々子は、一週間前、と嘘《うそ》をついた。

「おめでとう」と左千夫が言った。

　彼はスプーンを置き、いったん両手を膝の上に載せて背筋を伸ばしたが、またテーブルの上に戻し、両手の指をきつく絡《から》ませた。その姿は神を前にして必死に祈る、敬虔《けいけん》なキリスト教徒のように見えた。

「結婚式はいつ？」

「そこまで決めてないわよ」

「たづさんには報告した？」

「まだ。東京に帰ったら、ゆっくり会いに行って伝えようと思ってるの。でもパパとママには、さっきお墓参りした時に教えたわ」

よかった、と左千夫はつぶやくように言った。何度も小さくうなずいた。「結婚するだろうとは思ってた。……彼となら、幸せな家庭を作れるよ」

「そうね」

「百々子にとって一番いいことだ」

「一番いいかどうかはわからないけど」と百々子は言ったが、あまりに正直な言い草だと思い、慌ててつけ加えた。「子供をたくさん作りたい、って彼に言われてるの。この私が母親になる、っていうのは自分でも信じられないんだけど、でも、そういう人生がきっと私には必要だったのよね。だから、これでよかったんだ、って思って、心からほっとしてるとこ」

美佐の遺児、律を引き取る計画について、北島と正面から対立したことは話さなかった。話したくなかったからではなく、そこまで詳細に北島と話し合ったことを打ち明け、叔父に向かって誇らしげに自分の未来を自慢したいと思えるだけの、結婚前の若い娘にふさわしい、うきうきとした高揚感が、百々子にはないのだった。

紅葉の終わった木々が遠くに見える庭の、小さな四阿も見渡せるテーブル席で、その時、朗らかな女たちの笑い声が上がった。二十五年前の須恵を思わせる若い娘が、年上の女たちから何かについてからかわれているらしかった。

紺色の制服に、純白のフリルのついた丈の短いエプロンをつけた娘は、照れながら笑っている。ボブカットにした髪の毛がさらさらと揺れている。女たちの顔に、庭からふんだんに射しこむ光が、白い靄《もや》のようにまとわりついている。

百々子が視線を戻した時だった。対面していた左千夫の目に、涙が浮かんでいるのが見えた。涙は今にもまぶたからあふれ、頬を伝って流れ落ちそうだった。やだ、おじさんたら、どうして泣いたりするの、そんなに感激した？……そう言ってからかおうとして、百々子は思わずその言葉をのみこんだ。気軽にからかったりなどできない、底知れぬ陰鬱《いんうつ》な気配、さびしい孤独が織りなすヴェールが左千夫を包みこんでいたからだった。

百々子は気づかなかったふりをした。目をそらし、慌ただしさを装ってショルダーバッグを手にした。「食事の途中でお行儀悪いけど……ちょっとトイレに行ってくる」

黙ったままうなずき、わずかに顔をそらした左千夫の目から、透明な涙の玉がこぼれ、糊《のり》のきいた淡いピンク色のテーブルクロスの向こう……彼の膝の上あたりに滴《したた》り落ちていくのが見えた。

ふと、得体の知れない翳《かげ》りに包まれそうになりながらも、百々子は何食わぬ顔で席を立った。

食後のコーヒーを飲み、プリンを食べてから、二人は黒沢亭を出た。午後の街にはまだ充分、陽差しが煌《きら》めいていたが、太陽は幾分傾き始め、道路には街路樹が作る長い影が伸びていた。

貸し切りにしたタクシーの運転手は初老の男で、終始、愛想がよかった。媚《こ》びへつらったような言い方で、左千夫のことを「だんなさん」、百々子のことは「お嬢さん」と呼んだ。年齢の釣り合っていない男女が乗車してきたら、そのように呼ぶことにしているのかもしれなかった。

車に乗り込んだ左千夫が、陽が暮れるまで、観光がてら市内を回りたい、と言うと、運転手は「だんなさんがたのお好みで、どこにでも」と笑顔で後ろを振り返った。色黒で皺《しわ》の多い、人のよさそうな顔に、そこだけ取ってつけたような大きな金歯が覗いて見えた。

まず初めに左千夫が車を向かわせたのは、船見町にある外人墓地だった。函館漁港が見渡せる界隈《かいわい》にプロテスタント墓地、ロシア人墓地、中国人墓地が並んでいる。観光客の姿もなく、行き交う人や車もまばらな中で、百々子は左千夫に従ってあたりを散策した。

墓地はどこもうら寂しく感じられた。異国の地で生を終えた人々の孤独が、長い歳月を経てからも消えずに漂っているかのようだった。

漁港から立ちのぼってくるのか、時折、風に乗ってあたりに魚のにおいが満ちた。古びた墓石や墓標の合間をぬうようにして、錆《さび》色の大きな猫が走り去って行くのが見えた。

その後、車は再び市街地に戻り、ナナカマドが紅い実をつけている街路樹のある通りを走り抜けた。千代台《ちよがだい》町にある野球場に行くためだった。かつて、白系ロシア人の野球選手として知られ、人気のあったスタルヒンが、マウンドに上がってプレイしたという野球場である。

野球には興味のない百々子を前に、左千夫はまるでガイドブックを暗誦《あんしょう》してきたかのように、さして面白いとも思えない解説を続けた。百々子はその一つ一つに聞きいっているふりをし、気のない相槌《あいづち》を返した。

球場をあとにしてから、左千夫は運転手に向かって「そうだ、映画館の跡地めぐりもしたいな」と言った。若いころ、彼が通いつめた映画館は幾つもあった、と言う。大森町の巴《ともえ》座、松風町の大門座、十字街の松竹座……。それを聞いた運転手は、「ほとんどなくなっちゃったねえ」と大きくうなずいた。「昔の函館は映画の街だったのにさあ。そうさなあ、終戦後しばらくの間は、映画館と劇場で、併せて三十はあったっけ。ついこの間まで十館くらい残ってたんだけども、いやあ、ほんと、いつのまにか少なくなって、さびしいもんですよねえ」

　いったん映画の話が始まると左千夫は勢いづいた。湯川から函館まで映画を観《み》に通っていたころのことや、一番多く行ったのは洋画専門の大門座だったことなどを話し始め、運転手が「大門座だったら、松風町に今でもありますよ。いつだったか、三年くらい前だったっけか、函館東宝劇場・スカラ座、っちゅう名前に変わったけど、ここらじゃ一番大きいんじゃないですかね」と言い、左千夫は「そのようですね」と嬉しそうに言い、懐《なつ》かしいのでそこへ、ということになって、車は一路、松風町に向かった。

　新しく建て直されたという劇場の前を通り過ぎながら、左千夫の目は外の風景を追い続けた。車窓に顔を近づけ、彼らしくもなく興奮しつつ「昔、ここで数えきれないほどたくさんの映画を観たんだよ」と百々子に教えた。

「たとえば何？」

　その質問にどう答えるつもりだったのか、彼が口を開きかけた時、運転手が口をはさんだ。「だんなさんのこと、どっかで見たような気がして仕方ないんですけどね。気のせいかな。テレビとか雑誌とか、出てませんでした？」

「いや、僕はそういうことは全然」と左千夫が答え、百々子が「ほんとはね、この人、俳優に……」と言いかけたのを慌てたように手で制した。

運転手はバックミラー越しにちらちらと左千夫を値踏みするかのように観察していたが、それ以上、同じ質問はせず、その年の夏にたまたま乗客として乗せたという有名女優の話を始めた。若い女の付き人を顎《あご》で使って、不機嫌そうに煙草《たばこ》を吸いながらふんぞり返り、テレビや映画で観る清楚《せいそ》な和服やワンピース姿とは大違いの、ジーパンに胸が大きく開いたＴシャツ姿だった、という話を面白おかしく続けた。

そうこうするうちに、短い秋の日はどんどん傾き、それにつれて気温も下がってきた。二人は夕暮れを迎えた函館山に登ることにして、ロープウェイ入り口付近でタクシーを降りた。

展望台で夜景を眺めながらゆっくり食事をとりたいから、ここで精算してほしい、と左千夫が頼むと、運転手はさも名残惜しげに応じた。車から降りた二人を見送るために自分も外に出て、へつらうように礼を繰り返した。

そうしながら、運転手はちらと百々子に視線を走らせた。見てはならないものを盗み見るかのような目つきだった。薄闇《うすやみ》の中、その日初めて、金歯が好色そうに光った。

十一月の、早い日暮れが押し寄せて、空はすでに群青《ぐんじょう》色に染まり始めていた。展望台は子供を肩車している家族連れやカップル、団体旅行とおぼしきグループらで賑わっていた。誰もが、吹きつけてくる冷たい風に身をすくめつつも、函館名物の、始まったばかりの夜景に歓声をあげていた。まだ明るさを残す空には、早くも星の瞬《またた》きが見てとれた。

耳が冷たくなるほどの風に吹かれながら、百々子はトレンチコートの襟を立てた。両手をポケットに入れたまま、左千夫に声をかけた。「ねえ、寒くなっちゃった。中に入らない？」

観光客の喧騒《けんそう》と風の音にかき消されたのか、左千夫に声が届いた様子がなかった。彼のどこか険しい視線は人垣の向こうに拡がる、とばりが降りかけた函館の街の灯に向けられたままだった。

百々子と左千夫の間を、その時、一人の体格のいい青年が急ぎ足ですり抜けていこうとした。だが前方に親子連れがいて、写真撮影をし始めたため、青年はいったん足を止めざるを得なくなった。百々子は爪先《つまさき》立ちになって左千夫のほうを窺《うかが》った。

親子連れの写真撮影はまだ続いている。目の前に立ちはだかっている青年も動かない。百々子は青年の後ろから、左千夫の腕に向かって手を伸ばした。指先が、カーキ色をした薄手の半コートの袖《そで》に触れた。袖をつかみ、揺すった。

左千夫が全身を硬直させたのがわかった。彼はこわばった顔を百々子に向けた。大きく見開かれたその両目は黒く濁っていて、光の射さない沼地を思わせた。

百々子は我知らず息をのんだ。慌てて叔父の袖をつかんでいた手を放した。彼の表情はあまりにも不可解だった。不機嫌やある種の不満、あるいは心配事に気をとられている、といった、日頃、よく見かける表情ではない、むしろ、そうしたこととは無縁で、だからこそ言い知れぬ不気味さが感じられた。

百々子は大げさに顔をしかめ、寒いということを身振りで伝えると、自分から背を向けて展望台をあとにした。

展望台の一画にあるレストランは天井が高く、広々とした窓はガラス張りになっていた。分刻みで暮れなずんでいく街を見渡せる席には、まだその時刻、充分な空きがあった。

百々子が席につくと、後から追って来た左千夫は「いいね、ここ。特等席だな」と言い、やわらかく吐息をつきながら微笑した。先程展望台で見せた不可解な表情は消え、左千夫はふだんの左千夫に戻っていた。

食券を買って生ビールとバターつき馬鈴薯、イカの塩辛を注文し、二人はテーブルをはさんで向き合った。

窓の外では、群青色の波が押し寄せてくるかのように夜が始まり、それに伴って街の灯が鮮やかに明滅し始めた。向かって左側が函館港、右側が湯川から先の亀田半島につながる海岸線である。明かりは黒々とした海に沿って美しくなだらかな、扇状の弧を描き、あたかもそこに、巨大な光の地図が拡がっているかのようである。

しばらくの間、ぼんやりと夜景を眺めながらビールに口をつけていた左千夫が、尋ねてきた。「楽しんでもらえた？」

「とっても」

「精一杯、案内させてもらったよ」

「こんなに贅沢な旅行をさせてくれて嬉しい。お墓参りもできたし。両親の生まれた街だっていうのに、私、全然詳しくなかったから、今回はほんとにいろいろ楽しめた。ありがとう」

　左千夫は全身の緊張をといたように微笑《ほほえ》んだ。「百々子にそう言ってもらえたら満足だよ」

「まだ明日が残ってるけど、どうする？　船の出航時刻まで、どこかに行こうと思えば行けるけど」

　うん、と左千夫は曖昧《あいまい》にうなずいた。もしかすると明日もまた、姪につきあわなければならなくなるのを億劫《おっくう》に感じているのかもしれない、と百々子は感じた。左千夫は翌日、百々子を船に乗せてからも、一人函館に残って取材を続けるという。彼の頭の中はおそらく、今、手がけている映画のシナリオのことでいっぱいになっているに違いない。

　答えづらそうにしていた左千夫が何か言いかけようとしたのを遮って、百々子は「いいの、いいの」と言った。「ほんとのこと言うとね、みんなにおみやげを買って帰りたいから、そのための時間がほしい、って思ってたんだ。だから、明日は別行動ってことにしとかない？　おじさんもお仕事があって、忙しいだろうし」

「いや、そんなことはいいんだよ」と左千夫はくぐもった声で言った。小さな咳払いが続いた。「桟橋まで見送りには行けそうにないけど、昼間はずっと百々子と一緒にいるし、そうしたいよ。……実はね、明日、どうしても百々子に見せたい場所があるんだ。今回の映画でも使いたいと思ってるところなんだけど。……どう？　一緒に行かないか？」

「どこ？」

　ややあってから、「立待岬」と左千夫は言った。

　その顔の、少しむくんだまぶたのあたりに、今しがた展望台で百々子が目にしたばかりの、黒い沼を思わせる影が落ち始めるのが感じられた。不吉さを漂わせる翳りだった。

　百々子はわざとはしゃいだ言い方で「ロマンチックねえ」と言った。「それって、今日行った霊園の先にある岬でしょ？」

「そう。あの先を少し車で行けばいいだけ」

「歩いては行けないの？」

「行けないことはないけど……今日みたいにタクシーをチャーターするから」

「わあ、明日もまた贅沢をさせてもらえるんだ」

「もちろんだよ。でね、明日はゆっくり起きて、そうだな、十時過ぎにホテルを出る、ってことにしようか」

「そんなにゆっくりで大丈夫？」

「岬まではそんなに時間がかからないからね。それとも、もっと早起きして朝市とかまわってみる？ つきあうよ」

「朝市には興味あるんだ。でも、生鮮食品は持ち帰れないじゃない。だから十時にホテルを出る、ってことでオッケーよ」

左千夫の顔に拡がっていた黒い沼が、潮が引くようにして消えていった。代わりに穏やかな春の陽差しのような笑みが浮かび、彼はさながら好々爺《こうこうや》のように細めた目で百々子を見つめ、口に軽く手をあてて乾いた咳をひとつした。

「立待岬っていう地名の由来、わかる？」

「月と関係のあることなんじゃない？ 岬に立って、海に向かって月が上るのを待ってると、世界中で一番きれいな月を見ることができる、っていう言い伝えがあるとか」

「そうだったら、ぴったりくる感じなんだけどね。残念ながら違うんだよ」と左千夫は言った。「立待岬はアイヌ語でピューシといってね。岩の上で魚を待つ、っていう意味なんだ」

「なぁんだ、待ってるのは月じゃなくて魚だったの？」百々子は笑った。「魚じゃ、全然ロマンチックじゃないわね」

「でも、それとは別に、恋人を待つ、っていう意味もあるらしいよ。後になって、そういう意味づけをしただけなんだろうけど、そっちのほうが断然いい」

百々子はうなずいた。「お願いだから、おじさんのシナリオでは、岬で魚を待ってる、なんていうシーンは出さないでよ。その時は、待ってるのは恋人にしてよね。銛《もり》かなんかを手にした男が魚を突つこうとしてる、だなんて、全然絵にならないもの」

左千夫は穏やかな表情で、ゆっくりと瞬きをした。あまりにも緩慢な瞬きだったので、途中、目を閉じてしまったのではないかと思われるほどだった。

そうするよ、と左千夫は言った。声は聞き取れないほど小さく、掠《かす》れていた。

窓の向こうにはいちめん、巨大な光のカーペットが拡がっていた。無限に連なる光の束である。銘々が勝手気ままに小さく瞬き、揺れ続け、すべては夜の無音の中にあった。

百々子は、夜景を映しこんだ窓ガラスに映る左千夫の横顔を盗み見た。首から下がぼんやりと、淡い煙のようになって見えづらくなっている。まるで首だけがぽかりと宙に浮いているかのようでもある。

たまたま店内の照明がスポットライトのごとく彼の顔にあたり、そう見えているだけのことだとわかっていたものの、どうした加減か、背中に冷たいものを押し当てられた時のような、いたたまれなさを感じた。かつて両親を喪《うしな》った後、いつまでも胸の奥底に沈殿し、消えずにいたものと、それはどこか似ていた。
百々子は慌てて目をそらした。

## 26

立待岬は函館市街の南端に位置する。海抜三十メートルの険しい崖《がけ》の上からは津軽海峡の海を見渡せて、晴れた日には海峡の先に下北半島を望むことができる。岬の西側に地蔵山、鞍掛《くらかけ》山を配し、百々子の両親が眠る住吉町の墓所からもほど近い。

市電の終点、谷地頭停留所で降りれば、徒歩でも二十分ほどの距離である。ハマナスの群生地でもあり、海を眺められるというので、厳寒期を除けば、訪れる観光客も少なくない。

翌十八日朝の函館は、前日同様、好天に恵まれたが、時間がたつうちに少しずつ雲が拡《ひろ》がるようになった。天気は崩れ始めていて、午後にはにわか雨が降り出す、という予報だった。

百々子がホテル一階の喫茶室で前日同様、軽い朝食をとった時、左千夫の姿はなかった。朝食の約束をしていたわけではないので、一人で食事をすませ、ホテルを出て、しばらくの間、界隈《かいわい》を散歩した。

その時間帯、空は晴れ渡ってはいたが、前日よりもさらに気温が下がり、風も強くなっていた。遠くまで足を運ぶほどの時間もなく、かといって近隣に興味をそそられるような場所もなさそうだった。百々子はほどなくして踵《きびす》を返し、ホテルに戻った。部屋に帰って手荷物をまとめ、時間を確認した。九時四十分。左千夫とは十時に、一階のフロントで落ち合うことになっていた。

百々子はふと、たづに電話してみよう、と思い立った。

たづには今回の函館行きのことは詳しく伝えてある。北島と仙台に一泊することだけは伏せておいたが、両親の墓参がどんな様子だったか、他にどんなところに行ったのか、興味津々《しんしん》になっているたづは、百々子が電話をかけたら、誰よりも嬉《うれ》しそうな声で「ああ、嬢ちゃま。待ってましたよ」と言うに違いなかった。

ベッド脇《わき》のチェストに乗っている電話機の受話器を手に取った。外線に通じるゼロをまわし、発信音を確認してから、たづの家の電話番号を回した。

その時刻、多吉が仕事で出かけていても、たづが留守にしている可能性は低かった。だが、何度かコール音を鳴らしても、誰も出てこなかった。

律を連れて散歩にでも行ったのか。あるいはちょっとした買い物に出かけたのか。おぶい紐《ひも》で律をおぶって、たづが秋の陽差しを受けながら、昔ながらの買い物籠《かご》を片手にマーケットで魚の品定めをしている微笑《ほほえ》ましい光景が想像できた。

受話器を元に戻し、たづが留守なら、北島の会社に電話して呼び出してもらおうか、と思ってはみたものの、百々子は自分が決して彼には電話などしないであろうことを知っていた。

北島は、離れていても恋しくなる相手ではなかった。もともと北島は百々子にとって、そういう男だった。好きだったし、その存在を大切に思っているのは事実なのに、彼の不在が心を乱してくることはなかった。

遠慮がいらず、会えば楽しい。前世から定められていた家族のように心穏やかにいられる。しかし、ひとたび会わずにいれば心の中から速やかに残像が消え去って、記憶の中には北島という名の点しか残らない。点と点を結ぶ太い線が、なかなか生まれてこないのだった。

荷物を詰めたボストンバッグを手に百々子が一階に降りて行くと、左千夫がフロントカウンターの前に立っているのが見えた。丁寧に剃《そ》り過ぎたのか、髭《ひげ》の剃りあとが妙に青々として生白かった。

「おはよう」と百々子が声をかけると、左千夫もまた、「おはよう」と応じた。「どこかに行ってきたの？」

「このへんをぐるっと回ってみただけ。おじさんは？」

「部屋にいたよ」

「仕事？」

「そんなとこだね」

百々子がチェックアウトをすませると、左千夫は百々子の宿泊代を現金で支払った。請求書の数字は、慎ましい暮らしを心がけている百々子が申し訳ないと思うに充分の額だった。

左千夫の使っている二つ折りの黒革の財布は縁のあたりが剝《は》げかけており、中にさほど多くの現金が入っているようにも見えなかったが、彼は戻されてきた釣りの千円札二枚と小銭数枚をそっと押し返し、「少ないけど、これ、心付けに」と言った。

フロントにいた中年のホテルマンは、甲高い声で丁重に辞退した。だが、左千夫が聞く耳をもたないといった表情で押しつけると、意外にもあっさりと受け取って、深々と頭を下げた。

前もって左千夫が手配していたタクシーが到着した。左千夫は運転手に言い、百々子の手荷物を車のトランクに運ばせた。そうしておけば、立待岬をまわった後、そのまままっすぐ、ホテルに寄らずに桟橋まで行ける、というのがその理由だった。

その日、百々子が乗船を予定していたのは十四時四十分発の八甲田丸である。好きなところに立ち寄るなり、みやげ物を買うなり、出航まで自由にタクシーを使ってかまわない、と言われれば、悪い気はしなかったが、岬に立ち寄ったとしても、さして時間がかかるわけでもない。遅めの昼食をとる余裕もあるはずなのに、と百々子は思ったが、それは口に出さなかった。

左千夫の頭の中では、すでにその日、取材でまわるコースが決まっているに違いなかった。仕事の邪魔をしてまで叔父と行動を共にしたいわけではなく、一人で自由にタクシーを乗り回していい、というのだから、むしろそれはありがたい話だった。

百々子の荷物を積み終えた運転手に近づき、左千夫が何か口早に話しかけるなり、再びズボンの後ろポケットから財布を取り出した。昨日の運転手とは違うが、似たような年代に見える小柄で痩《や》せた運転手だった。

左千夫が百々子に背を向けたまま現金を手渡すと、運転手は「こんなにかかりませんよ」と言いながら、にわかに顔を紅潮させた。いいから、と言う左千夫の声が聞こえた。運転手はかぶっていた制帽を脱ぎ、ぺこぺことお辞儀を繰り返した。その姿は、ごま塩頭の水のみ鳥を連想させた。

晴れ渡っていた空にうすい雲がかかり始めたかと思うと、やがて雲の厚みが増していった。車が住吉町の霊園付近にさしかかるころには、空いちめん、灰色にくすんだ雲に被《おお》われて、陽光を失ったあたりの風景はどんよりと寂しげなものに変わった。

両親の墓所の近くを通り過ぎる際、百々子は車の窓越しに目印になるマユミの樹を探そうとした。だが、走行中の車の中から、さして背も高くない一本の樹を見つけるのは難しかった。

何か他のことに気をとられているのか、左千夫は黙したままだった。車は岬に向かうゆるやかな坂道を登り続けた。車窓から見える海には白波が立っていた。

霊園の突端まで坂を登ったあたりからは、道が二股《ふたまた》に分かれる。その手前にさしかかったところで、左千夫ははたと気づいたように、「ちょっとすみません」と運転手に言った。「ここで少し停めてくれませんか」

坂の途中で停められた車の中から、左千夫は窓越しに指さした。「これが石川啄木の墓だよ。一族も一緒に入ってる。それから、もうちょっと先には、砂山影二《かげじ》っていう歌人の歌碑があるんだ」

「啄木は知ってるけど、誰？　その人」

「全然有名ではない歌人だけどね。啄木を尊敬して私淑してた青年だよ。連絡船の中から海峡に飛び込んで死んだんだ」

「自殺？」

そう訊《たず》ねた百々子に左千夫が答える前に、運転手が後ろを振り返り、「そうそう、そうなんですよ」と口をはさんだ。「といっても、今じゃ知ってる人も少なくなりましたけどね。どうします？　車から降りてご覧になりますか？」

いや、いいんだ、と左千夫は素っ気なく言った。

立待岬の広々とした駐車場に停められている車は少なかった。観光バスは一台も見当たらない。車から降りると、冷たい海風が強く吹きつけてきた。時折、雲間から弱々しい薄日が射《さ》した。潮騒《しおさい》の音が大きかった。

大小の石や岩が転がる岸壁に沿って、一本の未舗装の小径《こみち》が伸びていた。枯れかけたクマザサが両側を被い、手が届きそうなほど海が近くに感じられるものの、あまり人が入らない道なのか、雑草が生い茂るけもの道のようになっている。小径の先にはロープが張られており、「危険　通行禁止」の立て札が立っていた。そのまま降りていけば、海に出られる様子だった。

歩きづらそうな小径を行きかけた左千夫は、立て札を前にしてゆるりと踵を返した。ここじゃなかったの？　と訊ねた百々子に、彼は曖昧《あいまい》にうなずいた。

その小径とは別に、観光客用に整備された遊歩道があった。道のまわりは見事なハマナスの群生地である。花の季節はすでに終わっており、葉の大部分はくすんだ橙色《だいだいいろ》に変色していた。赤い小さな実だけが鮮やかだった。

「これ、食べられる？」と百々子が訊《き》くと、左千夫は「食べられるよ」と答えた。

「どんな味？」

「甘酸《あまず》っぱい」

「食べたこと、あるんだ」

「昔ね」

「野イチゴみたいな味かな」

「……食べてみる？」

いらない、と百々子が言うと、左千夫は小さく笑った。

左千夫は遊歩道をどんどん前へ前へと歩いて行く。風景に気をとられながら歩いていた百々子は「待ってよ、おじさん」と苦笑しつつ、小走りに彼を追った。

左千夫はふと立ち止まり、振り返った。伸びかけの、ウェーブのついた髪の毛が風に舞っている。彼は目を細めて百々子を見つめた。微笑を宿したくちびるは、寒さのせいか色を失っているように見えた。

彼の後ろをウミネコが一羽、黒い小さな鳥影となって翼を拡げたまま滑空していくのが視野に入った。海の水面には無数のさざ波がたち、ところどころ、白波が弾《はじ》けていた。潮の香が強まった。

うすい陽差しが射していたというのに、まもなく空は再び灰色の雲に被われた。おそろしく風が強い。百々子の着ているトレンチコートも、少し前を歩く左千夫の薄手のカーキ色のショートコートも、裾《すそ》が大きくはためき続けている。

容赦なく吹きつけてくる海風に、百々子の髪の毛が逆立つ。頬を打つ。絶え間ない風の音が、耳朶《みみたぶ》のあたりで渦を巻き、潮騒の音をかき消していく。

やがて岬の突端、展望台のようになっている小さな一角にたどり着いた。海に向かってフェンスが張られ、その向こうでは、枯れて小麦色と化したススキの群れが、海風に吹かれて一斉になびいている。

レンガの敷石の中央には、木製の細長いベンチが一脚、固定されている。座れば眼前に津軽海峡が押し寄せてくるように感じられる。

水平線の向こうに、はっきりと目に止まるものは何も見えない。目に映るのは海面を飛翔《ひしょう》するウミネコやカラスの姿ばかりで、そこに時折、風がごうと吹きつける。鳥たちは風に乗って翼を拡げ、たれこめた灰色の雲の下、空高く舞い上がっていく。

二人は並んでベンチに腰をおろした。びゅうびゅうと耳元で風が唸《うな》った。さっきまで遠くにまばらに見えていた観光客の姿もそこにはなかった。百々子は灰色の世界に叔父と二人きりで取り残されたように感じた。

これまで来たことはなかったが、父と母が生まれた街にある岬だった。岬のはるか向こう、絶えず白波がたっている海峡を渡れば、本州である。その先の先にある東京で自分が生を受け、今につながっているのだ、と思えば、胸の中に悠久の、厳《おごそ》かな感覚が潮のように満ちあふれてくるような気がする。

叔父がシナリオの中でこの岬を描こうとする、その気持ちが百々子にはわかるような気がした。岬は大地の果ての果てでありながら、だからこそ同時に、無限の安息をもたらす。うすよごれた不安も悲しみも恐れも、ここにはない。あるのは海と大地と空ばかりだった。

「こうしてると、なんにも考えられなくなる」と百々子はつぶやいた。「無の境地にいるみたい。過去も現在も未来もなくなって、ただ風が吹いて、潮騒が聞こえてるだけで、他にはなんにもなくて……でもそれが居心地よくて……」

左千夫はわずかに沈黙したが、やがて「そうだね」と低い声で言った。「……なあ、百々子」

「何？」

「ずっと百々子とこうやっていられればな」

「こうやって、って？」

「旅をして、ずっとずっと一緒にいる。毎日毎日、一緒にいる」

何言ってんの、と茶化して、これまでに何度か感じたことのある叔父の、自分に向けられた異様な関心と好意を冗談にすり替えてしまおうとしたのだが、できなかった。

百々子は押し黙った。遠くでウミネコが数羽、けたたましく鳴いた。

「ずっとずっと一緒に」と左千夫は繰り返した。声が震えていた。長くか細いため息がそれに続いた。

この人は、昨日のようにまた泣いているのか、と百々子は思った。まわりに人の気配はなかった。誰もいない岬の突端で海をにらみつけながら、血のつながった姪《めい》である自分を前に泣いている男を直視することはできそうになかった。人を感傷的にさせる場所とはいえ、薄気味が悪かった。

百々子はゆっくりとベンチから立ち上がり、「ちょっと早いけど」と腕時計を覗《のぞ》きこむふりをしながら言った。「そろそろ行こうかな。私、ずっと風に吹かれてる、っていうのが苦手なのよ。落ち着かなくなっちゃって」

それには応《こた》えようとせず、左千夫は前を向いたまま、「百々子」と小声で呼び止めた。

「幸せになるんだよ。百々子は誰よりも幸せにならなきゃいけない」

北島との結婚生活について言っているのだろう、とわかったものの、妙な熱を帯びた口調に百々子は煩《わずら》わしさを覚えた。

まさか北島に嫉妬《しっと》しているわけでもあるまい。叔父がなぜ、姪の結婚相手に嫉妬しなければならないのだ。ずっと一緒に旅をしていたい、などという、安っぽい恋愛ドラマの中に出てきそうな定番の科白《せりふ》を聞かされなくてはならないのだ。

「とにかく車に戻らない？」と百々子は明るい口調で言った。ショルダーバッグを肩にかけた。「ここは絶景だけど、長居するようなとこじゃないみたい。寒すぎるもの。爪《つま》先《さき》が冷えてきちゃった」

耳のそばでパチンと誰かに両手を叩《たた》かれた時のように、左千夫は我に返った顔つきをし、百々子を見た。「そうだね」と言って微笑んだ。「戻ろうか」

駐車場までの道すがら、左千夫は無言のままだった。両手をカーキ色のコートのポケットに入れ、背中を丸めて歩き続けた。急に生彩を欠いた彼は、見るも無残に老《ふ》けこんでしまったように見えた。

タクシーは降りた時と同じ場所に停まっていた。百々子と左千夫が近づいて行くと、椅子《いす》を倒してスポーツ紙を読んでいた運転手が慌《あわ》てて姿勢を正し、制帽をかぶり直し、シートを元の位置に戻した。

「気をつけて帰るんだよ」

「おじさん、これからどうするの？」

「もう少しここにいる」

「帰りのタクシーは？」

「いらない」

「大変じゃない？」

「そんなことないよ。谷地頭の停留所まで歩けばいいんだから」

「雨が降りそうよ。傘、なくて大丈夫？」

左千夫はうなずいた。「それより帰りの切符はちゃんと持ってるね？」

「持ってる」

「寝台ではゆっくり寝るんだよ」

「わかった」

運転手が後部座席の自動ドアを開けた。百々子は何か言おうと思ったが、気のきいた言葉が思いつかなかったので、「じゃあね」とだけ言い、シートに腰をすべりこませた。

「乗らなくていいんですか」

窓越しに運転手から問われた左千夫は、笑みを浮かべてうなずいた。窓から中を覗きこむ姿勢をとり、「よろしく。二時四十分発の船だから。それまでどこか他を回るんだったら、そうしてやってください」と声をかけた。

運転手がきびきびした口調で「わかりました」と答えると、左千夫は腰を伸ばし、後部座席のほうに近づいてきた。

百々子は急いで窓を開けた。「今回はいろいろありがとう、おじさん。また東京でね」

左千夫はまるで、幸福な夢でも見ているかのような穏やかな表情を作り、うなずいた。車から数歩下がりながら手を振った。百々子も手を振り返した。

強い海風が吹きつけてきた。左千夫の髪の毛が右に左に、前に後ろに、ぼうぼうに巻きあげられた。額が剝《む》き出しになった。着ているコート、ズボン、何もかもがはためいた。そのくちびるはたちまち紫色に変わった。眉間《みけん》に寄せられた皺《しわ》といい、歯をくいしばってでもいるかのような表情といい、彼は別人のように醜く年老いて見えた。

百々子が左千夫を見たのは、それが最後だった。

沼田左千夫が宿泊していたホテルの部屋には、二通の遺書が残されていた。ダブルベッドは皺ひとつなく整えられ、封筒に入れられた遺書は羽枕《はねまくら》の上に等間隔に並べてあった。

一通は黒沢百々子宛《あ》て。もう一通は池上署刑事課の刑事で、久ヶ原夫婦殺人事件の真犯人を追い続けてきた間宮に充《あ》てたものだった。

百々子は青森発十九時十五分の寝台特急列車「ゆうづる三号」に乗車し、あまりよく眠れないまま、翌早朝、上野に到着した。その時点では、百々子はもちろん、まだ誰ひとりとして左千夫の異変に気づいてはいなかった。

だが、前日の午前中からルームキイをフロントに預けたまま、以後、一度も戻った形跡がなく、部屋代があらかじめその日の分まで支払われていたのを不審に思ったフロントマネージャーは、支配人を伴って左千夫の部屋まで行った。ドアをノックしても応答はなかった。十九日の午後二時をまわった時刻だった。

マスターキイを使って入室し、最初に目についたのが床に置かれた大小二つのボストンバッグだった。バッグはファスナーが閉じられ、その脇に室内専用のクリーム色のスリッパが一足、あたかも無造作に脱ぎ捨てただけのようなかたちで置かれていた。

ベッドの羽枕の上にある二つの白い長封筒には、それぞれの宛て名と共に「遺書」と大文字で記してあった。支配人はこわごわバスルームと備えつけクローゼットのドアを開け、中に異変がないことを確認してから、ただちに警察に通報した。

その日、立待岬を訪れ、通行禁止の立て札を無視して波打ち際《ぎわ》の近くまで降りて行った東京在住の写真家が、岩と岩の間にうつぶせに浮遊している水死体を発見した。遺体はカーキ色のコートを着用していた。その袖口《そでぐち》のあたりが岩の尖《とが》った部分に引っ掛かって外れなくなったため、沖に流されずに済んだようだった。

駆けつけた捜査員によって、亡骸《なきがら》は引き上げられた。前日、左千夫に呼ばれたタクシー運転手が、あらかじめ充分すぎるほどの料金とチップを受け取っていたこと、立待岬に行った後、帰りの連絡船に乗船するという女性だけを乗せ、男が一人で岬に残ったと証言した。

岬から身を投じ、海峡の潮に身を委《ゆだ》ね、自らを処すことで罪を贖《あがな》おうとした男の前頭部は、岩で強打した際の衝撃で大きくえぐられていたが、あとは不思議なほど傷がついていなかった。

二通の遺書は、共に縦書きの便箋《びんせん》に書かれた短いものだった。黒沢百々子宛てのものには謝罪と別れの言葉が、間宮宛てのものには、十二年前、久ヶ原で犯した自身の罪が簡潔に綴《つづ》られていた。

そして、いずれの遺書にも、感傷的な言い回しはひとつもなかった。犯罪の詳細は、あたかも預言者によって語られた未来の災いのように、感情を排して書かれていた。そのため、それは事務的な報告書のような印象すら与えた。

百々子に充てて書かれたものはさらに簡素だった。百々子を天使のように崇《あが》め、慈《いつく》しみ、百々子なくしては生きられなかった男の心情は何も窺《うかが》えなかった。

署名と共に、「ありがとう」と「すまない」、そして「さようなら」という平仮名が、まるで小学校低学年の国語の教科書のように並んでいただけだった。

# 終章

還暦を迎えたころのこと。私はたて続けに二度、不思議な夢を見た。二晩続けて見たのだったか。何日か間をあけて見たのだったか。それは忘れたが、ともかく二度とも寸分も違わない、まったく同じ夢だった。

うすいラベンダー色の空と、茶褐色の大地。そんな中、一本の砂色の道がどこまでもまっすぐに伸びている。道以外、何も見えない。心理テストを受けている子供が、画用紙に色鉛筆で描いた簡素な絵のようだ。

前を向いても、後ろを振り返っても、同じ道が果てしなく続いているだけ。遠近法を使って描かれた絵画の中のそれのように、道は次第に細くなって地平線の彼方《かなた》にまで続いており、その先は小さな黒い点のようにしか見えない。

人や動物の姿はおろか、建物も山も川も森も何もない。月や星も出ていなければ、太陽とおぼしき光も射《さ》していない。小鳥の囀《さえず》りも聞こえず、吹き過ぎていく風の音もせず、あたりは静まりかえっている。

別に寂しくはなく、悲しくもない。気持ちはつゆほども乱れておらず、厳かに落ち着いてさえいる。

夢の中にいながら、私にはその夢の意味することがよくわかっている。深く承知している。

自分はこの、一本の道を歩き続けてきたのだということ。いずれ私の命が尽き、肉体が消滅しても、この道だけは終わることなく続き、遥《はる》か遠く地平線を超え、飛翔《ひしょう》する龍のように天空を登り、無音の宇宙の彼方にまで至っているのだ、ということ……。

同じ夢を二度見て、二度とも私は、目覚めてから自分が何か深い霊的なものに包まれているのを感じた。思わず鳥肌が立った。

夢で見ただけの、愚にもつかない風景を自分の都合のいいように解釈しようとしていただけだったのかもしれない。だが、夢の中にあらわれた砂色の道のまわりには、かつて生きていたものたちの気配、生命の残滓《ざんし》のようなものが音もなく漂っていた。それらは私を包み、前に後ろに寄り添い、私をいざなってくれた。

そして、気づけば私自身が彼らと共に、道の先の先、天空の果てにまでたどり着き、さらに発狂しそうになるほど遠くにある、時間という概念すら失われそうな……たとえば十億光年とか百億光年といった、宇宙の暗黒の果てにある、何かとてつもなく大きなものと静かに溶け合っていくような気がしたのだ。

死して後、そうした壮大な空間に向かうことになろうなど、想像さえしないまま、自分はこの世のささやかな一本の道の途中に、ごくごく短い期間、存在し、わずかな距離をもくもくと歩き続けていたに過ぎない。ちっぽけな虫のように。

だが、この先、私の肉体が消滅しても、私の中を通りすぎた想《おも》い、想念のようなものは消えずに残される。それは夥《おびただ》しい数の死者たちの有象無象の想いのかけらと絡《から》み合い、睦《むつ》み合い、渦をまきながら天を飛翔し、宇宙の寂寞《じゃくまく》とした闇《やみ》の中を安らいだように漂ったあげく、やがて無数の、私同様、かつて生きたものたちが残した魂の、目に見えないほど小さな金色の粉と溶け合うのだ。そしてそれらはやがて、名もない星雲に姿を変え、淡い光を放ちながら永遠に残されるのだ……。

一九七五年十一月十九日。青森から乗車した寝台列車が早朝の上野駅に到着した時も、吉祥寺のアパートに戻って入浴をすませるなりベッドにもぐりこみ、正体なく寝入って北島の電話で起こされた時も、私は函館で何が起こったのか、まるで知らずにいた。

その晩は、吉祥寺駅南口にある喫茶店で北島と待ち合わせ、遅い夕食をとった。北島は泊まっていきたそうな素振りだったが、私は疲れが抜けていなかったのと、翌日からピアノ教室の仕事が始まることを理由に、一人でアパートに戻った。

部屋の電話が鳴り出したのは、玄関に入り、内鍵《うちかぎ》をかけ、ドアチェーンをかけた、その直後だった。

たづかもしれない、と思った。私は無事に帰京したことを、まだ、たづに連絡していなかった。

だが、受話器の奥から聞こえてきたのは、たづではなく、聞き覚えのない男の声だった。函館署の刑事ということで、部署名と共に名前を名乗ったのは確かだし、耳にしたはずだが、覚えていない。私はいきなり、私が誰であるかの確認をとられ、沼田左千夫さんをご存知ですか、と訊《き》かれた。

はい、と言った。叔父です、とつけ加えた。そしてさらに、母方の、と言い、そう言いながら私は、その同じ電話機の受話器で、美佐が出産の際の大量出血で急死した、という、たづからの知らせを受けた時のことを思い出していた。身体の芯《しん》が震えだした。

電話の向こうの男の声は明らかに重々しく、同時に申し訳なさそうだった。まるで私に向かって、自身の失態を謝ってでもいるかのように。

沼田左千夫が立待岬の岩場で、遺体となって発見されたこと、宿泊先のホテルの部屋に、私宛《あ》てのものをふくめ、遺書が二通残されていたこと、投身自殺と思われること、などを告げると、男はいくつかの質問をしてきた。答えに窮するような質問ではなかったこと以外、内容はすべて忘れた。

真相を知らされた後は、見るもの聞くものが非現実のものと化した。ハサミでずたずたにされた映写テープを無理やり貼《は》りあわせ、スクリーンに映し出した時のような細切れの、まったく意味を成さない無数の映像と音声だけが、私の中で繰り返された。

たづが私からの連絡を受け、電話口で事の次第を知るなり、「あぁれ、まあ。あぁれ、まあ」と下手な歌舞伎役者の科白《せりふ》まわしさながらに繰り返したことも、舌をのみこんだかのような奇怪な音を出し、泣いているのか、叫んでいるのかわからない調子で、嬢ちゃま、嬢ちゃまと呼びかけてきたことも、私が井の頭公園の中をぐるぐると、半ば意識を朦朧《もうろう》とさせたまま歩きまわり、橋の上から池の鯉《こい》を見下ろしていた時に、隣にいて幼い女の子と一緒に鯉にパンくずを投げてやっていた母親から、案じ顔で「大丈夫ですか」と訊かれたことも、何もかもすべて現実にあったことなのかどうか、定かではない。

はっきり覚えているのはひとつだけ。私が北島に電話をかけた時のことだ。私は電話口に出てきた彼に向かって、この呪《のろ》われた運命についての報告を始める前に、何ひとつ前置きせず、こう言った。

「お願い。私と結婚して。すぐ結婚して！」

事情を知らなかったとはいえ、彼のその時の反応はあまりに場違いだった。いいよ、もちろんだよ、結婚しよう、と彼は応《こた》えた。息が弾《はず》み、興奮していた。

だが、そう言った後で、さすがに怪訝《けげん》に思ったのか、声をひそめて訊き返してきた。

「百々子ちゃん、いったいどうしたの。何があったの？」

「結婚して！」と私は大きな声を張り上げた。頭の悪い鸚鵡《おうむ》のように、同じフレーズを何度も繰り返し、懇願した。そして声をあげて泣いた。

数奇な運命、とでも言えばいいのか。いや、もっとありていに言えば、波瀾《はらん》万丈か。訳知り顔の辻占い師が口にしそうな言葉。あなたには波瀾の相があります、でもどうか、不安に思わないでください、波瀾といっても、不幸なこととは限らないのですから、あなたが強く望んでいた幸福を手に入れることができる、というのも波瀾のひとつなんですから……。

私にも穏やかに凪《な》いだ季節があった。漣《さざなみ》ひとつたたない、凪ぎの状態が続いて、あまりの安堵《あんど》と幸福にうっとりしたことさえある。

だが、油断していると、すぐにまた、次の大波が襲ってきた。なぜ、と驚き、嘆く暇さえ与えられず、瞬時にしてのみこまれ、気がつけば昏《くら》い海の底にたたきつけられている。

意識が遠のくほどの衝撃なのだが、どんなに強くたたきつけられても、幸い私は死なずにすんだ。そのたびに岩場を避け、砂の中にもぐりこみ、じっと動かずに傷をいやしてきたからかもしれない。

気力を取り戻し、水底から見上げれば、遥か遠い水面に光が射しているのが見える。

光は淡く美しく、懐《なつ》かしい。青一色の万華鏡をこちら側から覗《のぞ》いているかのようでもある。

だが、いくら手を伸ばし、足をばたつかせ、もがいても、なかなか光に満ちた水面まで辿《たど》りつくことができない。それでも私は決して諦《あきら》めない。諦めたら死んでしまう、死んだも同然になる。

やがて気がつくと、私はやわらかく凪いだ海に浮かんでいる。燦々《さんさん》と輝く温かな陽の光に包まれている。新鮮な空気を胸いっぱいに吸う。何度も何度も吸う。

耳元で優しい水の音が聞こえる。甲高く鳴く水鳥の声。翼の音。眩《まばゆ》い世界が、再び自分のものになっていくのを感じる。

オッケー、これで大丈夫。私は濡《ぬ》れた目をまぶしさに瞬《しばた》かせながらつぶやく。私はちゃんと存在している。この世界に生きている……。

……幾度、そのようなことを繰り返してきたことだろう。

私が北島と入籍したのは、叔父が立待岬から身を投げた翌々年、一九七七年五月だった。挙式も披露宴も行なわなかった。北島はそのことを残念がっていたが、私は頑として意志を曲げなかった。

世間に遠慮していたからではない。遠慮しなくてはならない理由など何もなかったのだが、それでも、私は自分の結婚、という慶事を世間に知らせたくなかった。

叔父の犯行と自殺は、テレビのニュースやワイドショー、新聞で大きく取り上げられた。新聞では社会面トップで報道され、各週刊誌は特集記事を組んだ。十二年前の事件が叔父による犯行だったことと、その動機が世間に知れわたると、黒沢製菓の業績は事件当時以上に悪化した。被害者の夫婦が出会った場所ということで、函館の黒沢亭にもマスコミが押しかけ、テレビのリポーターが店の前でマイク片手にしゃべる映像が何度となく流された。そのせいで黒沢亭は一時期、休業せざるを得なくなった。

しばらくの間、私は週刊誌やスポーツ紙の記者たちに張り込まれたり、追いかけられたり、写真を撮られたりした。ピアノ教室やホテルでの演奏の仕事はやめざるを得なくなった。外出もままならない日々が続き、私のもとを訪れる北島も好奇の目で見られた。二人で外出したところを隠し撮りされたりもした。

私は彼らを憎み、左千夫叔父を心底憎んだ。憎しみと苛立《いらだ》ちがつのるあまり、その苦しみに耐えきれず、おかしな話だが、自分で自分を抹殺《まっさつ》したくなることもあった。必死で守ろうとしていた小さな畑を土足で踏み荒らされたのみならず、その場に居すわられたら、誰しも私と同じ気持ちになるのではあるまいか。北島との結婚式や披露宴会場の外に、マスコミが現れることを想像しただけで、背筋が寒くなった。私は二度と「血塗られた土曜日の令嬢」として扱われたくなかった。実の叔父に性愛の対象と見なされ、それが原因で両親を殺された娘になど、なりたくなかった。私はただ、北島と結婚し、平凡な家庭をもち、穏やかな生活を営みたかっただけなのだ。

たづと多吉は、私たちの結婚を心から祝福してくれた。私たちはたびたび千鳥町の家に招かれ、律もまじえた五人で食卓を囲み、たづの愛情のこもった家庭料理を味わった。

誰も叔父の話はしなかった。本当に一度も。口にするにはあまりに、すべてが生々し過ぎた。誰かが叔父の話を始めようとしたら、居合わせた全員がその場で凍りつき、胸をむかつかせていたに違いない。

律は当時、三つになるかならないかの可愛《かわい》い盛りだった。私は律を抱っこし、まだどこかにミルクのにおいが残っている、すべすべとした肌に頰を寄せるのが好きだった。そうしていると、束《つか》の間《ま》、すべてを忘れることができた。

おばちゃん、と律は愛らしい声で私を呼んだ。ませた子供のように、少し気取って、百々子おばちゃん、と名前で呼ぶ時もあった。

どう呼ばれても私は、はぁい、と笑顔で応じた。そして律のそばに駆け寄って行き、ねえ、律、抱っこしていい？　と訊いた。

いいよ、と律はうなずく。もじもじする。本当の母親にそう言われたら、もじもじすることなどないだろう、と思い、私は内心、少しさびしく思う。だが、顔には出さない。律を抱きしめ、ミルクやキャラメルや日向《ひなた》のにおいの混ざった肌に顔をうずめていると胸が熱くなった。思いがけず視界がにじむこともあった。ごまかしながら、私は少しふざけた調子で訊《たず》ねる。ねえ、律。律は百々子おばちゃんのこと、好き？律は私の髪の毛や着ているシャツの襟もとや耳朶《みみたぶ》につけているイヤリングを弄《もてあそ》び、それに気をとられているふりをしている。

私はもう一度、同じことを訊《たず》ねる。律はやっと、眼を伏せたまま、こくりと小さくうなずく。ほんとに？　と私は念を押す。またうなずく。

「わかった。じゃあ、好き、って言ってくれる？」

「……好き」

スキ、ではなく、シュキ、と聞こえる。言ったとたん、律は照れて私の胸に顔を埋めてくる。傍で見ていたたづがからかう。ああら、百々子嬢ちゃまったら。そんなこと言わせたりして。ほら、律が照れて照れて、今にも溶けちゃいそうですよ。律のバターができそうですよ。

北島との新婚生活は世田谷の等々力《とどろき》にある、古い一戸建ての家から始まった。北島の父方の伯父にあたる人が経済学者で、妻と死別した後、等々力の家に長く一人で住んでいたが、教え子と再婚。それを機に、かねてより招かれていた米国の大学に行くことを決意し、夫婦でボストンに引っ越した。

米国滞在中、無人のままになった家は人に貸そうと思っていたらしい。そんなさなかに私たちの結婚が決まったため、ちょうどよかった、と喜ばれた。帰国の目処《めど》は立っておらず、ひょっとするとかなり先になるかもしれない、当分の間、二人で等々力の家に住んでいてくれれば、こちらも大助かりなのだが、ということだった。

条件は何もなく、家賃は格安、改装したいところがあったら好きなようにしてくれてかまわない、と言われた。いずれは自分たちの住まいがほしいと考えてはいたが、当面、心おきなく生活できる家が確保できるのは願ってもないことだった。

これといって改装の必要はない家だったが、閑静な住宅地だったので、私がピアノを弾くための防音室だけは完備しておかねばならなかった。私たちは持ち主の了解を得てから、工事の段取りをつけた。一階の奥の広い洋間を防音室にしてもらい、久ヶ原の祖母の家のピアノを運び入れた。

引っ越しをすませると、ただちに穏やかで平和な暮らしが始まった。あのころの等々力の家での暮らしは、淡いパステルカラーで素直に描かれた絵日記の中の絵のようだ。過去は厳重に注意深く封印され、誰もその封をこじ開けようとはせず、忘れているばかりか、なかったことのようにふるまった。陽がのぼり、沈んで、夜空が月と星で彩《いろど》られるように、日々、規則正しく新しいページがめくられていった。

私は、子供たちに自宅でピアノを教える仕事を始めた。まがりなりにも聖蘭学園の音楽部を卒業している、という経歴は役に立った。大した募集をかけたわけでもないのだが、子供を聖蘭学園に進学させたい、と願う親が思いがけず近隣に多くいて、すぐに生徒が集まった。

近所では私が「血塗られた土曜日の令嬢」であることは知られておらず、噂《うわさ》もたっていなかった。私は黒沢百々子ではなく、北島百々子だった。不幸な過去を背負い、信じがたい事件に二度も直面した女ではなく、新婚ほやほやの、どんな夢でも叶《かな》えられそうな、毎日が楽しくてたまらない、無邪気な若い妻だった。

生徒たちには厳しく接したが、「北島先生」と呼ばれ、総じて懐かれた。聖蘭の受験や進学後のことに関する親からの相談にも、熱心に対応した。必要とあらば特別レッスンも引き受けた。

生徒たちの発表会は頻繁に開いた。私自身も、新しく知り合った音楽仲間と室内楽のコンサートを開くなどして活動の幅を拡げた。時間があくと、たづの家に行った。たづも時々、律を連れて遊びに来てくれた。

等々力の家の庭は、さほど大きくはなかったが、持ち主の好みでイングリッシュガーデンふうに設《しつら》えられ、季節を問わず賑《にぎ》やかに草花が咲き乱れていた。律はその庭で遊ぶことを好んだ。

　ろくな手入れもしていないのに、春と秋に花を咲かせてくれる薔薇《ばら》の木のそばで、律は美しい玉虫色のコガネムシをつかまえ、私に見せてくれた。私が律の胸元にそれをあてがい、「ほら、コガネムシのブローチ」と言うと、律は歓声をあげた。

　秋の日の昼下がり、アキアカネか何かだったと思うが、庭を飛び交うトンボに向かって人指し指を突き出した私の、その指先に、偶然、一匹の薄い羽根をもつ美しいトンボが止まってくれた。律は目を丸くして私を見上げ、「百々子おばちゃん、魔法つかいみたい」と感嘆の声をあげた。私が魔法を使ってトンボを指に止まらせた、と思っているようだった。

　僕も、と言うので、注意深く律の小さな指にトンボを近づけてやった。そう何度も偶然が起こるはずもなく、たちまちトンボはふわりと飛び去ってしまった。律は不満げに口をとがらせたかと思うと、トンボを追い回し始めた。

　ほらほら、そんなことしたら、かえって逃げちゃうじゃない。じっと立ってなきゃ。私はくすくす笑う。

　遠くをヘリコプターが飛んで行く、のどかな音が聞こえる。秋めいた陽差しの中を乾いたそよ風が吹き抜けていく。たづが家の中から、お茶をいれましたよ、おやつにしませんか、と声をかけてくる。

北島がたづの後ろから姿を現し、何してるの、と笑顔で訊ねる。

　さっき、百々子おばちゃんがね、と律が興奮した口調で報告する。トンボを指に止まらせたんだよ。すうっ、って、ほんとにトンボが止まったんだよ。魔法を使ったみたいだったんだよ。

　ほんとに？　と北島に問われ、私はふざけて両手を腰にあてがい、胸を張る。ずっと黙ってたけど、本当は私、魔法使いだったの。知らなかった？

そうか、奥様は魔女だったんだ、と北島が大げさに感心したように言う。たづが笑う。私も吹き出す。

　等々力の家の、のどかな風景。短かった幸福なひととき……。

　かつて私は妊娠を二度、経験している。

　あえて正直に言えば、それはすばらしい経験だった。

　ある日、ある時を境に、自分の身体《からだ》の中に生命が宿る。宿った瞬間が私にはわかる。嘘《うそ》だと言われようが、何と言われようがわかってしまうのだから仕方がない。

　小さな違和感があるわけでもなく、なんとはなしの身体の不調、といった生理的なことがきっかけになるのでもない。あくまでも個別のものだった子宮が世界と一体化したような、あの感じ。経験したことのない、深く充《み》たされた気分。それは私の場合、ある種の官能に近いものでもあった。たいして赤ん坊がほしいとは思っていなかった。律のことは我が子として育てたいと思ったが、北島との間に子供を是が非でも作らねば、作りたいとは真剣に考えていなかった。

それなのに、あの充たされた気分がひとたび自分のものになると、いつまでもそこに溺《おぼ》れていたくなった。現実の瑣末《さまつ》なことが遠ざかった。毎日、閉じられた官能と共にめざめ、官能と共に生活し、官能と共に眠りにつく、といったふうだった。

もちろんこの場合の官能は性愛から生じるエロスとは異なる。もっと深遠で、もっと抽象的に宇宙と直結していた。遥か彼方の星から地上に降ろされた、目に見えない美しい糸が、音もなく流れ落ちてくる小さな流星に姿を変え、ある瞬間、自分の子宮の奥にまで届き、そこに小さな優しい結び目を作ってくれている……そんなふうに譬《たと》えればいいのか。

だが、一度目の妊娠は、わずか三か月半しか続かなかった。流産の原因ははっきりしない。転んだわけではない。立ち仕事を続けたわけでもない。長期にわたる旅行をしたのでもない。悪阻《つわり》は大したことはなかったし、もう少しで安定期に入るところだった。

それなのに、ある日突然、私は幸福な官能……私と赤ん坊だけの充たされた世界に別れを告げなくてはならなくなった。

呆然《ぼうぜん》とし、悲嘆に暮れ、私は北島を前にするたびに涙を流した。苦しい気持ちを分かち合いたくて、彼の胸に顔を埋めた。

だが、北島はそのたびに、百々子の身体が無事であればそれでいい、僕たちは健康なんだから、いつでもまた子供はできる、としか言わなかった。そう言った後で、私の身体をまさぐってきた。耳もとに息を吹きかけてキスをし、息をはずませながら腰のあたりを愛撫《あいぶ》し始めた。

そのたびに、私は心底、失望して彼から身体を離した。それとこれとは違う、ということを言いたかったのだが、うまく言えなかった。腹が立った。

結婚以来、北島の、私に向けた性的な執着は日を追うごとにさらに強くなっていった。時に獣のようなふるまいをすることすらあったが、それは何も彼にその種の性的趣味があったからではない。私を抱くために寸暇を惜しんでいた彼は、文字通りの獣と化してしまっていたのである。

子供を作る、というのは行為の結果に過ぎないことになった。彼の欲望は、見境なしに私の身体に向けられた。私たちの肌のふれあいが、愛情表現とは別のものに変化していくのに時間はかからなかった。彼の中の、漲《みなぎ》ってやまない性欲をなだめるためだけに自分が存在しているような気がした。

妊娠期間中や流産の直後は、頑として性行為を拒否した。そのたびに理解のある言葉を口にし、壊れやすい陶器を抱きよせるかのように優しく私の肌に触れながらも、彼は決して私を求めることをやめなかった。拒み続けると、次第に苛立ちを見せ始めた。信じられないほど不機嫌になり、怒りをにじませることもしばしばだった。

冷たい雨の降りしきる晩のことだったが、会社の取り引き先としこたま酒を飲んできた彼は、帰宅するなり、キッチンに立ってお茶をいれようとしていた私を背後から烈《はげ》しく求めてきた。それはあまりにも乱暴で、性急すぎるやり方だった。力ずくで私を蹂躙《じゅうりん》しようとしているのが不気味だった。酒くさい息を吐く見知らぬ男から、犯されそうになっているような気がした。

私は眉《まゆ》をひそめ、強く舌打ちをし、全力で抵抗した。それでもやめようとしない彼に向き直り、その頬を平手で打った。

彼は気難しい老人のような顔つきになり、一切の動きを止めた。充血した目がすわっていた。妙に赤黒くなっているくちびるから、なんだよ、亭主に向かってその態度は、という言葉が低くもれた。にやついた言い方だったが、本気で怒りを露《あら》わにしているのはわかった。

あなたこそ何よ、と私は怒鳴った。流産した私がどんな気持ちでいるか、考えてみたこともないんでしょ、いつでも抱かせてくれる女だと思ってるんでしょ、冗談じゃない、私はあなたのダッチワイフなんかじゃないのよ、そんなに女がほしいんなら、酔っぱらったついでに、どこかで処理してくれればよかったのよ！　けだものみたいに、自分の都合だけで私に手を出してこないでよ！

こいつ、と北島は低く呻《うめ》いた。勢いよく振り上げた手が宙でわなわな震えるのが見えた。

私は負けずに茶葉が入っている茶筒の蓋《ふた》をふりかざし、彼に向かって投げつけた。彼はそれをひょいと軽くかわした。蓋はからからと乾いた音をたてて床を転がっていった。

彼は「えらそうに」と低い声で吐き捨てるように言いながら、振り上げていた手をおろした。目の奥にどす黒い憎しみが見えた。「黒沢のお嬢ちゃん、いつまでお高くとまってれば気がすむんだよ。世界はお嬢ちゃんを中心にまわってなんか、いないんだよ。そろそろ目を覚ましてほしいもんだよ。亭主が外で女を抱いてきたと知ったら、半狂乱になるくせに。お嬢ちゃんはプライドが高いだけで、男をたてることなんか、これっぽっちも知らない。教えてやろうか。男にとっては、そういう女こそが、本当は一番下等な生き物なんだよ」

私は息を荒らげて彼をにらみつけた。これまで知らなかった北島、見たこともなかった北島充がそこにいた。目の前にいる彼は下品で下劣で俗悪きわまりなかった。長い間、私に対して見せてきた寛容、清潔な従属、奴隷《どれい》のごとき忠誠など、影もかたちもなくなっていた。

私という女を手に入れ、支配したくて、この人はずっと長い間、下手《したて》に出るという完《かん》璧《ぺき》な演技を続けていたのだ、と私は思った。そして見事な芝居を演じ通したのだ。あとはゆっくり獲物を調理し、好きなだけ味わえばいいのだ。都合が悪くなったら罵声《ばせい》を浴びせ、そうしているうちに、主従関係は逆転する。その時がくるのを虎視《こし》眈々《たんたん》と狙《ねら》っていたのだ……。

翌朝、彼はひと言も口をきかぬまま出社していったが、いつもよりも早く帰宅すると、泣きはらしたような腫《は》れぼったい目を瞬かせながら、淡いピンク色の薔薇の花束を私に向かって差し出した。表情は完全にもとの北島に戻っていた。

「ゆうべのお詫《わ》び」と彼は泣きだす寸前の少年のような言い方で言った。「ごめん。ほんとに悪かった。どうかしてた。ゆうべの僕はただの、どうしようもない酔っぱらいだった。ひどいことを言った。恥ずかしいよ。情けないよ。いくら飲み過ぎてたからって、言い訳にならない。僕はさ、百々子が好きで好きでたまらなくて、結婚してますます好きになってるんだ。だから酔った勢いで、あんなことになってしまった。ほんとにごめん。この通りだよ」

深々と頭を下げた彼から、花束を受け取った。心の奥底に冷たく尖《とが》った氷の針が数本、突き刺さっていた。花束ごときで溶けるわけがなかった。

だが、私はできるだけ冷静に「二度としないで」と言った。「もう一度、昨日みたいなことを繰り返したら、私、ここを出て行くから」

「ごめん、ほんとにごめん」

北島は顔を歪《ゆが》めた。わなわな震えながら泣き出す、という演技が始まった。「百々子、大好きなんだよ。愛してるんだよ。百々子がいなくなったら、僕は生きていけない。ほんとだよ」

口先だけの薄っぺらい科白だったが、私は真摯《しんし》に受け止めているふりをした。その裏で、馬鹿な選択をしたものだ、と内心、つくづく後悔した。

両親が殺害された事件の真相を知るや否《いな》や、恐怖と心細さにいたたまれなくなって、身近にいた北島に人生を託してしまった。彼のことをもっとも無難で、決して自分に災いをもたらさない男だと勘違いしていた。度し難く愚かなのは自分だった。

その晩、北島は私をごくごく控えめに愛撫し、そっと抱きしめてきた。彼は終始、優しかった。私の召使のようにふるまい、私はそんな彼を前にして、自分は北島と結婚したかったのではない、召使がほしかっただけなのだろう、と思った。

二度目の妊娠がわかったのはその翌年、一九八一年の夏だった。一度目は悪阻が楽だったのに、この時はひどい状態になった。

ちょうどそのころ、北島は仕事が忙しくなり、不在がちだった。出張や休日出勤をすることもたびたびだった。

やっと悪阻がおさまり、ピアノの仕事や演奏会の準備にも集中することができるようになったころのこと。北島は前々日から大阪に出張していて留守だった。夜、等々力の家の二階の寝室から階下のピアノ室に降りようとして、私はとんでもない失態をしでかした。うっかり階段を踏み外したのだ。

咄嗟《とっさ》に壁に手を伸ばし、体勢をとろうとしたのだが間に合わなかった。無残にも落下し、したたかに腰を打って、立ち上がるに立ち上がれず、その場で破水したことを知った。

着替えをするのもままならず、濡れた下半身にタオルをまきつけ、歯を食いしばってタクシーを呼んだ。通院中の病院の救急外来に飛び込んだが、生まれてこようとしていた赤ん坊の心音は聞こえなくなっていた。私は再び、幸福な官能の時間をいとも呆気《あっけ》なく失った。

あなたがあの晩、家にいてくれたら、と私は後日、北島を前にして嘆いた。ここのところ出張続きで、私はいつも一人だった、一人でなんでもやらなきゃいけなかった、さびしかったんだと思う、だからぼんやりしてあんなことに……しかし、彼は遊びで大阪に行ったわけではなく、仕事だったのだから仕方がなかった。彼をなじっても、どうなるものでもないことは充分すぎるほどわかっていたが、北島にぶつける以外、気持ちの収めどころがなくなっていた。

北島は冷やかに私を一瞥《いちべつ》した。そう、あの時、彼は氷のような顔つきをしていた。そういう言い方はないだろう、自分の不注意を人のせいにして、と彼は言った。僕が家にいたら、階段を踏み外さなかったのか？　え？　踏み外したのは僕のせいだって言いたいのか？

共に背負う喪失の悲しみについて、彼は何ひとつ口にしようとしなかった。

彼は深く嘆息し、ふてくされたように続けた。「もう、子供はいいよ。いらないよ。必要ないよ。うんざりだよ」

何にうんざりしたのか。私にか。二度妊娠して、二度とも流産したことに対してか。殺人事件だの、異常な性的嗜好《しこう》をもつ叔父の自殺だの、次から次へと起こる不幸に寄り添ってきてやったというのに、見返りが何もない、もううんざりだ、と言いたかったのか。

　彼は文字通り、心底、うんざりしたように大きなため息をひとつつくと、形ばかり私の肩に手を置き、「大変だったな」と言って軽く揺すった。親戚《しんせき》の子をお義理でねぎらっているだけのようだった。

「それだけ？」と私は冷やかに聞き返しながら、彼の手を肩から邪険にはずした。

「それだけ、って何だよ」

「もっと他に言うこと、ないの？」

北島が私に目をむき、一瞬黙ったので、それをいいことに私は続けた。「あなたに言われなくたって、私も、もう子供はいらない。少なくともあなたとの間の子供は」

「どういう意味だよ」

「言った通りの意味よ」

「ほう。外に子供を作ってくれる男がいる。そういうことか」

私は軽蔑《けいべつ》をこめて、大きく肩をすくめた。彼の瞳《ひとみ》にめらめらと怒りの焔《ほのお》がわきあがった。こめかみの静脈が浮きでてくるのが見えた。殴られるか、ひっぱたかれるか、するかもしれない、と思ったが、彼はもともと、暴力的な男ではない。

代わりに彼は小鼻をひくひくと動かし、蔑《さげす》むようなまなざしを私に向けた。そして、すべてが煩《わずら》わしくなったとでも言いたげに、ちっ、と短く舌打ちを残すなり、部屋から出て行った。

私と北島充との間に、決定的な亀裂が走ったのはあの時だったと思う。

しかし、私のみならず彼も、家庭生活を維持するための努力を続けた。内心、不快感を覚えていたり、実のところは憎んですらいたりしても、夫婦は驚くほどそれらの感情を抑え込み、何事もなかったように生活を共にしていくことができるものだ。

私も彼も、性格が擦れてはいなかったから、感情的になって別れ話を出すまでには至らなかった。表面を取り繕うことはいくらでもできた。そもそも、潔癖になりすぎると何事もうまくいかない、ということだけはわかっていたのだ。

その翌年、一九八二年、祖母の縫が他界した。自他ともに認める虚弱体質だったわりには元気な老年期を送っていたが、夏の終わりに家政婦のキミ子を伴って歌舞伎を観《み》に行き、冷房にあたったのがいけなかったのか、帰宅後、風邪をひいた。咳が止まらず、熱も下がらず、医者にみせた時は重度の肺炎になっていた。急遽《きゅうきょ》、入院加療したものの、三日目の朝、病床で重い呼吸困難を起こし、あっけなく逝《い》った。享年八十五だった。

遺産分配の際、唯一《ゆいいつ》もめたのがキミ子のことだった。キミ子は祖母から生前、自分が死んだらあんたにも相応の分を遺《のこ》す、と言われてきたことを気持ちの支えにしながら仕えてきた、と主張。だが、祖母の遺言状には、キミ子についてひと言も触れられていなかった。いかにも祖母らしいことだったと思う。

父方の叔父である黒沢孝二郎は、弁護士と相談の上、もめるのは面倒だから、とキミ子に雀の涙ほどの退職金を渡し、さっさとお払い箱にした。

キミ子は、その鈍感さが癇《かん》に障《さわ》り、昔から私が毛嫌いしていた女である。だが、キミ子はキミ子なりに知恵を働かせ、縫に忠誠を誓い、気に入られていれば食べていくに困らないと知って、そこにすがって生きてきたのだろう。郷里に帰って結婚する、という選択肢もあったろうに、それをせずにいたのも、キミ子にとって縫との暮らしには、充分な役得があったのだろう。

縫に死なれ、住まいを追い出され、おまけに期待していた遺産も手に入らず、たしか、あのころすでに四十路に入っていたと思うが、キミ子はその後、どこに行ってどうやって生きたのか。消息はわからない。もしどこかで会うことがあったら、私は過去を忘れて彼女との再会を嬉《うれ》しく思うかもしれない。あの蝸牛のような体形の、頭の回転の悪そうなキミ子を前に、思い出話を始めてしまうかもしれない。

罪のない話に興じたあと、キミ子はおずおずと私に訊ねるだろう。あのう、ずっと気になってたことがあるんです、昔、おっしゃっていたこと、本当だったんでしょうか、と。

久ヶ原の屋敷に私の両親の幽霊が出る、という、埒《らち》もない噂話。鈍感そうなキミ子を怖がらせてみたくなって、私がいたずら心を起こし、話してやったこと。

私は目を丸くし、キミ子を前に大笑いする。笑い過ぎて涙がにじむ。嘘よ、嘘。ごめんなさいね。あなたをからかってみたかっただけ。

そうでしたか、とキミ子は肩の力をゆるめ、ほっとしたように言う。そうですよね、私、いっぺんも、そういうおかしなもの、見たことありませんから。感じたこともないですから。

あなたならそうでしょうよ、と言いたくなるのを我慢して、私は心の底から優しくうなずくだろう。
初めから自分とキミ子との間には、千里の距離があった。だが、今、もしもキミ子と再会することがあったら、それすらも懐かしく思えるに違いない。私はあの、日がな一日、草原で草を食《は》んでいる鈍重な雌牛のような女と、人生の一時期、確かに同じ風景を眺めながら生きたのだ。

祖母が遺した現金や有価証券、函館の黒沢製菓と黒沢亭に関する権利の一部は私が相続した。左千夫が私の両親を殺害した現場である土地と屋敷は、私と叔父の孝二郎が等分に相続できることになっていたが、私は言下に放棄した。私にとっては特別な土地だったものの、相続する気にはなれなかった。叔父の孝二郎は、のちに土地、屋敷ともに売却している。

縫に続くようにして、たづの夫、石川多吉が同年暮れ、寒い日の仕事帰りに、乗っていた自転車ごと路上に倒れ、急死した。六十二歳の若さだった。死因は動脈瘤《どうみゃくりゅう》破裂だった。

嬢ちゃん、と私を呼ぶ時の多吉の野太い声は今も耳に残っている。仕事中に負った怪《け》我《が》のせいで、若いころから少し歩行が不自由だったが、大工としての仕事に支障はなく、高い梯子《はしご》にもするすると登り、口にいっぱい釘《くぎ》をくわえて、実に器用に金槌《かなづち》を使ったり、ノコギリで板を正確に切ったりしていた。

たづとの夫婦仲のよさは、誰にもまねができないものだった。昔かたぎ、と言ってしまえばその通りだが、二人が理屈を超えたところで深く結びつき、誰にでも分け隔てなく無償の愛を捧《ささ》げることができたのは、それぞれの人間性が真に豊かなものであった証《あかし》である。

当時、律は八歳。多吉を見送り、葬儀を出し、棟梁《とうりょう》や仲間たちの弔問を受け、あまりに急なことだったため、気持ちの整理がつかずにいたたづのもとから、私は律を一時的に預かることにした。たづには独りで存分に、喪失の涙にくれる時間が必要だろう、と考えたのだ。ちょうど通っている小学校が冬休みに入っており、律の登下校の心配もいらない時期だった。

私はたづのことを気にかけながらも、律に無用な不安を起こさせまいとした。多吉の死を悼《いた》み、その年は正月の飾りつけもせずにいたが、律と共に餅《もち》を焼いたり、トランプ遊びをしたり、テレビを観たり、手をつないで買い物に行ったりした。あの数日間が私に、本気で律との養子縁組を考えるきっかけを作ったのだと今も思う。

当時、私は三十を少し超えた年齢で、充分若かった。北島との間に、また子供を作ることができたはずだが、私にはまったくその気がなくなっていた。

またしても流産するのではないか、という予期不安のようなものは確かにあった。だが、それだけではない。

北島は相変わらず私の身体を求め続けていた。かろうじて受け入れた時の彼と、幾多の理由をつけて拒んだ時の彼はまるで別人だった。拒んだとたん、あの雨の晩、犯すようにして私を背後から襲ってきた彼を見なくてはならなくなった。

そのたびに私は自分が性的に支配されていること、夫と名のつく男に従属させられていることを感じた。私の上に乗り、私の両の乳房を痛いほどわしづかみにし、はあはあと喘《あえ》ぎ声をあげながら腰を振り続けている彼は、常に滑稽《こっけい》で愚かしかった。

いささか恥ずかしい告白をしなくてはならない。多吉が急死したあと、たづの元から律を一時的に預かることにした理由のひとつに、律がいてくれたら、年末年始の北島の休暇中、夜な夜な身体を求められずにすむ、という計算があった。律と私が同じ部屋で寝起きしていたら、北島もさすがに欲望をあらわにしてくることはないだろう、と。

そうまでして夫から逃れようとしている自分の滑稽さは、疑いようのないものだった。同時に、そんなことに律を利用しようとした自分が恥ずかしく、惨《みじ》めだった。

律を養子に迎えたい、という話を改まって私が北島に話した時、すでにたづにはその計画のことは伝えてあった。

多吉を喪《うしな》って寂しがっていたたづから、律を奪うのは気がひけた。だが、たづは私の申し出を喜び、それが一番です、律にとっても嬢ちゃまにとっても、と言ってくれた。

みるみるうちに目がうるみ、たづはたづらしくもなく、両手を口にあてがって声を震わせながら「嬢ちゃま」と呼びかけてきた。これで私の長年の夢が叶います、この石川の家と嬢ちゃまが切っても切れない、本当の家族になれるんです、天国の美佐がどれほど喜ぶことか……と。

だが、思っていた通り、北島は猛反対してきた。その話をするのは、左千夫叔父と函館で会う前の晩、雨の降る仙台のホテル以来だったが、彼の気持ちは変わっていないどころか、いっそう頑《かたく》なになっていた。

「何言ってるんだ」と彼は興奮するあまり、唾《つば》を飛ばしながら言った。「まだそんなことを考えてたのか。血のつながっていない他人の子なんだぞ。信じられないよ」

場所は等々力の家のピアノ室だった。さりげなさを装《よそお》って律の養子の一件を打診するには、私の聖域に彼を招き、完璧に暗譜できたショパンの楽譜を見せたり、試みに弾いてみたりしつつ、その流れの中であっさり口にしたほうがいいと思っていたのだが、それは間違いだったとすぐにわかった。彼はそもそもピアノにも音楽にも興味はなく、それどころか生徒たちを集め、教えていた、とても居心地のいい私の居場所にも関心がなかったのだ。

「それは僕に対するあてつけか。そうだね」北島は皮肉をこめてくちびるを曲げた。

「あてつけ？　どういう意味？」

「律くんを養子にすれば、僕と子作りをしなくてもよくなる、って思ってるんじゃないのか？　律くんがいれば、もう子供はいらない、って言えるし、まわりも納得してくれる。つまり、どうやら百々子があまり好きではないらしい、セックスとやらの相手をしなくてもよくなる、ってわけだ」

　何言ってんの、違うわよ、と私は苦笑したが、内心、この人の言うことはすばらしくあたっている、と思った。それ以上に、彼の私に向けた性的執着が改めて薄気味悪く感じられた。彼は明らかに私の肉体に執着していた。私は彼にとっての、世界一のダッチワイフ……いつなんどきでも、触れたとたん、たちまち性が充たされる肉の塊でなければならなかったのだ。

　私はつい、言ってはならないことを口走った。我慢ならなかった。

「ひとつ聞かせてほしいんだけど、あなた、本当に私と子作りしてたの？　そうだったの？　私相手に性欲を発散させてただけだったんじゃないのかしら」

　彼は顔を真っ赤にしたが、負けてはいなかった。「どっちだって同じことだろ。性欲があるから子供ができるんだ。女性週刊誌なんかで読みあさったような話を軽薄に口にしたりするのはやめたほうがいい。そういうのは、お嬢ちゃまの百々子には似合わないよ。深窓のご令嬢は、黙って亭主に愛されてりゃいいんだ。こっちも聞きたいね。この上、何が不満なんだよ。何が足りないんだよ」

私は目をそらさず、彼をひたと見つめたまま「何もかもよ」と言った。

「何だって？」

「何もかもが不満だし、何もかもが足りない、って言ったの」

北島は呆《あき》れたように私を見つめた。はあっ、と湿った吐息をついた。私たちはにらみ合った。

「何もかも、とはどういうことだよ。あれもこれもほしいものを全部手に入れて、そのうえ、他人の子供までほしがって。それでも何もかも足りない、って言うのか」

「私がいつ、あれもこれもほしい、なんて言ったの？　手に入れた、って何のこと？　だいたい、律のこととそれと、どういう関係があるのよ。両親を叔父に殺されて、そうとも知らずに懐いて甘えて、あげくの果てにその男が殺人犯だったってことがわかる、っていう経験をしてみたらいいんだわ。何もかも足りない、っていう言葉の意味がわかるから」

先に目をそらしたのは北島のほうだった。彼は、さも忌《い》ま忌《い》ましげにそばにあった丸《まる》椅子《いす》を蹴《け》り飛ばした。それでも足りなかったのか、転がった丸椅子のそばに落ちていた、生徒用のモーツアルトだったかメンデルスゾーンだったかの楽譜のコピーを、わざとらしく足で踏みつけた。

ただのコピーに過ぎなかった。紙がよじれ、一部が破損するのが見えたが、私は黙っていた。またコピーし直せばいい。何枚でも、何十枚でも、何百枚でも。北島はピアノ室から出て、乱暴にドアを閉じ、去って行った。閉じられたドアのこちら側に、防音室特有の淀《よど》んだ静けさが拡《ひろ》がった。外界から隔絶された空間。私はその静寂の中でしばし、自分の心臓の鼓動の音に耳をすませながらじっとしていた。

今の気分は、と自問した。ショパンでもなくドビュッシーでもない、ましてモーツァルトでもない。断然、リストだった。荒れ地を進みながら、人生の幾多の悲哀を脇目《わきめ》に、時に道化のような皮肉な微笑すら浮かべて、烈しく情熱を叩《たた》きつけるような曲……。難易度は高いが、好んでよく弾いてきた曲だった。

『ハンガリー狂詩曲　第二番』を弾くために、鍵盤《けんばん》に両手を載せた。椅子に深く腰かけ、姿勢を正し、天井を仰いで深呼吸した。

指が音を奏《かな》で始めたとたん、私はたちまち現実から離れ、悠久の時間の海の中を泳ぎ始めていた。

私と北島が協議離婚したのは、一九八七年である。

なんとか互いに歩み寄り、辻褄《つじつま》を合わせて暮らしていたが、次第に難しくなった。やがて北島が私に隠れて女性と深い関係をもち、その女性が北島の子を孕《はら》んでいることが私の知るところとなった。

相手は彼よりも二つ年上で、出張先で知り合ったという女だった。神戸市の三宮《さんのみや》で小料理屋を営んでおり、店舗の二階が住まいになっていて、北島は大阪に出張するたびに、そこに泊まっていたことを白状した。

当初、私は不思議なほど烈しい嫉妬《しっと》心《しん》にかられた。それはいささか自分でも驚くほどだった。私は彼をあらゆる言葉で責めたて、罵倒した。泣きわめき、殺してやる、と叫び、それはそれは、まことに気恥ずかしいほど凡庸な愁嘆場を演じた。

私は自尊心をひどく傷つけられたのだ。だが、それだけのことに過ぎない。たかが自尊心だった。

北島を深く愛していて、彼なくてはいられず、彼を独占しなければ気がすまないわけでは決してなかった。避妊もせず、がむしゃらに性の痴態に溺れていたであろう北島が、私ではない、よその女を妊娠させたと聞いても、別に驚くには値しなかった。あれほど烈しかった私の嫉妬と怒りの熱は、急速に冷めていった。

性愛のかたちが一致せず、それが原因でいがみ合い、憎しみをぶつけ合っていたというのに、離婚が決まった瞬間から、私たちの関係は礼儀正しく穏やかなものに変わっていった。おかしな話だ。

等々力の家で彼が私に見せていた歪んだ支配欲は、真夏の夜に見た、ただの悪い夢だったのではないか、とすら思えるようになった。離婚後、たちまち北島は私を崇《あが》め、時に従属する素振りを見せていたころの北島に戻った。

百々子ちゃん、と彼は猫撫《ねこな》で声で私を呼んだ。この世でもっともいとおしい、壊れやすいガラスの器を愛《め》でている時のように、私をやわらかく見つめ、困ったことがあったらなんでもするからね、律君のことでも百々子ちゃん自身のことでも、遠慮しないで僕に言うんだよ、などと言った。

北島は小料理屋の女を東京に呼び寄せて、渋谷に借りたマンションに住まわせた。等々力の家から出て行った彼は、そのマンションで女と暮らし始めた。協議離婚だったので慰謝料は発生しなかったが、彼は慰謝料という名目ではなく、僕の気持ちとして受け取ってほしい、と言い、まとまった金を私の銀行口座に振り込んできた。

これはいわゆる花代みたいなものなのだろう、と私は思った。一時期、いれあげた芸妓や舞子に男が払ってやる玉代《ぎょくだい》だ。その想像が正しいかどうかは別にして、そう考えていくと、北島がこれまでどんなかたちで私と向き合ってきたか、漠然と見えてくる気がした。

私は別に彼のことが嫌いになったわけではない。心底、憎んだこともなかった。北島はどんな状況下にあっても、結局は育ちのいい男だった。私の肉体を通して、私を全人的に愛しているつもりだったのだろう。実際、彼が私の傍らにいて、私を支えてくれた時期は長く続いていたのだ。

確かなことがひとつある。私はあの時……左千夫の犯行の全貌《ぜんぼう》を知った時、これから自分が生きていくために必要なのは北島だ、彼しかいない、と感じた。その気持ちには嘘偽りがない。北島に向かって私は両手を伸ばし、救いを求めた。北島はそんな私を是も非もなく、まるごと受け入れてくれたのだ。

そのことについては本当に感謝している。どれだけ感謝しても、しきれないほどに。翌一九八八年、私は律と正式に養子縁組を交わした。律は中学二年生で、高校進学も間近に迫っていた。この機会を逃さずに、律と共に函館に住むのはどうだろうか、と私が考え始めたのも、決して軽い思いつきなどではない。

私は何よりも、自分自身の新しい人生を築いていきたいと思っていた。亡《な》き美佐のためにも、たづのためにも、律を立派に育てあげれば、それが翻《ひるがえ》って自分自身を救い、気持ちを豊かにさせてくれると信じた。

今から思うと、私の中のどこに、それほどの自信、力が漲っていたのかわからない。母親になるどころか、難しい年齢にさしかかろうとしている少年の継母になる……しかもたった一人で……ことに対して、なぜ、何の不安も抱かずにいられたのか。

律のことを愛していたから？　イエス。律には音楽はもちろんのこと、他にも洗練された美しいものを見せたり、聴かせたりしたかったから？　イエス。そのためには傍においても、私が力を貸したほうがいいと考えたから？　それもイエスである。

だが、決してそれだけではなかったと思う。私はもっと原始的な想いに突き動かされていた。両親を殺害されたその日までは、少なくとも私は幸福な幼年期を送っていた。そんな私が歳月を経て、なお、その同じ幸福を誰かと共有できるような、そんな暮らしがしてみたくなったのだ。

住む土地も暮らす家も、仕事環境も、眺める風景も、過ぎてきた時間さえも、何もかもをリセットする、というのは、なんとも破天荒で魅力的な思いつきだった。両親が生まれ育った街を選んだのは、私の幼年期を幸せなものにしてくれた父と母の息吹を感じながら、私自身、年齢を重ねていきたくなったからである。

過去はセピア色のアルバムの中に閉じ込めてしまえばよかった。冬が近づけば雪虫が舞うという土地に……このイメージは叔父の左千夫を連想させるので、できれば思い出したくないのだが……そんな土地に暮らそう、律と共に、と私は決めた。

黒沢製菓の役員から、函館元町の、ハリストス正教会近くに建つ空き家を紹介された。以前から黒沢製菓が所有していた家で、海外から来た客人とその家族を滞在させるために使われていたという。

私は律の学校が休みに入るのを待って、二人で家を内見するために函館に行った。ひと目見るなり、私は、私よりもすでに背が高くなった律の腕に手をまわし、ふざけて身体をぶつけ、若い娘のように歓声をあげた。

高台にある一戸建ての二階家だった。なだらかな坂の上、すぐ真下に、ハリストス正教会が見下ろせた。家の外壁は卵色で、教会やその先に拡がる海に面した出窓、反対側の玄関ドアの枠は白。リビングルームの他に部屋が四つで、広すぎず狭すぎず、温かみがあった。

見上げれば空が拡がっていた。視界を遮るものは何もなかった。振り向けば函館山が見えた。夜の灯が、海風の吹く中、闇に美しく照り映える様を毎日、眺めることができると思うとわくわくした。

律と共にその家に引っ越したのは一九九〇年である。市内の高校に入学した律は、たくましく成長した。繊細な感受性を持っていたが、ひねくれているところがなく、スポーツが得意で、弱いものを支え、優しくふるまえるところが、かつての紘一を思い出させた。律はたしかに、そのころから、どんどん紘一に似ていったと思う。

高校を優秀な成績で卒業した彼は、北海道大学経済学部の入学試験を受けて、見事、合格した。札幌での寮生活が始まってからは、離れ離れにならざるを得なかったが、休みのたびに彼は函館に帰って来た。決して必要以上に近づき過ぎてはいけない、と肝に銘じつつ、あのころの私と律は文字通りの蜜月《みつげつ》だった。

様々な事情を経て親子になった、という事実を共有し合っているせいか、私たちは互いを認め合い、独立した人格として接する努力を怠らなかった。分かち合う時間は優しいものだった。互いに則《のり》を超えるようなことは決してしなかった。

律が私のことを「お母さん」と呼んでくれるようになったのもそのころからだ。それまでは堅苦しく「百々子さん」と呼んでいた。「そっち」などと言って、ごまかすこともあった。

だが、辛抱強く待ち続けた甲斐《かい》があった。私たちはその日、函館の、人気のあるラーメン店で向き合ってラーメンを食べようとしていた。老舗《しにせ》百貨店の棒二《ぼうに》で買い物をした後のことである。午後の遅い時間だったので、店内に客は少なかった。

メニューを覗き、僕は塩ラーメン、と言った律が、すぐそれに続けて「お母さんは？」と訊《き》いてきた。視線は脂《あぶら》ぎったメニューに注がれたままだった。

私はどぎまぎしながら、何も聞かなかったふりをして、「そうねえ」と言った。「私も塩ラーメン。ねえ、焼き餃子《ぎょうざ》も食べちゃおうか」

「おっ、いいね。じゃあ、餃子二皿」

「そんなに？」

「お母さんが残したら、僕が食うから大丈夫」

二度も言ってくれた、と私は内心、思った。喜びを顔に出さないようにするのが大変だった。からかったりしたら、二度と言ってくれなくなるかもしれないので、気づかなかったふりをし続けた。

律は大学卒業後、黒沢製菓に入社した。むろん、律なら他にいくらでも就職先はあったと思うし、彼なりに考えていたことがあったのかもしれない。もし、それを口にされていたら、私は一も二もなく受け入れていたと思う。

だが、大学卒業後、黒沢製菓に入社する、というコースは、もしかすると彼がこの世に生を受け、実の母である美佐が急死した瞬間から決まっていたことだったのかもしれないと思うことがある。律自身、そのコースをあらかじめ、ごく自然な流れとして受け入れていたのだ、と。

　黒沢製菓創業者の孫だからといって、私は律の就職のことで手をまわしたりしなかった。他の学生たちと一緒になって、律はごくふつうに入社試験を受け、内定を勝ち取った。私が母親であることが知れ渡ったら、社内で妙な配慮をされるかもしれないと案じていたが、それも杞憂《きゆう》に終わった。

　当時、叔父の孝二郎はすでに黒沢製菓の会長の座におさまり、実質的な経営は二人の息子が継承していた。もともとそうだったが、叔父一家とは反りが合わず、軋轢《あつれき》が絶えなかった。私は性格上、黙っていられないことを前にして、無関心を装いながらにこにこしていることができない。ずいぶん、不快に思われていただろうが、それでも彼らは律のことだけは終始、公平に扱ってくれた。感謝している。

　律が三十になった年、彼は洋食レストラン黒沢亭の店長兼支配人に抜擢《ばってき》された。異例の出世、と言ってよかった。黒沢亭支配人を経験した社員は、いずれ本店に戻り、さらなる上のポストを与えられる可能性が高くなる。

私は私でそれを受け、黒沢亭の広い庭に「黒沢音楽堂」と名付けた小さなコンサートホールを建てた。もちろん、費用は全額、私が負担した。

黒沢亭は昔のままの洋館造りで、外壁を塗り直し、室内の床と天井の補修以外は、どこにも手をつけられておらず、以前と何ひとつ変わっていなかった。

つまり、叔父の左千夫と最後に食事をした時のままだったわけだが、その記憶を消し去るためにも、庭に音楽堂を建てるというのは名案だった。うまくいけば客が増え、店が繁盛し、律と黒沢製菓のためにもなる。そういう目算もあった。

小ぶりの教会のような外観の音楽堂である。収容人数は最大で百名ほど。舞台は特に作らず、ベーゼンドルファーの黒いグランドピアノをフロアに一台置いただけで、あとは自由に使えるようにした。

私はそこで月に一度ずつ、自分自身の小さなコンサートを開いた。ヴァイオリンやヴィオラ、チェロの演奏家を招いて室内楽のゆうべを開催したりもした。客はその前後に黒沢亭で食事をし、飲み物を注文してくれたので、店の収益にも貢献できたと思っている。

海外の演奏家を招聘《しょうへい》できるだけの余裕はなかったが、聖蘭の卒業生で、プロの演奏家として内外で活躍しているピアニストや声楽家に声をかけ、安いギャラであることをあらかじめ伝えた上で、来てもらった。私が飛び入りで参加し、ピアノを弾くこともあった。終われば、彼ら彼女らと街に繰り出し、懐《なつ》かしい聖蘭の話に花を咲かせながら飲み明かした。

　私は演奏家であり、ピアノ教師であり、律の母親であり、同時にプロデューサーだった。仕事は楽しかった。毎日が忙しく、時間が足りなかった。海外旅行にも頻繁に出かけた。内外問わず、仲間たちが増えていった。

　東京にもよく出向いた。行くと必ず、たづを訪ねた。二人で谷中霊園の石川家の墓参りをし、美佐と多吉に手を合わせ、律が元気でいることを報告した。帰りはたづと一緒に蕎麦《そば》をすすったり、あんみつを食べたりした。

たづと会うたびに、よく紘一の話が出た。紘一の勤務先は商社で、なかなか国内で落ち着いた暮らしができず、そのころすでに海外勤務を数回、繰り返していた。律と養子縁組をするのは、たとえ紘一の側にその気があったとしても、難しかったろうと思う。

　妻の満知子との仲は円満のようだった。海外勤務中に子供が生まれ、彼は満知子によく似た、利発な感じのする双子の娘と、その弟にあたる息子、三人の子の父親になっていた。

「紘一が百々子嬢ちゃまに会いたい、って言ってますよ」

たづはそう言った。優しいたづの、私を思いやった言葉に過ぎないとわかっていながら、私はそれを聞くたびに嬉《うれ》しく、胸が熱くなった。もう何年も会っていなかったが、紘一は変わらずに私の中に生きていた。律を見れば紘一を思い出した。律のことはほとんど毎日、見ていたので、私は毎日、紘一を思い出していたことになる。おそろしいほど早く季節が移り変わり、年が改まっていった。凄《すさ》まじい速さで時間が過ぎ去った。

律は黒沢亭で働いていた四歳年下の若い娘と、律らしい健全で常識的な恋におちた。真っ先に私に紹介してきて、私は奈緒《なお》という名の娘の、素朴な愛らしさに惹《ひ》きつけられた。出身は知床の小さな町で、代々、船乗りの家系だった。華やかさばかりを追いかける若い娘にはなかなかみられない芯《しん》の強さ、素朴なたくましさは、北の海で鍛えられてきた人間の強さを感じさせた。律にはぴったりだった。

とんとん拍子に結婚話がまとまり、二人は華燭《かしょく》の典をあげた。二〇〇五年の秋だった。函館のホテルで行なわれた披露宴には、大勢の出席者が参列した。八割が黒沢製菓の関係者だった。

その中に八十二歳になったたづの姿があった。たづは老いてすっかり涙もろくなり、終始、白いハンカチで皺《しわ》の増えた目もとをぬぐっていた。

私は会場の片隅でたづと向き合った。一時期よりも痩《や》せた身体を思いきり抱きしめたいという衝動にかられたが、まわりの目もあるのでこらえた。

嬢ちゃま、と、ひとまわり小さく縮んだようになったたづは、精一杯爪先《つまさき》立ちをして私に耳打ちしてきた。

たづは幸せものです。そう言ったあとで、たづはやおら私の手をとり、握りしめ、目を細めて微笑しながら、嬢ちゃま、と呼びかけた。手を軽く揺すった。嬢ちゃまはご立派です。ほんとです。律をここまで育ててくださって。嬢ちゃまはすばらしいです。たづの誇りです。

私は一挙に十二歳の、聖蘭学園初等部に通う小学生に戻った。人の目もかまわずに、私はたづの腕に手をまわし、引き寄せた。たづは私よりも背が低かったが、私は膝《ひざ》を少し折り、たづの身長に合わせてから、黒いレースのツーピースを着ていたたづの胸もとに顔を埋めた。かつて覚えのある、樟脳《しょうのう》のにおいがかすかに嗅《か》ぎとれた。

たづに甘えている、と思うと、嬉しさと懐かしさのあまり、鼻の奥が熱くなった。何度こうやって、たづに甘えたことだろう。何度も何度も、私はたづに私自身の心もとなさ、さびしさをぶつけ、それでもたいしたことはない、という勝ち気さを見せながら、たづの胸や腰に顔を埋めていた。

「律はね、私のパパとママが出会った店で、奈緒さんと出会ったのよ。ねえ、たづさん。不思議ね。こうやって人と人はつながって、人生が繰り返されていくのね」

「本当ですね、嬢ちゃま」

「たづさん。私、これから大丈夫かな」

「何がでございますか？」

「年とったのよ、私も。こうやってたづさんに甘えてると、なんだか弱気になる」

たづは心得たもので、子供を扱うように私の背中を優しく撫でさすり、頭を撫でてくれた。嬢ちゃま、嬢ちゃま、大丈夫です、なんにも心配いりません、いつだって、たづがおそばにいますから……。

それがたづと会った最後になった。

翌年の春、紘一は急に本社勤務となり、満知子や子供たちを伴って慌《あわ》ただしく帰国した。千鳥町の家で一緒に暮らす、という話も出たが、とりあえずは会社が用意してくれた目黒区のマンションに入居し、たづとの同居は落ち着いてから、ということに決まった。

たづは、息子一家の荷物整理を手伝う、と言ってエプロン片手にマンションを訪ねた。いくらもしないうちに、少し疲れたと言ったので、満知子はたづをソファーで休ませた。

年齢のせいで、さすがのたづも疲れやすくなっているのだろうと思った満知子が、お茶をわかそうとキッチンに入ったとたん、居間で大きな音がした。たづは床に倒れ、意識を失っていた。

搬送先の病院に到着した時は、すでに心肺停止だったと聞いている。出産後でさえ床につくのをいやがっていた、たづらしい最期だった。

急性心不全。享年《きょうねん》八十三だった。

※

何かが自分の中で起こっている、そしてそれは、ただのちょっとした疲れからくる異変ではなく、簡単には看過できないこと、問題視しなければならないことなのだ……そんなふうに感じることが多くなってからもしばらくの間、私は身体《からだ》の中で点滅し始めた警報信号を、あらゆる理由をつけて無視し続けていた。気のせい。ストレス。長引いている更年期障害。加齢による自律神経の乱れ。仕事を減らし、夜の会食をやめ、定期的にきちんと休みをとればすぐに治る……。

頻繁に頭痛に悩まされていた。強い鎮痛剤が手放せず、次第に量が増えていった。そのせいで胃が荒れて、時折、胃痛に苦しんだ。それをおさえるために、胃薬を大量に飲んだ。疲れていてもなかなか寝つけず、寝ても眠りが浅くて夢ばかり見た。睡眠導入剤の量も増やさざるを得なくなった。

常に頭の中がもやもやしていた。ミルク色のうすい膜がかかっているかのようだった。特に気分が悪いというわけではなかったが、はっきりしない頭のせいで苛々《いらいら》するようになった。

周囲に不機嫌な顔を見せるのがいやで取り繕っていたが、たとえば一人で外出先のトイレに入った時など、人がいないことを確認してから、便器の横の壁を拳《こぶし》で叩きつけることもあった。自分でもどうしてこんなに些細《ささい》なことで苛々しているのか、わからなかった。

律が風邪をひいたり、私の血圧が急に上がったりした時など、気軽にかかっている市内のクリニックでは、毎年一度、必ず血液検査を受けている。頭痛と胃痛を訴えて受診し、心臓もふくめて検査してもらったが、中性脂肪が高くなっていること以外、これといった異常は見つからなかった。

人と会っていても、話の途中から、目の前にいる人の名前や自分とのつながりがわからなくなることがしばしばあった。十年も前からよく知っていた人ですら。

いったん暗譜したピアノの楽譜は忘れなかったし、ピアノを弾くことには何の支障もなかったが、たまに指が勝手に鍵盤の上を動いているだけで、自分の脳はその動きにまったくついていっていない、という、奇妙な感覚を覚えることがあった。意識と感覚が乖離《かいり》している、と言えばいいのか。感覚はあっても意識が淀んでいて、何も理解していない。頭の芯が眠っているのに、身体の器官だけが勝手に動いていて、遠ざかる意識の中でそれを見ている、といったような状態が起こった。それでもなるべく気にしないようにしていた。そう、ただの疲れ。ストレスからくる一時的なもの。そのうち治る……。

だが、ついにこの事態を深刻に受け取らざるを得なくなる出来事がおこった。昨年、二〇一三年十月のことである。

日曜日、黒沢亭で律の娘……私の孫である奈々美《ななみ》の七五三を祝う食事会を開いた。律と奈緒、七歳になった奈々美、そして私の四人で、家族水入らずの昼食をとったのだ。

冬が早くやって来る北海道では、七五三の祝いは十月に行なわれる。その日は午前中、四人で神社にお参りし、律が予約しておいた市内の写真スタジオで写真を撮った後、黒沢亭に行ったのだった。

食後は店のスタッフに頼み、音楽堂のある庭で、四人揃《そろ》って記念撮影をした。よく晴れた秋の日だったが、慣れない着物を着せられていた奈々美が、苦しいから早く脱ぎたい、とぐずり出したのをしおに、私たちは帰宅することになった。

車を運転して来た律が「先にうちに行ってもいい？　奈々美たちをおろしてから、お母さんを送ってくから」と言うので、もちろんそれでいいわよ、と答えた。律一家は私の住まいにほど近い、同じ元町にある低層マンションで暮らしていた。

そのマンションの前で、奈緒と奈々美を先に車からおろした。お義母《かあ》さん、助手席に座りますか、と奈緒に訊かれ、そうしようかな、と言って私はいったん車の外に出た。その時、孫の奈々美が少し緊張したように私に駆け寄ってきて、おばあちゃん、と言った。「これ」

　勢いよく差し出されたのは花束のかたちをあしらった、小さな愛らしい、赤いキャンディの束だった。ハートマークがプリントされた金色の紙で束ねられていて、キャンディの真ん中には翼を拡げた白い小鳥のおもちゃが差し込まれていた。

「わあ、可愛《かわい》い。私に？」

「うん。プレゼント」

　奈緒が笑顔で「お義母さんにどうしても、今日、プレゼントを渡したい、って言うもんですから」と言った。

　私はキャンディを胸に抱きしめ、ありがとう、ありがとう、と繰り返した。「きれいねえ。この小鳥もなんて可愛いのかしら。食べるのがもったいないわね」

「その鳥は食べられないよ」と奈々美が大人びた言い方で言った。「鳥のとこだけキャンディじゃないから。食べないように気をつけてね」

「わかった。じゃあ、この小鳥は大切にしまっておく」

　そんな会話を交わした後、私たちは手を振り合って別れ、私は律の運転する車で自宅に戻った。

その翌々日の夜のことである。何の用だったのかは忘れたが、私は律の訪問を受けた。陽が落ちたとたん、肌寒さを感じる日だった。車でやって来た律が、急に冷えてきたね、と言うので、私は熱いココアをいれてやった。

「奈々美は、ほんと、おばあちゃんっ子だよね」猫舌の彼が、熱いココアの入っているマグカップに、ふうふう息を吹きかけながら言った。「何かおばあちゃんにあげたい、プレゼントしたい、って言って、あのキャンディ、自分で選んできたんだよ。で、別れ際《ぎわ》にサプライズみたいにしたかったらしくてさ」

「キャンディ？」と私は訊き返した。律が何の話をしているか、わからなかった。本当に。「なぁに？　それ」

律は初め、不思議な反応をみせた。私が冗談を言っていると思ったのかもしれない。私の冗談に合わせて、何か気のきいた冗談を返そうと企《たくら》んだのかもしれない。眼をぱちくりさせながら、律は「それって、忘れたふり？」と私に訊《たず》ねた。少し笑った。「一昨日、奈々美がお母さんにあげたキャンディだよ」

「え？」と私はもう一度、訊き返した。

自分が一昨日、奈々美からキャンディをもらったこと、なぜ、そういう流れになったのかということが、まったく思い出せなかった。記憶がすっぽり抜け落ちていた。

それは恐ろしい感覚だった。思い出そうとして思い出せない焦燥感が、爆発せんばかりに私に襲いかかった。

律が軽く眉《まゆ》をひそめた。「……覚えてないの？」

「あ、あの、いえ、そういうわけじゃないんだけど」

「黒沢亭で食事したでしょ、四人で。その帰りに……」

四人、と言われて、誰と誰なのかもわからなかった。気分が悪くなった。頭の中にあったミルク色の薄い皮膜が、突然、頭全体をどす黒く被《おお》い始めるのがわかった。眼の前の景色が歪《ゆが》んだ。恐怖にかられるあまり、喉《のど》が詰まりそうになった。

だが、律には気づかれたくなかった。決して。それは本能のようなものだった。

私はわざとマグカップの中の熱いココアを勢いよくすすり、「熱っ」と言った。そばにあったティッシュの箱からティッシュを一枚引き出し、口もとをおさえた。律に微笑《ほほえ》みかけた。「ええっと、そう。そうだったわね。一瞬、記憶が混乱しちゃった。ごめんごめん」

「やだな。どうしたの。疲れてる？」

「かもね。ここのところ、ずっと忙しかったから」

「仕事、少し減らせないのかな？　奈緒も心配してるよ」

「大丈夫よ。好きでやってることだし。でも少し、休んだほうがいいかもしれないわね。孫もいる年になったっていうのに、いつまでも若いつもりでいたところで、長続きしないものね」

そうだよ、と律はうなずいたが、ちらと私を見た目に不安の色が射《さ》しているのを私もまた、不安な想《おも》いで見つめ返した。

二日前、奈々美の七五三を祝って一緒に神社に行き、その後、写真スタジオで記念撮影をし、黒沢亭で食事を共にしたこと、帰りがけ奈々美から赤い花束のようになったキャンディをプレゼントされたことなどをおぼろげながら思い出したのは、その晩、律が帰ってからだった。奈々美からもらった赤いキャンディの花束は、なぜか冷蔵庫の下の野菜室に押しこまれていた。

かつて経験したことのない種類の恐怖にうちのめされた。これはただの物忘れなどではない。記憶が完全に抜け落ちてしまっている……。

だが、時間が少しかかっても、結局は思い出すことができたのだから、まだ問題にするようなことではないだろう、と自分を慰めた。試みにベッドの中で、今日が何月何日で、何曜日で、自分の住所と携帯の電話番号はこれこれで……と繰り返してみた。難なく思い出すことができた。

脳が疲れているだけなのだ、と思った。律に言われた通り、本当に少し休まなければ。

だが、脳の疲れなどではないことは、たぶん、私自身が一番よくわかっていたと思う。律にも奈緒にも黙って、密《ひそ》かに病院に行き、様々な検査を受けたのは、その翌々月。

年の瀬が近くなってからである。とことん逃げ続けるという方法もないではなかった。だが、映画やテレビ、小説の中でこれまで見聞きしてきたシーンが私を怯《おび》えさせていた。まだ六十代に入ったばかりなのに、両手にたくさんのぬいぐるみを抱え、ピンクの上着、ピンクのズボンをはいて、頭にはピンクのカチューシャをつけ、誰かがお愛想でぬいぐるみのクマの頭を撫でようとすると、烈火のごとく怒り出し、同時に失禁もしてしまうような人間にはなりたくなかったのだ。

そう、函館のデパートの前で、私は一度、実際にそういう老女を見かけたことがある。頭髪が薄くなった頭にピンク色の太いカチューシャをつけていた。老女は車椅子に乗っていて、車椅子を動かしていたのは老女の配偶者らしき老人だった。大量の大小のぬいぐるみに囲まれながら、大切なクマの頭を他人に触られた、というので激昂《げっこう》し、泣き出した。その勢いで脱糞《だっぷん》してしまったらしく、あたりには強烈な糞便のにおいがたちこめた。

車椅子のレバーを操作しようとしていた老人は、老女の腰のあたりに手を伸ばし、ありゃあ、やっちまった、と言った。あまりにお手上げのことに遭遇し、笑いそうになっているかのようにも見えた。

老女は九十歳に近いような年齢に見えた。いや、もう少し下だったのか。少なくとも六十代ではなかった。

病院では言われるままに複数の検査を受けた。頭のＭＲＩはもちろん、二度にわたって記憶テストも受けた。今日は何月何日ですか。西暦何年ですか。お誕生日を教えてください。野菜の名前を十種類、言ってみてください。ここにあるたくさんの単語を覚えていただけますか。五分たったら、どんな単語があったか伺います……。

ほとんどすべて間違いなく答えることができたと思ったが、並べられた十数個の単語のうち、五分後に私が覚えていたのはわずか二つだった。鹿と桜だったと思う。なんだか花札の絵みたい、と私が言うと、相手の心理士はいかにもお義理といった微笑を返してきた。

結果を聞きに行った時も、私は一人だった。律とさほど年齢が変わらないように見える若い担当医が、会議で資料を読みあげるようにすらすらと、「若年性認知症です」と言った。「ご年齢からすると、ぎりぎり、というところですね。若年、というのは、通常は六十五歳までに発症したものを言いますので」

「それを超えると若年性とは言わないんですか」と私は訊いた。思いがけず冷静でいられたのは、たぶん、そんなところだろうと自分でも想像できていたからだ。

「基準がそうなっている、というだけで、もちろん多少の、ずれはありますし、そのあたりは微妙ですが」

「じゃあ、私は今、六十二歳なので、やっぱり若年性ということですね」

「そうですね」と医師は言い、大きなパソコンに映し出された私の頭部の画像を指し示した。そして私の脳の海馬の部分が萎縮《いしゅく》し始めていること、全体的に血流が悪くなっていることから、脳血管性ではなく、アルツハイマー型だろうと思う、と言った。

ひと通りの説明を聞いているふりをした。軽いめまいがしていた。貧血を起こしかけているのかもしれない、と思った。意識が少し遠のいていくような感じもした。あと数分、診察室にそうやっていたら、倒れてしまうに違いなかった。だから、質問は少し早口になっていた。

「あと、どのくらい大丈夫ですか。つまり、いつまで今までと変わらない生活ができるか、ということですが」

「そう急には進行しないので」

「急に、というのはどの程度？」

「個人差があります。でも少なくとも、びっくりするほど一気に進行してしまう、ということはふつう、ありませんから」

「あと一年、いえ、二年くらいはこのままでいられる、ということですか」

「はっきりは申し上げられませんが、そうですね、お薬を飲んで、食事や睡眠など、生活に気をつけていれば、長い間、問題なく過ごせる方も大勢、おられます。でも繰り返しになりますが、個人差が大きいので進行度合いは異なります」

「私、ピアノの仕事をしてるんです」言わずにおいてもいいことを私は口走った。ピアノの話を始めたとたん、いきなり鼻の奥が熱くなった。「一応、ピアニストなんです。自分のコンサートを開いたり、室内楽演奏会のプロデュースをしたり、ピアノを教えたりしています。これまでずっと、そうやって生きてきました。……今後、私はピアノも弾けなくなってしまう時がくるんでしょうか」

「ピアノのことはよくわかりませんが」と医師は感情のこもらない口調で言った。「長年慣れ親しんできた楽器が演奏できなくなるまでには、なかなか至らないと思いますよ」

「難しい曲が弾けなくなるのはかまわないんです。でも、目をつぶっても弾けた曲がわからなくなったり、まったくピアノの弾き方を忘れてしまうのだとしたら……たぶん、そうですね、あの、私、つまり、ひと言で言うと、生きる希望がなくなってしまうような……」

それ以上、何も言ってはいけない。たとえ医者であろうが、ピアノに何の関心もない相手に向かって話すようなことではない。私は懸命になって、こみあげてくる言葉をのみこんだ。

喉の奥に言葉を押し戻すことには成功したが、代わりに視界が潤《うる》み、くちびるが震え出した。

すみません、と私は謝り、握りしめていたタオルハンカチで口を被った。医師は気の毒そうに目をそらした。

その日、家に帰ってから、私はレポート用紙と予定が書きこまれている手帖《てちょう》を前に、思いつくまま、今後、やっておくべきことを箇条書きにした。律と奈緒にこのことを打ち明ける日。知らせておいたほうがいい仕事関係者と仲間たちの名前。さしあたって、予定を変更しなくてもいいと思える約束の数々。今からキャンセルしておいたほうが無難な約束の数々。上京して谷中霊園に行き、おそらくはもう、来られなくなるかもしれない、ということを亡きたづや美佐、多吉に報告すること。そして、自分がそのうち世話になる施設の見学と選定……。

それらを片端から書き記しながら、私はこんな波瀾《はらん》が最後に待ち受けていたことに呆れ、泣きたいというよりも、笑いたくなった。波瀾万丈もここまでくれば上等だ、見上げたものだ、と思った。

別に強がりではなく、心の底から素直にそう思った直後、深い疲れと悲しみを覚えて、私はテーブルに突っ伏した。

私は自分が特別に不幸な運命を背負って生まれた人間だったとは思っていない。思ったこともない。

　生きていれば誰にでも様々な災難や不幸が襲いかかる。だいたい、生涯にわたって平凡で、何も起こらない人生を送る人など、いるのだろうか。不幸だったかどうか、というのは、主観の問題に過ぎないような気がする。

　私の父は、典型的な苦労知らずの御曹司《おんぞうし》だった。黒沢亭で見そめた母に夢中になり、周囲の反対を押し切って結婚。誰よりも母を愛した。母以外の女性に父が惹かれたことは、一度もなかったのではないか、と思う。

　母は娘の私が言うのもおこがましいが、美しい人だった。清楚《せいそ》で優しく家庭的で、父から愛されていることを誇りとしながら、父に寄り添っていた。

　父は仕事が多忙だったが、母に負けず劣らず家庭的だった。家庭を愛するあまり、家庭そのものに恋をしていた、と言ってもいい。

　父はたった一時間、いや、場合によっては三十分だけ、母や私と水入らずで過ごす時間を捻出《ねんしゅつ》するために、涙ぐましい努力をしてくれた。しかも常に笑顔だった。疲れて不機嫌な様子を見せたことはなかった。

　外で車の音がする。パパのお帰りよ、と母が顔を輝かせる。私は母と、そして、時にはたづも一緒に、玄関まで父を出迎えに走る。

　引き戸を開けて入って来る父。その手から鞄《かばん》を受け取る母。一瞬、二人が眼と眼を見交わし、おっとりと幸福そうに微笑し合うのを私は少し離れたところから眺めている。時には幸福なジェラシーに包まれながら。

暮らし向きは豊かだった。若いころからクラシック音楽に造詣《ぞうけい》が深かった父は、当時から高級品だったアップライトのピアノを買って、私に習わせた。休日にはビクターのステレオでクラシック音楽のレコードをかけ、私と母にその曲の素晴らしさを語った。作曲家、演奏家、指揮者についての知識も与えてくれた。

私は父に言われた通り、音楽教育にかけては他の追随を許さない名門の聖蘭学園初等部に入学した。そして十二になった年の十一月まで、文字通り何の苦しみのない、まことに幸福な日々を過ごしたのである。

そう、あの十二年の歳月は私にとって完全無欠の、調和した幸福な日々だった。時に、音楽で言うところの不協和音が鳴り響くこともないではなかったが、それらはたちまち和やかで優しい音に変わっていった。案じることは何ひとつなかった。

今になっても、私の中にはあの十二年間を好きなだけ眺めることのできるプリズムがある。そのプリズムを通しさえすれば、いつだってあのころを取り戻すことができる。巻き戻した時間の先に見えてくるのは、私の人生の中に、揺るぎなく確かに実在した小さな王国なのだ。

父からは音楽全般を教わったが、母が好んで私に語って聞かせたのは、素朴な愛らしいおとぎ話の世界だった。きらきらと光るものがちりばめられているクリスマスカードが一枚あれば、母の独擅場《どくせんじょう》になる。クリスマスツリーや雪をかぶった赤い煙突の家々。二頭立ての馬車。聖歌隊。走り回る犬。天空にぽつんと輝く大きな星……。

母が語り始めると、たちまち小さなカードの中の世界が私の脳内に活《い》き活《い》きと再現される。馬車の鈴の音、鳴り響く音楽が聞こえてくる。

夏の湯上がりの母の身体からは、いつも天花粉のにおいがした。母の白いうなじは、天花粉の白い粉でさらに白さを増していた。私が見ていることにもかまわず、父は時折、ふざけて母の、天花粉がたっぷりかかったうなじに人指し指を押し当て、愛撫《あいぶ》するように円を描いた。母がくすぐったがって腰をよじる。父は母を後ろから軽く抱き寄せて笑う。

庭の木々で油蟬《あぶらぜみ》が鳴いている。打ち水をした花壇の草花から、むっとむせ返るような夏のにおいが立ち上る。

飼っていた金魚が死んだ時、庭の片隅に埋め、墓を作った。小枝で作った十字架を立て、虹色《にじいろ》のガラスのおはじきを並べて塚を作った。烈しい夕立もじきにからりと上がり、獰猛《どうもう》に射し込んでくる西陽が、おはじきの塚の上で木漏れ陽を踊らせている。隣家の飼い犬が犬小屋から出てくる時の、じゃらじゃらと鎖を引きずる音が聞こえてくる。

そんな中、私はピアノを弾いている。窓の向こうの庭に、母の姿が見える。雨のせいで生乾きのまま取り入れなくてはならなくなった洗濯物を再び干している。腰につけた白いエプロンのリボン結びに、美しい大きなアゲハチョウがまとわりつき、じゃれている。

母は朝の残りごはんをにぎって味噌《みそ》をまぶし、軽く焼いてくれた。こういうものが一番おいしいわね、と言う母と夏の庭を眺めながら、私はおにぎりにかぶりつく。冷たい麦茶を飲む。油蟬が何匹も競うように鳴き、家は蟬の声に包まれている。庭にはあちこち、夏の花が無造作に咲き乱れている。

檜扇《ひおうぎ》、姫向日葵《ひまわり》、大きな赤い芙蓉《ふよう》、ポンポンダリア……。梅雨が過ぎたというのに、青い見事な紫陽花《あじさい》も未《ま》だ健在だ。

たづさん、たづさん、少し早いけど、一緒におひるにしない？　と母が家の奥に声をかける。母も父も、そしてもちろん私も、たづが大好きだった。たづほど好きな人間は他にいなかったかもしれない。母が言う。たづさんもおひとついかが？

あらまあ、奥様、奥様の手作りをいただけるなんて、たづは世界一の幸せものです、などと言いながら、たづがエプロンで手をふきつつ、息をはずませてやって来る。

母が微笑み、味噌をまぶした温かいおにぎりをたづに手渡す。虻《あぶ》がジジジと羽を鳴らして庭を飛び交っている。軒先に下げた風鈴が優しく澄んだ音色をたてる。

なんておいしいこと、おにぎりはこういうのが一番です、ほっぺたが落ちます、もう少し涼しくなったら、また、たづがぜんざいをお作りしますね、嬢ちゃまも待っていてくださいましね。

たづの作るぜんざいが大好きだった父は、外出の時、髪の毛にポマードをつけていた。手の指にはいつもポマードのにおいがしみていて、父の手はポマードくさかった。他で嗅ぐことのできない、父だけの、いいにおいだった。父に頭を撫でられた後、私の髪の毛からはしばらくの間、父のにおいが漂ったものだった。

秋がきて、庭にコスモスや萩《はぎ》の花が咲き、乾いた落ち葉と共に花びらが散り敷かれ、やがて素足で歩く廊下が冷たく感じられるようになる。雨が続き、木々の葉が落ちるころ、母はたづに手伝ってもらって炬燵《こたつ》を出した。

東京に珍しく雪が降ると、母が庭に降りて雪うさぎを作った。休みの日と重なった時は、父が大きな雪だるまを作った。

冬が去り、春が近づき、季節はまたひとめぐりした。いかなる時でも、私には欠落したものがなかった。充《み》たされていた。

他の児童と比べて発育が際立ってよく、そのことだけが私に劣等感にも似た気持ちを抱かせることがあったが、どんどんふくらんでいく胸や、大人の女に近づいていく身体つきに関して、母も父も、ごく自然に、おおらかに受け止めてくれていた。おかげで、私は自分の肉体に必要以上に嫌悪《けんお》感《かん》を抱かずにすんだ。

学年が上がるにつれて、私の中の知識欲は熱量を上げていった。単にピアノをうまく弾きこなす、ということだけでは物足りなくなった。

そんな私に気づいてか、父はいっそう、自分の音楽に関する知識をあれこれ教えてくれるようになった。そういう時の父は、教師のような威厳に満ちていた。穏やかで落ち着いていて、知性にあふれていた。

父は母を深く愛し、溺《おぼ》れたが、母もまたそんな父に恋をしていた。そのことが子供の私にも理解できた。父は魅力的だった。

メンゲルベルグ指揮によるバッハの『マタイ受難曲』。一九三九年にアムステルダムで上演されたというレコードを恭《うやうや》しくプレーヤーにセットしながら、父は怪談でも始めるかのように、「よく聴いててごらん」とひそひそした言い方で私に言った。「すすり泣きの声が聞こえてくるからね」

あれはいつだったろう。季節は六月だったか、七月だったか。外では生ぬるい夏の雨が降りしきっていた。開け放した窓の向こうに、青々とした草を叩く雨の音が聞こえていた。

日曜日だったのでたづはいなかった。母は久ヶ原駅の近くにある美容院に出かけ、留守だった。家の中にいるのは私と父だけだった。

外は雨で、ステレオのある応接間は薄暗かった。そのためか、私には父の言い方が少し恐ろしく感じられた。

私は声をひそめて訊き返した。「すすり泣き？　何なの、それ。……幽霊の声？」

「まさか。いいから聴いててごらん」

そう言いながら、父は注意深くレコードに針を落とした。

ステレオのスピーカーからは、コンサートホールのかすかな気配とざわめきとも言えない空気の揺らぎが伝わってきた。もの悲しいアリアである。憂《うれ》いを帯びた旋律を奏《かな》でるソロ・ヴァイオリンの澄んだ音色。アルトで歌う女性の美しい声に、やがてかすかに聴衆のものと思われるすすり泣きの音が混ざってくるのが聞き取れた。

男のものか女のものかはわからない。嗚咽《おえつ》していると言ってもいい。明らかに喉をふるわせ、声を殺して泣いている。

ほうらね、と父が自慢げに言う。

どうして？　誰が泣いてるの？　なんで泣いてるの、と私は矢《や》継早《つぎばや》に訊ねる。

聴いている人たちが、心を揺さぶられたんだよ、と父は答える。この曲が録音された一九三九年は、大きな戦争が差し迫っている時だったからね。平和な暮らしを壊しにかかろうとする敵が、すぐそこまで来ていたんだ。この先どうなるか、何が起こるのか、人々が不安にかられていた時代だった。そういう時に、こんなに美しくて物哀しい音楽を聴いたら、誰だってどうしようもなく胸が熱くなって、涙がこみあげてくるものだと思うよ。それが偶然、録音されて、レコードにそのまま残されたんだ。

ほんと？ と私。ほんとさ、と父。

人間の苦しみや不安を癒してくれるのが、本物の芸術なんだ。パパはそう信じている。だからこそ、そこに神が宿る。音楽を勉強している百々子も、このことは覚えておくといいね。

私は深くうなずき、改めて問いかけた。これ、なんていう曲？

父は、かけがえのない大切な言葉を口にする時のように、ひと呼吸おいてから答えた。

『神よ憐《あわ》れみたまえ』と。


私は今、自宅の居間の、窓辺に置いた両肘《りょうひじ》つきのゆったりした椅子《いす》に腰をおろしている。びゅうびゅうと吹きつける風のやまない、しかし、またとないほどよく晴れた秋の日の午後である。

窓ガラスの向こうには、ハリストス正教会の青い尖塔《せんとう》や家々の赤い屋根が見える。落ち葉が一斉に舞い上がっては、音もなく光の中に散り拡がっていく。

椅子に敷いた古い座布団《ざぶとん》は、昔から気にいって使ってきたクリーム色のムートン製。座り心地がよすぎて、座ったまま、気がつけばうつらうつらしていることも少なくない。

家に帰ったのは三十分ほど前。それまで私は、同じ元町にある旧イギリス領事館のティールームで、聖蘭学園初等部と中等部時代の担任だった美村と会っていた。年賀状のやりとりはもちろん、簡単な近況報告、季節の挨拶《あいさつ》は欠かさなかったが、会うのは四十数年ぶりだった。

四十数年！　気が遠くなるほどの歳月である。

先月末、美村から珍しく封書の手紙が送られてきた。十一月半ばに、妻と函館から大沼公園をまわる旅を計画している、という。函館ではぜひ百々子さんに会いたいと思っています、短い時間でもかまわないので、お目にかかることはできますか、ホテルのラウンジでもご自宅でも、どこでもご指定の場所に伺います、妻はその間、適当に街を散策しているので、お気を使わずにいてください……そう書かれてあった。

美村と会えば懐かしさがこみあげ、幾多の思い出話を交わしたくなるのはわかっていた。だが、そうなれば、今の病気のことも打ち明けざるを得なくなる。かといってせっかく函館までやって来る恩師に会うことを断念したくはなかった。

私のほうこそ美村に会いたかった。今、会わなかったら、おそらく次はないのだ。

その晩、美村の自宅に電話をかけた。函館に来られるなら、ぜひお会いしたいです、お待ちしていますと言うと、美村はたいそう喜んでくれた。百々子さん、すごく元気そうだ、よかった、と言われた。美村にしては無邪気な、好々爺《こうこうや》を思わせる言い方で。

おかげで、私はためらうことなく、病気の話を打ち明けることができた。できるだけあっさりと。まるで、ずっと秘密にしてきた楽しいことでも打ち明けるかのように。そのうち先生が先生であることもわからなくなると思うので、ぜひ、今のうちにお会いしておきたいです、たった数か月でも先のばししたら、その時にはもうお会いできなくなっているかもしれませんから。私がそう言うと、美村は言葉を詰まらせた。ざらざらとした砂のような沈黙が拡がった。

先生、と私は小声で呼びかけた。どうなさいましたか。

美村が大きく息を吸う気配が伝わった。鼻をすすったのかもしれなかった。だが彼は、まるで私からは何も聞かなかったかのように「会えるなんて、嬉しいです」と明るさを装《よそお》った口調で言った。「ずっと百々子さんと会いたいと思っていました」

同じです、と私は言った。「先生、お幾つになられました？」

「七十四」と言い、美村は茶目っ気をにじませた吐息をついた。「立派な高齢者です。でも、百々子さんはまだまだ若い」

「そんなことありません。もうとっくに六十を超えましたから」

「声の印象としては四十代、いや三十代、っていう感じしかしないんですが」

「まさか。私、先生と年が近いんですもの」

「信じられないですね。お会いするのは四十五年ぶりくらいになるのかな」

数字がよくわからなくなっている私は咄嗟《とっさ》に、「そんなにたちましたか？」と切り返してごまかした。

最近ではもう、外が暗くなってからの外出は控えるようにしている。まだ日常生活にはこれといった支障は出ていないが、夜間、外を出歩くのは怖かった。暗闇《くらやみ》そのものが怖いのか、闇の中に点滅している街の灯が遠近感をなくすことが怖いのか。陽が落ちるとたちまち、私は怯えるようになっていた。

そのため、美村との約束は午後一時という、明るい時間帯にしてもらった。場所は私の家からも近い、同じ元町にある旧イギリス領事館の中のティールーム。いつも空いていて、静かで、まわりに気兼ねなく話ができる。

人と一時間以上、対面していると疲労感が鉛のように押し寄せてくるようになっていた。相手が美村ならそうはならないだろう、とも思ったが、それでも次第に疲れがたまり、隠せなくなるかもしれなかった。せっかく再会した美村に惨《みじ》めな姿は見せたくなかった。

私は、申し訳ないが、お会いするのは一時間くらいということにさせてください、と頼んだ。理由も隠さず正直に打ち明けた。美村は快く了解してくれた。

早めの昼食に朝の残りのロールパンを使って作ったハムサンドを少し食べ、私は身支度をした。午後一時、旧イギリス領事館、美村先生、と書かれたスケジュール帳と、キッチンの冷蔵庫に、予定を書いて貼《は》ってあるピンク色の、林檎《りんご》のかたちをしたポストイット、さらにスマートフォンの中の、予定を書き込めるアプリも確認した。

外出の際、着る洋服と身につけるアクセサリー、腕時計などはいつも前の晩に用意しておく。そうしないと、出かける寸前に何から準備すればいいのかわからなくなり、いったいこれから何をしに出かけるのか、ということも思い出せなくなる恐れがあるからだ。

何度もメモやスマートフォンを確かめ、外出の際の点呼を行なった。戸締り、ガスの元栓、暖房器具の電源……。慌てずにひとつひとつ確認し、前の晩に準備しておいた、足あたりのやわらかなロウファーをはく。玄関を出てドアに鍵《かぎ》をかけ、何度も指をさして「鍵オッケー」とつぶやく。

初めのうちは滑稽《こっけい》だと思っていたが、今はもう慣れた。自分でできることは最後まで自分でやる。やっていきたい。そのためのエクササイズと思っていればいい。

約束の一時少し前に到着したのに、すでに領事館のティールームには美村の姿があった。ごま塩の頭髪は薄くなっていたが、美村は昔の小柄な、決して他を圧倒しない、優しい目をした美村のまま年齢を重ねていた。

彼は私を見つけると、感無量といった表情で椅子から立ち上がり、テーブルの脇《わき》に立った。私たちは向き合い、一礼し合い、あまりの懐かしさに目を細めた。

他に客はいなかった。焼きたてのスコーンと、ダージリンの紅茶を注文し終えると、私たちは互いにどこか恥じらいながら相手を観察し合った。

百々子さん、ちっとも変わってませんね、と美村が大まじめに言ったので、とんでもない、すっかり老いて別人になってしまいました、すぐにいろんなことを忘れちゃうんですから、と私は明るく返した。子供のころ、毎年、お正月に、久ヶ原の家には獅子《しし》舞《まい》が来てたんです、父から、お獅子に頭をかんでもらうと、頭のいい子になるんだよ、って言われて、私、毎回、頭をかんでもらってたのに……それなのにバカになっちゃうなんて、お獅子の効力、続かなかったんですね……。

そう言って私が自嘲《じちょう》気味に笑うと、美村は微笑し、ゆっくり首を横に振った。百々子さんは今も昔も、ずっと頭のいい子のままじゃないですか。毎年、お獅子に頭をかんでもらったおかげです。お父さんが言われたことは正しかったんですよ。

出来立ての温かいスコーンが運ばれてきた。私たちはスコーンにクリームとジャムを交互にのせて食べ、香ばしい紅茶をすすった。

薄いレースのカーテンがかかった細長い窓の外に、領事館の庭が見えていた。大きな銀杏《いちょう》の木が黄色く紅葉し、敷石道に落葉が点々と美しい絵を描いている。中央の噴水から水は出ていなかったが、浅く水の張られた台の縁では、一羽の灰色の大きな鳩がうまそうに水を飲む姿があった。

美村を前にしていた私の中に、ふいに、四十数年前の、聖蘭学園に通っていたころの自分が戻ってきた。何かが胸の奥で熱く渦をまき、抑えよう抑えようとするのに、勝手に喉もとまでせり上がってくる。

気がつくと私は美村を前にして、「あの男」についての憎しみを語り始めていた。これまで誰にも話したことのない話。憎しみ、怒り、絶望的なまでの軽蔑《けいべつ》、そんなものではすまない、殺意にまで発展しそうなほどの感情の坩堝《るつぼ》。なのに、相手はすでに死んでいる。殺したいと思っても殺すことができない。何度、心の中で絶叫をあげたかわからない。長い間、私に向けられていた異様な愛。妄執。到底理解不可能な。それなのに、私は何ひとつそのことに気づかず、「あの男」を必要としていた。唯一《ゆいいつ》の血縁だと決めつけて、心を許し続けていた。そればかりか、父の代わりのようにさえ思っていた時期もあった。

「誰よりも憎いけど、でも」と私は言った。残ったスコーンが指先ではらりと崩れた。

「私は十二の年にあの男によって人生を塗り変えられて、それでもその人生を生きてきました。その後も何度か塗り変えられながら、今の今まで、逃げないで生き抜いてきたつもりです。だから今はもう、あの男に対する憎しみはかたちを変えています。叔父は……」と私は言い換えて、目をふせた。「ただのひどい異常者でした。私に向けた想いも、信じられないくらい気味の悪いものでした。でも、もしかすると、彼にとっては本物の、真実の愛だったのかもしれない。彼は私のことを心の底から愛していたつもりだったのかもしれない。その気持ちがどこかで病的に歪んで、気味の悪いものになってしまっただけで、あの人は初めから、私のことを純粋に愛してくれていたのかもしれない。最近、そんなふうに思うこともあって……」

美村は静かにうなずいた。ティールームはちょうどいい具合に温かかった。窓を通して射してくる淡い午後の陽差しが、店内を包んでいた。

「私、一時期、チャイコフスキーを弾くことができなかったんです」と私は話題を変えた。「弾くことだけじゃなくて、聴くことも。母はチャイコフスキーが一番好きだと言ってました。私も好きだった。子供のころ、よく弾いたものです。小品ですが『舟歌』とか『秋の歌』とか、あと『夜想曲』なんかも。それほど難しい曲ではなくて、きれいで、チャイコフスキーらしい哀愁がこめられてて大好き。でも、あの人がやったことを知ってからは、しばらくの間、弾けなくなってしまった。聴くのもいやだった。チャイコフスキーは私に一番いやなこと、いやなんだけど、まだ何も起こっていない、幸福だったころの自分を思い出させるんです。それがすごくいやで……」

「わかるような気がします」

「それが」と私は言い、美村に向かってうすく微笑した。「変なんですよ。この病気がわかってからは、自然に弾けるようになったんです。特に『舟歌』と『秋の歌』。今では毎日のように弾いてます。だんだん体力がなくなってきて、難易度の高い曲は指が追いついていかないようになってきましたが、チャイコフスキーの『四季』の中の短い作品だけは大丈夫。昔みたいに弾けるのが嬉しくて」

百々子さんは、と美村は言った。「強い人だ」

私は顔をあげた。いいえ、と言った。「ただ、生きてきただけです」

そして「先生」と呼びかけた。微笑した。「先生は相変わらず聞き上手ですね」

「……話し下手なだけですよ」

「私、先生を前にしていると、なんでもしゃべってしまう。昔と同じ。先生は私の言うことをどんなことでも静かに聞いてくださるから。昔、箱根学校の時、事件が起こって先生が私を東京に連れて帰ってくださったでしょう？　その時のこと、よく覚えてます。頭がこんなになっちゃうと、昨日のことは忘れても、昔のことはよく思い出せるんですよ。変でしょ？　それもね、きれいな色つきの映像になって再生されてくるんです。ちょうど今頃の季節でしたね。ススキがきれいでした。叢《くさむら》で虫が鳴いていました」

美村は糸のように目を細め、くちびるを少し震わせた。そして皺なのかまぶたなのかわからない部分に軽く指を添えると、「なんだか」と言った。「涙が出てきます」

私は微笑した。目を瞬《しばた》かせて美村を見つめた。「そんなに私を憐れまないでください」

「憐れむなんて、とんでもない」と美村は言い、くちびるを硬く結んで背筋を伸ばし、不器用に笑顔を作った。「これからも百々子さんは生き抜いていくんです。何があっても。それが百々子さんなんだ」

少し間をあけ、私は小さくうなずいた。はい、と言った。最後の最後まで、とつけ加え、その「最後」というのは、肉体の最後ではなく、私の場合、記憶の最後を意味し、その瞬間がくるまでは、ということを言いたかったのだが、おそらく急に疲労が出てきたせいだろう。言葉がうまくつながらなくなった。

仕方なく私は微笑んだまま、冷えて崩れてしまったスコーンの小さな塊を口に運んだ。窓の外では、ごうごうと風が吹き、それなのに陽の光は少しも陰ることなく、明治時代に建てられて以来、何度も修復を重ねてきた古い英国領事館の建物を優美に照らしていた。

私は自分の記憶の中に、美しいもの、美しい音色、美しい言葉だけが、最後の瞬間がくるまでとどまっていてほしい、と願った。考えても仕方のないこと、思い出す必要のないことを片端から忘れていって、最後に残った貴いものだけを愛《め》でていたかった。

それができるのなら、私はまだもう少し、生きていける。ピアノの前に座って鍵盤を見下ろして、それが何なのか、わからなくなるまで、私はピアノを弾くだろう。

室内や寝室に飾ってある両親の写真。たづや美佐や多吉と一緒に撮った写真。律と恋人同士のように寄り添い合って撮った写真。孫の奈々美、嫁の奈緒の……。コンサートでピアノを弾いている私。シンプルな黒いドレスは胸が大きく開いたデザインのもので、あとで律に叱《しか》られた。露出し過ぎだ、と言われた。律に叱られると嬉しい。紘一に叱られた時を思い出す。

紘一。いつしかその名前も思い出せなくなるのだろうか。感傷に耽《ふけ》ることすらできなくなるのであれば、それはそれでいいことなのかもしれない。

　堆積《たいせき》した記憶がどんどん抜け落ちていく気がする。その一方で、自分の中に刻まれた時間はいったい、どこから続いてきたのだろう、どこへ向かうのだろう。そんな素朴な疑問にかられる。

　いつだったか。恐竜を取り上げたBS放送のテレビ番組を観《み》た。未《いま》だに恐竜の母親が卵を抱いたままの姿で化石として見つかることがあるのだという。

　六千五百万年前、直径十五キロメートルもある小惑星が地球に落下した。信じがたいほど膨大な塵《ちり》が舞い上がり、太陽を被い隠し、地球は丸四か月の間、一切光の射さない暗闇の星と化した。植物は死に絶えた。動物たちの餌《えさ》は悉《ことごと》く失われた。中でも体重二十五キログラム以上の大型動物はすべて絶滅せざるを得なくなった。恐竜はその最たるものだった。

どういうわけか、私はその番組に強く惹《ひ》きつけられた。特に恐竜が好きだったわけではない。だが、卵を抱いたまま息絶えている恐竜の母親の化石を見て、気がつけば、私は涙を流していた。

遥《はる》か昔に、この種の番組を観たことがあったのか。そのせいで、心がいっそう揺さぶられたのか。だが、観た覚えはない。それでも、私の中には不思議なほどはっきりとした既視感があって、それが私を恐竜が生きていた太古の昔に引き戻していた。

むせかえるほど草のにおいに満ちた平原。大量の雨粒を受けた葉は、光の中に虹色のシャワーのような水滴を迸《ほとばし》らせている。湿度の高い、苔《こけ》むした森。見たこともない生き物たち。美しい生命が息づく世界。そこからいったい、どれほど長い時が流れ去ったことだろう。気が遠くなるほど長い時間が過ぎ、その果てに今の私が在る。

そんなことを夢想しながら番組を観終えた。いつまでも恐竜のことが頭から離れなかった。なぜなのか、わからない。

私は一日の終わりの点呼を始める。戸締りを確認し、冷蔵庫に貼ったポストイットで翌日やることを復唱する。閉じたカーテンの向こうに拡がる函館の夜景にちらと視線を走らせてから、寝室に向かい、ベッドにもぐりこむ。

その晩、明け方近くだったと思うが私は恐竜の夢を見た。ティラノサウルスだった。ちっとも怖くはなかった。

夢の中で恐竜は私の母親、もしくは父親になっているらしかった。私は巨大な身体に甘え、頬ずりをし、その太い丸太のような足に身体を預けながら、とても静かな満ち足りた気持ちで空を見上げていた。どこまでも青い空だった。遠くの小高い山には、見たこともないほど大きな虹がかかっていた。

……そんなことをあれこれと脈絡なく思い返しながら、私は今、窓辺の椅子に座っている。記憶は時折、こうして束になって押し寄せてくる。

午後三時半。窓の外の風景が、早くも傾き始めた光の中で淡い灰色に変わっていくのがわかる。

ムートンの座布団の下で、椅子がかすかに軋《きし》み音をたてる。風はまだおさまりそうにない。私はその風に乗って天空を飛翔《ひしょう》し、高く舞い上がり、成層圏の外に飛び出して、宇宙の果ての果て、銀河の彼方にある、名もない星雲の中に吸い込まれていく自分を想像する。気が遠くなるような感覚にとらわれながら、ふと考える。

誰か心やさしい小説家が、私の人生の物語と共に、折々の感覚を言葉に替え、文章を連ねて、書き残してはくれないだろうか、と。私はこの先、すべての記憶を失うが、私の中を流れた時間、そこに編み上げられたタペストリーが残されるのも、あながち悪くはない。少なくとも誰かの、何かの役にはたつに違いない。

何もわからなくなった私は、きっと、日がな一日、意味の通じない言葉が編み込まれたタペストリーを愛《め》で続けるのだろう。そうしながら、終始、幸福そうに笑っているのだろう。

生き抜く、というのはたぶん、そういうことのような気がする。

警察の捜査や組織、法令等に関して、
元長野県警察警視正の米山勉氏にご監修いただきました。
心より御礼申し上げるとともに、本作品の記述は
著者の責任に帰することをお断りしておきます。

# 解説

佐久間文子

読むうちに、五感がつよく刺激されて心がふるえた。

とりわけ、端正な音の描写が印象に残る。

タイトルからしてバッハの「マタイ受難曲」から取られているし、冒頭の殺害場面ではチャイコフスキーの「弦楽セレナード」が流れている。

ヒロインの黒沢百々子が食事をし、お茶を飲む店ではイタリア民謡やカンツォーネ、あるいはボサノヴァが聴こえてくる。かつて百々子の両親が元気だったころに乗った青《せい》函《かん》連絡船の上で、母親の須恵は「宵待草」と「お富さん」を口ずさむ。夫の影響でクラシックを好んで聴き、なかでもチャイコフスキーが好きだという須恵だが、もともとは貧しい生まれで、どちらかというと流行歌になじんで育ち、結婚によって大きく階層が移動したことを思い出させる。

耳に残るのは音楽だけではない。たとえば函館の墓地で鳴き狂う油蝉《あぶらぜみ》の声や、葬儀が執り行われた寺でわびしげに鳴くエンマコオロギの声も、場所の記憶を鮮やかに立ち上がらせる。

忘れがたいのは、黒沢邸で起きた事件の第一発見者となる家政婦の石川たづが耳にする、シャーシャーという、空《むな》しく回転を続けるレコード針が発する音だ。

何か異変が起きたことを、彼女はこの奇妙な音で察知する。音楽が終わったあとに鳴る、すぐには何の音かわからない、それでいて何かが終わったと痛いほど確実に伝わる音だ。CDや配信の時代になって久しく耳にしていないが、かつては当たり前にあった生活音のひとつである。

黒沢百々子の両親である太一郎と須恵が惨殺《ざんさつ》されたのは一九六三年十一月九日、雨の降る夜だった。

黒沢太一郎は函館に本店のある黒沢製菓の御曹司で、将来の社長と目されていた。妻の須恵は黒沢製菓が経営するレストランのウエイトレスとして働いているときに見初められ、二人は黒沢家の反対を押し切って結婚し、幸福な家庭を築く。女優顔負けの美貌《びぼう》の須恵は、家庭的で、玉《たま》の輿《こし》に乗った女の傲慢《ごうまん》さもない。一人娘で小学六年生の百々子は、こんなに可愛《かわい》い女の子は見たことがない、と初めて会った日にたづが思うほどの、愛らしさだった。

黒沢夫妻が周囲の恨みを買っていた形跡はないが、何一つ欠けるところがないという意味でだれもが羨《うらや》む状況でもあり、捜査は難航する。

学校の行事で箱根の合宿に行っていた百々子は難を逃れたが、わずか十二歳で孤児となり、その後の長い人生をひとりで生きていくことになる。

小説の冒頭、事件の日にちが明示されていることに注意してほしい。

前回の東京オリンピックが開催されるおよそ一年前のこの日は、戦後の事件史に残る、「魔の土曜日」と呼ばれた一日に設定されている。

この日、三井三池炭鉱では爆発事故が起き、多くの人が亡《な》くなっている。同じ日の夜、国鉄鶴見駅近くで、貨物線と横須賀線の上り列車と下り列車の多重衝突が起き、多数の死傷者が出た。

この事故が殺人者の運命を変える。

人を殺したばかりの男は、川崎駅からこの事故車両に乗る。もちろん、この後に事故が起こることなど知る由《よし》もない。

大混乱する衝突現場で彼に会社の同僚が声をかけてくる。顔を見られ、万事休すとなるはずが、同僚は彼も自分と同じ上り列車に乗っていたと勘違いしていることに気づく。衝動的で、自分でも「穴だらけ」だと感じていた犯罪に、本人が意図せぬままアリバイが成立する。

あちこちに監視カメラが置かれるようになった平成や令和の時代ではありえないこと

だが、昭和はそういう時代だった。

火事と船の遭難事故が重なる中、犯人がどさくさで姿を消そうとするのは水上勉原作、内田吐夢監督の映画「飢餓海峡」で、洞爺《とうや》丸《まる》の海難事故をモチーフにしている。小説の中で百々子は、青函連絡船で両親が眠る函館の墓に向かう前、恋人がこの事故を話題にしている。

たづと多吉、黒沢家との、使用人と雇い主を超えた関係性も、現代ではほぼ失われたものと言えるだろう。

孤児になった百々子のために、損得など考えずに石川夫妻は尽くす。

祖父母や叔父を嫌って一緒に暮らしたくないという百々子を、自分たちの家に住まわせ、わが子と同じように面倒をみる。

この夫婦から受ける愛情がなければ、百々子のその後の人生はとてつもなく寂しいものになったはずだ。

一点の曇りもなかった幸福な子ども時代と引き換えにしたのかというぐらい、孤児になって以後も、百々子の人生は苦難が続く。

母から受け継いだ美貌は彼女の武器になるどころか、人目をひいて性被害を受けることも多々あり、週刊誌には「血塗られた土曜日の令嬢」と報じられた。ピアニストをめざしているのに多くの人の前に出るのをためらうことにもなる。自分が愛した人は決して彼女をふり向かず、自分のことを愛する人の思いは執着となって彼女を苦しめる。たづ夫婦と並んでもう一人、彼女の人生に重要な位置を占めるのが、小学校の担任教師、美村である。新任の美村は、小柄で風貌もぱっとせず、自信なげだ。登場場面はそれほど多くないのに、この美村の存在感が次第に増していく。両親が殺された後も涙を見せず、他人の同情や憐憫《れんびん》を何より嫌がる百々子が、美村にだけは嘘《うそ》のない気持ちを打ち明けることができる。

百々子の話に静かに耳を傾ける美村の姿が、信者と信者の告解を聞く司祭のようで、読者は美村が彼女に向けるまなざしに自分を重ねることができる。

おそらく美村に対する信頼は、百々子の両親が殺されたとき、そのことを言わずに百々子を東京まで連れて行くよう先輩教師から指示されたにもかかわらず、嘘をつくことなく事実を告げたところから始まるものだ。

殺人者の正体は中盤で明かされるので、焦点は、いつ、いかにして百々子が自分の人生を狂わせた惨劇の真実を知るのかに移る。

『神よ憐れみたまえ』は作品のイメージを得てから十年かけて書きおろされた。

雑誌連載とは異なり、締切に追われず、心ゆくまで時間をかけて書きたいものを書くことができる。これまでにも、直木賞を受賞する『恋』をはじめとして作家の転機となる作品を、小池さんは書きおろしで発表してきた。『狂王の庭』以来、ということで、実に二十年ぶりの書きおろしになる。

単行本の刊行時に小池さんが新潮社の「波」（二〇二一年七月号）に書いたエッセイを読むと、『神よ憐れみたまえ』に着手する前後から書き上げるまでの小池さんの人生には実に多くのことが起きた。そのたびに執筆中断を余儀なくされて、これだけ長い時間がかかったという。

軽井沢の自宅が火事になり、建て替えと引っ越しを余儀なくされる。高齢の両親を看《み》取《と》り、実家じまいをした。その間、自身が足を骨折するなどの事態にも見舞われている。夫の藤田宜永さんに肺がんが見つかったのが二〇一八年三月のことで、藤田さんの希望で自宅での闘病となり、通院の運転や看護を小池さんが担《にな》った。

二〇二〇年一月に三十七年連れ添った藤田さんが亡くなり、藤田さんとの最後の日々を書いた『月夜の森の梟《ふくろう》』を二〇二一年十一月に刊行された小池さんに、私は雑誌の取材で話を伺っている。

当時の取材メモを読み返すと、小池さんは、最愛のパートナーとの別れが刻々近づいていたとき、「現実がつらくなるとパソコンに向かって、まだ編集者に渡す前の『神よ憐れみたまえ』の原稿に手を入れ、小説の世界に浸っていた」と語っている。

藤田さんは、小池さんの書きおろしが遅れているのをずっと気にして、「悪いね」と何度か言われたと言う。こらえきれず泣き崩れそうになったが、歯を食いしばって泣かなかった、とその時を思い出す表情を覚えている。

小説と作家の実人生を重ねて読むべきではないかもしれないが、小池さんのこの間の苦しみと、百々子を待ち受ける数々の苦難がシンクロしているように感じられる。小池さんが、過酷な運命に抗《あらが》い、生きぬく力を備えた百々子という人物を生み出し、その百々子の生命力が小池さんにこの小説を書かせた。ダイナミックにうねる、命の交感のようなものがここにはあったのではないか。

そして終章の、すべてが終わった後のなんとも言えない静けさが、まさに音楽的だ。この静けさは、怒濤《どとう》の十年があってこそ書ける、たまものと言うべき到達だろう。最後に百々子を待ち受けている運命を、人によっては最後の試練と感じるかもしれない。私は、神の恩寵《おんちょう》、闘い続けた彼女を優しく慰撫《いぶ》するものと受け止めた。

（令和五年九月、文芸評論家）

この作品は令和三年六月新潮社より刊行された。

小池真理子著
**欲望**
愛した美しい青年は性的不能者だった。決してかなえられない肉欲、そして究極のエクスタシー。あまりにも切なく、凄絶な恋の物語。

小池真理子著
**恋**
直木賞受賞
誰もが落ちる恋には違いない。でもあれは、ほんとうの恋だった——。痛いほどの恋情を綴り小池文学の頂点を極めた直木賞受賞作。

小池真理子著
**望みは何と訊かれたら**
殺意と愛情がせめぎあう極限状況で生れた男女の根源的な関係。学生運動の時代を背景に愛と性の深淵に迫る、著者最高の恋愛小説。

小池真理子著
**無花果の森**
芸術選奨文部科学大臣賞受賞
夫の暴力から逃れ、失踪した新谷泉。追いつめられ、過去を捨て、全てを失って絶望の中に生きる男と女の、愛と再生を描く傑作長編。

小池真理子著
**モンローが死んだ日**
突然、姿を消した四歳年下の精神科医。私が愛した男は誰だったのか？　現代人の心の奥底に潜む謎を追う、濃密な心理サスペンス。

小池真理子・桐野夏生
江國香織・綿矢りさ著
柚木麻子・川上弘美
**Yuming Tribute Stories**
悔恨、恋慕、旅情、愛とも友情ともつかない感情と切なる願い——。ユーミンの名曲が6つの物語へ生まれ変わるトリビュート小説集。

桐野夏生著

**ジオラマ**

あたりまえのように思えた日常は、一瞬で、あっけなく崩壊する。あなたの心も、変わってゆく。ゆれ動く世界に捧げられた短編集。

桐野夏生著

**冒険の国**

時代の趨勢に取り残され、滅びゆく人びと。同級生の自殺による欠落感を埋められない主人公の痛々しい青春。文庫オリジナル作品！

桐野夏生著

**魂萌え！**（上・下）

婦人公論文芸賞受賞

夫に先立たれた敏子、五十九歳。「平凡な主婦」が突然、第二の人生を迎える戸惑い。そして新たな体験を通し、魂の昂揚を描く長篇。

桐野夏生著

**残虐記**

柴田錬三郎賞受賞

自分は二十五年前の少女誘拐監禁事件の被害者だという手記を残し、作家が消えた。折り重なった虚実と強烈な欲望を描き切った傑作。

桐野夏生著

**東京島**

谷崎潤一郎賞受賞

ここに生きているのは、三十一人の男たち。そして女王の恍惚を味わう、ただひとりの女。孤島を舞台に描かれる、〝キリノ版創世記〟。

桐野夏生著

**ナニカアル**

島清恋愛文学賞・読売文学賞受賞

「どこにも楽園なんてないんだ」。戦争が愛人との関係を歪めてゆく。林芙美子が熱帯で覗き込んだ恋の闇。桐野夏生の新たな代表作。

# 神《かみ》よ憐《あわ》れみたまえ

新潮文庫　こ-25-18

令和五年十一月一日発行

著者　小《こ》池《いけ》真《ま》理《り》子《こ》

発行者　佐藤隆信

発行所　株式会社　新潮社

郵便番号　一六二―八七一一
東京都新宿区矢来町七一
電話　編集部(〇三)三二六六―五四四〇
読者係(〇三)三二六六―五一一一
https://www.shinchosha.co.jp

価格はカバーに表示してあります。

乱丁・落丁本は、ご面倒ですが小社読者係宛ご送付ください。送料小社負担にてお取替えいたします。

印刷・錦明印刷株式会社　製本・錦明印刷株式会社



ISBN978-4-10-144029-3 C0193